VINELAND

Thomas Pynchon

Shinchosha

Thomas Pynchon Complete Collection
1990

Vineland

Thomas Pynchon

『ヴァインランド』

トマス・ピンチョン

佐藤良明 訳

新潮社

目次

Vineland
by Thomas Pynchon

First Japanese edition published in 1998 by Shinchosha Company
Japanese translation rights arranged with Thomas Pynchon
c/o Melanie Jackson Agency, LLC., New York
through Tuttle-Mori Agency, Inc., Tokyo

Drawing by Yukiko Suto
Design by Shinchosha Book Design Division

ヴァインランド

母と父に捧ぐ

犬っころにも運のいい日はあるだろさ
善い犬だったら二日くらいあってもいい

ジョニー・コープランド*

一九八四年の夏の朝のいつにも増して遅い時間。窓を這う蔦から差し込む光の中で、アオカケス《ブルージェイ》の軍団が跳ねる屋根の下で、ゾイド・ホイーラーは眠りから浮かび上がった。夢で見えていたのは伝書鳩、どこか海の彼方の遠くから一羽ずつ舞い降りては飛んで行くそれぞれの鳩が自分宛てのメッセージを携えているのだけれど、捕まえようとしてもだめ、羽根を眩しく揺らめかせながら消えていってしまうのだ。目に見えない深い力がまたオレの心をこづいている、とゾイドは解した。最後に届いた精神障害者用小切手には手紙が同封されていた。このさき公的にクレイジーとされる行動が認められなければ受領資格は失効します、と。その期限まで一週間たらず。うめき声を上げながら身を起こすゾイドに、坂を下ったどこかから忙しそうなハンマーとのこぎりの音が聞こえてきた。誰やらのトラックからは、カントリー曲に合わせたラジオの音。ゾイドは煙《マリワナ》を切らしていた。

台所のテーブルの「チョキューラ伯爵」の箱はカラッポで、その隣りにプレーリーからのメモがある。「パパへ。またバイトの時間が変わっちゃったので、サプシャに乗っけてもらいます。チャンネル86から電話あり。急ぎだっていってたけど、パパを起こせると思ったら自分でやってといっておきました。(うそでも)LOVE、プレーリー」

それを読みながら「けさもフルーツ・ループスかいな」とふてたゾイドだったが、この原色の輪っかのシリアル、砂糖代わりにネスクィックをまぶしたら、なかなか悪くない味だ。それに灰皿をかき集めたら、まだ吸えそうな燃えさしが五本、六本。バスルームで使えるだけの時間を使ったゾイドは、やっと探し当てた電話を持って地元TV局にコールを入れた。今年の出し物の公式発表——のつもりだったが、「確認とってくださいよ。我々が聞いてるかぎり、ホイーラーさんはスケジュール変更って話です」。

「確認とるって、誰にだよ。これってオレがやることだろうが?」

「全員キューカンバー・ラウンジに集合なんですって」

「オレは行かんぜ。オレが行くのは、デル・ノーテのロッグ・ジャムだからな」なんとも話のわからん連中である。もう何週間も前から練っておいた計画だというのに。

玄関先で、犬のデズモンドが皿のまわりをうろうろしていた。この皿がいつもカラッポなのは、餌をのせた瞬間にレッドウッドの森からブルージェイがけたたましく舞い降りてきて一粒一粒くわえていってしまうから。で、このドッグフードの摂取が、まもなく周辺のブルージェイに素行の変化をもたらした。車やトラックのあとを何マイルも追ってきたり、追っ払おうとする人間に噛みついたり。ゾイドが出てくるのを見ると、デズモンドは物欲しそうな視線を送った。だが鼻のまわりがチョコフレークのカスだらけ。「知らんぞ」ゾイドは首を振った。「プレーリーにもらったろ。顔に書いてある、何を、もらったのかもな」デズモンドは聞き分けよく、立てた尻尾をピコピコ前後に動かしながら薪置場までついてきて、道路までバックで進むゾイドの車を見送っていた。ターンして、きょう一日の始まりである。

最初の目的地はヴァインランド・モール。駐車場をしばらく車でうろうろし、ポケットから取り出したマリワナタバコの吸いさしを根元まで吸い切ってから車を止めて、婦人特大サイズの安売り店〈モア・イズ・レス〉に入っていった。TV映りのよさそうな、多彩色のパーティドレスをカウンターに持っていって、小切手にサインしながらゾイドは（実はレジの女性も）これが残高不足のスタンプを押されてこのレジに張り出されることになるのでは、との予感を拭えない。店を出るとゾイドはブリーズ・スルー給油所の男トイレに直行してドレスに着替え、小さなヘアブラシで頭と顔面を蔽う毛をクシャクシャのまま結わえて留めた。精神衛生課の役人に、充分狂って見せるための奮闘である。給油器のところにもどってガソリン五ドル分だけ補給したあと、後部座席から取り出したエンジンオイルの一クォート缶をポンプのノズルの先でガンガン叩いて穴を開け、少しだけオイルを残してあとはエンジンに注ぎ込み、缶の中にガソリンを少々加えて混ぜ合わせ、それをどこに使うのかというと、取り出したのはとてもおしゃれなチェーンソー。ミニ・マックほどの大きさの、見るからに輸入物という感じのノコちゃんに燃料を入れ、キャンバス地のビーチバッグにしまい込もうとしていると、ここでバイトをやっているプレーリーの同級のスライド君が店の中からフラフラ出てきた。

「あれ？　もう、例の時期なんすかあ？」

「今年なんかもう不意討ちよ。ほとんど忘れるとこだった。やだね、齢《とし》はとりたくない」

「わかりまっす、その気持ち」

「おまえいくつだ？　十五だろ？」

「十五にしてすべてを見てしまった。今年はどこの窓ガラスでやるんすか？」

「どこでもやらん。窓破りはもう卒業だ。今年はこのかわいいノコちゃんを使うことにしたんよ。これをロッグ・ジャムに持っていって、さあどうなるかだ」

「あのー、ホイーラーさん、やめといたほうがいいかもですよ、あすこ、最近いきました？」

「コワモテの大男だらけだってんだろ? いつ大木に潰されるかわからんところで一日働いてきて、常軌をハズレたもんを見せられたら我慢できない、そんなオッサンの前に立つにゃ、ちっとサプライズの度が強すぎるっていいたいんだな?」

「行ってみたらわかります」と、うんざり顔でスライド君は進言した。

だがそこに行き着くまでがイライラの連続で、すでに崩れかけていたゾイドの心の平安は倒壊した。原因はハイウェイ101でレッドウッド見物しながらノソノソと走っていた他州ナンバーのウィネベーゴ《キャンピング・カー》の一隊。二車線の車道でそいつらに囲まれてギアシフトを余儀なくされたあげく、冷たい視線にジロジロ見られたゾイドは、エンジン音に負けない大声をぶつけた。「いいかげんにしてちょうだい、これ、えーと、カルヴァンって、カルヴァン・クラインのオリジナルなんだからね!」

「へえ、カルヴァンって、14号より大きいサイズはつくんないんですからね」プレーリーよりもっと幼い女の子が叫び返す。「病人は、オリん中に入ってたらぁ!」

〈ロッグ・ジャム〉に着いたときには、ランチタイムの真っ盛り。報道陣の姿がまるでないのがガッカリで、真新しいアスファルトを敷いた駐車場に、高級車がズラリと並んでいる。今後も襲ってくるだろう時の刷新というやつの、これが最初の洗礼なのか。みんな今日は遅めのおでましかい、と独りつぶやいて不安をはねのけ、チェーンソーのバッグをつかみ、ヘアスタイルをもう一度チェックしてから、ゾイドは勇ましく店内に乗り込んだのだが……どうしたことだ、料理の匂いが違うし、お客の匂いも全然違う。

ここは木こりの溜まり場だったはず。たしかにまあ森のツワモノたちにとっちゃ、舞い上がってしまうほどの好景気なんだろうが——日本人が山一面、伐り出せるだけの材木をそのまま買っていってしまうんで製材所は大変らしい——それにしてもこの光景はいささか奇妙の度がすぎる。死も恐れぬデンジャラスな荒くれ者が、デザイナーブランドのスツールにちょこんと腰掛けて、キーウィ・ミモザのカクテルをすすっているのだ。ジュークボックスの中身もすっかり変わった。かつてこの店はカントリー&ウェスタンの充実ぶりで、海岸線《コースト》一帯、フリーウェイの出口の数で南北数百の範囲にまで聞こえていた。「ソー・ロンサム・アイ・クッド・クライ」のカバーなら半ダースも入っていた。それがどうしたというのだろう、いま可聴域ぎりぎりの音量で流れてくるのは、イージーリスニング風クラシック曲と、ニューエイジ・ミュージック。そのメローな調べが、父の日の広告モデルのような恰好をした木こり《チョッパー》と丸太縛り《チョーカーセッター》の耳を優しくくすぐっている。その中から、ひときわ図体の大きな男がひとり、ゾイドに向かって歩いてきた。おしゃれなフレームのサングラスをかけ、パステルがかった色のチェックのシャツはターンブル&アッサーのブランドもの、ジーンズは三ケタのドル値はつくだろうマダム・グリ、靴は「アプレ・ロギング・シューズ」とでもいうのだろうか、彩度はシックに落としてあるが正真正銘のブルーのスエードだ。

「いやグッダフタヌーン美形の奥さんまた華麗な衣装ですなあ、もしどこかムードの違う時と場所で会えたとしたら、わしらみんな貴女とお知り合いになりたがるだろうねえ、たくさんの美点をかかえた女性としてね、しかしそのファッション・センスからするってえと貴女もきっと感受性の強いタイプの方だからきっともうお気づきだろうが、それ、ちっとこの場の空気とバイブの方向がズレてるって、おわかりかい?」

そうでなくても頭がすっかり混乱していたゾイドは生存本能の働きも充分でなかったのか、やおらバッグを開けるとチェーンソーを取り出した。「バスター!」と、泣きつくような大声で店のおやじの名前を叫んで、「マスコミの人たちゃ、いったいどこよ?」客の眼が一斉にこの小道具に注がれる。しかしそれは職業的好奇心の眼というのとはちと違う。ゾイドが取り出したのは、婦人用オーダーメイドのチェーンソー。「立木を倒すパワーを貴女のバッグに」とCMがうたうもので、ガイドバーにも握りにも蔽いにも本物の真珠貝が張ってある。いまにもズィーンと回り出しそうな刃に囲まれたところにはラインストーンで「CHERYL」の文字が塡め込まれている。シェリルというのはゾイドにこれを貸してくれた若い女性の名前なのだが、みんなこれを女装のときのゾイドの名前と勘違いした。

「いいの、いいの、カウガールちゃん」と愛しのノコをなだめながらゾイドは、後ずさりする木こりに構わず、気持ちだけはおしとやかに、華奢な始動プーリーについた絹のヒモを引っぱると、シックなノコは音を立てて回り出した。

「かわいいだろ、ノドなんかふるわせちゃって」

「おいおい、ゾイド、なんだってオマエこんなとこまで来てやるんだよ」と、割って入るタイミングを計っていた店主が言った。「こんな山奥に撮影クルーを出す局があるもんかね。やるんだったらユリーカかアーケイタあたりに行くんだな」

木こり氏の眼が点になった。「おどろいたね、あんた、この人物と知り合いか?」

「むかしシックス・リバーズ集会で一緒にプレイした仲間だもんで」とバスターは顔をほころばせた。

「思い出すぜ、なあ、ゾイド?」

「なんだ? 聞こえねえぞ」急速に軟弱化していく自己イメージを取りつくろおうとゾイドは吠えたが、あきらめ顔でモーターを切った。真珠貝張りのノコの立てる声は女性的な低音に変わり、そしてプツリと沈黙した。余韻の中でゾイドが言う。「内装、ずいぶん変わったな」

「先月にそのノコちゃん連れて来てくれたら、内装替えを手伝ってもらえたんに」

「だめだ、オレ、場所選びをトチッたよ。オマエが大金はたいて新装開店した店に、ノコギリ入れるわけいくかい。ここを選んだ理由はさ、むかし騒いだなじみの界隈は、サウス・スプーナーもツー・ストリートも、住民層が高級化したとかで、もうオレの年収レベルじゃどうにもならんくらい敷居が高くなっちゃってよ、おまけにこのごろあそこに来てるやつらって、すぐ訴訟を起こすんだ。あんなとこ行って、誰かのデザイナー・ナプキンで洟でもかんだら大変だぜ。シスコの傷害専門やり手弁護士さんから、目ン玉の飛び出る額面ふっかけられるわ」

「オレんとこもさ、ゾイド、むかしみたいな安運営でやってるわけじゃないんよ。ジョージ・ルーカスの撮影クルーが入ってきてから、意識の変化ってやつが猛烈でね」

「見渡すところ、そんな感じだ……ちょいとその、レディ・サイズのビールを一杯もらおうか……ところでオレ、まだその映画、見てなかったっけな」

その映画とは『スター・ウォーズ ジェダイの帰還』〔一九八三〕のことである。撮影は一部がこの付近で行われ、バスターの見方にしたがえば、地域周辺の生活に恒久的変化をもたらした。バスターはこの店で唯一改装前と変わっていない「オリジナル・バー」にボリュームのある肘をついた。世紀の変わり目にレッドウッドの巨木から切り出したという一枚板のカウンターである。「だが心ん中は変わっちゃいない。オレたちゃいまもカントリー・ボーイさ」

「そのカントリーってドイツのことかよ。駐車場はそんな感じだぜ」

「オマエとオレとはよ、ゾイド、ビッグフットなのさ。毛むくじゃらの類人猿《ビッグフット》はよ、どんなに時が流れても変わっちゃいけねえ。店でいざこざ起こそうなんて妙な気起こすな。そりゃ、新しいことやってみたいって気持ちはわかるが、専門は守り通すほうがいい。オマエの専門、窓破りだろ?」

「あら、そうなの。だと思った!」と、別の木こりが、聞きとれないくらいの小声でささやきながら、隣りの席に滑り込み、手をゾイドの膝にのせる。

「おまけにな」多少のホモっけには動じないバスターだが、膝の上の手の行く先は監視している、「オマエの窓破りには、いまじゃ戦略的な価値もついてるんだ。いまさら新しい手に走ったりしてみろ、州の役所はコンピュータのオマエの情報を打ち直さなくちゃならなくなるな。これは心証を悪くする。この男は反抗的だ、ってことになって、小切手が届くのがだんだん遅れることになるぞ。しまいにゃ配達途中で原因不明の蒸発だってよ。ヘイ！ ルメイ、この色男、ちょっとその手をカウンターに上げて、オレに手のひら見せてみな、手相を見てやる」と、妙に滑りのいい話術の力で、膝の上、すでに頭のポワーンとしたゾイド——いや、さっきからこのルメイという木こりが繰り返し呼ぶところでは「シェリル嬢」——の腿の上で今まさに握りしめられようとしている手をカウンターの上まで引っぱり上げる。「長寿の相が出てるな」ルメイの手じゃなく顔を見ながら、「常識に富み、現実を把握してる。はい、五ドル」。

「五ドルだ？」

「イヤならオレたちに一杯ずつおごんな。ここにいるゾイドはな、今はちょっぴりヘンテコな恰好してるが、これも仕事のうちでな。政府関係だ」

「だと思ったわあ！」ルメイが叫ぶ。「おとり捜査の刑事さんでしょ」

「精神障害関係」とゾイドが漏らす。

「あーら、そういうのも……ずいぶん面白そうなお仕事じゃない……」

と、そのとき電話が鳴った。ゾイドにだった。相棒のヴァン・ミータが焦った声で叫んでいる。彼の居場所はキューカンバー・ラウンジ。通称〈キューリ〉という。ヴァインランド郡の街道沿いの、いかがわしいたまり場《ロードハウス》だ。「TVの移動撮影班が六チーム。さっきからお待ちかねだぞ。シスコのネット局もだ。救急隊も砂糖菓子のトラックも待っている。みんな、オマエがどこに消えちゃったかって大騒ぎだぞ」

「オレはここだ。いま電話したの、忘れたか？」

「冗談言ってる場合かよ。今日はキューリで窓抜けやる日だっていうんに」

「そうじゃない、ちゃんとみんなに電話して、今日はここだと宣言したんだ、なんだい、まったく」

「スケジュール変更だってよ」

「しょうがねえなあ。まあいつか、ショーのほうがオレ自身よりビッグになる日がくるだろうと覚悟はしてた」

「早く来いよな」

ゾイドは電話を切り、ノコちゃんをバッグに入れ、ビールを飲み干すと、客全員にスター気取りの投げキッスを送って、「今夜のニュースしっかり見てよ」。


〈キューリ〉の敷地は、ド派手なネオンを掲げたラウンジからレッドウッドの処女林まで、数エーカーにわたっていた。山小屋風のモテルの部屋のそれぞれに、薪ストーブ、ポーチ、バーベキュー台、ウォーターベッド、ケーブルTVがついている。そびえ立つ大木の森を背にすると、二十以上も並ぶキャビンは小人の家のようにも見える。北カリフォルニア海岸地方の短い夏の間はキャンプ客や旅行者でにぎわうが、雨降りしきる残りの季節は週ぎめの安アパートとして地元住民に貸し出されていた。薪ストーブは、煮物揚げ物に適し、ちょっとしたオーブン代わりにもなり、その上ブタン・バーナーを備えた小屋もあるものだから、この辺一帯、薪の燃える匂いと荘厳な大木の香りに混ざって家庭料理の匂いが絶えない。

いまゾイドが駐車スペースを探しているあたりはまだ未舗装で、多雨の気候が天然の排水溝を刻んでいた。今日はそこにTV局の車に加えて、州警察と郡警察の作業部隊の車が集結し、ライトを明滅させながら、サイレンで「ジェパディ！」のテーマを演奏している。中継車、照明器具、ケーブル、群れなす作業員。サンフランシスコ湾域の局の車も二、三見える。ゾイドは少々おじけづいた。これはやっぱりバスターの店で何かひとつ安そうな物を見つけ、ノコギリで切り込む方がよかったかと。結局ヴァン・ミータの小屋近くまで引き返し、彼の駐車スペースに車を入れた。同じバンドでプレイしたベーシスト、もめごとづくりの仲間だったヴァン・ミータは、もう何年もここでモテル暮らしを続けている。いまのワイフと、かつてのワイフたち、その男たちと（親つき&親なしの）子供たち、それに夜な夜などこからともなく転がり込む人間でいつもごった返しているこの住処を、彼はいまなお「コミューン」と呼ぶ。むかしゾイドがTVで見た日本がテーマの番組では、東京とかの狭い団地に人間たちがひしめき合いつつ、それでもみんな礼儀正しく暮らしていた。民族の長い歴史が育んだ知恵というのか、窮屈そうな空間で仲よく暮らす術が見られた。だから、いつも求道を口にしているヴァン・ミータが、キューカンバー・ラウンジの小屋に移り住んだと聞いて、ゾイドも期待したのだった――その暮らしに、日本的な静寂が伴うことを。しかしそれは大ハズレ、人口過密を処理するのにこの〝コミューン〟が選んだ方法は、エネルギーの抑止でなくて解放、つまりデシベル値のきわめて高い、容赦なき罵り合いで、これがまもなくセレモニーと呼べるだけの荘厳さを帯びるに至る。争いごとの見えざる背景を記事にした「毎日口論」とかいう名の家庭内新聞まで発行された。罵倒の声は森を越えてフリーウェイに鳴り響き、ゴーゴーと走る18輪トラックの運転手の耳にも届いた。あるものはそれをラジオ電波の混信と思い、あるものは成仏できぬ霊の叫びと思ったという。

ラウンジの建物の角からヴァン・ミータの姿が現れた。トレードマークの「傷つけられた正義」の顔をつくって、「用意できてんのかよ。霧が巻いてきてんだから急げよな、照明が効かなくなるぜ。

いったいオマエ、なんだってまたロッグ・ジャムまで行ってたの」。

「ヴァン・ミータ、質問が違うぜ。オマエたちこそ、なんでこっちに集まってんのよ」

ふたりは裏口からラウンジに入った。そのあいだ中、ヴァン・ミータのおデコは、皺ができたり消えたりしている。「でな、電話じゃ言わずにおいたんだけど、オマエの昔なじみが来てるんよ」

ゾイドの顔に一筋の汗。ズキンという恐怖がケツの穴に向けて走った。これはESPなのか、それとも単に、相棒の声が伝える何かへの反応にすぎないのか？　ともかくゾイドは、誰が来たのか分かったのだ。なんだこれは、どうして窓破りの直前の、一番集中の必要なときに、過去からの来訪者に怯えなくてはいかんのだろう。予感は当たって正しくそれはヘクタ・スニーガだった。長年ゾイドを追っかけ続けたDEA捜査官。連邦政府の軌道を外れた彗星のようにやってきては、ゾイドの軌道と交わるたびに新種の悪運と悪影響をもたらしつづけた男再度の登場。今回のごぶさたは長かった。どこかに別な獲物を見つけて、もう現れないのでは、と淡い期待を抱き始めていた矢先のことだった。

甘いんだ、ゾイド。ヘクタはトイレに通じる通路わきに立ち、ザクソンのゲーム機でプレイしているふりをして、ゾイドとの正式な対面を待ちわびているのだが、両者を引き合わせる栄誉は、〈キューリ〉の支配人ラルフ・ウェイヴォーン・ジュニアのところに回ってきそうだ。支配人といってもこの男、親からの仕送りでやっている。父親がシスコの実力者、ビジネスのほとんどが現ナマの受け渡しで行われる世界で力を得てきたドンなのだ。本日のジュニア君は、イタリア直送のセルッティのスーツを着込み、白のワイシャツはカフスボタンでぴっちり留めて、履き物もちょっとでも触れたりしたら殺されそうな輸入モノのダブルソール――その一式キマッた出で立ちにもかかわらず、表情はいまいち冴えない。なにかものすごく心配そうな表情を、場の全員と共有している。

「ヘーイ、ラルフ、なに心配してんのよ。アンタはただ見てりゃすむことだろうが」

「だってさ、妹の結婚式が来週の週末なんだ。なのにバンドがキャンセルしちゃって、僕が渉外マネージャーやってるんで代わりのバンドが見つかんないと困るんだ。どっかにいいバンドいないかな。誰か知らない？」

「知ってるかもな。おーおー、たいへんだ。マトモなんを見つけてかないと、どういうことになるんだっけか」

「やだなあ、おどかすなよ。ほら、今日使うのはこっちの窓ね。案内するよ。お飲み物かなにか、持ってこさせようか？　そうそうゾイド、あんたの古いお友だちって人、はるばる幸運を祈りにやってきたんだって」

「オッス」ヘクタとの挨拶は、握手じゃなくて、親指をクロスさせての〝握指〟だ。それも一瞬ふれただけ。

「いーもん着トンな、ホイーラー君」

「いよお、アミーゴ」ゾイドの手が、地雷捜しの注意深さで、ヘクタの出腹を軽くつついた。「またよう食べとんなあ」

「デッカイがな、柔かくはなっとらん。で……さっそく明日の昼食な、ヴァインランド・レーンでご一緒ねがお」

「無理だね。家賃かせぎに追いまくられてる。先月分の」

「インポールタントな話じゃでぇ」と、ヘクタは節をつけて嚇した。「じゃあこうしよ。ワシもなあ、こーみえて、むかしのマンマの悪漢かもしれん。それ、証明してみせたら、昼飯オゴらせていただけるな？」

「むかしのマンマって……」こいつ、ほんとにワルだったたっけ？　どうしてゾイドは毎度毎度ヘクタのネチッコイ誘いの文句に、みずからハマりにいくんだろう。これまでだってロクな思いはしていない。不愉快ってのが一番ましな結果じゃないか。「なあヘクタ、お互いもういい齢なんだから――」

「ナミダもあった、笑いもあった、その果てに……」

「わかった、わかった、オマエは相変わらずの悪党なんだろ？　行くよ。行くから、今はちょっと控えてくれ。これからこの窓を突き抜けなくちゃならないんだ、いいな、ほんの数秒、静かに願うぜ」

　制作スタッフが無線に向かって何か言っている。運命の窓を通した向こう側では何人もの裏方さんが光度計に目をやり、サウンドレベルをチェックしている。ゾイドは息を整えマントラを唱えた。ヴァン・ミータが去年、それまで凝ってたヨガ熱が冷めてきたころ、ほんとは一〇〇ドルするんだが特別に二〇ドルにしとくからとゾイドに無理矢理売りつけた呪文だが、ゾイド自身まだ、それを使う機会はなかった。準備オッケー。ヴァン・ミータがサッと手を上げ、人差し指と中指の間を開いた。ミスター・スポックでおなじみのヴァルカン星人の敬礼である。「こちら準備完了、どんぞお、Z・W《ゾイド・ホイーラー》！」

　ゾイドはカウンターのうしろの鏡で自分の姿をチェックして、髪を揺すり、向きを変え、一瞬静止し、ヤー！　ター！　と叫びながら、頭の中をカラにして窓の向こうへ走り抜けた。ぶち当たった瞬間――ん？　何かおかしい。衝撃というものがまるでない。音もヘンだし、当たった感じもヘンだ。抵抗も反響もない。ガラスに実体感がなく、弱々しい音とともに繊細に砕け散るばかりなのだ。

　着地したゾイドは、警察の現場検証が続く中、狂気の表情を装いながらカメラの一台一台に向かって突進を演じてみせた。警察による書類の書き込みもすべて終わって、あたりを見回す。するとどうだろう、割れた窓の前、破片がキラキラと散らばった中にヘクタがしゃがみ込んで、ギザギザの輝く破片を一枚持ち、「悪党の出番じゃぁい」と、いつものニタリ笑いを浮かべて、次の瞬間、「いくぞおーっ」とばかり、首を前にもっていって手にしたガラスにかぶりついたのだ。まるでヘビである。ゾイドは凍りついた、なんてこった、ヘクタのやつ、ホントに狂ってしまったのか?――ところがヘクタはバッドな笑みを浮かべたまま。「¡ーケ・リーコ、ケ・サブローソ!」とスペイン語でおいしがって、ガラスの破片をムシャムシャ食べてしまった。一方のヴァン・ミータは去りゆく救急隊に向かって「担架、担架!」と叫んでいるが、演技は成功したのだし、ゾイドも実はメディアにウブなわけではない。いつだったかの「TVガイド」誌に書いてあったが、スタントマンの演技には、派手に割れてもケガのない透明なキャンディ製の板ガラスを使うらしい。さっきぶち当たったときの変な感触、あれはきっとウェイヴォーンの御曹司がガラス窓を砂糖製のと張り替えておいたせいだ。「一本取られた、ヘクタさん、ありがとよ」。

だがヘクタはすでに、政府ナンバーのついた大きなグレーのセダンの中へと姿を消していた。カメラマンが、去りぎわのショットにと、御一行の列を離れて〈キューリ〉の建物と、今日は特別夕暮れ前に点灯された悪名高き回転ネオンをビデオカメラに収めている。卑猥寸前の角度に立った巨大な緑のキューリ形ネオンは、イボイボを点滅させて回転する。それを見ながらゾイドは思った。オレ、あしたやっぱりまた、ボウリング場に出頭することになるんだろうな、と。厳密な意味では、その義務はない。しかし、片面透視の窓ガラスを通したヘクタの眼光はあまりに鋭くゾイドを貫いていた。北カリフォルニアの山肌を夜霧が這い登り、ハイウェイ101の行く手を蔽う。その中にヘクタの視線だけを残して車が消えていく。新たなトラブルが確実に予感された。ゾイドはこれまで自分を情報源にしようとするヘクタの執拗な攻撃に耐えてきた。テクニカルな意味では「童貞」を保ってきた。それでもあのスッポン野郎は離れていかなかった。新たに戻ってくるたびに、よりクレイジーな策に訴えた。そのしつこさにいつかオレも屈してしまうのか。束の間の平穏を得るために、寝返ってしまう日がくるのだろうか。どうもそうなるしかないということが、すでにゾイドには見えていた。問題は今がその時なのかということ。あと数回持ちこたえていくことができるのか。まるでTVの「ホイール・オブ・フォーチュン」で運命のルーレットを回すハメになったかのよう——だけれど、ここには司会者パット・セイジャックの励ましが入るわけではなし、こんがりお肌の美女ヴァナ・ホワイトがゾイドの視界の端っこで、回るホイールに拍手してゾイドの幸運を祈り、綴られたメッセージを——どのみち読みたくなどない文言を——一文字ずつひっくり返してくれるわけでもない。

ゾイドが家に戻ってきたのは、自分の雄姿をTVでキャッチするのに間に合う時間だったけれど、ブラウン管の前にはプレーリーが陣取ってきょうの四時半シネマ、ピア・ザドラ主演の『クララ・ボウ物語』を見ていて、終わるのを待たねばならない。娘は父のドレスを指差して、「いいんだぁ、その色。マジに斬新じゃん。使用ずみになったらあたしにちょうだいね。フトンのカバーに使うから」。

「おまえ、木こりとか、その手の男に関心あるか?」

「なによ、いきなり」

「怒るなって。レッドウッドを伐り倒してるゴッツい兄さんが二人、オレに電話番号渡したんよ、いろんな額のドル札も添えてな」

「え、なんで?」

ゾイドは眼を細めて娘を見やった。ふむ、「なんで?」って、このウブな質問はわざとなのか。「えぇと、今年は一九八四年だな……、とするとおまえは十四だ」

「ピンポーン。次は車に挑戦ですかぁ?」

「勘違いするな、仕事でやってることだからな」　ＬＬサイズのどぎついドレスを脱ぎ出しながらゾイドは言った。プレーリーは恐怖に怯えた顔をしてみせる。目ン玉むいて、開いた口に手をそえて。ゾイドのパンツは過ぎし日のサーファー・バギー、ハッソンのＴシャツはカギ裂きだらけだ。「ほれ、持ってけ。ニュースに父ちゃんが出るんだからな、チャンネル替えるぞ」

ＴＶの前に並んで座る。床の上には、ヘルスフードの店で買ってきた、椅子の高さまでくるチートスの袋と、グレープフルーツ・ソーダの六缶パック。「ベースボール・ハイライト」が終わり、ＣＭ、天気（明日も雨はなし）と続いて、さあ始まった、本日のズッコケ・ストーリー。キャスターのスキップ・トロンブレイはしゃべる前からもう笑ってる。「ヴァインランド恒例の行事が本日行われました。毎年、窓ガラスへの突進を披露してくれる地元精神病院の通院患者、ゾイド・ホイーラーさんの、今日は年に一度の晴れ舞台です。本年の当たり番はご存知、悪名高き〈キューカンバー・ラウンジ〉。ハイウェイ101からわずかに入った、ご覧のいつものお店です。チャンネル86の有名人特ダネ部隊は、謎の人物からの電話を受けて、ショーの収録に駆けつけました。ホイーラーさんのアクションは、去年は『グッドモーニング・アメリカ』が全米ネット放映を検討したというだけあって……」

「パパ、なかなかじゃん」　画面にゾイドが窓を突き破るシーンが映される。本物のガラスが割れるサウンドエフェクトつきだ。パトカーと火災防具が陽気なクロームの輝きを添えている。自分の体が地面にふれ、回転し、起き上がり、歯をむいて雄叫びあげてカメラめがけて突進するのをゾイドは見つめた。映像はそこまで。形だけの逮捕と保釈のシーンは放映されなかったが、自慢のドレスが――蛍光色のオレンジに紫外線と境を接する紫色、ところどころにサイケ・グリーンとマゼンタ色でハワイのオウムとフラガールの絵柄をあしらっている――スポットを浴びてＴＶ画面を彩るのはなんとも気分爽快だった。サンフランシスコの某局へチャンネルを回したら、ゾイドの演技のスローモーション・

リプレイをやっていた。百万粒に砕けたガラスが噴水の飛沫のように滑らかな飛跡を描いてしだれ落ちる中を、ゾイドがゆっくり回転しながら（自分の記憶にもない）数々のポーズを決めていく。静止画像を焼き付ければ、あれもこれも、どこかの写真コンテストで賞を取れそうな出来栄えだ。続いてゾイドの過去のジャンプのハイライト集。年をさかのぼるにつれ、色彩劣化と制作技術のアラが目立つ。専門家によるパネル・ディスカッションがこれに続いた。物理学者、精神分析の専門家、それにロサンジェルスのスタジオからオリンピック陸上チームの強化コーチがライヴで参加、みんなしてゾイド・ホイーラーの、毎年のテクニックの進化について論じあうのだ。〈身投げ型〉《ディフェネストラティヴ》の人格と〈抜け出し型〉《トランスフェネストラティヴ》の人格とを区別することが有用でありまして、前者は窓から飛び出ることを希求するのに対し後者は通過するという点に力点を置くという点、両者はまったく異なった深層的意味あいを反映しているのであります……とか、そんな議論になったころには、父と娘の関心はブラウン管からさまよい出てきた。

「今年のには9.5をつけてあげる。自己ベスト更新よ。あーあ、ビデオが壊れてなければなあ、録画しときたかったのに」

「いまオレが修理してるんだから」

　プレーリーは父親を見据えた。「新しいの、買いどきだと思うんだけど?」

「先立つもんがあったらな。いいか、同志、このウチはまともな食料にも事欠いてんだ」

「やだ、パパのいう食料なんての買い込んでこないでよね。カロリーばっかなんだから。あたしどうしたらいいのよ。家じゅうケーキとパイだらけにして、冷蔵庫にキャンディバーとか入れといて、砂糖の代わりにネスクィックなんか使うんだもの、ああキモチワルイ、あたし、この先どうなっちゃうの」

「おい、オレは金がないって言ってるだけだぞ。誰だ、このごろおまえにヘンなこと吹きこんでるなぁ」

長くしなやかな首と脊椎の上で、少女の頭が微妙に回り傾いた。父親と話すための適切な角度に微調整したふうである。「そうね。イのつく人が、ひとことふたこと言ってたみたい」

「お、あの、パンク・キッドか。パンクフードが専門の。名前の由来が、ほれ、何だ、ロボットだっけか?」

「イザヤ書第二章第四節。聖書からとったのっ!」もう見込みないわ、とばかり首をゆっくり横に振りながら、「名前をつけた両親って、パパの友だちのヒッピー・フリークじゃん、ピースにこるのもいいですけど、愛の夏《1967》に生まれた子につけた名前が、なによ、あれ、聖書の節でしょ、戦争を平和にチェンジするとか? 槍を打ち直して枝バサミ作るとか? 平和主義者《ピースニック》のバカもいいとこよ」*。

「いっとくがな、おまえたちふたりとも、食いモンにゃ気をつけたほうがいい。あのR2D2な、あいつ、ただのケチ公で、おまえの食費を浮かそうってコンタンなのかもしれんぞ。そう考えたことないのか。いったい何だったら食っていいっていってるんだ?」

「愛には不思議なパワーがあるの、パパはもう忘れちゃったでしょうけど」

「そんなことは一九五六年から知ってるね。『ラヴ・イズ・ストレンジ』ってな。あの歌のギター・ソロだって覚えてるわ。そうか、アイツに恋したか。おまえのほうこそ忘れてるんだろうが、アイツのことなら知ってるさ。おまえたちがみんなしてハロウィーンのお菓子もらいに回ってたころからな。ひとつだけ言っとくが、『13日の金曜日』〔一九八〇〕のジェイソンの面をかぶって、ひとんちのドア

* 旧約の預言書『イザヤ書』第二章第四節は、「剣は鋤に、槍は鎌に」という平和主義的メッセージを含む。このIsaiah Two Fourの名を、ゾイドは故意に、『スター・ウォーズ』のロボット、R2D2と間違える。

をノックする子ってのは、やっぱりマトモじゃない。マトモでないことにかけちゃ大先輩のオレがいうんだから、まちがいない」

　プレーリーはため息をついた。「だってあの年は、みんなジェイソンだったのよ。ジェイソンって、もう古典なの。フランケンシュタインと同じなんです。とやかく言うほうがおかしいわ。しっかりして！　イザヤはね、ずっと前からパパのこと尊敬してるんですからね」

「はぁ？」

「窓ガラスのアクションをビデオにとって徹底研究してるの。ガラスが危うくパパを貫通しそうになったときが二、三度あったって、ちゃんとチェックしてんのよ」

「危うくって、そりゃあ……」

「ガラスの大きな破片が槍のようになって」プレーリーが説明する――「落ちてくるんでしょ？　体を突き通すくらい重いのが。イザヤの友だちはみんな、パパ、すっごいクールだって、びびってるようすがまるでないって」

　血の気が引き、気分が悪くなったが、それでもゾイドはなんとか片眼で、ホントかよ、という眼差しを送ってみせた。ここに及んで、今日のガラスは偽物でしたと漏らす手はない。娘の顔はマジメそのものだ。本気で父親を讃えてる。ほとんど不気味な気さえする。ここはダンマリを決め込もうと、そう思いながら、ゾイドは突如の疑念に襲われた。ひょっとして、いまの娘の説明こそが、真実をついているんじゃなかろうか。窓を破って跳躍するたび、一歩まちがや、死か大手術が待ってたのかも。この先ずっと、こんなヤバいことに頼って暮らしを立ててていいんだろうか。いつもいつも砂糖のパネルのお世話になれる保証はない――のだとしたら、ジョーイ・チットウッドみたいなカー・スタントのショーで働いて手堅く稼いでおいたほうが正解ではなかったろうか。

「そいでさ、思うんだけど、イザヤと組んでビジネスする気ない?」ゾイドの耳に聞こえた限り、たしかにプレーリーはそう言った。「彼ならノルわよ。パパは心を開きさえすればいいの」

どういう意味だか理解できないゾイドは軽口で受け流した。「心かい、心だけなら開いてやってもいいね。アイツがヘンなところをオレに向けて開かなけりゃね」——と言うが早いか、顔面めがけてスポーツシューズが飛んできた。中に足が入っていなかったのはラッキーで、首をすくめるとそれは耳をかすめて飛んでいった。

「髪型がいけないっていうの? 人のことを髪の毛だけで判断する気?」と言いながら、人差し指を横に振る。ご近所のうるさ型のおばさんと、昼メロの分析医を足して二で割ったような仕草だ。「パパが十代でヒッピーやってたとき、家の人になんて言われた? そのワカラズヤの父親を、いま自分でやってるって、わかってんの?」

「オレだってむかしは社会の脅威だったさ。その点じゃおまえの彼に負けないね。だがな、アイスホッケー・マスクかぶって、人も殺せるような刃物をもって、夜の夜中に人の家の戸口に現れたりするやつはオレの世代にゃいなかったぞ。アイツ、枝バサミまで持ってきたろ。それが突然何やろうって? ビジネスだ? 何のビジネスやれるんだよ。湖畔のキャンプ場の建て直しか?」と言いながら、父は娘にチートスを投げつけた。鮮やかなオレンジ色が一面に舞い落ちる。

「いいアイディアなんだから。彼に耳を貸してあげて、ね、父さん?」

「父さんだ?」ゾイドは投げつけようと手に持っていたチートスをほおばった。「そりゃオレだってな、人の話を聞く耳くらい持ってるさ。カタブツ親父と一緒にするな。おまえの彼も、見た限りじゃ無理っぽいが、結局は頼もしい男だったということにならんとも限らんだろ。『ギジェット』〔一九五九〕のムーンドギーの例もある……」

「イザヤー！」と突然に娘が叫んだ。「早く早く。いま、機嫌スッゴイいいのぉ。いつまでもつか、わかんないから、急いでよ！」次の瞬間、異次元時空の軌道をめぐって待機していた「イザヤ書二章四節」君がふたりの前に立っていた。モヒカン刈りの長く垂らした尻尾の髪はサイケなグリーン、その先っぽはエアブラシで吹き付けたマゼンタ色に染まっている。この古風な六〇年代的配色が今もゾイドを感動させることを、これまで何枚ものTシャツと灰皿をプレゼントしてきたプレーリーはよく知っていた。この日のイザヤのスタイルが、ゾイドに取り入ろうとする歪んだ努力の表れなのは明白だった。

　登場するなりイザヤがやってみせたのは、ヴェトナム兵士の挨拶と彼が信じる、複雑な手のひらパチンの挨拶である。この少年はなぜかいつも、ゾイドをヴェトナムと結びつける。このあたりに住みついた帰還兵や監獄の囚人たちから仕入れたネタの部分はゾイドにも伝わったが、私的な解釈になっているところはついていけない。演技中、イザヤはずっとジミ・ヘンドリクスの「紫のけむり《パープル・ヘイズ》」をハミングしていた。「ヘーイ、ミスタァ・ホイーラー、ハウ・ユ・ドゥーイン？」

「なんだい、その〝ミスタァ・ホイーラー〟ってのは。こないだの〝ランチミート〟ってのはどうしたい」前回この少年と会ったとき、音楽の趣味の違いに端を発したささいな議論が、全領域的な価値観のおとしめ合いに発展し、とどのつまりに出てきたのが、「この、アホンダラのランチミート！」という罵り言葉であったのだ。

「あ、そんなこと言いましたっけ？」と、プロ・バスケ風の体格をして、ことによると娘とファックしているかもしれない少年が答える。「だったらそれはきっとこういう意味でいったんじゃないかなあ。つまり、運命のジョーズの牙にかかれば、僕たちはどちらも結局は人肉サンドになっちゃうわけで、そういうふうに考えれば、ホイーラーさんがセプティック・タンク（汚水処理槽）やファシスト・トージャム(ファシストの足垢)の音楽メッセージがお嫌いであろうとも、そんなことは大した問題ではないと……」これだけ見えすいたことを言われれば、ゾイドとしても、うち解けないわけにはいかない。

「ほお、そういうふうに考えれば、オマエが、社会問題の解決にウージィ銃の使用を薦めるのも、大した問題じゃなくなるな」

「なんと、お心の広い!」

「ハーイ、どーぞぉ!」プレーリーが特大ボウルに入ったワカモーレと、特大袋入りのトルティーヤ・チップスを持ってきた。この調子だと出てくるな、とゾイドが期待をかけたとおりに、ドスエキスの六缶パックの冷えたやつも、やったぜ、出てきた。最初の缶をシュパッと開け、ニッコリしながら思うのは、娘がこういうことの場づくりには驚くほどの才能を発揮するということだ。プロの域に達するまでには、もっと場数を踏まないといかんが、この抜け目のなさは間違いなくオレ譲り——と思うと、ゾイドは頬が熱くなるのを感じた。いや、それは彼女の作ったワカモーレに市販のサルサが効きすぎていたせいかもしれない。

　今ゾイドの口をついた〝ウージィ〟というのは、発祥の地イスラエルでは「砂漠の極道」の異名をもつ自動小銃だが、イザヤの用件はまさにそれ。彼の思い描くビジネスは、「ヴァイオレンス・センター」の設立であったのだ。テーマパークの小型のものでも想像すればよいのだろう。まず一つを成功させて、いずれフランチャイズ方式にしていこうという計画で、どの「センター」にも、オートマチック銃器の射撃場、準軍事冒険《パラミリタリー》ファンタジー、お土産ショップ、フード・エリア、そして家族客用に子供向けのゲームセンターを置くという計画だ。チェーン店にしていくからには、配置の標準プランとロゴマークも決めなくちゃと、イザヤはテーブルに肘をつき——実はそれ、ゾイドがどこかで失敬してきた電気会社のケーブル・スプールなのだが——手にしたトルティーヤ・チップスで図を描きながら自分の夢を広げていった。まず「冒険ランド・第三世界」。これは障害物をちりばめたジャングル仕立てで、ここで客はターザンみたいにロープでスイングしたり、人工沼へ飛び込んだりできるほか、現れ出る原住民ゲリラに模したダミーを銃で撃破する。「荒廃シティ」は、サックスのBGMが流れるうす暗いネオン街で、ポン引き、変質者、ヤクの売人、強盗等のクズどもをかたっぱしから射撃できるという趣向。そのうす汚い標的は、客の誰もが充分な憎しみを燃やせるよう、人種的にもあらゆるタイプを取りそろえておく。そして、ヴァイオレンス通のために用意するのが「ヒット・リスト」という名のコーナー。それぞれの客に、いけ好かない有名人を何人かずつ選ばせて、その顔を(廃棄場から目方売りで仕入れてきた)TVに映し出し、(懐かしの遊技場のアヒルのように)ベルトコンベアで動かして受像機もろとも破壊させる。いやったらしいポーズでベチャクチャしゃべりまくっている映像めがけてブッ放す快感が、ブラウン管の破裂によって増幅されるという狙いである。

この話をオールド・サーファーの心意気でなんとか乗りこなしていたゾイドだったが、波のように押し寄せる世代別入場者構成やら収益予測の数値やらの説明には危うく呑み込まれそうになった。いつの間にか下顎がガクンと落ちていて口が開いたまま。それに気がついてあわてて閉じたら舌を嚙んだ。そのときのイザヤのセリフが、「ホイーラーさんにはビタ一セント、かかってこないの」。

「こりゃ大変だ。かかってこないのが一セントだとすると、かかってくるのは何ドルだ?」

イザヤは、五桁のドルがかかっているにちがいないカリフォルニアの歯列矯正の跡を剝き出して、ネットリとした視線を送った。借金の連帯保証人欄にサインしてほしいというのが彼の頼みである。

ゾイドは容赦なく笑った。笑い声を充分長く引っぱってから、「で、金貸してくれるっていう殊勝なところはどこなんよ?」どこか遠くの、紙マッチの宣伝で仕入れた場所でも出てくるのかと思っていると、「ヴァインランド銀行ですよ」ときた。「オマエさぁ、ゆすりとか、そういうの、してないよな?」影長き青年をゾイドはつつく。

イザヤは肩をすくめただけで先を続けた。「建設と風景づくりはすべてお任せしようと思って来たんですけど」

「おいおい、連帯保証人は、親がなるのがスジだろうが」

「だってほら……うちの親、知ってるでしょう、あれだけハマッちゃってるの、その……ノン・ヴァイオレンスってのに」その語調には、ある種のやりきれなさがうかがえた。彼の家では単に人に殺された動物を食べてはいけないだけでなく、野菜の中でも赤いのは怒りに染まるという理由で排除され、パンも、イースト菌を殺してつくったのはダメという徹底ぶりなのだった。プレーリーにあんなクレイジーなものを食わせるのも、家庭の食卓で受けてきた仕打ちの投影か、と分析には縁のないゾイドでさえも分析していた。

「じゃ……まだ親に話してないというわけか?」

「はあ、サプライズにしたいと思って」

ゾイドは笑って、「そりゃ、子供からサプライズをもらうのは、どの親も悪い気しない」と言って、プレーリーのほうを見やると、あ、そう、じゃ、あたしも一つあげようかな、と言いたげな眼つきである。

この子の口から出てきたのは、「何日かみんなでキャンプに行くの。いいでしょ? バンドのグループと、女の子が何人か」。

イザヤは地元のヘヴィメタ・バンドのメンバーだった。バンド名がビリー・バーフとザ・ヴォミトーンズ。* 最近は仕事にあぶれ気味だった。

＊ あるいは、ビリー・ゲローとザ・ヘドーズ。barf も vomit も、どちらも「反吐」の意味。

「キューリの店に行って、ラルフ・ウェイヴォーン・ジュニアに会ってみな。その妹が来週シスコで結婚式をやるんだが、バンドに突然キャンセルされて、代役探しに焦ってたよ」

「そう……じゃあ善は急げで、電話借りていいですか？」

「電話か、最後に見たのはバスルームだったかな」

二人になって父と娘の視線が合った。赤ん坊のときからこの子はいつも強気だった。「で、どうなの？」

「アイツを嫌ってるわけじゃないが、オレを連帯保証人にして金が借りられるわけないだろうが」

「だってパパ、地元の実業家なんでしょ？」

「正式にゃジプシー浮浪者って言うんだと。それにもう、あらゆる場所から借りられる金は借り切ってる」

「お金をたくさん借りてる人って、信用度が高いって聞いたけど」

「そういう連中はオレとは借りるケタが違うんだ。いいか、企画がポシャッたら、家ごと持っていかれるんだぞ」――という話のポイントが娘に伝わり始めたんじゃないかと思った矢先、大声たててバスルームからイザヤが飛び出てきた。「ギグだ、ギグだ！　取れちゃった。スゲー、信じらんねえ」

「そりゃ信じる方が無理だ」ゾイドがつぶやいた。「豪華絢爛、百パーセントのイタリア式の結婚式だぜ。そんなとこ行って、おまえたち、何やんの？　〝ファシスト・トージャム・グレイテスト・ヒッツ〟かい？」

「ま、ちょっと、組み立てを考え直さないとダメっすかね。なんか、俺たちみんなイタリア人だ、みたいなことにしてしまったし」

「何曲か覚えていく必要があるってことだな。まあ、度胸でこなしなさい」ドアから出て行くふたりを見送りながら、ゾイドはけっこうゴキゲンである。いいとも、いいとも、マフィアのギグの斡旋でも、よろこんでお手伝いするさ。いやいや、感謝される筋合いじゃ……。ゾイド自身、その昔、ギャングの結婚式でプレイした経歴を持つ。イザヤにだって扱い切れないものではない。ヘマしても、ヤバい展開になる前に、ご馳走が余裕でカバーしてくれるだろう。娘のボーイフレンドに質《たち》の悪いイタズラをしかけている気は彼にはなかった。たしかにまあ、虫が好いてしょうがない、ってなタイプの子ではないが、娘のつき合う相手のことなど、悩みからの休暇《ヴァケーション》のようなものだった。悩みといえば、深刻なのが山ほどあって、その山のてっぺんに今日突然にヘクタ・スニーガが躍り出てきたのである。モクに火をつけ、消音にしたＴＶを前に腰を下ろすと、ゾイドの思いは避けがたくヘクタのことへと漂っていった。

時を超えて続くロマンスとでもいうのか、ゾイドとヘクタの関係には、シルベスターとトゥイーティの追っかけっこに劣らぬほどの粘着性があった。ときにはヘクタも、ゾイドのことを朝のTVのアニメみたいに叩きつぶしたいという誘惑に駆られたこともあったろう。だが、こいつはダメだ、とても捕まる相手じゃないと早いうちから観念していた。いや、ゾイドの心にスキがないとか、そういうのでは全然ない。問題は、この男の頑固さと、麻薬濫用、および進行性の精神疾患にあった。おまけに臆病なせいか、ただ想像力がないだけなのかは知らないが、この男には人生のあらゆる取引に関して、まともな感覚が欠けている。ヤクの売買《ディール》だけでなくすべてにおいてそうなのだ。だからこのごろでは、あいつの口を割らせようとか、仲間の名前を吐かせようとか、いきり立つこともなくなったが、そうした危機を脱した今でも、ときどきヘクタはゾイドの前に、できることなら前触れもなく、いきなり顔を見せることに自分でも理由のわからぬ悦びを見いだしていた。

　ゾイドの人生にヘクタが最初に顔を出したのは、レーガンがカリフォルニアの州知事に選出されてまもなくのこと。中学時代からザ・コルヴェアーズのキーボード奏者としてサーフロック一徹の道を進んできていたゾイドは当時、南カリフォルニアのゴルディータ・ビーチにバンド仲間の数人と——

といっても誰が正式な住人で誰が駆け込みなのか判然としなかったが——家を借りて住んでいた。その家はおそろしいほどの年代もので、このつぎ自然が軽い寝返りでもうったなら家全体が崩れるだろうとの判断から、白蟻関係の条項も禁止行為の条項も契約書から全文削除されていたほどだが、過剰な紋様が好まれた時代の産物であるこの家は、見かけに比べてずっと頑強だった。漆喰は浸食されて剝げ落ちて、現れたさまざまなビーチタウン風のパステルカラーがこの家の塗装の歴史を物語っている。夏になると塩分と油煙を含んだ霧が、砂丘を越えて上がってきて家の腐食を促進し、セプルベダ・ハイウェイを越え、当時はまだ草むらだった地区を越えて、ときにサンディエゴ・フリーウェイにまで達した。虫よけの網を張った長いポーチに立って眺めると、段々になって海に下る家々の屋根が見渡せる。道路からの入口はダッチドアになっていた。ゾイドが初めて眼にしたヘクタは、上半分だけ開いたこのドアに縁どられ、背景の足下にたそがれ時の太平洋の白波をくゆらせて立ち、年季の入った広縁のレザーハットに黒眼鏡といういでたちで部屋の中をうかがっていた。路上に止めたプリマスには連邦政府のマークがあり、その中に当時の相棒メルローズ・ファイフの超肥満の図体がフロントシートにぎゅーぎゅー詰めの恰好で収まっていた。ノックに応えて運命のドアを開けたゾイドだったが、警官風のもみあげを生やし、悪漢風のソンブレロをかぶったこの男をポカンと眺めるばかりで、言ってることにはさっぱり理解が及ばない。

そうしているうちコルヴェアーズのリードギターとヴォーカル担当、スコット・ウーフがキッチンから出てきて加わった。ドアの柱にもたれながら長髪をいじくり回すスコットに、ヘクタが言う。

「あとでアンタの友だちに説明しといて。ぜんぜんわかっとらんに」

「¿ケ?」スコットはスペイン語でシラを切る。「ノ・アブロ・イングレス（英語わかりません）」

「ホワオ」ヘクタの戸口用のスマイルが引き攣った。「相棒を連れてこんといかんかい。見えるな、あそこの車ん中にすわっとんの、立ってみると、どんくらいデッカイんかな。あんなの、誰も引っぱり出そうと思わんで。一度出すとまた入れるんがしんどくてに」

「スコットのことはほっとけや」と、ゾイドが口をはさんだ。「こいつはサーファーでさ――アバヨ、スコット――何年か前に、メキシコから来た若い、その、ジェントルマンたちとさ、ひともめやったことがあって、で、今もときどき――」

「エルモッサ《ハモーサ》・ビーチのタコベルの駐車場の夜！　おお、忘れもせぬ夜が続いた。ワシらの記憶に、あれは伝説として刻まれた」というこのセリフ回しは、ちょうどヘクタがリカルド・モンタルバンに扮するようになってまもない、その真似がまだ初期の素朴さを残していたころのものである。

「で、その復讐を果たしにきたわけ？」

「ちょっと失礼する」ヘクタは内ポケットから警察手帳を取り出した。上着の内側、脇の下のところにバンドで締めた38口径の警官用ピストルがしっかり見える。連邦政府から委託供与されたそれは、ワンタッチで開く装置つきのレザーケースに包まれていた。

「うちの住人に、連邦さんの関わりあいになるのはいないから」とゾイド。

ヴァン・ミータが駆け込んできた。当時の彼のルックスには、彼を見かけた警官すべてを反射的なボディ・チェックの行動へと走らせるだけのものがあった。その彼が顔をしかめて、「スコットのやつ、どうしたんよ。裏口から出てっちゃったぜ」。

「ワシらが何の用件で来たのかを言えばだ――」遠回しの説明にくたびれて、「ドラッグなんじゃ！」

しかし返ってきたのはヴァン・ミータの「ヤッホー！」だった。「すげーや、もう何週間も切らしてんのよ。永遠のお別れかと思っちゃった。すげーや、奇跡だ」――ゾイドが蹴りまくるのも構わず――「誰に言われて来たの、アンタ、リオンの知り合いいって人？」

連邦政府の職員は面白そうに歯を剝いた。「件《くだん》のその人物はな、あいにく拘留中だ。ま、近い将来ふたたび例のゴルディータ桟橋の下あたりに出没しおるんだろ」

「あああああ……」とヴァン・ミータ。

「宜しい宜しい。その手の確認情報こそに、ワシらは高い評価を下すんでな」と言いながら、ヴァン・ミータの耳の後ろで指を鳴らしたかと思うと、ヘクタは指先にはさんだパリッとした五ドル札を差し出して見せた。当時のレートでメキシコで流通している「並」のハッパが半オンス手に入る額である。ゾイドが目ン玉を転がす間に、ベーシストのヴァン・ミータはもう札をつかみ取っていた。「ワシらんとこは前金払いの予算も潤沢でな、良質の情報《ブツ》への対価に糸目はつけん。しかし、子供だましのガセネタには一文も出んぞ。そのうち機嫌悪くするよって気ぃつけてや」

この地区にばらまかれた通報奨励の五ドル札は、もちろんこれが最後ではなかった。なにしろ当時のサウス・ベイには連邦麻薬捜査官だらけ、地元の巡査のやっかいになるより、連邦警察にしょっぴかれていくほうが確率的に高かったほどなのだ。ビーチ沿いのすべての町と、トーランス、ホーソン、ウォルテリア一帯では、納税者から吸い上げられる巨万の額が、なにやら巨大な試験的プロジェクトに注がれ、その潤沢なおこぼれが政府機構の各レベルに複雑にはびこったドラッグ取締部局の活動を支えていた。ゾイド自身は仲間の〝稼ぎ〟にたかって食事にありつき、車を走らせ、ハイになるのはやぶさかでなかったにせよ、ヘクタの差し出す金を受け取ったことは一度もない。たしかに決意の揺らぐときもあった。ときたま自分で取引したりすると、ビニール袋に密封されたスイートバジルの葉っぱだとか、小瓶に入ったビスクィックだとかをつかまされ、「そうよ、オレってドジよ、アンタはなんだい」とひとくさりぼやいた後でも腹の虫がぐにょぐにょ動いて、あの野郎、タレ込んだろうじゃねぇかと悶々とする日が続くのだったが、ヘクタへの通報を禁じる理由がそこにはいつもあったのだ。そいつがふだんクールなやつで、そのときだけはどうしても金が必要だったとか、中西部からやってきた自分の遠い親戚だったとか、あとで復讐にくるに違いない殺人狂であったとか。というわけで、ゾイドが口を割らずにいると、ヘクタは怒りを募らせた。「オイ、ゾイド、そうやって他人のこと護ってるつもりんなって騙されてりゃいいや」ヘクタの言葉の端には積年のイライラが感じられた。無理もない、ゴルディータ地区を持たされて以来、何ひとつ思いどおりに事が進んだことがないのだ。ビーチ界隈のマリワナ窟はどれもこれも同じに見えて、記憶は錯綜、住所は間違えるわ、夜明け方に無実の市民を襲ってしまうわ。路地をはさんだ向かいの家とか、石段を降りてすぐの家に逃げただけの相手さえ捕まえられない。坂の段々と狭い路地、おびただしい曲がり角と家の屋根がつくるこの地勢はモロッコのカスバを思わせ、迷子になるのはあまりにたやすい。意志の強さや決断力はここではなんの役にも立たず、待ち伏せと奇襲ばかりがものをいう。このビーチタウン全体の不確かで幻影のごときありさまは、こんな場所へ配属されたヘクタの人生をまさに象徴しているようであった。「あのころはひどかったよなあ」十何年してゾイドがヘクタの古傷をさする。「あの家の人間関係のゴチャゴチャったらなかったぜ。その場かぎりのはずの女が居ついたりで、嫉妬だの復讐だのギャーギャーしてるとこへもってきて売人やら仲介人やら、おまけにおとり捜査をやってるつもりの麻薬捜査官も紛れ込んでた。それに加えて過激派の連中が二人か三人あっちゃこっちゃから逃げ込んできてた。出たり入ったりがやたら激しくてさ、アンタもだぜ、ヘクタさん。自分専用の垂れ込みスーパーみたいに、あそこを利用してただろ——お好きにどうぞ、私どもは二十四時間オープンですって感じでさ」

ふたりは〈ヴァインランド・レーン〉の奥の食堂に座っている。眠ろうにも眠れぬ一夜を過ごしたあと、観念してゾイドはこのボウリング場にやってきたのだ。彼の注文は健康食のエンチラーダ・ス

ペシャル、一方のヘクタは日替りスープ（今日のはズッキーニ・クリーム）に菜食者用トスタータと
いう組み合わせだ。運ばれてきたトスタータを彼はさっそく解体し、それをふたたび寄せ集めて、な
にか意味のあるらしき——しかしゾイドには意味のわからぬ——形にした。

「おいおい、何だよ、そんなグチャグチャにしちゃって」

「それでもな、まわり中にぶちまけとらん。シャツも汚しとらん。駐車場巡りのときとは大違いじゃ」重い力点あるセリフ。いや、決して多いとは言えなくても、駐車場での悶着も一度や二度はあり、活劇まがいのことまでやった相手に向かってこれである。ゾイドは思った——最後に会った日から今日までのどこかで、この男もきっと悟ってしまったんだと。人生の地平線の彼方から嵐がくるのを感じて、屋内退去を決め込んだのだと。何年たっても13号俸に甘んじながら外回りをやるという彼の仕事っぷりをゾイドは、ヘクタ自身が言うところの「カガティンタス」——ケツからインクを垂らす役人——だけにはけっしてなるまいという心意気のゆえのことと信じていた。そんなもんになるくらいなら警官稼業からさっさと足を洗う心づもりなのだろうと思っていた。そのヘクタが、ここにきてとうとう妥協の道を選んだか。外の寒さが身にこたえる齢にこの男もなってしまったということか。眼玉になじんだ駐車場とおさらばし、天候と偶然に支配される世界のことは血気盛んな新入りたちにまかせておいて、自分はシコシコ14号俸に昇進か。これはなんとも滅入る話だ。生き方の頑固さにかけて人に譲らぬゾイドは、いくつになっても役人気質に染まらぬヘクタをひそかに讃美してもいたのだった。

その朝、連邦警察のコンピュータから、ヘクタは大事な情報をキャッチし損ねていた。本日ヴァインランド・レーンはジュニア選手権の準決勝の会場になっていて、北カリフォルニアの全域から集まってきたチビッコ・ボウラーが大集合、寄せ木細工の芸術品として名高いここのレーンで腕を競って

いた。この建物が建ったのは、ご当地木材産業の最盛期、床も柱も総レッドウッド製の大きな家々が建ち並ぶ中、今はもう伝説と化した名うての職人たちが雨に濡れたつややかな駅馬車から降りてきて、ボウリングのレーンだろうとゴシック風特注野外便所だろうとなんでも器用につくってくれたころのことだ。ボールがピンを飛ばし、ピンが板にぶつかる音が反響し轟音となって食堂の中に押し寄せる。子供たちも食堂に押し寄せる。色とりどりのジャケットを着込み、片手に各自最低一個のボールを収めたバッグをぶらさげ、もう一方の手でフードとドリンクがあぶなっかしくのったトレイを支えて、列をなしてぞろぞろこっちに入ってくる。レストランとレーンを隔てる網戸のドアは、一人通るとギーと開いてまた閉まり、続けざまにギーと開いてまた閉じる。この規則的な動きが何度も繰り返されるうち、ゾイドのランチの相方に影響が現れ始めた。右に左に眼をスイングさせながら、リズムに合わせて何やらハミングしはじめたのだ。そのメロディが16小節目に入ってやっと、これは「原始家族フリントストーン」のテーマソングじゃあるまいか、と思われたその歌を歌い終えたヘクタは、しょぼけた顔をゾイドに向けた。「そんなかに、あんたのもいるんかな」

おいでなすったか。オーケー、「何を言ってるんだ、ヘクタ？」

「わかっとるじゃろが、アホンダラ」

ヘクタの眼を覗き込んだが、何も読めない。「オマエ、誰と話してきたんよ？」

「あんたのワイフよ」

ゾイドは目の前のエンチラーダをフォークで刺し、それを抜いてまた刺した。ヘクタが返答を待っている。「ふーん。で、アイツ……元気か」

ヘクタのうるんだ目玉がポコリと前へ飛び出た。「あんま、かんばしくないみたいだで、チビタン《リル・バディ》よ」

「なんよ、ヤバいことにでもなってるんか？」

「中年の大麻頭《ポットヘッド》にしては察しが早い。ならこういう言葉もわかるな。経費削減。テレビのニュースでよく言っとる。レーガノミックス。連邦予算のカットバック」

「ちょっと待てや。アイツ、なんかのプログラムに入れられてたんだよな……それが、金詰まりで、おん出されたって？」〝アイツ〟とは、もはや遠い国の遠い話になってしまったゾイドの元妻《エクス》、フレネシのことである。なんでまた——昼飯代を浮かすことを別にして——別れた妻の話なんか聞かされに、こんなボウリング場にまで来てしまったのか。ヘクタの野郎は身を乗り出して眼をギラギラ、見るからにこのやりとりを楽しんでいる。「で、どこにいんの？」

「証人保護の監視下に入れたんだ」

「入れた」の「た」に込められた強勢をゾイドは聞きもらした。「そりゃねえだろ、ヘクタさん、そういうのって組織を抜けたくて、でも昔の仲間に殺されたくもないって手合いのためのもんじゃないか。オマエたちいつから過激派とマフィアに同じ扱いするようになったんよ。土牢の中に放り込んどくだけじゃすまないのか。ロシアじゃたしかそうだったよな」

「厳密にいうとな、過激派関係の予算筋は出所が違う。しかし執行人は同じ合衆国の法執行官《マーシャル》で、その点じゃマフィアさんとかの場合とおんなじじゃ」

権力の指がコンピュータのキーの上で一瞬タップを踏みゃ、彼の人生もあっというまに潰されちまうっていうのに、ヘクタのこの薄気味わるいニコヤカさは何だ？　この悪漢づくりのオマワリも、いつドア蹴やぶってオレを逮捕しにこないともかぎらない。それを食いとめるにはこのオッサンの思いやりにすがるしか手がないわけだが、そんなもの、この男にはトンと縁のないものだ。死人を含め、この男から「思いやり」をかけられた者などひとりもいない。

「つまりだ、アイツはマフィアのタレコミ屋と一緒に監禁されていたのが、予算を削られて檻から出

された。が、ファイルがあるから、コンピュータのキーさえ叩けば好きなときに呼び出せる……って
わけね？」
「ビビビー！　ファイルごと削除された」という返答が一瞬、レッドウッド材に囲まれた空間に宙吊
りになった。ボウリング・ピンの跳ねる音が、それを崩し落とす。
「おいおい、ホントかよ。オマエらのゲームに予算をつけたり引っ込めたりはあっても、ファイルの
削除ってのはないと思ってた。いったいなんで……」
「なんで、ときくか。そりゃワシも知らん。ただワシントンじゃ、これをゲームだとは思っとらん。
目先の作戦を変えたんじゃない、こりゃもう革命じゃ。といって、アンタらのやってた意識革命のゴ
ッコとはちゃうわ。そういうのんとはスケールが全然ちがう、ホンモンの革命じゃい。時のうねり
――わかるかいな？　時の大波が襲ってきとんのよ。さあさ、どうします、サーファーのおっちゃん
よ、その波、しっかりキャッチするんか、ぶざまにひっくり返んのか」悦に入った目玉がゾイドに
向けられた。ただし、自分の食べ散らしてるトスターダがテーブル上のほぼ全域に散在していること
もあって威圧感にはどうにも欠ける。「前に一度、雷雨の晩のエルモッサ桟橋、撮ったやつがに……」
と言いかけて、ヘクタは急に、アカンとばかり首を振った。「なあゾイド、エエこと教えたる。Kマ
ートでな、いまフルサイズの姿見、バーゲンしとる。本官は美容学校で教えるほどでもないけどな、
言わしてもらお。一個買っとき。アンタのカッコ、もうちょっと、なんとかしとき」
「ま、待てよ、オマエ書類が抹殺された理由をホントに知らんのか？」
「だからアンタのヘルプが必要なんじゃい。ペイはいいで」
「なんてこった。ヤーハッハッハ、逃げられちまったんだ。どっかのアホがコンピュータの書類を消
しちまって、アイツの行方がわからない。で、このオレが知ってると思ってる」

「早まんに。アンタのエクスがこっちへ向かっとることは摑んどるんじゃい」

「それはできない約束じゃなかったのかい、ヘクタ。取り決めに、そんな項目なかったぜ。しかし、いつまで守られることかと思ってたら、優秀じゃんかよ。十二、三年にはなるだろう。ギネスブックのホットラインに電話してみるか。ファシストの権力がこんなに長く約束違《たが》えずにいるって、世界記録だぜ、きっと」

「相変わらず、気勢だけは見上げたもんや。気分はいまも反体制ってか。もチョット現実と仲直りして、穏やかになっとるかと思ったけどに」

「とんでもねえやい、国家が枯れてしおれるまでは、こっちだってなよるもんかよ」

「アンタらシックスティーズのおっさんたちにゃ、いつもド肝抜かれるわ。どこ行ってもまるっきり変わっとらん。モンゴルの、それも外モンゴルのシケた町でに、アンタくらいの齢のもんが指二本、Vの字におっ立てて『ヘイ、マーン!』て走り寄ってくる。『おまえ、ホロスコープは何だ?』とか。さもなきゃ『ガダ・ダ・ヴィダ』を歌い出す、全曲みっちりな」

「衛星放送でみんなが何でも聴ける時代だ。宇宙空間《スペース》ってのはたいしたもんだ。他には?」

麻薬捜査官の口調は、頰の筋肉に力を込めたクリント・イーストウッド調に様変わりした。

「不正直はいけねえ、ナチュラルにいこうぜ。オマエらが今も昔の夢を追っかけているのは分かってるんよ。みんな子供の心のまんま、リアルライフっての生きててよ、それがみんな魔法のように報われるのを待ちうけてる。そりゃそれでいい、止めたりなんかしない……怠けもんだとも思わんし、働くんが怖いとも思わんが、……オマエの場合は測りかねたな、オマエが自分をどんだけ純真だと思っとんか、そいつぁ、まったくわからんかった。何ヶ月見てても、純真なヒッピー・ミュージシャンにしか見えなくてな。まるで、自分を裏切ったことが一度もないみたいでよ、それがワシには不思議じやった」

「な、な、なんちゅうことを言うんよ、ヘクタ。オレが純真じゃねえだと? ずっと聖人みたいに生きてきたこのオレが?」

「悪《わり》いが、アンタのやってきたことは、ほかのやつらとどこも変わらん」

「そんなにひどかったかよ」

「もっと大人になれとはいわん。ただ時々は、静かに自分に聞いてみい。『それで誰が救われた?』。単純な質問だ。『それで誰が救われた?』」

「な、な——」

「一人はトミーズの店でバーガー待っとるあいだにオーバードーズでぶっ倒れ、一人はどっかの駐車場でマズい兄貴と口論になった。遠くの国に行ったまんま野垂れ死んだのもいたわ。警察から逃げてるモンが半分以上。なのにアンタは、マが抜けすぎてて、なんもコトが見えとらん。アンタの愛するコミューンてのの顛末、よく考えてみい。そんなんだったら、SWATチームと一戦構えたほうがマシだったたに。もうチョイ頭つかって考えろ。禅の瞑想の練習してる気分でいい、『それで、誰が救われた?』」

「オマエがだよ、ヘクタ、オマエが救われたんよ」

「ああそうかい《アィ・セ・バ》、いいや、そうやって親友《コンピンチェ》のハート壊したいんだ。アンタも自分でわかってバカやっとんかと思ったら、なんだ、ただのヘナチンかい」ここでニタリ。皮を突っ張らせたなんともひどい顔だが、これがこの男なりの自己憐愍の表現なのだろう。世の中に転落人生は数々あれど、その落差のみならず質においても自分は抜きん出てるということを、こうやって人に見せつけるのをヘクタは好んだ。ずっと以前、スカイダイバーの集中力と優美さをもって始めた落下が、降下を続けるうちにプロのタッチを失って――さきほどのトスターダのさばき方もそのささいな一例――街中《フィールド》での仕事さばきも落ち込む一方。長い長い転落の末、いまや強行突入をかけるときも、ただやみくもに突っ込むしか策はない。犯人を取り押さえるのに「めくらまし」から「一撃必殺」に至るレパートリーを演じることは可能であっても、ほんとに誰かが一度でも彼の突入を待ちかまえていて、一瞬でも早く引き金を引けばそれっきり、お気の毒さま《アイ・ムエレ》ってなわけだ。かつては死を覚悟して事にのぞむサムライのエッジを、一生を通して数回ほどは、感じたものだが、それも遥か昔のこと。かつて誇った闘争の才も干からびた今では、単純な衝動や意志と見えるものであっても、それは、実は自己憎悪の高じたものであるのかもしれなかった。ゾイドは、どこまでも理想主義者であるから、警官というのは過去の戦歴を記憶の中にしっかり抱えて生きているものと思っている。誰に発砲し、誰を撃ち損ね、誰を撃ち倒し、誰の調書をとり、誰を尋問し、誰に一杯食わせ、誰をひっ捕らえたか、そうした職業人生の一コマ一コマを犯人の顔写真とともに自分の良心の中に詰め込んでいるんだろう、と。その重圧につぶれることなく職務を続けていくために、ベテランの域に近づいた今日もますます危険な賭けに走り、自ら突入を繰り返しているのだと――そう考えるのがゾイドだった。そしてそういう思いでいたからこそ、少なくともヘクタを消す方策を思いめぐらせたりはしなかった。これまで何人もがヘクタを狙って時間を無駄にしたらしいが、彼の暗殺にもっとも適した悪漢は他ならぬヘクタ自身であっただろう。いつどこでどんなやり方でやったらいいのか、ベストの選択肢を知っているのは彼だったし、動機にしても誰より彼自身が一番持ち合わせていたわけだ。

「つまりよ、オレに一種の警報装置になれって。当たりだろ？　アイツがオレを通過すると目に見えない光線が遮断されて、たちまち居所が知れるんで、オマエらはそのあいだ一杯やってられる。その一方でオレの自由は拘束される、っていうか、人生が遮断される……ってなとこかな？」

「ハズレもハズレ。アンタはアンタのケッタイな人生を続けていて、いっこうにかまわん。お互い無干渉の原則じゃ。アンタに通報の義務はないし、ワシらも必要んなるまで連絡とらん。ふだんのママのアンタをやっててくれや。ビー・ユアセルフ——あんたの音楽教師が言っとったろ」

晩年のヒットってやつか、とゾイドは思う。らしくないぜ。今日のヘクタ、どうしたんよ。いちいちセリフ決めたりして……「そうか、んなら話は簡単だ。で、ビー・マイセルフをやってると給料もらえるって？」

「特別職員と変わらん額。なりゆきしだいじゃボーナスつき」

「むかしはよお、二〇ドル札一枚だったよなあ。係の職員がさ、子供からもらったクリスマス・プレゼントって感じの札入れを尻のポケットから出してさ、生あたたかいシワクチャの札、差し出したもんだ」

「今度もらったら驚くで。三桁の前半はかたい」

「ちっと待てや、ボーナスって、何やると出るんよ」

「ナニって、べつにキマリはない」

「制服も、バッジも、ピストルももらえんのか？」

「やってみるか？」

「おいおい、選択の余地、あるんかよ」

捜査官は肩をすぼめてみせた。「自由の国アメリカや。主は我らに自由意思を授けたもうた。アンタだってそうは見えんが例外じゃない。スイートハートがどんな思いをさせられとるんか知りたがらんのオカシイで」

「オマエよ、キューピッドやってるんか。人の感情に踏み込んだお節介焼くじゃんか。オマエにも通じる話だとは思うけどな、オレはな、長い時間かけてな、苦労して、やっとアイツを自分の心から閉め出したんよ。またあの苦しみの中に引き入れようったって、そりゃダメだ。アイツと一緒に所帯もつなんて、そりゃこっちが願い下げよ」

「娘さんはどうなんや？」

「そうよ、娘はどうなんのよ。オレの娘、どうやって育ててったらいいんか、連邦さんの考えをすぐに聞かしてもらいたいね。レーガン政権ってよ、家族ってのを守るんにヤケに一生懸命じゃんか。オマエのこと見てるだけでも、そりゃわかる。人ん家《ち》のことに、あーだこーだ首突っ込んで」

「こりゃアンタを雇うの考え直さなきゃイカンか」

「察するとこ――」ゾイドは言葉を選んで、「誰も覚えてもいない過去の一件に、たんまり連邦予算が出てるみたいじゃないか」。

「アンタの想像以上にな。どうもカミさん一人のことやないみたいやで、チビタン《リル・バディ》よ」

「それよりか、ずっとずっとスケールが大きいってか？」

「前はアンタのこと、よう心配したけどな、ゾイド、少しは安心できるようになったようだな。眼にひっついてた若さのワセリンが時の洗浄液で流れ落ちてチョイとは世の中見えてきたか」ヘクタは前屈みになって〈ゾモスケプシス〉の構えに入った。スープの模様を沈思黙考するのである。「ふだんはコンサルタント料をもらっとんじゃが、アンタの靴みりゃフトコロ具合はよーわかるし、ここは無料ってことにしよ」この男、スープから神託でも読みとったのか。「アンタの別れたワイフはな、予算の経路が閉じるまで、国家の地下に住んどった。地下といっても、ウェザーマンみたいなんを想像したらイカン。お天道さんの下でハッピーにやっとるもんにゃ想像できんほどくらーい、くらーいところなんじゃい……」クールを奉じるヘクタは、相手の胸ぐらをつかんだりは滅多にしない男だったが、今のこの口調からすると、ゾイドもジャケット姿だったら、ちとヤバかったかもしれない。

「TVに出てくるケッタイな地下のムショなんかたぁゼーンゼンちがう。とにかく寒い、考えるだけでぶるぶるくる、どのくらい寒いのかだーれも知りたくないほどの寒さなんじゃい……」

「そいじゃオレも関わりにはならんでおこう。アイツの逃走仲間のことを思ってもあんまりゾッとしねえしな、オマエも関わりにならんよう幸運を祈ってるよ」

「アンタに祈られとうないわ、ゾイド。昔っからのパープリンに年季が入って卑しさも加わっとる」

「卑しさだと？　そういう言葉は、シックスティーズの理想を失っちまったシケた野郎に使ってほしいね。この辺にゃワンサカいるぜ」

「結局アンタら臆病者《モン》が自分でハマり込んだ道なんよ」ヘクタがアドヴァイス——「ここに及んでグダグダ言うない。ただのビジネス、ワシらがともに稼げりゃいいんだ。仕事はワシがやる。アンタは腰《ケツ》を据えてりゃいい」

「いますぐ返事しろってんじゃ、ないよな？」

「時間は重要。アンタ一人とビジネスしとるわけじゃないんで、時間食っとるひまはない」と言ってヘクタは悲しげに首を振った。「もう何年になるじゃろう。アンタとワシは別々の並木道をクルーズしてた。その間、アンタ、クリスマス・カード一枚よこさんかったろ。デビは元気か、子供たちはどうや、って一度くらいきかれたい気もするがな。ワシの意識だって、お変わりないとはかぎらんで。モルモン教徒になったかどうかもわからんじゃろ。デビに説き伏せられて週末に田舎に出かけてそれっきり、別の人生歩んでっちゃうことだってありうるわ。そういうこと、いっぺんくらいは考えてみいな。アンタもそろそろ自分の魂のことくらい考えていいトシやろ」

「オレのタマシイ？」

「チョイとばっか規律正しく生きてみいや。それやって死んだモンはおらん」

「すまん、ヘクタ、じゃあきくが、オマエのカミさんと子供たちは元気にしてるか？」

「ゾイドなあ、アンタ一生アホみたいにフラワーチャイルドやってく気？　お花畑でスキップしながら世の中どうなってこうとオレにゃ関係ない、オレひとりはちがう、特別やって、ソーンな気持ちで一生生きてくつもりなんか？」

「いやあ、オレって、ほんと、特別かもよ……」

「ファック頭のわからずや！　そんなら、これどうや。アンタモイツカ死ナナアカン。イェッヘッへッ。忘れとったか？　死だよ、死！　一生反体制気分でいたって死んじまったら同じじゃろ。ハ！ハ！　ヒッピーの泥んこ暮らしになんでまあ、そんなこだわるの。もう政府の資料にも載っとらんゴミをあっちからこっちへ動かして。いいか、ワシらが供出しようってのは、ゴミとはちがう、まともな額や。それ断わって何の意味があんの？　アンタと娘だけやない。ヒッピーのバカタレ仲間みんなのために使える金をミスミス捨ててドースルンじゃい」

勘定書《チェック》を持ってウェイトレスが近づいてきた。条件反射で席を飛び出たヘクタを見て、慌ててゾイドが一緒に飛び出てゴッツンコ。びっくりした彼女が後ずさりした拍子に落ちたチェックは、それに飛び掛かった三人の間を巡り巡って回転式の調味料トレイにヒラヒラ舞い降り、端っこが半透明化したフルフルのマヨネーズの丘に半分沈み込んだ。

「チェックどうする、迷う《マヨー》ネーズ」*とゾイドが叫んだその瞬間、通りの側のドアが開いて、サイレンの音が急接近。そして、けたたましい叫び声と足並みの揃った重いブーツの足音がこちらに向かって

＊　原文はCheck's in the mayo, mayoはmailと発音が近いので、「チェックは郵送します」という決まり文句のように聞こえるところがミソ。

きた。

「¡マードレ・デ・ディオス！」カン高いスペイン語でビックラこいたヘクタは調理場めざしてダッシュをかけたが、二〇ドル札一枚をテーブルに置いた後のことだったのがゾイドにとっては幸いだった。ヘクタのあとをドヤドヤと追っていく軍団は、いったい何者なのだろう、揃いの迷彩色のジャンプスーツに身を包み、型抜き《ステンシル》で「NEVER」の文字をプリントしたヘルメットを被っている。そのうち二人がドアを見張り、あとの二人がボウリング・レーンの方をチェックしに行き、残りは全員へクタを追って、人の叫びと食器の音が反響する調理場へ駆け込んで行った。

ペンドルトンのスポーツシャツとジーンズの上に白衣をはおった男が、ドア番のふたりの間を通って悠然とゾイドのほうに向かってきた。ゾイドは内心ビビッたものの、ニコヤカな笑顔をつくって応対する。「オレ、アイツとはまったくアカの他人だもんで」

「そういうあなたは、ゾイド・ホイーラーじゃないですか！　ハーイ、ゆうべのニュース見ましたよ、スゴかったね。そのあなたがヘクタと知り合いだったなんて、いやあ、おどろき、でも彼いま、ちっと症状のほうが思わしくなくて、うちに治療を受けに来ているんだけど、実をいうと……」

「脱走した」

「いや、最終的には捕まえますがね、もしまたゾイドさんのとことか出没したら、お電話ください」

「アンタら、だあれ？」

「いや、こりゃ失敬」手渡された名刺には「社会福祉家　心理学博士　ドクター・デニス・ディープリー」と刷られていた。その脇に「全国TV教育&リハビリ基金」とあり、住所はサンタバーバラから少々北に上ったところ。*Ex luce ad sanitatem*（光より健康へ）というラテン語のモットーの上には、TV受像機を丸で囲ったロゴがある。棒線で抹消された電話番号のわきに、別の番号がボールペンで記されていて、「これがいまの番号。ヘクタを捕まえるまで、ヴァインランド・パレスが仮の診療所なんでね」。

「あそこはひと晩かなりいくだろ。あんたたち連邦の人？」

「第三セクター、つまりプライベートでパブリック。研究助成金と契約の二本立てね。TVその他の視覚メディアが引き起こす病気の研究と治療の両方をやってるわけ」

「TVフリークの更生施設か。っていうと……ヘクタは……」と言いかけてピンときた。「フリントストーン」のテーマソングを歌いながら心の動揺を鎮めていたり、相手のことを「チビタン《リル・バディ》」と呼んでみたり。いつもスキッパーがギリガンのことをそう呼ぶってことは、ヘクタもゾイドも知っている――ってことは、考えたくもない展開になってきてるということか。

ドクターは意味ありげに肩をすぼめた。「ヘクタのケースは、これまでの症例の中でも、とりわけ手に負えないものでね、専門のジャーナルにもすでに載って、ザ・ブレディ・バンチャーといえば仲間うちでは彼のことを指すんだけれど、とりわけあの番組に異様な執着を示しながら他の番組にも食らいつくというところがクセモノでね」

「あれに出てくるマーシャとさ、真ん中のあの子の名前が……」と言いかけて、相手の眼が鋭くなるのを感じたゾイドは口を閉ざした。

「あなたも」と去り際にドクター・ディープリー、「ヘクタの件とは別に一度お電話くださいな」。

「オレ、名前を全部言えたわけじゃないんだけどー！」と、ゾイドはドクターの背中に向かって叫んだが、その背中はすでにドアの向こうに消えかけていた。ヘクタを取り逃がした職員と合流して、そのまま帰途につくのだろう。

いまや精神病棟脱走者のイメージも重なったヘクタのやつが、まだこの辺をうろついている。

御《ファン》霊尾根道《トム・リッジ・ロード》にゾイドが出るのに予定よりも一時間も余計にかかってしまったのは、山の上に住むエルヴィッサがガスケットを焼き切って朝の六時にゾイドの家まで降りてきて彼の車を借りていってしまったあと、代わりの車の調達に手間どったせいである。なんとか借りられたのが「リトル・ハスラー」の異名をもつダットサンの小型トラック。近くに住むトレントがキャンパーに改装したものだが、そのつくりがユニークで、コーナリングのハンドルさばきが大変そうだった。「だいじょぶだよ、ただね、ガソリン表示が満タンと空っぽの間のときは、右折と左折は控えたほうがいい」などとトレントは真顔で言うのだが、問題がキャンパーのほうにあるのは明白だった。屋根葺き用の杉板を一面ベタベタ貼りつけた姿は、マリワナ吸いがラリッた頭で設計したとしか思えない。てっぺんは同じ杉板のトンガリ屋根で、そこからトタンの煙突が突き出している。

ゆっくりゆっくりハンドルを回して右折して、ゾイドはジグザグの山道を登り始めた。道の片側はまだ伐採が始まっていないレッドウッドの植林で、もう片側が御霊川《ファントム・クリーク》という名の谷川である。このあたりは朝霧も早々と晴れて、遠くの木々にライトブルーの霞がかすかにたなびいている。行き先は、谷川沿いでザリガニを捕獲しながら暮らしを立てている、ヴェトナム帰りの隠遁者一家。彼らの捕まえた、ファントム・クリーク周辺産の美味しいザリガニを、101号沿いに点在するレストランに配達するのが、このところのゾイドのサイドビジネスだった。食の趣味に歯止めのきかないヤッピーたちに健康食の甲殻類を提供すること。本日の配達先はこれを「カリフォルニア・ケイジャン」の名で商っていたが、他店のメニューには「エクレヴィス・ア・ラ・メゾン」とか「ヴァインランド・ロブスター」とかの名も見える。

亭主の名前がRC、その連れ合いがムーンパイ。本当の名前は何といったか、戦争以来今や消失しつつある踏み分け道のどこかに置き忘れられてしまったようだ。ザリガニ獲りがもたらす現金収入に二人とも、ザリガニを捕まえるときの子供たちに劣らずホクホク顔。モーニングという名の一番上が流れの中央をパチャパチャ進んでいく一方で、下の子供たちが甕《ジャー》と五寸釘を入れた袋を持って、膝の深さの水のよどみにベーコンを仕掛けて回る。一周して戻ってきたころには、ザリガニの大集団がベーコンを引き剝がそうと一騒動になっているから、そこを狙って棒にくくりつけた網袋を水中に入れ、棒で獲物の鼻先をつつくと網の中に飛び込んでくれる。日によっては、親が手出ししても子供たちが文句を言わないくらい水揚げは豊かであった。

彼らとは七〇年代はじめ以来のつきあいである。実をいうと、ゾイドがムーンパイに出会ったのは、フレネシとの離婚が最終的に決まった晩のこと――それは同時に、ある意味、離婚の取り決めと一緒に盛られた協約にしたがって、彼が最初の窓破りを敢行する前の晩のことでもあった。傷心のゾイドは、その晩、ヴァインランドの町のサウス・スプーナー通りの、〈ロスト・ナゲット（失われた金鉱）〉という、ヒッピーくずれの溜まり場のバーで飲んだくれていた。ドタン場のドンデン返しも訪れぬまま正式な別れが決まってしまったフレネシのこと、二人一緒に過ごした日々のことをどうしたら頭の中からぬぐい去れるか、そればかりを考えていたゾイドの悲しみにイカレた眼に、まだ若く可愛かったムーンパイはうってつけの解決策に見えた。だがそれも、トイレからカウンターに戻ってきたRCが、ムーンパイの肩に手をおろすまでのこと。この男のディープな眼と、常に命を危険にさらしているかのような慎重な挙動は、戦火の密林を這いずり回ってきた過去を告げていた。その手に頬をあずけ、うなずきながら、ムーンパイがゾイドに送った視線には、あたしわめき立てたくないの、よろしくね、とのメッセージがありありだった。言われなくてもその気はすでに萎えていたゾイドは、その晩も、それに続くあまたの夜も、去って行った妻を――いつになっても「元妻《エクスワイフ》」と呼べない女のことを――想って過ごした。夜ばかりではもちろんない。まっ昼間からビールをあおっているときも、フリーウェイをうつろな眼をして走るときも、朝の便座にペタリ尻を当ててるときも、陰鬱な夢想は続き、そんなゾイドを遠巻きに眺めるしかない友人たちを落ち込ませることしきりであった。

　ゾイドが夢見る「いつの日にか」は、男性ヴォーカリストがソロをとる失恋ソングのアンソロジーという形をとった。そのタイトルが、『泣くほど卑しい俺じゃない《ノット・トゥー・ミーン・トゥ・クライ》』。幻想は深夜TVのCM放映に発展する。収録曲のそれぞれが五秒間ずつ奏でられるたびに、注文先のフリーダイヤル・ナンバーがブラウン管にフラッシュするという趣向だが、そのCMの目的は販売促進だけではなかった。午前三時にどこかの素敵な男の温かなベッドを抜け出たフレネシが、気まぐれに、それとも付きまとう亡霊を追い払うためか、TVのスイッチを入れてゾイドに対面するという、そんな展開をゾイドは夢見たのである。ラスヴェガスの高級ホテル街のどこかのステージで、フル・オーケストラをバックに、総天然色のタキシードを着込んだゾイドがキーボードを前にしてむせび歌う。「今夜はひとりかい？《アー・ユー・ロンソム・トゥナイト》」「きみのために一杯《ワン・フォー・マイ・ベイビー》」「きみを恋してから《シンス・アイ・フェル・フォー・ユー》」……。やるせない想いを乗せたオールディーズのオンパレードだ。その題名が画面にスクロールするのを見ながらフレネシは、その歌ぜんぶが自分に向けて歌われていることにきっと気づいてくれるだろう……

一団の無法者がやってきたようなけたたましさで、フレネシは彼の人生に踏み込んできたのだった。あまりのすごさにゾイド自身が生活指導の女教師のような気持ちになったほど。当時の彼は、昼は工事現場を転々とし、夜はコルヴェアーズの面々と地元のバーで演奏するという毎日で、サーフバンドといっても内陸の、ビーチとは縁がない生活を送っていた。ウケは悪くなかった。陽の照りつけるカリフォルニアの広大な農業地帯をビール片手にぶっとばす改造車《ホットロッド》のライダーたちは、海辺のサーファーとその音楽に、ある種の親近感を寄せていたのだろう。二つのサブカルチャーにはたがいに引き合うものがあったにちがいない。サーフボードに乗るものと、409に乗っかるものとの共通点は、単にビールの飲みっぷりだけではない。どちらも心の中に、うねる波をかぶって生きる恐怖と恍惚を共有していた。爆走するマシンの内部にも、やはり大海のような力強いうねりがこもっている。波に乗るサーファーさながらに、ライダーもまた遠い他者からやってくるテクノウェーヴを、まともにかぶろうとする。サーファーが神の造った海の上を運ばれるなら、ホットロッドの勇者たちは、時をうねるクルマ業界の企業意志のモーメンタムに運ばれる。サーファー以上に死と隣接したお楽しみを突っ走る彼らとのつきあいは、コルヴェアーズの面《つら》の皮も厚くし、そのせいで彼らもまた彼らなりに、トイレの中や駐車場での恐怖を、警察とのいざこざを、夜中の突然の別れを経験したのである。

当時はまだ、ひと握りの幻視的な土地ブローカーの眼にしかとまっていなかった、カリフォルニアの巨大なヴァレー（東西の山脈に挟まれた巨大な平地）を北に南に移動しながら、ザ・コルヴェアーズは四辻のさびれた店でプレイを続けた。ここに宅地が拡がり、それと共にあらゆる種類の人間的な苦痛の種が蔓延するのは、まだまだ先のことだった。ギグを終えた後の眠れぬ夜、バンドの面々は、水草繁るヴァレーの霧の中へオートバイで乗り進み、ロシアン・ルーレットならぬ「モーターヘッド・ヴァレー・ルーレット」なるゲームに興じた。霧に目隠しされたまま、死のすぐ脇を疾走していくゲーム。その中にあまたの衝突死をのみ込んだ不気味な白い存在は、まるで意識をもった生き物のように、広大な土地を予測もつかず浮遊する。まだ衛星写真などほとんど見なかったころである。地上からのみ眺める霧は、かたちもなく輪郭もなく、まるで恐怖映画の謎の生物のように、現実とは思えぬほどのスピードで路上に突然降って湧いた。「ルーレット」のやり方はきわめて単純。制限速度を過激に超えたスピードで白い壁に突入し一直線に走り抜ける。一面の白さの中に、自分たち以外に一台の車もなく、カーブも工事現場もなく、ただまっすぐで平坦で空っぽの一本道がどこまでも続いていることを信じてそれに命をあずける。バイク野郎たちによる、サーファー・ドリームの陰惨な変奏曲……

　サンワキーン・ヴァレーで育ったゾイドも、郊外化が進む以前の柑橘畑と胡椒畑の間をギンギンにぶっとばした経歴をもつ。最初はバド・ウォリアーズ、後にアンバサダーズの一員として、ディック・デイルなら「遺恨の疾走《グラッジ・ラン》」とか呼びそうな、命知らずのライディングを繰り返した。アルコール、またはメカの故障で命を落とし、高校の卒業アルバムに黒枠つきの写真を残した同級生はかなりの率に達している。彼らの霊がとりついた、なめらかな金緑色のカリフォルニアの丘の斜面にゾイドは戻って、ある晴れた午後、結婚式がとり行われた。遠景にフリーウェイが白く延び、濃緑の樫の木立が点々とする、ゆるやかなカーブを描く大地の上で犬と子供が跳ねまわる。見上げる空に名状しがたき多彩な色の渦巻き模様を見る列席者も多かった。

「フレネシ・マーガレット、ゾイド・ハーバート、汝らは、困難の日々も幻覚の日々も、ラヴという名のグルーヴィなハイに留まることを誓うなりや……」式は数時間も続いたのかもしれないが、三十秒で終わったようにも思われた。そこでは誰も腕時計などしていなかった。メローなるシックスティーズの住人は、デジタル以前の、TVによってさえ切り刻まれていなかった時の中を、ただゆったりと流れるように生きていただけ。この日のことは、後のゾイドの記憶にソフト・フォーカスの映像として焼きついた。「繊細な感性《センシティヴィティ》」を売り物にして五年後には登場したグリーティングカードの、あのタッチ。昼下がりの丘陵地帯は、草木も虫も人間たちも――あとでゾイドがそう語ると可笑しく聞こえてしかたないのだけれど――ただひたすらにジェントルにして安らかだった。世界は見渡す限り、羊たちが草を食《は》む陽光まばゆい丘陵だった。ヴェトナムでの戦闘も、アメリカの政治の道具と化した暗殺も、灰と死体を積み上げる黒人街の暴動も、別の惑星の出来事に思えた。

パーティでの演奏はザ・コルヴェアーズ。当時は〝サーファデリック〟なサウンドを標榜していたけれど、一番近くのビーチといえば、ほこりだらけの畑道と殺人的な山道を四〇マイル走った向こうのサンタクルーズの海岸だったし、この土地に生きるビール飲みのライダーたちの、伝統的な高慢もやり過ごさねばならなかったが、それでも後日ゾイドが、この時の一番ひどい思い出をかき集めてみようと頑張っても、一つの喧嘩も、一度の嘔吐も、車と車のぶつけ合いも思い出せない。パイの投げ合いも始まらず、みんながマジカルでピースフルな雰囲気に浸ったこの野外披露宴は、ゾイドの人生最高のパーティ・タイム。生演奏も好評で、宴は夜を徹して翌日になだれこみ、そのまま週末ぶっとおしのパーティとなっていった。途中、荘厳な衣装に身を包んだバイカーたちが女たちを連れてやってきたし、ヴァレーの北からは、牧歌的な干し草のカートに折り重なって、自然崇拝のヒッピーたちもやってきた。最後には保安官さえ顔を見せたが、結局その保安官も、エレキギターがギューンと唸るサイケ調「パイプライン」に合わせてミニスカ・ガールズ三人と、むかし取った杵柄《きねづか》の「ストロール」を踊り出し、そこにあったパンチのことは、調べるどころか近寄りもせず、差し出された缶入りのバーギー・ビールを今日は暑いなあ、と言いながらニコニコ顔で受けとった。

野外の宴が続く間、花嫁はしずかな微笑みを保っていた。当時からスキャンダラスなほど青かった瞳が、ふんわり大きな麦藁帽の下で燃え立つのがゾイドの脳裏に焼きついた。小さな子供たちがフレネシの名を呼びながら駆け寄ってくる。演奏の休止時間、ふたりはイチジクの木の下のベンチに腰を下ろした。フレネシはコーンに盛った七色のフルーツ・アイスを舐めていた。祖母が着て母も着たウェディング・ドレスに、溶けたアイスの雫が垂れないようにと前屈みになってペロペロやっていたのだけど、そのアイスは不思議なことに色が混じり合うことなく、いつまでもくっきりとした原色を保っていた。そのライムやオレンジやグレープ色の冷たい雫が、どこからともなく現れた三毛ネコの背中にかかる。ネコは驚いたかのようにミャウと鳴いて、土の上で体をくねらせ、狂ったようにクルクル目玉を動かし、全速力で向こうへ走っていっては戻ってきて雫を浴び、それを一から繰り返していた。

「ねえ、ルネのようす、どうかしらね。楽しくやってるかしら」ルネというのはフレネシの従妹で、ボーイフレンドと破局があったばかりなのだが、落ち込む代わりに、パーティこそが今の自分に必要なんだとLAから何百マイルも車を飛ばして駆けつけたのだ。ゾイドもルネは覚えていた。花嫁の親戚筋でひときわ目立っていた長身でド派手な女の子。彼女の着ていたミニドレスは、首から裾までフランク・ザッパの巨大な顔がプリントされていて、それを見たときゾイドは、この子がラシュモア山みたいだと思ったのである。

微笑んで眼を細めるゾイドの表情は、自分の幸福が信じられない女教師のようでもあった。そよ風が吹いて二人の頭上の葉を揺らす。「フレネシ、愛が人を救うって可能だと思う？　思うよね、きみだったら」なんというアホなことを。あのころは何もわかっていなかった。花嫁の眼が帽子の縁の下からのぞいて彼を捉えたとき、ゾイドはこの瞬間を記憶に焼きつけることに懸命だったのだ。光の中のフレネシのこの顔を、こんなに穏やかな眼を、半開きのまま止まっている唇を……

「泣くほど卑しくない」かどうかは別として、もう長年ゾイドはそのことで泣いてはいない。歳月は過ぎし日の浜辺の波《サーフ》のように、ときに高くときに緩く、ときに荒立ちときに凪《な》ぎながら寄せては引いた。だが日々の生活は、その必要を押しつけて彼をむしばみ、最後に一つ、苦々しい愉しみが残った。彼はそれに執着した。月と潮と惑星の磁力がピタリ波長を合わせるとき、彼の魂は額の上の「第三の眼」をすり抜けて、この世ならざる経路を滑るように進んでいって彼女のまわりにふわり漂う。完全に見えないわけではなく、相手に気配は感じさせつつ、あと一瞬、もう一瞬と、フレネシをつけまわすお愉しみを引きのばすのだ。不徳な悦びなのは承知の上。だからひと握りの人間にしか告白してはいなかったのだが、そのひと握りに、今朝マヌケにもプレーリーを加えてしまった。

「それって」キャプテン・クランチとダイエット・ペプシの置かれた朝食のテーブルで娘は言った。「ママに会う夢を見たってことでしょ?」

ゾイドは首を振った。「目は覚めてたさ。体の外でな」

プレーリーが父に投げかけた視線には、残酷な冗談であたしをかついだりしたら許さないという警告がこもっていたけれど、目覚めてまもないゾイドに、娘の思いが通じたわけではない。多くのことでユーモア感覚の合わないふたりが、フレネシのことをジョークのネタにするわけもなかった。

「すりぬけて行って——どうしてるのよ? 鳥みたいにどっかに止まって見てるの、飛び回ってんの、どうなってんのよ?」

「ミスター・スールーがさ、画面でどっか一点を選んでワープするだろ? あれと似ていてちっと違う」というのが父の説明。

「へえ、どこに行ったらいいか、ちゃんとわかってるんだ」ゾイドがうなずくのを見てプレーリーは、この惑星で自分に父親としてあてがわれた、このむさ苦しい、頭の回転のよろしくない、社会の落ちこぼれに、それまであまり感じたことのない温かい情が湧いてくるのを覚えた。この人、ママを夜中に訪ねて行くことができるんだって。ってことは、あたしと同じくらい切実にママを求めてるのかも……。「じゃ、そこ、どこなのよ？　いまママはどこなのよ？」

「そりゃ、オレもさあ、突き止めようとはしてるんだ。まわりを見回して、何か手掛かりになるもんはないかって。交差点にも店のウィンドーにもいろいろ表示はあるんだが、しかし、読めない」

「外国語かなんかで書いてあるの？」

「英語なんだが、何かが間に立ちはだかって、脳に届いてくれないんだ」

プレーリーはクイズ番組のブザーを真似た。「ビ――、残念でした、ホイーラーさん……」話を聞いてあげたのに、失望と疑いをもらっただけ、娘の心は離れていく。「ファントム・クリークのとこのみんなによろしく言っといてよ」

ゾイドは郵便箱の列のところで左折し、そのまま牛の囲いをガタガタ踏み越え、馬小屋の前にキャンパーを止めて、家の中へ入っていった。ＲＣは今日は留守。ブルーレイクの町まで用があって出かけたとかで、ムーンパイがひとりで赤ん坊のロータスをあやしていた。お目当てのザリガニはバスルーム。ヴィクトリア朝スタイルの古い浴槽がそのまま水槽を兼ねていた。ガサゴソ動くそれをふたりで網ですくって、秤《はかり》にのせる。籾《もみ》も餌も肥やしもみんな量る秤である。目方がわかると、ゾイドは日付を数日先にした小切手を書いてムーンパイに手渡した。その数日間に金をかき集めなくちゃならないのだが、今日ももうこんな時間である。

「こないだ〈ナゲット〉でさ、あんたのこと尋ねてた人がいたよ」赤ん坊を小脇にかかえ、ムーンパイは暗い顔をゾイドに向けた。「ＲＣは知ってたみたいなんだけど、誰って聞いても、教えてくれないのさ」

「メキシコ系、似非《えせ》エルヴィス風ヘアカット？」

「当たり。ゾイド、あんたまたヤバいことになってんの?」

「ヤバくないときがあったかよ。で、その男、どこに泊まってるとか言ってたか?」

「ううん、TVの前に座ってただけ。チャンネル86の映画かな、ずーっと見てんの。それでそのうち画面に向かってさ、何やらブツブツ言い出すわけよ。酔ってたふうでもないのにさ、ヘンなやつ」

「ホント、哀れなヤツなんよ」

「ワーオ。アンタの口から……」そう言われてテレ笑いを浮かべたゾイドに赤ん坊が追いうちをかける。「あんたのくちかりゃ!」

ザリガニをキャンパー後部の水を張った容器に移し、ガタガタパシャパシャ山道を引き返す。ムーンパイとロータスの姿がしばらくミラーに映っていたが、カーブのところで緑の葉に隠れた。

そうか、ヘクタがまたオレに用なのかい。あの晩はいつものパターンを外して、〈ロスト・ナゲット〉ではなく、ヴァインランドの昔のショッピング・プラザの近くの〈スチーム・ドンキー*〉という飲み屋に行ったのだが、それが幸いしたというわけだ。前世紀の霧の中にも建っていたという朽ちかけたこのバーの、奥のブースに陣取って、やがてやってきたヴァン・ミータとラッキー・ラガーを一本また一本と空けながら、過ぎし日の悲話に男ふたりがメロメロになる。

「エジュケーションってのが違ったもんなあ」ゾイドは大きくため息をつく。「ワケは知らねえが、オレみてえなチョロい男が必要だったんだろ。アイツは映画を撮ってたんだ。バークレー出の映像作家さ。オレはツルハシ握って人民塹壕とかを掘り返してた。妊娠を知ってさ、アイツほんと、うろたえてたぜ」

プレーリーの齢の数だけ時をさかのぼった、今は昔の物語。お腹の子をめぐって、二手に分かれた

* 「蒸気のロバ」とは、むかしの木こりが使った、倒した木を曳いていくための蒸気機関装置。

論争が始まった。両陣営が無料人生相談をしにやってくる。産んだら最後、芸術家としても革命家としてもキャリアは終わりよ、堕《お》ろすっきゃないでしょ、と忠言してくるものもいたけれど、当時中絶手術を受けるには国境の南に出ないとまず無理だった。国内で済ますには巨万の金が必要で、しかも委員会とやらに出頭して婦人科医や分析医とやりあわなくてはならなかった。産みなさい、と言ってくる仲間もいた。自分の子を政治的に正しく育てるグルーヴィなチャンスだと。だがこの政治的正しさというのが種々様々で、おねんねの時間にトロツキーを読んで聞かせることから、調合乳の中にLSDを混ぜることまで、ヴァリエーションが激しすぎた。

「しかしな、何がつらいってよ」ゾイドの泣きごとは続く。「オレ、アイツのこと、無垢なお嬢さんとしか見てなかったろ。なんとか知恵つけてやんなくちゃって思いながら、その一方で、清らかなままでいられるように、オレが守ってやろうなんてこと考えてたんだ、なんちゅうクソバカヤロウだ！」

「ああいう道へ引き込まれたんも、みんなオマエのせいだってか？」

「何も見えていなかった。大丈夫だと思ってた。アイツらと闘って勝てる気でいた」

「ホント、オマエがみんなメチャクチャにしたんよ」と言ってヴァン・ミータはケタケタ笑った。腐れ縁のこのふたりは、互いの不幸を笑い飛ばして友情の絆を固めるという関係で、だからゾイドもその場に座りこんだまま、そうだ、まったくだとうなずくばかり。「ヘクタのことばかり気にしてさ、別の部署の連邦検事が自分のカミさんをつけまわしてんの、知らなかったんだよな。フレネシが消えてずっとしてから気づくなんて、そりゃあ滅入って当然だぜ」

「ご支援、ありがとよ。でもよ、オレ、ホント、ヘクタの野郎から逃げおおせたって心底喜んでいたんよ。たいした痛手も負わずにすんだと」それが、自分自身のTV中毒のせいだということを、ゾイドはいま、理解していた。赤ん坊とふたり、なんとかサツから逃げられた――というところで今日はおしまい。あとはコマーシャルと次回の予告だ。フレネシは失っても、プレーリーへの愛がある。ロウソクのように淡いクールな愛の炎が手近なところでひと晩中チョロチョロ燃えてくれている。なにしろもうヘクタとはおさらばなのだ。あのスッポン野郎が、体制のシンボルみたいな黒ピカ靴と、妄想を詰め込んだ脳ミソとともに、この山中に戻って来ることは二度とないと思いこんだ自分はなんという大馬鹿者だ。神話のレベルに盛り上がったドラマにすっかり夢中になってしまって、別な時代を、それからずっとプレーリーと生きていかなきゃならないことなど、まるで頭になかったのだ。

その日はどこに行っても、みんなの視線がいつもと違って感じられた。ランチタイムの準備をしていた〈レッドウッド・バイユー〉の従業員も、彼が店に入るなり、電話のある奥の小部屋に引っ込んでしまうし、〈ル・ビュシロン・アファメ〉のウェイトレスらも店の隅でヒソヒソ話。そっと首を回して彼のほうに向けた視線は憐れみがいっぱいで、それに気づかないというのは、いかに鈍いゾイドといえども無理だった。「よお、おネエさん、今日のあたたかい鴨のサラダは好評かね？」と声を掛けてみても、誰ひとり進み出て話してくれない。誰もその名を明かそうとしないヘクタがあらゆる場所に出没してるってわけか。フリーウェイに戻ってからも、ゾイドの眼はピリピリしたまま。施設を脱け出たTV狂いが、どこからポイと飛び出てくるかわかったものではないのだ。次の届け先の〈ハンボラヤ〉に、ガタガタの車を乗りつけたゾイドは、今日のスペシャル「蒸煮風豆腐《トーフ・ア・ラ・エトウフェ》」の、胃袋をつつくような香りの中を突っ切って店の奥へ一直線に進んでいって、電話を借りるとヴァインランド・パレスに仮のオフィスを構えたディープリー博士の直通番号をダイヤルした。

「ダメ、ゼッタイ！」回線の向こう端から、カン高い女性の声。

「ハン？　まだ何も訊いてないぜ」

相手は突然半オクターブも声を下げた。「ヘクタ・スニーガさんのことですね、お待ちください」

待ってるあいだゾイドの耳に人気ＴＶショー番組のテーマ・メドレーが流れ込む。ややあって、ドクター・ディープリーの滑らかな声が入ってきた。

「ヘンに取らんでくださいよ」ゾイドは予防線を張って、「でもたしかにアイツにつけられてるようなんだ」

「ストーカー感覚というやつですな。それ、始まってしばらくになります?」仮設診療所内のステレオからか、リトル・チャーリーとナイトキャッツの「ＴＶクレイジー」のＢＧＭが漏れてくる。

「そうね、ヘクタになら十五年か二十年にはなるね。もっと長くやってる大麻専門のオマワリもいるんだぜ」

「いいですか。出動準備はかけられますが、四六時中守ってあげるのは無理です」この言葉が返ってきたのと同時に、店のシェフのティ・ブルースが戸口から頭を出して大声をあげた。「まだですかい!」いい加減、店を出てってくれという表情がありありだ。以前なら、こういうときも、ベニエを食らい、チコリ・コーヒーをすすってのんびり待っていてくれたのに。

ザリガニの配達を終えたゾイドは、「古親指《オールド・サム》」と呼ばれる砂嘴《さし》までヨロヨロと車を走らせ、木材置場と郡の公用駐車場に囲まれた〈生まれ変わり《ボーン・アゲン》自動車改造工場〉に立ち寄った。ここのオーナー、ハンボルト郡の双子の兄弟リックとチックは、七〇年代のオイルショック期に、キリスト様への信仰に魂を生き返らせ、それと同時にビジネス資金を見いだした。彼らに幸運をもたらしたのが何かというと、それはゼネラル・モーターズ社の見込み違いだった。アメリカ初のディーゼル乗用車を発売することで税の減免を図ろうと、ＧＭ社は排気量５７００ccのキャデラックのＶ８エンジンをディーゼル用に、いささか早まった転換を図ったところ風向きが変わって、消費者のディーゼル・エンジンへの不満がつのる。この機を利してエンジンをガソリン用に再改造するビジネスをリックとチックをはじめとする専門業者が始めたところが大当たり。一台あたり二五〇〇ドルの利益があがり、まもなく会社はボディの改造と塗装にも乗り出し、改装とカスタマイズの総合オート・センターへと発展、「ボーン・アゲン」の名は自動車再生の代名詞として、海岸線の北に南に、果てはシエラネバダの向こうにも轟くまでになったのである。

ゾイドが乗りつけたとき、双子兄弟は、合法性の疑わしい牽引トラック・チーム、エウセビオ・ゴメスとクリーヴランド・ボニフォイ（通称〝ヴァート〟と〝ブラッド〟）と一緒に、伝説のレアもの（民話的存在と信じるものもいた）エドセルのエスコンディードを、活人画《タブロー》さながらの構図をとって、うやうやしげに眺めていた。〈ヴァート&ブラッド商会〉の看板である牽引トラックF350、「エル・ミル・アモレス（千の愛）」から地面に降ろしたばかりのこの車、フォードのランチェロをさらに頑丈にして、その名だたるグリルを含めたボディのそちこちに（塩を含んだ霧の浸食でプップツになった）クロームのアクセントを配したみたいな外装である。この一味の頭の中を、今度はどんなシナリオが駆けめぐっていることか。ヴァートとブラッドがここに来るたび、二組のペアが演じる念の入ったゲームに禁句がある。件の車の——いかにも怪しげな——出所に関しては一切口をつつしむこと。コンバート（改造・変換）という、それ自体は合法の言葉がこの場合帯びるに至る特別な意味合いを示唆することも、あってはならない。

マットール川流域での一連のビッグフット目撃事件に勢いを得たヴァートの説明に、疑り深い双子兄弟も今日はたじたじ、話に引き込まれているようすである。このエスコンディードは、あの山奥の森の空き地にあった、オーナーは巨大猿人にびっくらこいて逃げ出した、ビッグフットの住むテリトリーに長いこと置き去りになってた——ってことは、見つけたモンの物ってことで、それをたまたまアチラにいたふたりが回収してきたのだが、その四駆の冒険は道中すべて危険な坂道と間一髪の脱出の連続で、角を曲がるたんびに、リックとチックがポカンと口を開いたままヴァートと一緒に左右に体を揺らしている。そこに、クローザー役のブラッドが、キメのセリフを叩き込む。「ビッグフットだもん、不可抗力ってやつだいね。そういうときの車を引っぱってくる権利はさ、法律的にもオレたちにあるんだいね」ポワーンとしてうなずく双子の首の動きは、周期に若干のズレがあった。話題は、新たなる秘密の分解再構成へと進んでいって、そのまま商談へとなだれこむのだろう。

今日一日、周囲から腫れ物のように扱われ、それでなくても神経質になっていたゾイドは、自分に気づいた四人がピタリ口を閉ざして、こわばった短いうなずきと手振りだけのコミュニケーションに切り換えるのを見て、より一層の不安にかられた。それから四人は順グリに目玉を転がし、その結果、ゾイドに話しにくる役はブラッドに決まったようである。

「なんだい、またヘクタのことかい」

「そいつが戻ってきたってね」とブラッド。「でもよ、兄弟《ブラッド》、ヘクタじゃねえんさ。なんちゅうか、別のオヤジのことなんよ。でさ、いま相棒と話してたんだが、オメエ今夜、家で寝るつもりかい?」

下腹に差し込むような、ディープな苦痛がまたもゾイドを襲った。これはブラッドがサイゴンで、彼を殺さず商売に利用することをたくらむヴェトコン兵から、さんざ聞かされた警告のセリフであったのだ。「ヘクタじゃなけりゃ、いったい誰なんよ、え?」

そこへ近寄ってきたヴァート。ブラッド同様ヤバそうな顔だ。「連邦さんにゃ違えねえけど、ヴァート、ヘクタじゃねえよ。ヘクタはさ、TV中毒の収容所の追っ手をまくんで、それどころじゃねえってさ」

肥溜《こえだめ》に突き落とされた気分であった。「ヤバい、うちの子が……」とつぶやくゾイドに、リックとチックが互いの鏡像みたいになって電話のほうを指差した。「アンタに頼まれたジャイコフ32な、スコダのキャブレーター、あれ、ウチの車の前の座席に置いてあるから。あれでいいか、見といてくれや」

プレーリーのバイト先は〈菩提達磨ピザ寺院〉。ファストフードの店といっても、ここで出しているのは、徹底的な健康志向のピザであるからして、出来上がりのスローさはここら辺では群を抜く。ひとたびカリフォルニア化されたあとは、何であれ、独自の進化の道をまっとうしてしまうのだということを、ここのピザは見事に例証していた。ピザマニアとしては札付きで、そのうえ守銭奴のゾイドでさえ、娘から従業員価格で買える菩提達磨をこれまで一度もねだったことがない。なにせソースは、イタリア風というよりは咳止めの薬草風。一つかみのハーブが丸々入っているために、噛むとほとんどガリガリ音がする。レネット抜きのチーズを食べた客の感想はいろいろで、ビン詰のオランデーズソースのようだという者もいれば、壁面補強用の石膏を思い浮かべる者もいた。トッピングはすべて厳格な有機農法でつくった野菜で、それから出る多量の水分が、焼き上がる前に、十二種の穀物を石臼挽きにしてつくったクラストに染み込み、その重さと消化しにくさはほとんどマンホールの蓋並みである。

電話に出たのはプレーリーだった。いま店はちょうど瞑想のための休憩時間とか。「おまえ、無事か？」

「無事って、なにが？」

「頼むからさ、今日はオレが行くまでそこを動かんでいてくれよ」

「だってイザヤがバンド仲間と迎えに来るのよ。キャンプに行くって言ったでしょ？　覚えててってほうがムリか。毎日あれだけ安物吸ってるんだから脳ミソがお絵かき《エッチ・ア・スケッチ》ボードみたいになっても無理ないもんね」

「おい、脅かすつもりはないんだが、今度のこれは、軽口で太刀打ちできるようなことじゃないんだ。おまえのように天才的に口が立っても歯は立たない。それより力を合わせることが必要だ、頼むぜ」

「ほんとに大麻頭《ポット・ヘッド》のパラノイアじゃないのね?」

「そうじゃない。それとみんなが来たら一緒にいてくれるよう頼みなさい」

「ワルの恰好してるからって、腕力に自信があるってことにはならないんだけど……」

娘があぶない。赤信号も一時停止も突っ切ってヴァインランドの町までめちゃ飛ばし。銀行に駆けつけると、ちょうど扉を閉めるところだったが、遅れてやってきた客たちにお引き取りいただいていたスーツ姿の新米警備員は、ゾイドを見ると、彼のために、もぞもぞしながら一度下ろした錠を開けた。歴史上初の出来事である。中では着席した行員たちが一斉に電話に向かって長い腕を伸ばしている。いや、これは大麻頭の紡ぎ出した幻想じゃない。ゾイドとしても、スタスタ入っていくほどマヌケじゃなかった。こちらに向かっておもむろに歩き出した警備員の、腰の拳銃のホルスターがパチッと外れる。うまいこと角を曲がってすぐのところに停めてあったキャンパーに駆け込んだ。

プレーリーのバイトが終わるまで、まだ二時間は残っている。それまでにゾイドはキャッシュを手にしなくてはならないし、素早く変装するためのアドヴァイスも必要だ。彼はミラド・ホッブズの事務所に直行した。看板に「風景造成」とあるこの会社で、ゾイドはかつて芝生と木の植え付けをしたことがあった。ミラドという男は元俳優で、最初はこの会社の「顔」として宣伝に出ていただけなのだが、いまや株の大半を所有している。そもそもこの会社、最初はしがない芝生育成のサービスをやっていたのだが、創立者がたまたま禁書の愛読者で、つけた社名が「マルキ・ド・芝土《サッド》」。元はと言えば深夜のローカルTVのCMに二、三出演するためだけに雇われたミラドだったが、巨大な牛鞭を手に、ニーソックスにバックルシューズ、カットオフのズボンにブラウス、プラチナのカツラという衣装ひと揃えを妻のブロドウェンから調達して、「雑草がおギョーギ悪いですと？　ホッホー！　だいじょぶね、マルキ・ド・サッドにお電話ください。あなたの芝をしゅっかり鞭《むし》打ってごらんにいれます」と独特のフランス訛りで宣言すると、これが当たって、たちまち事業はプールも植木も含むものに拡張し、収益もウナギのぼり。そこでミラドが思いついたのが、一回の出演料ではなく、収益の何パーセントかを払ってもらう方法だった。そのうちに、ＴＶ制作の外の世界の人たちが彼を真のオーナーと間違え始めるころには彼自身、どこかでヴァカンスしているのが日常になっていて、役者が本職だということもあって人々の勘違いに自ら同調した。かくして、少しずつ株のシェアを増やしながら商売にも熟達、特にＣＭの制作には熱を上げ、はじめは深夜のドラキュラ映画の間に流れる三十秒ものだったのを、プライムタイムに五分も流れるミニムーヴィへと精緻化する。音楽と特殊効果は完璧を期して遠くマリン郡の専門家らに発注し、侯爵が身にまとう衣装も、最初は手持ちの服で適当に着まわしていたのが真正な十八世紀のコスチュームへとレベルアップ。品格に劣る草どもを牛鞭で打ち懲らしめるそのシーンは、ロー・アングルの超クロースショットで、一本一本、顔の描かれた芝生が、口を開いて千重のエコーのかかったコーラスを聞かせるのだ。「モット、モット、アッ、アッ、イーイ！」だが侯爵は愉快そうに「聞こえんぞ、こら」と言いながら、しゃがんで草を覗き見る。やがて草どもは会社のテーマソングを歌い出すのだが、それはポスト・ディスコ風にアレンジされた「ラ・マルセイエーズ」なのだった。

ア・ローン・サーヴァーン・フ・ラッパ・トリーェ　木の枝おろす芝生の大家
ノバーディ・ビーツ・マール　誰にも負けない

キ・ド・サーッド！　マルキ・ド・芝土《サッド》*1

ミラドは、誰にでも気前よく仕事を配り、支払いのときも全額分をキャッシュで、それも帳簿に残らない形で、手渡すことで知られていた。今日は作業機械用の敷地の半分を、モハヴェ砂漠からきた平台トラックが占めている。荷台の上に載っているのは、焦げた跡と穴ボコとメタリックな縞がついている巨大な岩石。

「リッチなカスタマーがいてね」と侯爵は説明、「隕石がわずかのところで家を直撃しそこなったというふうに見せたいんですと」。

ゾイドは陰鬱な眼でそれを見ながら、「運命とたわむれてると罰が当たるぜ」。

ふたりはオフィスの扉をくぐる。ブロドウェンが、髪にペンと鉛筆をいっぱい挿したまま、ギョロ眼の視線をコンピュータ画面から離してゾイドに向けた。「エルヴィッサがあんたを探してやってきたわよ。なんでもあんたから借りた車、差し押さえにあったんだって」オー、シット、来るべきものがとうとう来たか。――ヴァインランドのスーパーで買い物をしていたエルヴィッサがレジで支払いを済ませ駐車場に出ると、懐かしの過激派時代の機動隊に匹敵する数の警官が、ゾイドから借りた小型トラックを、今にも火炎瓶が飛んでくるかというような物々しさで取り囲んでいたという。彼女は理由を尋ね回ったが、まともな答えは得られずじまい。「なあ、ミラド、オレ、変装が必要なんよ。それも緊急に。プロの知恵をひとつ拝借願えんかな」

「あんたまた何しでかしたの？」とブロドウェンが聞き出そうとする。

「おいおい、推定無罪ってのはどうなるの」

「あたしが聞いてるのはね、あんた、お金のことで追われてるのかって」この事務所では毎度おなじみの質問である。なにしろここの下請け業者がみな借金の取り立てにあっていて、まるで掃除機に吸いつかれているみたいなのだ。「先取特権《リーン》っていうのがピサの斜塔の傾き《リーン》以上だ」と、一度ゾイドは表現してみた。それに対するブロドウェンの返答が、「ガーニッシ*2の数がカリフォルニアのバーガー以上！　配偶者、元配偶者、福祉、銀行、飲み屋《ロスト・ナゲット》、どこか遠くの男性洋品販売店。だらしなく生きていると、ほんといろんなのが付いてくるんだから」。

「それがまた、ブロドウェン、みんなあんたにくっついてさ」

「それであんたたち甲斐性なしの下請けが、闇の支払い、受けられるってしくみなんでしょ」と言って憎らしそうな顔をつくったりするところは小学校の時の女教師そっくりだ。悪い人間じゃない、が、ハリウッドに行っていたらもっと幸せになれたろう、というのがゾイドの見方である。サンフランシスコの劇団でブレヒト劇を志す青年ミラドとカワイイ通行人役の、ブロドウェンが出会い、ある晩ヒッピーの群らがるヘイト通りで、誰かのＬＳＤに舞い上がったままシックスティーズの秩序破壊の風の吹くままサイケデリックな旋回を続け、着地した先がヴァインランドのレッドウッドの森の中だった。現場の実態を知らぬ人間だけが「道」と呼ぶ、泥また泥の連続を二〇マイルも上った先の小屋にふたりは住んだ。ところがある夜、近くを流れる小川の底で、金を含む丸石のぶつかる音が聞こえた。金採集のビジネスが軌道にのって、町に家を借りた後も、地球への帰還の場所となったその山小屋を引き払うつもりはない。

＊1　フランス国歌「ラ・マルセイエーズ」の、出だしは、“Allons enfants de la patrie.”（行こう祖国の子供たち）。そのフランス語を「音訳」したこのダジャレ歌は、“A lawn savant, who'll lop a tree-ee-uh” と始まる。

＊2　garnish は「付け合わせ」、garnishee は「債権を差し押さえられた者」の意味。アクセントの位置はちがうが、ともに複数形は「ガーニッシーズ」。

「今ちっと忙しくてさ」と言いながらミラドはドル札入りの封筒をゾイドに手渡した。「後にしてくれると助かるな——ハニー、今日の八時の映画は何だい？」

「えーと、パット・セイジャック主演『フランク・ゴーシン物語』」

「十時か十時半のは？」

「いけね、トレントに電話しなくちゃ、車が要るって言ってたっけ」

トレントは、サンフランシスコから移り住んできた詩人兼画家である。神経の静養にとこの山中にやってきたのだけれど、今も回復の兆しは見えない。「ゴ、ゴ、護送車だ。武装してる」という電話越しの彼の声には、懸命の冷静さとヒステリックな叫びとが同居していた。「完全武装の警官が、野菜畑を踏み荒らしている、ストークリーの犬が撃たれた、ここに.30-06口径の弾丸があるんだが、装塡のしかたがわからないよ。オオオオ、ゾイド、いったいこれは何だ、何が起きているのだ」

「ちょちょっと、まあそう興奮せずにさ。オマエの説明聞いた限りじゃ、CAMPのようだが」CAMPというのは、かの、まがまがしい「大麻生産防止キャンペーン*」のこと。「おかしいな。まだ季節じゃないのに」

「目当てはキミなのだよ」トレントはもう涙声だ。「キミの家を本部にしてるのだよ。家のなかにあったものはもうみんな庭に放り出されてしまったよ。マリワナなんか一番に押収されただろうよ」

「で、オマエの車に乗ってることは……」

「言っていない」

「ありがとよ、トレント。いつまた……」

「言うな。いつかまた、だ」と、鼻をすすって、そのままプツリ電話が切れた。

はて、どうしよう、どこかRV用のキャンプ地に紛れ込むのが一番か、とゾイドは考え、街から数マイルほどセヴンス・リバーをのぼったところに、偽名を使って予約を入れた——盗聴されていないことを祈りながら。それからふたたび杉板張りのキャンパーを揺らし〈菩提達磨ピザ寺院〉への道を進んだ。ピザ屋が見えてくる前に、吟唱が先に聞こえてきた。どこかで聞いたこの調べ——よからぬ予感が胸をかすめるが、歌詞はチベット語なのだから、聞きおぼえがあったのは肋骨に響くベースに乗ったメロディのほうだろう。そう、この神秘的な旋律は、もう少し季節の進んだ刈り入れ時に、毎年きまって北カリフォルニアの空を舞うＣＡＭＰのヘリに向けてマリワナ栽培者が発する魔除けの音楽ではないか。アメリカ中の栽培地帯が、戦略面で第三世界とふたたび結託するときの……

〈寺院〉の駐車場に入りぎわ、フロントグラス越しに見えたヘクタは、吟唱する客と店員に囲まれ、追い詰められた表情でテーブルの上につっ立っていた。ゾイドは車を公衆電話の脇につけると、〈ヴァインランド・パレス〉を呼び出した。「どれだけ危険な状態かって？　そりゃわからんよ。どれだけ引き留めていられるか、わかるわけない。だから早く来てくれって！」ドクター・ディープリーにそう告げるとゾイドは中に入っていった。ヘクタは必死の防衛だ。眼は燃え上がり、髪の毛は傾いている。「たのむぜ《オラーレ》、きょうだい《カルナール》！」とゾイドに向かって、「みんなに言ってくれんかい。ワシ、こういうの弱いんじゃ」

「それよりウチの娘はどこだ」

プレーリーは、従業員用トイレに逃げ込んでいた。吟唱が大音響でこだまする中、ゾイドはヘクタを見張りながら、鍵のかかったドアを挟んで娘と対峙する。

「パパ、あの人、ママの居所知ってるんだって」恐る恐るプレーリーは言った。

＊　ＣＡＭＰ（Campaign Against Marijuana Planting）という組織は当時実在した。テクストでは最後の一語だけ Production に入れ替わっている。

「そんなはずがあるかよ。こないだオレに居所教えろって訊いてきたんだ。おまえを利用しようってコンタンさ」

「でも、ママがあの人に言ったんだって、あたしに会いたいって言ったんだって！」

「ウソに決まってるじゃんかよ、アイツはヤクの捜査官だ、ウソをつくのが仕事なんさ」

「プリーズ！」とヘクタが叫ぶ。「このグリークラブ、なんとかして。ああ、これ聞いとると、歯が浮いてくる、頭がヘンになりそうじゃ」

「娘をさらってどうする気だ、おい、ヘクタ！」

「何いうか、ワシと一緒に来たいって、本人が言っトルンに」

「プレーリー、それホントか？」

扉が開いた。丸々とした大粒の涙が頬を流れ落ちている。涙の粒の表面で、溶け出た紫のアイシャドーが渦を巻いている。「パパ……」

「いいか、ヤツは正気じゃない。施設から脱走中の……」

「ホイーラー君、考えてみ。どうしたら娘さんを守れるんか」半狂乱のヘクタは続けた。「ほんまに頼りんなるんは誰だ。あとんなって、ああ、ヘクタに預けとくんだったと後悔しても知らんで。このあたりをうろついとるストレンジャーは、ワシひとりじゃナインデな」

「そうだ、オレんちに押しかけてきた兵隊さ、あれ、どこのヤツらよ、教えてくれよ」

「アンタよほどのアッパッパーだに。まーだワカットランに。司法省直属の攻撃部隊。軍のバックアップつき。率いておるのが誰あろう、お友達のブロック・ヴォンドじゃい。覚えとんな、アンタの恋女房、さらってった張本人や、間男《カブロン》さんよ」

「チクショー、ヘマッた！」何てこった、今の今までゾイドはそれが、ヘクタ関係の、つまりＤＥＡ

とそれに連なる郡の麻薬捜査の銀蠅どもとばかり思っていたのだ。ブロック・ヴォンドといえば、ワシントンの連邦検察の、それも超ド級の人物である。ヘクタがご親切にも思い出させてくれたように、〈ロスト・ナゲット〉その他での、酒と涙と辛苦の月日をゾイドに与えた張本人。その男がなにをいまさら、完全武装の一団を率いて、ゾイドめがけてやってきたんだ？　考えられるとすれば、フレネシだが……おいおい、あの痛ましい物語にまだ先があるっていうのかよ。

「おうちに帰るなんて、もう考えんほうがいい。不動産差し押さえの書類も準備済みや。民事ＲＩＣＯ法ってようできとるわ。っていうのもな、ゾイド君、キミン家《ち》でマリワナが見っかっトンの！　二オンスも。もちろんワシらはそれを二トンと呼ぶ」

「パパ、この人が言ってんの……」

「そうさ、ヤツラが来たんだ」

「あたしの日記は？　あたしのヘアケア用品は？　あたしの服は？　デズモンドは？」

「大丈夫だ、みんな取り戻せる」自分のほうに一歩踏み出たプレーリーの肩を片腕で抱きとめながらゾイドは本気でこう言った。そうとしか、とても信じられなかった。さっきのトレントの話は彼の「芸術的逸脱」というやつかもしれないし今のヘクタの言葉にしても、刑事ものの見すぎによるＴＶ性の幻想なのかもしれないじゃないか。

「ひとつ合点がいかないんだが」仏教徒に囲まれてテーブル上に立ち往生している麻薬捜査官にゾイドは訊ねた。「なんでまた、ブロック・ヴォンドの軍団が、今になってオレをいじめにやってくるのよ？」

　吟唱がピタリと止んだ。まるで、これから主役のアリアが始まるかのように、みんな静かにヘクタを見上げる。頭上のステンドグラスの模様は、八つに切り分けられたピザのマンダラ。太陽の光によって、まばゆい深紅と金色に染まるそれが、近づく車のヘッドライトに、サッと一瞬、不気味に色づく。「ワシもな、ハリウッドのコネくらいはあるんに。アーニー・トリガマン、知っトンな。ワシのいまの相棒じゃ。アーニーはな、ノスタルジーの大波がシックスティーズを捕まえるんを、ずっと待っとった。あの時代を生きたもんにとって、人生最高の時というのは六〇年代で終わってしもうたというのがアーニーの分析でに、そりゃお気の毒やが業界人にとっては別でに。アーニーとワシは、伝説の〝闘うカメラウーマン〟、フレネシ・ゲイツに狙い目つけた。ゾイド君の古女房、アンタのママや、プレーリーちゃん。地下に潜ったフレネシを引っぱり出してきてな、六〇年代の政治闘争、ドラッグ、セックス、ロックンロール、みんなぶちこんだフィルムをつくる、これがワシらの野望でな。アメリカの真の脅威は不法薬物の濫用じゃっちゅう、昔もいまも変わらん真実を歌いあげるんじゃい」

ゾイドは半開きの眼をヘクタに向けた。「オー、ヘクタ……」

「数字、聞かせたろか」ヘクタの独演は続く。「一パーの市場獲得で、ワシら、一生リッチに暮らせる」

「その〝ワシら〟の中に、ヴォンドの大将はもう入れたのか？ オマエとそのアーニーさん」ゾイドが尋ねた。

黒光りした自慢の靴に眼を落として──「まだそれは最終決定の段階やない」

「まだ何の接触もしてない、ってのがホントだろうが」

「接触？ そんなのムリにきまっとるがに。留守電入れてもノー・リプライなんに」

「それにしてもよ、ヘクタ、オマエがエンタテインメントのビジネスやるたぁ、おったまげだぜ。政府のお抱えテロリストだと、今までずっと思ってきたんだ。そいつがさ、シュートするとかカットするとか言や、誰も映画のこととは思わんぜ。マシンガン使うのか、自動小銃使うのかって、そう聞きたくなるじゃんか。なあ、スピルバーグさんよ！」

「法の執行に専心してきた一生を無にするリスクを冒して」この店の夜の店長、バーバ・ハヴァバナンダが口を開いた。「精神年齢も注意の持続時間《アテンション・スパン》も低下するばかりの大衆に仕えるとは、なんとあわれな」

「なんじゃい、ハワード・コーセルみたいなやっちゃな」

「でよ、ヘクタ、ブロック・ヴォンドがオレの家にやってきたことと、オマエの映画の企画とは何のつながりもないんだな？」

「とも言いきれん。もし……」と言いかけて、ヘクタは赤面しそうになった。

ゾイドには、それに続く台詞が読めた。「もしヴォンドがフレネシを探し回ってるなら……？」ヘクタの声が、息を殺したしゃがれ声になった。「そうよ、それもやっこさん自身の動機で動いてるんだったら……」

このときである。〈菩提達磨〉の表と裏の入口から、NATO軍の迷彩模様の軍服を着たTV解毒隊が押し入ってきた。兵士らは男も女も、甘い言葉でなだめながら、ヘクタの手を引き、「きみを救ってあげられる場所へ」連行すべく、ふたたび吟唱を始めた〈菩提達磨〉の仏教徒らの間を抜けてドアに向かった。ドクター・ディープリー、顎ヒゲを撫でつけながら大股でやってきてバーバ・ハヴァバナンダとハイタッチ。

「いや、助かりましたよ。ウチのほうでできることあったら何なりと――」

「あの男がしばらく出没しないようにしてくれれば、それが一番だね」

「そりゃ保証できませんな。ウチのセキュリティは実に貧弱で、観察つきにしておくので精一杯。本人がその気なら、一週間もせずに外を飛び回ってるでしょうな」

「製作契約、成立じゃぃ！」解毒隊の護送車に積み込まれながらヘクタはなおも叫んでいる。その護送車が猛然と走り去ったのと交代に、ヴァンに乗って猛然と走りこんできたのがイザヤ君と仲間たち。

父と娘がことの次第を告げる間、ふたりの頭の上に聳えるイザヤの顔面は、眉が寄ったり離れたり。まわりでザ・ヴォミトーンズの面々が、危険なサウンドを鳴らしている。ひととおりの説明がすむとイザヤは、「で、シスコの結婚式のギグの話ですけど……プレーリーも一緒に来るってのどうでしょうね。しばらくはこの辺にいないほうがブナンかなって……」。

「武装軍隊そのものみたいな一族だぜ、イザヤ。責任は取れるのか？」

「プレーリーは俺が守ります」他人に聞かれちゃマズイかとまわりを見回し、声をひそめた。けれども当人に聞かれ、機嫌を損ねられた。「それ何よ。ふたりとも、ホント意識が低いんだから。あたしのこと、牛の肋肉《バラ》みたいに、やったりとったりしないでよね」

「牛というより豚肉だろうか？」とイザヤ。ゾイドは、この愚かなイザヤの発言に、ほんの少し心がなごんだ。今またふざけてプレーリーの肋《あばら》を突こうとして手を払いのけられている。ま、頑張れや、若いの。

「キミはもう、ロードの暮らしは知ってるわけだ。ドサ回りを続けるほうが安全だと思うわけだな？」

プレーリーが父親の胸に顔をうずめる。「あたしたちの家……」涙声じゃない。死んでも泣くかという声だ……

「今夜はオレと一緒にいてくれ。明日の朝イザヤに迎えにきてもらうんでいいだろ？」

その晩、プレーリーはヘクタの言ったことがウソじゃないと認めた。彼女はヘクタと一緒に、母親さがしの旅に出ようと本気で思ったのだ。「パパのことは好きだけど、半カケは半カケでしょ」トレントの奇態なるキャンパーの二段ベッドに身を横たえての会話であった。川からボーッと霧笛が聞こえる。

「ママとオレとが、これからまた一緒になると思ってるんなら、おまえのTV依存症はヘクタ以上の重症だな」

「いいわよ、そう言うんなら。でももしパパがあたしだったら同じことするわよ、でしょう？」

ゾイドの嫌いな質問である。オレはおまえじゃないんだから。一緒にされると、自分がひどく老けて汚れて見えるのだ。「そんなこと言って、おまえ、本心は見えてるんだからな。要するに家を出たいんだろう」

「そーかもね」

いいだろう。「タイミングとしちゃ悪くないな。家は没収されたみたいだし。スマーフの住み処みたいなこのオンボロ・キャンパーが今はわが家だ」

「いつかこうなるって、パパ、わかってたんじゃない？　そうでしょ」

ゾイドは咳払いした。「そりゃ、密約というべきものはあったよ」

「いつの話？」

「おまえがまだ赤ん坊のときだな」

「ああ、だからだったのね。ずっと結婚しないできたの。それも密約のうちだったんでしょ。あたしはずっと半分みなし子やっていくって――」

「オイ何言うんだ。このオレが、誰と一緒になれたっちゅうんよ。ウチに来るレディたちがさ、どんなんだったか覚えてるだろ。サプシャやエルヴィッサみたいんと結婚しろって？　誰でもいいから、とにかくおまえにママができれば万事めでたし――てわけにゃいかんだろうが」

「でもパパがいままでデートしてきた人って、言っちゃわるいけど、みんなB級だったでしょ、どう見ても。家庭向きって感じじゃ全然なかったわよね。〈北極圏ドライブイン〉なんて店で派手に飲み食いしてる女の人とか、ヘンなクラブの深夜営業に勤めてる、真っ黒なドレスを着たホステスさんとか、AAhhrrgghh《オワァァオ》って名前のバイカーの彼氏と一緒んなって咳止めシロップを注射しているのとか。それ、ワザとじゃなくて？　うちの学校の子にもずいぶん声をかけたりして――。言ってること、パパにわかる？」プレーリーはいつのまにか起き出して、上段に横になった父親の眼を真横から覗き込んでいる。「つまりね、密約なんか問題じゃなくて、とにかくパパはママをずっと愛しつづけてて、ママじゃなければ、誰とも結婚する気はなかった。そうでしょ、ちがう？」

たしかにな、そんな条件はついてなかった……。プレーリーの澄みきった視線を浴びると、ゾイドは自分がふらついたインチキな男のような気になった。「オレのこと、ほんとクレイジーだと思ってるだろ」と返すのが精一杯。

「そうじゃなくて……」娘は一瞬下を向いた。「ほんとはあたしも同じ気持ちなんだ。ママだけがあたしのママだって……」と言って髪を振って後ろにやり、再びゾイドを、キッとすわった確信のフレネシの青い瞳で正視する。ここでむくっと起き上がって、娘の肩を抱き止める流れかなとも感じたけれども、そうやって未成年の女子に手を出す心理を、今また娘から突かれたばっかりだ。自分の方が抱き止められたい気持ちだけれど、今はクールを演じるとき。軽くうなずき、強い父を印象づける。「よお、同志《トゥルーパ》」とか呼びかけて、肩を一発こぶしでポンと叩く。起き上がっちゃなんねえぞ。娘の頭上五〇センチの今の位置に寝ころんだままでいるんだ。娘は娘で眠りへの道を見つけてく、そうでなくちゃ……

鳥の声と、タバコの煙と、TVの音でいっぱいの湿原の朝。細道の二本の砂の轍《わだち》の上をこちらに向かって、ビリー・バーフとザ・ヴォミトーンズのオフィシャル・ヴァンが走ってきた。ボディには楽しげな原爆の破壊図が念入りに描き込まれている。ミニチュア細工の頭蓋骨を繋げて作ったハンドルを握っているのがイザヤ書第二章第四節君。ぷっくり飛び出た着色ガラスのバブル・ウィンドー、その向こう側の薄暗がりに紛れて他の面々も見える。これからプレーリーはどんなことに巻き込まれていくのか。ゾイドは無力感にさらされた。ゆうべこの子が伝えようとしたことがあったのに、それも理解できずに、このまま家を出て行かれてしまうのではないかと。ロスに住むゾイドの義母のサーシャ・ゲイツを通して連絡を取り合う約束だけはしていたけれど。

「マリワナばっか吸ってんじゃないのよー」去りぎわに娘が放つ。

「股をきちんと閉じてるんだぞー」父が返す。カーステレオに誰かがファシスト・トージャムのカセットを突っ込んだ。出力三〇〇ワットの終末的サウンドが湿原をつんざく。イザヤに手をとられ、走る乱交部屋の、ケバい赤紫のクッションの上へ案内されたプレーリーは、ザ・ヴォミトーンズとカノジョたちが作る解読不可能なパターンに紛れて見分けがつかない。突然動き出した車は、予期せぬ優美さで旋回して乗組員一同を弧の外側に押しつけ、それから行き先を未来にセットしたタイムマシンのように、ゾイドにとってはあまりにも呆気なく、重く垂れ込めた雲の下、淡く延びる小道を走り去っていった。

だが別れ際、ゾイドは日本人の名前が書かれた一枚の奇妙な名刺を持たせていた。父親のヒッピー時代の過去からの、わけのわからぬ遺物には必ずウサン臭そうな顔をするプレーリーは、その名刺にも最初は触れようともしなかったのだが。名刺というより「お護り」というべきか。むかしゾイドが、とある偶然から、日本人を助けたお礼に、手渡されたものだった。当時の彼がやっていたのは、ロス空港はイースト・インペリアル・ターミナルを発着するカフーナ航空のハワイアン・クルーズの不定期便でキーボードを弾く仕事。そのギグにありついたのはフレネシとの関係が崩壊を迎える嵐の日々のことであって、結婚生活を救うための必死の努力がついに海を越え——というのはゾイドの勝手な見方で、フレネシからしてみれば、ハワイにまで逃げてきた自分のところへ、赤く腫らした眼をしてやってくるこの男の目的は、プライバシーの侵害でしかない。ゾイドが乗り込んだフライトは、機種名はおろか国籍名も聞いたことがないような（その国の最高級機というふれこみは、その国唯一の保有機という意味だった）いかがわしいチャーター便だった。フレネシとしても、ゾイドの到来を半ば予期はしていたのだろうが、フレネシがハワイでどんな夜を過ごしているのかを案じて、これほどまでに居ても立ってもいられぬ気持ちを募らせていたとは知らなかった。行きの飛行機では、トイレのヒビ入りの錆びた鏡に向かって再会時の台詞の稽古。「オレか、オレなら心配いらない、ただオマエのことが心配でよ」と、ジェットエンジンの鼓動と機体のきしむ音の中でゾイドはつぶやき、大海原の数千メートル上空で、鏡の中の自分に向かって、それっぽい顔を作ってみせる。

　最初はすばらしい考えに思えたのだ。しばらくひとりになってみるのは、お互いにとって、危機を避け、関係をとり繕ういいチャンスになるはずだった。サーシャも娘を見送りに空港に来ていた。半ば眠ったプレーリーを、サーシャとゾイドは互いの腕から腕へ預けっこしたのだが、それはまるで、その後ふたりが取り決めたやり方の予行演習のようでもあった。ふたりの間にこんな協調のひとときが訪れるのは珍しい。サーシャにしてみれば、この婿殿はどう対処していいやら皆目わからぬ人間で、会うといつも反射的に首を振って、困惑の笑い声をあげてしまう。その笑いの意味するところは、「あなたがうちの娘に全然ふさわしくない人だって、あなた自身がおわかりのとおり。お互い大人なんですもの、笑ってすますことにしましょ、ね、ゾイドさん」ということであったのだろう。だがこのふたりは、やがて驚くべきことに、プレーリーの養育権をめぐって争いごとはいっさいしないとの合意に至ることになる。というのも、生涯を「アカ」で通したおばあちゃんと、ドラッグ常習の父親のうち、どちらが養育者としてよりふさわしくないかを決めるのに時間を費やす判事などいないことを悟ったからだ。もし裁判など始めたら、プレーリーは裁判所の保護の下に置かれてしまう。それだけはなんとしても避けましょう、というわけで、好むと好まざるとにかかわらず、義母と婿、少なくとも時折は互いの生活をなんとかうまくすり合わせることになったのである。

「まるでミルドレッド・ピアスの亭主になった気分だぜ」というのが、ダーク・オーシャン・ホテルにフレネシを探しあてたゾイドの、心中告白の言葉だった。広角のV字形にそびえたつこのホテル、二千四十八の全室が海に面し、そのすべてから同形のラナイ（屋根つきベランダ）が一面の青の中に突き出ている。

見下ろせば、下界の人間たちは豆粒のよう。小さくカールする波の上を滑降し、浜辺に身を横たえ、深緑の木立の中で、薄緑の淡い光を発するプールではしゃぎまくっている。

二つに折れた高層ホテルの壁面に、無数の宿泊客の姿が見える。ラナイに出て涼を取っている者、ルームサービスのディナーを食べている者、現地産のマリワナを吸いこんでいる者、なかば人前でファックしている者……

「ミルドレッドとの比較には感謝するけど、ゾイド、見ればわかるでしょ、わたし独りなの。まったく独り。まわりにいい男がいないわけでもないのに」

「男漁りのことが心配なんじゃねえよ。もしそうだったらずうっと前にこういう対面をしてたわな」

「そう？　ずうっと前って、厳密にはいつのこと？」

「よせよ、やめよう」

「よせよ、はないでしょう、自分から押しかけてきて」

「ああ、それもちゃんと自分の切符でな」もう少しで「ママに買ってもらったんじゃない」と言い添えそうになったけれども、相手がその言葉を待っているのが見えたゾイドは、心の波をやりすごした。

実際これがゾイドの描いたシナリオだったのだ。フレネシの隣りに部屋を取り、太平洋の波を何百フィートも下に見て、隣り同士のラナイに立って大人同士の話をする。アイツはビキニで、オレは昔のままのバギーパンツ、ふたりとも缶ビールを手に持って――おとといのゴルディータ・ビーチでのロマンスと同じセッティングである。違うのは海面からの高さがこちらは自殺に適しているというだけ、であるはずなのだが……。ちょうどこのとき、頭上からどこかのカップルのけたたましい罵り合いが聞こえて、おかげで階下のふたりはヒステリーの応酬を免れはしたが、自分たちはあれよりマシだという安堵の視線も交わされない。マシでないことはわかっていた。

アイツはどこだ、という思いが、ほとんど言葉となってゾイドの口から出そうだった。フレネシがカリスマとして崇めたてまつる検察官ブロック・ヴォンドはどこなんだ。ベッドの下に隠れてるのか、ワイキキ・ビーチで眼の保養中か。失望は味わいたくなかった。思い出しても冷や汗もののオンボロ機でゾイドがここまでやってきたのも、ヴォンドの居所が全然つかめないイライラが嵩じてのことである。一種逆向きの存在というか、それにゾイドは動かされていた。

サーシャはまるで助けにならなかった。「わたしから聞き出そうったって。もちろん知らないことですけれど、たとえ知っていたって、自分の娘を裏切るようなことを実の親がしますか。そんな密告屋みたいなこと。第一、考えてもごらんなさい。フレネシがそんなこと、このわたしに言うだなんて……まったくあなた、どうかしてますよ」

「だって実の母親だろ」

「なおさらでしょ」

「いいや、じゃあ、ブロック・ヴォンドのことだけどさ、アイツがどういうヤツかってことでオレたちの考えは同じだ。極悪非道のファシストさ。アンタが人生を賭けて闘ってきた、悪の権化みたいな男を、まさかアンタ、かばったりはしないよな。オレが聞いてるんはさ」——ここで詐欺師まがいのソフトな口調に声を落とす。「ヴォンドのやつと、一度でも、ご対面はなかったかって、それだけちょっと教えてくんない?」

懇願するような、ほとんど泣き声と隣接するゾイドの口調がサーシャの振舞いを慎重にした。この男、自分で自分の心の傷を掘り返すようなことばかりやって。ちょっとでも辛いことがあると、そこに自分から寄り添っていって、痛みの細部を一つひとつ突つき回す。バカねえ、時間の無駄でしょう。こんなこと、もうとっくに卒業しててもいい齢でしょうに、それともジェラシーの緑の海を渡るのはこれが初めてなのかしら。——それも大いにありえたことだが、サーシャは尋ねはしなかった。舌の剣をシャープに研いでいつでも用意はしていても、そのときが来るまではちゃんと沈黙の鞘に収めておこう。だがそうはいっても、フレネシに対する怒りも収めようがないのだから、イライラは募るばかりだ。自分の育てた娘が、ブロックなどと関係を持ったこと自体、思想的にも、呆れてものが言えないほどだが、それに加えて、自分できちんと始末しなくてはいけないことをいい加減にほったらかして、プイとどこかに消えてしまう。逃避の欲求は子供のときから変わっていない。その最新の犠牲者がゾイドというわけだ。

そのゾイドは視線を遠くにやって、ホノルルの町を見渡すフリをしている。「お相手はどこなんよ。スーパーファック氏はさ? どこにも見あたんないようだけど、まさかスティーヴ・マクギャレットでも解決できない事件ができて、お声がかかったんじゃないよな」

「ゾイド、関わるのはやめたほうがいいわ。わたしたち、面倒起こすのはいやでしょ?」

「わたしたち」という言葉が彼女の口からあまりに自然に出てきたことで、ゾイドは一瞬、息がつまり、身体感覚を失った。ポワンとしたまま、「面倒起こすって、このオレが?」 買い込んだばかりのアロハシャツのボタンを外し、両の腕をパタパタさせて、「オレはいつだって潔白だ。どっかのケツ野郎が自分の女房とファックしたからって、いきなりピストル発射するほど単純じゃない。そいつがFBIでデカだったらなおさらよ」と言っておどけてみせたものの、本当は、ボディにパンチを浴びた恰好で、フレネシの前に倒れ込みたい気持ちだった。でも、そんな策に出たところで、彼女はその青い眼を、往年のイタリアン・ポップスでいう「青く塗られた青の」眼を逸らしてそれを海へ、空模様へ、なんであれ眼に留まるものへ向けるだけだろう。青の邪眼を使いこなすのはお手の物。指先でタッチしたり離したりするのと同じ効果があるのを知ってるんだ。

フレネシはそのまま部屋に入ってしまった。ガラスの引戸が閉まり、カーテンが引かれる。ゾイドはひとり手摺から視線を落とした。地面までどのくらいの距離だろう。そこをヒューッと墜《お》ちていったらどんな感じがするだろう。ひとつオレが試してみようか——という気を起こしかねないゾイドだったが、飲み干したビールの缶を身代わりにした。缶の落下運動を、科学者の冷徹な眼というものはこんなものかと想像して追っていくと、その軌跡は、サーフボードを頭上に差し伸べて歩く男の軌跡と正確に交差した。二、三秒後、かすかな音が届いたとき、缶はすでに近くのプールに転がり落ちて消えていた。コンというあの衝撃はなんだったのか、痕跡はまったく消えた。サーフボードの完璧な幾何学形態を眺めている男の疑いはきっと地球の軌道のはるか彼方まで及んだろう。

部屋に戻るやゾイドは隣室に通じるドアを探したが、そんなものがあるはずもなく、ケッとふてべッドの上に横になり、リモコンでTVのスイッチを入れ、ハッパに火をつけ、ペニスを取りだし、その先何年も続くことの予行演習をするかのように、石積み壁《ドライウォール》の向こうのフレネシを想像した。彼女の姿はそのときも、後に幾度となく訪れる幽体離脱の夜に比べて遜色ないほどクッキリ見えた。彼女がビキニを取る。トップを外し、ボトムを下ろし、イヤリングを外しにかかる。フレネシのうなじが露わになる、ここのところがいつもゾイドのハートにズキンとくるのだ。そして彼女はシャワーに向かう。ゾイドに接して薄汚れた気持ちになったのだろうか。新米の「覗き霊」として、ゾイドは彼女の跡をつけた。が、アホなことに、かつては日常茶飯のことだったシャワーを浴びる妻の姿が、うまく見えてこないのだ。眼を凝らし、波長をファイン・チューニングしてみるけれども、体のまわりにモワーッと湯気がのぼるのが見えるだけ——まあ自分だって、体を抜け出た湯気のようなものなのだけど。

この日味わえたのは、性的幻想として味気ないものだった。いきり立っていたゾイドには幻滅が大きかっただろう。すれっからしのエロスとでもいうのか、特別な衣装もなければ、アクセサリーも、これといったシナリオもなく、ただ女と水と石鹸と湯煙の相互の絡みが、不安げにピクピク動く眼球に入ってくるだけ。ゾイドの眼を含めたすべての要素が、それ以後彼に許された唯一のありように収まっていく、その予行演習とでもいった絵柄であったのだ。そのとき彼は大事なことに気づかずにいた。部屋に戻ったフレネシは実はシャワーなんか浴びたりせずに、自慰にいそしむゾイドを残し、荷物をまとめてこっそりホテルを出てしまっていたのである。

ゾイドがそれを知ったのは、だいぶのちにルームサービスにダイヤルし、隣室に花を届けてくれるよう頼んだときのことだった。あわててフロントに駆けつけたが、従業員の口は堅い。膝を落として泣きわめき、悲しい悲しい物語の一部始終をほとんど全部喋ったところで、やっと副支配人が答えてくれたのは、「あの方はいまごろ飛行機の中でしょうかね。なんでも次のロス便に乗り込むんだって大忙しのようすでしたよ、お客さん」ああ、なんちゅうこと。

「お客さん、ヘンな真似はしないでくださいね」

「ヘンな真似?」

「ハワイはですね、カリフォルニアの傷心男がこの世の見納めにやってくる人気の場所であるわけですよ。活火山への身投げとか、崖っぷちからの飛び込みとか、本土じゃなかなか手に入らないエキゾチックな自殺法がここには揃ってるわけで。特に人気なのは、格調高き、太平洋への入水ですかね。〈幻想の昇天ツアー〉というパックものを扱っているとこを紹介しますか。手続きはこのカウンターでもできますけど、いかがです?」

「幻想だと? 誰が幻想だって言った。オレはヨ、あんたら、かついでるわけじゃないんだぜ」

「もちろんです、もちろんです、まあ、そう……」

「パックものの自殺ツアーだ?」ゾイドは長々と洟をかんでから、「プールサイドでしぶき浴びて寝っころがってるところに、ジャック・ロードがやってきて、『ダノ、この男ブックしてくれ*――自殺のAコース』とか言うのかよ。それがこの世で聞く最後の言葉になるんかよ。そんなのヤだね。そこまでされて死にたかない」

この種の啖呵には慣れっこの副支配人、ひとしきりゾイドに喋らせたあと、頃合いを見計らってその場を離れた。ビールをあおってふて寝していたゾイドが目を覚ましたのは、夕闇が島々を包むころ。ガバリ起きて、スコット・ウーフから借りてきた白のスーツをアロハの上に羽織ったけれども、丈も袖も長すぎるうえ、自分の腹には細身すぎてボタンがちゃんとかからない。床を引きずるズボンの裾を折り返したら、これは立派にズートスーツだ。空港で買ってきたストローハットをかぶりサングラスをかけて準備万端、ゾイドは外に繰り出した。どっかにキーボードの代役が必要な店がないともいえないだろう。知ってるメンツもいたりして。このときそのまま空港へ向かわなかったのは、航空券の印字が細かすぎて解読できないせいもあったけれど――なにしろこの切符、航空会社の職員も首を傾げる割引率なのだ――こういう悲惨な状況で、涙に代わってしばしばゾイドに押し寄せる奇妙な浮かれ気分のせいでもあった。「あんなやつ、ポイ捨てだい」と自分に向かって口ずさむ。今日はオレの釈放記念日。アイツなんかブロックの野郎にくれたるわ。どんな悪事もまかり通る権力の腐臭の中で、ふたりして、やりたい放題やってりゃいいや。いつかヤッコさんが連邦政府の要職に就くってときに、スキャンダルが発覚して、ふたり揃ってTVニュースに映ったら、缶ビールでもシュパッと開けて、画面に向かって乾杯して、そして、……そう、そして、ホテルのベランダで最後に眼にしたア

＊ "Book him, Danno" は「ハワイ5-O」のマクギャレット警部の締めのセリフ。「逮捕しろ」という意味だが、ここでは「予約」の意味にすりかわっている。

イツの姿を思い出すんだ。背中をクルリこっちに向けて、花柄ビキニの尻を左右に振って、髪を揺らして、ガラス戸を閉めやがった、こっちを振り返りもせずによ……

あっちのバーからこっちのバーへ、夜のホノルルの背後に潜む不可視《インビジブル》な秩序をたのみに、ゆっくりバウンドするピンボールのように彼は動いた。ドラマチックな出会いだとか、幸運とのめぐりあいとかには無縁であっても、危険をスルリすり抜けながら街を漂う才能が自分に具わってるんじゃないかと、ときどきゾイドはマジに思った。〈コズミック・パイナップル〉という、その筋では当時名の知られたアシッドロックのクラブにさまよい込んだのは、その晩のいつのことだったろう。そこのトイレで、偶然にも以前一緒にプレイしたことのあるベーシストと鉢合わせして教わったのが、カフーナ航空のラウンジでピアノ弾きを募集中との情報だった。

「こいつはまさに死のギグよ」彼は請け合った。「あの会社、どうやって資金繰りしてるんだか誰も知らない。いや、ミステリーといえば、もっとすごいんがあるんだ」と言って彼は、この惑星の表面からずっと高いところで起きた怪事象——未確認のレポート——について話し始めた。それを語る者はみな注意深く言葉を選ぶ。あそこのフライトは乗り込む客と降りる客のリストがときどき違う。途中、上空で、はて、何が起こる?

「そりゃいい、それこそオレにうってつけだ」とゾイドは受け流し、で、どこの誰と話をつけりゃいいのかと思えば、二十四時間OKの番号が、職業別電話帳に「常時求人中」という大きな活字と一緒に載っていた。ゾイドがダイヤルしたのは午前二時半をまわっていただろうか。明け方に出発するLA行きの便にさっそく乗り込んでほしい、との返事をもらって急ぎホテルに戻ったゾイドはそのままチェックアウトをすませ、空港に駆けつけた。

カフーナ航空所有のこの747は派手な改装がほどこされていた。機内は巨大なハワイアン・レストラン&バーになっている。客席を取っぱらってナイトクラブの内装にし、熱帯の植物の中にミニチュアの滝まで設けた機内では、『ハワイ』〔一九六六〕、『ザ・ハワイアンズ』〔一九七〇〕、『ヤング・ハワイ』〔一九六一〕と、ハワイずくめの映画が間断なく上映中。ゾイドもさっそくハワイアン・ナンバーがいっぱいのアンチョコ・ブックを手渡され、シンセサイザーの前に連れていかれた。日本製のこの機械は、名前は聞いたことがあっても、触ってみるのは初めて。音色のオプションには当然ながらウクレレもあって、八個編成のウクレレ・オーケストラ・セクションを三つ同時に奏でることができるようになっている。こいつを弾きこなせるようになるには、太平洋上数往復分の格闘が必要だろう。見るからにユーザー・フレンドリーではないこのシンセは、ピッチは勝手に外れていくわ、音色も胃の内壁を掻きむしるようなのに変わっていくわで、せっかくの誘惑ムードをぶち壊すのはあまりにたやすい。座席の下にあったマニュアルを見てあれこれいじってみても、行儀の悪さは直らない。この機械には悪意があるんだ、とゾイドは思うことにした。

天井の透明ドームに星がまたたく数多の夜、哀しみに沈むゾイドは、薄紫のネオンライトに縁取られたベビーサイズのグランド・シンセを自動演奏モードにセットして、見かけだけは鍵盤に指を這わせながら、破滅の一途をたどるフレネシとのことを想い、悶々とするばかりだった。フライト間のつなぎの時間は長くなく、LAに着いたときも、応答のない電話をかけるだけで終わってしまうのが常だった。プレーリーに会いにサーシャのところに足を延ばすこともなかなか叶わぬことだったけど、フレネシとは会うための手がかりすら得られない。ひょっとして、誰にも知られず失踪した後なのか……。ハワイに向かう機内でのゾイドの仕事は、フラダンサーや火喰い男、ウェイトレスやバーテンのそれと変わらない。すなわち、ホノルルでどんな災難が待ちかまえているのか早くも心配し始めた客の気持ちを逸らすことだ。実際このフライトは、いつも災難だらけだった。預けた荷物が別の便に行ってしまって取り返せない。ホテルがご一行様全員の予約を取り消していてバスが来ない。ツーショットが写せますとパンフレットで約束したジャック・ロードが現れない……。カフーナ航空の運航時間はまったくもって予測がつかず、到着時間がとんでもない時間にもつれ込んで、着いた先では閑散とした夜中の空港で職員らがいじわる気分を募らせている。彼らの言葉にはいちいち不愉快な意味がこもるし、単身の女性はなにかにつけて絡まれるし、ドラッグ所持者は汗タラタラにさせられるし、老人とか外国人は真っ先に睨まれチクチクいびられる。これがハワイの出迎えだろうか。島の娘が飛行機から降りてくる一人ひとりの首に、レイをかけてくれるというのがここの慣わしじゃなかったろうか？「あんたにかい？」武装した制服の男たちが一斉に高らかな、吠えるような笑い声をあげた。

「この時間に？　何のためによ？」

それに加えて飛行中に起こるという恐怖のミステリーがあった。〈コズミック・パイナップル〉で最初に聞いたあの噂が、他の人間の口からも数度にわたってゾイドの耳に吹き込まれた。そのうち一人は、ポリネシアの娘に扮したウェイトレスで、名はグレッチェン。彼女を最初に見かけたとき、ゾイドはいきなりEフラット・セヴンのコードをアルペジオで鳴らし、それに続けてオリジナル・ナンバーとおぼしきものを歌ってきかせた。

ワウッ！　来いな、巻かせな、
ハッパのスカート
ジグ、ザグ、キミを
つつんで、あげーる。

愛の炎で
火を、つけーる。
キミの、ふーきげんな
顔、なおーる。

クリップの先を
たっぷり吸って、回そ。
キミの唇から
ケムリ、たなびく。

高ーいもんじゃない、
痛ーいもんでもない、
来いな、ハッパのスカート、はいて！

この歌が最後の小節に達するよりもずっと前に、彼女はいつもそっけない仕草で彼の手を振りほどいてしまうのだったが、それでゾイドは救われたと見るのが妥当だろう。なにしろ当時のゾイドときたら、破綻した結婚の後遺症ゆえ、女に関して判断力はまるでなし。はじめグラグラしていた関係もまもなく落ちつき、そのうち彼女は、例の噂をゾイドに話しただけでなく、まもなくそれに自分自身の目撃談も交えてきた。謎の飛行物体がつけてくる。コースもスピードもピタリ合わせて、五〇フィートの至近距離を、ときには何時間も追尾する——

「UFOか?」

「ううん」と言って彼女は戸惑いを示した。ポリエステル製の〝草のスカート〟がリズミカルに揺れる。「ああいうの、私たちなら、UFOって言わないかも」

「誰だったらUFOって言うんだ?」

「あんまり宇宙っぽくないの。なんかその辺で見かけるみたいな……地上から飛んできてるのは確かよ」

「操縦してる人、見たことある?」

グレッチェンの眼球が四方八方に動いた。「私、ここ、おかしいのと違うわ、フィオーナに聞いてよ、インガにも聞いてよ、みんな見てるんだから」

ゾイドは「魔法を信じるかい? Do You Believe in Magic?」の四つの小節を弾いてグレッチェンに流し目を送った。視線が行き着いたのは、ほぼ化繊の腰蓑のあたり。「オレも見ることになるんかな」

「見ないでいられるようにお祈りしてることね」だが、その翌日に、お祈りが足らなかったでしょ、といわれる展開になってしまった。LA発の次のフライトで、謎の飛行物体にさっそく出くわしてしまったのである。太平洋上空一万二〇〇〇メートルを航行中のことであった。機内の宴会もたけなわのジャンボ機に、まるで昔の海賊船が商船に接近をかけるみたいにして、怪しい飛行物体が近づいてきた。それは、グレッチェンの言ったとおり、UFOとは言いがたいものであったけれども、小型で頑強、重量感にもスピードにも勝っており、つけ狙われた華奢なアルミニウムの旅客機は、さながらコマドリの卵であった。機長はあらゆる手を尽くして逃走を図ったけれども、敵機は完璧に動きを合わせ、北回帰線の上空まできてピタリ真横に機体をつけた。両機の間、二〇メートルほどの空間に、風が轟々と吹きまくる。敵機から金属の突起のようなものがキラッと現れたかと思うと、ヒュルヒュルという感じではなく、パンタグラフを積み重ねていくようにして伸びてきた。それは風防のアクセス・トンネルで、断面は涙を長くした形であって、それがボーイング機の上に垂れてきて前方のハッチをがっちり捕らえた。

機内の乗客に動揺が拡がった。紙のパラソルつきの特大ドリンクを手にしたまま、樹脂加工のハッチカバーのテーブルや、プラスチックのティキ像と繋みのまわりで、あっちにうろうろ、こっちにうろうろ。ゾイドは、景気づけのメドレーを必死になって奏でていた。何が起こっているのか誰もわからない。議論がわき起こる。左舷の窓から見ると、敵機の機体の継ぎ目が輝いて見える。エンジン部もボッと赤く火照っている。地平線に日没際の最後の光が縞模様をなしている。窓が霜に覆われはじめた。地上の台所の窓に静かに生じる霜ではない。ジェットスピードの風から投げつけられるダイナミックな幾何学模様だ。

ため息が漏れるように、すうっとハッチが開いた。自動小銃を手にした侵入者らが、精鋭部隊の優美さで、空飛ぶナイトクラブに突入してくる。耐衝撃ガラスのシールドに被われているため、顔は定かでないけれども、仕事さばきはプロフェッショナルだ。機内のスピーカーから機長のアナウンスが響いた。「我々自身のためなのであります。彼らが要求しているのは特定の何人かの方で、みなさん全員ではありません。連行されるべき方は、ご自分の席のところに連行者が来たら、どうぞ協力的にふるまってください。くれぐれも流言を信じませんよう。残りの方は、搭乗券に書かれてあります目的地まで、お飲み物はすべて無料。支払いはカフーナ航空の非常基金からということにいたしましょう！」この一声に大きな歓声がわき起こった。そんな基金は存在しないと判るのは、だいぶ後、延々と続くことになる法的手続きの中でのことである。

グレッチェンはシンセの隣りで油を売っていた。「なんか興奮しちゃうよな」とゾイドが言う。「機長の声さ、はじめて聞いたぜ。あの声で『タイニー・バブルス』なんか歌われたらかなわない。オレなんか即失業だ」

「みんなピリピリしてお酒あおってる。あーあ、カフーナ航空さん、またやってくれたわねー」

「こういうことって、大手の航空会社じゃ起こんないのか?」

「業界全体の協定っていうの? みんな〝保険〟って言ってるんだけど、それに入るのに払うお金がカフーナには高すぎたんですって」

一巻の映画が終わるように夜になった。機内にはアルコールが川のように流れ込み、主翼のタンクにしまってあった安物ウォッカまで運び出されてきた。酩酊して倒れ込むもの、うるんだ眼を皿のように見開いているもの、靴を脱ぎ飛ばしてパーティ気分に浸っているもの。シールドをかぶって精確な仕事を進めている侵入者のことなど誰も気にかけるようすはない。ゾイドの奏でるメドレーが映画『怪獣王ゴジラ』〔一九五六〕のテーマに移りかけたときだった。すぐ後ろから男の声で、「なんだい、ブラザー、いいかな、一緒しますよ」鍵盤の手を止めて振り向くと、その男は、ブロンドのヒッピー風の髪型に花柄のベルボトム、トロピカルなアロハを着込み、肩から顔にかけてプラスチックの花飾りを一ダースほど積み上げたうえ、真っ黒いゴーグル・タイプの色眼鏡と麦わら帽まで被っている。手にしたバンジョー・ウクレレは、両大戦間に作られたとおぼしき骨董品だ。ブロンドのかつらは、グレッチェンからの借り物と判った。ゾイドのところにかくまってもらうよう入れ智慧したのも彼女だった。

「派手に追っかけられてるねえ」とゾイドは言って、さらり取り出したのが、ウクレレ・コードの図解付きの楽譜だったのは避けがたい。「これ、いく?」

「あ、それ！」変なウクレレ弾きが応える。「ああでも――コードがGだと助かるねえ！」とウクレレの都合を述べて、それでオーライ、新入り奏者は往年のハワイアン愛唱歌「ワッキー・ココナッツ」を、なかなかのリズムワークで刻みだした。だがゾイドがヴォーカルを入れると混乱をきたし、最初のGに戻ってポロンポロンポロン待っている。

聞こえないか、あのリズム
（ヴァム）アー、ワッキ・ココナッ
（ハム）アー、ワッキ・ココナッ
ドン！　と落ちて、ドンとまた落ちる
ここはシンコペーション・アイランドー（オー！）

ビートもごきげん、落ちるよ落ちる
（ヴァム）アー、ワッキ・ココナッ
（ハム）アー、ワッキ・ココナッ
オイラの屋根は、ジャングルのドラムさ（ンーム！）
ヴァム、ア、ヴァム、ア、ヴァム、ヴァム、ヴァム（オー！）

どしていつも、ここばっか落ちる
どしていつも、オイラばっか狙う

ワッキ・ココナッにー（ヴァム！）取り囲まれー（ンーム！）
ワッキ・ココナッにー（ハム！）抱き締められー（オー！）
ワッキ・ココナッにー（ヴァム！）オイラ夢中さー（ンーム、ンム、ンム）
ワッキ・ココナッはー（ウッ、オッ！）オイラのコ、コ、ナ――ッ！

ブギに踊り狂い、あるいは脱力発作に襲われている客を、侵入した隊員たちは調べて回っているが、ここでウクレレを掻き鳴らしている男のことは眼に留めるふうでもない。さらにゾイドは気がついたのだが、最高音のBフラットを鳴らすたび、侵入者たちが無線受信に支障をきたしたかのように、ヘッドフォンを両手でつかんで耳に押し当てるのだ。そこでゾイドは可能な限りそのキーを押し続けてみたのだが、そしたらじきに彼らは、うつろな当惑をあらわにしてジャンボ機から引き上げていった。

ヘンな訪問者は儀礼的な素早さで名刺を差し出した。虹色のプラスチックの名刺である。見ていると色合いが変わるのだが、何をシグナルにして変わるのかはわからない。

「助かったよ、きみは命の恩人だ」名刺にはこう書いてあった。

タケシ・フミモタ
調整師
電話帳で／多域営業

「これアンタ？　タケシさん？」

「はい、ルーシーはルーシーで、エセルはエセル。そしてぼくはタケシです。もしきみが、いつか困ったことになって——」ポロン、ポロロンと数小節のウクレレの音。「これが必要になったとき——あなたは思い出すでしょう——わたしの名刺のことを——どこにそれをしまったのか！」

「オレの記憶力でもか？」

「きっと思い出すでしょう」と言って彼は、侵入者が去ってまた一段と盛り上がりを見せている、このまま夜を徹して続くであろうパーティの中へフェードアウトして見えなくなった。

「へ——ィ！」とゾイドは一面の喧噪に向けて声をぶつけた。「そういうスゴ腕の仕事師さんがいるって話は、聞いたことはあるけどなあ、そういう怖い世界とは関係したくない気がすんのよ。いや、アンタが嫌だってんじゃない。もしまだ聞こえるところにいるのなら言っとくけど」返事はない。

こうしてその名刺の移動の旅が始まった。そのポケットから次のポケット、また次のポケット、それから財布、封筒、引き出し、箱の中と、転々と居場所を変え、飲み屋に忘れた上着とともに帰還を果たし、洗濯機の石鹸水に耐え、マリワナ性の健忘症も、北の海辺の冬の季節も生き抜いて、その朝ゾイドが娘との再会に不安を感じたちょうどそのとき、記憶に舞い戻ってきたタケシの名刺は、プレーリーこそ常にその正式な所持者であったかのように、彼女に手渡されたのである。

パートの仕事の合間に家に戻ったフレネシは、南部の都市《サンベルト・シティ》のじんめりと色あせた旧市街の一角に建つアパートの台所でコーヒーをすすっている。まだ耳新しさの残るこの街の名も、そのうち連邦政府の極太ペンで市民の眼から消されるのか。樹木の葉に和らげられない直射光線が注ぎ込む中でフレネシは、つねに基底和音《ホーム・コード》に収まっていくメロディのように、希望的に再編された過去の中へ吸い寄せられ、引き落とされ、鎮められていくのだった。思い描く情景には、今日も見知らぬわが子の姿が浮かぶ。赤ん坊のとき以来、一度も顔を見ていない。その晩もきっと帰ってくると信じて、生えかけの歯で無邪気にほほえみながら父の腕から這い出して自分に抱かれようとしていた姿が、あの子の見納めだった。フラッシュと引っ越しするたび、フレネシは、プレーリーをどこに寝かせるのかと想像を走らせる。思い描くプレーリーは、そのときの気分次第で年齢が変わるのだけど、とにかくそうやって娘のことを思うのが、もう長いこと、入居したアパートの各部屋に塩水を撒くのに似た、一種のおまじないのようなものになっていた。

　窓の外では、ハンマーの音、トラックのエンジン音、ボリューム全開のカーステレオが交錯し、間を縫って、丸ノコのウィーン、ズィーンという金属音も聞こえてくるが、それらのノイズは、フレネシの意識に散発的に届くだけだ。彼女のまぶたの裏にはいま、年頃になったプレーリーのイメージが浮かびあがっている。自分をそのまま若くした女の子が、カリフォルニアのどこかの浜辺の小屋で、雑誌グラビアに登場する露出過多の水着を着て、口ひげを唇の脇に長く垂らしたショーンとかエリックとかいう名の青年の腕を振りほどこうとしている。頭上のロープからプラスチックの吊り電球が垂れていて、その下で乾電池式のオーディオ機器がシャキシャキ鳴って、油の染みたバーガーの袋と、つぶれたビールの缶が散乱して……。でも、もし本当に、いま娘プレーリーと街の通りですれちがったとして、それが自分の娘だとどうして分かるだろう。ショッピング・モールでたむろしているそこらの女の子と、どう見分けがつくだろう。この街には東西南北、四つのモールがあった。フレネシのパート先は、そのうちの、サウスプレックス。一日に何百人と入ってくるティーンエイジャーの少女らに、フレネシの注意は釘づけになった。どんな言葉をしゃべり、どんなふうに歩き、何に熱中しているのだろう。記憶の彼方のプレーリーの具体的なふるまいが彼女たちのようである保証はぜんぜんないのに、まるで覗きでもしているかのようにドキドキしながら、少女たちの動きの細部を盗み見る毎日だった。

　そんな日々の思いを、フラッシュと分かち合うのは無理だった。話しても理解されないというのではない。フラッシュ自身、行方の知れぬ二人の子に会えぬ日々を過ごしていたのだ。ただ話があるレベルに達すると、注意がどこかに逸れてしまう。ひょっとしたら、フレネシがふたりの過去の物語《ヒストリー》を一から書き換えようとしているとか疑っているのかもしれない。マトモじゃない、が、それがフラッシュだ。一度など、「そういう判定が下ったってことよ。逃げ隠れしようとしたらもっとヒデエことになってたろうぜ」と言ってのけた。女ってのはこういう顔に誠実さを感じるのさ、とばかりに眉を吊り上げて、「娘を連れてどこに逃げても、ブロックのやつに追いつかれたろう。そして」陰惨な笑いを浮かべて拳を握り、「KA-POW!《カッパーウ》」と漫画の擬声語を発する。

「そんな！」彼女は反論する。「いくらなんでも、赤ん坊を抱いてる女を――」

「あいつ、気性は激しかったよな。オマエが最初に脱走を企てたときの騒ぎようったらなかったぜ。そういや、それがオマエの名前を聞いた最初だったっけな。とにかくあんときのブロックはよ、丸一週間、狂気のかたまりみてえだった」事実そうであった。ウェストウッドにある巨大薄板《モノリス》のような連邦の高層ビルの、密封された上階から漏れ出したブロック・ヴォンドの叫び声は、昼夜を問わず、戦没者墓地の静寂の上を渡り、フリーウェイの騒音もものともせず、はるか遠くへ響き渡った。ブロックを療養休暇にして、司法省が精神を患った職員用にと西部の乾いた高地に用意していたロコ・ロッジへ送り込むのがベストだとは誰の眼にも明らかだったが、ニクソン政権が雇い入れた新米人事担当者の誰ひとりとして、この男に限っては、そうするための正しい手続きがわからない。そのうち（といっても、担当小役人の寿命が縮むほどの長い時間を経てからだが）ヴォンドの狂気はある程度しずまり、と思ったら、ひとり勝手に荷物をまとめてワシントンに帰ってきてしまった。もちろん最初からそこでずっと職務に就いていなければいけなかったわけで、彼に関する書類はすべてカリフォルニアでシュレッダーにかけるしか方法はなかったのだが、それでもその後しばらく、驚くべきことにウェストコーストの、マナーの厳格さで知られるレストランやラウンジから、この男の素行についての苦情が頻繁にワシントンまで送られてきた。ある報告書には「野獣的な眼をした」とあり、別のものには「末期的憂鬱症の」とあった。またその多くは、今にもズボンを下ろして口にするのもはばかるような行為を始めそうなようすだったと加えていた。

「まあ、ちょっといない奇人よね」フレネシも同意する。今度のアパートのキッチンは、明るい色のウッドパネルと樹脂合板でまとめてあって、観葉植物の鉢植えも置いてあった。冷蔵庫のサーモの調子が悪いとはいえ、これまで暮らした隠れ家のうちでは上等の部類か。彼女は同居人の手を取って視線を自分に向けさせようとした。「いまも気持ちに変わりはないの。あの後、やっぱりプレーリーを連れに戻って、ふたり一緒に逃げて逃げて逃げまくるんだった」

「ああ」うなずく頭は頑固に下を向いたままだ。

「これ、わたしにとって一番大事なことなんだから、判定が下ったとか、フットボールの試合みたいに言うのはやめて」

「オマエのために言ったんだがな」と、フラッシュは今度はフレネシの手を握りしめた。「俺だってキツイんよ。ライアンとクリスタル……実の子の新しい名前を聞き出す、それだけのために、あのころ俺は食堂で並んでる何人の手にチケットをにぎらせたことか。むかーしむかしの物語だがよ」

「責任感ある行動だこと」彼女の回想も、ブロック・ヴォンドの再教育キャンプへ漂っていった。フラッシュとの最初の出会いの場である。「あなた、いまもあのときの夢を見る?」

「グッと生々しいやつをね」

「聞こえたわよ。一、二度、うなされていたでしょ」と言ったあと、「街向こうからも聞こえてきたんだから」とひとこと加える。

眼を合わせたまま数秒の時が流れた。彼女の青い瞳と涼しい子供のような額には、いつも体に食い込むようなパワーがあった。赤く燃えるような、硬く凝り固まるようなその力をいま彼は手のひらのつけ根に、下の歯茎に、臍と性器の間の氣のツボに感じている。悪意の力ではなかった。むしろ軽いハミングによって警告するような力だった。言ったらだめ、前にもこういうときってあったでしょ、その経験からあなただって学んでるわよね……

テーブルのフレネシの側から見るフラッシュは、光を吸いこんで跳ね返さない。この人っていつもこうだと彼女は思う。凝視しないと見えてこない。こちらでいっぱい努力しないと何してるのかもわからない。この人のことを把握するのでわたしはもうクタクタ……。特に彼が「街向こう」で他の女の尻を追いかけているときの彼女の消耗は激しかった。南部サンベルト地帯のダウンタウン、そのオフィスのビル陰で、革ジャンを着た無法者タイプを求めているビジネス・スーツを着た教育ある女たちを漁る趣味を彼は持っていた。それは間違いない。くやしい、でもひとりになったらこの潜行生活は絶対続けていけない。自分ひとりじゃ目立ってしまう。やりくりが大変。そうなったら一巻の終わり。もう遅すぎるんだわ、と彼女は思った。この暮らしから外に出ることはもうできないと。そして、話の変わりぎわにこんなことが言えたらいいと思った――「ああいう男たちばっかりなんですもの、あなただってキツいのよね、フラッシュ。痛みはわかる、ごめんなさい」だがフラッシュはきっと「二度とそれを言わんと約束してくれ」とか言うに決まっている。そうなれば彼女も言ってしまうだろう。「言えるわけないじゃない。あなたのこと、一緒に寝た女を裏切るような男だなんて彼らにバレてごらんなさい。あなたのファイルに『下ネタ専門』とかの情報が書き込まれることになるのよ。そうしたらもう、過激派分子なんて上等な犯罪人、相手にできなくなるんだから。どんなレベルでもやることは同じですもの、単純な軽犯罪に駆り出されるって。どっかの能なしのスケベな田舎判事をつかまえようってときに、あなたの電話が食事時なんかに鳴るってわけ。食べかけの冷凍ラザーニャもそれっきり」彼が言葉を返さないので、フレネシは不可能を言い出すことになる。ときには実際声に出して。「ねえ、もうこんな生活終わりにしましょ。ここを出てくの。ふたりっきりで、住む場所さがして、家を買って、これからずっと」そんなとき彼の答えはけっして、「うん、そうだな」とはならなかった。いつも皮肉のこもった「ああ……それもいいかな」だった。そしてふたりはふたたび遠い町のうらぶれた、それでも家賃が月々の小切手額に迫るようなアパートに移り住むのだ。その繰り返し。監視の眼はいまも光っているのだろうか？　連邦政府が「保護」してくれるという約束を、彼女は一度たりと信じただろうか？　一般人の車に乗ったＦＢＩの私服が、二十四時間交代制で巡回し、自分たちがベッドで眠っている間も見張りを続け、そうやって証人に危険がないよう守っている——というおとぎ話を？

沈黙の時間が流れた。ブラウン管の光を浴びて息子のジャスティンが眠っている。そこにいたためしは一度もないプレーリーが。観葉植物のフィロデンドロンと室内用のシュロの葉が首をかしげている。猫のユージンは事情がわかってるみたいなすまし顔だ。フレネシはフラッシュの手を離し、すべてはいつものことに、過去の話に、戻っていった。気がつけば借金取りのように何かに憑かれた眼をして彼らのほんの一、二歩うしろを追ってきている、過ぎ去ることのない〈時〉。過去というものに何の脅威も感じない人間がいることはフレネシも知っていた。呑気にも忘れてしまうことができる人たち。いまのことで手一杯よ、十五年も二十年も前に消え失せたことにエネルギーを割いたりしている余裕はないわ、と彼らは言う。だがフレネシは過去を振り払うなんて永遠に不可能だった。過去は背中からゾンビのようにすがってきた。誰も見たくない、墓場のような暗黒の口を開けて。

六〇年代が終わりを告げ、スカートの丈が伸び、着ている服から原色が消えてノーメイクを装う化粧が流行《はや》りだしたころのこと。ボロもパッチもその意味を失い、とびきり能天気なヒッピーさえもが〈ニクソン抑圧〉を感じるようになった年、来たるべき時の寒風を肌に感じながらフレネシは決意した。やっと、わたしのウッドストックが始まる。わたしにとってのロックンロールの黄金時代が、ＬＳＤの冒険が、わたしの革命《レボリューション》が始まるんだと。あらゆるしがらみから切れた彼女は、ストリートの掟だけにしか縛られない完全自律の暮らしの中で、命じられるままを遂行する人生を「自由」と解した。許可証にも逮捕状にも縛られない、ほんの少数の人間だけに与えられた自由。歴史を無視し、死者を無視し、未来なんか考えず、これから生まれる者のことも考えず、純粋に今現在のことだけを考え、この瞬間を満たす行動によって現在を規定しつづける。どんなLSDの幻視家《アシッドヘッド》も、どんな革命的アナキストも見いだすことのできない単純さと確信の世界を生きる。生と死のイチとゼロが織りなす、ミニマルでビューティフルな定型パターン。

　自分の人生があれほどの急展開を見せている最中に、先の時代が読めなかったのは無理からぬことだったのかもしれない。ニクソンとその一味が時の波にのまれていくということも、フーヴァー長官にも死期はくることも、申請が受理されれば市民にも政府文書の自分に関する記述の編集済みヴァージョンを見せていいことにしようという見かけは立派ながら実質骨抜きの法案が現実に成立することにも、考えは及ばなかった。ウォーターゲートとそれに絡んださまざまの告発が、フラッシュとフレネシの金ピカ時代に終止符を打ったのである。事件報道のさなかフラッシュは、何週間も家から出ずに、聴聞会のTV放映に日がな一日見入ったあと、夜は夜で公共放送にチャンネルを合わせ、床の上に尻を落とした不動の姿勢でチラチラと明滅する画面に眼を食い入らせては呻くようにコメントした。その集中ぶりは、以前の彼にも以後の彼にも、絶えて見られぬものだった。じきに予算がカットされる。日当だって大幅削減（あるいはゼロか）、政府が保証しているはずの引換券も差し戻され、拒絶され、回収され、空港近くの〈ラマダ・イン〉のスイートルームも、二人乗り高級車のレンタルも、交換チケットも、カフェテリアのフリーチケットも、衣装経費も、ぜんぶ過去のことになり、コレクトコールさえ実戦中の緊急用以外には受け付けてもらえなくなる。そんなブックサがひと夏続いた。もちろん役人の顔ぶれが、権力者の名前が変わったからといって、〈抑圧〉は続いていくのだ。より広大でより深遠でより捉えがたい力が自分たちを取り押さえるだけ。次はどんな指令を受けてどこに飛ばされるのか、その決定が官僚機構の遠いところからやってきて、内容もますます薄汚れた微弱なものになっていく。派手なスケールの仕事は消えて、最近は武器を携帯するのもアホらしく思われるほどの指令しかやってこない。仕事の規模も金の流れも一歩一歩確実に低下していく。それがこの先永遠に続く。狙うべき標的も、そんなものを国家権力が相手にするには何か裏の理由があるに違いない、と思わずにはいられないほど半端なものばかり。それでも仕事の際の正しいセリフの指令などは事細かにくるわけで、その練習はふたりしてやってはいたが、シナリオも回を追うごとに茶番的になっていくし、本番でふたりがチームを組むとは限らない。最近のフラッシュはとみに長期の不在が増えていた。行き先を自分から言うことはない。ときどきは、女のところに行っていたりもするのだろう。フレネシは、突然告白されるのでなく、自分で夫の浮気を見つける可能性をざっと見積り、気を揉んでも意味がないと心に決めた。こういう行動をとることでフラッシュはフラッシュなりに、ゆきづまってしまったふたりの暮らしについての思いを——誰のためにかということも——表現しているのだと信じることにしたのである。

「こんなこと認めるの辛いわよね」一度彼女は自分の思いを伝えようと試みたことがある。「学生のときのバイトが、振り返ってみれば一番まともな仕事だったなんて」

「いつも変わんねえオマンコ・ワークか」

「フレッチャー！」

「おお、悪かった。ヴァギナ仕事のことでした。こりゃ失礼」

そう遠くない昔、自分は徹底したアウトローだったという意識が、フラッシュの落ち込みをより深刻なものにしていた。ひところは車の強奪も派手にやらかしていたし、ハード・ドラッグとの危険な戯れもあった。兵器やダイナマイトさえ持ち歩いたし、月のない晩に叙事詩的なスケールの逃避行をやってのけたこともある。だがついに逮捕される日が来た。まだ未成年だった妻には逃げられ、二人の赤ん坊は法廷に奪い取られた。捕らえられた彼は、無法者から権力に仕える側へ寝返ることを強要された。従う以外、道はなかった。だが、いくら頑張っても、機構の内部に入っていけるほどの信用は、永遠に得られはしないのだということを、じきに彼は悟ったのだ。中に入っていこうとして、お役所の物々しい建築の垂直の壁面に、ガーゴイルみたいな醜い姿で張りついているだけ。どうせただの飾り物さ、俺が跡をつける連中も、俺を追ってる連中も、みんな権力の飾り物なんだ。もしまた寝返ったとしても痛手にならん場所に置いておこうってわけだろうから、この先二十年も三十年も、永遠の監視付き非行少年みたいに、「家族《ファミリー》」の誰からも信用されないまま、ケバいネオンの星のまわりを回り続けていくだけってのが俺の人生なんだ。

写真に見るフラッシュの顔はいつも同じだ。免許証の顔も刑務所用の顔も、クリスマスに撮ったポラロイド写真の顔も、昔のデモの写真に写った、誰が誰だかよくわからない低解像度の顔も、みな同じ。どの写真も、笑みのない、老人のように痩せこけた、ドラッグとはとんと縁のなさそうな鋭い眼を光らせた、田舎の床屋しかやらないような髪型をした青年の顔を写していた。自信ありげなふるまいを常に続けていかなくてはならない立場に若くしてはまりこんだ彼は、はじめのうちそれがあまりうまくいっていたものだから、ウィルソン・ピケットの歌で言えば「まわりに誰もいない《ノーバディ・エルス・アラウンド》」ときも、見せかけのハードボイルドの表情をくずせなくなってしまっていたのである。今の自分に家族を守る義務があることは明白で、その義務感からではないにせよ、少なくとも三人が別れ別れになるということなどは想像できずに、兵士の禁欲をもって一見陽気に家庭人をやってはいたが、そんなフラッシュも心の奥では密かな不満が燃え盛っていた。もとより彼は不満を暴力にぶつけていくことで、自分を利するタイプだった。自分は傷つけられていると信じ込み、その強固な信念を攻撃的に押し出すことで、その件に関して何の責任もない相手にさえ罪の意識を感じさせてしまうという才能が彼にはあった。特にハイウェイでは鳴らしたものだ。オートバイの警官を自分のほうから追跡して路肩に押しやり、車から飛び出て喧嘩を仕掛ける。警官はバイクのシートから半分ズリ落ちるようにして身をかがめ、防御一辺倒になる。何だこりゃ、こんなことがあっていいのか、と無線機をまさぐるのだが、発信ボタンが見つからない……おかしい……。そこにフラッシュの攻撃が入る。「こんなんに乗らせてもらってるからって調子づくんじゃねえってんだよ。何だ、このクソ・マシンはよ、こんなんじゃ原付きのおばちゃんたちに囲まれちまうぜ。メーカーはどこよ。フィッシャープライスか？　マテルか。バービーちゃんにピッタリじゃねえか」本来の弱気な性格が逆転して現れる攻撃性というものもあるだろうが、フラッシュの場合は違った。社会への許されざる行為を見張り役。大口径の口から撃ち込む必殺の言葉で、事を決してしまうのだ。

　この性格は、イタチのようにコソコソしたヤツラという世間一般のイメージにつきまとわれた密告者《スニッチ》社会で、一般に受けがよかった。「世間は俺たちをタレコミ屋とか呼んでるが、なにも恥じることはねーさ」フラッシュはまくしたてた。「情報の提供なら誰だってやってる。情報革命の時代だぜ。クレジット・カードを使うたび、みんな権力に、必要以上に多くのことを告げてるんだ。どんなちっぽけな情報だって、権力は、利用できそうなもんなら片っぱしから利用するんよ」

　フレネシは遮ろうとはしない。彼女だって、電話盗聴器や通りの向こうに止まった怪しい車につきまとわれながら育ったのだ。学校でもアカだアカだと罵られ喧嘩は絶えなかった。いわゆる「アカいおむつの子」だったわけではないけれども、彼女の家庭にも、五〇年代ハリウッドの政治闘争の波は確実に押し寄せていた。アカ狩り旋風のまっただなかに巻き込まれたのではないが、それでも他人のことは、特にその信条は、絶対に他言しないという固い掟の中でフレネシは少女時代を過ごした。母サーシャはスクリプトの下読み係として雇われた経歴があり、父ハブ・ゲイツは照明主任。ブラックリストというよりは灰色リストといったほうがいいような、狙われているのかいないのか見定めのつかない夢のようにぼんやりとした恐怖が一家を包んでいた。守りきれる秘密と守りきれない秘密が交差する暮らし。大人は出来の悪い子供のようにふるまい、子供はまるで事情を呑み込んでいるかのようにふるまう。ドアのチャイムが鳴ったときに出ていくのはフレネシの役だったから、誰が誰に対してどんな偽名を使うのか、きちんと覚えなくてはならなかった。事情は呑み込めなくても、大人たちの世界が二つに割れて、互いに激しく憎み合っているということはわかる。そのことが怖くて、嫌でたまらなかった。母が職にあぶれていたり、父が撮影から外されていたりすると、両親は家の中であまり言葉を交わさず、互いの顔を見合ってばかりいた。そんなときは自分の世界に逃げ込むにかぎる、と彼女は学んでいた。

　フレネシが生まれたのは第二次大戦終結から間もなくのこと。名の由来は、アーティ・ショーの例の曲である。ハブとサーシャが恋に落ちた終戦前の日々、ラジオとジュークボックスから「フレネシ」の弾むリズムが、途絶えることなく聞こえていた。両親《ふたり》の出会いはどんなだったろう。ときどきフレネシは夢想する。ピンが一本外れてほつれかけたアップの髪と、目深に粋な角度でかぶったセーラー帽。ジルバの音楽、混み合った果てしないダンスフロア、椰子の木、落陽、湾に停泊した軍艦。みんなタバコをふかし、ガムを嚙み、コーヒーをすする——一つの口で三つ同時にこなしている者もいる。死と常に隣接した若き命が燃え、たまたま合った眼と眼とが一夜のベッドに直結する……

「まったくフレネシったら」サーシャにしてみれば、娘の創作する過去はまるで昔の衣装で演じられる時代劇のようだった。「あの時代を生きるって、そんなのとはまるで違ったの。世界中が戦争してる時代に、女であって活動家であるってことがどういうことか、すこしはまともに想像してよ。まわりの男は全員活動家なんだし。わたしなんてほんとにウブな少女のまんま、彼とくっついたのよ」

レッドウッドの森から旧道の101号を下ってサンフランシスコに出て来たときのサーシャは、フレネシと同じブルーの瞳と口笛を鳴らしたくなるような脚をした十代の少女だった。若くして働きに出たのは、少しでも家計の支えにならなくてはならなかったから。父ジェス・トラヴァースはヴァインランド、ハンボルト、デル・ノーテ三郡にまたがる組合を組織している最中、雇用者協会のまわし者、クロッカー・〝バド〟・スキャントリングの仕組んだ事故に遭い、不自由な体にされていた。「見せしめ」は、地元の野球大会の最中、多くの木こりたちの目前で起こった。中堅手のジェスのところに、フェンスのすぐ外に立っていたレッドウッドの老木が突然倒れてきたのである。その木はほとんど最後まで切れ目が入っていた。スタンドにいた観衆でノコギリの音を聞いた者はいなかったし、くさび止めが外れるのを聞いたという者もいなかった。ギギギというスローな音が観衆の可聴域に達し、豊穣な茂みの中から抜け出るように一本の巨木が倒れ始めたときも、誰からも声ひとつ出なかった。アーッ！ という叫び声がジェスに届いたその瞬間、彼は反射的にダイヴして一命は取り留めたものの、歩行能力はついに戻ってこなかった。大木の幹は彼の両の脚を潰し、半身を土の中に埋め込んだのである。その日、おそらくは協会の罪の意識のゆえだろう、車の中にマーケットの紙袋で包んだ現金が置かれているのが見つかった。それから先はわずかな年金と、保険会社からきた何枚かの小切手が収入のすべて。子供三人を養っていける額では到底なかった。ジェスは訴訟を起こしたが、呪われた者の弁護に駆り出された地元弁護士に、ジョージ・ヴァンデヴィアのような働きが期待できようはずもない。スキャントリングの罪は追及できぬまま、事件は早々の決着を見た。

サーシャの母ユーラは、モンタナ州ビーバーヘッド郡のベッカー家の人間である。彼女の生家には、組合の強者たちがひっきりなしに出入りしていた。彼らは、会社側が「検査官」の名で雇い入れたスト破りの連中に向けて発砲したり、それればかりか、彼らを地獄の底と思えるほどの深い坑穴に突き落としたりもした連中だ。そんな荒くれ者の膝から膝へ手渡されながらユーラは育った。ジェスとの出会いはまったくの偶然、盲目の運命のしわざだった。その夜彼女は町にいく予定さえなかったのに、道で出会った女友達から、知り合いの男に紹介してあげるからと、ヴァインランドのＩＷＷ（世界産業労働者組合）の会合に強く誘われ、会場に足を踏み入れるとそこにジェスがいたのである。ジェスに出会って間もなくユーラは真のユーラ・ベッカーを見出した。「彼はわたしを、わたしの良心に引き合わせてくれた」というのが後に彼女が好んで使った表現である——「新しい自分への入口に立っていた門番が彼だったのよ」ＩＷＷは、ヴァインランドの土地所有者ばかりか一部の賃貸生活者層からも「I-Won't-Works（働くもん会）」の略じゃないかと陰口をたたかれていたこともあり、ユーラにしても、そんな世界の人間と一緒に家庭を築くことになるとは夢にも思っていなかったのだが、〝真の自分と出会った〟あとは、自分の求めるものに関して迷いはいっさい消えていた。道《ロード》、彼の進む道、彼のルンペン的な放浪生活、理想に仕える危険なほどの意志、一つの大いなる連帯、ジョー・ヒルが〝来るべき労働共同体〟と呼んでいたものに馳せる夢——それら以外に自分の欲するものはなくなっていた。まもなく彼女は森林の伐採跡地に作られた緑なき陰鬱な製材町に彼と住み、塗装もしてない貧相な小屋が並ぶ前の、焦げたレッドウッドの木があちこちに倒れている泥道の角に立って、通りかかる見知らぬ男女に「労働者階級の同志諸君！」と呼びかけていた。言論の自由《フリー・スピーチ》を巡って始まった殴り合いで捕まって刑務所を体験し、メーデーのピクニックでは小川の縁のハンノキの木の下で愛を交わし、（どの年も必ず誰か牢獄にいる）同志たちとの「連帯《トゥゲザネス》」の観念に慣れ親しんだ。マッド・リバー沿いのキャンプでピンカートン家の人間から最初の発砲を受けたときのことは、最初の（つまりサーシャの）お産のときのことより強く記憶に焼きついた。歩行を失った夫を前に、怒りは冷たく固まった。徐々に育っていた義憤が、その事件で、最終的な形をとったと、何十年も経た今はそう理解している。「わたしも昔みたいに荷物を担いでおまえといっしょに行けたらねえ」と、サーシャが発つ朝、ユーラは言った。「この町にわたしたちのためのものなど何もないんだから。父さんとふたり、ただここに居続けるしかないよ。ここに居て、生き恥を垂れ流して、あの忌まわしい木のことを、誰がどんな理由でやったのかということを、トラヴァースと出会う者に——ベッカーと出会う者にも——忘れさせない。それだけさ。ああ、公園の銅像にでもなりたいねえ」

サーシャは都会に出て、仕事を見つけ、送れるだけの仕送りを家に送った。一九三四年のゼネスト騒ぎの興奮がまだ醒めやらぬ、多幸症的に騒がしい組合の町を見つけてそこに住み、警察馬の蹄の下にベアリングを撒き散らして闘う港湾労働者らのところにも出かけていって活動を展開した。戦争に突入するまでに彼女は、店員もやり事務員もやり造船所でも飛行機工場でも働いた。カリフォルニアの内陸地で「インランド・マーチ」という農事労働者の組織運動があると聞けば、出かけていって声を張り上げ、メキシコやフィリピンからの移民やオクラホマの砂塵地帯からの難民とともに排水溝の土手で寝泊まりし、深夜の夜警に立って協会側の夜営団や雇われ暴力団員と対峙した。一度ならず発砲も受けている。そのことを親元に書き送ったら、ユーラからの返事には「すごいスリルだったろう」と書いてあった。そんな戦前の闘争のお話を聞かされながら、フレネシは育ったのだ。ストックトンの缶詰工場のストライキのこと、ヴェンチュラの砂糖大根、ヴェニスのレタス、サンワキーンの綿花をめぐるストライキのこと、バークレーの徴兵反対運動のこと……。「バークレーじゃ、マリオ・サヴィオが生まれる前からデモやってたって忘れないで」と後にサーシャは娘に諭した。「わたしのころは、スプラウルっていうのが集会の広場の名前じゃなくて、集会で弾劾すべき人物だったんだから」それだけじゃない。サーシャは、トム・ムーニーの釈放運動にも関わり、悪名高き反ピケ法「提案第一項」と闘い、三八年の知事選ではカルバート・オルソン支持キャンペーンにも身を投じていた。

「戦争でなにもかもが変わってしまった。当分ストライキなしって合意ができて。この戦争は資本家たちの最後の、手の込んだ抵抗なんだと、わたしたちは見てたわね。ヒトラーやスターリンと変わらない、国民全体を一人のリーダーの下で動かそうとするもくろみだって。でも、FDR《ルーズヴェルト》を本気で好きになってしまった仲間も多くて、わたしなんかも頭の中がごっちゃでね、あっちでもこっちでも大変な仕事が待っているのに、考えがまとまらないって理由でしばらくは活動休止よ。あなたにも想像はつくわよね。どのくらいの助けが得られたか」

「他の女の人たちはどうだったわけ？」

「あなたのよく言う、闘うシスターズ？　よして。みんなそれぞれのことで頭が一杯だったの。亭主が戦地に出かけたのをいいことに不倫に忙しいのもいれば、子供と姑を同時に抱えて手一杯の人もいた。みんな、遊びに仕事にのめりこんで、政治のことは語りたがらなくなっていた。わたしたちは夜学に通う暇もないわけで、友達や先生との関係も生まれない。ハブに出会ったのはそんな時だった。GIの制服が立派でね。街の仕立屋の手なんか入っていない海軍のセーラー服。ズボンの裾の折り上げがあんまり高くて、靴下にタバコの箱がいくつも挟んであるのが見えてたくらい」

「SPレコードが回って、クラリネットの柔らかな音が流れてて……」フレネシの心にイメージが走る。「いいわあ、もっと聞かせて」

「酒場はそりゃもう賑やかだった。制服組がわんさかいて、クラーク・ゲーブルの映画そのままの騒ぎだったよ。そういう店は昼夜開いてて、トランペットとサックスの音が扉の向こう側まで響いてきた。ホテルの舞踏会場もすごい盛況でね……〈トップ・オブ・ザ・マーク〉のアンソン・ウィークス楽団も見たし……ダウンタウンの街全体に、制服とショート・ドレスのカップルの群れが波打つようだった。当時のわたしの食事といえばブラックコーヒーとドーナツばかり。で、また仕事探しに出なくちゃならなくなった」

そして歓楽街の店に定期出演していた小さなバンドに――（他の面はいざ知らず）性的にはおそらくきれいな関係のまま――雇われることになる。毎晩、水兵やら兵士やらがいっぱい押し寄せ、サンフランシスコの女たちと、エディ・エンリコとホンコン・ホットショッツの演奏に乗せ、窓の外が白むまで踊り狂う。「そうなのよ、そのバンドの女性ヴォーカルがこのわたし。これでも歌は得意だったんだから。子守歌を歌って赤ん坊にうるさがられたこともないしね。高校の二年のとき、プレイオフの試合の始まる前に『星条旗よ永遠なれ』を歌ってコーラスのキャッピー先生から『サーシャ・トラヴァースさん、だめよそれじゃ、ケイト・スミスになるのは無理ね』って、すごくゆっくり頭を振って言われたけど、気になんかならなかった。わたしのなりたかったのはビリー・ホリデーだったんだもの。いや、燃える野望っていうんじゃなくて、気持ちいい夢想ね。でも、突然プロのバンド・リーダーから、きみの歌は本物だって言われて――いいえ、くどき文句じゃなかったのよ、演奏に出かけた先で引っかけた女の子が突然姿を現したりで、そうでなくても、あの人、もう何人もの前妻とトラブルを起こしていたし。でね、自分の歌を誉められてわたしは、その言葉を信じたの。だってエディは、長いことビッグ・バンドを渡り歩いてきた人よ。東部にいたころ、ラモーン・ラケーリョの楽団にもいて、火星からのニュースで『ラ・クンパルシータ』が中断されたあの晩に、コンガを叩いていたのが、彼だったのよ。そのエディが、シスコでブギのリズムが湧き起こったころ、自分のバンドを持ってね、その彼に認められたんだもの、そりゃ歌えるって気になるでしょ。で、歌った。でもみんな歌を聴きにきたわけじゃなかったのね。楽しく騒げりゃそれでいいって……」

結局そういうことだったのだ。きちんと洗髪をして、音程を外しさえしなければ、それでオーケー。

サーシャの声も一つの楽器くらいの役は果たすことができたということ。誰にだって一応は務まる役が、たまたま彼女に当たったというだけの話なのだ。あの日、ハイヒールのかかとを鳴らして〈フルムーン・クラブ〉に入っていったのも、その前日に、別の小さなナイトスポットで、ウェイトレスを募集中だと聞いたから。サーシャは毎日そんな具合に、仕事にありつけそうな店を片っ端からまわっていた。でも、それはまだ日中のことで、見れば冴えない店であったけれど、もっとひどいところも知っていたから、そのままつかつか進んでいくと、店の主がカウンターの後ろで水道管の修理をしている。一緒になってしゃがみこみ、言われるままにレンチを手渡したりしていると、ホットショッツのメンバーが、財布を忘れたといって入ってきて、キョロキョロあたりを見回した。バンド名は「ホンコン」でも、中国人ではない。メンバーに中国人などいなかった。中国風の名前というのは当時、アヘンを示唆する暗号の機能を果たしていただけであって、「ホンコン・ホットショッツ」とは、シスコに駐屯していた第二九八師団の軍楽隊のほか、軍に徴用されるには若すぎるか齢を取りすぎているものたちの混成集団。若々しいスピリットと老成の味と、軍のバンド特有のシニカルなプロ意識を併せ持つスモール・バンドなのであった。

「お嬢さん」財布をなくした男が呼び止める。「カナリア・ギグのことで来たのかい？」

その言葉の意味が分からぬままサーシャは答えた。「そうよ。わたしが水道工事屋に見えて？」

店主は鉛管の間からちょっと頭をもたげて、「あんた歌えるの。なら早くそう言いなさいよ」。バンドの男は、エディ・エンリコその人だった。彼がピアノに向かい、サーシャは「アイル・リメンバー・エイプリル」をGのキーで歌い出した。なぜそんな、激しく転調しまくる曲を選んだのだろう？それでも、このバンドはとにかく女の歌い手を欲しがっていたようで、それが証拠にエディは、コード変化の合図を送ったり、しっかりメロディラインを弾いてくれたりと、とにかく結果が絶望的にならないよう、あらゆる手を尽くしてくれた。ふたりが——幸いにもふたり一緒に——終えたとき、店主は指で0の字を作って、サーシャにOKサインを送った。「あんた、もう少し、そのぉ……今風の服はないのかね」

「ありますよ。これはウェイトレスの職探しのときの専用着なの。金ラメのドレスにします？　それともミンクのストラップレス？」

「わかったわかった。いや、その、制服さんたちのことを思ってね」サーシャの気持ちも同じだったが、このときにはもう、エディとふたり、超アップテンポな「ゼム・ゼア・アイズ」の四小節目に入っていた。ドレスのボタンを一つ外し、帽子も脱いで髪の毛をヴェロニカ・レイク風に片方の眼の上に垂らして、そのまま今度も致命的な失敗もなくエンディングまで行き着いた。「女房に話してみるさ」と店主もごきげん。「あんたにピッタリのドレスを探してくれるかもな」

戦争が続いているあいだ中、彼女は〈フルムーン〉で歌い続けた。客はときどき踊りをやめてステージににじり寄り、パートナーの体に腕を回したまま、リズムに合わせて揺れているだけのこともあった。わたしの歌を聴いてるの？　どうして踊ってくれないの？　この恍惚としたダンマリはなによ、と最初のうちはドギマギしたサーシャだったが、じきに根性もすわって、そういうときに、自分の歌と演奏のからみ具合を確認する余裕も見せるようになっていった。戦争が最後のクライマックスを迎える春と夏、太平洋の玄関であるサンフランシスコは、移動転進で戦地に向かう兵士らで喧騒を極めた。その一人が三等電気工兵ハブル・ゲイツ。進水して間もない、サムナー級の長い船体の駆逐艦に乗り組んで、はるばるオキナワまで渡っていったのだったが、この船にとって初めての戦闘が始まって十五分後、カミカゼ特攻隊の襲撃に遭い、パール・ハーバーへ引き返す羽目になる。修復がすんだときには、戦争はもうほとんど片がついていて、ハブは、自分のロマンスを求める気持ちを胸に詰め込んで本土に帰還したのである。

「あの人、わたしのおしゃべりを、聞いてくれたの!」サーシャはそこを強調した。「驚きでしょ。まとまらない考えを片っ端からしゃべってるのに、それをみんな聞いててくれるの。そんな男の人、はじめてだった」まもなくサーシャの頭の中で、思考がまとまりを見せてきた。街の路上で見た、田舎の野辺でも見てきた、不正の数々。あまりにも多くの不正が糺されぬまま通っていた。それらを、他人から教えられた歴史理論の教義を通してではなく、もっと直接的に、肌で感じることが大切なのだと彼女は思った。この惑星に生を得た一人ひとりの生身の人間、すぐそこにいる生身の男たちが、他の生身の人間たちに数々の罪の行為を犯しつづけていることこそが問題なのだと。〈歴史〉を抗えない法則にしてしまうのではなく、たしかに抗えないかもしれないけれど、とにかく名前を持った具体的な場所で、個々の人間が行う不正と暴虐に対して「ノー」と言って立ち上がること。それは法則などとは別のことだと。

「母さんはね、オレがちゃんと話を聞いてるものと思ってたんだなあ」と、ここでよくハブが口を挟む。「いやあ、あのころのオレなら、サーシャが、ほれ、あの名前は……トロツキーか。トロツキーの全集を延々読み聞かせたとしても黙って聞いていただろうよ。それで一緒にいられるんなら幸せだったね。母さんはオレのことを政治的な志の高いヤツと思ってたんだ。こっちの頭ん中は、陸《おか》に上がったどんな海兵とも同じだったのに」

「すっかり騙されてたってわかったのは、何年もたってからよ」真顔を装ってサーシャがうなずく。「真実を知って、あれほど苦い思いをしたことはなかったわ。父さんの体は、ノンポリ細胞のかたまりだったの」

微笑みながら、「聞いたかよ、おい。すごいことを言う女《ひと》だねえ」。

初めてのことではなかったが、このときのフレネシの眼の動きは、映画の切り返しショットのようだった。ふたりの顔を、交互に撮ってカット編集したみたいに、彼女の視界は切り替わる。フレネシにももうお馴染みになったふたりのこのやりとりを、ハブは「見解の交換」と呼んでみせたりしていたが、その結末は、きまって、家族全員による罵りあいと周囲にある食物および非食物のぶつけあいとなる。両親の話題は、時をさかのぼった過去、特にアカ狩りの五〇年代、今日にまで延々と生き続けている沈黙の謀りごとが支配したハリウッドの恐怖の時代に集中した。ハブの友だちがサーシャの友だちを売り渡し、サーシャの友だちがハブの友だちを売り渡し、一人の愚劣な男のせいで、ふたりとも一度ならず傷つけられた時代。密告した者とされた者とが、法廷で複雑な舞踏を踊る、裏切りと破滅、虚偽と卑劣さに分厚く覆われたブラックリストの時代。サーシャにとってそれは別に特別な時代ではなく、映画業界のかねてからのあり方が、単に政治臭を帯びて表面化しただけのものに思えた。自分たちの知り合いが、みなそれぞれに、自分が正しく他人が悪く見える、異なった物語を用意していた。「この町の歴史はね、安物の映画シナリオ並みなの。作られ方もよく似てる。物語の一ヴァージョンができると、みんながすぐに寄ってたかって、それを食い物にするの。聞いたこともないような党派が入り込んできて、作り替えてしまう。登場人物も、彼らの行為も、どんどん入れ替わって、胸にしみるセリフがあっても、みんなに叩かれて平凡なのにされてしまうか、跡形もなく消されてしまう。五〇年代のハリウッド物語はね、あまりにも長すぎる、書き直しの手の入りすぎた作品にされてしまった。サウンドはもちろんなしよ。誰もしゃべらない、長大な無声映画なの」

その言葉には、苦々しさがこもっていて当然なのだが、サーシャは吐き出す権利を充分持った感情を、計算されたクールなおどけで隠す術をベティ・デイヴィスの映画から学びとっていた。フレネシ自身、きっと同じ性格を、小さいときから身につけていたのだろう。というのも、往年のベティの映画をTVで見るたび彼女は、誰ともつかぬぼんやりした巨人サイズの人間に「たかい、たかい」をされて「おおおお、きみはまったくすごいブロンドちゃんだ」とかいう太い声が、まわりの歓喜の笑いとともに自分を包み込む、遠い過去の時間に引き入れられていく感覚を覚えたのだ。そりゃあ誰だって憂鬱症の赤ん坊なんてのが家にいてほしいとは思わない。

フレネシはポリティックスを吸い込んで育った子だったが、後にTVで両親と一緒に昔の映画を見、遠い世界の映像と自分の実の人生とを初めて結びつけてみて理解した。それまで、役者の生《なま》の安易な対立にばかり眼を奪われて見えずにいたのだけれど、映画の中で、作る側が絶対に取り上げてくれない細やかな物語がずっと続いていたのだということを。このことを通してフレネシは政治というものを学んだ。映画の終わりに読めるか読めないかのスピードで次々と現れる、少女には何の意味も持たない名前にも、父と母は、胃痛を伴ううめき声や、罵倒の怒声、軽蔑の鼻息をもって反応したのだ。極端な場合にはチャンネルが切り替えられる。「こんなたわけた醜悪な映画を見ろっちゅうのか！」とか、「いいかい、とんでもないセットだよ。見てごらん、ドアが勢いよく閉まるよ。ね？　家中が揺れただろ？　IAがその辺から連れてきたスト破りの連中に作らせると、こういうことになるのさ」。さもなくば、「え？　あの野郎、死んだと思ってたんに。おい、あのクレジット見たかよ？」と叫びながら画面に顔を近づけて、忌まわしき一行に眼を釘付けにし、「この、くそファシストめが」と画面の名前を拳で叩く。「こいつのお陰で二年も棒に振ったんだ。その二年まともに働けてりゃ、オレだって大学に行けたものを！」

通りをクルーズしながらフレネシは思い出す。暗闇の中に、家々のTV画面が青白く音もなく揺れ、その光に引き寄せられて、ふだんは見かけない声高の鳥が集まってきた。あるものは、おとなしく椰子《パームツリー》の木にとまって茂みに隠れ住むネズミを狙っているけれど、別の一群は窓の近くまで舞い降りて、どのアングルが画面を覗くのに都合よいかを探している。コマーシャルが始まると、それに合わせて鳥たちは、この世のものとも思えない澄んだ声で歌い返す。ときには自分たちのほうから歌い出す。サーシャは、夕闇に包まれてから長い時間、玄関前のポーチに座って編み物をし、体を休め、ハブや近所の人たちと話し込むのだが、その間中、フリーウェイの騒音も届かないこの地区一帯を包む音は、木のてっぺんに居座ったモッキンバードの、リード楽器のような、鳴いているさなかにも子供が眠りにつけるほど澄みわたった声だけだった……

ふつうの市民生活から離脱して潜行を始めてからもフレネシは、指令でLAに来るときまって、ハリウッドのラ・ブレアの出口を降りて東進、平らかな住宅地区のシャレー風バンガロー・ハウスの蒼くいぶした板屋根と、犬の吠え声と、芝刈機に囲まれた一角を訪れる。そこに自分の生家を見つけ、子供のころよく偵察に来たFBIの車よろしく、ギアをローに入れたままその一帯をクルーズするのがほとんど儀式のようになった。でも庭の芝生に、部屋の窓際に、サーシャの姿を見ることは一度もなかった。あるときカーポートに新しい車と、蛍光色の三輪車があった。庭にオモチャが散乱していた。母はどこに引っ越してしまったのだろう。その一片の情報を得るのに、思いもよらず仲間に大きな借りをつくって判明したところでは、引っ越し先はごく近くのアパートだった。なぜだろう。いつの日か娘が帰ってくると信じて家を手放さずに耐えていたのに、ある日あまりにも長い年月についに折れてしまったのか、それともなにか娘の安否に関わる情報でも届いて希望を捨ててしまったのか。

フレネシはTVのスイッチを入れ、番組表をチェックした。過去に押し潰されそうになるといつも彼女はそうやって、TV画面の放つ光で部屋を「除霊」する。あと少しで「白バイ野郎ジョン&パンチ」が始まる。人気警官ものの再放映。フレネシは血の上りを、体の湿りの予兆を感じた。生真面目なフェミニストが何とわめこうと知ったことではない。この世には、自分を含め、制服の男への欲望を抑えられない女がいるのだ。高速に出ればハイウェイ・パトロールのおまわりさんとの間で起こることを夢想し、TVからジョンとパンチの再放映が流れればオナニーしたくなる。そんな娘の制服フェチを、サーシャは自分からの遺伝だと信じた。彼女自身、ローズボウルのパレードを最初に見に行って以来、今日に至るまで、権威《オーソリティ》なるもののイメージに無力に惹かれる、宿命的な疼きを自分の内部に感じていたのである。とりわけ制服姿の男には弱かった。競技場やTVスクリーンで見るスポーツ選手、古今の戦争を描く映画に出てくる兵士たち、レストランの給仕長もウェイターも皿洗いも、とにかく制服を着ているともうダメ。そのうえサーシャは、この反応が遺伝すると信じていた。まるでどこかに〈宇宙的《コズミック》ファシスト〉が存在して、ある特定の遺伝子連鎖をDNAに埋め込んだみたいな話である。こういう形の性的誘惑を通して社会制御へのダークな悦びへと人々を導いていくとでもいうのだろうか。自分が反権力の道を生きてきたのも、それ自体は正義の行動であったとしても、より深いところでは、行進する兵士らを視《み》ると脳の視床の端から危険な興奮がにじみ出てくることへの抵抗なのかもしれない……と、そんな陰鬱な可能性に、友や敵から指摘されるずっと以前から、彼女はみずから思い当たっていた。自分の血筋に流れる呪いとしての、おぞましい湿り気を含んだ注視……

最初サーシャからそれを聞かされたとき、フレネシは単に政治的に正しくないという理由から、その考えに怒りをこめて反発した。だがやがてそれもただの不快な考えとなり、母との別離が十年を越えたいまはただ哀しく感じるだけ。彼女はいまTVを回してソファに寝ころび、シャツのボタンを外し、パンツのジッパーを下げ、さあこれから——という折も折、裏口の網戸を男の拳が叩いている。まさにTVフリークの奇跡というべきか、網戸の向こう側にハンサムな連邦保安員《USマーシャル》が立っていた。網戸ごしに見る姿は、画素《ピクセル》がやや角張りすぎているもののTV画像のようである。逞しい肉体を完璧な制服に包み、帽子をかぶり、革製のベルトから38口径の銃を下げ、封筒を手にして石段の上に立っている。向こうに止めた車の脇で夏の夕陽を浴びている相棒は、あら、二倍かわいいじゃない！

封筒の中身はすぐにわかった。先週来、遅れた生理を待つ思いで待っていた生活費の小切手である。郵送されるとばかり思っていたのに、今回は、いかつい保安員の大きな手を包む革手袋に握られ、じきじきに差し出された。封筒を受け取るフレネシは、その瞬間、しっかり革の感触を味わった。四十歳の大台に近づいて、いまもこれである。

保安員はサングラスを外して微笑みながら、「まだ役所に出向いてませんね」と言った。「証人保護」は連邦保安局の仕事である。たいていは新しい町に動くたび、保安局を表敬訪問するのが、彼女の任務のひとつになっていた。新しい国を訪れるたびに領事館を訪問するようなものである。「わたしたち、まだ引っ越しの整理も終わってなくて」〝わたしたち〟を強調して、相手の反応をうかがう。

連邦保安員は革製の手帳をめくって、「フレッチャーさんね。ご主人もだなあ」。

片手を戸口の側柱にかけて、寄り掛かった姿勢で彼は話した。昔、高校の同級の男の子がこんなふうにして彼女に話しかけたのを思い出す。ジッパーだけはちゃんと閉めてきたけれども、シャツのボタンは一つか二つ留めただけ。もちろんブラもつけていない。フレネシは体を前に屈め、彼の腕まで数インチのところまで目を近づけて、日焼けした男の手首の時計を覗いた。「もう帰ってくるころだと思いますけど」

保安員はサングラスをかけ直し、声高に笑った。「明日はどうでしょう。朝八時に行動を開始して一番乗りでやってきますが、いいですか？」　奥の部屋で電話が鳴る。「ご主人でしょう。遅くなるとか？　出たらどうです」

「じゃ、今日はこれで。また明日……？」

「待ってられますよ」

半ばまで進んで彼女は肩越しに振り返った。でも入ってくださいとは言わない。かといって、持って帰ってと命令できるわけもない。

電話はフラッシュからだった。派遣先の事務所からだが、用件は「今日は遅くなる」ではない。そんなことで電話する人ではなかった。いつも帰りたいときに帰ってくる。「脅かすわけじゃねえが、今日誰か来たか?」

「保安局の人がじきじきに小切手を持ってきたわよ。ちょっと異例ね」

「来たか。じゃあな、いますぐそれ持って銀行に走るんだ。キャッシング、急いだほうがいいぜ。俺たちのためだ。頼む」

「何かあったの?」

「そいつはわからん。端末室に寄って、グレースと話したんよ。覚えてんな、あんとき見せたろ、あのメキシコ人のほう——」

ああ、あの巨乳女。「覚えてる。で?」

「ちょっとおかしいから見てくれって。で、見たんだが、ほんとにおかしい。が、笑い事じゃない。俺たちの知ってる連中が、一度に何人も、コンピュータから消されてる。ただ消えちまってる」

半分しか抑えの効いていない、ジョニー・キャッシュ風のトレモロ・ヴォイスだ。フラッシュの声がこんなふうに震えるときは、一〇〇パーセントの信頼度で凶運が訪れる。彼のいわゆる〝深遠《ディープ》なる・排泄物《シット》〟というやつが迫ってきている。「ジャスティンがもう戻ってくるころだけど、荷物まとめておくほうがいい?」

「とにかく銀行が先だな。俺もできるだけ早く帰る」

「わかったわよ、女たらしめ」受話器を置きながらフレネシはつぶやいた。

保安員は、あーあ、消えていて、代わりにステップの手すりをガンガン鳴らしながらジャスティンが友達のウォラスと走り込んできた。ウォラスの母親バービーがフーフー言いながらついてくる。フレネシは、ウォラスと一緒に脇を駆け抜ける息子の腕をつかんでキスしようとしたが、腕を唇がかすっただけ。ジャスティンはそのまま自分用の部屋に決めた奥の小部屋《アルコーブ》に駆けていった。

「まったく。イナゴの群れよね」バービーはため息をついた。

フレネシはコーヒーメーカーの前に立って、「ずいぶん前のだけど、いい?」

「きっとコクが出てるわね。歓迎よ」バービーは郡庁舎のパートの仕事をしていた。夫のほうは連邦のビルの常勤で、法執行の別の業務に当たっていた。住んでる場所は町の反対側だが、二人の母親はときどき交代で互いの子供の面倒を見ていた。「あなた、月曜も仕事に出てるって、いまも?」

「もちろんよ」もちろんんか。「ねえバービー、こんなこと頼みたくないんだけど、わたしのカード何度機械に入れてもはじかれちゃうの。銀行の人もなぜだかわからないんだって。口座自体は大丈夫なのよ、でももう窓口は閉まっちゃったし、この小切手……お願いできるとうれしいんだけど」

「先週だったらオーケーだったけど、あたしたちも小切手が何枚もあったのよ、でもそれ持ってったら、銀行の人、なんて言ったと思う。コンピュータから消えちゃってるんだって。不意討ちよ」

「コンピュータが」と言いかけて、パラノイアックな考えに陥ったフレネシは、小切手についての作り話で間をつないだ。子供たちがTVアニメに見入っている間、網戸から入ってくる風を浴びながら、ふたりはコーヒーをすすり、コンピュータにまつわるホラー話を続けた。

「まるで年寄りが天気のことで愚痴ってるみたい」とバービーが言った。彼女が息子を連れてドアを出ようとしたとき、ちょうど帰ってきたフラッシュと鉢合わせになった。

「ヘーイ、バービー！　どうだい最近」と、彼女の左手をとって彼女の体をグルリと回し、手相を見るまねをする。「まだ結婚したままだな」

「当たり。J・エドガー・フーヴァーもまだ死んだままね」

「バーイ、ミスター・フレッチャー！」ウォラスが元気な声を上げた。

「ヘイ、ウォラス、昨日の試合見たか？　おじさんの言ったとおりだったろ？」

「賭けしなくてよかったよ。あれ、僕のお昼のお金だったんだ」

「フラッシュったら、何てこと！」フレネシとバービーの声が揃った。

フラッシュはステップの上に立って、母と子の乗り込んだ車が出ていくのを見送った。手を振りながら、「あの女におかしなとこ、なかったか？」

「いいえ、どうして？」

「バービーの亭主はこの地区の総括だったよな」

「でもデスクワークよ。マネージングの補佐やらされてるの」

「俺が過敏になってるってか？　で、小切手はどうした。もう現金化《キャッシュ》したんか？　したはずねえよな。頼むだけアホってことよ。俺の人生、いつだってこうなんだ。ちょっとそれ見せていただいていいですかね」眼を細めて眺め回し、「変だろ、これ、そう思わんか」。

「行くわよ。夕食がすんだら真っ先に行きますって。でも教えて、コンピュータから消された人って、誰なの？　そのことであなた、ビビッてるんでしょ？」

急いでかき集めたリストを彼は持ち帰っていた。みんな同じ、個人契約の密告者だ。フレネシは冷凍のペパロニ・ピザ――正確には半解凍、ここの冷凍庫は修理が必要な代物だった――を出してオーヴンを点火し、簡単なサラダを作り始めた。フラッシュはビールの栓を抜いて名前を読み上げた。ロング・ビーンの監獄で一緒だった者、大陪審のセミプロ、雇った売春婦を口説いて色仕掛けで客を陥れて金をせしめる借金の取り立て人、写真的記憶力をもつ垂れ込み屋、殺人未遂者、不正小切手常習犯、コカイン吸引者、痴漢常習者……みな、連邦政府の翼の陰に逃げ込もうとする理由がありすぎる人間ばかり。そういうヤツらも、運さえよければ、政府の庇護の下で暮らすことができるんだ——と、いままで信じてきたのだった。それが、コンピュータから抹消されたとなっては、路頭に吐き出されたも同然である。「間違いないのね」フレネシは確認を迫る。「あのメキシコ女、ちゃんと正しくチェックしたのね」

「俺が自分でやってみた。一人ひとり名前を打ち込んだ。『ファイルがありません』って出やがる。戻ってあの女ぶん殴ってやりゃいいのか？　それで俺たち浮かばれるんだったら、そうするぜ」

「そんなヤバいの……」

「ああもう、オマンコ的」という言葉が出たあたりで、ジャスティンが入ってきた。アニメが終わってしまえば、一番むかつかない三十分番組は、パパとママとのやりとりだろう。今日は見てても安全らしい。ふたりとも言い争いをするどころではないようすだ。〝言い争い〟といってもふたりの場合は一種のインベーダー・ゲームのようなもので、フラッシュがいろんなサイズとスピードの不平玉を発射すると、フレネシがそれをかわし、撃ち落とす。でも最後にはやられてしまう。

「おい、ジャスティン、トランスフォーマーはどうしたい。快調か？」

「ウォラスさん家《ち》はお変わりなかった？」

ジャスティンは穏やかな笑顔を作り、手を振ってその手を耳元にもっていく。レーガン大統領が、「もう一度言ってください」とか「ここでご質問といきましょう」というときのしぐさだ。あたりを見渡すふりをして、「はい、そこのママ、手が上がりましたね？」

「わたくしどもとしては、前にあなたがよく聞いた質問にもどるのがいいと思います」――ここでフラッシュの「アーメン！」が入る――「ついこの間まで聞いてたようなの」

「覚えてませんな」ジャスティンは笑いをこらえる。本当は覚えてるのに、からかってもらいたくて、そう言っている。

「やっぱり、お齢ですか？」と、フレネシ。

「誰も答えられない質問がノンストップで来たろ。『金属ってなあに』とかよ」

「『夢見てるときとそうじゃないときと、どうやったらわかる』っていうの、ママ気に入ってるのよ」

フレネシはオーヴンにピザをつっこみ、フラッシュはTV画面へ。何分か後の食卓で、フラッシュが言った。「可能性としちゃ二つだな」

コンピュータのリストの話だということはフレネシにも即わかった。二つの可能性のうちの一つが何かは明白である。コンピュータから消えたやつらはすでに身体的にも抹消された、さもなくば抹殺の指令を逃れて身を潜めている――。でも、ダグウッドがサンドイッチを食らう、あの物理法則を超越した食べ方でピザをぱくつく息子の食欲を見ると、父も母も、そんな陰惨なシナリオを口にする気にはなれなかった。で、フレネシはもう一つの可能性を口にしてみた。「浮上したってことかしら。地下から出されて……」

「ありうる。でもなぜ今かってことだ」

ピザを口に運ぶ途中で静止させて、ジャスティンが言った。「みんなさぁ、予算、切られちゃったんじゃない？」

その瞬間、まるでイタズラを咎めるかのように、フラッシュの手が息子の頭をつかんだ。「コイツめ、子供かと思ってたら、どういうこった？」

「どこでそんなこと聞いてたの?」

息子は肩をすぼめた。「ママたちも『マクニールとレーラー』見なさいって、前にも言ったでしょ? 毎日ね、予算のことやってるの。レーガン大統領が出てきて、議会《コングレス》とやりあうんだ。いまやってるからつけてみたら? ねえ、もうごはん終わりにしていいでしょ?」

「これは……」信じられんという眼をフレネシに向けながら、「全身、力が、抜けたぜ。なあ、フレネシ、ほんとにソレかな? 食い扶持減らしが始まった? 〈プログラム〉の人員整理か?」

「おなじみの手じゃないかしら」前倒しで使える経費をだんだん減らしていって、見張り屋・垂れ込み屋など〝特別職員〟に醜い争いをさせる。その一方で、司法省と「犯罪組織」(と白々しくも呼んでいるもの)とが常に接触していることを、あまりあからさまでなく匂わせる——というのは、たしかに由緒あるやり口だ。雇用リストに残るのか消されるのかは本人次第、出来高次第というわけだ。

「しかし、これほどの規模でかよ? こりゃ大量虐殺だぜ」

フレネシは、まだ引っ越しの整理もついていないアパートを見回した。住んだといえるほどここにいたわけでもないのに、差し迫ったサヨナラがなぜつらく感じられるのだろう?

「七番ゲート行って、キャッシュしてみる。急がなくちゃ」ディープな日没の中へ彼女は向かった。遠景に、空港へ向かう車の混雑ぶりが見える。ダウンタウンがぼんやりした光に包まれ始めた。フラッシュの使っている公用のカトラス・シュープリームは、「七番ゲート」の名で知られる小さな居住区に向かった。背後に不可視の広がりを見せる巨大基地に寄りそって、徐々に成長してきたコミュニティである。無数の影を落とし、騒音を反射するコンクリートのビルの間に張り巡らされたフリーウェイの表示によれば、こうしたゲートが少なくとも百個はあるのだが、それぞれが別々のカテゴリーに属する人間たちを受け入れる——あるいは拒絶する——意図をもっているので、その実数は誰も知らない。侵入しがたく孤立した場所に、固い警備に守られた、滅多に車の入らないゲートもあれば、七番ゲートのように、まわりに車のサービスエリアや住宅やショッピング・センターを抱えたゲートもある。

〈七番ゲート・クイックマート〉は、フリー・ウェイへの上り下りの出入り路が錯綜する下にあった。金曜日の勤務交代の直後とあって店は混雑をきわめ、駐車場は満杯。フレネシは隣接した細長い空き地まで車を走らせ、灯の消えている街灯の下に駐車した。店内は軍服、平服、スーツ、パーティ服、作業着の男女でごった返していた。六缶パックを歯でくわえている者、片腕に赤ん坊を抱き、もう片腕に怪物サイズのスナックの袋を抱えている者、雑誌やタブロイド新聞に眼を走らせている者。みんなレジで小切手の換金を要求しそうな種族ばかりだ。蛍光灯の光の下、排気ガスの匂いのするエアコンの冷気を浴びながらフレネシは列に混ざった。はるか遠くのレジで女子高生のバイトの子がキーを叩き、もうひとりが袋に詰めている。三十分待って、やっと自分の番がきた。だが、二人ともこの小切手を現金化する権限はないと言う。「店長はどこ?」

「あたしが店長代理を任されてるんだけど」

「これ、政府支給の小切手でしょ。見なさいよ、いつもやってることじゃないの。基地発行の小切手でみんな買い物してるでしょ!」

「でも、これ、基地のじゃないですから」

「ダウンタウンに連邦のビルがあるわね? そこで出してる小切手なの。電話番号書いてあるでしょ。不安なら、電話してよ」

「お役所はもう閉まってます。はい次の方」フレネシの後ろの列はさらに伸びて苛立ちを募らせていた。レジの娘を彼女は見据えた。口ばっか立って、この態度。ナマイキューンジャナイヨと叫びたい気持ちだが、この子も思えば自分の娘と同じくらいの齢……おそらく一生、レジに立って生きていくのだろう。こんなときに、とある部局に電話をするだけでトラブル解消になった数年前の日々が急速に霞んでいく。もう自分には連邦政府の権威を振りかざす力はないことを思い知ったフレネシは、心を引き裂かれ、屈辱と無力感の汗を浮かべて、排ガスの漂う、街灯もまばらな灰色の夜気の中へ出ていった。重く垂れ込めた空気が、基地の奥深くから届く唸るような低周波の振動に震えている。

　フレネシは慎重にハンドルを握ってダウンタウンに向かった。気をつけて運転しないと人を殺傷してしまいそうな気分だった。「小切手換金」の大きな看板を掲げた酒店を試してみたが、そこでも対応は同じ。過敏な神経と怒りに駆られ、次に見えたスーパーに入ると、今度は「待っててください」という返事だった。誰かが奥の事務所に入っていって電話をしている。

　冷凍食品が延々と並ぶ通路に立って、フレネシはぼんやりとレジの向こう、店の正面の黒光りしたガラスを見ていた。このときだった。否定しようにもできない。透視《クレアヴォイアンス》の瞬間に彼女が引き入れられたのは。一生のうちでも稀な経験だけど、それが分かった。いたるところ、レーガノミクスの斧の刃が振り下ろされているのが見えた。自分もフラッシュも、それを免れられない。簡単にチョンとやられて、もといた地上の世界へ吐き出され、十何年か前にやりっ放しにしてあったことをこれからまた始めなくてはならないのかもしれない……この間ずっと時から隔離され保護されてきたけれども、権力を持つ何者かの気まぐれにより、因果とともに進む時の精密機構の中へ今また入っていかなくてはならない。そこでは、どこかで本物の斧かそれに似た何かが、ジェイソン的な、斧が肉に食い込む決定的リアルさをもって、振り回されている。でも、フレネシとフラッシュとジャスティンはそれとは隔絶された世界、万事が重さもなければ眼にも見えない電子的な非在と存在の連鎖を表すアルファベットと数字の打ち込みによってなされる世界に連れてこられていたのだった。その存在《イチ》と非在《ゼロ》の連鎖が、人間の生と死の連鎖のようなものだとしたら——そしてもし一個の人間のすべてがゼロとイチの長大な連鎖によって表記可能であるとしたら——個人個人の生《イチ》と死《ゼロ》の長大な連鎖はどんな生き物を表すことになるのだろう。少なくとも一段高次の存在であるはずだ。天使？　マイナーな神？　それともUFOに乗ったクリーチャー？　この生き物は、名前を一文字綴るのにも八人の人間の生と死が必要なのだから、その行状を記録するには、世界史の相当な部分が必要になる。「人はみな神のコンピュータの1ビット」というフレーズが、ゴスペルのスタンダードな節回しにのせたハミングのようにして、フレネシの口をついた。神の目から見て意味あるのは、その人間がオン（生きてる）かオフ（死んでる）かということだけ。苦しみ、もがき、血を流して、人が何を叫び何を求めて競い合おうと、わたしたちが神と呼ぶハッカーにまで届くことなど決してないのだ。

　夜間店長が戻ってきた。彼女が渡した小切手を、使用済みの紙おむつを持つ手つきで持っている。

「支払い停止です」

「銀行はもう閉まってるんでしょ？　どうして停止したりできるのよ！」

　彼はここでの仕事人生を、店に出入りするコンピュータ音痴たちへの現実の説明に費やしていた。

「コンピュータというのはですね、お客さん」彼は穏やかに、いつものセリフを繰り返した。「眠らなくてもやっていけるの。休む必要もない。二十四時間フル営業なんですよ……」

ウェイヴォーン家の邸宅は、シスコの南、サンフランシスコ湾を望み、サンマテオ橋を望み、今日はあいにくの霧だったが、好日にはスモッグを透かしアラメダ郡まで遠望できるという、広さ一万五〇〇〇坪ほどの丘陵斜面を占めていた。外の通りから見えるのは、一九二〇年代の復古調地中海スタイルの家屋がひとつだけだが、そのつましい一階建ての奥手には、白くなめらかな石膏づくりの大邸宅が、上部の丸い窓と赤タイルの屋根、見晴らし台と二つのベランダつきで延々八段、丘の斜面を這っている。庭園あり中庭ありの敷地には、イチジク、オリーブ、杏の木、桃、プラム、ブーゲンビリア、ミモザの木、青紫のペリウィンクル、加えて今日は特別に、婚礼を祝す純白のジャスミンの花が花嫁衣装のレースさながら咲きこぼれていた。これから一日、最後の客が帰ったあとも夜どおし、天上的な香りの物語を聞かせてくれることだろう。

小さな貯水池ほどもあるプールから、ブルックス・ブラザーズのチェックの水泳パンツで現れたのは、プールサイドの大理石の石像群とは間違えようにも間違えられないラルフ・ウェイヴォーン・シニア氏である。シスコのフェアモント・ホテルからわりあい最近失敬してきたタオルをケープのようにまとったラルフは、石段を数段のぼって、濃い朝霧のせいで世界の果ての絶壁と見紛うような擁壁の前に立った。眼に見えるのは、木のシルエットが二つ三つ。遠景を走る二本のフリーウェイもカミノ・レアル街道も奇跡的に静かであって、平和を愛することでは他人に負けないウェイヴォーン氏は、時の小島のミニ休暇と自ら思うに至ったこのひと時を、華奢で貴重な「時のタヒチ」を、いくらでも満喫していられるのだった。

はためには、社長室の机の下にこっそり秘書を跪《ひざまず》かせるのを権勢の証明と取り違えているようなタイプにも見えるが、ラルフの実像はそれとは大ちがい、むしろときには危険なくらい他人のことを思いやる。根っからの子供好きで、今回のように親戚中の子供が群れると、はしゃぎまわるチビっ子たちに、満面の笑みを浮かべて心の通う言葉をかける。すると子供もうれしがって彼に向かっておどけて見せる。ラルフに対してストレートに物を言ってくれる貴重な友人たちは、「ラルフさん、あんたの欠点は、こんな仕事を手がけてるくせして、統制狂ではないところだ」とか「あんたは自分が世界を動かしているという幻想くらいは持ってしかるべき人なのに、いつも、どうってことはないって顔して……」と彼を評し、かかりつけの分析医も見解は同じ。ラルフ自身はどうだったろう。鏡を見て、齢のわりにはなかなかじゃないかと満足そうな顔をして、温泉浴《スパ》にテニスコートにと時間を決めて出かけていき、レストランでは、大金投じて作らせた義歯でゆっくりとスタイリッシュにものを噛む。美貌の妻のションドラに対しても、不満などはまるでなし。子供たちも、この先の成長に期待すればよいのだろう。そして今日は末娘ジェルソミーナの婚礼を祝っての大宴会の日なのである。お相手は、家柄も申し分ないロサンジェルスの大学教師。その一家とは、お互い清廉潔白な、「名誉の」とさえ形容できるビジネスを手がけたこともある。〝映画界の重鎮〟とラルフが好んで呼ぶ婿殿の父ドミニクは、昨晩ロケ先のインドネシアから到着していた。当地で製作中の怪獣映画の金銭面のやりくりをしていたのだが、予算がほとんど一時間ごとに見直しを迫られるという状態で、そのため彼は多大な時間を費用のかさむ電話口で、盗聴者らを何とか煙に巻きながら、過ごすはめになっていた。もう一人、ラルフ・ウェイヴォーン・エンタプライズの跡目である息子のラルフ（ジュニア）には、ヴァインランドのハイウェイ沿いの〈キューカンバー・ラウンジ〉の経営を任せてあったが、その彼も今日一日仕事のほうはオフにして、車を飛ばしやってきていた。

「ひとつ大事なことを教えておこう」自分の名を譲った息子の十八歳の誕生日に、三年早く成人のパーティを催したのは、当時、あらゆる問題を引き起こす才能が息子の中で開花しつつあったのを思えば適策であった。「うちのファミリーはな、全額出資子会社でしかないのだよ」と、ラルフはその日告白した。「何に手を出すにせよ、そのことだけは忘れちゃいかん」

「なあに、その全額ナントカっていうの」ジュニア君が尋ねた。以前のウェイヴォーン氏であったら、ここで肩をすぼめて、そのまま黙って歩き去り、ひとり絶望を嚙みしめたことだろう。このとき父子がいたのは地下のワイン室《セラー》だったから、ボトルの間に息子を置き去りにしてもよかったのだが、そのときラルフは懇切丁寧に、ウェイヴォーン一族には厳密に言って自前の財産など何ひとつないのだと説明してあげた。わが家はとある企業《コーポレーション》に買い取られていて、その会社から年間の活動費を得ているだけなのだ、と。

「英国の王室みたいなものだってこと?」

「長男よ」ラルフはグルリ目玉を回して、「妙な例えはせんでくれ」。

「で、ぼくはチャールズ皇太子」

「トンガリ頭《テスタ・プンティータ》よ、お願いだ」

しかし、ウェイヴォーン一家の跡目の顔はたるみっぱなし。嬉々とした目線を、うっすらと埃をかぶった一九六一年もののブルネッロ・ディ・モンタルチーノの瓶に向けている。自分の生まれた年に蔵に入ったまま、大人へ巣立つ今日のこの日まで寝かされていた伝説の葡萄酒だ。だが、そのとっておきの逸品も、彼の胃袋に入ったあと、続けざまに度を超えて飲み込まれた大量の品劣るワインと一緒に陶器の中へ吐きもどされる運命をたどることになったのだ。

ジェルソミーナは娘であるからワインにはありつけないが、だからといって文句のあろうはずもない。この婚礼に父ラルフは、邸宅建築にかけた以上の大枚をつぎ込んでいたのだ。ミサの壮麗さもさることながら、披露宴の料理がまた何というエントリーだろう。ロブスター、キャビア、フォアグラ添え牛ヒレ肉のグリエに、より家庭的な味わいのオーヴン焼ツィーテ。スープは、この種の美徳には事欠かぬ弟嫁の〝ロッリおばさん〟だけが秘伝を知る婚礼用の特別複雑なレシピによる。ワインはこれまた自家製の赤《ロッソ》からクリスタル・シャンパンに至る煌めくばかりのバラエティ。それらのまわりで、友人、親戚、仕事関係、しめて数百の男女が、最高の正装をして緑の丘の上に立ち、祝宴ムードを盛り上げてくれるだろう。中で唯一つ、問題とは言えぬにしても不確実な要素として残っていたのがミュージックだった。サンフランシスコ交響楽団は海外を演奏旅行中、あらかじめ押さえておいたファミリー直属のコンボは、アトランティック・シティにてちょっとしたトラブルに巻き込まれ――というのはつまり愚かな賭けゲームの顚末が、カジノへの支払いが済むまでの不本意なる出演延長ということであったのだが――急遽その代役にと息子ラルフが演奏を聞くこともなく北カリフォルニアから調達してきた、ジーノ・バッリオーネとペイザンスなるバンド、その腕前は未だ未知数。ともかく最高級の音楽をやってもらわんと、と思う以外にないラルフ氏の前で、徐々に朝霧は晴れてきて、現れいでたる光景は、天国の隣接地とは義理にも言えない、彼が北の山中へ出発した朝と同じ、あったり前のカリフォルニアの景色であった。

バンドの面々のおでましは、真昼時になってから。ワイン・カントリーとマリン郡の海岸とバークレーの街を、丸二日かけてゆっくりと観光してきたあとの到着である。クネクネとうねりながら枝分かれする坂道を登ってきた彼らは、億万長者のコミュニティ、ルガレス・アルトスの門に向かって徐行しながら、変装の最後の仕上げに余念がない。テカテカの黒い化繊のかつらをかぶり、ミント色したお揃いのコンチネンタル・カットのスーツを着込み、金の装身具をつけ、付け髭を上唇に糊付けした一行は、警備の者に止められて、車から出されると、一人ひとりボディ・チェック。小さなバッジも見逃さない徹底した金属探知に加え、電子器具もアクティヴなものパッシヴなものを問わずチェックされたが、まもなく一行はラルフ・ジュニアが心配で死にそうになっているウェイヴォーン邸専用駐車場へ降り立った。プレーリーをその一人に数えるザ・ヴォミトーンズの女たちも、真面目な友達から借りてきた服とかつらとメイクの効果で、今日はいつものド派手ルックとはうってかわってのしとやかさだ。リーダー、ビリー・バーフ君のイタリアに関する知識は、ドンキーコングの敵役と、いくつかの缶詰パスタのコマーシャルだけというお寒いものであったけれども、そのくせ急造のイタリア訛りでラルフ・ジュニア氏に話しかけたりするものだから、おいおい、わざわざ正体バラすことないだろ、それになにより雇い主を侮辱することになっちゃうぜ、とイザヤがあわてて耳打ちした。もっともジュニア氏とて生まれてこの方カリフォルニア英語しかしゃべったことはないわけで、彼の耳に、ビリーのしゃべりは一種の発声障害としか聞こえなかった。「初めてじゃないでしょ?」とラルフ君が心配そうに聞き回る。バンドの一行は積んできた楽器とアンプとデジタル・インタフェイスを車から降ろし、草地の脇に設置された大きなテントに向かった。テントの中ではお仕着せ姿の給仕らが、せわしく立ち振る舞っていた。グラス類ナプキン類を並べ、何トン分ものかき氷を引っぱり、シックなオードブルを運び、花を飾り、椅子を並べる。みんな声を張り上げて、もう千回も場数を踏んでいるこの仕事の要点を確認している。

「ウェディング・ギグこそ、うちのバンドの命です」とビリーが調子を合わせる。

「おいおい、知らねえぞ」と脇でイザヤがつぶやいた。

「ほんとにさ」リズムギターのレスターの声が割れている。「ヘマやらかしたら、ビル、俺たち、生きちゃ帰れねーよ」

最初のステージは、ブロードウェイのスタンダードを一、二曲ちりばめたポップスとロックンロールのオールディーズで、まずは無難にきりぬけた。休憩に入ると、ウェイボーン氏の腹心「2《ツー》トン」のニックネームをもつ刈り上げ頭《テーパーヘッド》の大男、カーマイン・トルピディーニがビリーのところにやってきた。「ミスタァ・ウェイヴォーンから感謝を込めての伝言だ。あんたらの現代風な音楽の味つけに、お集まりの若い方々は大そう喜んでおられるようだと。が、次の舞台は、もう少しご年配のお客様にも楽しんでいただけるように、もうちょっとこう……イタリア風に、な?」

パトロン氏を喜ばせるのはこちらとしても願うところ、次のステージが始まるや、ザ・ヴォミトーンズは練習してきたイタリアン・ソング・メドレーを矢継ぎ早に放ってみせた。どういうわけだか、それらはみんな現世からの超越を共通テーマとするもので、『世界残酷物語《モンド・カルネ》』のテーマ「モア」〔一九六三〕のサルサ風アレンジを皮切りに、『飛べ!フェニックス』から「恋に終わりなく《センツァ・フィーネ》」〔一九六五〕のスローな4分の3拍子を通過して、フィナーレは、鼻に掛かったテノールでビリーが歌う英語版「アル・ディ・ラ」(出典は、数々のTVスペシャル)という選曲だった。

再度こちらに向かって駆けてきた2《ツー》トン・カーマインの姿に誰よりも驚いたのがビリー君。今回は、鼻息荒く、マフィアのドンの用心棒として本来の務めを果たす悦びと興奮に顔を紅潮させているかのよう。「ミスタァ・ウェイヴォーンのおっしゃるにはな、あまり細々とした指示は出したくないが、考えておられたのは『チェ・ラ・ルナ』とか、『マリア・マリ』とか、ほら、そのあたりのみんなで歌える歌をご所望だと。加えて『空と海《チェロ・エ・マール》』なんぞのオペラ曲もあるといい。ミスタァ・ウェイヴォーンの弟君のヴィンセントさんがたいへん歌が上手でいらっしゃることは、あんたらもトーゼン、知ってるわな？」

「あああ」と、ビリーはどんよりとスローな理解をもって答えた。「ああ、あの、うん、そりゃ、どの曲も、ちゃんと編曲してありまして……」

「ヴァンの中」——脇からイザヤが助太刀する。

「ヴァンの中に楽譜があるんで、ちょっと失礼して……」と言いながら、ビリーはギターの肩紐を外そうとしたのだが、その機をとらえてカーマインは腕を伸ばし、ギターを彼からむしり取るとグルグル回しにして肩紐をビリーの首に巻き付け、それをきつく締め上げた。

「編曲だぁ？」と言って笑ったその声には、当惑と悪意とが同居している。「『マリア・マリ』にどんな編曲がいるってのよ？　あんたらイタリア人だろ、じゃねえのかい！」

ヴォミトーンズの面々は、リーダーが絞首刑に処せられるのを口を開けて眺めるばかり。メンバーの人種構成を問われれば、ユダヤ人が一人で、あとはスコットランドとアイルランドの血が一部混じったアングロ系だ。イタリア人はもちろんゼロ。「じゃあ、カトリックはいるのかよ、え？」最後の「え？」で肩紐がグクッと首に食い込んだ。「そうだな、『アヴェマリア』のコーラス十回歌って懺悔の舞台を演じてみせたら許したろうか、ん、どうだ？　まだ息してるうちに聞いとくがな、いったいこりゃ何のマネよ、ラルフ坊ちゃんから何も聞いてねえってのか。あん？　ヘイ、こりゃ何だよ？」頭があんまり揺すられたので、ビリー君の「イタリアかつら」が外れてしまったのだ。姿を見せた本物の頭髪は、今日は鮮やかな碧青色《ターコイズ》に染められている。「ジーノ・バッリオーネとペイザンスだ？　聞いて呆れらぁ」カーマインは頭を振って、指をバキバキ鳴らし始めた。「おい、こりゃあレッキとした詐欺じゃあねえかよ。わかってんだろうな。訴えられても文句ねえよな、え？」

もう完全にパニック状態のビリー・バーフは、肩紐の先にクイック・リリースのクリップがついていることにも思いが及ばない。それに気づいたイザヤが、近づいていってクリップをパチンと外してやったら、解放されたビリーはそのままヨタヨタ歩きながら、呼吸の戻った喉をゲコゲコ鳴らした。

「ホントはですね」と、ここでイザヤが一席始めた。「おれ、パーカッションの人間で、つまりハードな殴打とヴァイオレントな驚きを何とかうまく並べてってダンサブルなビートにしてくってことが仕事なのね。でもまあ、その専門家として見るとわかるんだけど、あなたの顔から溢れ出ている物語には、人生のハード・ビートが刻まれている。で、いまのこの危機ですけど、これって、殴打の人生を生きてきたあなたみたいな人が、全人的な感情投入をするほどのもんでもない。ね？　でしょ？　それにさ、このジーノ君、別称ビリー、の首についた絞め跡ね、これで彼は何週間もバンダナを巻いてステージに立つことになって、それはさ、音楽的な意味合いも出てくるだろうけど、それだけじゃなく、お集まりのレディたちがほら、キスマークかと勘違いしちゃうじゃないですか。だって、ほら、これ、ハードな殴打の跡なんかじゃ全然ないもの、人生のトップ・シンバルの上をブラシで叩いたほどでもない！　だめだよ、そんなんじゃ、と思います、おれ」

見事なまでの訳のわからなさに、特大サイズのゴリラ男は、「ウー」と呻き声をもらしたまま、まるで催眠術にかけられたみたいに、こう答えてしまうのだった。「そりゃそうだ、な。そりゃ俺にはちっと残念だけどよ、なぜって、久しぶりに大勢相手にいい仕事ができそうで、拳が疼いてきたとこなんだぜ」

「それはそれとしてですね」アンプの後ろに逃れて、必死に車のキーを探しながら、ビリー・バーフが言った。「ヴァイオレンスは、やっぱ、ヴォーカルで発散させるのが一番っすよ」

幸運なことに、ラルフ・ウェイヴォーンの蔵書には、必携『イタリアン・ウェディング・アンチョコ・ソングブック』（ドゥルーズ＝ガタリ著）*が含まれていた。自分たちのウェディング・ケーキの上に、血が飛び散るみたいな不吉な展開を恐れた花嫁ジェルソミーナは、そっと家に忍び込んでその本を持ち出し、ビリー・バーフの眼に触れるところに置こうとした――のだけれど、タイミングの悪いことに、ちょうどそのときビリーは探し当てたキーを握って、一直線に駐車場へ駆け出したので、ジェルソミーナも、おばあさんから代々伝わる婚礼衣装姿のまま、奇怪な髪をした非イタリア人のバンドマンの後を追っかける展開となった。ラルフ・ウェイヴォーンの側近の保守的なイタリア人の眼に、この鬼ごっこはもちろん、大目に見るにはいささか破廉恥の度が過ぎていると映ったにちがいない。というわけで、音楽と踊りと歓談がふたたび始まり、ジェルソミーナ・ウェイヴォーンの婚礼の宴が華やぎを取りもどしてからも、ビリーはギグの間ずっと脅威に苛まれ、もうどこか上のほうから殺しの指令が下っているにちがいないと確信して、恐怖で棒状態になった足を突っ張らせていた。

「おい、ビル、奴ら、おまえを殺《や》るとなったら、まちがいなく殺るからさ。心配するこたぁないって」と、芸名を〝肉吊るし《ミートフック》〟というベーシストが声をかけた。「22口径の突撃銃と、全自動のタマ入れ機用意しとけよ。相手を二人ばっか道づれにして死んでくことくらいはできるかしんないから。まあ、がんばれや」

「おいおい」と、ラッパ担当の187――この名の由来は、カリフォルニアの刑法典の殺人条項の記載番号――がマフィア訛りで口を挟む。「マシンに頼る腰抜けかよ。ビルにいま必要なんは接近戦の備えじゃねえか。小物のチンピラらしく、ナイフの腕みがいとけや」

＊　フランスのポスト構造主義の哲学者ジル・ドゥルーズとピエール・フェリックス・ガタリは『アンチ・オイディプス』（一九七三）等の高尚な書で知られる。歌のアンチョコ本というのはジョーク。

「あーあ、ビルのやつ、人生のお楽しみもおしまいか。街から逃げてくことにするか、警備を雇うか、おまえさ、どっちにする?」シンセ奏者のバッドが追い打ちをかけた。

「おーい、イザヤ、オマエはオレの味方だよな?」

「ところでだ」と思いやりに溢れるイザヤは話を逸らす。「俺たちの『ヴォラーレ』、めちゃウケてたじゃん」

そんな騒ぎが続いている間、プレーリーは丘の斜面を這う〝段々屋敷〟を少しのぼったところにある部屋の鏡に少し屈んで向かいあい、自分の髪と格闘していた。THO、すなわち「若者性頭髪執心症《ティーン・ヘア・オブセッション》」の発作に襲われたのだ。この化粧室というか婦人用のラウンジ、趣味の悪さは国宝級で、化粧鏡のガラスには金の縞入り、ゴテゴテした縁飾りに囲われたのがズラリ並んでいる。「ふつうの女の子」に見せるため、ヴォミトーンズのグルーピーの女の子がそれぞれに、毛染めスプレーやかつらを持って駆け回っていた間、プレーリーだけはブラシで髪をとかせばそれでよかった。「完璧だぜ」と巧妙なほめ方をしたのはビリー・バーフ、「これなら誰も振り返らない」。

プレーリーは鏡に映った自分を見た。この顔には二分の一の謎が秘められている。母の顔写真は、ゾイドにも祖母のサーシャにも見せてもらっていたけれど、この顔のどこにママがいるのだろう。父親からの遺伝だったら顎の先の曲がり方とか、眉毛の傾きとかに明らかに現れていて、それらを取り去っていった先に母の顔を見いだすコツを、実はこの少女、すでに会得していたのである。友だちが万引きしてきてくれたサンゴ色のプラスチックの逆毛ブラシで髪を膨らませる。鏡の前だといつも落ち着かなくなるプレーリーだったが、この場所の落ち着かなさはまた格別だ。並んだ化粧鏡それぞれが、大理石のシンクと対になっていて、蛇口の栓は人魚の像。部屋の照明はまるでバス・ターミナルのようだし、壁面は紋章のパターンが浮き上がった金のベルベットで覆われている。ピンク色とクリーム色のアクセントが至るところに添えてあって、部屋中央には噴水があり、小型にしたローマの石像が配されている。眼に見えないスピーカーから流れているステレオ音響のBGMは、地元のFMイージーリスニング局だろう。あたりで虫の音がメロディアスに沸き立っているような印象である。

プレーリーは前髪を思いきり垂らし、残りを肩の前へもってきてブラシでとかした。自分の顔に母を浮かべるのには、これが一番確実な髪型である。眼にかぶさった前髪のラインとその影の背後に見える二つの眼は、まさに燃え立つようなブルー。そう、こうすれば、昼夜を問わず時刻を問わず、自分の体を抜け出て、鏡に映った像を母の霊に見立てることができるのだった。でも、ちょっとでも見つめすぎると、自分の眼は開いたままなのに鏡の中の眼が瞬きはじめ、唇が動き出して聞きたくない言葉を語り始めるんじゃないかという気がして怖い。

怖いの？　ほんとうはずーっと聞きたくてしかたないのに、いまでも怖いのかしら？——もうひとつの顔がたずねた気がした。片方の眉の上がり方が、プレーリー自身のよりわずかに大きな感じがする。と突然、自分の後ろに、もうひとり映って見えた。しばらく前からそこにいたのに、気がつかなかったのだろうか。知らない人のはずなのに、なぜか親しみのある気がする。サッと振り向くと、あやしいほどの親密な距離に、長身で色白の生身の女の人が立っていた。グリーンのパーティドレスは髪の毛とはピッタリでも、運動選手というよりほとんど戦士のような彼女の身のこなしとはそぐわない。その女性は、うち解けながらも身構えているような、中断していた会話を再開しようとしているような顔で、プレーリーを見つめていた。

プレーリーはブラシを逆向きに握って、尖った柄の先を髪に当てた。「どうかしたんですか？」

長身の女は、ヨレヨレの牛革のショルダーバッグをタイルのカウンターの上、プレーリーの土色のキャンバスバッグのすぐ隣りに置いた。そこからいきなり飛び出てきたのが、安っぽい縦笛の三重奏

「ハワイィ5－0《ファイヴ・オー》」のテーマ。十六小節まるまる鳴って、同じ十六小節が、際限なくリピートされる。

「ごめんなさい、でも、あなたのバッグの中に見えてるそれ、ひょっとしてタケシ・フミモタの古い名刺じゃないかって気になって……」と言いながら、女は自分のバッグをまさぐり、まだ音楽の鳴り続けている小さな銀色の装置を取り出した。フラダンサーの静止画像、何百もの海のショット、ガラスの穴から覗いているダノの写真、ビルの上のマクギャレット……の光景が浮かぶ。

「これのことですか？」プレーリーは虹色の長方形を差し出した。「父親がくれたんだけど」

「このスキャナーが反応するのよ。昔のプログラムがまだ生きててね。でも、こんな古いの、もうとっくの昔に回収済みだと思ってた」と言って彼女は、

ホノルールの通り、巡って、
犯人《ほし》挙げて無線連絡
お、ルワウ！……ハッ、ワッ
イ――、ファイヴ・オー！

のところまで音楽を鳴らし、ピッタリそこでスイッチを切った。握手の手を差しのべて、「あたし、ダリル・ルイーズ・チェイステイン。タケシのパートナー、よろしく」。

「あたし、プレーリー」

「鏡を見たとき、あんたのことが、絶対そんなはずありえない人に一瞬見えた」

「あたしもさっきから前にどっかで会ってるみたいな気が……。やだ、DL・チェイステインでしょ！　DLって〝故障者《ディスエイブルド》リスト〟のことかっていつも思ってた。そうよ、ピッタリ。ちょっとは変わ

ったみたいだけど。おばあちゃんに写真見せてもらってたの。ママと一緒の」

「あんたのママ」と言ったところでDLは息を吸い込んだ。慎重に抑制されたその呼吸法は、なぜかプレーリーが〈菩提達磨〉のピザ店で聞き慣れていたのと同一である。「驚きよねえ」と言って、彼女はうなずき微笑むのだけれど、微笑んだ口もとの一端が、もう一方より心持ちひきつり上がっている。「フレネシの子なんだあ」この名前を口にするのは久しぶりなので、声にして出すのがひと苦労のようだった。「あんたのママとは、あの時代、一緒に駆け回ったの」

静かなテラスの片隅に出て、プレーリーはDLに語り出した。母が帰ってくるという噂のこと、映画を作りたがっている頭の変な連邦麻薬捜査官のこと、司法省から派兵された軍隊まがいの一団に家が押収されたこと。

DLの眼つきが真剣になった。「そいつの名前がブロック・ヴォンドだっていうのは確かなのね?」

「そうよ。とんでもない〝バッド・シット〟だって、パパが言ってた」

「ほんとにワルでさ、クソみたいなやつ。アイツとはまだカルマの調整がついてないのよ。で、そのカルマ、どうやらあんたもかぶっちゃったみたいね」DLはお護りの名刺をふたりの座っているテーブルの上に差し出した。「タケシの言う〝義理証文〟ってヤツね。カルマの借用書って考えればいいんだけど。タケシってのは覚醒剤はヤリ放題で、誇大妄想家、妄想の上に世界の通貨を丸ごとのっけちゃうみたいなヤツだけど、これを見せれば、タケシだって、ギリを果たさなくちゃならないわ。これ、使う気だった?」

「あたし、鼻で羽根をくわえた子象のダンボの心境なんです。頼りになりそうでもならなそうでも、何にだってすがっちゃおうって。ねえ、そのパートナーの人、あたしに何してくれるの? ママを見つけてくれるの?」

DLは答えに窮した。コンビを組んでから何年にもなるのだが、実際タケシに何ができるのか、そしてできないのか、いまだに見いだしかねている。もし本当にフレネシが地下から戻ってきたのなら、探し当てるのは簡単だろうが、ブロック・ヴォンドも暴れ始めたとなると、フレネシの出方がどうなるかは予断を許さない。それに、どんな物語を語ろうと、それは、ここにいるこの子の知ってる物語とはきっと違っているだろう。同じにするのは永遠に無理かもしれない。彼女は話を逸らした。「何年になるのかなあ、十五年？　あんたの齢と一緒よね。みんな偽りの仮面を被ってた。いまから見ればクレイジーにしか思えないことをみんなマジに信じてさ、ウソをついたり、互いを警察に売り渡したり……。あれからもう時が経ちすぎたのよ。覚えてる話はそれぞれ違うし」

「DLさんのお話の前に、あたしのヴァージョンが聞きたい？」

「わかってるわねえ」　正装した給仕が、たくさんのシャンパン入りグラスをトレイにのせて通りかかる。ビールさえ嫌いなプレーリーも、思想的理由からあらゆるドラッグを拒否しているDLも、一つずつグラスを取った。「フレネシ・ゲイツに！」　DLが親友の娘とグラスを合わせた。プレーリーの肩にゾクゾクした興奮が走る。

遠くの野辺からヴォミトーンズの音楽が響いてくる。歌劇『トスカ』からの組曲のヘヴィメタル・ヴァージョンだ。「パパもおばあちゃんも、同じ話を聞かせるの。ウソかと思って、あたしもいろいろ策略使ってみたの。でも、どうでもいいような細部とか、麻薬性の記憶漏れとか、そういうの以外はズレがないのよ。だから、それ、ホントの話か、ずっと前に二人で謀ってあたしをはめてるんだか、どっちかしか考えられない、でしょ？」　パラノイアになるには十年早いよ、と言われるのを期待しているような眼つきだけれど、DLはほっそりとしたシャンパン・グラスの縁越しに、微笑んでみせただけだった。「わかった――ママはあなたたちのグループがやろうとしてた革命の映画を作って、それで逮捕状なんか出て、郵便局にＦＢＩの指名手配の写真が張り出されたりして、逃走してたの。ゾイドとくっついたのは最初は警察の目をごまかすためだったんだけど、あたしができちゃって、三人で暮らしてたところをＦＢＩに突き止められて、それで逃走して地下《アンダグラウンド》に潜ったの」少女の声には、自分の言ってる内容を突っぱねようとするかのような、かすかな震えが聞き取れた。

〝地下〟ねえ……。考えてみれば、もっともである。父と祖母が子供に聞かせる物語としては、〝地下〟という以外考えられない。だが、今度はＤＬが自分の知ってる話をする番だ。でもどうやったら語ることができるだろう——といって、語らずにいることもできない。「ブロック・ヴォンドはね」慎重に彼女は始めた。「あのころ、私設の大陪審まで持っていた。連中はもうそこら中にいて、反戦活動家、過激派学生を片っ端からひっとらえては罪をかぶせていたわけよ。あんたのママにも罪状をこしらえたわけ。そういう行為を制限する法律はないの、だからいまも同じことが続いている」

プレーリーは、ワッカンナーイ、という顔をつくってみせた。「十五年して、まだママを追っかけてるっていうの？　国民の税金使って？　他に捕まえる悪党がいないわけ？」

「あんたの言ったことから想像すると、お母さんはヒドいことになってるみたいね。とにかくブロックが追ってきて、あんたの家を差し押さえた。ってなると、ヤツはあんたの後も追ってるわけだ。お母さんとの取引に使おうって腹よ」しかしこれでは、セックスとは何かを知らない子供に、いきなりレイプを説明するみたいな話になってしまう。

「でも、どうして？」わかる。午後の日陰の中で半開きになった少女の眼にも見えている。ワケを知らずにはいられない娘の、とてもイノセントな響きが、一語一語に、間のポーズに、満ちている。しかしＤＬは、答えは自分で見つけなさい、と言うかのように少女の眼を見つめ返すだけ。ブロック・ヴォンドとママの間に、なにか危険な「個人的関係」があったなんて認めたくないことだけれど、どうもそういう話みたいだ。DLさえ話題にするのを避けている、そんなおどろおどろしい世界に、できるなら足を踏み入れたくはなかった。でも、〈菩提達磨ピザ寺院〉で、あの晩ヘクタも叫んでいた、ブロック・ヴォンドが「アンタの恋女房、さらってった」と。それを聞いたときはただ逮捕しにやってきた、だからママは逃げなきゃいけない、としか思わなかったけど、あと、どんな話が絡んでいるわけ？

　眼下に広がるオレンジ色の日射しを浴びた丘陵では、高級デパートで選んだロングドレスや、胸にいっぱいフリルのついたシャツや、タキシードや燕尾服を着た人々が散策し、寄り集まり、散り散りになってまた集まり、ものを食べ、ものを飲み、喫煙し、踊り、諍い、生バンドをバックにしての余興披露にマイクまでヨロけて歩く。その影は、いつの間にかずいぶん伸びた。ふと気がつくとプレーリーのグラスは空っぽ。また気がつくと、再びなみなみ注がれていた。その間、いつだったか、酔っぱらった年配の男の人がやってきて、DLの手をとってキスをし、それからお尻をつかもうとしたのだけれど、DLもそれはお見通しだったから、彼の手は空を切り、よろけた体がプレーリーの脇を通って欄干へ。一階下のビュッフェ・テーブルまで落ちていきそうな勢いだった。

「ションドラも子供たちも、素晴らしいじゃない！」ドッコイショとばかり戻ってきた老人に、DLはそう言って、プレーリーを本日の宴のホスト、ラルフ・ウェイヴォーン氏に紹介した。「せっかくのパンチ・ボウルにおしっこするみたいな話ですけど、あとになって言うよりは今お知らせしといたほうがいいと思うから言いますけど。こちらのお嬢さん、親分の昔のトランプ《ピロクル》仲間のブロック・ヴォンドと、つい最近、ひと揉めあったみたいなの」

「何という災難《ポルカ・ミゼリア》！」と言いながら、ラルフは腰を下ろした。「災難は忘れたころにやってくるってな。あいつとの過去に悩まされることも、このごろようやくなくなってきたというのに。あんたでさえ、さすがにもう自由になったかと思っていたよ。また判断が甘っちょろかったか」

「関わりのほうがあたしをつかんで放さないんだって」

「過去というものは――」眼玉をあちらこちらへ動かしながら、「どんどん後ろに置いていけって、分析医は言うんだ。それが正しい生き方だ、とは思わんかい？」

「それがねぇ、ラルフの旦那ぁ」ＤＬは母音を引きずりながら、「ブロックは、現時点で、過去の人じゃなくなってんの。バリバリの現役、世紀の大カムバックよ。ヴァインランド郡で、歩く占領軍みたいにのさばっておいでとのことよ」。

「言っておくがな、うちは大麻の栽培人とはいっさい関わっとらん。そのことは知っとるね。例のドラッグ・ヒステリーが始まったとき、経営を多角化して、麻薬関係からは足を洗ったんだ。それに、あれは、共和党の司法省がやってることだろうが。彼らのやることにワタシは至って満足しとる」

「そうでしょうとも。ときどき、ヤメラレナイ止まらないってほど仕事しますしね。でも、今度のはマリワナじゃないわね。まだ収穫の時期じゃないし。ブロックはきっと電話にも出ないでしょうから、何がどうなってるんだか誰もわからない。唯ひとつわかっているのは、一個師団まるまるカリフォルニアにさしむけたってこと。狂気の沙汰よ」

ラルフは陰鬱な面持ちで、左右によろめきながら立ち上がった。ＤＬの腕をポンポンと叩きながら、「ちとコンピュータを調べさせよう。電話も二、三入れてみるわ。あんた、まだしばらくここにいるね？」

「実は〝山の中〟に用があるのよ。タケシと落ち合うことになっててさ」

「よろしく言っておいてくれ」ラルフは家の中に消えていった。日の入りが迫っていた。ふたたび差し向かいになった二人には、まだこれから決断しなくちゃならないことがいくつかあった。

「あたしのこと、フィル・ドナヒューのショーによく出てくる女の子みたいに思ってるんでしょ。ほら、肉親との再会ものって、よくやってるじゃない。高校くらいの女の子が捜し当てた家のドアをノックして、出てきた女の人に、『ママー！』って叫んで抱きつくの。大丈夫よ。あたしだって自分のプライバシーは侵されたくないもの。それ大事だから闘ってでも守るもの。ママの生活にいきなり、押し入っていくつもりなんかないわ」

「ねえプレーリー、お母さんにしてみたら、そんなこと、屁みたいなもんだよ。ブロックっていう、ものすごい糞がやってくるわけ。わかる？　あいつ、冗談抜きでデンジャラスなんだから」

「ブロックに見つかる前に、あたしたちがママを見つけられない？」　あまりにもストレートな願望の表現に、思わずDLは、素人のタップ・ダンサーがよくするみたいに、自分の足元を見つめてしまった。

「少なくとも、タケシの情報を接続する必要があるわね。あたしと一緒に来なさいよ。だめ？」

プレーリーはゾイドからもらったお護りの名刺を手にとって、DLのスキャナー装置に差し入れた。マクギャレットのテーマ曲をなす、主旋律、オブリガート、伴奏の笛三本が再び鳴り出す。「頼りにするっきゃないもんね」

「頼りになるのは自分だけよ。なんかヘンなことになりそうな気がするんだったら、やめときなさい」

「ねえ、イザヤに会ってほしいんだけど」

イザヤ君はヴァンの中で見つかった。ミートフックも一緒だった。夜更けの特別延長ステージに備えるのか、白い粉を鼻の奥に吸い上げている。「ヘーイ、プレーリーだぜ！」今にもヨダレの垂れそうなニタ笑いで、「ビッグ・ニュースだ、プレーリー。ここの若旦那が、〈キューカンバー・ラウンジ〉に出演してくれだって。うまくいきゃ、専属バンドだよ」。

「じゃあ、みんなヴァインランドに直行なんだ」

何があったんだろう。長身の少年は怪訝そうな眼でプレーリーの肩に特大の手のひらを置いた。

「オマエ、一緒に帰んねえの?」眼は後ろに立ってるDLをうかがっている。プレーリーはふたりを紹介し、お護りのこと、そして自分を助けるギリのあるニッポン人のことを話した。

「だってオマエの父ちゃんによお、約束したじゃん」

「パパがくれた名刺がきっかけで何が始まったか、話してみてよ。それで話は通じるから。それに、みんなが一緒だと、トラブルに巻き込んじゃうし。このヴァンだって、もうきっと広域指名手配中よ、わかんないけど」イザヤの視線はさっきからDLに向いている。長い睫毛が激しく上下して、まるで高く飛翔しようとする鳥の翼のようだ。「DLってすっごいクール」とプレーリーが言った。

「いっちょ歌いますか?」とミートフック。しまりのない上唇がつややかである。

「みんないい子にしてるんだったら、あたしの人生劇場、歌ってあげる」というわけで、一陣の涼風が見渡す限りの木々の葉をチカチカ震わせ、散歩道と柑橘類の緑とイエローの間に低電圧の照明がほのかな彩りを添え、そしてギャング女を歌った歌はとにかく大好きなラルフの旦那が花嫁とフォックストロットもどきのダンスに興じる中、DLはおもむろにマイクを取って、全員集合したザ・ヴォミトーンズのメンバーのウージィ銃を、くノ一忍者の早業でケースから抜き取ると、それをステッキ代わりにしたり、六連発銃さながらにクルクル片手で回しながら、ステップを踏み、髪振り乱し、伴奏に合わせて歌い出した——

ちょっとクレイジィ、こんなウージィ

持って何をしてるーの
モデルの、カラダ無駄にして
尼僧の修行、ほったらかして

オー、なんだっちゅーの、このっ
イスラィエルの機関銃《イズレィリー・マシーン》
砂の中で一日中、
何ひとつ、詰まらない、
わかる、その意味《ホワッ・アイ・ミーン》？

ヘイ、ミスタ　あなたの、大事なメンツ
シスター、あんたはその数珠《ビーズ》
あたしの場合は　この、ベンツ
ブッとばすのが、心のニ――ズ！

ちょっとジャクジィ、浴びてブルージィ
な気分を流しーて
まったくクレイジィ、こんなウージィ
持ってブッとばしに行く……

ラルフはもう大喜びで、「ワンモータイム！」と叫んでいる。DLは呆気にとられる若者に銃をポイと投げ渡し、最後の八小節を、ぐっとスローに落としたテンポで、一拍一拍、叩きつけるようなリムショットで決めてみせた。アメリカ人なら誰だってヤンヤの喝采を浴びせなくてはいられなくなるパフォーマンス。ここの聴衆からは、ヤンヤに加えて「エージェントは誰だ！」とか、「亭主いるのかぁ？」という掛け声が飛び交った。

ヴォミトーンズの面々はもう何曲か行きたいようすだったけれど、DLは、「ごめんなさーい」のひと言でマイクを離れ、プレーリーとイザヤと三人、淡い照明と迫る闇に漂うジャスミンの香りの中を駐車場に向かった。彼女の車は84年型、漆黒のトランザム20。スタンダード・タイプにはない特製フェアリングとサイドパイプ、車体自体も独特の凹凸で猛々しく覆われている。おまけにペイントが、伝説的なラ・ハブラのラモンによる極細のピンストライプの模様なのだ。その縞々は蛇模様になり、また爆発の模様になって、マシン全体のウルトラバッドな印象を非の打ち所のないものにしている。

「チョーすげえ！」イザヤは興奮のため息をもらした。「どんな性能ついてるのよ」

「性能って、クルーズしてるときの？　それとも、ロマンチックな夜のための、かしら？」

「プレーリー、もしオレがさ、オマエにドラムスの速習レッスンしてやったら……？」

プレーリーは、車のシートから夕闇を背にしてそびえるイザヤを見上げた。薄光の靄を通して、星がいくつか見え始めている。「パパに会ったら、頼むわね」

「オッケ。オマエんち、どんなようすか見てきてやるよ」

「うん、こんなことになっちゃって……」

「すぐまたさぁ、よくなるって」彼は跪いて窓越しにさよならのキスをした。「最悪のCMが二つ三つ入っただけじゃん。ちょっとの間の辛抱さ」

ふたりにもう少々の惜別の時を与えてから、ＤＬはエンジン・キーを回した。排気口から脅威に満ちた爆音サウンドが飛び出す。その素晴らしい音楽性にイザヤは恍惚として頭をかきむしった。トランザムはバックし、方向転換したあと、壮麗なるネオ＝グラスパックな爆風のコーラスを奏でながら、クネクネした山道を下っていった。ギアシフトのたびに移調を繰り返す排気ミュージックは、ゲートのところでいったん止まり、再開した後は、ゆっくりとフェードアウトしながら、はるか下方のフリーウェイの、かすかにうなる地の音に溶け込んでいった。

「アグロ・ワールド」誌に〝ケツ蹴り女《レディ・アスキッカー》のためのエサレン研究所〟と紹介された、〈くノ一求道会〉。その霧隠の館は、濃淡の緑もまだらなカリフォルニア的植生に覆われた、海に突き出た山中にあった。ほんの二つほど峰を越えた先にはサザン・パシフィック鉄道の線路が通っているとはいえ、交通の便ははなはだ悪く、幹線道路を外れてからは、でこぼこ道をエンジン吹かせてのぼっていかなくてはならない。雨季にはそれが泥道になり、乾季には車の轍《わだち》があんまり深くて、修行の足らぬ者はみなへばってしまう。油彩の絵画を見るような景色の中で車と一緒に立ち往生だ。すると山の斜面で草を食《は》み肉を齧《かじ》る動物たちが、その口をいったん休めて、タイヤをスピンさせている車のほうを不思議そうにうかがう。もともと求道会の建物は、伝道の時代、「キューリの聖母女子修道会《ラス・エルマナス・デ・ヌエストラ・セニョーラ・デ・ロス・ペピナーレス》」の共同生活の場であった。十七世紀スペインのイエズス会伝道師のゆくところ、あちこちに生じた女性たちの援軍組織の一つであるこの団体は、教皇はおろかイエズス会自体からも認知されることなく数世紀、優美にそして強靭なスタミナをもってここカリフォルニアの地に生き延びてきた。その間に館は増改築を繰り返し、別棟を加え、電気配線、水道配管さまざまな設備を身にまとってきたのだが、結局はこのコミューン、度重なる事業の失敗で困窮し、信仰篤き同志らも館を賃貸しにして安手の貸家に散っていくことにあいなった。しかしその後も、キューリ関係のビジネスでは市場を広げ、キューカンバー・ブランデーの老舗として、女子修道会の名は保持されていくのである。

その由緒ある館を借り受けたのが、武道家にして勇猛なるフェミニスト、東洋の深遠なる教えを守る忍びの女の会であった。その名も〈くノ一求道会〉。心技体を磨くのを目的とする集団だが、一九六〇年代に入ると経営のほうにも磨きがかかり、自己鍛錬のビジネスへ、徐々ににじり寄っていった。数年後、これが大々的に開花する。東洋思想のファンには「瞑想マラソン」、子供たちにはグループ割引のついた「わんぱく忍者のウィークエンド」、「サイコロジー・トゥデイ」誌には「竹刀は絶対使いません!」の広告を載せ、禅《ゼン》の厳しい修行から落伍してきた者どもの獲得にも意欲を燃やした。どの企画でも、最高のお客さんは、ヴェトナム世代の男たちだ。彼らはいつもノスタルジーに眼をうるませ、GIカットにサファリ・ジャケットというお揃いのいでたちでやってきた。だが、おしとやかなアジア女性が勢揃いしてお迎えするのを期待してやってきた彼らが、オリエンテーション・セッションで味わったショックはいかばかりであったろう。黒装束に身を固めたシスターたちの表情には、とりつくしまがまったくない。しかも、アクロバティックに一人ずつ現れた彼女たちのほとんどが非アジア人というだけでなく、かなりの数が黒人で、一人は何とメキシコ人であったのだ!

「ほぉら、見えてきた。どう? あれ。あそこに行くの」DLが言った。トランザムはカーブを曲がり、山林を出て、月光に照らされた牧草地のパノラマの前に出ていた。前方に下る斜面はハンノキの林へと続く。谷川が滝をつくりながら流れ落ちる。そして向こうの斜面を上りきったところに見えるのが「霧隠」の、風雨にさらされて変色した古い石膏の壁だ。岩肌にそそり立つ城というより、むしろ辺りの岩肌を映し出す巨大な多面体の鏡といったおもむきである。スペイン風の屋根瓦は数世紀の太陽と風と雨の作用で黒くボロボロに崩れ、窓もただ闇を引き込む窪みのようであって、どの窓がどの階に属するのかもわからない。車は坂道を揺れて進んだ。近づくにつれてアーチ道や鐘楼が見えてくる。聳える糸杉の表面はライム色、それと絡み合って見えるコショウボクや各種の果樹。並の少女なら気味悪がるだろうが、プレーリーはヴァインランドで育ったから、暗がりに生えた木は仲良しのお友達のようなもの。いまこの子にとって薄気味悪さは前方ではなく、背後から迫っていたのだ。茫漠とした恐怖。その実体はしかとは見えない。でも追われているのは確かで、その形なき恐怖の中心には、水晶のように冷たく堅い男がいる。その名をブロック・ヴォンドという……

　外門を通過し、内門をくぐる。門衛はDLのことを知っていて、プレーリーには読み解けない意味ありげな視線を彼女に投げかけた。レセプション・ハウスの前にはすでに、一列のランプの下に、黒装束を着た歓迎委員会の面々が勢揃いしている。その先頭に、シスター・ロシェルという名の、すらっとして学者的雰囲気のただよう女性がいた。〃シニア・アテンティブ〃の称号をもつ彼女は、ここの館の、いわば修道長である。「DLサン」と、日本語の「さん」づけで呼びかけて、彼女は長年の弟子にして問題児を迎えた。「今度はどんな悪さかしら」DLはまず日本式のお辞儀をしてさっきからロシェルがまるで知っているのに知らんふりをしているような眼でじろじろ見ていたプレーリーを紹介した。タイルを張った小さな中庭には噴水があり、フクロウがホウと鳴いて舞い降りる。月明かりに裸身を横たえる女たちもいれば、黒装束で回廊の暗がりに寄り集まっている者もいる。「警察が動いていたりしませんか?」とシスター・ロシェル。

　いつもなら「ああ、このごろロシェル姉《アネ》、警察《あっち》の側なんですか」とか、皮肉の一つも返すところなのだが、今日のDLは、視線を下げ、口をキッと結んだままの姿勢で押し黙っていた。あとでプレーリーも知るように、これが忍者の「注目《アテンション》」の構えである。

「どうなの? 保安局はまもなくゲートをぶち破ってくるの? それとも月曜まで待つかしら? こ

こはね、せむし男のノートルダムじゃないの。駆け込み寺と間違えないで。この子をお尋ね者みたいに言うつもりはないですけど、あなたもニンジェットの誓いを立てた人間でしょ？　第八項のBのところに何てあった？　『入力と出力に責任をとれない人間は入れるべからず』」

「口から入れるものは自分で稼げ、お尻から出すものは自分で始末しろ、ってこと？　あたしなら大丈夫。もう何年もそれやってきてるもん」とプレーリーが口を挟んだ。「あとは何？」皮肉を言われたくらいで動じる子ではない。相手の女性の鋭い透明な視線に、背筋を伸ばして対抗していた。このおばさまがテレパシーで発してきた、「そのセリフ、ここじゃあクールに思われないの」というメッセージも、ちゃんとこの子はキャッチしていた。「勤労学習みたいなコース、ないんですか？　コース一覧に、料金ごとのスケジュールが出てるの、あるでしょ？　だったらあたし、どれか安そうなのとって、住み込みの生徒になって働きます」そう言いおわると、見つめ合っていた視線を逸らし、なにかやるべき仕事はないかと探すような眼でゆっくりあたりを見回した。願えば叶う、何かの契約に持ち込めると信じている眼だ。

そのひたむきさが、ニンジェットのお頭《かしら》にも伝わったのか、「あなたお料理の方は？」

「すこしはやります。でも、ここ、まさか、料理人いないんですか？」

「いないのならいいんだけどね、問題は、わんさかいるの。自分は料理ができるっていう病的な妄想を抱いているのが。一般対象のセミナーハウスやカルチャーセンターでも、これだけ食事のひどいところは他にないって評判が立っちゃってね。次の週末には、新受講者が群れをなしてやってくるというのに、困っているのよ。料理当番の組み合わせもいろいろ考えてるんだけど、うまくいったためしがないの。心の糧《かて》に気高いものを求める私たちの、現世の台所が動物園になっちゃうのも因果応報なのかしらね。いらっしゃい、実態を見ていただきましょう」

月夜の晩の回廊を、シスターはプレーリーとDLを連れて歩いた。いくつか角を曲がって、頭上に長い格子棚の続く通路を通っていくと、メインの棟の裏手の調理室に出る。晩の食事は終わったようで、食後の反省会が熱っぽく進行していた。どことなく怯えたようすの見物人が、裏口近くに群れていて、その向こうからけたたましい騒音が飛んできた。大鍋が床の敷石にぶち当たる音。人の悲鳴。そのBGMに、二十四時間「ニューエイジ」音楽を流す地元局から濃密に甘ったるいサウンドの大波が湧き出ている。建物の中を覗くと、調理用ヒーターの向こうで、すっかり焦げた料理から煙が立っている。反省会は、汚れのしみついた鍋の積み上がった脇で進行中だった。古い調理室は、腐ったような動物脂と消毒薬の混じった、逃げ出したくなるような臭《にお》いでいっぱい。本日シェフの務めを果たすべきであった男が、腰をかがめ、頭をオーヴンにつっこんだまま泣きわめいている。

「ハーイ、みなさん」シスター・ロシェルが歌うように、「何してんの?」

言うまでもない、毎晩恒例の自己糾弾アワーである。当番のシェフを引きずり出して、ひとりずつ、献立のどこがどうひどかったのか、個人的な攻撃を浴びせかけるのだ。明日は何と言っていじめようかと早くも思案しているような顔も見える。

「ああするしかなかったんです」とオーヴンの中から、涙声で訴えるシェフの、くぐもった声が聞こえる。「フードに対して私は忠実でした」

調理台近くの一人がのぞき込むようにして、「いまフードと言ったね? ゲアハルト、今日食わされたあれのどこが、フード、なのさ?」

「あんたの作るのは、脂肪にくるんだ腹下しだろうが」手にした肉切り包丁でまな板をぶっ叩きながら、別の女がすかさず付け加えた。

「ジェロー・サラダにさえ、脂カスが浮いてたぜ」ウィルシャーの高級キッチン用品店で買い求めた本場ファッションのシェフ帽を被った男が口を挟む。

「どうか、そのくらいで、もう」ゲアハルトはしゃくりあげた。

「一〇〇パーセントの正直さだよ、忘れちゃいないね」これではもう、ほとんど単なるイジメなのだが、セラピー効果ありとのことで求道会では取り入れている。ゲアハルトが〝際限なき調理場の懺悔苦行〟と呼ぶこの集まりで怒声を張り上げることは、グループ全員に課された勤行なのであった。

「ああいうのって監禁罪にはならないのかな？」と、後でプレーリーは疑問に思った。

だが大丈夫、彼らはみな年季奉公の協定書にサインしていた。みんな人生のどこかの地点でそういう必要に行き当たった人たちだった。彼らによると、皿洗いによって個人個人の「非＝食人格」が読みとれるのだそうだ。それぞれの皿、ポット、フライパンはそれぞれユニークに汚れていても、その種の偶発的なパーソナリティのレベルを超越し、何を食べるかよりもいかに食べるかに基づく、より普遍的な人格が……などという精神的な次元の話を解している余裕は、当初プレーリーにはまるでなかった。なにしろノンストップで駆け回らなくてはならない忙しさだった。調理場の懺悔者たちは、プレーリーの到来を、まるで世紀の一瞬に居合わせたかのように、銀河の彼方のコロニーの開拓者のような眼で見つめた。じきに分かったのだが、この調理室にいる者は誰ひとり、料理ができない。自分の好物さえも作れない。食べること一般に対する関心を失ったり、積極的に憎悪するようになった者たちばかりなのだ。それでいて、新しいレシピには、宇宙の彼方から飛来してきた未来のテクノロジーであるかのように、つかみ掛かる。野菜畑と果樹園と冷凍室と食料庫をチェックしたプレーリーは、よし、ホウレンソウのキャセロールだ、と、その作り方を教えた。なにか〈根本指令〉に違反しているんじゃないかと心配だったけれども、効果はテキメン。チームの和と団結が、みんなの間に戻ったのである。

「ねえ、最初は、何を作るつもりだったんですかぁ？」好奇心を抑えきれず、プレーリーは尋ねた。

「ディップ」と答えたのがミル・ヴァレーの不動産屋。

「スモア」ミルピータスから来たボーイスカウト指導員は、そのあとに、「メープルシロップをかけたの」と言って笑った。

「ニュー・イングランド風ポトフ」震えながら答えた男は、ここに来る前、施設に収監されていたのだという。

ホウレンソウのキャセロールの秘訣はＵＢＩ、すなわち〝普遍的なつなぎ成分《ユニヴァーサル・バインディング・イングリディエント》〟であるところのマッシュルーム・ポタージュ・スープだ。その巨大な缶詰がニンジェットの館の倉庫に高く積まれていたのは驚くに値しない。冷蔵庫の奥には、いろんな種類のチーズがしまってあった。ヴェルヴィータやチーズ・ウィーズなどより伝統的な類はケース単位で揃っている。ホウレンソウは無数の四角い塊になって冷凍室の一角にビッチリだ。というわけで、この伝統家庭料理が翌日の夕食の菜食者向けアントレになった。肉食者用には巨大なボローニャ・ソーセージのロースト。何本か串刺しにして丸ごと直火であぶって回転させながら、頃合いを見てグレープゼリーを塗る仕事は、前夜の罵倒集会で一番迫力あった人にお願いします。他の人は、固くなったパンでクルトン作って――と的確に指示するプレーリーは、ホウレンソウの解凍を待つ間も調理場を飛び回った。ラジオから流れるロックナンバーに合わせて――誰か慈悲の心のある者が、チューニングをニューエイジ局から変えておいたのだ――歌いながら。

午後遅く、ＤＬがヒョイと登場。あたりを見回し、「思った通り。カリスマ的ティーンエイジャーの誕生だ」。

「ちがう、ちがう。ここの尊師さまは、レシピです」

「で、このロースターにのってる、紫色に光ってるのは?」

「新聞のTV欄に出ていたレシピで作ったの。何かあたしに用かしら?」

「シスター・ロシェルが、手が空いたらちょっとあんたと話がしたいって」

プレーリーは手落ちのないよう、自分のテンポで、まわりを見てまわった。キャセロールをいくつか取ってでき具合を確かめ、キッチンを出る前にちゃんとソーセージの回転速度をチェックして、慎重にネコの足どりで階段を上がり、〈ニンジェット珈琲ラウンジ〉に入っていった。コーヒーのマグを手にした「くノ一求道会」の修道長の姿が、虚空の中から徐々に浮かび上がってきたのは、会話が始まってしばらくしてからのことである。すごい術、と少女は思った。魔法の才能をもってる人ってやっぱりいるんだと。だが、それは違うと説明された。ロシェル姉は、この部屋の影とその刻々の変化、物陰と物体間のスペースを完璧に記憶して、部屋になりきることができるのだという。部屋を熟知しきった今では、透明にして空虚なる空間と一体になることができるのだ、と。

「あたしも修行すれば、そういうの、できるようになるんですか?」

「今時のヤングの注意力じゃ無理ね」シスターの眼はこちらを見ていない。「それと、術を何に使いたいかが問題ね」声の質は一様だが、お酒とタバコを感じさせるしゃがれの気味が付随している。遠くからかすかに、田舎のおばさん的なトーンが漂ってくる感じもするけれど、その上から、より透明な声音がかぶさって、地声の表出を抑えているようだった。

「使いみち、すごく広そうだけど」

「常識とハードワーク、それがすべてよ。超越的な瞬間が訪れて、一度にパッと悟りが開けるなんてわけにゃいかないの。DLさん、そうよね? くノ一の道に入れば、しだいにいろんな幻想から覚めていきます。いまのはその第一歩ね」

「でも……あたしのバイト先の、禅やってる人たちが言うんですけど」

「悟りの瞬間もないとは言わないけど、ここは違うの。ここでは万事が細かくって、みんな一ミリ単位、コンマ一秒単位。チビチビと掻き集めてきたことを組み立てていかなくちゃいけないのよ」

「本気じゃなきゃ、始めるなってことね」

「ここにもね、おめでたい若者がいっぱい来るのよ。はっきり言って単なるバカ。特にあなたの年齢層ね。あらごめんなさい、あなたのことじゃないのよ。でも、神秘のパワーを格安で入手することにしか興味ない手合いがほんとに多いんだから。ここを魂の洗車場とでも思ってるのかしら。魂から生活の泥を洗い落としてくれるところみたいにさ。ここに入れれば、出るときゃピッカピカに磨きがかかってて、〈オレンジ・ジュリアス〉にたむろしてるようなそのへんの友達に、わあ、すげえ！ とか言われるだろうって。まったく、何考えてるんだか。ここに来れば、夜中も寝かせてもらえなくて、日曜の夜明けあたりに幻覚が見えて精神世界探求の旅が始まるとか、そんな戯《たわ》けを自己錬磨と取り違えたり、あたしたちのことを尼さんだと思ってたりしてるのもいるんですよ、中にはバレエの稽古場と勘違いして来たり……」

プレーリーはわざとらしく時計をのぞき込んだ。ヴァインランドのノミの市で仕入れた多色プラスチックのモデルである。「ボローニャは一ポンドにつき十五分あぶるんでいいんでしたよね」

DLは笑いを作った。「うまく乗ってくれてないみたいですね、ロシェル姉《アネ》」

先輩くノ一は、ここでギアをシフトした。「プレーリーさん、ここではね、外部のデータベースも活用しているんだけど、図書室にも自前のファイルがあってね、あなたのお母さんの情報もかなり集まってるのよ」

これまでプレーリーの経験では、「あなたのお母さん」という言葉がその口調で発せられるときはいつもトラブルが待っていた。でも、この、まがりなりにも中流のおばさまが、この口調を作戦的に用いているとは、あまり思えなかった。それになによりプレーリーは、そう言われて、もう母のことが知りたくて知りたくて体に震えがきていたほどなのである。友達にも好きな男の子のすべてを知りたくて、電話帳でその子の家の番号を見ただけでも震えてしまうのがいるけれど、今の自分はそれと同じ。「あのう、それ」ゆっくりと（ここで日本式のお辞儀を入れるの？）「見せていただいても……」。

「夕食後はどうかしら？」

「ガッテン、承知の助！——って、これ照明やってるおじいちゃんのセリフなんです！」　調理場へは一分たりと早すぎない到着だった。キャセロールは焦げ出す寸前だし、ボローニャもツヤが出て崩れかけている。みんなに手本を示さなくちゃ。プレーリーは調理台の前に立って、灼熱に輝くソーセージと格闘しながらまな板にのせ、包丁を急いで研ぐと、ジュウジュウと湯気の出るそれを、縁が紫色したスライスに切っていって大皿に美しく並べ、スプーンでグレープゼリーをたっぷりかけてテカテカ光るボローニャにさらなる光沢を加えた。あとはこれを食堂に運んでいって、みんなのセルフサービスに任せればいい——んじゃなくて、「自己主張プログラム」の受講者には、一人ひとり別のお皿に盛って、彼ら専用のテーブルまで運んでいってあげなきゃならない。

ドアの向こうの食堂では、空腹と心配の入りまじった、得体の知れないざわめき声が上がっていた。プレーリーは規格品のトマトスープの大鍋を摑むと、それを持って隣りの部屋に入っていき、そしてそのまま二時間、あちこちから洗いあげたカップと皿を載せたラックを押しては汚れた皿を回収し、テーブル拭きとコーヒー淹れと、次から次へと現れる雑事に追われた。あちらに欠如が生じると、こちらから流し込んで埋めていくという感じなのだが、それにしても、ホウレンソウのキャセロールもボローニャ・ソーセージも、ほんの数秒でみんなの胃袋に収まっちゃうのである。で、これが終わると鍋とフライパンのゴシゴシ洗い、調理器具の片づけと調理場・流し場の床石掃除のお手伝い。二階の「ニンジェット端末センター」に上がってアクセスのしかたを覚えたころには、夏の夕陽も沈み切って「琴の夕べ」の教室から流れくる東洋の調べが中庭の鳥の啼き声と入りまじっていた。

　フレネシ・ゲイツ関係のファイルというのは、長年にわたってあらゆるソースから無節操な入力を繰り返したデータの集積体で、これを見たプレーリーは、友達のエキセントリックなヒッピー叔父さんのスクラップブックを思い出した。政府関係の書類も多く、交通違反の記録とか、FBIのレターヘッドのついた用紙にマジック・マーカーで下線の引かれたメモなんかが出てきたけれど、とっくの昔に廃刊になったアンダグラウンド新聞の切り抜きとか、フレネシがKPFK（ロスにあった、当時の自由ラジオ局）にラジオ出演したときのインタヴューの書き起こしなども混ざっていた。その他で多かったのは、〈秒速24コマ〉に言及したもの。この名前には聞き覚えがあった。以前DLがフレネシと一緒に所属していたという映画集団《フィルム・コレクティブ》の名前である。

　データベースの奥深くへ。幽霊屋敷のようなそのサイバースペースを、部屋から部屋へ、ページからページへ、画面の縁にチラリと白く見えるかのような、ささやき声がするような母の霊に誘《いざな》われて進んでいく。コンピュータがどれほど几帳面で融通の利かないものかということは以前から知っていた。文字間のスペース一つの違いが意味を持つ。ひょっとして霊たちもそんなふうなのだろうか。霊って、自分ひとりで考えることができるのだろうか。それとも生きている人の必要に導かれて動くだけなのだろうか。霊界に情報が——哀しみ、喪失、奪われた正義についての行文がパチパチと打ち込まれていくのに合わせて、霊は動き出すのか。でも、それじゃ、念の入ったフリにすぎない。霊としての仕事を果たすには、〝リアル〟であるためには、それ以上の存在でないとだめだ。

　画像もスクリーンに呼び出せることにプレーリーは気づいた。データには、個人の写真も、新聞や雑誌の写真も入っている。写真の母は、ほとんどいつもカメラを手にしていた。デモの写真も、逮捕の瞬間を写したものもあった。相手の顔はよくわからないが、六〇年代のいろんな活動家らしい人たちと一緒にポーズをとった写真も。金網の張られた脇で、デモ鎮圧用の装備に身を固めた警官に、意味ありげな視線を投げかけている写真も。じきにプレーリーは母の手の動きまで読みとっていた。この写真の母の手は、警官のライフルの銃身の下側を……やだやだ、そこを指先で撫でるみたいにしている！　この人があたしのママ？　この、時代もののヘアスタイルとメイクをして、いつもミニとか、笑っちゃうようなベルボトムのパンタロンをはいた若い女が、あたしの、お母さん？　自分もあと何年かで同じくらいの齢になったとき、またミニがはやってくるのかしら——と、そんな薄気味悪い予感が少女を襲った。

ＤＬとフレネシが隣り合って写っている写真のところでプレーリーは手を止めた。二人が歩いているのは大学キャンパスだろう。遠くに歩道橋があって、その上をほとんどそれと判別できないほど小さな人影が行き交っている。ってことは、これ、一応平和なキャンパス風景なのだろう。前景の二人の影は長い。舗道の敷石のところで折れ曲がり、芝生の上を伸びて通行中の自転車のスポークの間にまで達している。パームツリーと遠景の建物の階段、バレーボール・コートと数少ないガラス窓が、朝なのか夕方なのか、低く射しこむ太陽光線を受けている。一緒に歩いている友人に向けられた、向けられつつあるフレネシの口もとに、疑いのこもった、抑えられた笑みがこぼれつつある。その友人とはＤＬだ。ＤＬはしゃべっている。開いた口から下の歯列が光って見える。政治の話じゃない。プレーリーには感じることができた。派手やかなカリフォルニアの色が画素《ピクセル》ごとにシャープネスを高めた不死の光の世界で、お互いにとりつくろう必要のない、リラックスした表情がほころぶのを。権威に縛られた表情を脱け出して、自由な毎日の呼吸をするのを。イェイッ！　プレーリーは拳に力を込めた。行け行けっ、このままどんどん進んでけっ！

「あの子《ボーイ》誰だったの」DLはそうたずねている。いや、こうかな、「あの色男《デュード》誰よ。抗議集会に来てた、長髪でビーズの首飾りして口にジョイントくわえて」。

「花柄のベルボトムはいて、ペイズリーのシャツ着てた？」

「ライト・オーン、シスター！」

「サイケデリック！」差し出した手のひらを交互にパチンと叩き合う。この写真、でも、誰が撮ったのだろう。映画集団の仲間だろうか、それともFBI？　シミのついた深いクリスタルの画像を見つめながら、プレーリーの眼に入る世界は入眠時の幻影と見境のつかないものになっていった。それを察知したコンピュータは点滅を始め、続けてエヴァリー・ブラザーズの「ウェイク・アップ、リトル・スージー」の出だしの部分のサウンドチップを繰り返し奏でる。いけない――プレーリーは我にかえった――明日の朝は早起きしてみんなの朝食作るんだった。電源に手を伸ばしながら、機械に向かって、オヤスミナサイ。

「ハイ、オヤスミナサイ、ユーザー・サン」コンピュータが応答した。「ステキナ　ユメヲ！」

ディスプレイから、コンピュータ・ライブラリの記憶装置に戻ったふたりの若い女性は、ゼロとイチの無限の広がりへ安らかに散っていったのだが、そこでもなお、ある定義可能なスペースの中で、低空から射す太陽を浴びながらキャンパスを歩きつづけている。この写真が撮られたのは、知り合ってからほぼ一年したころ。その間、互いにかばい合い、約束を交わし、それをまた練り直し、互いの不快さに耐え、言葉は簡略にしてESPでの交信を信じあう、そんな繊細に織り合わされた関係を続けていた。出会ったこと自体に不思議はない二人だったが、これほどの仲になると誰が予想したろう。当時、バークレーのような街には、あらゆるタイプの人間が入り込んできていた。ただひと暴れする機会を求めてやってくる、DLのようなのも珍しくはなかった。そのころ彼女はさすらいのライダー、餌食にすべき女バイカー軍団を求め、101号を突っ走る毎日だった。ドラッグストアで買ったウォッカをラッパ飲みしながら、スネイクとかいう名の兄ちゃんを捕まえて、ダブルクロス印の覚醒剤をせしめ、何かひともめ起こすことが出来るサイズの街まで不眠不休でぶっとばす。そうやって彼女は危険に飢えた心を満たしていた。フレネシに会う前の晩は、〈テタス《チチ》・イ《と》・チェタス《ボボ》〉という軍団が餌食にされた。メンバー全員をはるか北へ蹴ちらすため、サリナス周辺の夜の農場を追走する。ハイウェイの路面はトラックが気前良く振り落としていく野菜がいっぱいで、それが一日中、車に轢《ひ》かれ、また轢かれ、頬に当たる夜気の流れに巨大なサラダの香りが混ざった。だが、ガソリンがもたなかった。それ以上の深追いは諦めて、ここはどこかと表示を見ると、バークレーまでほんの一息だ。バークレーといえば、ラジオをいつも騒がせているホットな闘争の街。一度覗いておくのも面白いか、とDLは思ったのだが、そのとき実際何を探し求めていたのかは、彼女自身、いまもよくわからない。

そこにいたのがフレネシだった。夜が明けてからずっとカメラと不法に仕入れたECOフィルム入りのバッグを抱え、通りをやってきた機動隊との小競り合いの前線を撮影しながら、今はもうテレグラフ・アヴェニューまで来ている。暴動鎮圧用のフル装備、ライフル小銃も――中身がゴム弾であってほしいわ、とフレネシは願っている――携行していた。最後に位置を確かめたのは、大学キャンパスから押し出され、手当たり次第投げ散らしながら後退を強いられていたデモ隊の、最前列にいたとき。一ロール撮りおえて、ファインダーの安全な囲いから出てきた彼女の眼が捉えたのは、群衆がずっと後ろに退いていて、彼女一人、両陣営の真ん中に残された姿だった。近くに逃げ込む横丁もない。フムム。商店の扉はみな鎖で施錠され、窓には厚いベニヤが打ちつけてある。そのまま平然とフィルムを交換してカメラを回し続けるのが一番か、でもバッグの中をまさぐったりしたらカーキの軍服姿の少年たちがパニクるのではないか。相手はすぐそこまでにじり寄っている。通りに居残る催涙ガスの、鼻をねじ曲げるような臭気にもかかわらず、彼らの匂いが――アフタシェイヴの匂い、陽に照らされた銃鉄の匂い、支給されたばかりのユニフォームの脇の下に染み出た恐怖の汗の匂いが――ほとんど嗅ぎわけられそうな距離にまで接近している。ああ、スーパーマン、お願い、助けて！　ターザンもお願いよ、蔦のロープでわたしをさらいにきて！　恐怖の戦慄が下腹にサーッと走って、そして引いたとき、現れたのがDLだった。ヘルメットから顔覆いから、黒ずくめの装束である。乗ってるマシンも、バッドな赤とシルバーに光る名高きチェコの「チェ・ゼッド」。やってきたライダーは、路上に立ち尽くしていたフレネシの体を、カメラとバッグとミニスカートもろとも抱きかかえ、すべてのパーツに過剰なデザインを施したバイクに乗せるとそのまま通りを走り抜けた。瓦礫が散らかり紙類が燃えあがり、叩き割られた車のガラスの破片が光る路面をタイヤをきしらせバイクは走った。舗道に上がり、横たわる人間を轢きつぶさぬよう車体をうねらせながら、角を曲がると、爆音とスピードとガソリンの臭気を夢のように迸らせて、そのまま午後の太陽を反射するサンフランシスコ湾に向けてなだらかな下り坂を爆走した。フレネシはむきだしの太腿で救世主のレザーの腰を挟みつけ、顔はピタリとレザーの背中に押しつけていた。こうやって抱きついている相手が同性なのだとは夢にも思っていなかった。

バイカーの携挙《ラプチャー》（618ページ参照）。きっとそれにちがいない。湾に面した店に座って、二人はチーズバーガーとフライドポテトとシェイクとをむさぼった。店内は、丘のほうで起こった衝突からの逃走者であふれかえっている。彼らの眼は、泣きはらした眼もそうでない眼も、輝きに満ちていた。天井の蛍光灯と、屋外の太陽と海からの光だろうか。いや、ちがう。店いっぱい、どのテーブルの顔も発している この輝きは、明らかに内からの熱狂の輝きだ。いま自分たちの前に躍り出てきたばかりの純白の時、未定義の世界、すべてを捨てて飛び込んでいく価値のある、もうひとつの別な共和国なのだ。ジュークボックスはドアーズ、ジミ・ヘンドリクス、ジェファーソン・エアプレイン、カントリー・ジョー＆ザ・フィッシュを流していた。DLはヘルメットを脱いだ。頭を振って肩に落とした髪の上に、オレンジ色の夕陽が当たって、ほうき星のような光のパターンができる。興奮した神経とペコペコのおなか、奇声を発したい気分のフレネシに状況はまだつかめていなかった。「あなた、誰の回し者？」

「バイクで流してただけさ。あんたの妄想《パラノイア》、元気いいなあ」

フレネシはバーガーを手にしたまま、派手な手振りを示した。バーガーから垂れかけていたケチャップと脂が飛び散り、一滴一滴、自身の飛翔の力によってねじれながら、クルクルと赤とベージュのパターンを描いた。「〈革命《レボリューション》〉よ、あなたも肌で感じるでしょ？」

DLに戸惑いの表情が走る。これ、ちっと、やっかいなことになったかな。危険な時間帯に子供がひとり迷い込んで、そばに母親がいないことにも気づいていない——。「あんたもさ、エンジンかかってたよね、発進準備万端って感じだったじゃない」とDLは何ヶ月か後、フレネシに言った。「だってからかわずにいられなかったんだから、あのときのあんたったらあんなに……」続く言葉が思いつかないのではなかった。それはただのフリで、本当は言うべき言葉があったのだ。でもその単語は「革命的」ではなかったろう。「革命」という言葉は当時あまりにたやすく、あまりに楽しげに口をつき、意味する範囲も広すぎた。フレネシが夢見ていたのは、人々の心が一つに溶け合う、神秘の時の実現だった。最高の〈輝き《レイディアンス》〉に向かってみんなが引き寄せられ一つになる。そんな奇跡が目の前で起こるのを、現に彼女は路上のデモで一度二度目撃していた。一瞬、時が破裂《バースト》したようになって、すべての道が——人の進む道も物体の飛跡も——真実へと通じ、民衆が一つの生きた塊となり、警察は警察で一つの動く刃のようになる。いつもの集会では、軽蔑の対象でしかない人間が、突如日常の束縛を超越し、ほとんど自らの意志を超えた優美さで打ち下ろされる警棒と血を流す男女の間に身を滑り込ませる。そして身代わりの殴打を受ける。列車の近づく線路の上に身を挺し、銃口をのぞき込んでまで言論のパワーを守り通そうとする。これほどの突然の変身を、誰がいつ、やってのけることになるのか、まったく予想もつかなかった。実際、過激派仲間には、そんな神秘の瞬間を体験するために活動に参加している者もいたのである。でもDLは、そんなややこしい話、自分には関係ないと言い放った。「誰かのケツに蹴りを入れられりゃそれでいい。あたしが求めるのはそれだけよ」と言って、フレネシを見つめ、否定の言葉が返ってくるのを待っている。「でも誰かに言われた。理論的な分析？　それをまずやってその上で行動しろって。聞いたことある？」

フレネシは肩をすくめた。「そりゃあるけど、わたしは待ってられないたちなの。その瞬間にどう感じるかってことしか、当てにできないのよ。いま起こってる、これって、ホンモノだって感じるの。こんどこそ、わたしたち、世界を変えられるわ」視線を相手の顔に戻して、反応を誘うが、DLは傾いたスマイルを自身に向けるだけだった。そのとき、沈む太陽の光線に直撃されたフレネシの目の前に、背中から光を浴びた若い男の顔が浮かんでいるのが見えた。遠くから、DLの顔に被さるように——ムーディ・チェイスティン、DLの父親の顔が。後で二人して、過去の写真を見せ合っているときに、出てきたのだ。あのときの、光り輝く瞬間に現れ出たのと同じ顔が、銀と染料によって印画紙に焼き付けられていた——純粋な赤銅色の光輪を持つ、自分を救いに来てくれた霊的な若きヒーロー、騒乱の日、まわりじゅう〈革命〉だらけで、世界級のバーガーとジュークボックスの連帯とマリン郡の山に沈む夕陽、DLの体を包むレザーから汗と性器の興奮がエンジンの匂いと混じりあって。

ムーディ。この男は少年時代からすでに悪漢として鳴らしていた。ハーリンジェン、ブラウンズヴィル、マッカレン一帯を股にかけたテキサスのギャングであった。彼の一味は、いっときモービル湾まで出かけてって、マーツの町やマガジンの町を震え上がらせることになったが、ほどなくムーディはふらっと地元に戻ってきて、トラックの床の冷蔵ボックスにビールと一緒につっこんでおいたドーフィン島の蘭の花をレディたちに片っ端から配ると、以前と変わらぬ悪漢ぶりを存分に見せつけた。車は猛烈に飛ばす、拳銃は撃ち鳴らす、相手かまわず蓋の開いた容器からヤクをふるまう。さすがに保安官も腰を上げた。一家と親しい保安官補佐がやってきて、ムーディに、いますぐ軍隊に入るか、それとも後でハンツヴィルに行くか、どちらを選ぶかとたずねた。差し迫ってきている戦争に直接話が及ぶことはなかったが、「軍隊行ったら、どういうのが撃てるんだい?」ムーディの関心はそこにあった。

「なんだって撃たしてもらえるさ、こんな口径のやつだって」

「どういう人間を、撃たしてくれるかって聞いてんのよ」

「敵ならな、言われるままに撃ちゃいいのさ。面白えことにな、それで法的にも問題ねえみてえだ」

ムーディに異存はなかった。で、そのまままっすぐ軍のオフィスに直行。フォートフッドに駐留中に、狭い木造の教会で礼拝の朝にノリーンと出会い、その教会で式を挙げた。軍艦に乗り込む直前のことだった。大西洋のど真ん中のあたりに艦が進んだころ、まわりをすべて鋼鉄に取り巻かれた彼は、外に見えるはずの水平線を、その不自然な純粋さを想像しながら何日も吐き続けた。そのとき彼は自分の抱える恐怖の大きさを悟った。これまでは、好きなときにトラックの運転席に上がり込み、地の果てに向かってどこへでも飛ばしていく毎日だったのに、その解放感を生まれて初めて奪われたのである。超過密な穴蔵に深く押し込められ、気が狂いそうになるのを耐えながら、彼は必死で恐怖の向こうに眼を凝らしていた。キリストを見いだす者はそんな時に神秘の体験をするのだろうが、そのときムーディの瞼の裏に、漫画のような、聖書の挿画のようなひと続きのイメージが浮かんで、彼の生きるべき道を指し示したのだ。世の中で最低のクズ野郎が次々に登場する。そこにそれよりもっと最低の自分が現れる。凶悪犯が出てくると自分はそいつを拷問にかけるし、貪欲な収奪者から自分がものを奪い取る。泥酔者の前にものを置いてつまずかせる。これは軍警察の憲兵になるしか道はないと思った。一丁前の憲兵としてやっていくには、街のギャングをやってて覚えた悪行のすべてを繰り出さなくてはならないとしても、それが天命であった。彼は従った。最初の任地はロンドンのシャフツベリー・アヴェニュー界隈。そこで、純白の帽子や手袋を身につけ、当時の軍用語で「スノードロップ」と呼ばれた憲兵を、残忍に演じきったのである。

ダリル・ルイーズが生まれたのは終戦直後のカンザスである。レヴェンワースの収容所のバラックが、戦争を生き延びたムーディに軍が指令した行き場だったのである。戦争中、彼はたくさん銃をぶっぱなし、ある数の人間に傷を負わせ、何人か殺しもした。しかしあれほど武器が好きな彼も、爆弾、砲弾、そしてライフル銃とはどうもしっくりいかなかった。それらはあまりに冷たく、抽象的な感じがした。戦争から戻ったムーディは、暴虐の行為の中に、より人間味のある接触を求めた。すでに彼は、その気になれば人も殺せる鎖付きの手錠の使用許可証も持っていて、相手の頭を割ったり、肩を脱臼させるのはわけないことであったけれども、それらのアクションに心からの喜びを感じることもできなくなっていた。だがジュードーとジュージュツに出会うとそれに夢中になった。海の向こうの敗戦国から入ってきたそれらの武道は、戦後期ちょっとしたブームとなっていたのだ。彼は機会を見つけては稽古に励んだ。西海岸や東海岸に飛ばされれば、その機を利用して、最高の流派の門を叩く。じきに彼は非常勤のインストラクターとして、自分の弟子をかかえるまでになる。DLは、五歳か六歳のころ、よく父について道場見物に行ったのを覚えている。

「母さんが見張り役にあたしをつけたのかもしれない。父さんが浮気してるんじゃないかって」

「お母さんの気持ちも、わかる気する」そのときちょうど、制服姿のムーディの写真を見ていたフレネシが言った。勲章・飾り綬・袖章のついた正装用の軍服を着て、生後八ヶ月の子にしてはめちゃくちゃ大きなDLを抱いて、太陽の下で歯を光らせて笑っている。背景にはパームツリーが見えるから、ここはもうカンザスじゃない。

「思うんだけどね」もう何でも気安く話せる二人だった、「あなたのお父さんも、たいした裏切り者よね。不良少年が寝返って、なに、保安官の補佐ですって?」

「言えてる」DLはうなずいたが、その眼は突然鋭くなった。「で、その腹いせが、誰だか知ってる?」成長してきたDLは、母親の外出の回数が多いことに気づいていた。その時期に住んでいた宿舎のドアから、「ちょっと用足しに」出ていく。後になって思えばその〝用〟とは、男関係だったのだろう。父は、言うまでもなく、性格的にずいぶんと問題があった人で、その欠点の一つが、仕事上のイライラを家に持ち込んでくることだった。とりわけ激しく荒れた晩の翌朝、DLは大声で母親に言ったことがある。「あんな目に遭って、どうして母さんガマンしてるの?」ノリーンはしかし、うるんだ眼で見つめ返すだけ。誰かに思いをぶちまけたい気持ちで一杯だったのに、娘だけには気丈にふるまおうという保護者意識があったのだろう。

「ちょっと待って、お父さんがお母さんに暴力を?」

と慌てたフレネシに、アンタ何サマ?　という視線が返ってきた。「あんたの育ったあたりじゃ、そういう話はなかったわけ?」

「あなた自身には?」

「それはなかった」そう言って、DLはこわばった笑顔を向けた。顎を突き出すようにして自分一人でうなずいて、「アイツさ、あたしと申し合いの稽古さえやろうとしないんだ。道場で他人が一緒にいるときも、同じ体格と段位になってからも、とにかくあたしと二人で道場に立つことは徹底的に避けてたみたい」。

「賢かったってわけね」

「あたしだって、アイツのタマ、つぶす度胸はないのにね」この発言にフレネシはニヤリとしたが、DLのほうは真顔で続けた。「冗談じゃなくて。父親への憎しみとか、私情を交えちゃいけないの。プロはそういうことをしない。魂に差し障ることだから」

「お母さんは？　どうしてただ耐えてたわけ？」

実際ノリーンは、「それが父さんの仕事だからねえ」としか言わなかった。DLには解せない返事だった。「家族のことは愛してるのさ。でも、ときどきは、あんなふうに出てしまう。仕方ないさね」――その日の母の顔は醜く腫れ上がり、気味悪いほど歪んでいた。このまま怪物に変身していって、襲いかかってくるんじゃないかと思えるほどの形相だった。

「仕事って、上の人の命令ってこと？」

ノリーンは大きなため息をついた。何度聞かされても、そのたびにゾッとさせられるため息である。「そうだとしても不思議はないねえ。そういうもんなの。男が動かしてる世の中だもの、あたしたちは従うだけ。おまえもしっかり心しておいたほうがいいよ。おまえが大きくなるころも、何ひとつ変わっちゃいないからね、ダリル・ルイーズ」

「ひどい。じゃあ、みんながみんな……」

「ああ、誰もみんなさ。ほら、そこの大きいスプーンとっておくれ」それから長い年月を経て、DLが珍しく、ヒューストンで一人暮らしをしている離婚後の母を訪ねたとき、とうとうノリーンも胸の内をさらしてくれた。「母さんは怯えきってたんだよ、あの男にね。だって何ができたろう？　あいつの持ち歩いてたガンの撃ち方だって知らなかったんだから。おまえはよかった、そこまで強くなれてさ。いつも何かが、天にまします方が、あたしのことを見守ってくださったんだねえ」
と言って母は、このところ凝っている宗教のことを話し出した。一度ならず電話で聞かされたのと同じ、キリスト教への勧誘文句だが、そのころにはＤＬも修行のキャリアは長かったから、負担に感じずに正座して聞き通すことができた。母の魂を、それはそれとして認めることができたのも、武道をやってきたことのひとつの効果である。人を憎むことは自己を無力にし、やがて心を毒していくが、そうした過程とＤＬはずいぶん若いうちに切り離されていた。その後ある時点で、すべて魂は、動物であれ人間であれ、一つの大いなる存在、すなわち神が戯けてかぶる仮面だという発見に導かれる。母の抱くイエス様への熱い思いには、自分自身は別の道を歩みながらも、敬意をもって接した。まだ国防総省がムーディを日本から召還する前に、すでにそんなふるまいができていた。

一家が日本に渡ったのは、朝鮮とヴェトナムの間の凪《なぎ》の時代のことだったが、保養休暇中の軍にいてもムーディはそれなりに忙しく、ノリーンはノリーンで自分の「用足し」に駆け回る毎日だった。ひとりきりになることが多かったＤＬは、基地内の学校に行くのをサボッて、なにか徒手空拳の武道を自分に教えてくれる人はいないかと街をふらつきながら、たいていは繁華街のパチンコ屋周辺で良からぬ世界の人間と関係を広げ、言葉と一緒に、この国で他人と接する作法も、礼法教室を卒業した程度には学び取っていった。

ある日、何百万もの鉄の玉と、微妙に滑り具合を調整した釘と、鉄球捕食の「チューリップ」とのつくる騒音に囲まれながらＤＬは、客たちの関心の網の目の中に、ひとつの異質なスポットがあることを察知した。見ると、冴えない服を着た、使用人風の物腰の男が、完璧なお辞儀をして、「ソバは食べますか?」

お辞儀を返して、「おごってくれるの？」

男の名はノボルといった。人を見れば、その人の運命《さだめ》の道が見えるという。「誤解しないでほしいんだがね」と言ってツユの中のヌードルをチュルルとすする。「君にはすごい才能がある。段位をとるのは時間の問題でしょう。しかしパチプロになることが君の運命ではない。一緒に来てください。センセイに会っていただこう」

「あんた——進路指導役の人？」

「長いこと探し求めてきたのです。センセイに命じられて」

「待ってよ。フツーはさ、弟子のほうが師を探し回るんじゃなかったっけ。あたしだって少しは心得あるんだから。ヘンだよ、こんなの、伝統から外れてるよ」と言いながらも、師を見いだせなかったDLは、ひょっとしてこれが、タルサおばさん言うところの「彼方からのお告げ」というものではないだろうか、という気になっていた。

通された座敷で、イノシロー師は常に火の点いた煙草を指にはさみ、もう一方の手を、恐れていたとおり、彼女の膝の上に置いた。勧誘の調子は、「来るんならいらっしゃい」といった素っ気ないものだったが、パチンコ台に向かう姿を見てノボルの天才的鑑識眼がとらえた、この娘の魂の希有な非情さは、隠密に観察し確信していた。どうして自分が選ばれたのか、背丈が普通の日本人の大人を超え、髪の色もやたら目立っていたせいではないかと怪訝そうなDLに、師匠は言った。「おまえに伝授せねばならんものがある。術は誰のものでもない。後世に伝えていかねばならんのだ」

「ニッポンジンでもないあたしに？」

「ワシのカルマに書き込まれた使命というのがあってな、それは我が国に渦巻く島国根性を打ち破って、国際的なケツ蹴りの術へと道を開いていくことなのだ」と言い放ってから、「来なさい。踊りにいこう」。

「へ？」

「おまえの動きを見ておくためじゃよ」顔をしかめて睨むDLを飲み屋街へ引っぱっていって、〈福雲丹《ラッキー・シーアーチン》〉なる名の店の戸を開ける。裏町流のツー・ステップを踏む間にも、ドリンクやらスナックやらが運ばれてきて、いちいち手を振って断わっていたDLも、セブンアップには手を伸ばした。このオカシな連中から誘いがきたとき、まだ彼女は安定していない年頃だった。だが、基地の学校が、体と心の変わりつつある少女らに教えるのは、どこかの役人が絵に描いたきれい事ばかり。別の惑星に観光旅行にやってきて、トラベラーズ・チェックを失《な》くしてしまったような、そんな心許ない毎日をDLは送っていたのだ。遅いのがずっと気になっていた初潮がやってきたのが、ついこの間のこと。最近ではみんなが、特に男子が、敬遠するような眼つきで自分を見るのが嫌で嫌でたまらなかった。そんな疎外の大波が、日によっては二十四時間引いていかずに自分を押し流そうとする。師匠はしかし、顔をしかめるばかりで話に乗ってはくれなかった。日本を去る前、彼女も武道の修行物語をいくつか聞きかじるが、弟子の修行は長くつらく、景色だけは素晴らしい山奥にこもって、日々の雑事をこなしながら忍耐と服従の心を養うのが普通だそうだ。それだけのことに数年を費やさなくては何ひとつ教えてもらえないのが伝統だったはず。ところがイノシロー師のやり方は、現代式の速修コースのようだった。この師匠は、見るからに、ひどく時間に追われていた。その焦りように、わけを尋ねる気持ちも失せて、少女はひとり勝手なロマンを織り紡いだ。――きっと年上の女の人が病の床に伏しているんだ。なにか昔の因果な出来事ゆえにセンセイは、山には住めなくなってしまった。もしかしたらその女の人を巡って人を殺してしまったのかもしれない。愛する人に死が迫ろうとしているのに、遠く離れた東京で、地べたにへばりついて悔悟の人生を生きている。その人に想いを馳《は》せながら……霧立つ山と強風にねじ曲げられた松の林を偲びながら……

師匠は地図上のあらゆるところへ、理解しがたい——というかバカげてるといったほうが当たっている——使い走りをDLに課した。テープで目隠しをさせ、その上から黒メガネをかけさせ、彼女を連れてヤマノテ線に乗り込み、地下鉄を次々に乗り換える。数時間して、ようやく目隠しを外すことを許されると、今度はある形と重さを有する石を渡して、呆然とするDLに、その石だけを頼りにして日暮れまでに道場に戻ってこいと命じる。知らない人に宛てたチンプンカンプンのメッセージを届けさせる課題もあった。言われたところに行ってみるとそんな番地はなかったり、そこにパチンコ屋が建っていたり。イノシロー師はまた、かつての弟子が開いた近くの道場に彼女を入れた。そこで伝統的な型を習いながら、DLはいつもまだ稽古の時間を半分残して外に抜け出し、角を曲がり、路地の奥まったところへ、不義の、というより重罪の密会に向かうのだった。

そうするうちにも、無断欠席に端を発する騒ぎが家庭にも入り込んでいた。学校の監視軍団に見張られるのは毎日のことで、ムーディは知らんぷりを決めていたが、そのうちに勤務先にも学校の教師が訪ねてくるようになった。同僚と上官のいる前で彼を問いただされては、笑顔の帰宅になりようもない。家の手前、路地を曲がったところでムーディは喚き出す。鳥も啼きやみ、犬も猫も子供らも慌てて家に駆け込むほど獰猛な声で。それが一週間半のあいだ続いた。怒声は網戸を抜け、こぢんまりとした庭を抜けて近所中の食卓に届いた。夕食が終わっても、TVのゴールデンアワーが終わっても、猛り声は止まなかった。イノシロー師から「型になっとらん」と叱られそうな、煮えくり返った腸《はらわた》から溢れる怒鳴り声だ。しかしノリーンはその晩も言葉一つ返すことなく、自分に向けられた夫の怒りをやりすごしていた。罵声に耐えつつ、そのさなかに、衝動的にコーヒーを淹れては真っ赤な顔して喚き立てている夫の目の前に差し出したりする。この日もムーディは、娘に手を上げることはなかった。娘はもう、自分に怪我を負わせることのできるくらいに育っていた。彼ももう入隊して二十年目で、実のところ最近は、彼の荒くれ人生にも一種の反動がきていたのである。ここ二年ほどは日中の勤務ばかり。かつてアドレナリンとガッツで表現していた、その代わりとなるのが書類だけという毎日だった。ジム、運動場、プール、道場で過ごす時間は減る一方で、次第に丸々してくる体をオフィスの椅子にもたせかけ、右手人差指はほとんどコーヒー・マグにからめたまま一日を過ごす。ひところは一緒にごろつきどもの頭をぶち割っていた相棒がいつもふらりとやってきて、日がな一日、くだらぬ談義にふけるばかり。素手のファイトにかけた熱意はすっかりしぼんでいた。DLが、父にはわかってもらえるだろうと、内に燃える武道にかける熱い気持ちを語ってみてもダメだった。理屈も通用しないし、大声で訴えてもわかってもらえない。このとき彼女は言葉を濁しながら、道場に通っている事実を二人の親に告白した。口外するのを禁じられている師匠との関係については、もちろん触れなかった。忌まわしい父の猜疑の目にさらされながら、そんなことを言い出すのはとても無理だ。「もしおめえが、コンコンチキのジャップ野郎といるのを見かけたらな、どういうことんなるかわかってるだろうな」これが父の言い方だった。「そいつの命は保証できねえし、おめえのほうは、ノズル突っ込まれて中を洗浄されるんだ。わかったか」DLは、「わかった」と言いながら、そう答えている自分に無性に腹が立った。

これもまた、彼方からのお告げ、なのだろう。いつものパターン。怒れるムーディが、放埒な喚き声を発する。弾頭のように丸く突き出た大きな腹を娘に向けて、ズベ公、あばずれ、（意味不明ながら）コミュニストと罵りまくるかたわらで、ノリーンは唇を噛んで、睫毛の下から、まったく父さんを刺激してばかりね、餌食になるのはあたしなのに、と、悲しげな視線を送る。「あたしもけっこうサディストだったね」何年もの後、DLはあのころのことを振り返ってそう認め、母の前で告白した。

「母さんがあんまり耐えてばっかいるんが気に入らなくて、それで父さんを焚きつけた。どこまでいったら母さんも言い返すかって、そんなことを思ってた」

ノリーンは肩をそびやかした。セントラル・システムのエアコンが暗い緩慢な脈を刻み、フリーウェイを走る車の呼吸が聞こえる。戸外の木々は亜熱帯の湿気の中で重苦しそうにざわめいた。「あたしがあのころレーニエ大尉と会ってたことは、もちろんおまえも気づいてたろ?」

「え? 父さんの上司の?」知らないよ、そんなこと。知るわけないじゃない。

「離婚の費用もあの方が出してくれたんだよ」

DLは頭を振って、当惑を露わにする。「かついだら怒るよ」

ノリーンは、再生信徒《ボーン・アゲン》の礼儀正しさで笑った。ホースで庭に水をまくときの少女のような笑い顔。

「こんな大女、かつげるもんかね」

きっとそれはムーディにも、ずっと前から知れてたことなんだろう。当の大尉が、彼の前で、なにかにつけてちらつかせたに違いない。男って、そういうことをする。自分の少女時代の生活が不義の沼地で営まれてきたことを、DLは鮮明に見て取った。名もない不可視のヌルリとしたものが、肌に触れたか触れなかったかわからないくらいの感触を残して通っていく。でもみんな水面下に何も存在しないかのように振る舞い続ける。ついに彼女に決断の時が訪れた。沼地の中から、ある確信が漂ってきて彼女を捕らえたのである。自分の心が晴れるのは、武道の稽古のときだけ。ここにいたんじゃおしまいだ。米軍家族の宿舎、そのフェンスと庭とゴミ捨て場がつくる幾何学模様の背後には、得体の知れない何かが潜んでいる。それがあたしに飛びかかってくる前に、ここをおん出ていくしかない。頼れるのはイノシロー師だけなんだ。好色で、落ち着きがなく、気短で、許容度も極端に低い師匠だけれど、この忌まわしい家庭から救ってくれるのは、センセイしかいないんだ……。家出に正当な理由ができるのを待っていては危険すぎた。両親がともに家を空けた機を逃さず、小さな軍用鞄を持ち出して身の回りのものを詰め、冷蔵庫の中身をありったけ使ってサンドイッチを作り、それを大きな買い物バッグに入れると、師匠への手みやげに軍の売店のシールのついたシーバスリーガルを一本つかみ、自分の部屋に最後の一瞥を投げることもなく彼女は家を後にした。

師匠の家の前には、白のリンカーン・コンチネンタルが駐《と》めてあって路地をすっかり塞いでいた。大きな車体の上に、鎧の鉄板、レーダー、銃莢《ガンポッド》に回転式の砲塔までつけた代物である。車の外には黒シャツに黒スーツ、白ネクタイに黒眼鏡というアンチャン刈りの若い男の一分隊が、うすら笑いを浮かべて突っ立ち、あるいはうろついている。だがそこはDL、サッと脇道に逃れ、髪を上げてスカーフの下に収め、うずくまったまましばらく様子をうかがった。スーツを着てホンブルグ帽を被った年配の男が、イノシロー師に送られて玄関から出てくる。礼が交わされ、手と手が、半ば体に隠れたところで握られる。それからこの訪問者は、彼のコブンに急かされ、車に乗り込んだ。リンカーンの改造車が細い路地を注意深くバックしていった後、まるで夕立が去っていった後のようにそれまで静まり返っていた道に人通りが戻った。江戸の光景さながらの、人々の往来である。

家の中には、発泡プラスチックの酒容器が散乱している。酒屋までひっきりなしに使いに走ったのだろう。ノボルはもう完全にへベレケだったが、師匠のほうはまだ意識がしっかりしていると見たDLは、丁重に願い出た。「どうぞあたしをこの家に」師匠は、「ほう」と面白がった様子を見せて、「今ここにおいでになっていたのが誰か、知っておるのか」とたずねる。

「ヤクザ」

「金髪娘よ、おまえにまだその筋のことは早すぎる」

「ソノ名ヲ聞ケバ、ナク子モダマル、ヤマグチグミ」DLは正確な日本語で引用した。

優しさと嘲りとを同時に込めて、師匠はＤＬの肩に手を伸ばした。いけません、センセイ、と、たちまち弟子は隠遁の構えを取った。気合いも全身に満ちて、蹴りを入れるか肘鉄をかますか、相手の出方をうかがっている。「落ちつけい！　ほんの小手調べじゃ」

「教えてください、ヤクザの世界と通じた師匠の下に弟子入りしたからには、あたしもこれから……」

「戦前からの義理《ギリ》があってな。ま、そこいらのことはあんまりいろいろ絡んでおるし、戦争も重く影を落としておる。話し出したら出てくる人名の説明だけで日が暮れるわ。だがな、おまえとワシとの間には、師弟以上の関係はない。そんなものは切ろうと思えばいつでも切れる。親の家から出てきたおまえだ、ワシのもとを去ることなどわけなかろう」

なによそれ？　罪悪感？　「去れと……？」

師匠はカン高い笑い声を立ててから、謎めいた予言をした。「おまえは去るだろう。だが、その日までは、ここにおるのじゃ！」

こうしてＤＬのフルタイムの忍術修行が始まった。といっても、彼女が励んだのは、古来の格式にのっとったものではない。イノシロー師は、ずっと以前からなのだろう、忍びの邪道に踏み入っていた。本来の純粋な求道性を覆し、術を改竄して、永遠性の香りなど微塵もない、その場限りの使い捨ての技を次々開発していたのだった。精神宇宙に背を向けた、残忍さばかりが引き立つ技が、眼前の敵を倒す目的以上のいかなる意味もまとわずに繰り出される。この俗に徹した殺法を――心技体がひとつになった優美なる戦士の勇猛さとは対極の、あくまで低級な暗殺団の残忍さを――後世に伝え残していくために、ＤＬが選ばれたのである。いま師匠は、宙返りした弟子の動きに、すばらしい低級さの輝きを見いだしていた。

「それだ、それじゃよ」説法が始まる。「まっとうな戦士になれず、下界に虫けらと暮らす我ら、一〇分の二秒という瞬時の判断をしくじり、その苦渋とともに一生暮らす、我ら臆病者、酒に溺れた者、殺さねばならぬ時に躊躇してしまう者……これを使って対等になるんじゃ、これが我らの切れ味《エッジ》なのじゃ――これらチープな技を身につければそれでよい。正統流から打ち捨てられた、暗黒の技の切れ味を漏らすことなく身につけるのじゃ。我らには我らの先祖があり、子孫がある……我らの伝統がな」

「でも、誰でも一度は英雄になるっていうじゃないですか。まだセンセイに、その時が来てないだけのことじゃなくて？」

「ＤＬサン、気がふれたのか」師匠は穏やかな調子で言った。「映画を観すぎておりはせぬか。おまえが闘わなくてはならぬのは、おまえが抵抗し続けなくてはならぬのは、サムライでもニンジャでもない。チビチビとした昇給に満足しておるサラリーマンという人種なのじゃよ。勇猛な行動とは無縁、というより、勇者を見れば憎みさえする。よいか、彼らに敬意を抱かせたければ、これからワシの教えることをとくと学んでおくことだな」

そうして師匠は中国伝来の三つの法、點針《ディムチン》と點穴《ディムシュン》と點脈《ディムマク》を伝授した。命を止める九つの衝きについても、口にするのを禁じられた第十と第十一の衝きについても、しかと教えた。相手に触れずにその心臓を止める術、高所からの飛び降りへと導く術。仕組まれたとは知らず自らの意志と信じて切腹をさせる「罪の雲」。その他「組討ち」という正統流の術法から落とされた下劣な術の数々を、師匠はＤＬに指南した。忍法「雀返し」、忍法「遁足」、忍法「死の鼻ほじり」、そして言うもはばかる「チンピラ・ゴジラ」。短期集中ゼミナールの忙しさでイノシロー師は教えまくった。どの技も、今から十年あるいはそれ以上、毎日の不断の鍛練を通してやっと理解の入り口に至るというものであり、その意味を会得することなしに実際に使ってはならぬ、というものであった。

数日たち、数週間を経るうちに、ＤＬは人体というものに関しての異端の知の体系に足を踏み入れていることを知った。のちに「アグロ・ワールド」誌のインタヴューで彼女は、日本での修行の日々を「自己への帰還」とか「自分の身体を取り戻す」という表現で説明している。「要するに彼らは、われわれを体から遠ざけておきたくて、専門家に任せろ、と洗脳するわけ。その方が大衆のコントロールが楽になるから」これを教室の言葉に直せば、あなたは結局自分の体のことを、きちんと責任が取れるほど詳しく知ることはできないのだから、お医者さんや専門の研究者など、あなたの体を扱う資格のある人に任せましょう——となる。しかし、この「資格のある人」というのがいつのまにか、運動のコーチから職場の雇い主、勃起した男性へと自然に拡張していってしまう。そのことに怒りを込めて気づいたＤＬは、自分の体は自分のものだという過激な結論に達したのである。だがこれはまだ彼女が忍術を考えていたときのこと。数年の後には、考えることからも解放され、場所と時間と費用をやりくりし、一日たりとも欠かさぬ稽古に励むばかりの毎日となる。

師匠の予言は的中した。彼女は再び父母のもとに帰され、しばらくは家族とともに暮らすことになった。ヤクザの世界と米軍との間には、恒常的な情報経路が存在していて、少女の居所と身の安否とは、最終的に親元にも届いていたのだ。親のほうも、娘がいないのは好都合という事情がそれぞれにあったものだから、亭主とノリーンとの関係を知った大尉の妻が騒ぎ立てることさえなかったなら、ＤＬが家に戻されるという展開にはならなかったろう。だが、ともかくもＤＬは連れ戻されて、未成年被扶養者としての生活に逆戻りする。そしてムーディとその家族は、本国へ再配置されるまで、喧噪の毎日を余儀なくされたのだった。

数年後すでに試合にデビューしていたＤＬは、ある大会で〈くノ一求道会〉の噂を耳にした。「あのころはさ、旅といえばヒッチハイクだったんだよね。砂利道の続く限りはヒッチでつないで、この建物まで最後の数マイルは歩いた。ここも門を叩けば誰でもただで入れてくれたときがあったんだ。もっと理想が高くって、経営なんて二の次でさ」いまは休息のとき、DLとプレーリーは、谷川のほとりに腰を下ろして歓談している。ここにやってきてほぼ二週間、キッチンでの切り盛りも板についてきたプレーリーは、コンピュータ室での手さばきのほうもなかなかのものになっていた。「今じゃグループ保険でしょ、年金プランでしょ、そういうのはロスの経営コンサルタントのヴィッキーって人がエージェントになってくれるの。それとセンチュリー・シティに弁護士がいるんだけど、起訴されちゃってからは、準資格者のアンバーが、こっちのほうも担当を任されてるの」DLはといえば、今日はちょっとソワソワしている。というのも、相棒のタケシ・フミモタが、一種の健康診断にやってくることになっていて、ここで落ち合う約束になっていたのに、どうしたことか、いまだに姿を見せないのである。

「心配でしょ」ふだんはお節介など焼くプレーリーではないのだが、何かDLに話のきっかけを与えてあげるといいかと思って、こう言った。

「ゼーンゼン。ニッポン男児だもの、心配無用さ」

「じゃあ、お二人の、なれそめを聞かせて」

「Aauuhhgghh!《オーワァァァァァァオー》」土曜の朝のTVアニメ以外で、こんなに激しく人が叫ぶのを聞くのは、プレーリーも初めてだった。

「すごーい！　無邪気な質問しただけなのに……」

「なれそめかぁ」ＤＬの声は興奮のソプラノ域。「実はラルフの旦那が引き合わせたの。それまであたし、何年もブロック・ヴォンドの野郎のことを呪い憎んで生きてたわけよ。あいつを殺すシーンを頭ん中に何度も何度も思い描いた。本気で殺すつもりだった。あたしの愛した人の命をいろんなふうに奪っていった奴だもの、殺すくらいじゃ罪にもならない気がしてた。それほどあたし、魂がハズレてたってことなんだろうね。ブロックのことになると、判断力ゼロだったわけ」当初ＤＬは、自分の試合をいつもリングサイドに見にきているスーツ姿の紳士のことを、ただの追っかけくらいにしか思っていなかった。その男がとうとう自分に話しかけてきたのが、オレゴン州ユージーンのカフェでのこと。エビを注文したＤＬにウェイトレスが持ってきたのは、通りの先のパーティ・グッズ店から仕入れたばかりの新鮮なゴム製エビ四尾をのせた代物だった。上からなみなみトマトソースのかかったそれを、冴えない眼つきで睨んでいると、皿の上ににじり寄って一緒に見つめる人影。あの三つ揃いだな――ＤＬは直感した。

「これを、どうやってお食べなさる？」

「その質問なら、いま自分で自分に聞いてるとこよ。ほかに何か用？」

男は向かいの席に腰を下ろした。防弾のアタッシェケースがパチンと開いて、フォルダーから出てきたのは、エイト・バイ・テンの肖像写真。見慣れたその顔はまごうかたなきブロック・ヴォンドだ。フレソン処理したスタジオ写真は、たったいま全身をワックスで磨きあげたかのような、つるつる肌のヴォンドの像を焼き付けていた。広い額はスベスベで、頬はまるで幼児のようにポチャポチャしている。滑らかな耳は先がとんがり、あごは小さく、鼻は細めでスッと筋が通っている。写真は、連邦政府のマークと連邦政府のスタンプ印をあしらったひと綴りの書類に、クリップで留めてあった。「FBIから入手した。正々堂々とね」と言って男は、極薄の高級時計に眼をやった。「いいかね。あんたはこいつの命が欲しい……われわれも欲しい……あんたがウンとさえ言えば、どちらの願いも、一緒に叶うというわけだ」

男のスーツの仕立てと生地は、彼が何者であるかを告げていた。「で、ブロックのやっこさん、最近はどんなご様子？」

「相変わらずの宮仕えだが、ずいぶん出世したもんだな。ずっとずっとビッグになった。過激派封じに勝利を宣して、これから先はドラッグだと息まいておる。ウチの仲間には、当然ながら、心中穏やかならぬものがおってな」

「その人たちもかなわないくらいビッグになっちゃったって？　冗談よしましょうよ。あたしまで頼ってくるだなんて、そんなにどうしようもない事態なわけ？」

「あんたには、動機がある」DLの怪訝そうな視線に応えて紳士は続けた。「あんたのことなら調べはついとる。履歴はみな、コンピュータに打ち込んであってな」

むかしイノシロー師の家の前に駐《と》まっていた白い装甲リムジンのことを彼女は思った。「じゃあ、これがあたしにとってどれだけ個人的なことなのかもご存じね。プロの忍術がお望みなら、この抑えられない私怨は、マイナスに働くんじゃないかしら。腕を買おうってわけでしょ。怨みのほうを買おうってわけじゃないですよね」

「『買う』といえば確かにそうだ。が、『差し上げる』とも言えんだろうか。あんたがずっとやりたくていたことを、やらせて差し上げるのだよ。悪党の頭をまっぷたつ、それをあんたがどんなに望んでるか、眼にありありと表れとるよ」

相手に向けた視線を彼女はそらそうとはしなかった。そんな低レベルの腹の探りあいに関わる気はなかった。でもこのマフィアの大物さん、秘密の術のことまで調べあげている。それもFBIから仕入れたらしい。いったいどうなってるの。連邦のNCIC（米犯罪情報センター）のコンピュータに、この親分はアクセスを許されているのだろうか。ブロックの命を奪おうとしている男に、政府は情報を漏らしたりするのだろうか。もちろんこれが、あたしをはめるワナだとしたら話は別だ。連邦検察の大物の殺人未遂となりゃ、行き先は、刑務局直属の精神破壊《マインド・ファッキング》プログラムだよね。

人の不安を察知するのは師範級のラルフ・ウェイヴォーン、さっそく助け船を出してきた。「ミス・チェイスティン、あの連中は飾り立てた口実などいらんのだよ。とにかく誰でも殺《や》りたいものはその場で殺る。後から書類でつじつま合わせる。――アンタ、ソンナンもシラン子供だったんかや？ンナラ、バービーちゃん、提げてきたんによ」

「なぜあたしがご指名なのか解せないのよ。ピストル、刃物、自動車爆弾、そういうのが専門の方がゴロゴロいるでしょうに」

「あんたは特別なタッチの技をお持ちと聞いてな。触られたのも気づかんくらいの軽いタッチで、一年後に相手はポックリ。あんたが警察のトップの誰かとデートして、リブ・ステーキなど食べてるころ、どこかでそいつは、もう死んでいる」

「忍法一年殺し《ニンジャ・デス・タッチ》。またの名を、〈震える掌〉」苛立ちが表に出ないよう注意しながら、忍法とはいかなるものか、一つの術がどれほど重いものかについて説明を始めた。――気に入らないやつがいたら術をかけりゃいいってものじゃない。長年の修行の中で磨いた心技体がひとつになって、はじめて術が効くんです。不断の修行の果てに手にした技なのですから、それはもう「徳」の行為としてしか使えないの――と言いながら、これじゃ自分を売り込んでるのと変わりないと気づいたのだが、ラルフもとっくにそう思っていたのだろう。DLの手をとって軽く叩き、「要するに、心配無用ということですな」。

「ひところは、最強の女ともうたわれました」

「覚えてます」とラルフは応えた。「聞いてます」とは断じて違うこのひと言。だがDLは違いを聞きもらした。実はラルフ氏、ヤクザ＝マフィアの情報ネットを通じて、天才少女ファイターの噂を数年前につかんでいたのだった。地方の予選大会ですごいことが起こっているという情報に、丸一夜モハヴェ砂漠を飛ばしに飛ばして観戦に出かけたのが事の始まり。湿気にむせかえるコンクリート造りの闘技場に立つ少女の姿には、イタズラ好きの天使を思わせるものがあった。燃えるようなオレンジの髪。それを包む後光の輝きが、ラルフの眼に強烈に焼き付いた。日を追って増えていくこの子の情報カード《ローロデックス》も、同じ光に包まれるだろう。ラルフは少女の後を追って、南部と西部の大会会場を回った。初期のヴェトナム帰還兵の陰鬱な顔、闘技場とはわざと逆の方角へ何マイルも行った先のモテルの部屋、密談、グラスに注がれた酒、内ポケットにしのばせたピストル、骸骨と蛇とウルトラバッドなオートバイの描かれたTシャツ……それらが作る回路を連日動きまわる。一人の少女を追い回す自分の姿を、校庭のフェンス越しに中を覗く哀れな老人にたとえたことは一度もない。むしろ選手をきびしく見守る、精悍な眼をしたトレーナーに見立てていた。実際そういう面もあったのだ。DLの観察に投資した時間は彼に、情報ファイルの実りをもたらしていた。その実りを刈り入れるときが、到来したのである。

だがDLにしてみれば、突然、人生の危機に立たされたわけだ。ブロック・ヴォンドへの私怨によって魂がしだいに毒されてきているのはよく知っていたし、その執心の源をこの世から消させてくれるというのなら、ウェイヴォーン氏直々のこの依頼に何の不満もないはずだ。でも、いくら徳と正義のためとはいえ、あれほどの術を使えば、因果が自分に返ってくるのは避けられない。他人の氣の流れを、みずからの氣をもって狂わせるのであるから、そこに生じるカルマの作用をかぶらずにはいられないのだ。ラルフとも、生涯切れない、深い縁ができるだろう。女が男に「デス・タッチ」を使ったとなれば、たちまち世間は勘ぐって騒ぎ立てる。トラブルは眼に見えていた。明日のディナーに答えを持っていくと約束してDLは、フルスピードで街から逃げた。ラルフの差し向けた追手を次々まいて。最後の追手は、オレゴン州はドレインの近くで、新車のオールズモビールのボンネットから蒸気を激しく噴き上げた。

途中もう一度車を替えねばならなかったが、とにかくもLAに行き着いたDLは、バスでウィルシャー通りの中程にある銀行の支店に向かった。そこには、とある幸運から得た証書一式が預けてあった。これで好きな自分に変身できる。彼女は、ウェスタン・アヴェニューの店に行って66年型プリマス・フューリーをキャッシュで買い、通りの向かいの店でかつらを買って、オリンピック通りの、ヤク売人の間では伝説のガソリンスタンドの婦人トイレに入っていった。出てきたときは、まるで別人——地味な女性に変貌したDLは、KFWB局から聞こえてくるドアーズの「ピープル・アー・ストレンジ」を聴きながら、東へ向かうフリーウェイの右端車線《スローレーン》に入り、飛んでいく懐かしの景色をいつくしむように、車線を変えずにゆっくり車を流していった。バニングを過ぎ、恐竜像を過ぎ、パーム・スプリングスへの分岐点を過ぎ、インディオも通過し、モハヴェ砂漠を疾走する。そんな夢の時間を夜になるとふたたび夢見る。強烈に蒼白いカラーの中を、シュールなほど細微な砂が空を舞って、太陽に羽根飾りをつける。うっすらとピンクがかった空の下に青空色《ベビーブルー》の砂丘の影がうねる。一路東へ向かいながら彼女は景色に吸着し、やがて手放し、夜のモテルの眠りの中で再びそれを、一日たっぷり走った西の残像を、膨らませる。だが吸着の力もやがて衰え、感傷を努めて抑えてDLは合衆国《ユナイテッドステイツ》アメリカへ向かった。それでもバックミラーには、後方の一点に向かって飛んでいく光景が、いつまでも瞼に浮かぶ恋人の顔のように浮かんでいた。

求める街は、出会えばそれとわかるだろう。大平原の中を慣性のなすがままノンストップで進んでいたDLは、突然のスモッグと交通量に眼を見開いた。真昼時のオハイオ州コロンバスの外れまで来ていた。もうこの車の変則的なギアシフトにも慣れていた。それは押しボタン式のオートマチックで、DLは、スティックシフトがペニスなら、ボタン式のはその分女性的——もっとDL的な表現では「食い込み式」——だと思ったりもするのだが、はじめての街に、そんな会話のできるお相手がいようはずもない。彼女は小さなアパートを借り、掃除機の部品販売会社で、タイプ叩きと書類整理の仕事についた。

コロンバスという街は、抹消しきれずに残った自己が、窮屈な暗がりの生活を送っていくにはうってつけの街だと思えたに違いない。「スーパーマンはクラーク・ケントに戻れるの」以前に彼女はフレネシに打ち明けたことがあった、「そのありがたみも分かってあげなきゃね。デイリー・プラネットでの勤務時間は、鋼鉄の男にとっちゃ、ハワイで過ごす休暇なんだよ。それこそが彼のサタデー・ナイトで、大麻とアヘンの煙でさ、うん、あたしの一番だいじなもので……」。夕刊……中西部の都市のどこととも代わり映えしない旧市街《ダウンタウン》……印刷機が回り始めるころ、彼女は職場を出て、舗道からステップを下りたところにある店に直行する。カウンターに肘をつくと新聞社の輪転機の振動が伝わってくる。ライ・ウィスキーの注がれたグラスを前にして、眼鏡の曇りをネクタイで拭き、帽子もかぶったまま、暗い照明の下で他の常連客とゴシップを交わす毎日。冬だともう窓の外はたそがれていて、しだいに輝きを増す街灯が磨かれた靴に反射する……誰を待つでもなく、何が起こるのを待つでもない。なぜならいま自分はクラーク・ケントでしかないのだから。このごろじゃロイス・レーンも無愛想だけど、かまやしない。秘書課の女の子を誘ってデートにでも行くさ。貝の料理が評判の、湖畔のしゃれたナポリ風レストランかな……。「どこへでも飛んでいけるっていうのに、わざわざローンの返済かかえた車にどっこいしょって乗り込んで、事件現場に向かうっていうの?」フレネシは不満げだった。「血溜まりと、蠅のたかった死体と、ラリった顔したティーンエイジャーと、ショックに青ざめた目撃者——ねえクラーク・ケントさん、スーパーマンはそんなことに関わらなくてよかったわけよね? 天使でいられるんだったら、みんな天使でいたい。好きこのんで地べたを這ってる人なんて、聞いたことないわ、でしょ? エンジェルさん」あのころのDLは人に寛容だったから、フレネシがそう言うのは、話のポイントをつかみ損ねたから、と思っただけだった。

コロンバスではショッピング・センターにも通い詰めた。忍者のタイピストが正体を消すためのお買物。地味なウール地、くすんだパステルカラー、フラットな靴とそれに合ったハンドバッグ、ベージュのパンスト、白の下着……。なんて簡単なんだろう。数々の安売店の婦人服コーナーに、何エーカーにもわたって積まれたコットンと化繊の間を歩くと、凡庸なアクセサリーがウィンドーから呼びかける……。このころまでには、プリマスとの関係も一段と親密さを増していた。フェリシアという名前もつけて、新しいステレオも買い与え、平日に最低週二回、土日にもう一度洗ってあげてこのときはワックスもかけてあげる。水泳と太極拳にも通い、日本で磨いた技を保つ努力もしていたけれど、鏡に映る自分を見ても違和感を覚えることはなくなった。ビーバー色に染めたショートの髪、ソバカスを押さえ込むファンデーション、むかしは絶対しなかったアイメイク……、ただの変装だったはずの姿に、彼女はしだいに自己同化していった。人生の希望が完全に潰えた田舎町のオールド・ミスに。まだ早すぎるのに、しおれて雑草に覆われていく道ばたの花に。

だから〈ピザハット〉の駐車場で誘拐されて白人奴隷として日本に連れていかれたとき、これであたしの人生も上向きになってくんじゃないだろうかと一瞬錯覚したほどだった。誘拐犯のグループは相当な凄腕の集まりで、彼女のプロのプライドをへこますほどの淡々とした手さばきでDLを扱った。後に残された愛車が帰ってこない主人を求めて泣く困惑の声が、ときどき、海を越え、時を超えて彼女の耳もとに響いた。もちろん彼女は抵抗したが、彼女の捕獲に遣わされたのは、若い女を傷つけずに連行するスペシャリストに違いなかった。のちに聞いた話では、高度な武術の心得のあるアメリカのブロンド娘を連れてこいと、法外な額をオファーした客がいたのだそうである。「男の趣味って、ほんとに得体が知れないからねえ」と、上野のホテルの一室で競り売りが始まるのを待つ間、同じ大部屋に入れられていたロベリアが声をひそめて言った。「これから集まるお客さんも、そんなのばっかりなんだから」

夜も昼も、人と車が密に行き交う騒音の街。ホテルとは名ばかりの、いつ取り壊されてもおかしくないボロ家は、山手線と首都高1号線に挟まれていつもガタガタ揺れていた。監視つきで許されるグループ外出で、女たちは昭和通りの屋台でヤキトリを食べ、ガード下の露店商からものを買った。市《し》場《じょう》が市場であるからして、これらの女のうち、あるものは男であって、中で一番の別嬪さんがDLと親しくなったロベリアである。「ひどい!」というのが、彼女の、つまり彼の、DLにかけた最初の言葉。「あんた自分でどんな恰好してるのかわかってるのぉ?」と言ってそのまま間髪を容《い》れず、髪の毛から爪先に至る化粧法の講義が続く。その途中、DLは頭をかがめて「これ、ちゃんとノートにとらなきゃだめだ」とつぶやいた。

ロベリアはしゃべる口を止めて眼をしばたたいた。

「いいこと。あんたのためを思ってよ。だってさ、考えてもごらんよ。台の上に立つのよ。1ドル98セントの値しかつかなかったら、あんた、どんな気がする？」

「安く叩かれたって——」

「そうなのよぉ、そのこと言ってんのよぉ。だからね、ここにはちゃんと紫のライナー入れて、シャドーは三色、いいこと、最低三色は塗らなきゃダメ。任せなさいって、ここの客の趣味のことならあたし、プロなんだからさ。ほらグズグズしてないで。きついこたぁ言いたかないけど——」

というわけで、いよいよその夜がやって来たとき、DLは、オハイオ時代の化粧とはまた別の、自分の顔を消し去るほどの厚化粧でバイヤーたちの前に立った。酒とタバコとオーデコロンの匂いがむっと立ちこめたその部屋には、どこかの隠れたスピーカーから琴と三味線の音が流れ、白足袋のホステスたちが爪先歩きで盆を運び、跪き、酌をしていた。外では風がトタン板を鳴らし、激しく行き交う車が湿った摩擦音を立て、東京以外には存在しないネオンの色が、夜の街を欲望と背徳のディスプレイに仕立てていた。ゴム引きのカーテンで街の光を遮断した人買い部屋の中は、また別の、独特な色調の光に染まっている。昼間は映画やTVスタジオで働くというプロの手がける照明が、それぞれにケバい衣装をつけた女たちの肌の上に、やさしいピンクやサーモン色の光を落としている。これらの衣装は巨大なウォークインならぬドライブイン・クローゼットの、巨大な衣装倉庫から選びとってきたもの。その倉庫には、これまでここを訪れたあらゆる好みのお客さんがエロチックに感じた衣装が全部揃っている。今日の一番人気はセーラー服のようで、ある者はもとよりあどけない外見をそれによって強調し、またある者は、年増がそれを着ることに抗いがたい欲望を感じる層を狙った微妙な演出に走っている。とりわけ校章、襟の線のスタイル、下着、プリーツの襞《ひだ》の具合に、細心の注意のあとがうかがえる。ほんのささいな手違いひとつで、儲けがフイになってしまうとあれば、細部にかける努力も当然なのだろう。「好みにうるさいってあんた、日本のこのショーほどうるさいところは世界中どこ探してもないわ」とはロベリアの弁。

中に二、三、女性客もいるにはいるが、客席は男一色という感じである。司会は名の知れたTVのお笑いタレントだった。指先が一本欠けた年配の男たちが、客のまわりを見回っている。芸者のようだが、受ける合図が違う。気のはやるバイヤーたちは低い声で歓談し、カタログのページをめくり、手帳にメモをとっている。バーのカウンター脇のTVはセントラル・リーグのプレイオフを実況中で、そこにまだ何人かの客が群れていたが、八時五十六分、この国の伝統である放送終了時間がくると、TVはきっちり——それもダブルプレイを目指してのスローインの最中に——放送打ち切り。男たちは不満を漏らしながら、タバコの煙をもくもくと吹き上げて会場入りした。翡翠の象嵌を施した重いドアが勢いよく閉まり錠が下ろされ、客席が減光されて、甘ったるいディスコ音楽に切り換わり、司会のタレントがマイクをとる。オークションの始まりである。

娘たちはみなナンバーをピンで衣装につけていた。番号が呼ばれると、スポットライトの下で、胸を突き立て尻を振り、美人コンテストでおなじみのターンを演じてみせる。DLのひとつ前に舞台に立った娘は、タイの北部の高地地方の谷間からヘロイン取引の一部として売られてきていた。黒のシフォンの衣装を着て、ミンクのつけ睫毛をした彼女が今踏み入ろうとしている世界には、彼女が生まれそして連れ去られた村のことなど知ってる者は一人もいない。売り値は百万円だった。舞台の柔らかで大仰な照明から離れ、暗がりにいる新しい所有者に引き取られた。温かい、でもどうしようもなく頑強な、パッド付きの鋼鉄のようなものが首と手首のまわりに巻き付いて……それからあとは、誰も話しかけてこなかった。何日も、誰ひとり。

DLは子供のころTVで見た美人コンテストを思い出し、リラックスして楽しんじゃえばそれでいいんだと、ビートに乗って、暖かいスポットライトの中へ踏み出し、客の前に体をさらした。舞台に出るや、観衆の息の変化が感じられ、何ヶ国語かの掛け声も聞こえてきたが、奇妙にも彼女の意識は、小さな補助光のわきにじっと立っている一人の照明係に注がれた……視界からほんのわずかに外れたところにいる彼のぼんやりくぐもった存在が、座席に座ったどの競売人、自分の未来の主人よりもリアルなのだ……どうしてだろう? リラックスしなさい、楽しむのよと、彼女はロベリアみたいに眼でも笑いを作って、乳首とクリトリスに意識を注いだら、値は狂乱的に上がっていった。突然、それまで聞かれなかった声が響いた。他の客もそれが誰だかわかったのだろう。それ以上の声はあがらなかった。ハンマーが鳴る。彼女はスポットを離れた。瞬間、何も見えなくなった。ハイヒールのまま、足場の悪いステージに取り残された彼女に男の手が伸びてきて腕をぎっちり捕らえ、そのまま舞台の袖に連れていかれた。

視界が戻ってきたのは、屋外の寒気の中へ出たあとのことだった。早足で路地を曲がると、そこには胴長のアメリカ車が待ちかまえていた。彼女は振り返って自分を買った男を見た。色眼鏡、黒のシャツに白の上下、背丈は自分より何インチも低いけれど、俊敏さでも、技の切れでも自分に優っていることはグリップの感じからも読み取れた。「落ち着きな」男はさえずるように言った。「俺はただの代理だって」 男は後部のドアを開けた。彼女は首をすくめ体を折って、チュールの布地がサラサラするのを感じながら、後部座席へ乗り込んだ。男は運転席へ。ドアがガチッとロックされる。こうして彼女はネオンの光のプールの中を運ばれていった。シートの上では、蘭の花が彼女を待っていた。

顎を上げて顔を近づける。学校時代、ダンスなんかに誘われたことは一度もない。卒業前のプロムにさえも行かなかった。これが彼女の人生で初めての、蘭のコサージュだったのである。

今夜のブラインド・デートのお相手は、なんとなんと、ラルフ・ウェイヴォーン。帝国ホテルのスイートの、広々とした居間で眼と眼が合う。部屋に入るなり靴を脱いだＤＬは、カーペットの長い毛足を感じながら足指の関節を伸ばした。「怒らしてしまったみたいね」彼女は勇敢に切り出した。

ラルフはシャンパンを注いでいた。両手にグラスを持って振り返った彼を見て、ＤＬは服装の変わり様に眼を見張った。今夜の彼のスーツ姿はまるでケーリー・グラントみたいにキマッているし、髭剃りあとも真新しく、襟の折り返しにはトロピカルなピンクの花など挿している。とはいっても、そこはいかにもラルフである。ドラッグストアの男性化粧品コーナーの奥まったあたりの匂いがするし、髪はといえば、禁煙と闘っている理髪師が整髪したとしか思えない。

湾のはるか沖のほうではすでに激しい雷雨が始まっているようで、二人の後ろの窓からめちゃくちゃなフラッシュライトを地平線いっぱいに焚きながら都心を襲う構えを見せている。部屋の中ではどこかに隠れたステレオから、五〇年代のヒット曲集が流れ始めていた。甘い声を朗々と響かせる男性ヴォーカルが続く。愛に――というより男の思春期に――溺れたというべき甘く切ないテノールだ。

「目を疑ったよ、あれが君だとは」シャンパンをなみなみ注いだフルートグラスに夜の湿気が玉の汗をつける。それを手渡しながらラルフ氏は、スローテンポの、まどろむような声で言った。ＤＬはさっき舞台でやったのと同じターンでクルリまわって杯を受けた。

「それにしても、すごい値つけたわね」

「毎年の恒例だ。老齢年金の基金になる」

「あ、そう、あたしを買ったの、フリだけですか」

「そうじゃないさ。ま、またいつ逃げられるかしれんが、それまではおつき合い願いましょう」

「で、ラルフの旦那の標的は、いまもヴォンドというわけね」

「思いはつのるばかりでな」と言って彼は下唇を突き出し、ひどい仕打ちを受けているような表情をつくった。

「ねえ、お願いよ。あたしいま、人生からの休息が必要なの。そのこと、ちゃんと届いてるでしょう?」

「ほう、集めたデータが違っていたか。ウチの諜報部員を叱らなくてはいかんかな。ところでDL、お見受けしたとこ、あんたはもう、あいつに復讐することに以前ほど燃えておらんようだが。どうしたね――」DLは「根性、失せたかね」と来るのかと思ったが、ラルフが後に続けたのは、より思いやりのある「生き方、変えたのかね」だった。

彼女はラルフの眼を見つめて、「せっかくこの街にいるんだもの、誰かスカウトを雇って、別の人材を見つけたらいいじゃないの。オリエンタルの秘術を使うの、世界であたし一人ってわけじゃないのに」。

「だがこの仕事は、あんたにしかやり遂げられん」トニー・ベネットの「夢破れし並木道」が流れる中、ラルフはDLの素肌の腕に軽く手を置き、「ダリル・ルイーズ、自分が誰か、思い出すんだ。十に満たぬ齢で『ブラック・ベルト』誌に紹介され、それから『冒険の達人』のインタヴューがあり、『アグロ・ワールド』の中折グラビアがあった。六三年のデンジャラス・ミス・ティーンズのコンテストでも、入賞寸前までいっている……」。

「ズベ公コンテストなら優勝だったかもね。過去の前科を並べ立てられても、いい気持ちはしないわよ」

「輝ける才能に恵まれながら、ただ逃げることしか能がなくなったというのかね。請求書をタイプして、顧客サービス部からのお叱りを受け流して、それで一生を終えようってか？　おいおい、情けなくて涙が出るよ」

「そう？　その涙の始末はあたしの責任？」

「ああ冷たいねえ、クッキーちゃん……。ぼくは君を手に入れても、砕いたりしないのに」と歌うように口ずさみ、グラスを置くと、彼は両の腕を広げた。「おいで、黒帯さん、老いぼれ紳士と踊ろうじゃないか」

ラルフがすでに五〇年代にタイムスリップしているのが、DLの肌にも伝わってきた。でも、こうして彼の腕の中で踊っていると、驚いたことに、あの〈ピザハット〉の夜以来はじめて自分をめぐる状況がはっきり見えてくるのだった。シャンパンと蘭の花はさておくとして、この人は、逃げおおせたと思った自分をついに探し出し、そればかりか、冗談気はあったにしても、あれだけの観衆の目の前で、このあたしを勝ち取るために、ランボルギーニのメーカー価格にオプションまでつけた額を提示してくれた。そんな人、これまで一人としていただろうか。女であればこれだけ尽くされて、何も感じないわけにはいかない。おまけにこの人、あの、にっくきヴォンドを、これを限りに始末する機会までオファーしてくれているのだ。

帝国ホテルの淡いベージュのカーペットの上を漂う二人。テノールは甘く歌い、雷雨は激しく窓を打つ。ラルフは、口を相手の耳もとに寄せて、間奏が流れるときを選んでささやいた。「ワタシらのところで働くの、お気に召すかもしれんですぞ。報酬なら山と出る。この業界では最高の待遇だ。やりたくない仕事にはいつでも拒否権が使えるのだし、週ごとのノルマもない。ただ四半期に一度、流入資金《キャッシュフロー》の調査はさせてもらうがね」

「じゃあ、なによ、そのお召しものはレジャーウェアってわけ？　金の首飾りはどこ？　保護動物の毛皮の帽子は？」

「おお《ウーファ》、人の面に魚とは《ミ・トラット・ア・ペシ・イン・ファッチャ》。すごい侮辱ですぞ、マイ・ディア・ミス・チェイスティン。あんたのような独創的な頭の切れと、必殺の技の切れを持ち合わせた女性を管理しようなどと思う手合いがどこにいるだろう。ワタシがそんなこともわからんほどのアホウに見えるかね」

困ったことに、この人は、そんなアホウに見えないのだった。独特な顔面の色つやも、いま時分はやらないもみあげの長さと実にしっくりマッチしてるし、滅多にほころばせない口元も、見つめるのを禁じられた眼と絶妙のコンビネーションをなしている。こんな男でなかったら、彼女だって策動と暗躍の人生への誘いをふって、もっとしがない人生を選んでいたかもしれないのに、この人にこうされてると、なんか、もう、気持ちよくなってしまいそう。それからの丸一日ともう半日を、削岩ハンマーのようなセックスとアンフェタミンとシャンパンと、〈レ・セゾン〉から取り寄せたシャリアピン・ステーキで過ごしたDLは、その果てに、リンカーンのリムジンに乗せられて、片一方のイヤリングが見つからぬまま、ストッキングに半乾きの男の液をつけたまま、雨上がりの艶やかな道路を悪名高き〈春のデパート〉に向かって走っていた。店に入ると、彼女は専用の部屋に通され、正式な給与が出るまでの一時金として、万札で膨れたバッグを渡された。

「怪しまれないために、一応、他の客も来ることになってるが、ひとつよろしく」——ラルフはここでも紳士であった。

「ラルフ、あたし、なんかもう、ハイな気分！」数日後、彼女は言った。本心だった。「他の客」はもちろんみんな、予想にたがわぬひどさだった。彼女を高揚させたのは、道場に通う時間がふたたび戻ってきたことである。思いきり体を伸ばし、蹴りとパンチを鍛え直し、乱取りの稽古に汗を流して瞑想に入ると、もう永久に失ってしまったのではと恐れていた内奥のシェルターがいまもしっかり自分を護ってくれているのが感じられた。建物から道路に出ると、ハイな気分を保つため、車の衝突や、疾走する救急車に意識を集中させ、そば屋に入って切り落とされたエビの頭が入っているドンブリを見つければ、それを見つめて気合いを入れた。いまDLはラルフとふたり、ブロック暗殺計画の最後の仕上げにかかっている。

「国際検察シンポジウムの会期は二週間。その間はヒルトンに滞在の予定だ。自由時間の行動スケジュールも入手しておる。ま、アイツが手の付けられない悪ガキで、ズル休みが趣味だとしたら、ちょっとフォローしきれんがな。とにかくあんたは待つ。すべてはヤツのスケジュールしだいだ。遅かれ早かれここには来るから。東京に立ち寄ってここに顔を出さんということは、まずありえない」

「でもあたしが出たらぶち壊しでしょ？　顔を知られているんだもの」

「いや、あんたは別の顔になる」

おっと、またまた別の顔ねえ。これまでこなした数々の顔づくりのうちでも、今回のは格段にブッ飛んだものになるということが、「デパート」の専属美容師が数名やってきて、カツラと染色、着付けの妙技をこなすうちにわかったけれど、できあがって鏡の前に立ったとき、DLの体中に寒けが走った。フレネシの頭に自分の顔がついているのだ。「ミスター・ブロック・ヴォンドは」美容師たちは請け合った、「アメリカン・ガールがお好きなんです。このルックス、いつも同じネ」。シックスティーズのミニ・ファッションと、ちょっとサイケなメイキャップだ……。でも、色メガネが必要よね、眼の色がちがうもの、あたしのくすんだ眼を見たら興ざめよ。フレネシの、あの蛍光ブルーの眼でなくちゃ——という懸念もすでに手配ずみだった。その時がきたら、DLはカラー・コンタクトをはめる段取りになっていたのである。

「だと思ってたのよぉ！」 プレーリーがすっとんきょうな声を上げた。「ママとあのゲジゲジ野郎。ねえ、教えて。どのくらいマジな関係？」

「パパとおばあちゃん、ずっとあたしにウソついてたんだ。ママはいつも人民の側に立っていたって。それでどうしてブロックみたいなヤツとできちゃうのよ」

「マジもマジ――」

「それはあたしにも最後まで謎だった。だってあの男、あたしたちが打倒しようとしているものを一身に集めたみたいな男だったわけだもの」 ただDLがこの東京で受けたショックは、いささか性格の違うものだった。愛しても愛しても所有できないフレネシを思い詰め、挙句の果てに、こんな遠くの国にまで来て代理の人形とやりまくり、そんな自分を変えたくても、取り憑いたものが離れない。だがそれを言えば自分だって――認めるのは吐き気のすることだったけれど――同じだった。となると、ラルフは、あんちくしょう、事情が全部わかってたということか。こんなことして楽しんでるの？ なんなのよ、そのユーモアのセンス。「デパート」の自分にあてがわれた部屋で、ひとり静かにその時が来るのを待ちながらDLは、これが、こうやって過去に愛し、裏切られたひとの似姿《イメージ》に捕えられ、じっと座っているというのが、悔悟の苦行のようにも思えた。それはまた、禅の修行で与えられる公案のようでもあった。すべては自分の狂気が紡ぎ出した幻想にすぎないのでは、と思ってみたこともある。歯医者の待合室かスーパーのレジの列でフレネシ・ゲイツの記事を読んだところ頭がプッツンしてしまって、とてつもない物語を編み出した？ いまあたしが東京の売春サロンにいてブロック・ヴォンドの殺害を狙ってるなんて全然ウソで、実はどっかアメリカ本土の精神病棟の中に保護されていて、調子にのった職員にご親切にもこんな服を着せられて、自分の不幸なファンタジーを演じているだけなの？ ヴォンドを待つ間、彼女は退屈しのぎにTVを消音にして映像だけ流し続けていた。

イメージがスクリーンの内に外に駆けめぐる中、DLはじっと座って、さあいま見えてるもののうち現実はどれでしょう、と戯れに自問自答することもあった。とはいえ精神の集中をおろそかにすることはできない。一本の綱の上を、常にバランスをとりながら、時計の針のめぐりに呼吸を合わせ、五感の高まりと弛緩を統御し、夫婦《めおと》の踊りや母子の絆にたとえられる、そのときどきの体部と陰陽五行の関係に常に意識を配っていなくてはならないのだ。今日《こんにち》なら、どこのドラッグストアでも、ニンジャ・デス・タッチ用の専用電卓なんか売っていて、ボタンを押せば計算一発、狙い所もタイミングもはじき出してくれるのだろうが、当時DLが頼ることのできたのは自分の記憶とイノシロー師の教えだけ。術をかけるにあたっては、早くから、人知れず巡っている永遠の因果応報の網の目に意識を接続しておかなくてはならなかった。師はこれを「暗黒の経絡の術」と呼び、そのタイミングにしつこいほどの注意を促していた。「正しい秘孔に完璧な一撃を加えること。だが、よいか、ヘンな時を選ぶのじゃ。家でTVを見ているのもよし——ラン・ラン・ショウの香港映画とかな」センセイを訪ねていきたかった。でも外出は禁止とのこと。

そのころタケシ・フミモタは、東京のオフィスと現場とを行き来する毎日であった。陰の世界に君臨する巨大マルチ企業〈チプコ〉傘下の研究センターが一夜にしてまるまる消えてしまったという怪事件に関してである。ブロック・ヴォンドの東京着から一週間後、タケシは前日まで総合研究棟だった場所に出来た巨大な動物の足跡の縁に立っている。保険会社の分類では、これは明らかに「全壊」である。が、この戦慄の大惨事も、起こったときがちょうどセンターの防災訓練の最中という偶然から、生命関係のほうは被害ゼロ。なんというか、ヘンである。

黒く垂れこめた朝の雲から霧雨が舞い落ちる。タケシはクレーターの縁に立って向こう側を見渡している。視界は最悪だった。向こうの縁は靄の中。ここに立って見えるのは、はるか下方にうごめきながら、テストのためのサンプルを一片だって見逃すものかと眼を凝らしている技術班の黄色いビームライトだけだ。「足跡」の縁はところどころ小さな地すべりを起こしている。

慎重な足取りで下りていくと、底にはすでにプラスチックの敷板が網状に敷かれ、信号も仮設されている。かなりの交通量だ。タケシは途中の引き込みのところに逃れて、魔法瓶のふたをあけ、この朝何杯目かのコーヒーを注いだ。アンフェタミンのカプセル錠剤ももうひとつ。「こりゃあ、底に行き着くまでが」と、あたりをねっとり舐め回すように眺めてから、「ひと苦労ですなあ」と言って独り笑いをし、近隣の視線を浴びる。ヘンなことがもうひとつ。かつての恩師で、現在は〈ワワヅメ生命&非生命〉のエキセントリックな代表取締役、ワワヅメ教授が昨夜の電話で言ったことには、チプコは最近、内陸用の海上保険に「あらゆる形態の動物に起因する損害」に対する特約をつけてくれとの依頼をしてきた。このあたりの海岸線は人通りも希薄なところ。被害状況からして、海の中から巨大生物が現れて、軸足を砂浜にのせ、もう一方の足で敷地全体をひと踏みに踏みつぶした――とチプコが言ってくる可能性はかなり高いと踏むべきだろう。事件が起きたのはちょうど引き潮だったから、浜辺にあった第二の足跡はその後の満ち潮によって跡形もなく消えてしまった、との主張にも筋が通る。「明らかに巨大爬虫類の仕業」と電話で教授はまとめていた、「あるいは環境保護の過激派の仕業という可能性もある」。だが、ここに立って眺める限り、別な世俗的可能性、すなわち「プロの仕事」という可能性もまた、タケシには捨てがたい。あたりにはSFXの作業班も、ヴェトナム帰りの元米兵も、暴力団員らしき者もいた。みんな爆弾に通じた連中である。たいていは顔見知りであったけれど、事の進展をフォローするのは無理だろう。きわめて高度な技術が関わっていそうである。これだって、踵から四つに割れた爪先まで、サイズにして二万文《もん》もあろうかという「作品」なのかもしれないのだ。

ワワヅメ生命&非生命の庇護の下、薄紫の街の明かりを下に見る大東京の高層ビルで快調なスタートを切ったタケシのキャリアであったが、丸の内の不気味な夕暮れにつつまれて、脱サラの自由を――一匹の浪人侍として危険な世界をフリーランスでさすらう暮らしを――夢見たのだ。今日はまた、例によってワワヅメ教授が回してくる仕事を受けて、悪臭漂う獣の足跡の底、赤緑黄のライトと縞模様のバリケードが靄にかすむ中を、結局は単純な欲望の所為でしかないのかもしれぬ謎の事件の調査のために、雨に濡れ、泥をくっつけ歩きまわっているわけだけど、背広の襟のボタンホールから会社のバッジの消えた彼は、曲がりなりにもインディペンデント。知人と家賃を折半している上野の外れのワンルームには、専用の電話と防弾の書類キャビネットを置いて、独立祝いにフレームつきで贈られたワワヅメ教授のサイン入りのツーショット写真を机に立て(パパラッチが撮ったのを引き伸ばしたこの写真の教授の顔は、いつにも増してボケ役風で、夜の新宿のバーの前、金ラメのドレスに外巻きカール、二センチはあろうかという睫毛をつけた美人ホステスによろけた足で抱きつこうとするその口もとから透明なよだれが一筋たれ始めている)、タケシはもう久しく前から空の砂漠の遊牧民を自称し、ディーゼルの煙をあとに、太平洋岸の都市を次から次に飛び回り、空港で乗継便を探している間に、以前香港は徳輔道の日發《ヤッファッ》ビルで出会った顔にふたたび出会って意味もなく会釈をし、機内に入ればスチュワーデスのボディラインの品定めをやり、機体のボディの窓の外にも眼をやって、いよいよ離陸となったあとは、空の神々に運命を託すのだが、総飛行距離が数百万のマイル数に達したいまも、空の神々の領空を一度たりと味わえた記憶はない。印象としては地上の送電線網より少し高いところ、高速道路と一緒の空間にへばりつきながら、こっちのローカルな空港からあっちのローカルな空港へヒョイと上がってはすぐまた降りるといった感じ。地下の組織の網の目のほんのわずか上方をモグラのように這いずりまわっているといった感覚しかない。高速道路の追跡劇でもわずかのところで振り切られる。地方都市から地方都市へのわずかな距離を飛行機でひとまたぎして、聞きなれぬ名前の訪問地には、工場の煙と車の排気ガスが漂うばかり。胸躍る青き空の彼方にはまるで届きようもない毎日であった。

タケシはいま、海面下数十メートルはあろうかというクレーターの底に立っている。長い長い回り道を通るうちに、時間の感覚も失せていた。途中で話しかけた技師たちは、誰も彼も、示し合わせたかのようにつっけんどんな態度だった。やっぱりねえ、理由は彼にもわかっていた。このところサケを飲ませてませんからねえ。雨雲はさらに低く降りてきていて、見上げても自分の下りてきた崖の縁さえ眼に見えない。作業員の一団が大声の怒鳴り合いを始めていた。ヘッドランプが旋回し交差する。その中に昔なじみのミノルがいるのに、タケシは気づいた。政府おかかえの爆弾除去の専門家であるミノルは、天才というよりは、X線の透視眼を持った、おたくタイプの男だった。そのミノルはいま、両手をカップのようにして、じっと中を見つめたまま。

「珍妙きわまりない事件ねえ、ミノルサン!」タケシは声をかけた。

「珍妙も珍妙! これ見てよ」

ミノルの手の中には、タケシの見慣れたものがあった。「東側ブロック、ネ?」

「エエ、でも、こうして見ると——」ミノルは手中の断片を回転させている。

「ヘン!」その先はミノルに言わせた。

「南アフリカ製!」

「モット・ヘン!」

ミノルは手を振ってその場を離れようとした。「こんな穴蔵、初めてですよ。気色わるい」

「一杯、どうだね?」タケシが後ろから声をかけた。

ミノルの返答は、その瞬間に上方から舞い降りてきた突然の大音響にかき消された。霧の中、ほとんど至近距離からの鼓膜をつんざく爆音だった。タケシの視覚に届いた限り、みんな立ったりしゃがんだりの姿勢のまま、逃げ出す構えも見せず――こんな巨大な泥の蟻地獄、どこにも逃げ場はないのだが――もうどうにもヘルプレスといった穏やかな表情で、次の瞬間何が襲ってくるのかと頭上を仰いでいるのだった。何だこれは! 霧の中からそれが姿を現すと、動きを奪われた人々の間に、反射的な「おお!」の波が走った。黒いウロコを輝かせ、海水と海草を垂らしながら、巨大な爪を持つ足をいままさに地面に下ろそうとしている、こりゃいったい……

「戻ってきたあああ!」人々は口々に叫んで走り出し、または騒ぎをフィルムに収めようとカメラを取り出し、あるいはまた近づきつつある存在に向けて放射能測定器やマイクロフォンを振りかざす。だがタケシが逃げ出そうとする間もなく、思ったよりはかなり小ぶりの襲来者はわずかに方向を変え、急ごしらえの着陸場の上に降りて止まった。見るとそれは、チプコ特注の乗客輸送用大型ヘリコプター。ヘリの底に、それっぽい質感のあるプラスチック材や発泡ボードを貼りつけて怪獣の足に見せかけてある。社内でジョーカーズの異名をとる輸送班の面々の面目躍如のイタズラに、みんなすっかり引っかかったというわけである。

ヘリコプターのスピーカーは、全員直ちに避難せよとの勧告を発していた。これもまた冗談かなともタケシは思ったが、「知ったことじゃないですよ、一日分の仕事はしたもん」と言い放つと、みんなと一緒に機内に乗り込んだ。

「聞こえたよ」乗り込みがてらミノルが言った。「一杯どうかって、ウソじゃないよね」

「もちろんよ」何か狙いがあっての誘いだった。はて、何だったっけ?

「シンガポール・スリングとかいただけるかなあ」

　飛び立ったヘリからかすんで見える泥土の崖の側面は、今や至るところ暗黒の唸り声をあげながら崩れ落ちている。タケシは駐車場に残した車のことを思った。レンタカーの事務所に行って今度もまた「不可抗力」の申請をしても、こんなに薄弱な理由では、通るはずもない。ヘリは高度を上げて雲に突っこみ、視界ゼロの中を一時間かそれ以上と思える間プロペラ音を響かせた。乗り込んだ面々はほとんどが技術系か軍関係。それぞれに芸能誌や漫画をめくり、ポケットラジオのイヤフォンを耳に突っ込み、トランプやら囲碁やらに興じている。タケシとミノルは機尾の小さなバーへ出かけたが、そこはメニューの貧しさを法外な値段で補うところで、シンガポール・スリングなど論外だった。仕方なく注文したビールの空き瓶がカウンターに並び、エンジンの振動でカチカチ震える。ミノルの口調は次第に謎めいた、狡猾な調子になっていった。「ヘリの中ってわたし好きでねえ、トイレに入ったみたいで――究極の私的空間って感じ」

「そう――空の旅は多いの？」

「ビジネスが――このごろはたいがい海の上なのよ。去年なんか、空にいた時間のほうが陸《おか》にいた時間より多かったんじゃないかな」

　ミノルの専門というのが、身元の怪しい爆発物の解体作業だということをタケシは思い出していた。実際に手を下していないときは、いつも他人にやれとの最終命令を発している。

「最後に二人で一緒になったフライトは……」ミノルは悪意を感じさせる眼つきで、「ラサ国際空港でしたよね。懐かしの！」

「それ、言うと思った」

「忘れもしない。今日は特にまざまざと眼に浮かんでくるね。理由、わかる？」

ヘリは昼下がりの陽光の中へ出ていた。眼下一面に黄灰色の工業団地が広がっている。この建物の唯一の目的は、中で何が行われているのか、上空からの観察者に知られないことにある。公園の造成用の空き地も、買い物と娯楽の総合センターとおぼしきものも見える。機内放送が始まった。「下に見えますのはチプコの〈テクノロジー・シティ〉であります。世界でもっとも眼に見えないロボット、チャックの住む町としてあまりにも有名ですね」アナウンスは延々続いた。タケシとミノルはビールをあと二本頼むが、ラスト・オーダーの時刻は過ぎたとの返事。「みなさん、チャックって、どのくらい眼に見えないのかご存じですか?」アナウンスは続く。「そうですね、このフライト中、ずっと皆さんの間を歩き回ってたの、お気づきでした? ほら、いまも脇にいるかもしれない。あなたの脇! それとも、あなたかな!」ヘリは降下し、サインがつき、ミノルはため息をついた。「ずっと空の上がいいのになあ!」アナウンスが列車情報を伝える。チプコは東海道新幹線に、自前の駅を構えていたのだ。東京までは三時間弱の計算である。

新幹線の車内で二人はヒマラヤの話の続きを始めた。類似点は少なくない。破壊の対象は非生命体で、発火装置も爆薬のセムテックスも、ともにチェコの匂いが漂う。そのうえ動機の偽装工作……

「じゃあ」タケシが言った。「きみはこれをチプコ自身のしわざとは考えない、のね?」

「特約を書いたのは誰?」

「ワワヅメ教授その人ですよ」これまたヒマラヤの事件と一致する。この世界では古顔の二人は、力なく顔を見合わせた。こういう時にいつも味わう気分をたとえていうと——ジャングルの現地人が、銃撃戦の戦地を這いずりまわって一トンあってもいくらにもならない薬莢を集める気分、だろうか。自分たちには手の届かない、高い高い場所で惑星サイズの抗争が年を越えて続いている。権力は集積し、命はその価値を下落させ、人事は入れ替わる——そういうことがかつてのギャング戦争や血族間の争いと同じルールで行われながら、規模だけは地球全体を巻き込むまでになってきている。そうしたプロセス全体に、チプコがどっぷり浸かっていることは間違いない。ワワヅメ教授もゲームのいくつかには加わっている。成層圏に海賊船が飛んだり、ヒマラヤ全体が身代金になったり、そんな取引が毎日のように営まれるこのゲームに、タケシもミノルも、もうすっかり驚かなくなっていた。

「ヒマラヤかあ。あそこはひどかったねえ」タケシは思い出す。「一番マズい時間帯に、ブリザードが襲ってきて」

「——逃げ道も見えなかったね——あたり一面、白一色。なのに時計はどんどん時を刻んでくんだ」

「そう、眼に見えるものと言やあ、きみの腕時計だけだった。文字盤の数字が青緑に輝いていて。爆弾犯人は完全なアリバイ作ってジュネーヴに戻ってしまっていたんですよ。まさに無限の果てって感じの白色宇宙に、小さな小屋を見つけたっけね。中にいたのが——」

「クツシタサン！」ふたりは一斉に笑い転げた。「飲み過ぎで死んだとばかり思ってたのに——」

「魂の救済を求めてチベットに来てたんだって！」

笑いがやっと引けたミノルは、懐かしそうな顔で、「核爆弾の仕事は、あれが最初だったなあ」。

タケシもうなずく。「きみはさ、〝ザ・キッド〟と呼ばれて……」タイムマシンに心地よく運ばれるうちに、車輛は早くも東京駅に——この問題についての理解は少しも進んでいなかった。ホームに降りたミノルはタケシを待たせて公衆電話に直行。タケシは上着の胸のポケットからジョージ王朝風の銀製嗅ぎ煙草入れを取り出した。〝シャブ〟である。ミノルはこれに動揺してもう一本電話をかけたが途中、突然受話器を置くと、黒眼のまわりをグルリ白眼で囲んだ眼玉をむき出して、逆方向に向かおうとしたタケシに追いすがった。

「僕ら会わなくちゃならない人がいる！　急がなくちゃ！　もう遅すぎるかもしれない！」ミノル

はタケシのネクタイを摑むと、抗議の大声を立てる彼を引っぱって駅構内の人混みを抜け、タクシーを呼び止めた。「西新宿の、ヒルトン東京」そこに世界中から国際警察の大物や大都市の地方検事が集まって一大会議が開かれていた。国から国へと休みなく流れ動く連中も来ているから、ミノルも知り合い筋の人間に数人ほどは会えるだろう。初期情報の断片くらいなら簡単に得られるに違いない。ファクシミリの機械の前で待ってると、販売伝票の写し、それも希望すれば顧客の現住所つきのものが送られてくるなんていう展開も夢ではない。タケシはドアの把っ手に手をかけてはいたが、タクシーがスピードをゆるめた隙に飛び降りるつもりが、その時になるといつも忘れてしまうのだった。時は一九七八年。折しも大手の暴力団すべてを巻き込んでの血なまぐさい抗争が街中で繰り返されているから、パブリックな場所はどこであれ自己責任がつきまとう。新宿の通りを行き交う人々もどこか恐怖の影に怯え、ディスコのドアから漏れてくる音楽は今夜はどこも短調の響き、ビートもこれじゃあ踊れぬくらいのスローテンポだ。長年の保険マン人生の中で、保険金計算の数値が深遠な謎をたたえて動くのを見てきたタケシは、徴《しる》しと兆《きざ》し、の彼方からのお告げ《メッセージ》というものに価値を置き、それらを求めて世の中を見つめる習慣を身につけていた。今夜の東京がどこを見ても不吉な兆しをたたえて見えるのは、シャブのせいばかりではないだろう。不運続きの今日一日が、さらなる暗転に向けて動き出そうとしているかのようであった。

ヒルトンに着いたミノルは、さっそくリストアップされた面々の動向を調べてみたが、一人はヤクザ＝医師会共同ワークショップ、もう一人は司法取引クリニック、別の一人は「初出馬に際しての資金繰り」なるシンポジウム……と、みんなそれぞれ晩の予定のプログラムにまじめに出席している。仕方なく、タケシと二人、バーに入って飲み始めたのだが、しばらくしてミノルに呼び出しがかかった。タケシは待ったが、いつになってもミノルが戻ってこないので、トイレを探し、用を済ませてバーまで戻ろうとしたものの、戻り方がわからない。二つ三つ、曲がる角を間違えて、裏口前のロビーに出た。そこは通りに面していて、ドアの外に停車中のアメ車から巨大なV8エンジンの音が聞こえ、中では褐色のギャバジン・スーツを着たアメリカ人が二人、何やら言い合っている。

その一人がブロック・ヴォンドであった。「いますぐ応援は呼べん。まだ何も気づいていないフリでいきたい。あの店に行く途中、いくつかチェックポイントを張られちまうからな。後部座席にそれらしき頭と肩が見えている必要があるってことか。ロスコ、こりゃお前に実際行ってもらわなくちゃならんて話かもしれんぞ」

「アッシなんざ、二秒で身元が割れちゃいますぜ。なあ大将、それより――」と、そこで車の窓から仰々しくまわりを見回したら、そこにいたのがキョトンとしているタケシであった。「ヘイ、こいつぁ、いいカモになりそうだ。コンバンワ、ユー・スピーク・イングリッシュ?」タケシが初めてブロックを見たのがこのときだった。ライトの中へ進み出た男の顔と正対したその恐怖の一瞬、いま自分に恐ろしいことが起こり、自分はもう死んでいて目の前の自分自身を見つめているという思いがよぎった。面《つら》の皮がピンと延びた漫画そのものといった顔、長いこと鏡に映して丹念にシェーヴしていたのであろうツルツル顔が、タケシのほうに滑るように近づいてくる。その催眠効果はテキメンであった。ブロックは長方形のプラスチック・カードをタケシの胸ポケットに差し入れると、「忘れられぬ夜へのパスポートだよ」とささやいた。「ありがたく思えよ」とロスコが言い添える。後部座席にタケシを乗せたスーパーサイズのアメ車は、新宿の通りを南に下り首都高のガードをくぐった。六本木に運ばれるまでの間、タケシの頭には、恐怖の想像が次々湧いてきていた。通りに仕掛けられた地雷が炸裂する、並走する車から突如銃弾の嵐が襲う――外人の端役が二人登場するギャング映画のまっただなかに迷い込んでしまったみたいになってきた。

車から降ろされたのは倉庫サイズのビルの前。暗闇に、メタルのドアの脇についた小さなスポットライトが一つ、もらったカードと同じ大きさのスロットを照らしている。あたりには人影もない。車の窓を叩いても無駄なこと、アクセルが踏み込まれ、たちまち車は角を曲がって消えてしまう。カードに視線を落とすと、刺激的な恰好をした美少女をあしらったロゴの隣りに「GENTLEMEN TITS ASS CLUB/For the Connoisseur（紳士のための超H倶楽部――その道に通じた貴方のために）」と書いてある。こりゃ自分にピタリの場所とは思ったが、ブロックとロスコが囮《おとり》として自分を送り込んだこともわかっていた。「いやあ、きつい選択でしたね」とタケシは認める。「きみだったら、どうしてた？」

「タクシーをつかまえた」プレーリーが言った。「でも、そこでタケシさんが引き返しちゃってたら……」

タケシとは、やっとのことで会えたばかり。昨晩夜更けに彼は館に到着し、入ってくるなり、分速一マイルという感じでまくし立て、パンキュトロン・マシン（この機械がかつて自分を蘇生させたと信じているのだ）はどこなのよ、いますぐ頼むよ、と訴えた。翌朝、朝食の席で紹介されたとき、思っていたより背が低く、齢もいっていたこのおじさんの、何よりすごかったのが、見ていて気分が悪くなるスーツである。肝臓色の地に明るい水色の点々がプリントしてあるのは、合成繊維にツイードの質感をもたせるためか。ズボンは膝のあたりがぶかぶかに膨れている。そのタケシの肩に軽く手をかけ、申し訳なさそうに彼を見下ろしながらDLは、ニッと笑ってプレーリーに手を差しのべる〝相棒〟の脇から、「大丈夫よ、この人、足先だけ見てればいいんだから」とツッコミを入れた。そしてタケシが抵抗するのもかまわずに髪の毛を眉の上におろし、「ねえ、この人誰かに似てない？」

「『三バカ大将』のモウだ！」とプレーリーは大声をあげた。

「このおばさんから、何を聞かされてました？」とウィンクしながらタケシがたずねる。

「ぜーんぶ」とDL。

「そうか、ジャスト間に合ったみたいですね」以来タケシは、シャイな様子も見せず、DL版の物語に色鮮やかな解説を加えてきたのだが、例の暗いメタルのドアと、カード・キーのところまで辿り着いて、ちょっとたじろいだ。「セックスのところは、やっぱり飛ばしましょうかね」

「そう、まだ子供だから」DLが同意する。

「あなたたちぃ！」プレーリーが抗議する。

「それではモロにいきましょう——プラスチックの固くて滑らかな縁を指先でいじくっていたぼくは——震える手で——スロットにカードを差し入れたのですよ。すると——かすかな鳴き声みたいなのを立てて、その穴は——指からカードを吸い取って……」情報の照合は一瞬で終わり、カードはすぐ、アッカンベエの舌のように戻ってきた。中に入るとガランとしている。夜の商売という感じではない。酒の匂いも、雀牌のぶつかる音も、流し目の女たちが出てくる気配もない……。警察の手入れがあったんだろうか。ブロックの軍団がもう来てしまったとか？　建物の遠くの隅から、人の声がほとんど聞こえてきそうな気配。と突然、店の女の子たちのさえずり声が彼を囲んだ。ゾクッとするような薄物のミニドレスにコンパクトな体を包んだカワイコちゃんが優に一ダース、輝ける運命の小鳥たちのように彼のまわりに群れてきたのだ。早くもパニックのタケシ君、汗はタラタラ、お股モコモコ、ワインレッドのツヤツヤの爪がそっと彼の腕をとり、たくさんのハイヒールの蹄が一斉に可憐な音を響かせて駆ける中、人気のない通路を運ばれていく間、転げずにいるので精一杯のタケシは、それでも「ほらほらきみたちぃ」とか、「何なのですか、これは」とか、余裕の対応を見せようとする。でも自分はただの積荷なのだ。フワリとしたペチコートとひらひらした睫毛の大波に運ばれるままエレベーターの中に入ると、全員ぴっちり体を寄せ合ったままスーッと階下へ落ちていく。ドアが開くと目の前に廊下が一本、麝香《じゃこう》の香りのブラックキャンドルの列に照らされて、向こう端にある唯一の扉まで延びている。案内嬢らは廊下にタケシを押し出して、そこで初めて声をかけた。「ヴォンドさま、ステキな夜を!」「ドギマギしないで!」タフタ地の衣擦れの音をサラサラさせてお辞儀をし、ドレスの胸に手を入れてマッチを出すと、今度はその手をスカートの下に入れ、ストッキングに挟んであったタバコの箱を取り出して火を点けるのが、閉まり始めたエレベータードアの隙間から見える。

ヴォンドさま? そうか、ヒルトンで、一瞬ボク自身かと思った外人ね。みんな自分をそいつのことだと思ってるんだ。さあ、どうする。振り向いてエレベーターを呼び戻すボタンを探したが、ここにはそんなもの、ついていない。壁は一面すべすべだ。廊下の奥に、黒のベルベットで覆われ、銀のノブのついたドアがある。タケシは可能な限りの抜き足差し足で歩いてゆくが、彼の靴は、こんなに厚手の絨毯の上でも、キュッキュ言って仕方ない。いやあ、これ、ミノルのやつの仕組んだイタズラだったりしてえ、と、そう思ってタケシはドアを叩いてみた。が、衝撃はベルベットに吸収され、音にはならない。そうか、このノブ、自分で回すのか、とドアを押し開け、中へ踏み込む……。ベッドの上では帽子をかぶったDLが、ミニのドレスをまとい、耳から長いイヤリングを垂らした姿で、長身を悩ましく横たえていた。これは、これは——タケシはにんまり——ヴォンドさんて、ミニスカートがご趣味だったとは! 女はニコリとして、「急いでよ、ブロック、いつまで服着てんの?」

オーオー、アグレッシブねえ、とタケシは思った。こういうの、ぼく、いいんだなあ。「でも、これ——」と事の経緯に言い及ぼうとして、「シ———ッ!」とたしなめられる。

「話なんかいいから。とにかく脱ぐの、ここにいれば安全だから」

売春宿に来て、こんなふうに震えがくるのは初めてだった。タケシは一枚一枚意識しながら、着ているものを脱いでいった。空気が重い。自分を見ている彼女の視線も肌にズシンと感じられる。どこかで時を告げるチャイムが聞こえる。古来の呼び名で、酉《コック》の刻だ。「硬茎《コック》の時とは意味深長ですねえ」と後にタケシは、話がこれに触れるたびコミカルな口調で言い添えて、いつもDLに睨まれるのだった。雄鶏《コック》といえば普通は夜明けを連想させるが、デス・タッチの法の下では宵の口と結ばれる。死のひと触れを受けるべき者の氣の巡りは、酉の刻には、膀胱の妻である三焦にまで行き着いているはずであり、従ってそこが衝くべき点となる。點脈《ディムマク》の法によれば、DLが使おうとしている「鍼《はり》の指」は、それを当てる強さと向き次第で、現実の死の到来を一年先まで引き延ばすよう調節するのが可能だった。いま攻撃を仕掛けておいて、その後の月日を完全なアリバイの中で過ごしながら、相手がコロリ死ぬ日を待っていればいいのである。

「ちょっと待ってよ」プレーリーが口を挟んだ。「服まで脱いでるんでしょう？　それがこのタケシさんよね。そのときは初対面よね。そんなチョー親密な時間を一緒に過ごして、なのにまだ、タケシさんのことブロックって呼んでるの？」

「コンタクトのせいなわけ。あたしの眼を、あんたのママの――そう、あんたのその眼と同じブルーに変えるコンタクトをはめてたんだけど、度が全然合ってなかったのよ。〈春のデパート〉のケチな野郎が、まともなやつを用意してくれてなかったんだ！」

「他人のコンタクト入れたの？　ゲロゲロ！」

「だからさ、なんにも見えない。わかる？　ブロックとタケシはサイズも恰好も似てるしね、それにその時は精神をトランスパーソナルなところにもっていってたし」

「やるべきことに集中してた……」と、プレーリーはその言葉の意味を推量した。

そう、あまりにも集中していた。だから、コンタクトのことなど（事がすむとすぐに部屋に入ってきた従業員が持っていってしまったようだし）しばらくは考えることもなかったのだ。考えてみれば、なんとも気色悪いことである。不吉な鳥がびっしり肩に舞い降りてくる感じがする。しだいに彼女は、あのレンズが死人の眼からとってきたものだと、根拠もなく信じるようになった。自分が人を殺す瞬間を、他ならぬその死者のレンズを通して見る。その人、生前は体を売って暮らしていたのだろう。個人営業やっていて、組織に脅迫されても譲らずに仕事を続けてバラされた。名前はもう誰も知らない。どこかの台帳に載ってるわけでもないから、消されてしまえばこの世には痕跡ひとつ残らない。商売用の名前だって、誰ひとり、覚えていない……

それほど完璧にこの世から消されてしまった女のコンタクトレンズを通して、DLはあの晩の酉の刻の出来事を見ていたわけだ。ベッドの上の裸の男にまたがってペニスをまさぐりそれを自分にすべり込ませるのを。だが精確に呼吸を整え、自分の股下に広がる暗黒の経絡の、無防備な秘孔の一点に意識を注ぐのに他人の視力の助けはいらなかった。訓練で培った感覚だけを頼りに経絡に侵入し、相手の氣の流れに抗し、左か右か正しいほうの掌で、彼女自身の氣を錐もみにして注ぎ込む。その瞬間、タケシは何も感じなかった。その後絶頂に達したタケシの卑猥な日本語を聞いて、超越から我に戻ったDLは、あれっ、と気づいたのだ。ベッドから上半身を乗り出して、コンタクトを外そうとすると、萎え始めたペニスがスルリと抜けた。どうしたんだ、と怪訝な様子のタケシは、向き直った女の顔にビックリ。まるで何かが抜き取られたみたいに、瞳の色が突然の灰緑色に変わっている！　その眼が釘づけになり、そして瞬いた。

「オーマイガーッ！　オーノー！」ベッドから転げるように飛び出すとDLは、タケシの眼には全然止まらぬ早業で構えを取った。

「なあ、ベッピンさん！」タケシは片肘をついて、「ぼくがなんかマズッたんだったら」

「あんた、誰？　あ、もう、いいいい」クルリ背を向け、ドアを飛び出たDLは、サイケデリックなミニ姿で館の出口へ向かった。その姿を何台の監視カメラがとらえていただろう。今夜の客もそろそろ帰り足。DLにとって彼らの顔は、まともに人も殺せないヘボ刺客の自分を見て、昔の借りを返そうと、あらゆる場所からぞろぞろと集まってきた敵の顔の生き写しのように見えていた。

帝国ホテルの特別サービスとして、「デパート」の隠しカメラからの映像を覗き見していたラルフ・ウェイヴォーン氏は、通りへ出ていくDLと、部屋でひとり当惑顔して服を着るのもたついているタケシの姿をチェックした。「あの日本人に誰かをつけよう。助けてやれるかもしれん」「女のほうは、あっしが捕まえてきます」とお伺いを立てたのは、2《ツー》トン・カーマイン・トルピディーニである。

ラルフはちょっと考えるふりをして、「まあ、放っておけ。探せばまたいつでも見つかる……今度は我々に恩義があることも分かっとるだろう」。

電話が鳴った。カーマインが出た。「誰か垂れ込んだって話ですぜ。で、やっこさん、スタントマンを送り込んだと」

ラルフは画面に釘付けである。あの長い、美しく鍛えられた脚が、ゆっくりとした、だが鮮やかなくノ一の足の運びで一歩また一歩と伸びていく。「ムンンン――ワッ！」画面から消える彼女にラルフの強烈な投げキッス。「サヨナーラ、ベイビー。あんたこそやってくれると思ってたんにな。あんたにやれなきゃ、いったい誰がやれるんだ？」

「あいつ、悪運強すぎまっせ」カーマインは哲学に耽った――「だが、借りた時間を生きてるだけに過ぎやしねえ。運はいつまでも保《も》ちゃしねえって」

「ヴォンドめ」ラルフ・ウェイヴォーンはため息をついた。「おぬしはロード・ランナーか」

カリフォルニアに舞い戻ったDLは、カラッポの頭のまま、〈くノ一求道会〉の館に隠棲の場を求めた。ここは彼女が少女のころから出入りを繰り返していたところで、会のスタッフ、ことに首領のロシェル姉とは、愛憎入り交じった関係ができあがっていた。が、DLの落ち込みぶりのあまりのひどさに、この日はさすがのロシェルも、詳しい話は明日にしましょう、それまで瞑想部屋に入ってらっしゃい、と穏やかに指示しただけだった。

と言われても、とても瞑想に入れる状態ではなかった。心静かに己のなしたことを振り返るなんてとても無理。涙は止まらないし、眠りにもつけない。オナニーをしても効果がない。夜も更けてから、彼女は調理室へ忍び込んでつまみ食いをし、「退歩の間」という名の付いた娯楽ルームで、TVのスイッチを入れ、そこにあった灰皿から燃えさしを拾って火を点け、夜が白み鳥の声が聞こえるまで、むかしの映画をあれこれ見ていた。ロシェルに会いに行ったときには、顔全体に不眠のやつれがありあり。姉《シスター》は手を差し伸べて、彼女の額に張り付いた髪を左右に散らした。「取り返しのつかないことを、やってしまったんです。あまりにも……」とDLは言い出したものの、後が続かない。

「そんなこと、わざわざワタクシに言いにきたの?」

「だって他にわかってもらえる人なんか——」

「こっちのことも考えてちょうだい。資金繰りも、ちょうどいい方向にまわり出して、ビジネスパースンとしての新しい人生が開けつつあるところなんです。そんなときにあなたにフラフラやってこられても困るのね。カトリックの坊さんみたいに、懺悔の告白、聞いてる時間はないの、わかる?」彼女は頭を振って、尼僧のように口もとをキッとさせた。ただ、DLの告白は最後まで聞いてくれた。そして、「質問しますよ。最後の瞬間にあなた、自分で引いてしまわなかったと確信持って言えますか?」

「確信ていうと——そこまでは——」

「DLサン、アテンションが足らなくない?」陰鬱な口調である。「つねに細心の注意を。それがすべてだってこと忘れたのかしら」　人身と人身へのやりとりは複雑な絡みを要す。氣の流れを把握し、正しいタイミングを計ったうえに、記憶も良心も情熱も自制も、すべて一点、すなわち死のスポットへ注がれなくてはならない。くノ一道の先輩の視線はDLのうなだれた首と、そむけた顔に注がれたまま。「あなたの人生のパターンを見ただけで、これだけのことは言えます。いつも他人の現実から、そうね、距離を置こうとする、その結果、俗界に堕《お》ち——」

「誘拐されていったんです!」

「ともかくも腐った世界を引き回された。そのときに、充分なアテンションをもって、時間をかけて準備を整えていたら結果は違っていたでしょう。でもあなたはそれも忘れて、ただの無鉄砲なあばずれ女を演じたのでした。外面の世界に執着してイージーに事を処理しようと。失敗するのは当然ですね」

かつてのイノシロー師の言葉がズキンと胸によみがえった。この世には戦士になど最初からなれぬ者がおって、そういう者は衝動的に事に臨んで失敗し、そのツケを一生背負っていくのだと。その時センセイはあたしのことを言っていたんだと今になって気がついた。コイツはきっとどこかで、決定的なヘマをやらかす運命《さだめ》だということをセンセイはちゃんと見抜いていたんだ。でも、それは警告できることじゃなかった……。我に返ったとき、DLは自分が神妙な顔して何度も何度もうなずいていたことに気づいた。「どうしても知りたいんですけど」彼女は最後に小声で言った。「それ、逆戻しのきくもんでしょうか」

「それって、あなたの人生? そりゃだめでしょうよ。デス・タッチのことなら、場合によるわね。

たくさんの変数が関わってくるけど、とりわけ早期のケアが大切です」

「でも……」何を言っているんだろう？「でもあたし、ついさっきまで下界で……」

「ここに戻るの久しぶりだから知らないでしょうけど、あれから私たちは医療チームをかなりグレードアップさせてます。スタッフには二人ほど、有資格者の男性も、ケガレを覚悟で入れてますし、新しいセラピーの機械も入れました。ニンジャ・デス・タッチの犠牲者なんて、そうは来ないけど、早く連れて来られるんだったら、それだけ見込みは出てくるわね」

「でも、どうやって探すのか……。そんなことに――つまりあたしの気持ちとしては――」DLは、それを口にするのを控えた。

だがロシェルは、「言いなさいな」。

「なんとかここにいさせてもらえないかって……」届かないほど小さな声。

窓の外、ユーカリの木の葉の隙間から、昔は白壁だったところを覆いつくして生い繁る蔦の葉の濃密な緑が見える。その遠く向こうには、波打ちながら〝下界〟へ下っていく山脈《やまなみ》が展開し、その波間にフリーウェイの白い曲線も見えている。一方こちらは、金と緑のなめらかな丘陵地を永遠に吹きやまぬ風が抜けてゆく。精神探求の総本山は今日も最もディープな凪ぎの時、一日の底をなす白昼の中心を迎えようとしていた。ふたりは、〈ニンジェット珈琲ラウンジ〉の戸外のテーブルで、カップの中の陽のゆらめきに視線を落としている。

「忍者の資格審査委員会があったとしたら、いまあなたが告白したみたいなこと為した人は即、免停ね。どうでしょう、ここで心を入れ替えてあなたのやるべきことを夢中でやってみるっていうのは。これまで私たちはあなたのやる気を信じてきたけどね、このままではあなたのためにもうまくないと思うのよ。だって一つのことに集中できたためしがある？　アテンション・スパンってものが、あなたにもあるのかしら。悪趣味なツーリング・カーを飛ばして降りていったかと思えば、〈ゾーディーズ〉の特売品みたいな服着てまた入れてくださいとくる。出たり入ったり、何年も、一貫性っていうか、継続性っていうか、とにかくアテンションってものが一切あなたにはないのよ。止まったら倒れちゃうからただ突っ走ってるだけで、その先に何も見えてない、それがあなたの人生じゃないの」

「どんなになっても、ここに来れば受け入れていただけるって思って」

「もうあなたは見込みがないと思えば、『出ていきなさい』って言うわよ。そうでしょう？」

「そうならば、観念して出ていきます」太陽の髪をした女はこのとき初めて顔を上げて、キッと見つめる求道会のリーダーの眼をまな差した。絡みつくような、だが同時に押しやるような――またタケシを探しに出なくてはならないと思うと絶望的になるのは避けられない――複雑な視線である。「でも、もし彼をここに連れてきたら――」

ロシェル姉は、あなたにはかなわないわというかのように、目玉をグルリ回して見せた。「ごほうびに、ここにずっと置いてもらえるかって？ おお、おお、愛しのわが子。冷たくて美しい、三十歳の劣等生さん！」

この場でのロシェルからの言葉としてはこれが精いっぱいの祝福だったろう。準備のために数日留まることを許されたDLは、他人のタバコに心惑わされることも、手淫の誘惑にかられることもない部屋に入れられ、自己催眠によってやっと眠りにつこうというまさにそのとき、求道会の建物の門の前に現われたのは誰あろう、DLを探し訪ねてやってきた、当のタケシではないか。なんとも手間の省けること。

タケシはタケシでタケシなりの辛い時間を通ってきていた。〈春のデパート〉での冒険の後、自分の身に何が起こったのか知るまでにさほど時間はかからなかった。恐怖の沼地で溺れそうになりながら、翌朝、ミノルの勤務先のテロリズム対策局に電話を入れたのだが、いろいろとはぐらかされた挙句に、その人物はタケシの知る姿ではすでに存在していないとまで示唆された。それから後は、どの内線に当たってみても、お待ちくださいのひと言のあと、永遠の沈黙が続くだけ。

その日一日、その翌日も、彼は自分の体がヘドロの海になったような感覚に襲われていた。ありとあらゆる症状が、とくに胸と腹のあたりを激しく突き上げる。食べ物を見ると吐き気に襲われたから、ルームサービスも取らなくなった。最後の一撃を食らわせたのが、クリーニングから戻ってきたスーツである。DLと遭遇したあの部屋への行き帰りに着用していたそれは、上着の正面にもズボンの股のあたりにも、さしわたし五センチから一〇センチの穴がいくつも空いていて、その縁は、腐食と燃焼が同時に起こったかのように、ボロボロの繊維が黒く焦げていた。電話に出たクリーニング屋は、申し訳なさそうにするだけで助けにはならない。

「ナニ使ったかって？　いつものやつっす。パークロエチレンてんですがね、やあ、もう、ビックリしたなあ、見る見るうちに空いてくんすから」

「空いてく？」

「穴がですよ、空きだしたら、あっという間だ。あんなの初めて」

脂汗を垂らし、突き上げる痛みと高鳴る動悸をかかえて、タケシはワワヅメ生命&非生命直属の診療所に急診の予約を入れた。忘れずに持っていったボロボロのスーツを、オルニ医師は検査用のテーブルにのせ、自動スキャニング装置のスイッチを入れた。隣室のディスプレイに、グラフとデータ数値が映し出される。カーソルで穴のパターンをマークしながら、「ほら、このへん一帯、危険信号ですよ。激しいなあ。これほどのエネルギーが観察されることは滅多にない。腐食性です。とにかくきわめて悪性だ。喧嘩ですか？」

タケシは一日中思い出さないようにしていたものを思い出した。長身をクルリ回して部屋を飛び出す直前に、あの金髪女の眼に現れた恐怖と絶望の表情。彼は〈春のデパート〉での一部始終を話し始めた。ドクター・オルニは簡単な身体検査をやりながら、何か見つかるたびに言葉にならない暗い声をボソリボソリ発していたが、尿検査の結果を見てやっと納得したようだった。冷蔵庫からサントリーのボトルを出し、紙コップを二個見つけてそれになみなみ、九割方までリザーブのストレートを注いで、両足を机の上に投げ出すと、沈んだ声で謎の症状への降参を表明した。「癌はシロ、炎症もない、石も溜まってない。蛋白とケトンの値も正常。しかしですね、あなたの膀胱はちと手の付けようのないほどの状態だ。トラウマに起因しているようなんだが、それにしては作用がのろすぎる！」

「もっと、具体的に言いますと？」

「具体的にっていわれてもなあ、保険の数理計算表のどっかを指さして示せるってもんじゃないんですよ、フミモタ・サン。オッズがわかって、名前がわかりゃ、それで、なくなっちゃうという代物とは違うんですから」

「めったに起こることじゃないの……ネ？」

「私は初めてです。いやね、医学雑誌では読んでますし、学会のパーティなどで秘話や逸話のたぐいは聞くんだけども。どうです、よかったらそちらに詳しい方を紹介しますが……」

「先生の知ってることだけでも、教えてくれると……」

「〈震える掌〉というの、聞いたことありますかね」

「あ、そこなら、一、二度行ってます」

「風俗店の名前じゃない。暗殺のテクニックです。時限爆弾みたいにタイムがセットされてるの。何百年も前に中国系マレー人が開発して、それを我が国の忍者が取り入れ、ヤクザが引きついだ。今日では仕掛け方も複数の種類があると聞きますが、効果はみな同じで」

「それをあの女がぼくに……」効果？「何も感じませんでしたよ」

「デワ――ひとついいことお教えしましょう。あれは、タッチが軽ければ軽いほど長く生きられるらしい」

「長くって――どのくらい？」

医者はクックッ笑った。「軽かったたって――どのくらい？」

ひとりエレベーターに乗ってビルを降りるタケシは、下降の間、死の恐怖に身ぐるみ搦《から》めとられていた。体中の警鐘のツボがズキズキするのが、血管がさまざまな苦しみのパルスを打ってのたうつのが、氣の流れが堰止《せきと》められ、逆流し、黒ずみ、失われ、体の内部を破壊していくのが感じられた。小便をしにいくのは、恐怖の顔を覗きにいくのと同じだった。

「これも全部ぼくがトンマだったから。自分のトンマに殺されるなんて！」いまから思えばただアホたらしいだけの、心の腐った生活を、必死でやりくり算段してきた歳月のことを後悔してももう遅かった。覚醒剤とスコッチと、もう一つ、正体は不明ながら製薬会社がセールス目的で待合室に「お好きなだけどうぞ」と大量に置いていった鎮痛剤のサンプルとのミックス効果でクラクラしながらエレベーターを降りる。人はよく彼をお調子者と評するが、その真の原因は化学物質の分子組成にあったのかもしれない。

ホテルに帰るとタケシ宛てに封書が届いていた。サンフランシスコ行の夜の便のチケットが入っている。同封の、2《ツー》トン・カーマインなる男からの走り書きには、貴殿がこの度遭遇したトラブルに関しまして篤く同情申し上げるとともに当地に着いたらこの番号にぜひお電話を、とあった。この体、それでどうにかなるのかよ？　タケシは肩をそびやかし、肩掛けバッグに二週間分のアンフェタミンと、下着一式、シャツの着替えを一枚入れて、成田行のバスに飛び乗った。

機内の時間は、人生最悪と形容しても過言ではなかった。胃袋への休みないアルコールの流入に加えて、（忘れたとき以外は）緑のタイムリリース・カプセル入りのデキストロアンフェタミンとアモバルビタールの混ぜ物も喉の奥に流し込む。このカプセルは医者からいただいてきたものだが、その説明書を今はじめて取り出して読んでみたタケシは、「あっちゃー」と声を立てた。服用禁止の条項に、いちいち当てはまるじゃないか。消化管の中でゴボゴボいってる物質全部が併用禁止ってわけ。そうか、そんならいまさら――とばかりにウィスキーをもう一杯、トランキライザーをさらに何粒か。隣りのシートでは、若いまじめなガイジンのビジネスマンがポケットゲーム機に熱中していた。その男、タケシの顔を覗き込み、まじまじと見据えながら、「自殺ですか？　ちがいますよね」。

タケシは満面のニタリ顔、「自殺だなんて、とんでも、とんでも！　緊張ほぐしてるだけですよ。だって、ほら、きみだって、心配でしょう。空飛ぶの。何が起こるか、あらゆる可能性をぜーんぶ考えてみると、ほーら、怖い！」

相手の青年は、隣りと距離をとろうとしたが、もうそれ以上窓側へは動けない。タケシは続けた。「これ、きみも飲んでみるといいですよ。え、ムリ？　すごく効くんですがねえ。イーヴォエクスって名前、聞いたことないかなあ？　新製品なんだけどね！」

「わかった、どこかにカメラが隠れているんだ。これ、コマーシャルの撮影でしょ？」　ガイジンさんの声は、そうであってほしいとほとんど神に祈っているかのようだ。おもちゃのような丸窓に、子供の絵本からとってきたかのような雲が月光を浴びて浮かんでいる。機内のライトが人の顔に、書類の上に、影を揺らめかせている。イヤフォンからは異世界風の無感動ミュージック。タケシのクレイジーさの一因は、ひょっとしてこの音楽にもあるのだろうか。

「面白い話、聞かせましょうか」タケシは始めた。「これ聞いたらネ、今後のぼくのふるまい方を教えてくれたくなるかもですよ。正直、ぼくには、もうどうしたらいいか——」と前置きして、例の一件の事の次第を、医学的なディテールもフルに挟んで、まくしたてた。スーツを着た若者は、うれしそうにして聞いていた。話の中身なんかどうでもよかった。隣りの席のクレイジーな日本人が、刃物を振りかざして通路へ飛び出していくのを先延ばしできるのだったら何だって厭わない。

話がようやくひと息ついたとき、若いアメリカ人は、なぐさめになるかと思い、「仕方ないですよ、相手は女だ」。

「そうじゃないの！　ぼくが勘違いされたの——別な誰かと」

「おたくは彼女を別な誰かと勘違いしませんでした？」

これを聞いてタケシは突然のパラノイアに見舞われ、どういうわけか、かつての妻で映画女優のミチコ・ヨママのことを言われたのかと思った。彼女がコミックな産科医役で登場するジャパニーズTVドラマ「脱線てんぷくベビーちゃん」は、アメリカで放映されるや、並みいるライバルを撃破し、いまや説明のつかないほどの高視聴率をかせいでいる。そのミチコに、〈春のデパート〉の人殺し売春婦につながるところが何処かあったろうか。華奢な微笑と、すぐいなくなる才能を持ったミチコが。そんなはずはなかった。ミチコと結ばれたのはいかにもシックスティーズLSDトリップのさなかのこと。互いの顔を見つめていたら、ああこの人とは前世からの深い絆があるとの確信が訪れたのだ。ところが現世のふたりは、どのみち不幸になる筋書きだったらしい。部屋の端と端に別れて座り、たまに相手方に視線を投げては、曝し出された真実に辟易する。過ぎし日のディープにしてビューティフルな、言葉を超えた確信を思い出し、あのとき相手のことをもう少しだけよく見ておけばよかったと、いま自分らはどこへきてしまったのかと思う。数年後、タケシは家を出た。ミチコはロサンジェルスへ。子供たちは今やそれぞれの企業で安定した生活を得、タケシとミチコは痩せ細った感傷の絆を保っている――ときどき、LAを経由するときタケシは先妻のもとを訪ねるのだ。「ノウ」彼はきっぱり隣りの男の空想を払いのけた。「あんときは、ヤルことだけしか頭になかった」

「あっそう」男はムッと口を閉ざして、眉をしかめ、手にしたゲーム機に戻っていった。それはセックスと原爆の要素を組み入れた「陰核爆弾」という名のものであったけれども、サウンドチップが初期の安物のため、オルガズムに達したときも、薄っぺらな高音が、息が詰まったみたいにブツ切れになって聞こえるだけ。爆発のほうはもっとみじめで、その瞬間、シャーというホワイトノイズが弱々しく響くだけ。

サンフランシスコ国際空港に着陸したときは三日三晩の不眠続きで、風呂に入らずにいるのと同じ日数の無精ひげが生えていた。トイレの鏡に映った顔を眺めて決意する。眠らずにいるあいだ髭は剃らないぞ！　ということはしかし――彼は洗面台の前でハタと（といっても体はフラフラ）立ち止まる――眠りに落ちた瞬間に髭を剃らなくちゃならんてことか？　鏡の中に、覗き込むいくつもの眼を見てタケシはそこを離れ、床面の一、二センチ上を滑走して空港ロビーへ出た。ズボンのジッパーを慌てて引き上げたのは、ちょうどロビーに出たあたりでのこと。

カーマインからのメモにあった電話番号を回したら、カーマイン自身が受けた。「ヘーィ、フミモタ・サァン！」

タケシは早くも震えがきていた。ロビーの人混みの中から、上品な顔立ちの若い婦人が白いドレスのすそをなびかせて、タケシのところへ歩み寄ると、彼の肩に手をかけて、「パラノイアにお気をつけなさい」とささやいて消えていった。「医者には行ったよ。他に何を教えてもらえるの、カーマインさん」

DLの名前と、本来の標的だった男の名前が告げられた。「そいつぁ、いま売り出し中の、ドラッグ戦争のヒーローで。『ドナヒュー』にも出演したし、『ヴォーグ』にもフルページで出てる。だがそいつんとこ行っても助けにゃならんぜ。人を助けられるときも助けやしねえヤツだから」

「女の方は?」

「うん、まあ、そっちの方がオッズは大分いいやな。聞いたとこだと、術をかけた本人なら元に戻せるって話だ」電話ごしに、プラスチックがパカポコいう音が聞こえる。キーボードなど打つよりは、もっと非現代的で非秘術的な仕事に優れた彼の指が、ディスプレイに呼び出したのは最新版のDL情報である。彼はそれを読み上げ、ニンジェットの本部への行き方も指示してくれた。「なんでもヨ、困ったことができたら連絡しな。とんだ手違いで迷惑かけて、申し訳なかったな。そいじゃこれで、サヨナ〜ラ」

「チャーオ」手違いだ? タケシは車をレンタルして空港近くのホテルのひとつにチェックインし、エアコンとTVをつけ、リモコンのオートサーチのボタンを押して、ベッドに身を投げ出し、各チャンネルが二秒ずつ現れては切り替わっていくのを眺めた。チャンネル・ナンバーが大きくなってどこかのインディ局に映ったオリエンタル・ウーマンに眼がとまる。ハッとするほどのルックスで、ナイトクラブに座っている。なんだ、これは、ミチコじゃないか。そのミチコがタキシードを着込んだ、齢のころ一歳ほどのベビーちゃんとデートしている。テーブルの上を這い回り、ドリンクをこぼし、灰皿をおんまけて、彼氏はすっかり夜を楽しんでいるようすである。「脱線てんぷくベビーちゃん」のこのエピソードは初めて見るが、今夜のタケシに、最後まで見るのはキツかった。二度目のコマーシャルが始まったあたりで、タケシの体を等身大の哀しみが襲ってきた。哀しみは彼に染み入り、膨れ上がり、彼を引き裂いた。耳の穴に涙が流れ込み、口髭の鼻水が半乾きになり、鼻腔自体も失恋あとの心のようにズキズキしている。しかしその不眠の夜の辛さも、自分が医学的にもう死んでいると思う辛さの前では色を失うのであった。

次の朝、気分は不思議に晴れていた。さあ、いくぞ、と、偽造された覚醒剤の処方箋を持ってベイエリアの広域に散らばる薬屋を訪ねて回り、ウクレレと、例のスーツ（プレーリーに会ったときの肝臓色とブルーのやつ）を買い求め、ロードマップを競馬新聞のように眺めて、どのルートに賭けようか、どのプランがベストだろうかと迷った末に車を東に向け、求道会の館を目指したのである。山が深まり、夕闇が迫ってきた。一面また一面と難度を増していくビデオゲームのような山道。こういう道を丸一日ドライブするのは、宇宙空間を旅するのにも似た「効果」がある。カリフォルニアの高峰の奥深く、求道会の建物に着いたとき、彼の心の状態はいつにもましてバランスを欠き、自分としてもここまでは望まないというくらい激しくケバ立っていた。三日月の淡い影に包まれた中庭の物陰で、なにやら銃の安全装置が外れるような物音が聞こえた気がする。銃などなくても、ここの女たちは一蹴りで彼をガルディナ市まで飛ばすほどのパワーなのに……と、そのとき、DLの姿が見えて、彼はハタと足を止めた。炎のような髪、氷のような緑の瞳。その突き刺さるように鋭い眼光。オイオイ、ぼくがもう死んでいるのはこのネエチャンのお陰なのだぞと言いきかせても勃起を抑えることはできない。タケシの意識は、あの夜のエッチな〈デパート〉で、野獣を乗りこなす美女のように自分にまたがる脚の長いアメリカ娘の感触に完全に吸い取られているのだった。髪に背後の光を受け、精神を集中させ、ダークに塗った爪の先を彼の経絡に走らせながら掌を震わせ、氣をネジ入れて、自分を死に至らしめたあの晩の女の姿がよみがえった……そうです、ぼくはこの女に殺されたのです——という思いに、彼の股間はナヨるどころか、ますますビンビン。

「みなさ〜ん、忘れているでしょう」フル自動にセットされたウージィ銃が何本もきっと自分に向けられていると確信しながら、大胆な声をタケシは発した。「ぼくはもう死んでいるの！」そしてバッグの中からウクレレを取り出すと、ポロンポロンと四小節のイントロを掻き鳴らし、それに続いて、おのれの無害を証明するかのようなナツメロ歌謡を、静まりかえる山腹の小鳥たちに代わってタケシは歌い始めたのである。

ジャスト・ライク・ア・ウィリアム・パウエル

きみを求めて、ハートが飢ぅえる
そんなこというと、ウソっぽぉーい？
僕の名前は、ウィリアム・パゥエル
きみはいずこー、マーナ・ロォーイ？

名犬ラッシーにゃ、ロディ・マクダゥエル
トリッガが慕う、デイル&ロォーイ
アスタのそばには、ウィリアム・パゥエル
「おい、そこ、どこだ、マーナ・ロォーイ？」

密林の王者が、悲しく吼《ほ》ぅえる
しょんぼり顔の、チータとボォーイ
ジェーンを求める、声がふるぅえる

暗黒大陸、夜はくろぉーい

きみの欠けたぼくを、例えていえば
宴《ルアウ》になかった、フィッシュ・ン・ポォーイ
フラットフット・フルージにゃ、いつもフロイ・フロイ
泣けてくる、ひとりもんのフロォーイ

きみがいなけりゃ、頭も狂ぅえる
美男も台無し、みじめっぽぉーい！
僕の名前は、ウィリアム・パゥエル
きみはいずこ——マーナ・ロォーイ？（590ページ参照）

周囲の沈黙の意味するところは「呆然」ではなく「分断」だった。コイツをいますぐウクレレもろともコッパ微塵にしてやろうというのと、いや待て、あとでゆっくり料理しようという二つの背反した意図。タケシの頼みは、宙に感じる殺気の流れが交叉したまま嚙み合わずにいてくれるところにあったのだが、そんな期待を進んで支援してくれるDLではない。

タケシは歌いながら、DLのいる方へ、リズミカルなステップを踏んでにじり寄っていった。DLは同時に起こった吐き気と笑いに顔を歪めていたが、かすかな朝もやの中から浮かび上がった男の、脂ぎった顔を見た瞬間、ひと筋の理解の光が差した。この人、トーキョーで鉢合わせしてからずっと、逃げたあたしを求め続けてきたんだ、と。でも、これほどまでに自分に対して欲情する事情に関して、

あの晩以上に理解が進んだわけではない。空を仰いで彼女は言った。「あんた《ユー》、気が狂ってんのお《ファッキング・クレイジー》?」

「きみのお役に、このぼくが立つといいなと思いましてね、やってきたのですよ、ソバカスさん!」

「待ちなさい!」破滅が眼に見えているこの対面に、シスター・ロシェルが割って入った。中庭にツカツカ進み出て、タケシを指さし、「あなた! あなたはフール! そしてあなたは」と指をDLに回し、「大いなる失望を込めて言いますけど、あなたはフールの値打ちもない。私には最初からわかっていました。あなたがたは大変似合いのカップルよ。よって、ダリル・ルイーズ、あなたに命じます——まっとうなる制裁に伴う心痛を込めて。これからこのフールにお供していきなさい。彼の忠実でささやかな——あなたの方が大きいけど——相棒となって、あなた自身のカルマがバランスを回復するまで、彼に為した大きな過ちをつぐなっていくのです。何か言い添えることはありますか?」

「ノー・セックス!」とDLが一条項を言い添える。そこでタケシはガーと鳴く。「それで、刑の期間は……」

一年が妥当ですね、というのがロシェルの判断だった。DLの無謀なる鉞の指がタケシに与えた余命と同じ日数である。「一年と一日ということにしましょう。DLさん、そんな眼をして私を見るのはいけませんね、あなた、ここに犠牲の覚悟を持っていらしたんでしょ。あ、そうそう、それで思い出したけど、あなたの売店の未払い分——」

中庭の隅の暗がりから、パラパラと歓声が上がった。ニンジェットたちのやじ馬ができていたのだ。二人、三人とかたまって、あたりをうろついたり、ひそひそ話をしたり、触れ合ったりしている。

「それから」ロシェルはタケシに向かってうなずき、「あなたを生き返らせるためのお世話は私たちがしますからね。シスターDL、あなたも一緒に見ておいたほうがいいでしょう」。

「そりゃちょっとまずくないかなあ」タケシは抗議する。「この女、入れたりしたら、また始まるでしょう、ほら──」

「あんたのスケベオヤジぶりがね！」ＤＬがやり返した。館に向かう途中も、なじり合いは続いた。ニンジェットたちが寄り集まってそれを眺める。鳥がまたペヨッと鳴いた。人間界の雰囲気が伝染してか、どことなく締まりのない鳴き声である。三人、くノ一求道会の「メディカル・クラブ」に向かう。パンキュトロン・マシンを備えたそこは、ロシェルの自慢と満悦の場所だ。

「とにかく現在の氣の流れを逆戻ししなくてはいけません」

タケシはまわりを見回した。昔は納屋だったのだろう、ここは、天井もぐんと高く、そちこちに治療室が仕切られていたが、何といっても圧巻なのがデンと構えるデジタル整体機。部分的には二階分の高さが優にあるこの装置は、当時カリフォルニアで自由に販売されていた医療機器の一つで、健康カルト集団内部ではドリーム・マシンとして熱烈な信奉者を集めていたが、患者にしてみれば、見たくないものであっただろう。この封じ込めを図ろうとする勢力には、常に眼を光らせているＦＤＡ（食品医薬品局）も含まれていて、開発者側はなんとかこれまで先手を打って彼らの追及をかわしてきていた。光り輝くパーツからパーツへ電流が流れる、ということは一見して明白なのだが、その量はどのくらいなのだろう。回路が行き着いた先には、あでやかな装飾を施した金属の突端が見える。

「これですか？　私たち、電極って呼んでます」と、この上にタケシをのせるべくセットしている技師のニンジェットはこともなげに言った。で、この電極間を結ぶ導体になるのが……タケシは一瞬考えた。「わたし」逃げ腰で、「やめときますわ」。

「やめるとどうなるんでしょう」ニンジェットの首領さんが忠告する。「子供みたいにダダをこねるものではなくてよ」

このとき書類一式をはさんだクリップボードを手にして登場したのは、ニンジェットの修行中にしてはいささか色っぽすぎる眼をしたくノ一さん。その書類とは、パンキュトロンでの治療中にタケシが聴くべきオーディオテープのリストだった。延々十ページ、数百タイトルにおよぶ曲のそれぞれが、特定の症状に効くということらしい。でもいったい、「フル楽隊のバグパイプによるTV人気テーマ曲集」と「台湾のヘルシー・ブレイン・エアロビクス」のうち、どっちがタケシの症状に向いているというのだろう？　リストをたどっていくうちに、一つの疑念が避けがたく頭をもたげてきた。なにしろ、どっか得体の知れない地区の、安売りドラッグストアの投げ売りの大瓶の中から無造作にさらってきたような品揃えなのである。科学的に意味ある基準で選んだとはとてもとても思えない。おまけに買い出しに出かけたのは忍術使いなのだからして、店から出るときレジを通ってきたのかどうかも怪しいもの——と、そんなことを思っているうちに、ニンジェットたちは手際よく彼を機械にセットしていった。不吉なエボナイトと磨かれた金でできた装置の先端のスタイリッシュな電極は、少なくとも二種類の設定が可能であって、それが彼の体に貼られ、差し込まれ、または括りつけられる。

「考えようによってはさ、エロチックですね、こういうの」裸にされたタケシは、クリップボードを手にしたニンジェットに軽口をたたいていたが、彼に電極をあてがっているパンキュトロンの美人技師からは眼を背けていた。ゆっくりと電極を差し入れる手つきなど、なかなか色っぽかったのにもかかわらず。

「おじさんもキュートよ、むかしの映画の人みたい」若いほうのニンジェットが言った。「でもね、この欄にはちゃんと書いてくれないと。ほら、ここと、ここ」

「ここはダメ？　ねえ、いいでしょう、カワイコちゃん、ぼく、この機械で殺されちゃうかもしれないんだもの、その前に、最後のお願い」

「動いちゃダメ！」頭になにか括りつけようとしていたもう一人のニンジェットが警告した。「そのまま、じっと！」

「じゃ、ここなら？　きみの腿をさ、ちょっとこの辺に……ウウウ」

「アア！　アンビリーバボー！」ＤＬは天井を仰いだ。「この人、自分がこれから何されるかって、わかってんのぉ。ヘイ、ドスケベ・ジャップ！　あんた自分が――」

「やめなさい！」ニンジェットの首領さんが叱りつける。「なんて騒ぎなの。いいですか、正心です。アテンション。プロに徹して」

「……それと、アッカー・ビルクのアルバムも入れましょう」タケシは選曲中である。「ええと、この『ザ・チップマンクス、マーヴィン・ハムリッシュを歌う』ってのもかけてくれる？」

配線完了。シスター・ロシェルは、メイン・スイッチに手をかけて白い歯を見せた。「それじゃタケシさん、あなたの経絡の下水掃除にかかります。回転、用意、スタート！」

ふむ、まあ、これできれいになってくような気もするかなあ。――後にＤＬは、ことあるごとにタケシに向かって「あんたなんか、あのままパンキュトロンにかけっぱなしにしとくんだった」と叫んだのだが、この罵り言葉をあまりちょくちょく使ったもので、親しみの表現になってしまった。さて、治療がすむとニンジェットたちは彼をストレッチャーに移して回復室に運んでいった。そこは花と小さな鋳物の仏像以外、飾り気のない部屋だった。まもなくタケシは、ニンジェットの白衣の中へ手を伸ばした恰好のまま、まるで魔法にかかったようにポックリと、射し込む日光の中で、卑猥な眠りの中へ堕ちていった。

パンキュトロンと薬草セラピーと脳波再調整の集中治療は続いた。中にはＤＬも一緒に関わるべきものもあって、そのうち二人はだんだんお互いの波長が重なってきたんじゃないかと感じるようになってきた。氣がシンクロしてきたのか、脳波なのか、それともこれはＥＳＰというやつなのか。パンキュトロンが震え、配線が交錯し、二人は並んで横になっている。さながらSF映画の脳移植手術のシーンだ。タケシの選曲にもかかわらず、音楽はどんどん自動的に替わっていって、今イヤフォンから彼の耳に流れているのは、魂を打つチベットの吟唱。隣りに一緒に寝ているのがDLだということも今のタケシにはわかっていない。

ある晩、ベッドにうつ伏せになって「バイオニック・ジェミー」を見ていたときのことだった。ニンジェット館の長が入ってきて、TVのボリュームを下げ、オルターナティブな寝物語というのを聞かせてくれるという。「ちょうどジェミーのいいとこなのに――」タケシがグズる。

「ジェミーならわかってくれます。大切なお話だからよく聞くのですよ。むかしむかし、エデンの園での物語。そこにはまだ男という人種はいませんでした。楽園自体が女性であって、住んでいたのはイヴと姉のリリス。アダムという人物は、男たちのイメージアップのために、後になって物語に加えられたのです。だから最初の男はアダムではありません。悪魔の蛇だったのです」

「お、気に入ったね、この話」タケシは枕に顎をうずめた。

「ニョロニョロして、しまりのない男でした。〈善〉と〈悪〉とを発明したのもこの男です。それまで女たちは、あるがままの生を生きてきたのです。なのに男は、あらゆる詐欺まがいのゲームを作り出しては、言葉巧みに女たちを引き入れました。男は〈道徳〉という考えも発明しました。そしてその番人は女たちがふさわしいという考えを私たちに吹き込みました。そのころ地上はもう、男らが分割に分割を重ねて、神がお創りになったとは信じられないほど荒廃していましたが、男らは私たちをそんな世界に連れていって、教会の鍵を預け、自分たちはダンスホールや安酒場《ホンキートンク》に出かけていったのです。

さて――タケシさん、あなたもそうやってオスカー・ゴールドマンのサングラスをかけてるとなかなか聡明そうに見えますから、わかってもらえたかもしれないけど、今わたくしはダリル・ルイーズのことでお話ししていたのですよ。彼女、あまり人とは交わらない主義だけど、下界での暮らしのようすを聞くと、いつもろくなことになっていない。今度あなたと一緒に帰したら、またずいぶんとキツいことになるでしょう。だから、ときどきは彼女のことを思いやって、元気づけるような機会をつくってくださるのも悪いことじゃないと思うの」

真顔で自分を見つめるロシェルに引き込まれるように、タケシはサングラスを額に上げ、視線を合わせた。このおばさん、まるで彼にお願い事をしているような調子である。「そういうことなら、いつだって。――他には？」

シスターは、肩ではなく眉だけをすくめて、「原罪は犯さないこと。あの子があるがままに生きられるよう、お願いしますよ」。

そう言われてもねえ、おばさん、当事者になると、キツいんだよねえ、と彼が無言でつぶやいたのは、もうロシェルが部屋を出ていった、いや、タケシが館を出ていった、いや、さらにそのあと、求道会の建物が視界から失われ、モミの林の上に見える峰自体がカリフォルニア海岸の雲の向こうに消えてからのことだった。DLを乗せ、泥の轍を下り、舗装された田舎道から幹線道路へ抜け、ランプをぐるりとのぼってフリーウェイに突入する。DLの、移動生活《モビリティ》への帰還を告げる瞬間である。レンタルのファイアーバードでフリーウェイを飛ばしながらタケシもDLも感慨深そうだ。ふたりだけというのは東京のあの部屋以来である。

DLが運転席に顔を向けた。「これ、殺された代償なんだから。ご命令は何かしら？」

タケシはしばし考えて、「思いつかないなあ。ノー・セックスって条件だしなあ」。

DLはすばやく、「あたしの気持ちも察してよね。あんたとさ、一年もだって」。

この先続いていく言い合いの、最初のジャブの一発である。ややあって、「じゃあ、こうしましょう。きみの好きなバス乗り場に連れてって、お山ん中への片道切符を買ってあげる。どうですか？」

彼女は前を見たまま、首を振った。「それはダメ」

「中に入れてもらえないか？」

「一年しないで戻ったら、トップクラスの制裁よ。それが何だかは聞かないことね」

「いいから、言ってみんしゃいな。ゾクゾクするの、ぼく好きだから」

「ブロードウェイ千曲の試練、ていうの――」

「いい、いい、言わないで――」

「アンドルー・ロイド・ウェッバー室内楽――」

「そこまでやんの――」

「そんなの序の口なんだって」

しばしの沈黙。安らかならざる陰鬱さの中へふたり一緒に沈んでいくかのような沈黙である。暗澹とした森が過ぎゆく斜面を覆っている。DLはナーヴァスな視線をタケシの横顔に向けた。タケシの口もとからニタッと笑いが漏れた。「楽しいですねえ」

DLの笑いは、鼻息になって漏れただけ。「ノー・セックスだし」

「一年もねえ」

数秒の間、車はレーンをまたいで走っていた。二人ともアテンションを失っている。「あんた、お腹は？」DLがたずねる。

「食欲ないよ。ドラッグストアで買ったこのメセドリンのせいでしょうね！　ヘイ、この出口、よさそうじゃんか！　ネオンの光がビューティフルだし、〈ユア・ママ・イーツ〉ってあのサインがたまらんわ」

店が近づいてくるにつれて、DLの眉間のしわは深くなった。「まさかでしょ？　見てよ、この店。聞いてよ、このBGM。駐車場のこの車。だめだめだめだめ、フミモタさーん、こういう店がどういう店か、あたしもさんざ痛い目に遭ってる。あらゆるところ、トラブル印ばかりじゃない。いますぐ、フリーウェイに引っ返すの。わかった？」

「ぼくのことなら心配いらないのに。だって、きみっていう最強のボディガードがついてるんだからね」

「くノ一憲章第一条、教えてやんないといけないかな。トラブルには近寄るな。内なるトラブルはさっさと追い出し、外からのトラブルは避けて通る。こんなヤバそうなバーに、それもあんたのボディガードとして入ってくだなんて」

「わかった、わかった」店の後ろに回るしか道がなかった。が、そこの駐車場の照明があまりに暗く、数人の人間が鼻にスプーンを入れたまま、よろけた足どりで歩いているのにしばらくの間気づかなかった。そのスプーンも、エレガントな金色の小さいやつではなく、このロードサイドのレストランから持ってきた大きめのステンレス製コーヒー・スプーンなのである。「あのさ、ぼくたち、ドロン！って姿をくらますわけにはいかないかなあ。きみたち、そういうの、お得意でしょ？」

「サンタローザにいい塗装と修繕のショップがあるのね。忍者関係が強くて、この車もそこでカモフラージュしてもらえば保安官の家の芝生に駐車してドープ吸ってても見つからない――マニュエルさんお願いしますでわかるから」

「いますぐでないと困るんだけど、ダリル・ルイーズ」腐食した車体の群れがつくる迷路を縫って進む。なんとかもう一度曲がり切れた。彼女のことを名前で呼ぶのはこれが初めてである。

「でもさ」ＤＬが考えを示す、「このグチャグチャの駐車場、意図的なのかも。あたしたちを店に入れる陰謀とか？」

「そうは思いませんね。それ、まるで、昔のヒッピーの言い草のように聞こえるなあ」

「そうか、それじゃ、『ワタシノオゴリ』、これでどう？」

タケシは猛然と空きスペースに突っ込んでエンジンを切った。〈ユア・ママ・イーツ〉の店内の様子をつぶさに眺めたときにはトゥー・レイト。逃げ口はどこか頭に入れておく、そのくらいしか策はなかった。客の眼を避けて——お互い同士の眼も避けて——ふたりはすりきれた碧青色《ターコイズ》のプラスチック製ブースに席を取った。このあたりでは有名なバーベキュー専門店らしく、窓は黒く塗ってあり、長大なカウンターが取りまく中央は巨大な穴蔵《ピット》の厨房になっていて、そこではさまざまな堅い木が赤く燃え、料理人らがビーフやポーク、ソーセージやリブの焼き加減を見たり、肉汁を塗ったり、火から下ろしたり、スライスしたりしている。換気は悪く、立ちのぼる料理の煙が、紙巻・葉巻のタバコやマリワナの煙と混じった。タケシは「リブの銀河」なるものを、ＤＬは「胸肉《ブリスケ》の幻想」と称するものを注文したが、実をいうと、もうふたりともコーヒー以外、欲しくはなくなっていた。

タケシの時計がピコピコ鳴った。東京時間の表示つきの時計である。「いけね、教授に連絡とらなくちゃ」電話はトイレの近くにあった。長い番号を打ち込む。出たのは教授本人だった。「まず最初にだ、あんたの相棒、あれ、ミノルちゅうたな、それが職場に戻っとらんのじゃよ。消えてしもうた」

「あいつ、何かネタ仕入れたんです」タケシは沈んだ声で答えた。「何をつかんだんか、聞きもらしました」

「そのことやったら、いいんじゃ、いいんじゃ！」教授の声が、こういうふうにイタズラっぽく波打つときは、決まって災いが降りかかってくる。

「まさか、その――」

「お見通しだね、タケシクン。その通りじゃよ。ミノルは君にすべてを話したと、その筋に流しておいたからな。ミノルクンが謎の消失を遂げる直前にやな」

「じゃあ連中、ぼくを追ってくるんじゃないですか！」

「その通り。わたしに電話してきたのは大正解やった、ネ？」

「あの足跡のこと、結論は出たんですか？」

ワワヅメ生命&非生命のプログラマーたちは、夜を徹しての必死の作業で、標準投射分析なるものを完了していた。これは、経絡――まあ、主要な神経と言ってよい――の多くが足の裏で断ち切れているという中国古来の考えに基づいて開発された方法である。要するに3Dの体が2Dの足の裏に投射され、そこにいわば正射図法の地図が描かれると考えればよいのだが、そうやって泥に残された例の足跡を測定したところ、一部は雨に流されていたものの、件《くだん》の巨大生物が、ここに足を踏み下ろした瞬間の、脳を含む臓器のようすを割り出すのに充分な量の電磁波が検出されたのである。

「臓器！　脳！　っていうと――」

「報告書によるとじゃな――『トカゲ類に属する足跡と判断される。推定身長百メートル』とある」

「ちょっと整理させてもらうとですね――まず、あの穴は爆弾によるものじゃない。そして、先生は――ミノルを始末した連中をぼくのもとに向かわせた――その二点で――だいたいカバーできてます？」

「もひとつあるぞ！」ワワヅメ教授の声は次第にかすれていった。タケシは経費削減のため、チープサットという通信衛星を使った通話サービスを利用していたのだが、これはもっと料金のかさむ会社のと違って静止衛星ではなかった。そう、チープサットは、同一地点の上空に留まるのでなく、天空を常に後ろに向かって漂っていて、人々の会話の途中で地平線の向こうに沈んでしまうのだ。ちょうどいまがそれであった。「東京株式市場でのな、チプコの動きはじゃな」今や、教授は非可聴の闇に向かって怒鳴っている――「きわめてじゃな、ストレンジ、なのじゃよ。そう、ストレンジ、としか言いようがない。たとえばじゃな――」と言ったところで、この安物衛星の回線はプッリ切れた。しかたなく電話を切る。こんちくしょう。

ブースに戻ってみると、碧青の影の下、自分の席のはずのところに、見慣れぬ若い男が腰かけている。腰かけているだけでなく、たったいま運ばれてきたばかりの「リブの銀河」を――煙の出ている、香ばしい、不注意な客の粘膜に飛びかかるのを待っている悪名高きソースのたっぷり染みたやつを――ガツガツと食って、もう半分も食べてしまっている。テーブルには、至る所にバーベキュー・ソースが飛び散り、首の長いビールの空き瓶も半ダースほど散乱している。「ヘイ!」この二十歳を超えているようには見えない、タケシよりもっと小柄の男は、椅子から飛び上がるようにして立ちあがった。鼻水は垂れ、眼は爛々として、まるで唐辛子とマスタードでラリッたかのようである。「オーソ・ボブ・デュラーン、ヒッチハイカー」と名乗った彼は、同時にまたサナトイドでもあった。

「こちらの美しい女性が、オタクのリブ、食べていいってんだけど、オタクも異存ないよ、ね」DLは社交的な、タケシの眼には完全に偽りの、微笑みを浮かべて見ているだけ。「サナトイドにとっちゃリブみたいなメジャーな食品、見かけることもあまりないんで」オーソ・ボブは言葉を続けた。

「サナトイドの村じゃ、食べ物のことなんかあまり問題にされないの」

「そりゃわかるからいいけどね、ひとつ聞かせてもらいたいんだ」

「サナトイドって何なのかって? 正式には『サナトイド・パーソナリティ』って言ってね。『サナトイド』の意味は、『死んでいる、みたいで、ちょっと違う』」

「意味わかる？」タケシはDLに尋ねた。

「聞いた限りだと、要するに、みんな一緒にサナトイド用のアパートとか、サナトイド・ヴィレッジのサナトイド向けの家に住んでるってことでしょ。家っていってもユニット式ので部屋はガランとしてる。ステレオも壁の絵もカーペットも何もないし、家具類、小間物類、陶磁器類、食器類、どれもほとんど無に等しい。そういうことには関心ないんだ。それでだいたい正解かな、OBさん？」

「ゲオ、オグア、ケエビァ、イーバイ、ミゲウ」タケシの皿から取ったバーベキューを口いっぱい詰め込んだままの返答である。

「でも、ぼくら、テレビは、いっぱい、見てる」DLが通訳した。いまなお生きている連中の間で自らの必要と目的を追求するにはデータが必要で、そのデータを待ってサナトイドは起きている間は必ず毎時間、一部であってもテレビの画面に眼をやっている。「サナトイドが主人公のホームコメディというのは、絶対に不可能だね」オーソ・ボブは自信ありげに予言した。「サナトイドの家族がテレビ見てるとこしか映んないからね」まあ、そういうのにさえマイナーな魅力を感じるホームコメディの耽溺者もいないとは言い切れないが、実のところ、彼らはこのごろの二十四時間休みなしのビデオ文化を前にして、ひとつの態度を身につけていた。すなわち死んでも死にきれない状態に彼らを押し留めている現状の打破に通じる感情だけを抱くようにしていたのである。要するに、ほとんどの者がほとんどの場合、怒っていた。不均衡とその修復を司るカルマの法則に照らして履歴を見ればわかるだろう。彼らの感情生活が、復讐の必要範囲に留まっていて、それ以上の広がりを見せずにいるのも当然である。

「このご婦人に、一年殺し、かけられちゃったんだってね」肉の地獄みたいな食べ物からようやく顔を上げたオーソ・ボブが言った。タケシは一瞬うろたえそうになったが、考えてみれば、ついこの間、飛行機の隣りの席の男の耳に、この話をいやというほど浴びせかけたばかりであった。しかもこの話題、サナトイドには大ウケするだろう。オーソ・ボブは期待に輝く眼で、タケシとDLを交互に見ている。口もとの薄気味悪いスマイルは、サナトイド仲間では〝爽やかな〟というのだろうか。

タケシは、DLが後から注文してくれたフライド・ピーチパイの一つに手を伸ばし、その端をつついて、また別のサナトイドにたかられたら、何と言ってかわそうかと考えていた。「なんちゅう店でしょうね」

「よくゆーよ」スマイルとおぼしきものが広がった。「『なんちゅう店でしょうね』だって。あんただって半分サナトイドじゃん、タケシさんよ」

ボディガード役のDLが、この機を選んで割って入った。「それがどうかした?」

「違いはですね」とタケシ、「ぼくのほうは、同じ道を逆向きに進んでってるってとこでしょう。バック・ツー・ライフ!」

「へえ? いちど一年殺しかけられたら、それっきりかと思ってたぜ」

「彼女によるとですね、正しい方向へ——つまり充分な罪滅ぼしをすればですね——逆戻しが利くんだって」

「悪気があって言うんじゃないけど、そういうの、超希望的観測ってんじゃないかい?」

タケシは鼻を鳴らした。「それ以外、ぼくに何が残されてるのよ!」

「おふくろに聞かせてやりたいよ。きっと大喜びだ。死を超えて愛が勝利するって番組、片っ端から見てるもんね。アダルト・ファンタジーっていうんだよね、そういうの。で、お二人さんのビューティフル・ストーリーは、贖罪の心が死にうち克《か》つ? いやあ、それってとってもサナトイド的だと思うよ。グッド・ラック!」

そう言ってオーソ・ボブは席を立った。これからヴァインランド郡にあるサナトイド・ヴィレッジへ帰るのだという。場所はちょうど御影川《シェード・クリーク》がセヴンス・リバーに注ぎ込むところなんだが、その、つまり、乗せてってくれないか。乗っけてくれるんなら、お泊まりの手配はしてあげる——。

タケシはDLに目配せした。そして東京からの知らせのことを話した。踏みつぶされた研究所の損害は結局やっぱりワワヅメ生命&非生命が払わされるだろうこと。教授の冴えた采配のおかげでふたりに追手が迫っているということ。

「隠れ家が必要みたいね」

「渡りに舟とはこのことよ。レッツ・ゴー、オーソ・ボブさん!」

というわけで、その数年後プレーリーの前で聞かせたタケシの話は、オーソ・ボブを乗っけていった北カリフォルニアの山中へ、そこで始めたカルマ調整ビジネスのことへ移行した。シェード・クリークというこの町は、「影の」川という名が示唆するとおり、サナトイドがうようよしていて、客の入りはすこぶる好調——ではあったけれども、それがそのまま商売繁盛にはつながらない。というのも、やってくるお客はみな、相続人や譲受人がケチな連中でねえ、と言って、支払いのほうが進まないのだ。だがともかくも、巨大爬虫類による踏みつぶしの一件も(まだこれからどう展開していくのかわからぬまま)次第に遠くへかすんでいった今日このごろ、タケシとDLは同じ謀計の物語でも趣の大分異なる、家の立ち退きやら親戚の裏切りやらの信じられないほど込み入った物語に巻き込まれていくことになった。地権と水利権、暴力団と自警団、地主と大家と不動産屋と開発業者……、そんな言葉がねっとり絡むこれらの話はいつもいつも、不定形のいれものに入れられたドロドロの液のように語り出された。過去になされた一度の不正がこの人たちからまともな暮らしを奪い取った、というのではない。不正はいまも毒々しく息づいていて、彼らを苛み続けている。そのしつこさは、CAMPのヘリがマリワナ栽培に対して仕掛ける攻撃に一歩もひけをとらぬものだ。タケシたちのクリニックは、やがて川を渡った向こうにある〈ウッドバイン・モテル〉の会議室へと移ったが、それも週末だけのこと、ウィークデイは広い敷地に古い小屋が点々とする〈ゼロ・イン〉の隅っこのロッジに留まって、ぞろぞろとやってきては告白していくサナトイドらの悲哀と遺恨の物語に耳を傾ける毎日であった。

この商売を最初にタケシが提案したとき、DLがすんなり乗ったわけではない。テーブルに肘をつき、「いいこと、ここはね、トーキョーとは違うんだから。親の因果が子に報い、とかワケのわかんないこと言っていて、客がつくわけないじゃない」。

「と思うのが素人の浅はかさなのですね、ニンジン頭さん。清掃車が来るとぼくらお金を払うでしょ、おわい屋さんにも、こぼれた有毒物質の清掃人にもちゃんと払うじゃないですか。みんな自分じゃやりたくない。だからぼくらが代わりにやって商売するの。時の汚水の淀みにですね、ぼくらはバシャンと飛び込むんだ。ぼくらはそれが永遠に失われた時だってことを知っている。でも、あの人たちは知らないの！」

「ぼくら、って、勝手に仲間に入れないでよね」

「大船に乗ったつもりでいなさいな。これは、保険に入るようなものなんだから。だって、ぼくには経験もあるし、それに何より、免疫がある！」

免疫って、何からのだろう。DLには、つつきたくない話題であった。モテルの窓を通して、曙光に色づき始めた空が見える。彼女は手を差し伸ばし、夜も眠らずうろつき回るこの町の不可視の住人たちを指さすふりをした。「タケシ・サン……あの人たち、幽霊」

「舌を噛みなさい」タケシは淫らにウィンクして——「それともぼくに噛ませてくれる？　その言葉、このあたりじゃ、絶対的な禁句なの！」幽霊だなんてとんでもない、彼らこそはカルマのバランス崩壊の哀れな犠牲者なのだ、とタケシは説明した。因果応報の歯車が狂って、殴られたら殴られたまま、苦しみの向こうに救いもなく、罪あるものには逃げられて、無念の心を引きずりながら、死の内奥への行進を今日も続けているのだと。ここシェード・クリークは、魂のさいはての地。白昼の光の世界のその裏にピタリ貼り付くようにして、彼らは生きるというのでもなく、ただながらえていくばかり。地図には載らぬ影の世界を、ちっぽけな望みだけを頼みに、永劫の時の中をひたすらさまよい続ける……

「ほら、見てごらん」地平線から陽が射し始めていた。ふたりともほとんど眠らぬまま迎えた朝である。眼下の通りはみなクネクネとして傾斜も急な坂道なのだが、家々に通じるあらゆる路地も、段々をなす家の壁も、道の先の急なカーブも、ふだんは隠れて見えないところが、どうした具合か、いまこの窓から、すべてがくまなく捉えられる。一夜を路上で過ごして目を覚ましつつあるもの、カラの容器、誰かの落とした鍵、瓶、紙くず、それら一つひとつのものが、ダークな時の呪縛から解き放たれて、タケシとDLのいる窓に向かって、影も持たず、裏もなく、ただのんめりと、その存在を晒しているのだ。欠伸《あくび》をしうごめき始め、それぞれの一日に散っていこうとする人たちを、ふたりはしばらく眺めた。「こんなに近くに見えるなんて——。あの人たちにも、あたしたちが見えるのかなあ」

「トリックですね、朝の光の！」このままずっと、陽の昇っていく間、ここから眺め続けていたなら、町が姿を変えていく様子を間近に捉えることもできるだろう。物の端がゆっくりと回転し、物の影で内と外とが反転して、遠近の「法」が再び支配を取り戻していくさまが映し出されていっただろう。時計が九時を指すころ、窓から見る町の景色は、すっかり昼間のヴァージョンと入れ替わっているだろう。

「フミモタ・サン」昼の光の満ち始めた通りから眼を上げて、「あの人たち、ひどい顔色――」。

「仕方ないでしょ。自分が受けた仕打ちをさ、体で表現してるの。見てくれよ、こんな姿になっちゃったあ!」

「で、その恨みを処理してあげると、なくした手足がまた生えてくるの? 傷跡もきれいに消えて、インポテンツも治るって?」

「いいや。若さだって戻してはあげられない。どうしたのよ? 同情しちゃった?――ほかに憐れみをかける人が、すぐ近くにいなかったっけ?」

「あーあ、たった一度の過ちでさあ、償いの人生が一生続くのよね。あたしの命ある限り」

「ぼくの命ある限り、でしょ? 正確にはさ、エンジェルさん!」一瞬の静寂。殺戮潜水艦〈アンスピーカブル〉号が、陽に照らされた静かな海でひょこんと潜望鏡を上げ、おっと自分は愛のボートではなかったと確認したのち、海の底へふたたび潜るみたいな、そんな微妙な一瞬だった。が、このごろでは二人とも衝突を逸らすコツも少しずつ身につけていて、このときもまた、シェード・クリークの迷路のような路地を通り、空き地を抜けて、朝食をとりに歩いていった。ゆっくり食べて、そのまま職場へ向かえばいい。

ひどい一夜を過ごしたことがありありとうかがえる顔をひっさげて、身の上話の続きをしに、よろけた足のオーソ・ボブが二人の席にやってきた。彼もまたヴェトナムで破滅した一人である。破滅の意味は幾重にも及んでいたが、その中から自分が死んだ事実だけは、注意深く――それとも単に縁起をかついで?――除外していた。この男、多岐にわたる復讐リストをしたためていた。どれも尋常な手段では晴れない恨みばかりである。「金なんかどうでもいい、復讐さえ手に入りゃ文句はねーよ」

というのがこの客の基本の構えなのである。

「金で解決するほうが、話は早いんですけどねえ、どうでしょう」とタケシは嘆願する。だいいち復讐って、誰にするの？　オーソ・ボブは、ご親切にも六人の名を特定していて、タケシも彼らの行方の追及をすでに始めてはいた。「こっちだって問題抱えてるんですよ——」前の席に座り込んだ元歩兵戦闘員は、現世の勘定では二十八歳。腰を下ろすなりタケシの皿からワッフルを掴み、口へ押し込んだ。「チップのメモリー量が、一年半ごとに倍々になってくんだもの、当代最高の性能をもってしても、そんなに早く動かせるもんじゃない……」カルマの軌道修正は——彼は説明を続けた——もともとは何百年もかかることもあったのだ。事を動かす拍動は人の死だ。すべては生と死のサイクルでゆっくり動く、それが本来の姿なのだ。だが、世の中が市場経済で動くようになってくると、そんなにゆっくり構えていては、ビジネスとしてやっていけなくなってしまう。そこで現れたのが繰り延べシステム、すなわち未来を先取りしてカルマの借入れをするという算段である。近代のカルマ調整術からは、もはや〈死〉は置き去りにされていたのである。

「オエイ、ホンガホゴ、イーギャッゲェ、ヒョウガゲーギャン」

「『オレに、そんなこと、言ったって——』」

「わかった、わかった！　心配すんな。うまくいかなきゃ、輪廻のオプションつけりゃいいんだろ？」

ウェイトレスが一人、近づいてきた。「やーだ、あなたたち有名人だったのお！　ねえねえサインもらえない？」ヴァインランドから通いで来ている非サナトイド系の彼女がテーブルに差し出したのは、「流れ星《ミーティア》」という芸能新聞《タブロイド》である。その三ページ目の写真の一つに写っているのは、たしかにタケシとDLだ。背景は夜の野外。服装は普段着のまま。顔つきはいつにもましてパラノイド風。

「ここは……うん、オーストラリアね。シドニーですよ。きみ、ここ、行った？」

「いいえー、あんたは？」

「ぜーんぜん。ねえ、ふたり同時に記憶喪失って、聞いたことある？　それとも、これ、合成写真てやつなんだろか。『神出鬼没のタケシ・フミモタ、謎の女性とダウン・アンダー（オーストラリアの通称）でヴァケーション』だってさ。ダウン・アンダーか、気に入ったね。いやあ、いかにもぼく好みのところですなあ」と言いながら、グルーチョ的な眼をグルリ回して、DLの下腹部《ダウン・アンダー》に視線を落とす。DLは怖そうな笑顔を作った。

記事はもちろん、消えた研究所と残った足跡に関するもので、「流れ星」への意図的な情報漏洩があったことは間違いない。とすると、他にどんなメディアに載っているかは推して知るべしである。

タケシは陽気を装って、「ま、きみの名前が割れてなくて、よかったよかった！」

「あんた前頭葉どっかに落としてきちゃったの？　あたしたちをいぶり出すのが狙いなわけよ。あたしのほうには当たりを柔らかくしておいて、あんたを突き出せば許してもらえるって気にさせる、そんな見え透いた手が読めないの？　このドスケベ・ジャップのトンチンカン！」

タケシはどこか近くにヤクはないかと必死の形相。たまたま近くの空席に、作って間もないフローズン・マイタイがあるのが見えた。「ちょっとお！」　伸びはじめたタケシの手をDLが宙で捕らえる。「朝食にそんなの頼むの、誰だと思う？　ヤクザでなくて」　それもそうか、とDLの気遣いに感謝しながら、タケシは一度引っ込めた手を今度はDLの膝の上に滑らせた。「あのねー」DLはお手上げといった口調で、「あのマイタイ、ひと呑みにしちゃったら？　自殺があんたのライフスタイルだったってこと、あたしいつも忘れちゃうんだ」。

DLが言っているのは、第二次大戦中のタケシらしい言い方で〝興味深い飛行機のお仕事〟のことである。彼女は続けて、「でも正直いって、あんたが航空隊にいただなんて、想像できない。ましてやカミカゼ・パイロットでしょう。歴史の本で読んだけど、あれ、かなりの精鋭集団だっていうじゃない」。

「喜んでよ。それ――すごい宣伝になる！」

「そこのウスラトンカチは」とＤＬは警告する、「ただいま望遠鏡をのぞいているのかもしれません」。

タケシはサングラスを外した。突然のマジメ顔で、「きみをトラブルに巻き込むなんて、考えもしなかったんだ。だから、さあ、逃げてくれ。このまままっすぐ矢のごとくに、ネ？」

彼女は髪を手でさっととかし、相棒の顔を見つめた。「できない相談ね」

「ブラックホールなんだよ、ここは。ぼくから三十年分の命を吸い取っちゃった。きみまで吸い取らせてたまるもんか！」

「あたしにとっても仕事なの、これ」

「おお、その言い方、前のカミさんにそっくりだ」彼は狂気を装うかのように、ギョロギョロあたりを見回した。「ドウモコマリマシタですよ、こりゃ。ぼく、再婚してそのこともう忘れちゃったの？」

「あんたはね」ほんとに信じられないヤツだ、「シスター・ロシェルの東洋医学班チームにね、命を救ってもらってんの！　死んでたところを救い出してもらってんのよ。あの人たちが、タダでそこまでやってくれると思う？　あんたにまわった請求書がね、このあたし！　一度あんたを殺した女を、お供としてずっとそばに置いておく、それがあんたの支払い方法なんだからね。どれほどの義理の絆であんたにあたしが縛りつけられてるのか、わかる？　わかんないか、あんたなんかに。〝義理〟ってものを創ったの、ニッポン人でしょうに、この、国民的な恥さらしめが！」

タケシは動じる様子もなく、ちょうど自分の眼の高さにあるＤＬの左右の胸の出っ張りにぐりぐり目玉を行き来させている。社交辞令のつもりなのだろう。

「楽しそうね、ねえ、タケちゃん。あんたがそうだと、あたしもハッピーになってきちゃう。もうさ、ニンジェットの誓いなんかぜんぶ忘れて……」

「うんうん、それで？」

「あんたを殺してしまいたい！」近くのテーブルにいた何人かが、期待の眼で二人を見た。ＤＬも、もう限界に近かったのだ。忍者たるもの「気を抜く」ことは許されなくても、少なくとも全身の力を抜いて氣を整える時が必要なのは明らかだった。タケシとここに来てからというもの、ひとり静かに床に座して「鏡の心」を得ることさえもできていない。いつもいつもとんでもない騒ぎばかり持ち上がって、虚心に戻れる一歩手前で、せっかくそれまで踏み上がっていた意識のレベルの階段を、いっぺんに転がり落ちることばかり。忍法の書には書かれてないほどお下劣な、貧相な光と腐臭の世界を、タケシと一緒に駆けずり回る毎日なのだ。なのにタケシのやつったら、カルマ調整の導師《グル》を気取って〝ビジネス〟にますます本腰を入れている。隠遁の女武者たるＤＬは、苦しくとも失われた単純さを声を上げて追い求めるわけにはいかず、不眠にやつれた人間が甘美な眠りを求めるごとくひたすらそれを希うのみであった。

　ふたりは店を出て、朝露の乾ききらない蔦のからまる長い長い遊歩道を、目に見えぬ小鳥の声を聞きながら、ウッドバイン・モテルへと歩いていった。仕事場にしている会議室には、「ＯＰＥＮ　カルマ調整クリニック――予約なしでどうぞ」と書いた小さな看板が立て掛けてある。タケシの仕事着はスーツとネクタイ、ＤＬのほうは九龍《クーロン》半島のネイザン・ロードにあるバーリントン・アーケードで仕立てた絹の忍者装束である。ふたりはパーティ用のテーブルを低い演壇の上にのせ、それを仕事机にしていた。まわりには、巨大な多色のプラスチックの観葉植物があしらってあったが、それはどこかの気まぐれな宇宙人がデザインしたみたいな代物で、誰が見ても何の植物だかわからない。壁には壁画大のヴァインランド郡の地図があり、その両脇には星条旗とカリフォルニアの州旗とがフラッグスタンドに差してある。あとは、ポータブルの黒板と、コーヒーメーカー、マイクとアンプ。この部屋で、タケシとDLは顧客の話に耳を傾け、録音し、質問し、ノートを取り、口語体で語り出される物語から事の重みを推し量るのだった。

今朝、ふたりを待っていたのはヴァートとブラッドだった。〝牽引ビジネス〟をやってる例のコンビである。彼らとの最初の出会いも、ここウッドバイン・モテルの駐車場でのことだった。夜更けの駐車場でこの二人は「我が狂気の生《ミ・ヴィダ・ロカ》」の愛称を持つカスタム・デラックスをロー・ギアに入れたまま、けたたましいエンジン音を立てておあつらえ向きの獲物を探していた。タケシとDLの姿がそのヘッドライトに浮かび上がったとき、彼らは「スケーリング」をやっているのだと説明した。「ほら、製材業者がさあ、森ん中入ってって、目当ての場所からどれくれえの材木伐り出せるか、スケーリングってゆうの、やるだろう。それとおなじさー」　要するに、一番の高値がつくものを選んで、引っ張っていくというのが彼らの仕事のようであった。というと単純なことのように素人目には見えるのだが、この仕事、ふたりが先を争って説明するところによると、同じ高級車でも車種によって全然違う。たとえばロールス・ロイスのオーナーなら、持っていかれた自分の車を取り戻しに行く面倒を、心弾むアドヴェンチャーに変える術を心得ている。そのお楽しみのためになら、こっちがその場でふっかけた法外な牽引料金に、ニコニコしながら多額のチップを上乗せしてくれるのだ。ところが一方、メルセデス・ベンツの客だとそうはいかない。短期的に見ても、負け戦になる公算が大きい。〈ヴァート&ブラッド牽引商会〉のオフィスに、午前三時に顔を出すベンツのドライバーに、心うきうきしている者など一人もいないのだ。ヴァートとブラッドは最近、マリン郡のスパで行われたシンポジウムに参加してきたのだが、そのテーマが「人間関係のプログラミングと牽引における問題の顧客層」というもので、その席で一度ならず指摘されたのが、ベンツのドライバーのマナーの悪さである。この連中は牽引された車を取り戻しにくるとき、ベンツを運転するときの伝統に従ってか、シグナルなどいっさい出さず、いきなりケツを蹴り上げようとするのだ！

「なーるほど」目の前の女のルックスに見とれて、めちゃくちゃな言葉を並べ立てていたヴァートにDLが請け合った。

「そいでさ」あとを受けたブラッドが、こんどはタケシにまくしたてる。「ときどきさ、先生よ、すげえ車、オレたちの保管所に引っぱってきたとするだろ。そいつがさ、いつまで経っても、捌《は》けねえの。取りに来ねえんだから、参っちゃうねえ」と言って、狂ったような大声で笑ってみせる。それがあまりの大音響なので、タケシは一瞬、それを攻撃に先立つ氣合いの叫びと思ったほどだった。が、ブラッドはタケシの頭をわし摑みにはしたものの、それを絞り器に押しつけたレモンのようにグリグリ動かしただけだった。「あんなのずっと置いとくわけにいかねーもん」とわめいてから、今度は奇妙に親密な耳打ち調子で、「そんなんにゃ値えつけて、売りに出すしかねえよな」。

「そんなのとか——」グリグリが中断した機をとらえてタケシが口をはさむ——「あんなのとか、多いですねえ、きみの話」。

「たとえばさ、フェラーリだとかするじゃねん」

「フェラーリの話、なのね？」

「そうよ、具体的だろうが」と、ここでジュースを絞り取ったレモンみたいに、タケシの頭をポイと放す。「次は何だい。いくらのフェラーリか言えっちゅうんかい？」

「別に悪気が……」

「ノー・オフェンス？ それって、先週オレが賭けたチームみてえじゃねん」ヴァートが文句をつけた。

「ちげえねー！」の相槌で、ヴェトナム・スタイルの景気づけが始まった。『2001年宇宙の旅』「一九六八」のテーマに合わせ、「ダンドンダンドン」ときて、ハモを利かせた「ダダ——！」でハイ・ファイヴをパチンと決める。次の「ダンドンダンドン、ダダ——！」で、クルリと後ろを向いて、背中合わせにまたパチン！ タケシとDLは牽引トラックのフェンダーにもたれて、それを見ていた。ヴァートが名刺を差し出すと、タケシもほとんど条件反射の早業で自分の名刺を差し出し返す。

「これであんたら特別カスタマーよ。うちの会社が選び抜いたお買い得リストにいつでもアクセスしてくれていいやな。車種とモデルと年型、状態、スペシャル・フィーチャーの最新情報が二十四時間手に入るんよ」

「それとよ、先生」ブラッドが言い添えた。「わりいんだけど、この時間になると、オレたち、ちっと眠くなるもんで……」

「いいともさ！」と言ってタケシは「白いダイヤ」を片手に盛って差し出し、かくして二人は、牽引可能な利益を求めて夜のクルージングに出ていった。しかし翌日、またひょっこりと〈カルマ調整クリニック〉に姿を見せ、話し出したのはヴェトナム戦争一般のこと、なかでも特にオーソ・ボブ・デュラーン個人のこと。タンソンニャットの兵舎の便所でコウモリが伝説的に巨大な蚊を空中キャッチしたときに誰と誰とが何を売り買いしていただとか、まさか今ごろ気がついたわけでもないだろうにジャングルの閉ざされた灼熱地獄を呪いながら便所に入ってきたバカのこととか、空に向かって釣り糸を投げてコウモリを釣ろうとしているラリッた兵士のことだとか、どこに行っても必ずいるイケ好カネー上官に誰が何をしてやろうと謀ったかとか、そのうちダレソレは口にしただけだけどダレソレはホントにやってしまったとか、ヤバい繁みに入っていってしまったのは誰がどうしたせいだとか、陽が沈んだときは何人いたのが陽が昇ったら何人になってたとか――戦場でのエピソードに単なるバカ話を交えてかき回したような彼らの話は、ときに、炎の舌の奇跡が起こる寸前に霊に憑かれた者が見せるという癲癇的確信に満ちた意味不明の発声に肉薄するものがあった。

セッションを重ねるにつれ、タケシとDLの物語のほうも、この二人に少しずつ伝わっていった。デス・タッチのこと、山上のニンジェットの館のこと、パンキュトロン・マシンのこと、一年と一日の命のこと、一年と一日の刑の執行のこと。ただこの二人は、他の客とは違って、「無料のアドヴァイス」とやらを押しつけたりせず、そのかわり、お互い同士、タケシとDLの物語の論評を展開した。ヴァートはそれをホームコメディとして楽しんでいたようで、タケシとDLの話になるたび、ライヴ・スタジオの聴衆に代わって、けたたましい笑い声を随所に差し挟んだ。

「そうゆうの、ちがうんじゃねえかなあ」ブラッドはヴァートの解釈に反対である。「もっと金曜映画劇場みてえんだよ。ほらよ、男のほうが不治の病を病ンデルっちゅう物語とかあるじゃねん」

「そんなわけねえがな。オレが気に入ってんのは、女が男にすべてを話すわな、だのに男のほうがホントかどうか調べねえっていう、そこなんだいね。何も確かめねえで、鍼ってえのかい、電気マッサージみてえのに乗っかっちゃってブルブルビリビリだろ？　あとどのくれえ生きられるのかわかんなきゃ、ま、ゆっくり調べてるヒマも、ねえんだろうけどさ。ともかくよ、女のほうは真実は明かさねえ。すげえ険悪な顔してさ、誰も女の一〇メートル以内には足も踏み入れらんねえ。そんならピストルで脅しゃいいって？　とんでもねえやな、まちがえて撃っちまったらどうするんよ。取り返しがつかねえがな」

実のところ、タケシも一度はこの楽天的なシナリオを心に抱こうとした。が、その抱き心地はよくなかった。それではあまりに自分がおめでたい人間に思えてしまうのだ。だってだね――彼は理不尽にも頭をもたげる希望の心に話しかける——もしですよ、あれが全部冗談だったらぼくの立場がないじゃない。彼女はぼくといちゃつきたくて、それであいうアブナい冗談考えて、それにぼくがずっとはまってきただなんて！　自分があんな恐ろしい術をかけられたとは、タケシにもなかなか思えはしなかった。あれからもうだいぶ時も経ているのに、自分が死んだという感じが一向にしてこないのだ。彼女が自分を殺したのだとしたら、どうしてずっと一緒にいるのか。でも逆に、もし殺さなかったのなら、見も知らぬ自分のことでどうしてこんなに駆け回るのか。考えれば考えるほど、文字どおりの「マインドレスな悦び」というべきか、そういう状態に自分が押しやられていく気がする。つまり、その悦びを味わいつつ、同時に理性《マインド》を保っていることは、まったくもって不可能なのだ。ひょっとしてこれこそ彼女の狙いじゃないか、と時に彼は考えもした。彼の人生自体をひとつの公案にして、その解決不能な禅問答との格闘を通して悟りの境地へ導くことこそ、忍者DLに与えられた真の使命じゃないのだろうか、と。

つまり、時を経るにつれて、彼も疑い始めてはいた。しかし面と向かって聞くことはできなかった。聞いても彼女は質問をかわし、顔をそらして微笑むだけ。その微笑みに邪悪さは微塵もない。むしろそれは、内心を明かさない子供の眼のセミプロ的無表情に近かった。ああやってあたし耐えていたんだよ、と後に彼女はタケシに語った。霧たちのぼる峰の上の修行の館を、その暗くそびえる石壁を、山上の巣に集《つど》う仲間たち（手負いの雀などではない、狩りに疲れ嵐で羽がボロボロになった猛禽類の鳥たち）を偲びながら耐えていたのだ、と。そんなふうにDLは、そのむかしイノシロー師に対して抱いたロマンチックなイメージそのままの、山への郷愁を湧きたたせていた。あたしはセンセイの跡取りなのだもの、センセイの思いのすべてを受け継いで生きて当然なんだ、とも思っていた。他人のカルマいじりに狂奔するタケシのことも、罪を背負った我が人生も、世界を背後から動かしている犯罪も、みな引きずって生きるしかないのだと。〈現在《いま》〉というホンキートンクの海辺から、おぞましい砂漠の無数の涸れ谷《アロヨ》に向かって延びる、干からびた時の陸地を生きていくしかないのだと。

さて、タケシとDLが仕事場にやってきたとき、ヴァートとブラッドは、モテルの前の折り畳み椅子にその図体をのっけて鼻歌をデュエットしていた。それは自由形式の応答歌というべきか、ひとりがハミングするともう一人がハミングを返すというパターンだったが、ときどき二人そろって沈黙に落ちたあと、二小節半の後にピタリ同時に歌い始める。全体としてハチの羽音のような脅威をたたえたサウンドに仕上がっていた。実はこれ、ディズニー・アニメの歌「〝ボクの名前はチップ！〟――〝ボクの名前はデール！〟」をもじった、〈ヴァート&ブラッド牽引商会〉のテーマソングなのであったが、本歌を歌ったリス君たちも、ロス・バクダサリアンの手になるシマリス・トリオ（アルヴィン、サイモン&セオドア）ほどのカリスマ性はなかった。ヴェトナムで軍のモータープールに配属されていた二人は、ときどきコンボイの運転も任せられた。いつもながらの森を抜けての移送だったはずのものが、死をはらんだ暗澹たるドライブに転じたある午後のこと、彼らはロング・ビーンの建物群の奥深くにあるコンクリート製のラウンジへと迷い込み、持ち前の不良少年的態度でビールを開けて、ドッカと腰を下ろすと、TVのスイッチをひねった。このとき出てきたのがかのディズニー・アニメだった。戦地の娯楽としてこういうのこそ相応《ふさわ》しいと考えたどこかの士官の判断はそれなりに正しかったとしても、その楽しまれ方は、彼の想像外だったようである。ラウンジにいた面々が、引きつった顔をしてラウンジから消えていくのと交代して、突然画面に現れたのが、例のリスのデュオだった。チップとデールを見た瞬間、ヴァートとブラッドの顔には、似たもの同士が出会ったときの共感の閃光が走った。リスたちのテーマ曲を二度ほど聞いて、歌詞もメロディものみ込んだブラッドは、脱走兵の再入隊を求めるコマーシャルの間に、ヴァートのほうに顔を向けて「ぼくの名前はブラッド！」

と始める。すぐさまヴァートは「ぼくの名前はヴァート！」と歌い返す。そして一緒に「二人そろってマザファッカー！」——とそこはうまく揃ったのだが、そのあとヴァートはディズニーの歌詞そのままに「陽気に歌えば楽しいな」と続けたのに対して、ブラッドはそのまま悪ガキ精神を突っ走って「キンタマ蹴るのは楽しいな」と歌い、ヴァートを睨んで、「なんだよ、その『陽気に歌えば』っちゅうんは」

「わかったわかった、『キンタマ蹴るのは』だな、そんなのわけねえ」と、また歌いだす。「ぼくの名前はヴァート！」

ブラッドはまだプリプリしながら、「ぼくの名前はブラッド」。

「二人そろって」まではよかったのだが、そこでヴァートは悪意たっぷりに「マザファッカー！」を「キジルシだあ！」に置き換える。そしてお互い睨み合う。それから数年、彼らが一緒にビジネスを始めてからも、同じパターンが繰り返された。ふたりの歌詞が最後まで揃うこともたまにはあったが、たいていはどこかにヴァリエーションが差し挟まれ、かくしてこのデュエットは、その時々の問題や一日の計画について、二人がそれぞれ思い思いのメッセージを自由に貼り出す掲示板のような役割を担うことになったのである。たとえば昨晩、トラックを乗り回しながらブラッドが歌った歌詞は「三人そろってファストフード／ヘドが出るよなレストラン」。これは、その週ずっと続いていた論争に触れたものであった。〈ヴァート＆ブラッド牽引商会〉には、三人目の相棒として、ティ・アン・チャンというヴェトナム女性がいたのだが、お節介なブラッドが彼女の書類フォルダーを覗き見して、誕生日の近いことを知ってしまったところから、それじゃあよ、ビックリ・パーティでも開いてやろうかという話になり、どこでやるかが新たな議論の種になった。中国料理も日本料理もヴェトナム料理もポリネシア料理も絶対ダメというのがブラッドの強硬な意見で、「だってだぜ、こっち来る前はおばちゃん、ずーっとあんなクソみてえなもんしか食ってなかったんじゃねえか。そんなクソなんか、誕生日にまで食いたかねえだろ。なあ、ブラッド」とブラッドは言う。

「わかった、ヴァート」とヴァートが応える。「じゃあよ、メキシカンにしようぜ、〈タコ・カラーホ〉へ連れてくんさ。昼の十二時、マリアッチのライヴ演奏つきで、とびきりホットなアントヒートスを注文するっちゅうんはどうだ?」

「け、あのクソ料理かよ。あんなクソは、オメエでもなきゃ食えねえがな」場所決めの議論に、光明は見えてきそうになかった。どこを選んでも、ご機嫌を損ねる要素が必ずつきまとう。なにしろ相手は、会社の金の出入りのあらゆる細部を知り尽くしている女性である。税務関係のことだけだったらまだしも、窃盗に対してそれほど寛大でない関係諸機関が大いに関心を示すだろうことも彼女はすべて把握している。そんな女の怒りに触れて、ドラゴン・レディの罵声を浴びる気には、ヴァートもブラッドも、とてもとてもなれなかった。自分たちでは理屈をこね回して否定していたけれど、率直なところ、二人とも彼女に日ごろから恐怖の気持ちを抱いていたのである。サイゴン陥落のあと、途方に暮れてペンドルトン基地に押し寄せた人波の中に彼女を見つけたのは七五年五月だったが、因果の糸はさらに数年さかのぼる。あるときヴァートとブラッドは、ジャングルの伝説的な金融ブローカー、「幽霊《ザ・スペクター》」の異名をとるゴーマン・フラッフと出会ったのだが、それは、「幽霊」のさばいていた複雑きわまりない為替操作、通貨操作の物語が、ある決定的な瞬間を迎えたときのことだった。迷信深いフラッフは、二人の登場で、天使の介入のごとき形而上学的な雰囲気が加わったと大変機嫌をよくし、すっかり彼の信頼を勝ち得たヴァートとブラッドは、フラッフの死に際し、一人のヴェトナム人少女の後見人としての責任を遺贈された、というわけである。

「オレたち責任なんてこたあ、一度も口にしたことなかったいね」

「そうだいね、ただ果たしただけだいねえ」

「ちげえねえ」

「オレたちゃフラッフに借りがあって」

「フラッフはあの女に借りがあった」フラッフは彼女にサイゴンの女学校でフランス式の教育を受けさせたうえ、月々の小遣いも送っていたのだが、その理由については数々の憶測が飛び交っているだけだった。過去に一家を焼き殺したことの罪の意識が理由だとの噂も囁かれたが、焼き殺すというところも、罪の意識というところも、およそフラッフには似つかわしくなかった。だが出会いからほんの数ヶ月して、彼は運悪く、近づくべきではなかった繁みに近づきすぎて、それっきりの人となった。ティ・アン・チャンの名の記された手紙を、ヴァートとブラッドのところに持ってきたのは基地の従軍牧師だった。ふたりはなま温かいコークをヤケ飲みした。その頭上、ジャングルの上空では、ファントム戦闘機が雷鳴を轟かせ、ヘリコプターのプロペラがベットリとした空気を攪拌していた。数年後のペンドルトンで会ったティ・アン・チャンは、もはや少女ではなく歴とした公認会計士になっていて、二十五人収容のアーミー・テントの中で準備万端、「クール」に火を点け、AMラジオのダイヤルをロックンロールの局に合わせて「引き取り手」の二人が現れるのを待っていた。最初は簿記係の名目で二人の牽引会社に雇い入れたのだったが、ほどなく彼女は、同等のシェアで会社の経営に関わる身分となり、いまとなっては彼女の機嫌を損ねることをあらゆる手立てで食い止めるのが、ヴァートとブラッドの最大の関心事になっていた。

「おい、ブラッド」とブラッドがヴァートを呼び止める。「ヴェトおばちゃんがさあ、オメエに話があるってよ」

「ヤバ」ヴァートがつぶやく。

「オメエ何やらかしたん？」

ヴァートには思い当たる節があった。会社では絶対にプラスチックの棚の上にバーガーとフライドポテトをのせてはいけないときつく言われていたのである。オフィスに入ったヴァートが出てくるまでの十分の間、中では物音ひとつしなかった。出てきたヴァートはしきりに首を振っている。そこに居合わせたブラッドが、「どうだったたい、ブラッド？」

「あのヴェトコンばばあ、たいしたタマだぜ」ヴァートが答える。

「なにをいまさら。アッタリメーのことゆうない」

「だってよ、ヴァート、ピストル持ってやがるんだ」

「ピストルだ？　種類は？」

「中共《チャイコム》製ＭＡＣ10」

「そんなピストルありゃしねえぜ。で、オメエに向けたんか」

「誰が見た？　オメエ見たのか？」

「オレは見てねえ、オメエは？」

「それがな、ヴァート、見たんよ、オレ」

やっとのことで、お誕生日の昼食会の場所が決まった。〈ワンス・アポン・ア・チトリン〉という、やや高級志向のソウルフードの店である。で、次の問題は、どちらが誘いをかけるのか。三十分も揉めた後、ふたり一緒に行くことに意見の一致を見たのだが、ドアを叩いて、「どうぞ」の声が返ってきたとき、どっちから先に入っていくのかということも、そのとき一緒に決めておくべきだった。

「おい、おばちゃんが『どうぞ』だとよ」ブラッドがつぶやく。

「なら入ってけよ」ヴァートも声をひそめている。

「なんだその『入ってけ』っちゅうんは」

「だあれ?」ドアの向こうからキンと響く、例の声。

「おれたちでえす!」陽気なヴァートが叫んだ。

「シ————ッ! 誰が答えろっていった?」

「おばちゃんだよ!」

ドアはティ・アン・チャンが開けた。ふたりを透かすように眺めている。中共製MAC10というのは、素人目で見るかぎり、どこにも見当たらない。彼女の今日の服は粗織りコットンのジャンプスーツ。その淡い黄褐色に、すべて赤系統でまとめた、メガネの縁とスカーフとベルトとブーツがアクセントを添えている。なかでもスエードのカウガール・ブーツは三桁の中程までは値が張ったかもしれぬものだ。同じく赤のバレッタはいかにものブランドもので、その下に髪がこぎれいにまとめ上げられている。くっきりと浮き立った額とこめかみは、無表情の眼以上に、心の動きを映しているかのようである。

「おばちゃん、そんな悪くねえなあ」その晩遅くのハイウェイで、ヴァートがブラッドにふと漏らす。

「悪くねえって、どうゆう意味よ」

「つまりさ、もうちっと髪をどうにかしてさ、もうちっと肌をいっぱい出しさえすりゃ……」

今月のお楽しみがまだ割り当て量に全然届く気配もなかったブラッドは、この発言を笑って受け止めようとしたけれど、笑いの半分はただの鼻息になってしまった。「テメエでテメエのチンポ踏みつけるみてえなことゆうない」

「ほーん、そうかい、ありがとよ。こっちはよお、分析医の忠告守って、昔っからの戦友によお、百パーセントの正直さで話してんだ。そのご褒美がなんだい、これかい、ったくよお。やるってんなら、前にもトコトンやったんだ、もう一度やってんべえ」

「もう一度か？　何度でも、じゃねえのか」ブラッドも乗り気である。

「オレのこと、こりねえやつって、言いてんだな？」

フリーウェイにのぼる最中も口論はますます盛り上がっていた。「気ぃつけろ、ヴァート。ありゃ、グレイハウンドのバスだったぜ」

「見えてたい」

と、そのとき、無線が大音響を発した。ヴァートは運転席の前からも後からもスピーカーが鳴るようにしておく。ブラッドは、そのデシベル数にひるみ、トラックはレーンの間をふらふら揺れた。

「これ、もっと小さくできねえんか」

ヴァートがつまみに手を伸ばしたちょうどそのとき、「ハロー、ボーイズ！」の雷鳴が轟いた。普通の音量なら思わず聞き耳を立てたかもしれない、ハキハキとした女性の声である。

ヴァートは身を固くした。「わ、ヴェトおばちゃんだ！」

「ヴァートとブラッド、ヴァートとブラッド、どこなのお？　応答して！」

「ホント、オレにもおばちゃんに聞こえる。おい、言いだしっぺはオメエだかんな、オメエ取れよな」

それはシェード・クリークからの緊急無線だった。シェード・クリークといえばサナトイドだ。101号のこのあたりで、サナトイドの車を牽引し、彼らのサナトイド的物語を尻込みせずに聞いてあげるのは、ヴァート&ブラッドの二人をおいて他にない。今夜の獲物は山腹の道から転落し、果樹園のリンゴの木のてっぺんにひっかかっているとのことである。

「こっちでホントにいいんか？」と言ってヴァートが「夜道で迷子ごっこ」を始めた。

「道案内はオメエだぜ。指示はオメエが出すんじゃねえんか」ヴァートはグローブボックスのふたを開けてクチャクチャに畳まれた紙を取り出し、それを振った。カサコソと音を立てて郡の地図が開いた。

ややあって、「何も見えねえ、どうしてだろ」。

「闇夜だからよ」とブラッドが答える。「オメエの脳ミソ、コンニャクゼリーか?」

「おい、ルームランプつけるぞ」

「地図見るんなら、マップライトにすりゃあいいんじゃん」

「ダッシュボードの一番下に沈んでんだ。それによ、こんなちっちぇえとこしか照らさねえだろ、あれ。一インチずつ地図動かしてかなきゃダメだなんてえのは、オラァやだからな。マップライトはとにかくごめんだ」

「ヘエそうかい、ゴメンかい、ブラッドよお。ゴメンちあぁな、オラァこんな薄気味わりい暗がりで、自分のいるところだけ明るくなっちまうのはゴメンだからな。ゴメンだかんな。ルームランプつけりゃ、そうなっちまうだろうが」

「じゃあ懐中電灯はどこなんよ。懐中電灯なら文句あんめえ。どこなんよ。ここにねえぞ」

「電気器具の箱ん中さ。そりゃどこに置いとくもんだ?」

「トラックの荷台だいな」

「電気器具だろ、懐中電灯は」

要するにヒマつぶしの漫談である。ここでこの商売を始めてもう二年にはなっているから、ヴァインランドの道路は夜道でもへっちゃらなくらい慣れていた。商売の性格上、夜道しか使えないことが多かったのだ。地図はただ、郊外の住宅地のちょこまかした道や、ちょびちょびと草の生えた砂利道、悪夢のような泥道を獲物を求めて徘徊するときの助けとして入れておくものだった。腹這いになって山腹を下り、木の上に落ちた車にワイヤロープをくくりつけて、さまざまな車を回収するのも彼らの仕事の一部である。獲物のうちには、地上のあらゆる表面を駆ける訓練をしていたらしきポルシェもあった。横一面、フルカラーで描いた鱒の絵の下に、シティズン・バンドのコールサインをピカピカ文字で表示したフィッシング用小型ヴァンもあった。森の中、特にセヴンス・リバー沿いで起こることにも、ふたりは深く通じていた。セヴンス・リバーといえば、このあたりの居酒屋では、その名を口にしただけで、店主から以後の入店禁止を宣言され、駐車場でも別の制裁を覚悟しなくちゃならないというほどの場所である。

ふたりはノース・スプーナーの出口でハイウェイを降り、リバー・ドライブに入った。ヴァインランドの町の明かりが途切れると、川は白人の入植以前の姿を取り戻し、ユーロク族がそう信じた「霊の川」に戻っていった。ここではすべてに名前があった。魚を釣る場も罠を仕掛ける場も、ドングリだらけの河川敷も、川面に突き出た岩も、岸辺の丸岩も、木立にも、樹木にも、その一つひとつに名前があり、泉も池も野原も、すべては生命あるものとして独自の霊を持つとされていた。霊たちの多くは、ユーロク族が「ウォゲ」と呼んだ、人に似て人より小さな生き物だった。大昔、ここはウォゲの世界だったのが、人間どもが入り込んでくるのを見て彼らは身を引き、あるものは山を越えて東の国へ去り、別のものはレッドウッドをくりぬいた巨大な丸木舟にひしめき合って、人間たちの耳にさえ侘しく響いた追放と移住の歌を斉唱しながら川を下り、海へ運ばれていったという。出ていくことのできなかったウォゲたちは、土地に残って風景の中へ退いていった。だが、そうして自然界の精霊になった後も、彼らは意識ある者として留まり、旧き佳き時を偲び、哀しみをたたえ、季節のめぐりの中にあって怒りも悦びもあらわにした。ユーロク族たちは幾々世代も彼らの上に腰を下ろし、彼らから魚を釣り上げ、彼らの影で身を休め、彼らを愛することを学び、風や光とささやき合い、大地の揺れや日と月の食を畏れ、アラスカ湾から次々と猛り狂ってやってくる壮大な冬の嵐に祈りを捧げたのであった。

川の信仰に生きたユーロクの民にとって、海のほうから源流に向かって川を遡るのは、目に見える世界を後にして、霊の世界に旅していくことでもあった。霧の霊が入江を滑る。峡谷を進むにつれて羊歯《しだ》の繁みが濃くなっていくのが、露のしたたる音からもわかる。半ば不可視の鳥たちが、半ば人間の声をして呼びかける。踏み分け道は前触れもなく地中へ——ツォレクという名の死者の国へ——下っていく。ヴァートとブラッドは、町での暮らしぶりから察するかぎり、こんなところは気味悪がって近寄らない手合いのように思えるのだが、まるで亡命先から故郷に帰ってきたかのようにこの地になじんだ。ヒッピーに話したら、そりゃあ、輪廻転生かもしれないという答。このあたりはね、海岸も分水嶺も、みんなマジカルでホーリーなんだよ。ウォゲたちは海に行ってイルカに姿を変えたんだ。世界を人間たちに残してね。ほら、イルカのヒレには人の手と同じで五本指の骨があるだろう、イルカの先祖のウォゲたちはハンボルトのパトリック岬のあたりから海の下に潜っていって、人間たちが世界とうまくやっていけるかお手並み拝見してるのさ。地元民のうちの誰かが、先を続けてこう言った。ワシらが世界をめちゃくちゃにしそうになると、きっとイルカたちが戻ってくるさ。そして正しい生き方を教えて、ワシらを救ってくれるんだ……

ヴァートとブラッドが探している果樹園は、川の対岸にあった。ということは、ルーズヴェルト時代の不況対策の産物の、ほとんど廃墟と化した橋をヨロヨロと渡っていかねばならない。この橋は、奇跡的にも、片側のレーンだけはいつも通行可能だった。時には、台船が流れてしまった舟橋みたいに、橋の一部がごっそり欠けたりしている夜もある。回り道を強いられるのはいつものことで、石壁やベニヤ板の塞ぎにスプレーを吹き付けた、暴走族の落書き的な文字が迂回の道を告げていた。補修工事は昼夜を問わず、作業員の姿が絶えない。ヴァートとブラッドは今夜もやっぱり橋の手前で足止めを食らった。叩き壊したコンクリートの塊と腐食した鉄杭を高く積み上げたトラックが、ぬかるみから出ようと、みずからの重みでへこんだ路上で、前方へ後方へ車輪を回転させている。小さな班に分かれた作業員は、野戦服姿でヘルメットをかぶった者もいる。陸軍の工兵なのだろう、確かなことは分からないが、民間人とは交わらず、車も誘導してくれない。このまま進んで危険がないか、その判断はドライバー自身がしなくてはならないのだ。ブラッドはトラックを前に進めて、橋の舗装が三角形に欠けたところを渡った。強化鉄の編み目の下にミッドナイト・ブルーに染まった川の水が見える。猛り狂ったセヴンス・リバーが橋の一部をさらっていった六四年の嵐以来、補修工事は休むことなく続いていた。あの日以来、この橋は壊れたシルエットを空にさらしつづけていたのである。

無事に橋を渡りおえた二人は、走行ライトを全部つけ、ダッシュボードのスロットにバーナード・ハーマンのカセットを突っ込んだ。鳴り出したのは夜道のドライブにぴったりな『サイコ』〔一九六〇〕のテーマ。それを聴きながらシェード・クリークの谷間の道を上っていく。目指す果樹園はまもなく見つかった。スポットライトでサーチすると、木のてっぺんにトヨタが一台ひっかかっているのがたしかに見える。フロントドアが開いて人が出てきた。車が大きく傾く。リンゴがボロボロ落ちる。

「おーい、ハシゴみっけてくるから。そのままおとなしくしてろー」見上げてヴァートが叫ぶ。

「騒ぎなさんな。私はサナトイドだよ」

「ならご安心。オレたちの専門だ。車は?」

「ストレート」この言葉に彼が込めた意味は、三次元の固体であって、シェード・クリークの町と牽引車の保管所を結ぶ道のりの途中でドロンと消えてしまわないということであった。サナトイドの車には、スクラップになってあの世に行ったはずが、生前に道路で重ねたカルマのために、再びこの世に返されたものも多く、そういう因果な車に、よくこれまでヴァートとブラッドはほとほと困らされていたのである。ふたりは果樹園の物置小屋の中から見つけてきたハシゴを立てかけた。降りてきたドライバーは、バスケのパワーフォワード並みの長身で、髪がまた絵に描いたようなレイト・シックスティーズ風の長髪。だがユーモアには欠けるようだ。「私は巡礼者だ」彼は身元を明かし始めた。「この地まで辿り着くのに、君らの時間で十年かかった。私らの交信ネットは、しばらくの間シェード・クリークの町はずれのカルマ調整師のことでもちきりでね。ホントに効果があるということなので、私も自分の過去のことを診てもらいにきたのだよ」

「そいつなら知ってるさ、ブラッド。町まで一緒に乗せてくわ」

「サテ……、その君たちの友だちは、いまこの辺りにいるんでしょうか」タケシが眼を細めて部屋を見透かした。

「いねえよ」と言いながらヴァートの声も自信なさそう。「でも、チェックはしたほうがいいかもな」

「ヴァートはさ、言いにくそうにしてるけど、DLさんよ、あんただって、あの男のこと知ってんだぜ。トラセロ郡のビーチの路地でさ、十年前に撃たれたんだってよ」とブラッドが言った。

彼女は知っていた。忘れようもなかった。「オー、シット!」彼女はうめく。報いが一つ返ってきたのだ。これはほんの前触れで、そのうち報いの大群が、空を黒く染めながら飛んでくるのだろうか。もはや存在しない巣をめざして。

「ウィード・アートマン。あの男のことだもの、そりゃ出てくるわよね。いつ現れるか期待して、ちゃんと待ってるべきだった」

「あんたの仲間の女のこと、なんだとかかんだとか言ってたねえ」

「まだ機嫌は直ってねえみてえなんさ」ヴァートが言い添える。「あんなことになったんも、みんなあの女のせいだって言ってたいね」

霧隠の館の、光まぶしい調理室で、プレーリーはDLからいまの話を聞いていた。「ママが人を？殺した？」少女は戦慄した。興奮のゾクゾクとはちょっとだけ違った。やはり恐怖が先に立った。

「ピストルを発射したのは別人だけど、計画したのはフレネシだって。アートマンによればね」

「どうしてママが？　その人誰なの？」

「みんなで、まあ、一緒にさ、逃げてたわけよ、トラセロ郡に〈白波大学《サーフ》〉というのがあって、ウィードはそこの、何ていうか学内の革命家でさ、でもあの男には、体制側の回し者だっていう噂もかなり強くあったんだ」

「どっちの味方か、面と向かって聞いてないの？　いまだったら聞けるわけよね。もうウソつく理由もないんだし」

タケシが苦笑を漏らす。DLが言った。「そんなうまい具合にはいかないみたいよ。でもわかる。あんたにそれがどんなに大事なことかって。フレネシが結局どっちの側に立ってたのか、それで決まるわけだものね」

「ねえDL、チョー大事なこと言ってないでしょ。最初あたしが聞いたのは、ママがパパを騙して、連邦警察の巨大ゴキブリとくっついたって話でしょ。それが、今度はなに？　殺人の手助け？　いったいどうなってんの？　みんなには何のことかわかってて、あたし一人何も知らないおバカさんで、最後にバカだなあって笑われるの？　ねえ！　そういうこと？」

「文句はお父さんとおばあさんに言ってちょうだい。あたしが話して聞かせてるわけは、事実をつなぎ合わせていくと——」

「ママが浮かんでくるんだって？」

「プレーリー、あんたのママはブロックの指令で動いたの」

しかし少女は、一拍半の間しかおかずに、「へえ？　じゃママは警察のバッジも、証明書も持ってたの」。

「インディペンデント・コントラクターって言ってね、警察に協力して報酬もらう民間人がいたわけよ。今もだけど。そういう人はみんな、何ていうかな……ヤバいことになった場合、権力のほうじゃ簡単に切り捨ててしまうわけ」

「そんなこと、あたしに関係ないもの！　なんで言うわけ？」

「あんたの一件にブロックが関わってるとしたら、いまのこと、あんたにとってすごく重要なネタじゃないの！　ほらほら、プレーリー、ひるむんじゃないの！」

「わかった、でもちょっと時間くれない？　いっぺんに言われても飲み込みきれない！　もう、夕飯の準備にかからなくちゃいけないし。ねえ〝バラエティ・ローフ〟に何が入ってるか、誰か知らない？」

今日はここまで、とDLも納得した。「あれみんな、環境保護局に押収されたんじゃなかったっけ」プレーリーにしてみたら、あれは今夜どうしても始末をつけてしまわなければならなかった。ウォークイン・フリーザーに入って奥の棚を覗いてみたら、詰めこまれたバラエティ・ローフがうっすらと青緑色に輝き始めている。まるでほかの冷凍食品のための常夜灯みたい。このまま静かに余生を閉じて——。でも、見ていると、安らかに眠っていくようなものではないような気がする。眠ったフリして、突然むっくり起き出したりして！　うひゃーっ！　プレーリーはフリーザーから飛び出した。心臓がバンバン鳴っている。プレーリーだけじゃない。調理場の人間で、この魑魅魍魎たるフリーザーに、長く入っていられるものは一人もいない。温度計では測れない種類の冷気に首筋を撫でられると、みんなたちまち外に駆け出してしまうのだった。

「みんな、いい？　バラエティ・ローフ、今日、全部出しちゃいましょう。それで、食べても安全かどうか、決を取りましょ？」そこで声を張り上げて、「ぜんいーん、集合！　怖いだなんて一言わないぞー！　オーラーイ！　ゲアハルト、シスター・メアリ・シレル、ミセス・ロ・フィント、双子さーん、進めーぇ！　緑に光るの、取ってこーい！」折しもラジオでは『ゴーストバスターズ』〔一九八四〕のテーマが始まった。それに乗って行進開始。だがさっそく、フリーザーの微生物環境を侵害することの是非をめぐって議論が起こった。「発光微生物にも命はあるわ」双子の姉妹が同時に早口で主張する。「あらゆる命は神聖よ」

「光り輝くもの、食べるべからずって、言うじゃないか」——ロ・フィント夫人はイタリア人の主婦であったが、料理ができないだけじゃなく、医学用語で「コウクシナフォービア」と呼ばれるキッチン恐怖症を患っていて、その治療の一環としてここに連れてこられた人である。一隊はフリーザーの冷気の中に立った。仄暗い電球の下で、バラエティ・ローフが青緑の補助光を添え、二つの光がシンクロしながら揺らめいている。まもなくサンプルが運び出された。

「太陽光線の下で見ると、そんなに気味悪くないねえ」とは、ゲアハルトの指摘である。もとより仕事の遅れを気にする面々ではない。みんなこの食料物体を囲んで、不思議そうに眺めている。

「そりゃあ光るの見えないもん、バッカじゃない！」

「中央アジアのある部族は、宗教的儀式に発光性のカビを食する伝統があるというじゃありませんか」

「カビにだって権利があるわ！」

この不毛で、独善的で、時間の無駄も甚だしい議論が、この先どこまでつづいていくのか、プレーリーはうんざりしたが、それも束の間、後ろから肩を叩かれ、この気配は——と、振り向けば、やっぱりDL。黒装束に身を固め、何かわからないけれど忍《しのび》の道具も携え、とっても急いでいるふうだ。荘厳なる鐘が出陣の時を告げたかのようである。「はい、これ、あんたのリュック。そうなのよ。キングスメンの、『ミー・ガッタ・ゴー』。行かなくちゃいけないの。あんたも一緒よ」

「そんなこといま言われても」少女は調理場を指さす。知り合いになった顔。まだ計画の立っていない食事。でも自分が指さしているのは、もう過去のビデオの映像にすぎないのだということが、DLの眼から強く伝わってきた。ふたりは外へ出た。ブドウの蔓《つる》のからまる香り豊かな柱廊を進む。頭上にヘリコプターが迫っていた。一機ではない。何機もが低空を旋回している。いったいこれは……

本館へ。その奥へ。回廊へ。階段へ。金属の階段に靴音がこだまする。タケシは地下のワインの貯蔵庫の脇で待っていた。スーツの、すくなく見ても四つのポケットからワインの瓶が飛び出ている。

「掠奪ですか?」DLが立ち止まって問いただす。

「ヴィンテージものを適当に少々。選んでる時間がなくてさ」

「もちろん飲めない代物でしょ? 窃盗自体が目的のわけよね、タケシ」

「見なさいよ、ソバカスさん、ほら、七一年のルイス・マーティーニ、ネ? 伝説の逸品ですよ。それからこれは——よくわかんないけどフランス産」

「あのねー、ふたりともー」

「門が閉じられた」DLの報告である。「ボルト・カッターで一本につき一分半かかりそう。敵ヘリはヒューイのコブラが三機。FFAR、発射筒、ガトリング砲、その他全装備搭載」

三人は貨物用のどデカいエレベーターロに出た。先を争って乗り込み、そのまま地獄へ急降下だ。

中は古い蛍光灯がチラチラ・ジージー。危うく地底に衝突する一歩手前でブレーキがかかり、ヘヴィメタルな音を立てて着地したエレベーターを飛び出すと、彼らは地下深い抜け穴を進んだ。川床の下をくぐり、それから徐々に半マイルほど坂をのぼって、やっと外に抜けると、そこは日の燦々《さんさん》と照る山腹だった。館に突入をかけるコンボイと、ヘリコプターの羽根音に混じって聞こえるインダストリアル・ノイズは、どこかリゾート・マンションの建築現場からだろうか。

ＤＬのトランザムはハンノキの林の中に、枝でカモフラージュしてあった。三人はむかし木こりの使った道に沿ってジグザグとインターステイト５号へ向かう。タケシは助手席で地図を広げた。運転席のＤＬが歌い出す——

　ドア枠壊して　お迎えしろよ
　キックの鬼の　お出ましだ
　カンザスむすめーと　笑うなよ
　フォートウェインのー　勇姿を見ろよ

後部座席のプレーリーは、これが夢で、夢から覚めたらみんな別の人間、マイカーで週末のビーチに出かける家族になっていたらいいな、と夢想した。どんなトラブルが起きてもコマーシャルをはさんでのやりとりが三十分も続いたあとは全部解決してるんだったらいいのになあ！　と思い巡らしながら、身にふりかかった不条理をぐっとこらえているのだった。

三

人を乗せたトランザムは、ＬＡの車庫めざして爆走を続けた。その姿は不可視といえずとも半可視で、誰かに監視されているとはどうにも見えない。秘密は特殊塗料にあった。サンタローザの街中に〈遁面《トンヅラ》ボディ＆ペイント〉なる看板を吊るしたマニュエルさんが、自動車錬金チームとともに開発した特許つきのこのラッカー、結晶の微視構造を利用して反射光の屈折の度を変えることができる代物である。たとえここに、上空からの監視の目があったとしても、からっぽの路面の上に虹色の光のシミがちょっと浮かんでいる、という程度にしか車体を捉えることはできないだろう。

探偵事務所と聞いてプレーリーは、昔の映画によく出てくる、みすぼらしさを絵に描いたような、ロマンチックな事務所みたいなのを期待したのだろうか。だとしたらお生憎さま、タケシは高層複合ビルのスイートルームに仕事場を構えていたのだ。ビジネスとショッピングの一大センターとなっているここらあたりは、かつてのハリウッドの映画スタジオの跡地である。「幻影の工房」が、「現実世界」のかたぎなビジネスの営みに浸食される。そうやって現実が夢を食い破っていく。そう人は評した。昔ここで撮影された西部劇の何本かは、土曜朝のＴＶでプレーリーも見ていたはずだけれど、かつて駅馬車がガラガラ通り、民警団が蹄の音を鳴らしたこの場所で、株のブローカーたちが、Ｍ＆Ｍ

チョコ一粒ほどの大きさのマイクに向かって現在・未来の取引をロマンチックなヒソヒソ声で語り、誇らしげなファッションで身を固めた人々が買い物にいそしみ、あるいはパティオに腰を下ろして昼食をとり、高層ビルの上階の法律事務所では必ずしも合法でない取引がなされ、窓の外では都市を生息の場に選んだ鷹たちが、眼下に広がる光と影のプリズムの中に餌食の鳩を求めて旋回を繰り返している。

「カルマの調整」とはどんな仕事なのか、プレーリーにはいまもわけがわからなかったが、タケシのオフィスに足を踏み入れたとき、この人、自分で言うほどではないにしても、ただのトンマなオヤジではないのかもしれないという思いがはじめて実感として湧いてきた。部屋にはコンピュータの端末とファックス機と全周波域無線送受信装置がところ狭しと並び、プリント配線回路にレーザー・ユニット、集積回路、ディスク・ドライブ類、電源装置、テスター……とシステムの機械類が部屋いっぱいに広がっている。

「わぁ、ハイテクッ!」少女の眼がマルになった。

「っていうのはまちがいで」とDLが水を差す。「ほとんどはただのヘボ頭をマトモに見せるハリボテなの」

「そりゃないよ」タケシは手のひらサイズのリモコンを手に取ると、「冷たいものでもお出ししようか」と、それをひと振り。たちまち登場したのは、ハイテク冷蔵ロボ君である。左右二つのビデオ・スクリーンにマンガチックなおめめが映っていて、それがキョロキョロ左右に動き、そしてパチクリ瞬きする。口の部分はスマイル型のスピーカーになっていて、そこからシンセの音色で流れてきたのは、「ウィンター・ワンダーランド」「レット・イット・スノー」「コールド・コールド・ハート」と続く〝冷蔵ミュージック〟の定番メドレーだ。ロボ君はプレーリーの前まで来て止まると、小さな電動モーターのうなる音で抑揚をつけながら、メニューを口ずさんでみせた。

「『デザイナー・セルツァ』って？」

「八〇年代なかばの最新マーケット哲学を反映しまして」歩く冷蔵庫は答える。「わたしのお腹に入ってますのは、ビル・ブラス、アズディーン・アライア、イヴ・サンローラン——」

「あ、それにして！」プレーリーの声はちょっと上ずり気味だ。「それって……」と言いかけたところで、ゴロン！　スタイリッシュな炭酸水《セルツァ》のボトルが転がり出てきた。レーガン時代を象徴するゴールド&シルバーにYSLのロゴの映える、ガチガチに冷えた容器を差し出しながらロボット君は、ビデオの眼で彼女に向かってウィンクし、口からピンクの光沢を持つフニャフニャの材質のプラスチックの舌を出した。「ほかに何かいかがですか？」この声のトーンは信用ならないと、プレーリーは、自分でおしゃべりできる前から知っていた。

「ありがと、ラウール。いまはいいから」DLが言った。

ビデオ映像の眼が閉じて、ラウールは「また逢おう《アイル・シー・ユー・アゲン》」と「ドリンク・ドリンク・ドリンク」を口ずさみながら、充電ステーションへと戻って行った。

「タイムマシンを修理に出してしまいました」タケシは陽気な調子のまま、「ああ残念、みんなで時空巡りができたのにねえ」。

「超光速発生装置《タキオン・チェンバー》*がまたひとつダウンしたのよね」DLが声を張り上げる。「保証期間が切れて一〇分の一秒後にプッツン。〝タイム〟マシンって、ほんと、よく言ったもんだわ」

だがプレーリーは早くも一台のディスプレイ前に陣取ってキーを叩いていた。「このマシンで……

* タキオンという仮説上の粒子は光子より速いスピードを持つとされ、SF小説によれば、時間の進行を逆向きにすることができる。

ママがいまこの瞬間どこに……?」

DLは首を振った。「あたしには分からない、あの女《ひと》はね——」

「おいおい——」タケシの眉がピクッと吊り上がる。

「続けて」少女は椅子から立ち上がる。「ブロック・ヴォンドと一緒になるために、あたしを捨てて出てった。でしょ? だから、あたしにだけはどうしても会いたくない。正解でしょ? どっか抜けてるとこ、ある?」

「大ありね。たとえばさ、コブラに乗り込んだ戦闘部隊の人たち全部。目下彼らはあんたのお母さんとワン・パックってわけよ。お母さんに会えたときには、彼らともお出会いするの」

「おお」タケシは窓に駆け寄って心配そうに空を見上げる演技をした。「どうしてぼくたち、この子と関わっちゃってんの? ヤバいですよ、この少女」

DLは手を伸ばして、プレーリーの髪を耳のうしろにかき上げてやった。「お母さんに会えるまで、お母さんを見るので我慢してくれる? それ以上のお手伝いはムリみたい……」

「我慢してって、他にしようがないもの」小さなつぶやき。視線は床に落ちたまま。眼を上げれば、きっとDLの視線と鉢合わせになって、そうなったら、全部ガラガラ崩れてしまいそう。

ディッツァ・ピスク・フェルドマンが住んでいたのは、ヴェンチュラ・ハイウェイから高級住宅地の側へ折れて、坂をのぼり詰めたところにある、見晴らしのよい中二階つきのスペイン風住宅だった。庭にはコショウボクとジャカランダの観葉樹が植わり、カーポートには年代物のTバードが入っている。ダンナと養育費不要の条件で離婚をした彼女は、車を飛ばして三〇分のところにあるスタジオで仕事を続けていた。夏休みの間、娘たちは父親のもとに行っている。DLの知るバークレー時代のディッツァは、妹のズィピとふたり、戦闘服を着込み、お揃いの特大サイズの「ユダヤ系アフロ」の髪をして、街の壁にスプレー缶で「国家打倒《スマッシュ・ザ・ステイト》」の文字を吹き付けて回る過激派闘士。いつも携帯していたアイスボックスに入れてあるタッパーウェアの中身は、プラスチック爆弾だった。「映画の編集っていうのは表向き、実は爆弾テロリストだったの」とプレーリーに告白するこのおばさまは、しかしどう見ても、ごくありふれた郊外族のママとしか思えない。見た目で判断しちゃいけない、これも変装かも――とは思うのだけど、それにしてもこのおばさま、メガネはファッション・フレームだし、着ているムームーは原色のオウム模様。おまけにサングリアなど飲んでいたりするのである。

　TVはもうすぐプライムタイム。屋外はまだかすかに夕暮れの光が残っていた。木々の小鳥のカン高い鳴き声のバックには、遠くフリーウェイから寄せてくるコンクリートの波音が聞こえる。ディッツァを先頭にパティオを通り、奥の間に向かう。そこは仕事場。ムヴィオラを中心に、16ミリのフィルムがいたるところに散乱している。リールや芯《コア》に巻かれてるのとか、切断されてその辺から垂れてるのとか。六〇年代映像ゲリラ部隊、〈秒速24コマ〉の記録フィルムは、きちんと缶に入れられて、スチール製の小型トランクにしまってあった。

　あの時代、彼らは中古の中型セダンや小型トラック（キャンパー・シェルつきのものにも、そうでないものにも）に乗り込み、周囲の眼を引かないよう、あからさまな隊列は組まずに国中を回っていた。器材は運送会社払い下げのヴァンで運んだ。パトロール用には、ボディはヘコみだらけでクロームもすっかりくすんでいたものの、レーサーとしての性能はバッチリのスティングレイを配していた。仲間の乗り込んだ車はみな、当時まだ珍しかったCB無線《シティズン・バンド》で連絡をとりあった。人民と権力とが衝突する場を彼らは求めて回り、現場を見つけ、フィルムに収め、収穫した映像記録を急いでどこか安全な場所に保管する。彼らはクローズアップの手法に――その曝《さら》け出す力、暴き立てるパワーに――格別の信頼を寄せていた。権力が腐敗していくプロセスは、人間の顔におのずと描き出される。大きくズームアップした人間の顔は、最高の感度を持つ記憶装置なのだ。光に対して真実を隠し通せる者がいるだろうか？　金につられて動く者たちの大写しの表情に引き合わされて、それでもなお戦争を、システムを、「自由なアメリカ」についての無数の嘘を信じていられる者が？　大写しになった口から、つらつらと出てくる、うわべだけの、みんな同じ、ワンパターンの言葉を聞いてなお、それらを信じつづけられる者が？　その声は、かつて約束したことから切り離されてしまった。もうぜったいに真実味を取り戻すことはできない。

「ぜったいに？」ローカル局のレポーターが突っ込みを入れる。場所はサンワキーン・ヴァレーのどこかだろう。

ここでショットの切り返し。フレネシ・ゲイツが映し出される。部屋の中の二人の女性が座り直すのが感じられる。古びたECOのフィルムだったが、色褪せることのない眼の青さがスクリーンを支配する。きっぱりとしたブルーの拒絶。「ぜったいに！」彼女は答える。「これだけの数の若者が、真実を見据えるようになったんですもの」プレーリーは眼を凝らした。

「そう、じゃあ、我々の〈アクション・ニュース・チーム〉と同じですね」

「違いは、わたしたちには、失うものがほとんどないってことです。わたしたちは標的を次々に変えていくことができるんです」

「でも……それって、危険なことになりませんか？」

「そうね、短期的にはそうかもしれない。でも不正を見て、そのまま何もしないでいるってどうなんでしょう。わたしたちが組織《オルグ》しようとしているこの郡の農民たちが権力に抑圧されるのをあなた方はただ見ているだけじゃないですか——そういう姿勢のほうが、長い眼で見たらもっと〝危険〟ですよね？」その間も、フレネシの意識は、自分の映像を収めているカメラの動きから離れない。

DLはといえば、〈秒速24コマ〉の醒めた現実主義者の役回りを引き受け、カメラにはできるだけ近づかない位置どりだ。喋るときは、戦略とスケジュールのことだけ喋る、それも必要に迫られたときだけ。政治的なことはいっさい口にしなかった。いつでもその場で交換できるようフィルムを準備し、新たなロケーションに移動するたび町を偵察し、どこで落ち合うべきか、どの道を通って町を逃れるべきか、複数の可能性を押さえておく。警察や反動勢力と出くわさないよう取り計らいつつも、ドライバー・シートの下に鉄梃《かなてこ》を備えておくのも忘れない。警察に遭えば、その追跡を遅らせるために、わざとみんなに遅れて逃げることがセキュリティ・チーフの自分に課せられてくるのだ。仲間の中で最初に捕まるのは、DLでなくてはならなかった。

「あの晩さ、スレッジが運転してて、ポリ公がドラッグの売人《バイニン》捕まえてるところに突っ込んじゃったでしょ」ディッツァが高笑いした。「あたしとズィピは、誰かがDMTの液に浸け置きしといたマリワナ吸ってて頭の中がラリラリで、とんでもないほうへ歩いて行っちゃうんで、アナタ何度も探しに出なくちゃなんなかったのよね！」

「ああ、あのとき？　あれってハッシシ入りのホットファッジ・サンデーを食べたときとちがう？」

「違うわよ。それはギャラップでしょ、ホットファッジは……」

「あのぉ……」プレーリーはスクリーンを指さして、「この人たち、誰なんですか？」

〈秒速24コマ〉のグループを映す、ゆっくりとカメラを回したショットだった。いつ撮ったのか、ディッツァとDLとで記憶が一致しない。よく見ていけば、スクリーンに映っているのは、種類の異なる若者たちのゴタマゼ集団であることがわかる。ふらっと入りこんできた、気分だけの活動家。映画狂いの青年。〈秒速24コマ〉のメンバーの一定部分は絶えず入れ替わっていたのだった。スパイも、おとり捜査官だけでなく、いろんな派からの活動家が紛れ込んでいた。その雑多な集団の中核グループに、つねにいつづけたのが、この天才フィルム・エディター、ディッツァとズィピの姉妹である。ニューヨーク育ちの二人は、どこに住んでも心はニューヨークから離れることがなかったようで、カリフォルニアについてのコメントも、ニューヨークと比較した欠点に限られていた。「マグニンズ?」陰鬱な笑みを漏らしてズィピは言った。「ショッピング・センター代わりに使うんならいいですけどね。ロング・アイランドあたりにああいう店があってもいいとは思うわよ。女性用のトイレなんかヤケにきれいみたいだし。でも冗談じゃないわよ。ああいうの、メジャーな店って言いません」ディッツァはことのほか、食べものにうるさかった。「まともなデニッシュのある店に、たまには入ってみたいもんよ」ふたりにとって西海岸の人間はみな「よそよそしい」人種だった。記憶の中のニューヨークのアパート生活にあった「親密なコミュニティ」は、ここにはなかった。

それを聞いて、まわりの者がニヤリ笑う。「親密だってよ!」事務処理担当のハウイが言葉を返す。「オレ、この間ニューヨークの姉のところに行ってきたけどさ、あの街の人間て、人と眼を合わせもしないじゃないか……」

「一日中車のカプセルの中にこもってるのはどっちかしら」ズィピがやり返す。「わたしたちのほうじゃないわよね。ペットを分析医に送り込むようなこと、わたしたち、しないもの。海から上がってそのままビーチで出会った誰かとファックして電話番号も渡さずにそのままジョギングして行っちゃうなんて、ニューヨークの人間はしないわよ」これは実際、ウェストコーストに到着して最初の週末に、姉妹にふりかかった出来事なのだった。超自然的な出来事は大好きという彼女たちも、これにはめげたようで、以後サーファーを見かけるたびに眉をひそめるようになった。なかでも、金髪色白のハウイのことは特別に毛嫌いしていたようである。

姉妹の仕事ぶりを見ていると、思考なき行動というものの優美さに魅せられる。編集するのにズィピは爪とセロテープに頼り、ディッツァは歯とクリップを好んで使うのだけど、ムヴィオラを回してみると、どちらの仕事もフレーム一つ狂いがない。作業中タバコはふかし放題で、TVは二、三台それぞれが別番組を流している。ラジオからはロック、それも好みのハードなアシッド系のものが流れっぱなし。その重厚なグルーヴ感の中で彼らの編集作業は続いた。グループの星占いを担当するミラージュが、双子座の二人に、日々の星位を教えるようになってからは、とんでもない時間に起き出して仕事を始めたり、新月の日には何もしなかったり。

映画のカメラが武器であるという比喩を徹底的に生き抜こうとする破滅的な意志を、フレネシとピスク姉妹は、バークレーを本拠に過激な活動を展開して散っていったニヒリスト・フィルム・コレクティヴ〈シネ・ピッグ〉から受け継いでいた。意志だけでなく、〈秒速24コマ〉の結成にあたっては、カメラ本体、レンズ類、ライト、照明スタンド、ムヴィオラ、水準器つき三脚ヘッド、冷蔵庫いっぱいのECOフィルムを受け継ぎ、それに加えて、当初のうちは〈シネ・ピッグ〉の頑迷なメンバー数名が加入していた。〈秒速24コマ〉の結成宣言に旧集団のマニフェストから自由に表現を取り混ぜたのは彼らである――「カメラは銃だ。イメージを撮りこんだとき、そこでは死が実演されている。編集されたイメージは死後の生と最後の審判の下部構造だ。我々はファシストの豚《ピッグ》どもが堕ちるべき地獄の建築家となる。世界のすべての豚どもに死を！」この宣言文を、しかし多くのメンバーは、行き過ぎと感じていた。ミラージュが立ち上がって、豚の弁護を始める。「豚って本当はグルーヴィな生き物なんじゃない？　ピッグの名に値する人間どもに比べれば、本物のピッグは、全然グルーヴィよ！」

「ゴキブリって言えばいいのよ」と、スレッジ・ポティートが提案する。

「ゴキブリ《ローチ》だってグルーヴィだぜ」と、口にマリワナ《ローチ》をくわえたハウイが反論。効果音担当のクリシュナは、ゴキブリだろうと何だろうとこの世に生を得たものはすべて神聖ですとの神託を口にした。

「ヘイ！」〈シネ・ピッグ〉のオリジナル・メンバーが叫ぶ。「そういうどうでもいい話で俺たちの理論的基盤を崩していって、それでオマエら面白いのかよ。ここの人間をいかにシュートするかってことが問題なんじゃないか。ちがうかい」

「へえ、あんた何座？」とハウイ。

「乙女座」

「だと思った」

「星座で差別するって、ハウイ、それ人種差別よりもっとひどい！」ミラージュが叫ぶ。

「性差別以下よ！」ピスク姉妹の声がピタリと合った。

「ほらほら。女性軍《レイディーズ》！」アフロヘア用の櫛をふりかざしながら、スレッジが声を張り上げた。赤らんだ眼のハウイが、ゆらゆら煙の立ち上る〝黄金のコロンビア《ゴールド・コロンビアン》〟を、ピースのしるしに差し出す。

「みんな、グルーヴィにね」――フレネシはこの集まりのまとめ役ではない。この時もただ、いつものように、努めて口論の輪の外側に身を置いていた。〈秒速24コマ〉は、アナキストと聞いて人が想像するものとは、ずいぶん違う集団だった。DLの参入によって、同じく格闘技に悟りを求めるスレッジと二人がグループ内のリアリストの極を占め、夢に没入するタイプのミラージュとハウイがこれに対した。フレネシとピスク姉妹は中道を守り、みんなを〝ハッピー〟にしておく役目はクリシュナが担った。たとえばフレネシが、集会に踊りに来ていたリズム音痴のカリフォルニア・ガールズを五、六人連れ帰ってきたとする。たちまち文句を言うのがズィピとディッツァだ。このヒッピーの小娘たち、ビートにノルってこと、ぜんぜんできないんだもの、こっちのリズムが狂っちゃうわよ。「これ以上苦痛《ツーリス》の種を持ち込まないで！」「混乱《ツィメス》もよ！」とユダヤの言葉まで飛び出す。こんなとき、いつもゴキゲンな音楽をかけ、職人の手さばきでテープの速度を調節して部屋のリズムを立て直すのがクリシュナだった。ピスク姉妹の心を読んで、望みのものを望む以前に調達することができる彼女は、幅広いESP的能力を持っていると仲間の信頼を得ていた。尻がはだけたままのとき、仕事がハンパに放り出されているとき、誰かのしゃべる言葉があまりにわけのわからぬものになったとき、一人ひとりバスルームに連れて行ってていくらでも必要なだけカウンセリングをやってくれるのが彼女である。クリシュナがいてくれなかったら、ずっと早くに崩壊していたかも、とディッツァ。ディッツァとDLとの間に交わされた視線をプレーリーは見落とさなかった。

夜は更け、リールは回る。一巻終わると次の巻がウィーンと音を立てて始まり、プレーリーを知らない〈時〉へ連れていく。ときどきブラウン管に流れる六〇年代のシンボル風の映像や、「奥さまは魔女」や「ゆかいなブレディ家」みたいなホームドラマでしか知らなかった〈時〉の中へ、映像はプレーリーを引き入れ、その中を引き回した。ミニスカートとかワイヤリムのメガネとか首にかかったラヴビーズとかはおなじみだけど、この映像には、それに加えて、ペニスをゆらゆらさせている長髪の男とか、LSDでラリッた犬も出てくる。ロックバンドの演奏を撮ったテイクが延々続くのだけど、その中のいくつかは、信じられないほど下手くそだった。朝鮮アザミがふわふわと拡がる野辺を雷雲が覆い、激しい夕立が始まって嵐が去るまで、フェンス際でストを貫徹する者がスト破りの傭われ者や警官たちと揉み合いを続ける。コミューンを蹴散らしにやってきたテキサスの騎兵隊は、手にしたスラップジャックで若者を打ちのめし、手錠をかけられた女たちの股間をつかみ、子供たちをも殴りつけ、牛を射殺していく。そうしたシーンの一つひとつをプレーリーは、自分の呼吸を意識しながら、顔をそむけず見つめていた。数々の太陽が、さまざまな農園の彼方に昇り、大麻の引き抜きにやってきた役人の白いシャツをまぶしく照らし、遠景のバスやトレーラーに載った移動トイレのシルエットをくっきりと浮き立たせる。それらの太陽は、陽光をオレンジ色に歪めつつチロチロ燃える国産大麻の上に容赦なく降りそそぎ、原油のような影を黒々と大地に拡げながら、軍の駐車場と化した学園キャンパスの彼方に沈んでいく。これらの無慈悲な映像にも、ときたま、偶然の産物としての救いがあった。デモ隊の一人にライフル銃を振り向ける州兵の腕に光る汗の逆光ショット、口が言うまいとしていることをすべて雄弁に伝えてしまっている農園主の顔のクロースアップ、ときどき割り込む田園と日没風景……。でも、これらはあまりに散発的で、スクリーンから溢れ出す陰惨なメッセージをさえぎるだけの力はない。

ある時点でプレーリーは理解した。これらのシーンのほとんどは、自分の母親がカメラを回している。だから、心をカラッポにしていれば、だんだん自分がママになり変わっていけるのではないか。ママと同じ眼を共有し、フレームが、疲れや恐れや吐き気から揺れ動くと、その振動に合わせて、ママの体をまるごと感じ、フレームの選択からママの考えを、歩いていってフィルムを入れカメラを回す動きからママの意志を感じることができるのではないか。頭の形をした光のゴーストのようになってプレーリーは漂う。フレネシは死んだけれども、セキュリティが最低限の場所で、プロジェクターとスクリーンを介しての面会なら許される、かのようだった。次のリールかそのまた次のリールまでいけば、何かママに話しかける手立てが見つかるような気さえした。

すると突然、女二人が同時に「オー、ファック!」おかしいこともないのに笑い出した。どこか裁判所のロビーの映像。スーツ姿の小男が競馬の騎手のような歩き方で、左から右へスクリーンを横切っていく。ディッツァがフィルムを巻き戻した。「プレーリー、この人誰だか当ててごらん」

「ブロック・ヴォンド? あ、そこ、ポーズにできない?」

「あいにくね。全部ビデオにコピーしたし、それのコピーも出回ってはいるけど、安全のために保管は一ヶ所にまとめておかない方針なので、わたしんとこはフィルムだけをかぶったわけ。ほら見て、あいつ、また出てきたわ」ブロックは、オレゴン州の小さなコミュニティ・カレッジで起きた反政府活動の裁判のために、私設の移動陪審員を当地に招集していた。この裁判をフィルムに収めようと、〈秒速24コマ〉の一隊も集結したが、裁判の場所と時間が直前になって変わるなど、追跡は難儀をきわめた。雨の中を、郡の裁判所からモテルの部屋へ、野外市《いち》会場の展示ホールから大学・高校の講堂へ。ドライブイン・シアターの敷地も回り、結局また裁判所に戻ってきたフレネシは、もうブロックのことは頭になく、丸天井の下の広間の壁をなめるように回し撮りしていた。擬人化した「正義」と「進歩」を描いたニューディール時代の色褪せた壁画に眼が留まり、これをオリジナルの明色に復元するような撮り方はできないだろうかと、いろいろ試みている時のことだ。ベージュのダブルニットの背広を着た男がファインダーを通過した。大股で階段に向かっていく。他の誰かが撮っていたなら、ただの横柄な小役人の一人としてやりすごしたろう。が、フレネシは彼の顔面にわずかにズームインした。知らないはずの男に。いや、もうすでに……？

フレネシが使ったのは愛用の16ミリのキヤノン・スクーピック。サンフランシスコ中心街のブルックス・カメラで、サーシャが新品を買ってプレゼントしてくれたものである。中にズームレンズが装着され、ハンドグリップについたボタンを親指で制御するこのカメラは、ニュース撮影に便利なように、ファインダーにTVの画面をかたどった囲いマークがある。もっとも、このブロックのショットの行き先は、モテルのシーツの上だった。ぎらつく戸外の亜熱帯の光を遮光カーテンでさえぎった部屋で、〈秒速24コマ〉のメンバーのほぼ全員が折り重なるようになって、現像したばかりのオレゴンのフィルムを壁に広げたシーツに映して見ている。

「あの男がミスター検察官ってわけ？」ズィピ・ピスクが夢見るような声を発した。

「過去にはね」クリシュナが穏やかに訂正する。

「あんなオゾマシイのを、こんなきれいに撮って——」ＤＬがからかい半分に、「フレネシ、どうなっちゃってるの？」

ハンサムではなかったが写真映りはなかなかの男だった。テカテカに磨かれた広い額、ファッショナブルな八角形の眼鏡フレーム、ロバート・ケネディ風の髪型、ちょっとアウトドア・タイプの肌。彼の眼に、フレネシの顔は、スクーピックの陰で見えないだろうが、ミニスカートからすらっと伸びた、引き締まった脚が、裁判所の玄関ホールで雨の日の仄かな光を青白く反射させているのは映っているに違いない。カメラの焦点が、意識の焦点が、自分に、自分だけに、固定しているのを彼は感じただろう。一巻のフィルムが終わった。彼女はカメラの親指を離す。顔が現れた。「私を撮ったね」少年の笑みを作ってブロック・ヴォンドは言った。強烈とはいかなくても効果的だと教えられた笑みである。「君の写真《ワン・ショット》も、いつかいただきたいもんだな」

「ＦＢＩがまだ持っていないような写真はお断わりよ。行ってチェックしてみたら？」

「だめだ、連中の関心は顔の識別にしかないから。私はもう少し楽しめるのが望みなのでね」絶品の脚を見つめ過ぎないようにしながら、ブロックは言った。

「なんか……裁判もののドラマみたい」

「まさに。君をスターにして、みんなして大いに盛り上がりたいね」

「腐った国家の儀式につきあうのはゴメンだわ。誘ってくれてありがとう。でも、パスね」

「いや——君に選ぶ権利はないんだ。君は来ることになるのだよ」男はなおも笑顔を崩さない。

美しい顎をわずかに突き出しかげんにして、「行くもんですか」。

「大きな拳銃《モノ》を持った制服の男に、行かせてほしいのかな？」

なぜそこで、痛烈な言葉の一つもかまして、その場を去っていかなかったのだろう。この男から離れて、以後しばらくは近寄らない――というのが、正しい選択であるのはわかりきったことなのに、彼女はその場につっ立って、なぜ今日わたしはこんなミニをはいて来たんだろう、スラックスのほうがふさわしいのにと、そんなことを考えている。

暗くしたモテルの部屋。フレネシの沈黙が、赤面が深まるように、深まった。

「ただの映画でしょ」やっと口を開いて、「照明はあれでよかったかしら?」

「照明? あんなやつ、闇夜にジッポ・ライターの光で照らしてやるのも惜しいくらいだ」というのがスレッジ・ポティートの意見だった。こと照明の話になると、〈秒速24コマ〉の面々は、自分流の考えをぶつけあう。各人意見はバラバラで、共通点は思いこみの激しさだけだ。懸案事項を処理するためのミーティングでも、いつのまにか照明のことで議論が沸騰している。それがあまり頻繁なので、〈秒速24コマ〉の集まりの意義は光を論じることにあるとも思えるほどだ。節約派の代表格はハウイで、彼が、照明なんてその場しのぎでいい、余計な出費は抑えるべきだと主張すると、全面コミットメント派のフレネシが、光を電力会社の支配から解放し、それをふんだんに撮影につぎこむべきだと反論する。照明機器を積み込んだヴァンには、石英灯とPAR電球、カラー・メーター、青色フィルター、さまざまなゲージのケーブル、照明スタンド、脚立に混ざって、高圧線からの電流盗用を可能にする「グリッド・アクセス」という装置が含まれていた。父ハブ・ゲイツが設計し、好んで「若い照明主任《ヤング・ギャファー》」と呼んでいた娘に伝授したこの装置を、フレネシはその場の必要に応じてカスタマイズし、ファシストの怪物である〈電力中枢《セントラル・パワー》〉からの生き血を、機会あるたびに吸い出すのに使っていた。この怪物は、竜巻や爆弾に似た情け容赦ない破壊者で、それ自体の意志をもって自覚的に動く。そのことをフレネシは、当時よく見た夢を通して理解し始めていた。夜の闇を、分厚い稲光のような照明がつんざいて、このパワフルな生き物が、ついにその顔を覗かせそうになるところで、覚めた意識が割って入って悪夢から抜け出てきた彼女は新たにフォーマットされた、まっさらで汚れなき世界にいるはずなのに、実のところ怪物は完全には消えていない。しばらく見えにくくなっただけ。

「おれたちが変電器のポイントを繋いだりしてるのを、彼ら、気づいていないとでも思ってるのか？いつか待ち伏せに遭うぜ」スレッジが予言する。

「闘争稼業にゃ付きものよ」とＤＬ。

「そうだけどさ、そうなった時に、みんなを安全に街から出して差しあげるのが、このオレだってこと忘れてもらっちゃ困るぜ」もう一つ、議論の種があった。映画の主張と「リアルライフ」の要求がぶつかったとき、どうするのか。仲間の一人がいつか一巻のフィルムのために命を落とすことも必要なのか？　そのままお蔵入りするフィルムであっても？　死なないまでも、怪我をして身障者になる可能性はあるし。リスクの程度はどのくらい？　そんな議論に接するとＤＬは、斜めから、きまり悪そうに笑ってすますほかなかった。

「映画《フィルム》はイコール犠牲なの」ディッツァ・ピスクが宣言する。

「電影《シャドー》のために死ぬなんて、正気かよ？」スレッジが応答する。

「光がある限り」フレネシの声は確信に満ちている、「光の生気がめぐっている限り大丈夫」。

「そうかい。あんたのケツからプラグ抜かれちゃうかしんないぜ」

「命のライトが切れるまで撮りまくるのさ」と言ってハウイが笑った。

フレネシが肩をすくめる。「引きずるものがその分減って、めでたいこと」あれほど危険な場所に出入りし、ふつうの映画撮影者が一生かけても遭遇しきれないほどの危険な目に遭っているにしては、のどかな会話である。フレネシも、自分で選んだ闘争の道をここまで突っ走って、なお、何かが自分を護ってくれると信じるほど信心深い——おめでたい？——人間なのか。自分の選んだ被写体が、解放されたハロゲン光を浴びて、ブラウン管の形をした枠の中に収まっている限り、何の危害も及ぼさないと信じるほど?

「死に襲われるかもしれない、いずこへも」チェ・ゲバラのこの言葉が、〈秒速24コマ〉周辺ではスローガンのように口にされた。死が襲ってくるのは、市街戦のような、劇的な時間に限らない。歴史の証人になろうとするなら、マスコミの入っていかない陰の世界を照らそうとするなら、常に、死の急襲を覚悟しなくてはならない。一人の警官、田舎の右翼、一つのバカげたミス——それだけで、死は起こりえた。そのことをみな理解はしていた。それでも、死が現実として、自分の身にふりかかるとは思えなかった。棍棒を浴び、ホースから発射されるとてつもない水圧を浴び、CZガスを浴び、そうやって危険を体で知ってからもなお、心からは信じられなかった。自分らの医薬品ロッカーに、西海岸のバイカーやレコード・プロデューサーがため息つくほど大量の鎮痛剤を溜めこむようになってからも、事実としてありうべき死を実感するというところまでは行きつけない。彼らは若く、無邪気で、護衛役のDLにとっては、いらつくくらいケアレスだった。そして、どうやら少しは成長してきたかとDLも認めるようになった矢先に起こったのが、トラセロ郡のサーフ大学での出来事だったのである。そこで彼らは、キャンパスからの逃げ道を閉ざされ、恐怖の川の源流にまで追い詰められることになった。警察のメガホンが投降の最後通牒をつきつける中で、彼らはすべての道路、水路、雨水管、自転車道を塞がれ、電話線もカットされた中に包囲された。メディアの報道陣は、いつものように不満を口にしながらも、真実を伝えられるはずもない安全な距離に退却していた。〈秒速24コマ〉だけが、もし一人でもその場を脱出できたなら、事件の真相を伝えることができたのだ。

浜辺に寝ころんだまま波を透かして太陽が見えるという、短いながら伝説的なトラセロ郡のコーストラインは、サンディエゴからターミナル・アイランドへと続く南カリフォルニアの海岸線の模型のように、その曲線を再現している。キャンプ・ペンドルトンのミニチュア版にあたる軍用基地もここにはあって、浜辺から内陸の砂漠へと延びている。その一端、基地のフェンスと断崖の海に挟まれた一角に、サーフ大学のアーチと塔、マドロナの木、海風に傾いだ糸杉の木が、西海岸の光に蒼く揺らめく。背後にある重々しくも空虚な軍の雰囲気とは対照的なにぎわいを見せるキャンパス崖下の浜辺は、ドラッグ、セックス、ロックンロールの拠点であって、タンバリンとハーモニカの音をともなった公序破壊のサウンドが、日夜、霧のようにフェンスを越え、基地の乾いた谷を這い、管制アンテナと白いパラボラとその支柱、鋼鉄製の倉庫を越えて、しだいにフェードしながらも歩哨の耳に不気味な音色を響かせていた。白人が野蛮な土着民と戦う映画に流れるのと同じ、敵意に満ちた不吉なサウンドだ。

こんな事態にどうしてなったか、大学当局も連邦当局も、首をかしげるばかりだった。オレンジ郡とサンディエゴ郡といえば、超保守的な土地柄として知られている。その二つにはさまれたこのあたりは、国境の町によくあるように、それぞれの特徴が響き合い増幅されて、超リッチな住宅区域を形成し、ゴルフコースとヨットハーバーに接して、南カリフォルニアの乾いた土と同じ色の広々とした平屋建ての邸宅が散在している。自家用飛行機で自家用滑走路に発着する住人たちは、郡境の向こう側、サンクレメンテにあるリチャード・ニクソン邸に電話も入れずに訪ねていくような人達だ。石油、建設、映画産業……南カリフォルニアの金で潤い続ける彼らが、自分らに仕える人材育成の場として建てたのが、この大学ではなかったか。警察官吏育成コース、経営コースに加え、誕生まもないコンピュータ・サイエンスのコースも取り揃えたこの学園には、とびきり従順な学生しか入学を許可されていなかったはず。服装と髪型の規則も、ちょっと堅苦しすぎないだろうかとニクソン自身が苦言を呈したほどの厳しさで、紛争たけなわの時代にも、ここだけは、公式の現実に異を唱える学生など出てくるはずはないとみんな信じた――その学園に、ある日突然、前触れもなく、国中の大学キャンパスを襲ったのと同じ、恐れられていた症状が勃発したのである。ひとたび発症するやその勢いは止めようもなく、警備員らもただ手をこまねいているありさまだった。

だが、学生運動の全国組織のオルグたちが訪れるようになってからも、ここの学生たちは夢から這い出そうとするかのように、頭を振って眼をしばたたくだけ。情況分析などというものに、この大学では誰ひとり、関心を持った者などいない。現実の社会の動きに対し、思考をめぐらすことはおろか、軽薄な反応を返すことさえない。代わりに彼らは、一人の個人に追従し始めた。退行的な英雄崇拝の対象となったのは、この大学の数学教授、ウィード・アートマン。カリスマ性などまったくない、愛想もない男が、いつのまにかセレブの地位に押し上げられていたのだ。

晴れわたったある昼休みのことだった。構内のデューイ・ウェーバー・プラザには千人もの学生が集い、爽やかな日射しの中、男子はネクタイをゆるめジャケットを脱ぎ、女子はといえばピンを抜き髪を下ろして長いスカートを膝まで引き上げ、ミルクを飲んだり、ボローニャ・ソーセージのサンドイッチをほおばったり、トランジスタ・ラジオから流れてくるマイク・カーブ・コングリゲーションの音楽を聴きながら、スポーツの話、趣味の話、授業の話、新たに建造中のニクソン・モニュメントの話に興じていた。高さ三〇メートルになんなんとするこの巨大な像は、キャンパスの崖ぎわに、どの建物よりどの樹木より高くそそり立つ白と黒の大理石の石像で、浅黒くかつ青ざめた、例のいぶかしげな顔を、海にではなく内陸へ向けていた。その石像のニクソンさえ顔をほころばせそうなピースフルな真昼時、爽やかな空気の真っ只中に、あろうことか、マリワナの甘美な香りが流れてきた。このとき、多くの学生がすぐさま香りの正体に気づいたことが、後世の歴史家の論争の種となる。彼らは本当にドラッグに無垢だったのか（「悪魔の草」の燃える場所に居合わせたということは、それだけで、州の法律に触れている）。それまでも、崖下でサーフィンに興じる不潔な輩《やから》が上ってきて、健全な学園の若者たちに秘密のブツを差し出す光景は見られた。ただしそれは、茎と種ばかりの代物で、そんなのでハイになるのは、脳内分泌のしくみが特異なサーファー連中だけ。正常な人間なら、精神高揚どころか、頭痛と呼吸器系上部の苦痛、苛立ちと憂鬱症を患うだけなのに、それでもここの学生は礼儀正しく、恍惚感を演じながら吸うのである。しかしこの日のハッパはモノが違った。そよ風に乗ってプラザを漂う芳香は、遠方でひと嗅ぎしただけで、高次の意識へ駆け上がれそうな品物だった。後に麻薬取締局の報告書に「甚大なる効果を有する」と記載されるヴェトナム産の若い芽が、袋からつまみ出され、キリストのパンと魚の奇跡のように、一本また一本と紙で巻かれて学生たちにわたっていく。口から口へ運ばれるたび、煙の筋が、くるくるとカールしながら青い空へ昇っていく。サーファーのマリワナであるはずはない、学生の兄弟か誰かが、戦地から持ち帰ってきたのだろう。

後で話をまとめてみると、こういう次第であったらしい。まず、ひとりの女子学生が突然ひざまずき、「悪魔の草から我らを救い給え」とキリストへの祈りを始めた。すると、ベージュのスーツをだらしなく着たひとりの男子が、血管が道路地図のように浮き出た目玉をむき、口もとには抑えようにも抑えられないニタリ笑いを浮かべて彼女に近づき、相手の心を癒したい一心で、ひとさしの小さなモクを彼女の口に挿し込んだのだ。居合わせたボーイフレンドが、これに怒りの反応をし、それが引き金となって学生たちはたちまち二派に割れ、奇声と混乱の渦の中へと引き込まれた。何人もが警察へ通報に走り、まもなくラグーナからエスコンディードに至る部署から大勢の警官が駆けつけた。互いの連携はさっぱりだったが、学生の若い肉体を短時間でも心置きなく打ち据えられるチャンスとあって士気は上々。構内は延々と連なる群衆の大波と化した。その波のあちこちで、サーファーたちの種だらけのハッパのように、暴力シーンがパチパチ燃えた。そんな中に、無垢な眼をしてさまよい込んできたのがウィード・アートマン教授。つい今しがたまで読んでいた群論の論文が示唆する暗澹たる意味に心を奪われた彼に、キャンパスの騒ぎの意味はつかめていない。「あれは何だい」

「自分でよく見てくださいよ。先生くらい視界のきく人、いないんだから」

「たしかに。高度は充分だな。で、あそこで起こっているのは何事だろう?」

彼の近辺で、身長一九二センチの彼の眼の高さは群を抜く。すなわち「近辺」という語を自分と同等かそれ以上の身長を有する最寄りの人間までの点集合と定義した時、その範囲は当人の身長に比例して……。彼の思考を、近くで始まった騒動が遮った。警官が三人、一人の無防備な学生の上に警棒の雨を降らせている。誰も止めようとしない。バキバキという音が恐ろしいほどはっきり聞こえる。

「おお、なんという……」恐怖の搏動が尻の穴を突き上げたのとほぼ同時に、理解の閃光が眼前を走った。警察というものの本性についての啓示が、アートマン教授に訪れた。「人の頭を叩き割っているのか?」

「あっちの様子は見えます?」

「警官の列――ヘルメットに迷彩服――なんらかの武器を携行……」いきなり監視塔にされた恰好。

「マズい。逃げろ!」

「誰か、ここから出してくれ!」

「ビッグな男の後に続け!」

「私はトールなだけだよ」訂正の言葉を口にしたが、自分が統率者に選ばれたことには変わりない。すでに多すぎる数の学生が彼とまったく同じ動きを始めていた。ウィードの頭の中はまだ、法執行の本性についての啓示の光でクラクラの状態。頭から思考が抜け、純粋な行動体と化したのは、去年のある日、夜明け時にヨセミテ国立公園の岩肌を登ったとき以来である。裏道を抜け、グレッグ・ノール研究所とオリンピックス講堂を過ぎたところで、学生たちの多くはそのまま直進を続けたが、ウィードは数人の学生とラス・ナルガス・ビーチをめざすコースをとった。目指すはレックス・スナヴルのアパート。大学院で東南アジア地域研究を専攻する彼は、ヴェトナムで継続中の戦争について、政府側の物語を叩き込まれていたのだが、できれば見ずに通したい真実を見ずにいるのは不可能なことだった。といって、知ってしまった真実を口外するのも、制裁の恐怖ゆえに、不可能だった。研究に深入りするにつれ、彼は「ボルシェビキ・レーニン・グループ・オブ・ヴェトナム(BLGVN)」なる過激派集団のたどった運命に取り憑かれていく。第四インターの一角を担ったこのグループは、一九五三年までに、フランスで訓練した五百人のトロツキスト中核メンバーをヴェトナムに派遣してきたのだが、ホーチミンのさらに左の路線を走った彼らの末路は、謎に包まれたままだった。生存が知られている元メンバーは、異国のパリに暮らす数人のみ。レックスは、パラノイア的といえるほどの慎重さで彼らと交信を試み、BLGVNこそ唯一真正なるヴェトナム革命の担い手だったが、第四インターを含む他のすべての党派に裏切られ、権力に売り渡されたのだとの確信を強めた。そのことが彼の心に単純ならざる意味を育んだ。ほとんどがこの先も名を知ることのない男女グループが、彼にとって、志を遂げられずにさまよう、浪漫的な失われた一族《ロストトライブ》となったのだ。彼らは地上的な意味では見つかるまい。見つかるとすれば、キリスト信者がイエス様を〝見いだす〟のと同じ意味でのみ可能なのではないか。なぜなら彼らは、預言の声のように、天からの救いの手のように、この世につかのま顕現し、人の心に希望を与えて消えていったのだから。彼らから授かったものを、具体的な言葉として書きとめ、そこから具体的なプログラムを生みだすことによって初めて、彼らの意志《みこころ》は現実の歴史の因果の連鎖になっていく……。それほど観念的な存在が、一度はこの世に人間の形をとって現れたということにレックスは胸を熱くし、ならば、もう一度……と思いをたぎらせるのだった。

　想像の中で彼は、自分がウィード・アートマンと対話を重ね、知恵をつけていくことを思い描いた。低く吊るした東洋の灯りのもとで、差し向かいに座り、ふたりして、アメリカの真の姿を暴いていきたい。しかし現実のウィードは何も語らず、レックスを失望させるばかりだった。その晩、新たに作られた「すべての憎き官憲を大学外へ《オール・ダムド・ヒート・オフ・キャンパス》」通称ＡＤＨＯＣの会でも、ウィードはあたりをうろつくだけ。「いまだ何の言動もとっていないことは偉大な力だが、その力を濫用すべきではない」と、レックスはタレーランを引用して言ってみたが、ウィードはどこか遠くから微笑みを返しただけだった。彼の心は、国境の南からとんでもないワット数で電波を飛ばして名を馳せたＸＥＲＢのロック・ミュージックに吸い寄せられていたのである。女子学生は、何かの魔法で、全身が太腿とダークな睫毛になった感じ。彼らを捉えた時代の霊《ツァイトガイスト》は騒ぎの霊《ポルターガイスト》でもあったのか、男子学生は髭が伸びるのが待ちきれず、頭から切り取った髪の毛を顔に糊付けしたりしていた。イノセントな祝祭の時が――バークレーやコロンビアに比べればかわいいものでも――夜更けまでその場を包んでいた。そしてレックスはなんとかウィードを、誕生しつつある革命評議会のごときものに引き入れた。

どんな革命の法則に照らしても、こんな蜂起は、基地からの不可視の手によって、ものの数時間のうちに潰されて当然だった。ところが、一週間また一週間と驚きのうちに過ぎていく間も、〝革命〟は燃え盛った。まわり中が暗転していくニクソン政権下、この小さな三日月形の解放区だけは、無邪気な陽気さ――絶望からくる陽気さでもなければ、拒絶の陽気さですらない、単に旧態を抜け出た安堵感――を放ち続け、しかもその末期に思い及ぶこともなかった。権力から見れば、こんな絵に描いたようなひ弱な〝革命〟など、テーブルの上のパン屑を払うように、すぐにでも海にはたき落としてしまえるからと、あえて潰しにかからなかっただけなのかもしれない。それと、ここはサンクレメンテのお膝元。事を起こすには、体制にとってきわめて都合の悪い場所だった。

その間、まずいことに、学生に与えていなかった教育というものが始まった。自分たちが心底無知で空虚だったことに気づいたかなりの数の学生たちが、急に情報を貪り出したのである。キャンパスでは、昼夜を問わず、誰かが何かをリサーチしている姿が目立つようになった。この大学の正体も明るみに出てきた。ここはそもそも教育機関として始まったものでさえなかったのだ。不動産業界からの地域住人へのプレゼント――というのは巧妙な見せ掛けで、サーフ大学とは、実は念の入った節税対策の産物に過ぎなかったのである。崖下に海を望むこの土地を、さしあたって大学のキャンパスとして使わせておき、五年たったら一大リゾート地への改造計画に着手する。それを見破った学生たちは、人民の名において、この土地を取り返そうと決意し、州自体が、裁判所を含め、業者とグルになっていると見た彼らは、訴えを起こす代わりに、カリフォルニア州からの分離独立を宣言した。夜を徹してのホットな討議の末、不滅だと確信できる唯一のものの名にあやかって、このミニ国家を「ロックンロール人民共和国」と命名した。

建国宣言の翌日、〈秒速24コマ〉の車隊がやってきた。大学周辺は、カフェもビール・バーもピザ・ショップも、陰謀を練る学生たちでざわついていた。反体制の髪型をした若者たちが壁に貼るポスターを抱えて街路を走り、壁にスプレーペンキでロッ共またはPR3乗（The People's Republic of Rock and Roll）の文字を書きつける。中には「西キューバ」とかいう文字も見えた。我々はアメリカのケツを突くが彼らは気づきもしないというのもあった。上空には昼夜を問わずヘリが舞った。一時間と休むことなく監視が続いていた。上空からの偵察のテクはまだ黎明期といったところで、フレネシの知る限り、アリ16のM型をタイラーのミニ・マウントの上にのせて使うのが最新鋭の技術だった。地上では、気づいてみれば、フレネシのスクーピックが監視の役を担っていた。ブロックのための仕事、というはっきりとした意識はフレネシ自身にもなかったろう。フィルムのコピーを渡すときも、現像コスト以上の額が支払われたことはなかった。これは万人のための映画ですもの――と彼女は自分自身に言い聞かせた――映写できるところならどこでも無料で映写すべきよ……秘密を写したフィルムじゃないもの、ブロックにだって同等の権利はあるわ、と。……だが、じきに、この男はただ撮ったものを見るだけではなく、次は何を撮るべきか、口を出してきた。撮影が進めば進むほど、フレネシの人生にブロックが深く入り込んできたのである。

その間、〈秒速24コマ〉の仲間たちは、彼女がウィード・アートマンに（当時の言い方で）「ハマってる」のだと思っていた。それはカメラワークからも感じられるところで、ウィードに注がれる情熱は、プレーリーにも伝わってきた。その最初は、一般政策集会の名で開かれた集まりのショット。集会といっても、これは議論の成り立つ雰囲気ではなく、パワーアンプからレッド・ツェッペリンが噴き出し、瓶とマリワナが回り、はっきりとは見えないけれどカップルが一組か二組、場所を見つけてファックを始める。壇上では同時に複数のアジ演説、フロアからも休みなく声が飛ぶ。ニクソン政権への宣戦布告を呼びかける者もいれば、いや、歳入の分け前を求めて接触すべきだという、自治体気分の者もいる。色の飛んだ、音も歪《ひず》んだ、粗悪なカラー映像ではあったけれど、その晩その場にみなぎっていた解放感の大きさはプレーリーにもしっかり伝わってきた。できないことは何もない、やりたいことをやる喜びを邪魔するものは何もないという圧倒的な信念。それはプレーリーが今まで一度も眼にしたことのないものだった。集団全体を捉えたショットに切り替わる。誰かが入ってきたようだ。その人の歩みに合わせてみんなの視線が動く。見えてきたのはヒョロリと背の高い男だった。「ウィード!」歓声が上がる。どこかの国で、スポーツのスター選手に送られるような狂喜の歓声だ。それが止まぬうちに次の「ウィード!」が沸き起こる。この時期のウィードは、うちの娘が——息子も?——誘惑されてしまうのではと当時の親をハラハラさせる大学教師の典型のようなルックスをしていた。「一風変わった魅力《オフビート》の持ち主」というのが、FBIの破壊分子ブラックリストの情報ファイルに収められたコメントの一つ。このファイルは当時すでにかなり分厚いものになっていて、やがて、局内で持ち運ぶにも、背に「散逸注意」の札を下げておくことが義務付けられることになる。彼の髪は肩に近づき、今夜の衣装は、白いインド綿のネールシャツに、貝殻のネックレス。ベルボトムのズボンには、ダフィー・ダックが総天然色でプリントしてある。フレネシのカメラはこの男から離れない。機会を捉えては股間へズームしていき、ロックのビートとシンクロしながら、ズームインとズームアウトを繰り返している。まるで眼球が脈打っているみたいだ。

「やるねえ」とDL。

「ニュアンス絶妙!」ディッツァも同意した。「異議ナーシ」

普通の人間が一生に一度も耳にしない抽象的な事柄ばかりに関わっているウィードが、私生活にあれほどの混乱を抱えていられるのは立派という他なかった。妻ジンクスとは公式には別居中だが、モウとペニーの養育は二人でという取り決めがあり、関係は切れていない。それに加えて不特定多数の前妻とその子供・親戚の一群が、衛星のように彼のまわりを巡っていた。時々そのうちの誰かが訪ねてくる。別の誰かが、内容証明つきの郵便物や、裁判所への召喚状という形で彼の生活に割り込んでくる。ウィード自身、定期的に「大家族懇親会」なる週末パーティを開いていた。家族的な温もりと労《いたわ》りあいの中で、みんなでメロメロの時を過ごす、というのがこの、二晩ぶっとおしで続くパーティの趣旨である。その愛情の輪からツマはじきされるのが、現時点での愛人で、ひとりぽっちの慰みに走る彼女はほどなく彼女なりのメロメロに陥っていく。子供たちは足音高く駆けめぐり、ノンストップで食べ散らかす。大人たちはドリンクを傾け、多種のドラッグを多様な方法で服用し、抱き合い、泣き合い、天啓を得、一夜語り明かすのだったが、結局それで何かが解決することはなく、偽りの和解の言葉がそちこちに空しく響くだけ——なのだけど、この全体が、ウィードにはこよなき快感なのであった。それもまあ当然だろう、みずから企画制作したこの狂騒劇では主役も彼。複数の麗しき女性が、刺激的な服と、煽情的な仕草で彼の注目を求めて張り合う中を、帝王のように君臨するというのだ。不思議なことに様々な女たちがこの集まりに毎度欠かさずやってきた。子供たちも大はしゃぎ。大人たちのお行儀悪さに煽られて、僕たちだって負けないぞ——と眼は爛々《らんらん》だ。

フレネシはといえば、夜を徹しての愛の祝宴と、台所のシンクに積み重なる皿の山を抜け出し、早朝の便に乗り込んでオクラホマシティに来ていた。空港近く、サウス・メリディアン通りのモテルの、ウォーターベッドつきのスイートルームで、ブロック・ヴォンドと会うためだ。密会ももう回数を重ねていた。ロス空港までは「シスコのほうに用があって」と偽って、ジンクスの車に便乗した。「わたしなんか半殺しにされるかと思ったのに……みなさん親切ね」

「誰でも一度は経験済みのことですから」ジンクスの微笑はいささかこわばっている。

「思うんだけど、彼って、なんていうか、グルーヴィな夫になる器量はないわね」

「自分じゃそうでもないって思ってるみたいよ。結婚することで現実に根を下ろそうって考えてるんでしょう。別のディメンションっていうの？　どっかとんでもないところに飛んでってしまわないように」

「彼の数学トリップ、どう？　あなたには少しはおわかり？」一瞬の間《ポーズ》のあと、ふたりはちょっとだけ笑った。「わたしにも一度わからせようとしたみたいだけど、でも、そうしてるうちにわたしがそこにいるのも忘れて、数式を書きまくってた」

「『上記の点から直観的に明白なことは……』」ジンクスは彼の声色を真似た。「そういうの聞いてわたし、もう終わりがきちゃったのかって悟ったわけ。でもさ、あなたも気がついたと思うけど、あの人、しゃべるのを止めさせることができれば、あとはひたすらオシゴト。激しいのよ。それで結局離れられなくて」

「それって、多分にポリティクスでもあるわけ。わかるかなあ」

「言っとくけどあなた、恋してる《イン・ラヴ》なんて言い出さないでよ」

「よしてよ。わたし、順番待ち《イン・ライン》の人とは違うの」

後部座席で子供たちがケラケラ笑った。「何がおかしいの」

ケラケラケラ。「待ってるの」モウが答えた。

「何を？」

「ママたちが、きたない言葉いうの。アスホール！って」ペニーが答える。

オクラホマへのフライトは別な惑星へのシャトル旅行のようだった。ランチ・アワーの愛の行為が行き着くところまで行ったいま、ふたりはTVの前、ルームオーダーのプラスチック容器が散らかる中に身を横たえている。TVはさっき、オーバーホルザー湖のダム近くで予定されていたモーターボート・レースの延期ニュースを流していた。ときどき番組を中断して天気図が画面に映り、予報士の声が、大平原をシティに向かって近づいてくる雷雲群の最新情報を告げる。デジタル以前のレーダーが捉えているのは、雲というより、まるで嵐の霊のようだ。不気味な灰色をしたストーム本体の右の脇腹が鉤のように伸びて、やがて分断し、新生の竜巻雲となって恐怖の滑走を開始する。TVの天気予報士は、この国伝統のコミックな調子を保とうとはしていたが、その声には、一種の降伏のトーンがあり、まるで空中携挙《ラプチャー》の主の到来の前触れを告げる確かな予兆に接したかのようだった。リモートカメラが捉えた空の映像は、巨大な獣の腹のよう。暗雲が無数の垂れ乳となってスコール前線の前を這う。その後ろには何か遠いうなり声、稲妻の脈を走らせる巨大な毒針がぶらぶら揺れて、地を掃き破壊してゆく。フレネシは電気的な興奮に震えた。固いペニスではなくきつい抱擁がほしかった。でも、無理、彼の表情はコマーシャルを見ている時と変わらない。シティに襲いかかろうとしている獣も、この男には、慣れきって興味を失ったアトラクションに過ぎないのだろう。

彼の望みは仕事の話を進めることにあるようだった。仕事とは、〈PR3乗〉を内側から転覆させるため、DOJ（司法省）の裏金の一部を注ぎ込むこと。彼自身が草した計画書はすでに最終認可を受ける段階に達していた。「恰好の実験ですよ」と彼は訴えた。「蜂起が起こり、マルクス主義者のミニ国家ができた。それを潰すにしても、侵略という形にはもっていきたくない。じゃ、どうするか」充分な額の金を用意して、彼らの内部にその獲得をめぐっての分裂を引き起こす、というのが彼のアイディアだった。この先、一国の政権を潰そうとするとき、いくらかかるのか、そのコストを測るモデルとしても使えます――という台詞も用意していた。

髪を乱し口のまわりを紅で汚したままフレネシはベッドの上に手足を広げている。乳首は突き立ったまま。赤外線に感応する眼なら、肌の照り輝きもとらえるだろう。外で雷鳴が轟くたび、その肌一面に疼きのさざ波が立つ。彼に抱きつきたかった。葛藤は一時停止、もしここで抜け出さなければ、自分がどれだけ危険な関係に足を踏み入れたか、理解できたかもしれないのに。いや、最後まで見通して、自分がこのことで結局何を失うことになるのかということも——いまここに全身、まるごとのパッケージで、横たわってこの男は、なぜここにいるのか？　わたしとファックする以外に何が目的なのか……

　画面ではお天気班が奇妙な沈黙に陥っていた。音声が切れたのかと思うとそうでもない。一人が緊張の笑いをもらすと、他の者もつられて笑う。そんな落ち着かない雰囲気がしばらく続いたあと、突如、何のアナウンスもなしに、マイクを手にした説教師が光り輝く巨大な十字架の前に登場した。スタイリッシュな長い揉み上げを生やし、燃えるような煉瓦色の合成繊維スポーツジャケットを着ている説教師が、手にしたマイクに向かって喋り出す。「どうやらまたジーザスの手に捕らわれたようですな。いつか、まっとうな男がホワイトハウス入りしたら、基督省《ジーザス》ができるでしょう。その長官は〝セクレタリー・オブ・ジーザス〟と呼ばれる。そうなったならば、わしみたいな無学の田舎もんは引っ込みますわ。その長官が語ってくれます。全米ネットワークでね。だってわしには分かりませんもん、吸引の渦がやってきて祝福の言葉をかけてくれたって気がつきもしません——ああ、でもですね、科学をやってる人が竜巻の強さを測定する仕方は知ってましてね、フジータ・スケールっていうので測るんです。ですがね、みなさん、今日にかぎって、その名前、フジーザスとした方がよくはありませんか……」

「いいかしら、これ……」と言ってフレネシは手を伸ばし、スイッチを切った。

「君の数学教授は、こういうのはやってないのかい」

フレネシは耳をそばだてた。眼球の両端に白い三角形が現れる。

「ほんとはやってたりするんじゃないか。もしかして、あの男、神聖な使命を帯びてシーザーに立ち向かう使徒なのかもしれんぞ」

「彼のことなら、ぜんぶ書類に書いたはずだけど、まだ足らない？」

「あれは読んだ」息を殺した声。子供のような眼。「もらったフィルムも全部見た。だが、あの男の魂までは見えてこない。いつか、その方面のことも聞かせてもらおうじゃないか。私がほしいのは魂のほうなんでね。体は君にくれてやる」

「そんなこと言っていいの？　あなたのタイプかもよ」

ブロックは眼鏡を外し、微笑みかけた。この微笑みのあとには、いつも何かショッキングな言葉がやってくる。「こんな折に知ってしまうってのは、お生憎さまだねえ。そうなんだ、彼は私のタイプなんだよ。このあいだ会ったとき、帰る前に君がシャワーを使うのを禁じたね。なぜだと思う？　君が彼に会いに行くのを知ってたからさ。ふたりで何をするのかもね。あの日彼は、君のお腹から下のほうへ舌を滑らせていった……だろ？　そうさ、本人から聞いたんだ。あの男に食べられながら、君はイッたね？　そのときアイツ、誰の液を味わったんだ？」

なんなのだろう、この陰鬱なユーモアは。病的な同性愛嫌悪の屈折した表現なのかしら？　フレネシはあの晩のことを思い出そうとしてみたけれど、記憶はかすんでいた。……それに、ウィードの魂が「ほしい」というのは、いったいどういう意味？

「君はだね、私とウィードが通じ合うための媒体なんだ。それが君のすべてだ。ここもあそこも、きれいに縁取られた君の穴たちが、私たちを交互に運んで行き来する。香りのついたメッセージを小さな秘密の場所にしまい込んでね」

このときヴォンドは、権力の秘密を明かしているつもりだった。彼も若かった。だがフレネシはもっと若くて彼の意図した意味を汲みとることができず、ただ単に、この人は自分への気持ちをこんなふうに比喩的に述べているんだと受け取ったのだが、といって、なにをどう喩えているのかもわからなかった彼女は、その無理解を、見開いた大きな瞳で彼を見つめることでカバーしようとした。シックスティーズの子供たちが、あらゆる情況で便利に使った、あらゆる意味のこもる、イノセントにして無敵なるまんまるおめめで。

部屋のクズ入れには氷が満杯で、誰が置いていったのか、ワインの宣伝用マグナム瓶が差してあった。ラベルには、グラン・クリュ・ドゥ・マスコギー・ドゥミ・セックと書いてある。コンコード種のブドウの一変種を使ったアーカンソー産で、紫といっても紫外線に近い色をした、ほとんど不透明の、メープルシロップに似た粘性をもった液で、中を無数のバブルがごくゆっくり上昇しているようだけれども、それも液が不透明だからよくは見えない。ジェントルマンを装うことに余念のないブロックは、粋な手つきでそれをグラスに注ぎ、自分の分を飲み干しながら、一度二度、ウィードに乾杯することさえやってのけた。そんな彼を見つめるフレネシの眼からは撮影用のフラッドライトがこぼれるよう。幼い少女を感じさせる、四八〇〇度のデイライト・ブルーの瞳である。「あなたたち、だから殺し合うのね」彼女はささやきかけた。

「あなたたち?」

「男たちよ。愛の力が足りないの」

彼はゆっくり頭《かぶり》を振った。「またトンチンカンなことを言う。いつんなったら、ヒッピーの戯言を卒業できるんだい」

だが彼女の言葉にはまだ先があった。「でも男たちって相手の肉の中にブツを入れ合うのが好きよでるほど、君ももう幼くはないはずだし」

ね——これもトンチンカン？」

「その眼が、ただのイタズラっ子の眼であることを願うよ」

「こういう眼で見つめられること少ないでしょ？」

「そうか、君をこの〝トリップ〟に送り出してきたのはアートマンなのか。そんな生意気言って喜んでるほど、君ももう幼くはないはずだし」

彼女は笑ってグラスを上げた。「あなたの言うとおり、わたしはただの〝媒体〟です。四つの穴から入ってきて、ここの穴から出ていくの。あ、鼻の穴も忘れちゃいけないわね」

部屋中ぐたぐたと動き回りながらの会話である。ウォーターベッドに横たわったり、起き上がったり。アルコールよりむしろブドウそのものに酔ったみたいな気分だった。ブロックはウィードのことにこだわり続けた。厚いゴム地のカーテンは、昼でありながら微少な外光によって縁取られた真っ黒な長方形。その向こうで聖なる出来事が荒れ狂っている。アメリカのド真ん中までやってきて、のんびりできると思っていたフレネシに、この大嵐である。想像することもできないほどの音が空気をつんざいた。ティンカー基地から飛び立つ空軍機が何機集まっても太刀打ちできないほどディープな轟音。屋根を打つ音はとても液体の粒とは思えない。むしろ異常発生した昆虫がぶつかっているように聞こえる。フレネシは窓辺に歩み寄り、ストームをひと目見ようと片側のカーテンを開けて、外に眼をやり、うねる雲の黒さに息をのんだ。こんな空は、ＬＳＤの助けによっても見たことがない。突然、何の警告もなく、すべてが閃光とともに壮大なパルスを刻むと、巨大な雲の腹と縁とが一瞬のエレクトリック・ブルーに染まった。ときどき黒くひび割れたかと思うと、最後に凄まじいレッドの光を輝かせる。さっき光ったとき、充分に眼の届く距離に、漏斗状の雲が見えた。先端はまだ地上に達していないが、左右に揺れるその動きは、攻撃する獲物を選んでいるかのよう。彼女はカーテンを開けた。

いま点灯したばかりのパティオの光が、ベッドの上に刀のように射し込んでくる。ソックスを履いたまま横たわっていたブロックが、腕で眼を被った。「わかってないんだね」戸外に響く死の唸り声をバックにして彼は言い放った。「ものを撮るときは、あんなに気の利いたアングルがとれるくせに、こんな単純なことがどうして見えないんだ。君の彼さ。アイツが邪魔なんだ。君と私にとって」大声ではない。真剣さを伝えようとする抑えた声だ。

「それなら話はとっても簡単じゃない。わたしをお払い箱にすればいいのよ。あの人なら気づきもしないわ」

「あの男の死体《ボディ》を運んでくる仕事なら誰にだって頼める」ブロックの声が部屋を横切った。「そんなことが望みなのなら、君なんかずっと前にお払い箱だ」

ほら、また言った。発言を咎めるとき母はよく節をつけて「ほーら」と言ったっけ……

「わたしが報告書を書いて渡す約束をするまで、ほんとにいろんなお役所書類、渡された。おぼえてる？　そのとき、あなた、これ以上はもうない、ってハッキリ言ったわ」

「しかし君は文字どおり彼と寝ている。どう考えたってこれ以上の適役はいないんだよ。すべては彼にかかってるのだ。彼こそ屋台骨なのだ。彼を抜き取れば建物全体が崩れる」そして丸太のすべてが一本一本、またはグループごとに、バラバラになって川を流れ、製材所にたどりつき、鋸で挽かれて材木となって、さらなる〈アメリカ〉を組み立てていく。――ウィードの特別なところは、何の企みもなく、ただその日に起こることを無邪気に乗りこなしていくというところだ。それ以上の野望を持たない、そんな男、他にいない。人生をふらふらと陽気に歩きながら、気がつけば「行動の人」という新しい自分の姿を身につけている。しかもその役割に、いかにも抽象の世界に遊ぶ思考家にふさわしく、というか、まるで新種のドラッグに出会った若造みたいに、何のためらいも示さず没入し、自分を完全に信頼して集まってくる者のすべてを満足そうに受け入れている。この男一人を抜き去って、残りの者をブロック自身の金蔵からドル札で釣っていけば、〈ロックンロール人民共和国〉などひとたまりもなく崩れ落ちるだろう。

「わたしのこと、ずいぶん手荒く使うのね。そんな人だとは夢にも思ってなかった」

「こっちだって、君がウィードとできてしまうとは夢にも思ってなかったよ」彼の声は、この一瞬、力みのないものになっていた。「計画というのは変わるものだ」

ブロックが自分に何をさせたがっているのかをフレネシは、自分に可能な明晰さで理解し、自分はそれをやってしまうかもしれないという可能性さえ、陰鬱にも、思い抱いた。でも、この惨めな男の指示で動くというんじゃない。まわりで、時があんまり急にスピードを上げて、それに流されて、すっかり自分のコントロールを失ってしまったから。行く手はもう、どこまでもブロックの圏内。セックス、子供、手術、と進んで、大人たちの、危険でリアルな暮らしに行き着いて、秘密の知識も授かる。生きるとは戦場を戦い抜くことなの、戦争だもの、死ぬ人だって出るでしょう、戦う人に守られて生きているうちは、何歳になっても子供なの。彼女はベッドに歩み寄り、体には触れぬまま、ブロックの隣りに身を横たえた。嵐はシティを取り押さえ、毒針で麻痺させようとするかのように、稲妻で刺し続けている。片手で頬杖をついた姿勢でブロックを見つめながらフレネシは、自分がウィードと寝てるかどうかで、この人は心を痛めたりもするんだという思いを装った……過去にみんなのブロック評に対抗して、それとは違うブロックがいるという思いを装ったのと同じように。自分のことしか考えない最低の学生をそのまま大人に投影したようなヤツ——ではあっても、それとは全然別のどこかに、どう生きていいのか分からずに呆然としている少年の、ほんとうの彼がいて、わたしの介在を必要としている。わたしが一緒に手を引いて歩いていけば、その彷徨《さまよ》える魂を、光のもとへ、85番フィルターを入れた太陽プラス空の光へ、導いていき、本来彼がそうなれたはずの真っ直ぐな人間に戻してあげることができるかもしれない。〈ラヴ〉という、ちょっと前まであらゆるロック曲が歌い上げ、それさえあれば世界が救えるはずだった——でも今や魔法が色褪せ、みじめな用法に甘んじている言葉を、今なお信じて使えるのは、そうした思いの中だけだった。重みのない、陽光に照らされたシックスティーズの産物である〈ラヴ〉の贖いの力の中にフレネシは、この、人好きのする、おバカなことに残忍なファシストなんかやっているブロックでさえも、引き入れずにはいられない。

彼女の気づかぬうちに、ブロックは眠りに入っていったようだ。自分の眼下に丸ごとの体としてある、このいとおしい存在を、こうして窃《ひそ》かに所有できると思うと、それだけで体が小刻みに震えてくる。背骨の底がゾクッとし、手のひらには淫乱な疼きを感じ……自分を襲う欲望の急流に無抵抗に押し流されるまま、彼女はついにその顔に口を近づけハートから溢れる言葉をささやき、薄明の中にある彼の顔にもういちど視線を落とした。すると、どうだろう。閉じていたと思った瞼が開いている。さっきからずっと見られていたのだ。ギョッとしたフレネシの叫び。その上にブロックの笑いがかぶさった。

ふだんの暮らしをしていたころは取り柄もあったウィード・アートマンだが、サナトイドになってからというもの、この男の人物評価は、どんな基準に照らしても、合格以下。何に熱中するでもなく、コミュニティへの愛着もない。ここ数年、続くともなく続いてきたタケシとDLとのセッションでも、早くも初回で「引きの構え」なるものができてしまい、これが双方にとって超えがたいバリアを生んでいた。『バルド・ソドル』別名『チベットの死者の書』のお墨つきの情報によれば、移行期にある魂は、死の事実をしばしば認めたがらないばかりか、躍起になって否定しようとする。生と死とはスムーズにつながりあい、死の国に入る際に何の衝撃もなければ、あたりがちょっとばかり奇異に映ったからって、生前の世界も充分に奇異だったわけだから、気づかなくても、まあ無理はない。おまけに――とタケシは思う――このごろじゃ、TVのおかげで、生と死との境界はますます希薄になってしまった。ドクターもの、戦争もの、警官もの、殺人もの。〈TV《ザ・チューブ》〉では、人の死を軽妙なタッチで扱う番組が流され続け、それが〈死〉そのものの威厳までも奪ってしまった。まあ、生を媒介する以上、死を媒介しても不思議はない。

コチラに来てしばらくは、政治亡命者にでもなったような感じだった。六〇年代の素人研究者を気取った輩《やから》が寄ってたかって、ごく初歩的な質問を浴びせて、なんやかやと情報を引き出そうとする。タキシードの正装で、趣味に合わない会見に応じなくてはならないことも度々だったが、貸衣装店から借り出すのは、クレジットの関係が異様に複雑なサナトイドにはそもそもが無理な話で、ウィードも、じきに、ハリウッド及びそれ以南の衣装屋からはことごとく締め出しをくらってしまった。そこで向きを一転し、山道の上をゆき砂漠を抜ける長いハイウェイを北進、農夫の集まるよろず屋兼食堂、カントリー音楽オンリーのバー、〈割安時間帯《ハッピーアワー》〉に一杯99セントのマルガリータがホースから大放出されるメキシカン酒場を通過し、スモッグとしたたる雨とジリジリと身を焦がす空の下を抜け、衣服には無頓着でも人間的に信頼できる人たちが住んでいそうなところへやってきた。そこは実際、服装に陰の掟でもあるのか、フォーマル・ウェアも奇抜な色と柄ばかりで、まもなく彼は、当地開催のサナトイド互助会の会合に、鮮やかなシャルトルーズとティールとフクシア色のアンサンブルに、テーマに合わせて熱帯フルーツとか裸婦とかバス釣りのルアーの手描き絵柄をあしらったタイ及びカマーバンド——という取り合わせで現れるようになった。今宵は年に一度の宴の晩。十回目を迎えた「サナトイド・ロースト'84」。アートマン氏のお召しものは、アクアカラーとゴールドの配色まばゆい大柄な千鳥格子のストレッチ・タキシードに、ライムグリーンのアスレチック・シューズである。毎年、サナトイドの社会では、幾世代にもさかのぼっての因果応報のパターンが立派な——すなわち罪な行いとその報いとが安定したリズムを刻む——長齢者を選んで表彰している。「立派」といっても、その物語は、どんどん複雑化する一方で、もともとの非業の恨みが何であったか、記憶が次第に怪しくなるうえ、現在抱えている小さな問題も解決の糸口すら見えないという、縺《もつ》れに縺れたものである。一つの不正が次の不正へ、野球場で奏でられるオルガンの旋律みたいに変奏されていく、恨みに満ちた長い長い物語。そういう話をサナトイドが〝エンジョイ〟したというわけではないが、それを顕彰するのは忘れなかった。今宵の会の主賓こそは、サナトイド界のエミー賞受賞者にして殿堂入りの名士、彼らのロールモデルであったのだ。

　それにしても何という夜会だろう。サナトイドたちは、どんよりと可笑しなジョークを語った。「あんた、そんなチンケなカルマひっさげて、よくもそんなに長いこと地上で生きていたもんだ」みたいな冷やかし文句が飛び交う会場で、妻たちは、すでに充分縺れている結婚歴にさらなる縺れを加えようとするかのごとく、ウェイターとも皿洗いともいちゃつき回り、亭主以外のサナトイドにまで色目を送る。みんな猛烈に酒を飲みタバコをふかし、食らう食事も、砂糖、スターチ、塩分が全部リッチな、いつもながらの三流品であった。肉といっても、どこでとれたか知れぬものだし、どの動物からとったのかもわからない。フレンチフライとミルクシェイクは何樽分も用意され、デザートのチャンキー・プリンは、会衆の顔のように蒼白い。スパークリング・ワインももちろん出てはいたけれど、どこの産か見ようとしても、手掛かりとなる文字はことごとく（おそらくは非合法な旅の途中のどこかで）フェルトペンで消されていた。それでもみんな、グラスを飲み干すほどにシャイな気持ちも失せていき、一人また一人とよろよろマイクに近づいて、侮辱だらけの顕彰の言葉を口にしたり、からかい文句を投げつけたりするのだった。

「名前の前に『サー』のついたサナトイド氏を何というかご存じかな？　ナイト・オブ・ザ・リビング・デッド！　じゃあ、電球をグリグリ取りつける《スクリュー・イン・ア・ライト・バルブ》には何人のサナトイドが必要でしょう？　答えはゼロ。だって、電球の中でハメハメする《スクリュー・イン・ア・ライト・バルブ》の、熱すぎますもん！　じゃあですよ、ハロウィーンにサナトイドは何をする？　頭にフルーツ・ボウルをのっけ、鼻にストローを差す。これでゾンビの一丁あがり、ハッハッハ！」

　八四年の大会は、カリフォルニアの北の奥、サナトイドらの昔ながらの溜まり場である〈ブラックストリーム・ホテル〉で、ただいま進行中である。木こりの英雄時代に遡るその建物は、ハイウェイからはずっと奥まった、レッドウッドの繁る森の長い斜面に、冷んやりしたたたずまいを見せていた。異様に早く夕闇が訪れるそこは、異界への扉が常に半開きになっているかのよう。闇に埋もれた幾何学によって、二つの世界を日没時の無線波のように歪め、二つの世界を互いにぐっと引き寄せ、ごくうっすらとした暗がりによってもその境目が消えてしまうと信じられていた。ホテルが建って一世紀、黄昏時に起こるという怪奇なエピソードは積もり積もって、部屋の中も回廊も翼棟も、出没、お祓い、再出没の噂が絶えない。幽霊実在の証拠を求めて訪ねてくる巡礼者も数知れず、またレナード・ニモイの「ミステリーゾーンを探る」やジャック・パランスの「あなたは信じますか」を始めとしてTV番組のスタッフも定期的に訪れて、ホテルはいつもどこかで撮影や交渉が進行中であった。

「いつかこのサナトイドの晩餐も」握ったマイクからジョークは続く――「TV中継、されそうですな。毎年恒例、全米ネットのコメディ・スペシャル、イェイ、出演者にはビッグネームがずらり並ぶ。もちろん、わたしら、それを生きて目にすることはないです」ドラマーが二発三発バスドラを鳴らし、シャシャシャシャーンとスローなハイハットをキメる。今夜の演奏は地元で集めた即席バンドで、ベース担当のヴァン・ミータは、〈ロスト・ナゲット〉で募集の広告を見たとき、ゾイドも一緒に引っぱり込もうと居所を尋ね回ったのだが、誰もゾイドをこの一週間見ていないというので、相棒のことを心配すべきかすべきでないか、決めかねているところであった。じつはゾイド、このときホリーテイル近くの谷あいで栽培をやっている知り合いの家に厄介になっていた。一年中霧に包まれた海岸山脈の向こう側は、〝草《ハッパ》〟の生育には理想的な環境で、ここホリーテイルの一帯は、北カリフォルニアでも最後に残ったマリワナ農夫の砦であった。なにしろ交通至悪、陸づたいにそこに行くのは容易ではなかった。六四年の地滑りのあとは特にひどく、川のこちら岸をずっと上ってから向こうに渡って同じ川沿いを下り、それでやっとフェリーに乗れる。川岸をずいぶん遠回りしなくてはならなかったし、そのフェリーも欠航ぎみで橋は呪われてるとの噂があった。CAMPによる大麻殲滅作戦が際限なく、季節も問わずエスカレートする御時勢に、借り物の時を生きるコミュニティにゾイドは身を寄せたわけだ。注ぎこまれる州と連邦の特務員の数も、ユリーカ市の大陪審が召喚する市民の数も膨張し、親切だった保安官補佐や、安全だった町が一つひとつ潰されて政府の支配下に吸収されていく中で、次はいよいよホリーテイルかと、誰もが不安を感じていた。

ヴァインランド郡のシェリフはウィリス・チャンコといった。そのやぶ睨みの、いかにも気が短そうな面がまえは、TVではもうおなじみである。というのも、九月になると、刈り取った大麻がそびえる隣りでポーズをとってるシーンだとか、腰にかまえた火炎放射器でマリワナ畑を焼き払っている勇姿とかが、六時のニュースで必ず映る。それで彼は地元では長時間慈善番組《テレビ・マラソン》のジェリー・ルイスと並ぶ、初秋の風物詩とさえなっていた。その彼が数年前から狙いをつけていたのが、ここホリーテイルであったのだが、この地ばかりはさすがの彼も易々と入ってはいけなかった。「こりゃ、ロビン・フッドのシャーウッドの森だわ」カメラに向かって吐き捨てる、「木の中に隠れて誰も見えんわい」どんな作戦に頼っても、ホリーテイルの住民は先回りして備えていた。見張り網はヴァインランドの町中まで伸びている、通報電話のためのコインを一巻もって保安官のオフィスの窓下に身を潜める者、シティズン・バンドの無線機をオンにして地上のすべての経路を巡回する者、尾根や山頂から双眼鏡と漁船のレーダーを改造した装置で空をスキャニングしている者。

陽光を受けて草が膨れ、花をつけ、しだいに濃密な匂いを漂わせ、谷間からそよ吹く風が樹脂の香りを昼夜の別なく町に届ける——その季節になると、今まで生命の伸張を許していたヴァインランドの空から、危険な脅威が出現する。くすんだブルーの小さなロゴなしの機体が、有視界飛行規制のない晴天の日など数限りなく、空の色に溶け込んで上空を飛び回る。見上げてもほとんど見えないそれらの機体を操縦するのは、CAMPが雇い入れたアルバイトのパイロットたちだ。ドラッグ撲滅に気勢を上げる学生活動家、元空軍の退役軍人、平服姿の政府アドヴァイザー、非番の保安官補佐や州警察……そんな面々から成るほとんど一個師団の偵察隊を統帥するのが、元ナチス・ドイツの空軍士官、転じて有用なアメリカ市民として名を馳せるカール・ボップであった。監視シーズンの数週間、ヴァインランドの町から坂を下った飛行場近くの平原に建ったプレハブの待機室には毎朝、ヘリや偵察機のクルーがぞろぞろと集まってくる。そして、華々しいナチスの軍服に身を固めたボップ大将が現れ、一日の行動開始を告げるのを待つ。

これに対し山中ホリーテイルの農夫らは民宿兼食堂の〈豚亭《ピギーズ》〉にたむろして、だんだん懸念を強めながら、刈り入れ時期のジレンマを論じ合っている。待てば待つだけ質はよくなるが、その分CAMPの侵略者にやられる確率も高くなる。嵐や霜にやられる確率、住民がパラノイアにやられずにいる限界値も、考えるべき要件だった。最後に残ったマリワナ王国ホリーテイルも、かつて繁栄を誇った「エメラルド三角地帯《トライアングル》」のほとんどの場所と同じく、完全浄化の運命を辿っていくのか。敵方が、想像力ゼロのトンカチ頭で思い描く永遠《タイムレス》の「明るいアメリカ」の中に、すべては組み込まれていってしまうのか。一〇〇パーセント・ドラッグ・フリーのアメリカだって？　すべて国家経済の管理下にあり、刺激の欠けた音楽と、TVのファミリー・スペシャルが延々流れる、一週間が教会の中で過ぎてくみたいなアメリカ。特別の日に、特別にいい子でいたら、ご褒美のクッキーだとさ！

分水嶺の上空や稜線の向こう側での偵察機の動きがせわしくなるにつれて、ヴァインランド市民の神経がたかぶってくる。中心街でもモールの駐車場でも、車はけたたましく警笛を鳴らし、わざとエンジンをバックファイアさせる。船の所有者も心配顔で、日に何度もパーツ屋に出入りする。今回の攻撃には海軍も参加するのか、北方パトリック岬の沖合近海で少なくとも一隻の空母が停泊しているのが目撃された。ＡＷＡＣＳの航空機は今や毎日二十四時間空に浮かび、欧州的《コンチネンタル》な魅力というのか、しばしばナチスの制服を着込んだコマンダー・ボップが、彼が集めた〝空の義勇軍〟に即時戦闘準備を指示する記事が地元紙を賑わせている。時の地平の彼方に何かが待ち構えている。それが何かを把握している人間は、未来の国の一味の間にもいない。呑気で知られるドープ吸いが、夜中にガバリ起き出して、心臓を高鳴らせながら隠し持っていた草をいきなりトイレに流してしまうし、長年の夫婦が連れ合いの名前を忘れてしまう。郡の精神関係クリニックがどこも予約で満杯だ。今年は誰が敵に買収されているかを推測する、この時期恒例のヒソヒソ話も始まった。まるでこの巨大な撲滅キャンペーンが、今ではすっかり天候不順や草の病害と同列の災難になったかのようだ。カフェの料理も普段に増して味が落ちる。警官は人相の気に入らぬドライバーを片っ端から止めるので、ハイウェイはクラクションが鳴りやまず、その騒音が101号はおろか、遠くインターステイト5号にまで伝わった。そんな中を、警察無視のスピードと、ＵＦＯの威厳をもって通過していく一台の巨大トラック。車体はオール・クローム製、ケンワースの後部にフルハーフのトレーラーがくっついたこの怪物は、「忍びの者《ステルス・リグ》」の異名を取る、レーダーにもほとんどかからぬ特殊改造車であった。こいつが出現したのは土曜日の夕方近く、101号にかかる橋を越えて認知されざる郡にちょうど入ったところに駐車した運転手は、保安官がそれを聞きつける前にもう積荷のすべてをさばいてしまった。その凄まじい売れ方は、すでに浮き足立っていた町全体が、突如オウム狂いしてしまったかのよう。何日もテキーラを飲まされておしゃべりを封じられたオウムが、二日酔いの体で勢揃いし、その原色の体をヌッとそびえる18輪トラックのクロームの側面に映し出したのを見て、人々はすっかり虜になってしまった。まもなく、ヴァインランドのどの世帯からもオウムのおしゃべりが聞こえてきた。どれもみな、どこの国の訛りかわからぬ奇妙なアクセントの英語をしゃべった。一人の調教師がみんなまとめて訓練したのか、どれもまったく同じ調子でしゃべる――「イイカ、オウムドモ、ヨクキキナ」。このオウムたちは、そこらのオウムとは違って、いくつかのレパートリーをでたらめにしゃべるのでなく、物語をまるまる語って聞かせることができた。堅物ジャガーとイタズラ猿の物語。森に入る人間たちと消えていく木々の物語。語り上手のオウムたちは、この町の欠かせぬ家族構成員となった。鳥の語る寝物語に、アップビートな安らぎに包まれて眠りの国に入っていった子供らは、そこでオウムたちもギョッとするような夢の中を駆けめぐる。〈キューカンバー・ラウンジ〉の裏手にあるヴァン・ミータの賃貸小屋でも、子供たちはオウムのルイス君から不思議なパワーを授かったようで、鮮明な夢の国の、とある熱帯林で、みんな一緒に落ち合うことができる、と話してくる。こうすればいいんだよとコツを教えようとするのだが、無器用な父ちゃんはジャングル(かどうかも分からんところ)の入口まで行き着くのが精一杯。からかわれてるだけじゃないかと思っても、密林の木々の上すれすれのところをひと晩中飛び続け、そのハッピーな体験をこんなにうれしそうに話している子供たちを見てそれを疑うのは、よほどシニカルな性格でないと無理だ。それに何よりヴァン・ミータは、まさにこの種の、子供たちは普通のことと思っている超常体験を、生涯探し求めてきたわけである。彼は焦った。だが、もう少し! というところまでいくと、便秘やインポとまるで同じ。気負えば気負うほど成功の見込みは薄らいでしまう……悶々としながら、家族にも当たり散らせず、独り言をブツクサ、それも朝から晩まで途切れることのない屋内騒音にかき消され、その圧力に押されるかのようにヴァン・ミータは丸太小屋からおんぼろ車に乗りこんで、両側を圧倒的な巨木に蔽われたさびしい山道を抜け、舗装もときどき途切れるような一車線の危険な崖道を走ってその日のギグに向かうのだった。今日はまた日没が異様に早い。日蝕でないとしたら、これは何なのだと不安に怯え、山道を迷いそうになりながら、闇の中からボッと発する淡い不思議な紫の光に導かれつつ、〈ブラックストリーム・ホテル〉の前までなんとか無事に辿り着いた。薄暗い丸い光が点々と空を広く覆い、ぼんやりと照らし出された館のサイズは、ヴァン・ミータが想像していたより遥かに大きい。

今夜のギグに彼は、フェンダーのプリシジョン・エレキベース一本だけを持ってきた。七六年だったか、ジャコ・パストリアスのジャズ・ベースを噂に聞いて、ようしオレもと、自分でフレットを取り外してしまったやつ。ヴァン・ミータはその行為に、深遠な次元を見いだしていた。与えられた音階から自由になる。原初の無垢の心に戻って、宇宙に存在するあらゆる音高《ピッチ》の音を滑空する。フレットの跡の溝にはボートに使うエポキシ樹脂の接着剤を埋めこんで、目印の線もしっかりつけておいたのだけど。年月を経るうちに、昔の鮮烈な啓示も、くすんだ輪郭を残して色褪せてしまっていたが、今日の客にはフレットレスもいいんじゃないか、と彼は思った。総じて反応は鈍いのだけど、弦の上をブワーンウーンウンと指でせり上がっていく感じは、きっと彼らにウケそうだ――と、本当はそれほどサナトイドに詳しくないヴァン・ミータは想像した。

アソコにぃもぉ〰〰〰〰

ココにもぉ〰〰!

キミのたがやすぅ〰〰

ウネにもぉ〰〰!

この世界わぁ〰〰

どこもかしこも

シンデルーノ〜〜〜！

店のレジ〜〜〜ぃ、イェイ
立つのも〜〜〜ぉ、ウォウ！
ドアにたたずむ〜〜〜う〜〜〜
警備マンも〜〜〜ぅ、オゥ！
床の上で〜〜〜ぃ、イェイ
トンボ切るのも
シンデルーノ〜〜〜！

死んでる瞳
死んでる髪
ほら見ろ、そこにも
おいおい、ここにも
シンデルーノ〜〜〜！

夜の道を〜〜〜
トボトボとぉ〜〜〜
沈むこころでぇ〜〜〜
歩くきーみも〜〜〜

いつのまにか〰〰〰
ヒョイと消えてぇ
サナトイード〰〰!

歌というより一種のプロモーション用のジングルと言うべきか。今宵のすべての進行のスローさに比べたらアップテンポな部類に入るこのスローバラードは、マイナーコードの曲調と引き摺るようなビートを好むサナトイド向け。ロック・ステージの派手なフリは禁物だが、ブルース調のフレーズをあしらうのは悪くない。ツイストの時代に鳴らしたプレイヤーばかりが集まったこのバンドは、サックス二本、ギターが二本にピアノとリズムセクションという編成である。どこか人気《ひとけ》のない、白カビだらけの場所から従業員がひと山抱えて来たのは、往年のコンボ楽団用にアレンジされたポップ・スタンダード曲で、「フーズ・ソリー・ナウ」「アイ・ガッタ・ライト・トゥ・シング・ザ・ブルース」「ドント・ゲット・アラウンド・マッチ・エニモア」などなど、サナトイドのお気に入りが目白押し、なかでも「アズ・タイム・ゴーズ・バイ」にはリクエストが絶えないという。ヴァン・ミータはぐっとこらえてスローな運指に終始したが、ドラマーはもっと辛そうにしていた。眼の輝き、唇の湿り、トイレに向かう頻度――そのどれもが、せっかちな性分であることを示しているこの男は、ときどき耳をつんざくドラム・ソロをうち鳴らし、「オーラーイ!」とか「パーティ・ターイム!」とか叫びつつ耳を聾する自己表現的なソロの乱打に走りたくて仕方ない様子を示す。だが、彼の意気込みとは裏腹に、夜がふけるにつれテンポはスローになる一方、今宵はさながらオールナイトの漸次減速《ラレンタンド》だ。かつてヴァン・ミータは、バイク乗りとその女たちが部屋の中でバルビツール系の鎮静剤をやって、みんなして半眠状態をさまよう「レッズ・パーティ」の場で演奏したことがあったが、そちらの方がまだしも活気と歓喜に満ちていた。いつのまにか、三十二の小節を進むだけで目いっぱいという展開に。そもそもが初歩的なダンス・ステップも終止に向かってどんどんスローに、会話もだんだん、外来者には意味も取れないテンポに落ち込む。田舎道の旅行者が、たまに紛れ込んでくるのだが、彼らにはまた、フリーウェイの日常から、どれだけ遠い世界に足を踏み入れてしまったのか、あまりよく解っていない。

「チキータちゃん、この人たちはいったい」

「なんてスローな動きなんでしょうね、ドクター・エラズモ」

「ほらまた忘れた、ラリーだよ」

「あら、まったく」

「やだな、一人こっちに来る。いいか、忘れるなよ、ここはうちの受付じゃないんだから」

「グッド……イーヴニング……おふたりさん……よそ……から……いらした……みたい……ですな……」言い終えるのに相当な時間を必要とする。ラリー・エラズモ博士も受付のチキータ嬢も、途中で何度か言葉をさしはさみそうになった。サナトイドは時間との関わりが常人とは違っていて、センテンスの終わりにきても加速はつかず、ただ間延びした言葉がゆっくりポタポタ垂れるように続いたあげく、不意打ち的に文が終わる。「おふたりの顔……見覚え……あります――」眠たくなるような声の主は、ド派手なスパンデックスのタキシードに身を包んだウィード・アートマン教授であった。

「ずっと……前……サンディエゴで……アポイントメント……いつも……変えてばっかり……」

「あなた、きっと博士のクリニックのコマーシャルを見たんだわ」というチキータのわきで、歯科学博士エラズモ氏が困った顔して口をひん曲げ、「ラリーですよ、ぼくはラリー！」と喚いた。いまでこそ〈ドク・ホリデー〉なるディスカウントの歯科クリニックのチェーンを成功させ、49ドル95セントの「OK牧場ファミリー・スペシャル」は、西部一帯、主要市場域で知らない者はないほどの徹底した宣伝活動を展開していたけれども、ウィードと軌道を交えたときには、サンディエゴ界隈のローカルなラジオとTVで、もろに催眠的でところどころ意味の取れないコマーシャルを流す、いささか山師的な歯医者だった。死後のウィードの心の中では、どういうわけかこのエラズモのCM映像がチラチラ揺れて、サーフ大学での最後の日々に関する重要な部分の記憶を隠蔽した。誰に何をされたのか、思い出そうにも、ブラウン管の画素《ピクセル》から成るこの怪しい歯医者の顔しか浮かんでこない。

あれはウィードが激しい落下のカーブを描いて無責任さに――主観的にはフレネシ・ゲイツと恋に――落ちていくさなかのことだった。ヒステリーを再発させた妻ジンクスが雇いまくった私立探偵をまくため、フリーウェイを空しく走り回るのが日課になっていた、そんなある日。時速七〇マイルのスピードと、ハンドルを握りしめる乾ききった手のひらと、喉に達する心搏と、フレネシとの密会を果たす興奮ではちきれそうな脳髄で、アナハイムの街道沿いに建ち並ぶモテルのひとつに向かう最中、ミラーの中のチョコレート色した長い車体のキャンピングカー《フリートウッド》がゆっくり距離を詰めてきたかと思うと左のレーンにピタリつけて並走する。運転席から見下ろしているのは誰あろう、TVでおなじみの歯医者の顔ではないか。コイツも不義のランデヴーに向かっているのか、発情中の面《つら》を一瞬ウィードのほうに向け、前方を確認した後、ふたたびウィードをニッと睨んだ。二台は上下左右にうねるハイウェイを、平台のトラックや暴走オートバイを追い越しながら法に触れる爆走を続ける。最初は見ないふりをしていたウィードも、試しにチラッと首を回すと、そこには変わらずあの凝視。オマエが誰か知ってるゾ、と言わんばかりの冷たい視線が彼を突き刺すのだ。その男はまもなく、海辺の町のバーにも田舎町のサルーンにも、峡谷を進んだ先にある、ガラガラヘビにもLSDの密造所にも事欠かぬハードコアなロックの店にも、姿を見せるようになった。ウィードとフレネシが親密な瞬間を求めて繰り出す半径一〇〇マイル圏のいかなる場所にも、近くの席に陣取ってこちらを見つめるドクター・ラリー・エラズモの強烈な顔と視線がある。それが事実本人だったかどうかは問題ではない。問題は、TVでなじみのあの顔が——肌理《きめ》の粗さや、まわりがチラチラ揺れてるところまで完璧にラリー・エラズモであるところの男が、いつもそこにいたということ。そして隣りに、これまた同じ女という保証はないが、決まってこんがり肌のブロンド嬢が座っていたということだ。

面識もない人の人生にズカズカと割って入って他人の貴重な時間を奪い取るということを、この好色の歯医者はフランチャイズ方式でやっている。そんなことがどうして可能なのか、〈死の海〉の海岸に打ち上げられて何年たってもまだ彼にはわからなかった。とにかく、この男は、決まった日時にオフィスへの出頭を命じる書類をウィードを含む人々に送りつける権限を有しているらしい。それに応じないとどうなるかは明記されていないけれども、相当ヤバいことになりそうな雰囲気である。指定の場所は旧市街地。古い煉瓦造りのホテルや船乗りの群れるバーが、街灯の上に伸びる老齢のパームツリーの間にポツンポツンと立っている界隈だった。以前は（たぶん連邦の）公的な職務に使われていたのだろう、廃墟となった建物の内部は、安っぽいボードで仕切られた小部屋が迷路のように続いていた。堂々たる古代風の石柱も、道路に面した側は、縦溝の凹みを除いて一面、排気の煤で、黒のスプレーペンキを吹きつけたようになっていた。柱の小壁《フリーズ》も半ば崩れ落ち、彫られてあった文字も判読できない。ゴミだらけの広々とした石段には、予約客がひしめいて、あちこちで小さな取引が進行中。人の列は建物内部、声の響くコンクリート製のロビーへと続く。頭上に並ぶ幾何学的な石像が、かつてこの建物で遂行された職務の守護聖人のように人々を見おろしていた。

呼び出しの手紙が来たからといって、それに応えなくてはいけない理由はない。が、フリーウェイでギラリと光ったあの凶々しい眼に呪縛されてウィードは、背広にネクタイで指定の時間に指定の建物へ出頭するが、相手は来ていない。ロビーのわきの控室の薄っぺらな折り畳みの椅子に座って待つ。置いてある読み物は、宣伝パンフとヨレヨレになった何ヶ月も前のニュース雑誌だけ。昼飯を食べる店を探すのも怖い気がして、結局一日待ちぼうけとなる、そんなことが何度も続いた。ドクター・エラズモはいつも——時には何日も——遅れてやってきて、来るなり「予約延期申請書」とやらを差し出し、まるでウィードが悪いみたいに「理由（詳細に）」の項に記入を迫る。「控室」のなじみの顔になったウィードは、何かうしろめたい思いに駆られるようになった。自分の他にも大量の人間が列をなしてやってきていた。なんなのだろう、ただの歯医者の予約のはずなのに、どこか違う……人々の顔には笑みひとつなく、みな不安に怯えた面持ちで、古い鉄棒で仕切られたこちらからゲートを通って向こうに入り、同じゲートを通ってまたこちらに出てくる。仕切りの〈向こう〉は、法廷の裁判長席か教会の祭壇のように一般席とはかっちり隔てられた、権力と秘儀の空間。ドクター・エラズモは時々キャスターつきのテーブルを押しながら登場した。トレイの上の光るものは……歯科診療具のたぐいだろうか……どうしてウィードには一度もはっきり見えたことがないのだろう、照明が暗すぎるのか？「ドクター・ラリーの不快な世界にようこそ」というささやき声とともに、書類に関する、ウィードには深遠すぎて理解できないメッセージが繰り返される。「これじゃ受け取るわけにはいかない。ここのところは改めて合意を形成しないといかんか、書き直しですな。そのうち、わかるでしょう」長い長いやりとり。取引される通貨は「苦痛」だ。与えられる苦痛、引っ込められる苦痛、薬で和らげられる苦痛、記憶喪失を生む苦痛、その量と頻度——いかにも歯医者らしい手さばきで事は進行していった。……回廊に続くドアにはときどき白衣を着た衛生士のイルスが立っていた。回廊の行く手には天井がぐんと高い、明るい部屋があることをウィードは知っていた。はるか頭上に、空を切り取る小さな窓が開いている。でもそれはあまりに高く、あまりに遠い……イルスが手にしているのは……何か白いものだけれど、それが何だったのか……ウィードには……思い出せない……

平日の夕暮れ時、ウィードは石の崩れかけた階段を下りて、眼には見えないが確かに感じられる境界線を超えて〈こちら〉の世界に戻ってくる。そうとしか言いようがなかった。どこだかもう忘れてしまったが、どこか有名な場所にあるその建物の内部は、外とはまったく別の秩序で事が進んだ。召喚されて繰り返し足を運び、そちらの世界を浴びせられ、〈ロックンロール人民共和国〉に戻ってくると、そのつど混乱が進んでいる。フレネシに対しても根本的な疑念が生まれた。愛する気持ちに変わりはなかったが、完全には信用できなくなった。彼女の話にはいつもどこか整合性に欠けるところがあった。本人に問いただしてみても、〈秒速24コマ〉の他のメンバーに聞いてみても、そのギャップは埋まらない。一方で情況は危機感を増し、取り巻く追従者の輪もそれとともに厚みを増し、狂乱の度を増して彼を追いつめた。たいていが革命の何たるかを根本的に取り違えたトンマで陽気な連中で、大声でなじればなじるほど〝導師《グル》〟への忠誠を強めてくる。「イエス、マイ・導師《グル》！ 何でもお申し付けください。オンナだって、ヤクだって。崖から飛び降りろって言われれば飛び降ります」悪くない。特に最後の、崖からってのには、心が動く。だが、もっと心惹かれるのは、戦法の指示を仰いでくる連中だった。「アートマン先生、銃はどうだろう？ 悪いってことになってるけど、なぜ悪いのか分からないんだ」

以前の彼ならこう答えただろう――「この国じゃ誰も他人の命のことなんか、これっぽっちも思っていない。だからこそ、我々は人間的なやり方を貫く必要があるんだよ。体制とそれを牛耳る人間どもが人命以上に大事にしているものといったら、金と財産だろ。それを我々は攻撃する」が、このごろの彼はといえば――「こっちがライフルを持てば、権力側はマシンガンを持ち出すだろう。こっちにマシンガンの用意ができるまでには相手はもうミサイルの用意ができている。このパターン、わかるな？」この二つの答えの間に、彼の内部で何かが確実に起こっていたのだ。今なお人間的な革命を説いてはいたけれども、その声は暗く、疲れをにじませ、希望のトーンは失せていた。誰彼の区別なく突然どなりつけては、それを詫びるといった調子。そうした彼の変化に気づいた者がいたとしても、もはやどうなるものでもなかった。レックスの家での討論集会はまだ続いていた。母親を求めるアヒルの子の行列みたいに、彼の住むラス・ナルガスの細い通りをみんなして歩いていくと、霧に包まれた不可視の海から白波《サーフ》の音だけ聞こえてくる。砕け散るというよりは、ただ力なく崩れ落ちるという感じの波音だ。レックスは今もここに住んでいたが、集会にはもうめったに出てこなかった。彼の心はもう決まっていたのだ。パリに行って、あの、第四インターのヴェトナム部隊のもはや数少ない残党と合流する。「うまくいくはずないじゃないか」と、ウィードは言う。「君のようなアングロ人を誰が信用するね」

「そういう人種差別的発想から自由な人間には信用してもらえると思うんだけど」以前はもっと敬意をもって接したのに、このごろレックスは、レックス自身が「鍛えた」ウィードが望ましくない方向へ漂っていってしまっていることに苛立つことがよくあった。「純粋性」とは言わないまでも、もっと思想にこだわって、俗事への耽りは抑えてほしかった。レックスの思い描くレボリューションとは、快楽とは逆の、自制の方向へ進んで行くものだったのだ。まず大麻とLSDを捨て、そこからタバコ、アルコール、お菓子類へと進んで、睡眠時間も切り詰める。関わりは最小限にして、恋人とも別れ、セックスも断ち、ゆくゆくはマスターベーションもうち捨てる。敵の監視が強まってきたら、プライバシーも放り投げ、移動の自由も金銭へのアクセスもあきらめて、牢獄での、もはや苦痛のない瞬間など求めない暮らしを覚悟する……

「暗い革命だな」ウィードが言った。

「あなたは何も犠牲にしない人だから」レックスが答えた。これからの二人の分岐を印象づけるひと言だった。かつてレックスはポルシェ９１１を運転していた。最高のおもちゃ、というだけではない。カクテルの中のチェリーみたいな色をしたこの車は、変装にも役立つ、彼の人生の伴侶だった。人間が車に対して抱きうる思いのすべてを彼はこの愛車に寄せていた。金もかけたが、感情の投資にも並々ならぬものがあり、ブルーノと名付けたこのかわいいやつのことを語るのに、「あいつとの関係」という親密な言葉が自然に口をついて出るほどだった。オールナイトでやっている洗車場なら、近隣四郡、連れていっていないところは一つもない。ブルーノの冷ややかな腹部の下で、プラスチックのツールボックスを枕にひと晩、仰向けになって寝たこともある。ガソリンの芳香が狂おしく漂う中、彼の脈打つ男性自身をフレア型のクローム製キャブレーター・バレルに挿し込んだことも。吹かしたエンジンを微妙に調節して、その吸引のリズムを彼自身の速まるパルスと一致させ、人間とマシンとが、相連れ立って昇りつめる禁断のエクスタシーをも味わった……

　長く続いたかもしれないレックスとブルーノの牧歌的な愛の暮らしに終止符を打ったのは、ブラック・アフロ＝アメリカン師団《ディヴィジョン》、通称ＢＡＡＤ*との共闘のための会談である。外部団体との共闘を模索する〈ロッ共〉の外務局より崖上の共和国へ招かれた黒人部隊は、黒ずくめの戦闘服でやってきた。黒光りしたヴェトナム戦用ブーツに、黒地に黒の迷彩模様の制服、黒いベルベットのベレー帽には、中国共産党にならって、くすんだ黒の、先広の星の模様をあしらっている。彼らはトラセロ郡に足を踏み入れた最初の黒人であったかもしれない。少なくとも、彼らを迎える〈ＰＲ３乗〉の住人の多くには、間近に見る最初の黒人であった。そんなわけで、討議の内容が、現代に及ぶまでの人種間の歴史についての、初歩的なおさらいに多くの時間が割かれることになった。これがレックスには耐えがたかった。話したいのは〈革命〉なのに、ＢＡＡＤの連中ときたら、人種のことにあまりにナイーヴな相手に向けて、白肌・金髪・青眼をあげつらう、たちの悪い冗談を飛ばして楽しんでいるふうなのだ。

「我々は共通の敵と戦っているわけだろ?」レックスが異議を申し立てた。「やつらは、殺すとなれば、君たちだろうと僕たちだろうと選びはしないんだ」

　BAADの派遣団は、これがことのほか気に入ったらしく、陽気な笑い声を響かせた。「やつらの銃に、ブロンドのオプションってのはないだろう。オートマチックかセミ・オートマ。全部がブラックだ」そう応えたのは、BAADの参謀長エリオットXである。

「ちがう!　街頭にバリケードを築く段になったら、我々は君たちの同志として戦うんだ!」

「違いは、我々のほうには、選択の余地がないってことだな。生まれたときから戦いなんだぜ」

「そうさ、そこだよ。我々は、自らの意志で君たちと共闘しようって言ってるんだ」

「ほお」

「何をしたら本気にしてもらえるんだろう」レックスは早くも涙目だ。「君たちと一緒に最後まで戦う覚悟は僕にはあるぞ。君たちの解放のためなら、死んだって構わない!」

　一瞬の静けさのあと、エリオットXが続けた。「あんたさ、なに運転してるの?」

「ポルシェだけど?」――「ブルーノ」と言いそうになったが、そこは抑えた――「911。なぜだい」

「それ、オレたちにくれてみないか」

「くれてって言うと……」

＊ Black Afro-American Division の頭文字をとったピンチョン創作の組織。黒人社会で逆さまの意味を担う bad が、彼らの発音で baad と長母音化することを踏まえている。

「そうさ、いいだろ兄弟！　レボリューションの同志さんよ！」

「あんたの愛するパルシェでさ、言ってることがウソじゃないって証明してみなって」

物に対する欲望が美徳とされる今の時代に、その時レックスがとった行動がいかに自然で優美であったか、想起するのは容易でない。彼はフリンジのついたバッグからピンクの証書とキーを取り出すと、穏やかな笑みを浮かべながら、壇上に上がってそれを差し出したのだ。受け取るほうのエリオットXも、なかなかのショーマンシップで、マイクを手にして片膝をつき、ファンに対してスターがやるようにして観衆に応えて見せた。〈ロッ共〉の人民は、拍手し、歌を歌い、投票によってこのポルシェを〝共和国〟からの贈り物とすることを決めた。一方でBAADの面々も集まって、誰がポルシェを運転して帰るのか、内輪の折衝を続けていた。日暮れ時、両グループの代表団が駐車場で贈呈式を行なった。はやくも後悔の念に駆られて泣き出しそうなレックスは、肩をふるわせながら、無言の別れを長い連れ合いに——そして共に走った砂漠の凹地と川底と、山間の小道とショッピング・プラザと緑濃い郊外のストリートの思い出に——告げた。太平洋の残光の中、愛しのポルシェは、うらめしそうなヘッドライトをレックスに投げかける。もうおまえはブルーノですらない。新しい所有者が、「超高速都市偵察ユニット」、通称UHURU《ウフル》*と改名してしまったんだ……

「これでいいのよ」フレネシが慰めの言葉をかけた。「あなたは正しいことをしたと思う」

「クソになった気分って、これだよな」フレネシなんかの知ったことかよ、と言いたい気分でもある。レックスは、外部からの侵入者にも、ヒッピー《サンシャイン》革命家のおめでたさにも警戒の眼を配っていたし、〈PR３乗〉もいずれ崩れることは予期していた。だがウィードとフレネシの関係を鑑みると、警告しても意味はなかった。一度彼はウィードに言ったことがある。「あなたは〈真正の信仰《トゥルー・フェイス》〉ってやつを敵に回してるんです。手ごわいですよ、こいつら。聖戦を口にし神の報復を語りながら、キリスト教＝資本主義を一心に信じて、それを師から弟子へ、世代から世代へ伝えてきた頑迷で閉鎖的な精神集団であるわけだから。みんな、権力の内部に生き、歴史を被っていくのは他の連中で、自分たちは超越していると信じている。やつらは悪だよ、とんでもない悪だ、でもだからといって、そのぶん僕らが百パーセントの善人になるわけないじゃないか」

「何のことを言ってるんだい？」ウィードはすっくと立ち上がった。

すでに心は五月革命の地へと飛んでいたレックスに、ためらう理由はなかった。「ウィードさん、逃げて」

「で、その先は？」

「数学に戻る。公理を発見するんだ」

ウィードは眉をひそめた。「公理ってのは、発見するものじゃない」

「そう？　惑星みたいなものかと思ったけど、違うの？　どこか遠くで発見されるのを待ってんじゃないのか……」

「ちがうね」　ふたりは見つめ合っていた。以後こんなふうに長く見つめ合うことは二度となかった。何年もの月日が流れて再び出会うことができるのは、そのときに微笑みを交わし、一本の低い樫の木の下でリラックスしながら過去を追想できるのはひと握りの幸福者だけだということを、このとき二人はまだ知る由もない。太陽に照らされた、現実にはありえない丘陵に、子供たちの声が響く――「教義なんかに縛られない、ほんとに自由な革命の運動がやれてるんだと、本気で思ってたんだよな」どこからともなく現れた美形の少女がピクニック・シートを広げ、みんなその上に座ってカニ肉とサ

＊　ＵＨＵＲＵはUltra High-speed Urban Reconnaissance Unitの頭文字。uhuruはスワヒリ語で「自由」「独立」を意味するアフリカ民族主義のスローガン。

ワーブレッドをほおばり、カリフォルニア産の淡い金緑色の冷えたシュナン・ブランを飲み、笑い声を上げ、ワインを注ぎたす。「ワケのわからない議論やって、キャンパスのどこでもタイプライター叩く音が窓からひと晩中聞こえてた。電話線にもすごい量の話が飛び交ってた。すごいエネルギーだよ。とてつもない若さの塊が飛びはねてた。みんな、何のためだったんだろうね？」

食べ物を持ってきた気のいい女子学生が視線をめぐらせる。「わたしも疑い始めていたのよ」

「結局、仕組まれてたってことよな。ＦＢＩにさ。最初から入ってきてた。酒場で他人の喧嘩をお膳立てする小男のおやじと同じさ。差出人不明の手紙、いたずら電話、夜中の暴走族、タイヤのパンク、仕事先とか大家とかとのトラブル。そういうことをいちいち、みんなあの誰かさんとＢＬＧＶＮのＵＳ支局の仕業みたいに見せる工作があったわけだよ」

ここでの自分の役回りの大切さを、彼女はわきまえている。影の中、安全な、救われた位置にいて、ひたすら聞き役にまわること。自分に向かって過去の出来事の説明（の真似事）をしている男たちが、うららかな物語のヴァージョンを組み立てられるように持っていくこと。

「そう、このレックスが、私をほとんど〝吹き飛ばした〟ってわけさ」

「ほんとぉ！　レックスったら！」

「まあね」

「『わかったか、どうだ、これで、わかったか』って、しつこかったねえ。私が『何が?』っていうと、『そうかい、じゃあ、今わからせてやろう』ってね。『今にするか？　今がいいよな』って。バッグの中に何か持っているのは見えたよ。ほら、あのころ使ってたろ、あの縁がビラビラしたケバ革のショルダーだ。重いもんだってのはわかったが、それが何だか特定はできなかった。車のパーツみたいでもあった」

「石の標本だよ」二人は笑う。遠い日の思い出だ。「無垢なヒッピーが二人いてさ、そのうち一人は軍用38口径を持ってる。持ってるやつと持ってないやつと、さて、どちらが大馬鹿者か。難しいところだよな」

気がついたときウィードは、完全な袋の鼠だった。唯一の出口にレックスが立ちはだかり、防御の道具も、古いケース社製のナイフが一本だけ。それも、床に這いつくばって手を伸ばさなくては届かない箱の中だ。彼はレックスのバッグの中の物に眼をやった。バッグの動きに合わせて、微妙なシワとヒダがバッグに生じる様子から、物《ブツ》の長さと太さが伝わってくる。まるでホモの男が、相手のパンツの中を窺っているみたいだ。

「何見てるんだよ」レックスが興奮の度をさらに強めた。

「べつに《ナッシング》」

「僕のバッグだぜ。ナッシングじゃねえよ」

「今夜は、やけにいきりたってるじゃないか、レックス。どうした?」

原因がフレネシにあることは、ふたりともわかっていた。このごろ彼女は、〈秒速24コマ〉のグループとはめったに行動を共にせず、海辺のレックスの家に出入りを繰り返していたのである。心配したDLは、部隊の他のメンバーと相談して、ハウイに話を持ちかけた。トラセロ郡にやってきてからサーファー嫌悪症が悪化したピスクにすっかり手を焼いていたハウイは、フレネシの監視役を快く了承し、動機を見破られないためにわざわざ中古のサーフボードを借り、それを持って、毎日最低一度はレックスのところに偵察に出かけた。フレネシは気付いていたのか、ともかく反応はなかった。ある晩、寝室の一つで「インベーダー」の再放送を見ながら眠ってしまったハウイがハッと目を覚ますと、居間を震わすような大騒ぎ。一緒に聞こえてくるXERB局の音楽をものともしない音量だ。寝ぼけ眼をぱちくりさせながら居間に入っていくと、レックスとフレネシはソファに寄り添うように座っていた。いつもより黒みがかった湿った眼。紅潮した頬。彼らは確かに笑っていた――しかもドラッグをやって眠っていた人間を起こすほどの大声で。「よお！」とハウイは声をかけた。

「ねえ、ウィードのこと、聞いた？」この時のフレネシの表情は以前にも見たことがあったが、それが何を意味しているのかはこの時も謎であった。

ハウイはキッチンに入って、冷蔵庫を開けた。つっ立って中を見つめながら、「いや。なんだい？」

ふたりはまた体を揺すって笑い出した。笑いから新たな力が出てきて、その力を抑制するのに精一杯という、見苦しい、アマチュアの笑いである。「彼、いまどこにいるんだろうな」レックスが尋ねる。

「家で、寝てる」締めつけられたような声が、フレネシの喉から絞り出された。

「そりゃいい。いま行って、やっちまえばいいや」

「計画を立てて、それに従ってやるべきよ。衝動的じゃいけないわ」

それに従うって、何の計画だ？　ハウイには話が読めない。冷凍庫の奥の隅にハモーサ・ビーチで買ってきた冷凍チョコ・バナナがあるのを見つけた彼は、霜がびっしりついたそれを持って、もたつく足で部屋に戻った。「なんだい、きみたちウィードのことで頭にきてるのか」

ソファの二人は顔を見合わせた。口を開いたのはフレネシだった。「言っちゃう？」

「いいんじゃないか」と答えるのと同時にまた怒りのこもった笑い声。「ハウイなら、口は堅いだろうし」

「ちょっと待て、オレおりる――」

もう遅い。「ウィードはね、実はＦＢＩと通じたスパイだったのよ。わたしたちをみんな、いつかどっかへ送り込むってのが彼の任務だったわけ。彼のあとをついてったら、変な小道に入りこんで、とんでもない人たちのお出迎えって」

「……それ……誰が言ったんだ」

「本人よ」

「イッ」ハウイの口が、一瞬にして渇いた。冷凍バナナがおがくずに変じる。あたりの空気が張りつめ、ぎらつき、戯言の可能性を奪った冷ややかな確信が、まるで掃除機に吸い込まれるみたいにハウイの魂に吸い寄せられ、しり込みする心に染みていった。「その……もしウィードがよ、ほんとにだぜ、FBIの回し者だと告白したんなら、メンバーみんな集める必要があるよな。きちんと全員に伝えて、その上で……」

「何いってんのよ、ハウイ」フレネシは突然感情をあらわにした。「子供のゲームじゃないのよ」

「同志が殺されてるんだぜ」レックスの顔も、怖いくらい真剣だ。「連邦の監獄にも、精神病院にも、どんどん仲間が送り込まれてる。我々を撲滅しようっていう連中にウィードは仕えてるんだ。いままでも、ずっとシラを切って、陰で密告を続けてたんだよ」

「しかし」と切り出したが、自分でもまともな反論になっているとは思えない。「まともに取っていいんだろうか。スパイを送り込んでくるヤツらだもの、ウィードのことでデマ流すくらい……」

「ねえ、ハウイ、あなた何を望んでいるわけ？」フレネシの足は、マイクをもったロック歌手みたいに動いている。そうやってエネルギーを発散させていなければ、何かしでかしそうな様子である。

「彼が自分で言ったのよ。自分の口で、はっきりとね」

「でも、なんできみに……」

この時の彼女の形相がすごかった。ハウイを突き刺す沈黙の視線にこもるメッセージは、「自分で考えなさいよ」というのより相当きつい。

こんなやりとりを続けていたら、じきに自分は泣き出してしまうとわかっていたハウイは、みずから議論にケリをつけた。「いままでのすべてが一つの長いゲームだったわけだ。いま仮面が剝がれて、これでゲーム・オーバーーって」

「ちがうね」レックスの口もとに冷たい笑いが浮かんだ。「延長戦だ、決着はサドン・デス」

フレネシは近寄ってハウイの頰に手を当てた。やさしい触れ方ではあったが、そのやさしさが、いつどうなるかは微妙である。「あなただってわたしたちみんなと同じ星に住んでたじゃない。毎晩彼らがやってきて、誰かを打ちのめし、レイプするの知ってるわね。死人だって出てるのよ。子供じゃないんだもの、わかるわよね？　一〇〇パーセントの固い結束がなけりゃやってけないのに、ウィードが、その結束を壊したの。だいたいやり方が卑怯じゃない——わたしたちが他人を拒絶できないの知ってて、そこをついてくるだなんて。人を受け入れなくなったら、それはファシズムの始まりだから、だからわたしたち、偽善者でも二重スパイでもお祭り気分の闘士でも、誰も相手にしないようなクズだってみんな受け入れてるんでしょぉ？〈ロッ共〉はそうやって始まったわけよ。わたしたちのこのグループもそうだった。覚えてる？　ここはオールナイト・シェルターなんだって。アメリカの闇の中で、ここだけは明かりの消えないドアにしようって。ウィードは覚えてるわよ」

ハウイみたいなまっすぐな男の子の心の錠を開けることくらい、フレネシにはもう、たやすいことだった。困惑したハウイはTVの前に進んで、スイッチをつけ、まだ手に持っていた冷凍バナナをしゃぶりながら、画面の中へ逃げ込んだ。「言ったろ?」とレックス。「ハウイはいいやつさ」

「ねえ、ハウイ、ここにフラッドライトをつけられるかしら」

「えっ、簡単だけど。ステレオの電源を抜けばいい。何に使うの?」

「わたしのスクーピックで追いつめちゃおうと思って。超アップにして、ラジオのマイクを突きつけて。容赦なしよ」

「ヤツの魂をとるってわけか」ハウイが古ネタを口にした。

「魂？　まだ残ってるのかい」とレックス。

　フレネシは独力で、即興の立ちまわりを続けていた。レックスを使ってウィードを始末させることで彼の人生を掻き回しているのはわかっていても、自分がそれをしたいのかどうかはわからず、でもブロックがそれをしたいのは、あの竜巻の午後以来明らかで、しかしこれは誰かと一緒に座って、または寝ながら語り合えることではない。ほんの少し漏らせる相手もいない……DLを思い浮かべて無言の告白をし、奇跡的に赦されるシーンを想像するのか、まだ何でも言えたころのサーシャを思い描いて、架空の対話を演じてみせる？　それってドールハウスでお人形ゴッコと同じだ。しゃべりたいという気持ちが膨れ上がってもうどうしようもなくなり、このまま自分は平らな大地を無限に延びる大通りのバス停に座って大きな声でしゃべり続ける気の違った女になり果てるのか、しばらくフレネシは、そんな考えに取り憑かれた。空の彼方に向けて発信を続ける天文学者さながらに、いつか誰かがキャッチしてくれる淡い期待を気丈にも抱きながら。だが現実には平凡な朝を積み重ねていくほかはない。そして気がつけば、自分が堕《お》ちていく先の中年女に違和感なく適応しているのだ。転がり込んだクリート・キャニオン＊の知人宅には、レッドウッドのテラスにテーブルと椅子があって、朝早く、そこに座ってハーブ・ティーなど飲んでいればフリはできた。犯罪歴もなければ政治との関わりもない、一人のカリフォルニア・ガールみたいなフリが。人知れず、人生のスタートラインにヒョイと立

＊　Traseroという〝尻〟を意味する架空の郡は、レックスの住むLas Nalgasや、このCulito峡谷《キャニオン》のように、尻や下腹部を表すスペイン語の地名ばかりだ。

った、これからやろうと思えば何でもできる女の子のフリが。自分の、一番危険なところであるゴッコが。まだ二十五の坂も越えていないというのに、すでに彼女は引退したブルース・シンガーのような心境に達していた。ショーという名のクソ巡りを続け、借金を抱え、暴力に耐えていたのは昔の話。今はひんやりとしたテラスに出て、けたたましく鳴きまくる鳥の声と、木々のてっぺんから射し込む朝の陽と、ラジオの音楽、薪の煙、谷の向こうから聞こえてくる赤ん坊のわめき声に包まれるこの早朝のひとときを愛おしく、生きがいにすら思っている。それ以外に安らげる時がないのだ。ブロックからは日に日に狂気の度を増す指令がやってくる。オクラホマでのランデヴーに誘う電話が真夜中に鳴り、この家の住人を騒がせることもたびたびだ。ウィードはウィードでまた大変だった。彼のファックはどんどんワイルドになり抑えがきかないかのよう。そちらはギネスブックにも載りそうな勢いだったが、感情面は、幼児に逆戻りしたかのようで、ところかまわず彼女にからみ、他の者にも、相手かまわず喚き立てる。そんなウィードのヒステリーと呼応して、ジンクスが夫とフレネシに浴びせる言葉もひどさの度合いを増していた。人一倍カンの鋭いジンクスは、フレネシが単に性的な動機から夫に近づいたのではないことを直感していた。すれ違いざまフレネシに向けられる食い入るような視線にそれは明らかだった。他に思い当たる動機は多くない。ジンクスはその懸念を、週に一、二度レドンド・ビーチの道場で一緒になるDLに話した。この二人が組んだ稽古は、格の違いにもかかわらず、数時間が数分にしか感じられないほど息が合っていたのだが、その通じ合いは身体レベルに限られており、いざ言葉を使って語ろうとすると、どちらも、奇妙に遠慮がちになってしまう。だが二人とも、もう一人の別なフレネシが見えていた——霊のような、否定され、保護された、アクセスを許されないフレネシが。これにはもちろん、DLの方が大きなダメージを受けた。恋人ならしかたない。でもフレネシとはパートナーだったのだ。

フレネシもわかっていた。レックスと二人、ウィードを公然と密告者に仕立てた晩から自分は、自分の人生から脇へ一歩、後戻りのきかない一歩を踏み出し、いまはなにか、なじみのないドラッグを飲んだかのように、自己憑依霊として自分に憑いて歩いている。これがもし、ほんとうに後戻りがきかないのなら安全だ。ここに——世界に寄り添う別の世界に——他人が易々入って来られないのなら、のんびり足を伸ばして、目の前で展開していくドラマを鑑賞していられる。ウィード・アートマンを〝抜き取る〟話をしても大丈夫。もはや彼も映画の中のキャラクターに過ぎず、そのポルノ・スターのように特別サービスで自分とファックもしてくれているだけなのだ……でもそのセックスさえ、今はもう自分が中に入っていけない映画の中の出来事のよう。

アナハイムのモテルで、珍しくウィードと朝まで過ごした時のこと。夜の底でふと目を覚ましたフレネシの耳に、異様に甲高い、早口の会話のようなものが聞こえた。声は熟睡しているウィードの顔から出てくるようだった。それも、イーストコーストのヤクザ訛り。「おい、いまの反則じゃねえか。おめえの点にゃあ、なんねーぜ」「おい、ウィルバー、そのカードじゃ上がれねえんだ」「これで得点はダブルだってよ。手、見せな」——少なくとも彼女の耳にそう聞こえた。小さな声は時々かすれて聞こえなくなる。ウィード自身の声でないのは、彼の寝息が、声に左右されず、ゆっくりと規則的であることからも明らかだ。「ワンダ！　缶ビールの六缶パック持って来いや」「おいウェズリー、払うもん払え」シーンと静まった部屋にエアコンの回る音だけが響く、名前のない時間。なんなんだろう？　腹話術？　彼女はウィードの顔を覗きこみ、唇が動いているかと眼を凝らした。鼻も近づけた。葉巻の煙とこぼしたビールを思わせるかすかな匂い。と突然、声がやんだ。一瞬の静寂の後、パニックの騒動が始まる。頭上にかぶさる大巨人の顔をそれらは見たのだ。ピタリ静止したそれらが、一転してあたりに散った。ウィードの鼻の近くにうずくまり、呼吸の風のそよめきを楽しんでいたのが、次の瞬間、ピクッと跳ね起き、頬を流れ落ちるようにして、ベッドのシーツに一斉にこぼれ落ち、どこにいるのか、まるで見えない。ギャッ！　今さわったの、あれ？　フレネシは身を転がして床の上に立ち、息を殺して彼らをののしり、電気を点け、たまたまバッグに入れてあった丸頭ハンマーを取り出すと、シーツをくまなく探し始めた。ウィードは眠り続けている。枕の上にカラフルなしみが見えた。クローズアップになると、長さ三ミリほどの小さく薄っぺらな長方形の集まりだった。そっと息がかかっただけで、吹き飛んで消えてしまう。朝にはもう跡形もなくなっていた。そしてそのまま数年間が流れたある日のお昼時、ヴォンドの生まれ育った町から遠くないインディアナ州の裁判所に、いつものように連邦政府発行のチェックのことでやってきた彼女が、田舎なりに堂々とした石造りの建造物の中を進んでいくと、どうだろう……あの晩聞いたのと同じ会話が、今度は普通の音域で聞こえてきたのである。声の先を訪ねていくと、判事たちの部屋に出た。陽の当たる、木製のインテリアにうっすらほこりののった部屋で、覗きこんだフレネシを見向くでもなく、みんなトランプのピノクルに興じている。そのときフレネシは理解した。むかし自分がアナハイムで見たのは、みんな知ってる歌の虫だったのだと。あの時すでに、ウィード・アートマンの鼻先で予行演習をしていたのだと。*

最後の日の前日、まだ早いうちから、フレネシはブロックと崖の上のスイートルームで会っていた。高い窓から蒸気を含む亜熱帯の——地下水があちこちから湧き出し、夜になると爬虫類がプールにするりと滑りこむ地方の——カリフォルニアとは違った光が射しこんでいる。細部までアールデコ風の老朽化したゲストハウスが、敷地に点々と広がっていた。湾曲した建物の壁は朽ちはじめ、海側では塗りが剝げ落ち、半月形の窓についた細い横棒はクロームメッキがボツボツと剝げている。何の役に立つのか、入り口のない角柱のスペース。全体の色調は基本的にブルーであって、陰を帯びた群青色が、いたるところ太陽と風雨によって浸食され傷つけられて、まるで暴走族が青のスプレーペンキで襲撃したあとのようだ。林の向こうは砂浜、遠くで海がうねっている。

　褪せた色のスーツの男と、鮮やかな色の、ゆったりしたパンタロンにシャツ姿、レンズ代わりにND－1のフィルターを入れた、ワイヤフレームのトンボメガネをかけた女。私費で借りたことにしている部屋で、おたがいドリンクも勧めない。反動政権の公務にいそしむブロックに、その種の礼節はもっとも必要度の低いものだった。〈ニクソンの反動〉はアメリカ中に染みわたり、「人民の奇跡」も「愛と友情の軍《アーミー》」もいまはもう、少数の人間の薄れゆく記憶の中にかすかに浮かぶだけになった。裏切りは日常茶飯。裏切りのために用意された公的手続きは、きわめて簡単便利なものであって、CIA、FBI、その他もろもろのソースからばらまかれる大量の資金に流されずにいる安全な「高み」など——どんなに高潔な人生を生きてきた人にとっても——どこにもない。フレネシにもそれは分かった。金の流れた後には無慈悲なパラノイアの胞子が残り、菌のはびこる跡を見ると、金の巡った跡がわかった。結局親たちは、娘たち息子たちのことを、完全に見通していたのである。

「ズバリ的中ね」フレネシの報告である。「おめでとう。〝屋台骨〟が、抜き取られて流れていったわ。もう信用はゼロね。まだ彼と一緒にいようというのはどうでもいい人たちだけよ」

　ブロックは、悦に入った、眼をぎらつかせた顔をこちらに向けただけだった。例の〝賭け金を上げるときの顔〟である。海にうちつける光が内陸に照り返し、高い桟入りの窓を貫く。「キャンパスのムードはどうだったね」

＊　人が死んで、地下に埋められ、虫が這うようすを唄う俗謡が、世紀をこえて歌い継がれてきた。歌詞には無数のヴァージョンがあるようだが、〝The worms crawl in, the worms crawl out/they play pinocle on your snout.〟（虫が入って虫が出て、鼻でピノクルやってます）というラインは、多くのヴァージョンで共通している。

「すっかりバラバラよ。みんなそれぞれの報復のシナリオを口にしている。もう完全なパラノイア。レックスのところで、今夜運営委員会が開かれることになっていて、わたしたちもそれの撮影に行くんだけど、彼をフィルムに収めてしまえば、告白しようとウソの弁解をしようと同じよ。彼はもう終わった」

「映画に撮るだけですむのかい」まるでかわいい子に言うかのよう。

「楽しみにしてて」

「いや」と言ってブロックは、サンディエゴの旧市街《ダウンタウン》でウィードに施された、ブロックが「セラピー・セッション」と呼ぶ洗脳計画の話を注意深く、細部にわたって語った。ときどきフレネシを怖がらせるほど生々しく。「あの男は数学に浸りすぎていた。抽象的な思考しか頭の中をめぐらない。その頭に私らが現実を注ぎ入れてやったんだ。いや、たいした量じゃない。ちょうどバランスがとれるくらいにだ。歯医者の治療と変わらんね。私らのサイドから物が見られるようになれば、それで充分だし」

「じゃあ、本当だったのね――ウィードは実際あなたに仕えていた」

「そして君たちを潰すために働いていたって？　君のふれ回った嘘は、結局のところ嘘じゃなかったって？」ブロックが期待したほどフレネシは驚かなかった。ウィードが自分を欺いていたとしても、ブロックだってそれを隠していたのだから同罪。男ってほんとに……と、そんな考えに気を奪われてフレネシは、ブロックがそれを取り出したのに気づきもしなかった。それは突然、彼女の視界に、複雑な照明のもと、完璧なフォーカスで飛び込んできた。神話的な雰囲気と不吉なパワーとずしりとした存在感とを併せ持つそれは、警察の保管庫に「ボスのとっておき《チーフス・スペシャル》」として、坩堝《るつぼ》に投げ入れられることもコレクターの手に渡ることもなく、まさにこのミッションを受けるべく長い間しまいこまれていた、病人の肌のように色つやのないスミス社製の短銃であった。

「ブロック……」

「ほんの手助けにね」

銃口のあたりを注意深く見回す。「実弾入りね」

「左翼の小僧っこのお遊びが解体すると、危険なことになるもんだ」

「あ、わたしのこと心配してくれてるの？　やさしいこと。でも、よしましょ。〝イッツ・オンリー・ロックンロール〟よ」

ヴォンドの眼の縁にはゼラチン状の涙が沁み出ている。やや上ずった声で――「遅かれ早かれ、いずれは銃の出番になる」。

「そんなこと、信じないもの」

「それは君が携帯し慣れてないからだ。……私はいつも持っている」

「使い方も知らないし」

彼は笑った。いやったらしい学生風の、馬のいななきにも似た笑い。「君が使わなくていい。レックスに渡しさえすればいいんだよ」

「レックス？」

「私から渡ったということにはしない。心配するな、これで彼が〝汚れる〟ことにはならんから。そういう区別が君には重要なんだろ？　ただ〝そこにある〟というふうにしてくれ。気がついたら、家の中にそれがある」

「ピストルなんか持ち込めないわ」

「なのにカメラは持ち込めるのか。いいかね。二つの世界があるんだよ。どこかにカメラが必ずある世界と、どこかに必ず銃がある世界。見せもののゴッコの世界とリアルな世界だ。その狭間に、いま君は立ったんだと思ってごらん。さあ、どっちの世界を選ぶんだね。ん？」

「怖じ気づいて逃げてくか、死の運び手になってくか、二つに一つって？　スッゴイじゃない、この選択、シビレルわ」この男、前世は何だったんだろ……

「さわりたくもないかね？　こいつの感触、知っといたって損はないだろ」

「見ればわかるわ。硬くて、油がうっすらしてる」

「しかし君はまだコイツのほんとうの感触を知らない、だろ？　で、怖がっている。が、好奇心もある。どのくらい重いのか……ここをさわってみたらどうなるか、ここだとどうか……」

「放してよ！」彼女の手を無理やり銃身に持っていこうとするブロックに彼女は抵抗した。もがく素足を、にじんだ太陽光線が照らしている。抵抗が諦めに転じるのを待って彼は手を離した。フレネシの手はガンを握ったままだ。「それで」うつむいたまま、「こうやって、このまま歩いてって、レックスに――で、そのとき何か伝えるメッセージみたいなのはあるの？」

「これが、ブツとして、彼に渡ればそれでいい」

男って、なんて単純な生き物なんだろう。「突っ込む」話でなければ「撃ち込む」話。それだって、離れた距離から「突っ込む」ことに変わりはない。それをいつ、どうやって行うかをめぐって男たちの毎日の現実が動いているのだ。寒々しいけど、単純な話にはなっている。単純であってかまわないのか。金《きん》を探しに砂漠に出るのも、魚を獲りに川に入るのも、戦争に出かけるのも、その背後には同じ誘惑がはたらいている。これだって、そのうちのごく一例にすぎないのだ。結局はヴォンドの、ピンと立ったペニスに由来する――とはフレネシにはあまり認めたくないことであった。

ヴォンドの単純な方式を否定したいという衝動から、「毎秒24コマ」の真実をなおも信じていた彼女は、こう自分に言い聞かせた。――家の中に銃が入り込むことで自分たちの撮る映像に、なにか新しい、もっと強烈な次元の真実が加わるのではないかと。8対1の照明比でコイツを照らす。正反射のぎらつきを抑えた、画面一杯のクロースアップから入り……徐々に引いていって、集会のマスターショットの中に、この愛らしい死のお道具を収め、そうしたらフレーミングをぼかしていって、最終的に、それまで照らし出され目に見えていた物たちが何もかもその前でただのゴーストと化すような、不可視の存在、不可避の条件へ還っていく……

ターン。みんな転回する。海からの光がめぐり、ハブとサーシャから学んだ善と悪がところを替え、不定期な月のように訪れるブロックによってもたらされる欲望の満ち引きもグルリ一変する……この悪党は全部を自分のやり方でさらっていくだろう。というのも、この転回点を過ぎてから、ふたりとも、ときどきそうでないふりをすることはあっても、もはやフレネシは取引の算段を何ひとつ持っていないと知ってしまったから。これだけは絶対にいや、と拒絶しても彼には通じない――ある時点で彼女は、彼の私有する大陪審員団の前に立たされた。何日もかけて行き着いた市街地。四方八方に延びる黒く汚れた電線の網の下をトロリー電車が走っていた。電線網が収斂する中心地区《ダウンタウン》のプラザは殺伐とした黄色が支配している。トロリーの車体の黄色は舗道の黄色に比べてわずかに明るく、生気のない緑色で縁取られている。木の電柱の横木から広がる駆動索と掛腕とトロリーの電線が、震え、歌い、分岐の入り組んだ影を投げる。スパークの音は聞こえても、ギラつく昼の光の中で火花はほとんど見えない。低い石膏ボードの回廊を通って彼女は部屋に案内された。いくつにも仕切られたこの建物の内部で、他にどんな人間が何をしているのか、眼にすることはまったくできない。陪審員らはすでに彼女の話を知っていた。おざなりの証言の儀式が何日も続く。あまり大胆に見据えないよう注意しながら、彼女は一様に白い男たちの顔を眺め、こういう堅牢で善良な市民をもし映画に撮ったならどんなふうに映るだろうかと、そんなことを想像していた。毎朝、彼女はひどい状態で彼らに向かいあった。朝食はインスタント・コーヒーと二、三錠のトランキライザー。前の晩にチャンポンにしたドラッグがまだ引いていない体に、それを流しこんでの出廷だった。夜明け前の薄明の中、酢の匂いのするベッドシーツの中で目覚める。金属の扉の下の何インチもある隙間から冷気が忍びこんでくる。隣りのベッドの脇の暗がりに人影があって、タバコの匂いがする。ここに自分がいるという自覚はあっても、その自分が誰なのかわからぬまま何分もの時間が過ぎる。

ヴォンド氏：この最後の期間に、被害者の行動がどうであったか述べてください。
ゲイツ嬢　：最後の……
ヴォンド氏：つまり彼の人生最後の数日間ですよ。
ゲイツ嬢　：ますます……不安定でした。もう降りたいと一心に思いながら——ハメられて動けないという感じで。
ヴォンド氏：誰か他人に操られているという様子はなかったですかな？　指令を受けて動いているとか。
ゲイツ嬢　：彼は強制されていると考えていました。彼らに「やらされている」と、いつも言っていました。
ヴォンド氏：その〝彼ら〟とは誰のことだと、あなたは理解してましたか。
ゲイツ嬢　：人民《ザ・ピープル》……でしょ？　わたしはそう思っていました。

陪審員が望む答えではなかったが、ブロックがいたのでそこを突いてくる者はいなかった。肝腎なところは何ひとつ訊いてこない。みんな何を知りたがっているのか、彼女は理解に苦しんだ。自分が出廷さえすれば、あとはどうでもよいと思っているのか。銃の入手経路を問いただそうとする者もいない。殺しの現場にいきなり銃が現れて、そのままどこかへ消えていったみたいな、そんな超自然的な話で納得してるのだろうか。署名すべき書類もなければ、証言記録を取るでもない。弾道テストもなければ、銃のシリアル・ナンバーも話題に上らない。最後の日の前日の夕食時、レックスのフリンジのついた牛革バッグに、銃が突然入ったとでもいうのだろうか。そのときレックスは外出していて、なのにその日にかぎってバッグを忘れ、そのバッグが、長居のお客さんのように、インディアン柄のソファの上に座っていたと。一ヶ所を意味ありげに膨らませたまま。

　ウィードはアーガイル柄のソックスにサンダル履きという姿で、このごろの、フレネシも魅力を感じ始めていた彼なりのヒップ・スタイルはそこになかった。飲んでいたのは「ナイト・トレイン」や「アニー・グリーン・スプリングズ」の類の特殊な客層向けの、アルコール度数を高くしたワインだが、そのターゲットは限られていて、メキシコ系《バリオ》の中でも〝悪漢パンチョ〟と呼ばれるグループだ。それをウィードはソーダで割って立て続けに呷っていた。床に座ったウィードの姿勢は蓮華座のつもりだろうが、彼には決して覚えられず、肘を膝にのせ、頭を手で抱えてしまっている。「事態がいま一歩悪化すると」入ってきたフレネシを彼はこんなセリフで迎えた。「どうなると思う?」

「あなたが楽になるのかもね」盗聴テープの書き起こしによれば、このとき彼女はこう言った。「だって、面倒が終わって、解放されるんでしょ?」

　彼はゆっくりと顔を上げて、彼女を見つめた。こんな眼をしたウィードを見たのは初めてだ。「彼らに言われているだろう。何を言えと言われた?」この〝彼ら〟は誰のことだと彼女は理解したのだろう。

〈秒速24コマ〉のグループ全員の参加はなかった。大学構内では何かしらの集会をやっていて、アリのカメラはDLが担当し、ズィピは手巻き式のボーレックスを手にして、その行方を見ていた。ポスターもない、アナウンスもない、そもそもそういう案内を発信する場が残されていない。ただ集まりがあるだけ。闇と混沌が果てしなく包まれていく中で、〈PR3乗〉の人民が、まだ若かったときにラリッてハダカでふざけ回った噴水前広場に、ただ集まるだけ。落陽を背にニクソン像が黒く聳え、どこかで眼に見えないハンドマイクがバッテリー不足からピーピーと鳴った。ふと、広場から知っている顔が消えた。まわり中、見知らぬ人たちの海。このとき誰もが共通して感じた。それは後の取材記事によれば、これまで信じていたことすべてとキッパリ切れる日が間近いという感覚だった。それを「終焉」と呼ぶ者も「転換」と呼ぶ者もいたが、その接近を感じていない者はいなかった。空からのスモッグの圧力がいつもと違って感じられる。地震に先立って現れるという気象の変化がすでに起こった中で、彼らは不可避の激震を待った。

海辺の家では、サングラスをかけ、髪を黒いもじゃもじゃの球体に仕立てたスレッジ・ポティートが、音響技師のクリシュナのために、マイクを吊るすブームを手に持ちケーブルを繋いでいた。何を吸って幻覚を得たのか、上瞼にも下瞼にもピンクの蛍光ライナーを入れたハウイは、フレネシのために、配線とフィルムを詰め替え、ディッツァは残りのすべてをこなして走り、フレネシはウィードのかたわらで背を屈めている。「カメラに向かって証明するのよ。これが、あなたに一番有利なフォーラム。あなたはただ、どのようにして起こったのか、どんな展開にもなりえたと考えているか、それを言うだけでいいのよ。誰もジャッジは下さない。カメラは機械にすぎない……」だから映画は真実を偽らない。ハウイが急かす。フレネシが撮影を始め、ウィードが途中で気持ちを変え、ハウイがカットのコール。その繰り返しが何度か続く。そのうちにジンクスがモウとペニーを連れて現れ、おなじみの詮索の眼をフレネシに向ける。モウはTVに直行し、ペニーはキッチンに向かって進む途中、インディアン柄のソファのところで立ち止まった。

「レックス、バッグ忘れてったの？」小さな子供が他人の事で心配する時の、心からの懸念の表情があふれる。小さくふっくらとした手がバッグに触れ、牛革一枚はさんだその下の硬いブツをまさぐり始める。

「わ、ほんとね！」フレネシがさっと遮り、バッグの紐の的確な一点に指をかけて手繰った。「わたしから渡すから。ペニー、ありがと」一本のスムーズなカーブを描いてバッグはフレネシの肩にかかった。と同時に手を伸ばして、ペニーの前髪を整えてあげる動作をしたが、そこに優しさがないのを感じたペニーは、お行儀よくはしていたものの、すぐにフレネシから離れて髪を後ろにかきあげ、モウのところに駆けていった。

フレネシの動きを見ていたウィードは、バッグの中身に気付いているのかもしれず、もしそうならフレネシも今の行動によって自分も知っていることを告白したのに等しい。だから何だというのだ。しかしフレネシは軽率な気分になっていた。キッチンの戸口でジンクスが〝悪漢パンチョ〟のボトルを手にして困惑顔だ。

「今日はワイン代わりに、これだけみたいよ。あたしの買う店じゃ見かけないブランドね。自動車部品《オートパーツ》の店だったりすれば別だけど……」後にジンクスは、このとき彼女に向けられたみんなの目が、ドラッグのせいで瞳孔が開いているように見えたと告白している。フレネシは体をゆらゆらさせ、ウィードは崩れた蓮華座の姿勢で床に座ったまま、数秒の沈黙と凝視が続き、それからフレネシがうなずき、笑顔を作って、「ねえ、ジンクス」と語りかけたとき――

電話が鳴った。大学構内のDLからフレネシへの状況報告である。海岸道路は閉鎖。ペンドルトン基地からの海兵隊が崖下に集結し、突入を窺っている。キャンパスのすぐ上の基地からは武装兵士を乗せた装甲車に加えて戦車が二台、動き出した。カリフォルニア・ハイウェイ・パトロールとトラセロ郡の保安官にも待機命令がかかった。「発電機は取って来られると思うけど、どうやって外に出られるかがわからない。しばらくは無理だと思ったほうがいいね。あんたたち、こっちに来られる？」

「やることがすんだらすぐ行く。ＤＬ、あなた、大丈夫？」

「あんたの彼氏、こっぴどく言われてるよ。ウィード、まだそこにいるの？　もしそうなら、いなくなること考えたほうがいい」

「うん、彼いま――」このとき、別の部屋から大きな罵り声が聞こえた。レックスが帰ってきたのだ。レックスとウィードがやり合い、ジンクスの声が割り込む。

「オー、シット！」　長らくこれがＤＬの聞いたフレネシの最後の言葉になった。電話を切ったフレネシが駆けこむと、ジンクスが慌てて二人の子をドアから外に出しているところ、そのドアとレックスの間に立ち上がったウィードがいて、レックスは顔面蒼白、体が震えている。片手は、肩にかけた例のバッグの中の重い塊に届いている。照明はオン、二台のカメラも回っている。古物のオリコンはディッツァが、フレネシのスクーピックはハウイが操作して。

二人の男が彼女のほうを向いた。「言ってやってくれ」レックスの泣き出しそうな声。「この裏切者《アスホール》に、オレたちみんな知ってるんだって教えてやってくれ」

それからの一生、フレネシが抱えて耐えていかなくてはならなかったもの――否定しようにも隠蔽しようにも、時たま訪れる不眠の夜の数分間以外は無理だったもの――は、そのとき彼の顔面には浮かんでいなかった。ディッツァがクロースアップを撮りハウイが引きのショットを保って撮ったそのフィルムは、彼にゆっくりと訪れた理解が身体全体に広がっていく様子と、長時間かけての呆然とした身の竦みを捉えていた。霊魂が失われていく様子も——こんなに時を経た後のサンフェルナンド・ヴァレーのディッツァの家のスクリーンでもなお——眼に見ることができるかのようだった……わずかに銀色っぽい流体物が、彼の姿をした像から抜け出ていくところを、真の死別《パッシング》の瞬間を。彼にはフレネシの名前を呼ぶ時間しかなかった。そのあとすぐにフレームが捩《ねじ》れ、像は飛び散った。「突然の騒ぎだったもの」ディッツァが思い出す。「ハウイがちょうどフィルムを交換しようとしていた時だったの。でもサウンドはクリシュナがちゃんと録《と》ってる——ほら——」

レックスの「逃げるのか！」という叫び、軋る網戸、激しい足音、家具にぶつかる音、ふたたび網戸、けたたましいスターター、エンジンがかかる、そしてスレッジが二人を追って路地へと走り、フレネシは彼らに充分な光量のフラッドを浴びせるのに必要なケーブルを探す、フィルムの詰め替えを終えて外へ向かうハウイが途中フレネシに交代を申し出、フレネシも——自分のカメラで自分のショットをと——一瞬迷ったかもしれないが、結局ハウイに譲った、というのも暗がりに出ていったのは事情を知らないハウイに違いない、スローな動きで絞りを開くリングを見つけるのに手間取って決定的瞬間を逃している、だが黒一色のフレームの内のどこかで黒い人影が動いたようだ——まるで幽霊が生前の姿を取り戻そうとしているかのように。それでもスレッジがマイクを二人に向けていて、銃声はクリシュナのテープに収まった。その余韻とかぶさって、背後の弱々しい波音がプレーリーの耳まで届いた。ようやくハウイが来て、フレネシのライトが放たれる。ウィードはうつ伏せに倒れてコンクリート上に血が染み出していた。シャツの地に黒く空いた噴火口の周りが今も燃えて薄明るい炎をチロチロ噴き出している。レックスはカメラを見据え、ポーズをとり、38口径の銃口を口の前に持っていって、煙を吹き消すしぐさをした。一九八〇年代のどこかの丘の樫の木の下で、奇跡的に救われたウィード・アートマンと語らうという幸運を結局レックスは手にすることができなかった。カメラがその顔にズームインする。「ハウイ、ズームのやり方、わかったんだ」とディッツァがコメントした。「わたしたち、気がついたらみんな路地裏で、実弾入りの銃を持った狂人の前につっ立ってたってわけ」

スクリーンで叫んでいるレックス、「フレネシ、おまえがやられるべきだったんだぞ、売女《バイタ》め、どこにいるんだ？」——たじろぐことなくその顔にどぎつい光を浴びせながら、ライトのすぐ後ろにいるフレネシは無言のままだ。プレーリーは想像した。間に光を挟んだだけでこのレックスと、彼の憎しみと対峙するってどんなだろう。相手は苦痛で全身がガチガチだ、銃を手に持ってはいても「手中」にはしていない。彼は歩き出し、ウィードの体の前に片膝をついて傍らに銃を置いた。そこでフレネシがライトを切った。レックスのぎらつく眼球のクロースアップが最後のショットとなった。眼の中にフレネシの放つ光がキラリと丸く映っている。光はフレネシ自身の上にも淡くかかっていたはずだ。もしプレーリーが充分に眼を凝らしてみたら、レックスの瞳の黒い凸面に、ほの暗く歪んで映る母の顔が見えたかもしれない。だが、この瞬間のこの表情の母を正視する勇気は、さすがのプレーリーにもなかった。

続く映像は学園からのものだった。〈ロックンロール人民共和国〉、最後の数時間。それはアッティカ刑務所式に、一斉突入によって潰されたのではなかった。あちこちで起こる混乱が、夜を通して、しだいに増殖していくという形をとった。ランダムな銃声と逃げまどう人々の群れ、降ってくる催涙ガス、炎上する建物と車両、誰が敵だか分からない混乱……電気も水も止められた闇の中で、事態は情け容赦なく進んでいった。星も月もないスモッグの夜。映画芸術科のある棟の裏に駐《と》めてあるトレーラーの上に、モール・リチャードソンの照明機700シリーズがあった。壊れかけてはいたのだが、ひと度手元に灯りを得るとスレッジはエンジンに手を突っ込んで、アイドルバルブやらタイミングやらを調整せずにはいられなかった。闇の中から、恐る恐る、見知らぬ顔が集まり始める。遠くアナハイムのスタジアムから、ブルー・チアーのコンサートのハードな音と喚声が流れてきていた。〈秒速24コマ〉の仲間たちにそれは、世界崩壊の翌日のように感じられた。金回りのよい映画芸術科は宝物がいっぱいで、それを好きなように掠奪できるのだ。エクレールのカメラと言えば、時間当たりのレンタル料が何週間ものハードワークに相当する伝説の逸品。それに加えて、ミラー社の高級パンヘッド、スローモーション用のファスタックス、そしてノーウッドのバイナリー式計光器。夢にまで見た超一流の映像器材を使えるチャンスにめぐりあったのが、包囲された未来のない夜だったとは。

照明ランプであたりを照らした彼らは、手持ちの最速のフィルム（映画芸術科の冷蔵庫にしまってあった7242）を使い、絞りを開放にして撮影を開始した。これでは奥行き感が死んでしまう——と文句も言わずに、ディッツァも、DLとプレーリーと三人、食い入るようにその映像を見つめている。舞い降りるヘリコプター、みんなこぞって同じ局にチューニングしたラジオのロックに合わせて踊る若者たち、彼らに向かってネズミのように群れてくる迷彩服の若者たちの顔が、突然アーク灯に照らし出される。軍隊はさらなる前進を続けながら、ハウイが予言したとおり、発砲を開始した。だが、カメラは引かない。何が近づいてこようとも踏みとどまって、むしろこちらから攻めていこうとするようなショットである。「ママ、殺されちゃう」プレーリーが叫んだ。

「ほんと」ディッツァとDLが口をそろえた。

朝までの負傷者数は数十に上った。逮捕者は数百。死者についての言及はなく、数名が行方不明とだけ報じられた。ここ北アメリカで、当局が非武装の市民を殺害した上、その事実を不正に隠すことがあろうとは、誰も想像しなかったころのことだ。消失の謎は時の中に凝結した。気まぐれな若者たちがふらりと行方をくらましたのではないにしても、恐ろしい蛮行が計画どおりに演じられたわけでもない。一人ひとりについて検討すれば、ドロップアウトの率も放浪の魅力も高かった時代のこと、それぞれのケースが、身の安全を求めて隠れたという以上に不吉な原因に訴えずとも解決されると思われた。記者会見の席上、ブロック・ヴォンドは彼らの消失に触れて、携挙《ラプチャー》ですよ、とユーモラスに語った。その場に集められたのは体制側の報道陣ばかり。へつらいの微笑を浮かべ、彼のズボンのジッパーを見上げながら、「サー」の敬称を用いた上で、「もし差し支えなければお聞かせ願いたいのですが、ミスター・ヴォンド、消えた学生たちが事実どこに行ったか、あなたのお考えはいかがでしょう」「当然、アンダグラウンドでしょう」ヴォンドは答える。「彼らに関する調査結果から推し量れば、地下に潜ったということでしょう」ラディカルな新聞の記者が潜り込んでいたのか、こんな質問があがる。「ということは、逃走中というわけですね？　逮捕状は出ているのですか？　連邦の逃亡者リストに彼らの名前が一人も載っていないのはどうしてですか？」私服の大男がたちまち彼の脇をかかえて場外に連行していく一方で、レンズにもフレームにも陽気な反射光をキラキラと躍らせながらブロック・ヴォンドはにこやかな表情を崩さずに答えを繰り返した。「アンダグラウンドでしょうね。下向きの携挙。はい、そこの背広にネクタイの方、どうぞ」

それより早く、所属不明のグレーのトラック数台が、錠を閉ざした検問所で立ち止まることなく裏ルートから出ていったことに、報道陣はまったく気づいていなかった。彼らはみな正門前に集まって、ミニスカートの女子大生が、随所にレザーのモチーフをあしらった完全武装の兵士らに手荒く扱われるシーンを熱心に撮っていたのだ。トラック隊は複雑に絡み合うハイウェイのランプやら連絡路やらをぐるぐる回り、場違いなほど整備された田舎道を通って、その存在もほとんど知られていない、通行はすべてマル秘扱いというＦＥＥＲ、すなわち連邦緊急避難《フェデラル・エマージェンシー・イヴァキュエーション》ルートに突入し、強化プラスチックの天井とカモフラージュのネットの下、ほのかに明るい、冷たく陰気な空間を北へ向かった。海岸山脈の稜線に沿って数百マイル続くこのトンネルは、その機能をフルに果たすのは一回かぎりという「使い捨て」フリーウェイとして、六〇年代初頭に考案されたものであった。

　北へ北へ、トラック隊の丸半日の疾走の終点は、じめじめとした山奥の人里離れたヴァレーであった。ひと時代前には空軍が、人工的に霧を晴らす実験をやっていたというこの広大な谷間の地は、世界最終戦争《アポカリプス》を想定しての壮大なケネディ時代の戦略的〝思考〟が、核の恐怖とはあまりに違うヴェトナム戦地の身近な恐怖によって崩れた後も、何かしらの大疎開が必要な事態になったら数十万の都市住民を収容できる疎開の地として残っていた。その縁に数十戸ほど立ち並んだユニットハウスを見れば、この場所がどんなコンセプトの下に造られたのかが見てとれる。——みな工兵隊が建てたオール政府規格の建物で、そのうちあるものは（当時の意味での）「家族」用アパート。家族の消息が今なお「目下不明」である離散者用バラックも男、女、少年、少女用に分かれて建っている。食堂があり、トイレとシャワーの設備があり、プールと卓球台があり、映写機があり、ソフトボールのダイヤモンドとバスケットのコートがあり、いたるところに小川が流れ、レッドウッドと米唐檜《シトカ・スプルース》の木々がギザギザのシルエットを刻みながら峰までの斜面を這い上がり、その向こうへと続いている。峰の向こうからは、季節を問わず、沿岸に湧く灰色の雲が連隊のように山を下ってくる。

　一方、仲間とちりぢりになったDLはバークレーに戻り、サンパブロ通りの近くの工房に身を寄せていた。最後まで忠誠を尽くそうというのか、それとも単なるショックからか、ハウィとスレッジもDLについてきた。〈秒速24コマ〉の残党として残ったのは、この三人だけ。DL自身、心の中はめちゃくちゃで、いったいここに誰がいて、誰はもういないのかの見境いもつかないことが多かった。耳の奥でチャイムのような音が鳴り、視界に見えるすべての物の輪郭が淡い光でぼやけてくると、彼女はその場にスタンバイしてお告げの声を待った。

フレネシの行方を知るだけでも、かなりの日数が必要だった。フレネシがコンボイで運び去られるのを見たという報告は入ってきた。あとを追った者たちの話では、その道は突如網状に分岐して、どの道をどう選んでも、結局まかれてしまったのだという。ただ、見上げる北のどこかに、FERフリーウェイというのがあるということは聞き知っていた。実際にその一部を――カモフラージュが不完全で、グレーの支柱やガードレールがキャメロットの遺跡のように顔をのぞかせているところを――目撃してもいた。道にはところどころ地図や表示があったが、そこから得られる情報は、互いに矛盾していたりして、「国家安全保障用地」とだけ記されたフリーウェイのどん詰まりの、ギザギザの多角形の入口にアクセスするのは不可能だった。

〈秒速24コマ〉所有の車のうち〝旗艦〟は、四輪駆動のオプションつきの57年型シボレー・ノマドである。その車体は大型のフローテーション・タイヤによって地面から二フィートほど浮き上がり、前後にはクラッシュ・バーとウィンチを装備。DLと二人の男は、それに乗って出発した。リッチモンド＝サンラファエル橋にさしかかったあたりで早くも雨が降り始め、しぶきに霞む、まだ早すぎる夕闇の中、一行はラッシュアワーのサンラファエルに突入した。八レーンにも十レーンにも広がった車の尻のそれぞれから、排気の煙が生気のない家畜の尻尾のように垂れている。ハンドルを握るのはDL。赤金色の髪の毛をゆるく編んだオリーブ色のヘアネットに収めた彼女は、雨にけむる帰宅ラッシュの夕闇で、背筋を伸ばし、冷静な心の中にしっかりと怒りを収めて、天敵ブロック・ヴォンドと連れ去られたフレネシの、くっきりとフォーカスの定まったイメージを眼前に浮かべていた。――フレネシが自分からついていったはずはない。あのクソおまわりが、彼女が欲しくて、黙って彼女を連れていって、そのままそれが通ると思っているらしい。何てヤローだ。おい、ブロック、失礼、キャプテン、ちょっとあんた、見てなさい。

山中の収容所へ連行された者の数について、バークレーの巷《ちまた》の計算は大きなバラツきを見せていた。二桁の数を見積もる者、三桁の数を弾き出す者——その数は、着々と現実化しているニクソン政権の悪夢に対して、それぞれどんな思いを抱いているかを表しているだけだった。そんな他人の単なる推量に巻き込まれて動くのは、ハウイもスレッジもごめんだった。ふたりはいま、それぞれ地図を眺めている。どちらの地図も真ん中がポッカリ白い。この謎の土地は〝US〟という名前のところに帰属するらしいが、それは彼らの知っている国とは別物である。「周囲が一〇〇マイルだぜ、DL。オレたちが近づいてくのが見えたら、彼女を隠す時間はたっぷりあるな」

「あたしなら見えないよ」フレネシが光の国の闘士とすれば、DLは闇の世界の武者であった。官憲と彼らの武器とがうようよしている真っ只中に颯爽と消えていったかと思うと、その中から同志らを車もろとも救出し、彼らを連れて再び姿を現すと、何事もなかったかのように「お昼は何?」とか言ってのける。そんなDLの活躍を、〈秒速24コマ〉の面々はみんな見ていた——いや、眼にとまってはいなかったが。出陣ののろしのようなオレンジ色に燃える髪も、官憲たちには不可視のままだったのだろう、髪の毛一本乱さずに仕事を終える。スレッジもハウイも、彼女が姿を消せるのだとマジに信じた。LSDの力が信じられ、革命の成功が信じられ、東洋の瞑想のパワーも武術の奇跡も無邪気に信じられた時代だった。

頑強な改造ノマドは、上り勾配にさしかかった今も、雨道の疾走を続けた。道案内する二人の男は、地図の上を頻繁にポケットライトで照らしている。彼らが探しているのは、「第三の」または「メソポタミア」フリーウェイ。東西の低地を走る二本の高速道の間を走る道という意味だ。郊外から田園地帯、山林を駆け抜け、コンクリートからアスファルト、砕石道路《マカダム》を経て、いま彼らはウィンチを駆使して侵入禁止の鎖の下を通り抜け、その向こう、大石がゴロゴロしている山腹に出た。車輪をロックし、4WDに切り替えて、DLの「いくわよ」の声が飛ぶと、車は唸りを立てて、排気ガスを噴き上げながら、ボコンボコンと上り始めた。弾むたび車内の者は天井に頭をぶつけ、窓の景色は激しくシーソー運動する。一度か二度、転覆しそうになったけれども、そこは何とか切り抜けて、ノマドはついにガードレールの切れ目を車体を軋ませ通り抜けて、打ち捨てられたオールド・ハイウェイに出た。

路肩のすぐ脇に、一〇〇フィートほどの間隔でほっそりとしたポールが立ち並び、それぞれがパーティ用のピザほどの円盤《メダリオン》を支えている。円盤は人の顔のレリーフになっていて、それも単に普通のアメリカ人というような一般化された顔ではなく、奇妙にも個性豊かな、いまにも喋り出しそうな表情で見る者を見返している顔だ。それぞれのポールの下は、戦時中の亜鉛製一セント貨のような鈍色の金属台座になっていて、それぞれの顔にまつわる物語が彫られていた。

「ヴァージル・プロース。通称〝スパーキー〟。一九二三—一九五九。共産主義に対する聖戦の殉教者。プロース中佐は、西半球に吹き出た頑固なニキビ、フィデル・カストロを潰す試みのさなかに命を落とした最初のアメリカ人である。超熱烈なコミュニストに扮してヒゲ面の独裁者の信用を得た彼は、かねてからの計画を実行に移した。計画とは、スパーキー自身が設計してプラスチック爆薬と雷管と導火線を仕込んだ巨大なキューバ葉巻をカストロに差し出して点火すること、だったのだがこの葉巻、自由を愛する世界の人々にとって不幸なことに、製造過程の不注意で、両端の見境がつかないものになっていた。独裁者の髭男が、葉巻の端を噛み切ろうとすると、中から導火線が出てきてしまい、それを見ていた警備の男はただちにプロース中佐を捕らえ、典型的な共産奴隷国家の常として、即刻処刑したのである」スパーキーの顔にはまだあどけなさが残っていた。髭をきれいに剃り上げ、髪は短く刈り込み、口もとには作り笑いのようなものが浮かんでいる。

車を走らせて分かったのだが、雨中のヘッドライトの中に一つひとつ現れる明灰色の浮彫りの顔には、ドライバーの後を追うように作られた眼がはめ込まれている。ノマドの走りは、路肩に延々、ドライバーの顔の位置よりやや高めに固定された、物言わぬ大きな人面によって監視（あるいは審査）されているという恰好だ。シティを脱出した車で道が埋まり這うようにしか進めない時に備えて、こんな仕掛けを作ったのだろうか。これを見てどんな勇気を得ろというのか。まだ世界の終わりじゃない、希望はまだあるといって励ます力が、〝スパーキー〟の目玉のどこにあるのか。それともこれは、渋滞に飽きた子供のための、単なる退屈しのぎのゲームなのか。後方で閃光が光り、見るに堪えない光景がミラーに映し出されるまで、子供を静かにさせておくための？

　地図にそう表示されているあたりで、車はフェンスに行き当たった。夜明けまではまだ長い。今は丑三つ時、人のからだがいちばん深く眠る時だ。起きているにせよ、それは同じ、いまがいちばん無防備である。DLは黒のジャンプスーツを着込み、スキーマスクを着けた。どこかの峰から吹き降りる冷気が木々の香りを運んでくる。「ビー・グルーヴィ、でなきゃBムーヴィ」ハウイとスレッジが〈秒速24コマ〉の常套句を口にした。淡い瞳に浮かんだ光の点がクルッと動いたかと思うと、次の瞬間、彼女はそこから消えていた。

　後で振り返って、心の帳簿にこの奪還行動の事実を記載してみればもちろん、センセイの教えをどれほど広く逸脱していたかはよく分かった。他者の意志を実践すべき「空《くう》の自我」になるどころか、私情のかたまりになっていた。動機に汚れたところがあれば、行い自体は成功というか、そつなく進んだとしても、それは紛い物、忍者の本分にも、自分の魂にも悖る行為となる。いつかツケが回ってくる——いや、そのずっと前に自分で悟ることになるだろう、フレネシはあそこに残してきた方が遥かに賢明だったと。

灯りの見えるところまでフェンス伝いに歩いていく。夜の闇をかすかなシアンブルーに染める光が常夜灯からあふれて、門と一〇〇ヤードほど奥まった最寄りのバラックとの間に広がる射撃場をボワッと浮かび上がらせている。歩哨の眼は下に向けられていた。夜警の時間を読みものをして過ごしている。その眼に視線を合わせ、敵の眼前まで滑るように近づいていく。忍者の世界で「カスミ」の名で知られる隠遁の術を改竄して作り上げた、イノシロー師の専売特許の術である。歩哨の顔前に指を突き立てて、グリッとばかりそれを捻る。これで相手の視界からDLが消える。他は何も変わらずして、DLだけがいなくなる……。すでに彼女はゲートの中、目の粗い金網の影に自分の影を同化しながらフェンス際を進んでいく。夜回りの兵士の姿はない。遠景に浮かぶ兵舎群を見回して、みずからを弓につがえて射ち出すように走り出したDLは、青緑のうす明かりの中を無心に滑走、兵舎の物陰に身を潜めた時も、呼吸に乱れはなかった。むかし師からいただいた骨董の象牙のピンを通用口の隙間に差し込んで、ロックを外す。「こじ開ける」というにはあまりに優美な手さばきだ。忍び込んで、夜の最後の技が始まる。木の床に敷いた政府支給の薄いマットレスの上で、数十人の若者が、一人または二人ずつ眠っている。いびきと鼻息と叫びと寝返りの群れの中にDLが探しているのは……おっ、眼を見開いて、床からの仄かな反射を顔に浴びたこの顔は、バークレーで一緒だった往年のニヒリスト映像集団〈シネ・ピッグ〉の古顔じゃないか！「あ、気にしないで。フレネシを探して通りかかっただけなんだから」

相手の言葉が出るまでにはちょっとした間があった。「ここから連れ出そうってか？」

「一緒に来るなら、歓迎するけど」

「やめとく。前いたところより、ここのほうがマシかもしれない」

「でもあんた、政治犯でしょ」

彼の口の片端だけがニヤリとした。「FBIがいっぱい乗り込んだ車に爆弾仕掛けた。みんな無事に脱出したからいいと思ったのにな、へーイ、グルーヴィ、車はコッパ微塵、人間は無事。はい、さようなら、暴力なしの生活をエンジョイしてよって——ところがヤツラの見方は違ってた」

「敬意が足らない若者め、と」

「いま逃げたら、全米トップ10入りのおたずねものさ、その日のうちに再逮捕だね。引き合わん、やめとくよ」

「そ、再会はうれしいけど、ここでちょっと逆回しして、記憶を消させてもらわなくちゃ。悪く思わないで」青緑の暗がりの中で、彼女は先ほど歩哨に仕掛けた技を繰り返した。どこからかソフトなささやき声が漏れてくる。夢にうなされているのとは違う声だ。DLは声のするほうに向かって寝床に転がる体の間を抜けていった。うつぶせになった女が暗がりに浮かぶ。半分ボタンの取れたシャンブレーの作業用シャツを一枚着て、あとは何もまとっていない女は、体の下に差し入れた手を押しつけるようにして、身もだえしながら息を立てていた。シャツには汗が黒々としたしみをつくっている。フレネシではない。まだ少女だ。DLは彼女の傍らに片膝をついた。叫び声。目の前に現れた黒装束の亡霊から相手は飛び退き、両手を胸のところでクロスして身構える。「大丈夫。襲いたいのはヤマヤマだけど、いまその時間がないんでね。彼女の居所おしえてもらえる?」DLは覆面の下で微笑んだ。

濡れた指を喉に置き、口を半開きにして少女はこちらを見つめた。「〈オフィス〉に連れていかれたの」近くにある管理棟本部の中。侵入しにくい? そりゃもう。DLの巧妙な語り口に相手はしだいに打ち解けて、手をすっかり膝の上に乗せ、知ってることのすべてを話した。

ここでまたDLは正しい手順を踏み誤った。少女の顎を片手でもたげ、「でも、あんた、フレネシのベッドでオナニーだなんて、彼女に恋してるでしょ。どうなの?」

相手の手首と腕に緊張が走る。横を向いた顔面が、のぼってきた血で黒ずんだ。「あの人がいないと耐えていけない……死んでしまいそう」　濃青色の夜の中で少女はDLの眼を探った。

一瞬、DLはサッと体を寄せると覆面を剝がして相手の半開きの唇に唇を重ねた。身動きひとつ許さぬ早業だった。じきに、哀しみの小さな舌が、ひらひらとDLの中に入ってきた。くノ一忍法〈デス・キス〉の味を、ちょっとだけ味わわせてみる。本来なら、ここで相手の脳髄のてっぺんに鍼を刺し入れるのだが、いまのは悪意のイタズラの意図しかない。ちょっと相手を痺れさせ、状況を考え直してもらえばいい。……耳にスパニッシュ・ギターの旋律を響かせてDLは少女のシャツを脱がせると、黒の手袋をはめた手で彼女の胸にZの字を切った。乳房の上を横に、谷間を斜めに、下を横に。「恋人よ、また逢う日まで《アスタ・ラ・プロクシマ、ケリーダ・ミア》」　セニョリータのバルコニーを越えて彼女は文字通り消えた。夜の巡回をしている二名の兵士のド真ん中へ。姿は見せず、音もなく、匂いは——いや、これは匂っただろう、誰にも嗅がれなかったにせよ。

管理棟は、面白味に欠けるものを作ることでは優秀な工兵隊が、コンクリートとこのあたりの川原の石を固めて作った建物だった。長い石段が続く丘の上に、丘の高さに匹敵する建物が建つ。その前面は、何列も白い支柱で支えてある。いかにも国家の建造物らしい、永遠の生命を謳う寺院にも似た威圧的な造りだ。核戦争のトラウマを負った何万もの難民を安心させ、質問の矢を鎮め、なおも消えずにいるかもしれない愛国心を利用する意図が透けて見える。DLは建物のまわりを調べて回り、見回り中の警備巡査の姿を見ると、気づかれもしない早業で武器を奪い取り、いきなり彼の性感のツボに矢継ぎ早に突きを入れ、脳の快楽中枢に、日本語で「ユカイ」と呼ばれる指令を送り込んだ。お行儀よくしている間は繰り返し作動して、大脳辺縁を微弱刺激するループ・プログラムである。こうして二人は、ダフィー・ダックとバッグス・バニーを思わせるスムーズな足取りで建物内部に入っていき、エレベーターで地下の〈オフィス〉へ降りていった。あたかも丑の刻そのものに向かって落ちているかのよう。どのくらいのスピードなのかも分からない。キューンとする鼓膜を元に戻したDLは、ほらほらあんたもやりなさい、と言わんばかりに、今やもう全身デレデレになっているおまわりを突っついた。

ここは〈冷戦〉の核パラノイアのまっただなか。ラジオから消えていく声、見つめることのできない空の出来事、逃走、地中深くへの避難。ハッチを開け、梯子を下り、またハッチを開けて次第に狭くなっていく空間へ。寝台棚、水、食料、発電設備、増していく不自由さ。みな、蛍光灯のジージーいう音と空気のリサイクル音が永遠に止まない生活の欠かせない一部だ。そして、いまこの時代にも人々の「想像外」にあり続けるこの地中世界は、指令する側の人間にとって、連れてきた者たちを好きなように扱える秘密の暗がりなのだ。これだけのものを造らせた恐怖が、その生々しさと狂おしさを保ったまま、ここで力を揮うのだろうか？　その恐怖ゆえに蛮行も許されると？

そこはいかにもオフィスらしいペンキ溶剤とペーパーとプラスチック製の事務用家具の匂いを漂わせた場所だった。敷物とカーテンにはタバコの匂いがこびり付いている。直角のターンが続く経路を、案内役のおまわりが要領よく彼女を引き連れドアの前まで導くと、そこで彼女は忍者流に、外の光を遮りながらドアを開け、スルリと中に入った。動く意志を奪われたおまわりは、その場でゲコゲコ喉を鳴らした。

このときフレネシが見ていた夢は、以前DLに語って聞かせたのと同じ夢だった。ほとんど月のものように繰り返し訪れるこの夢にフレネシは〈やさしい高潮〉という名をつけていた。場所はカリフォルニアのビーチタウン。浜辺の前にびっしり建った、ほとんどがガラス張りという家々の、巨大な窓、いやガラスの壁が、吹き寄せる潮風に震えながら、ゆっくりと潮位を上げる、光の注ぐ透明な緑の海にゆっくりと呑まれていく。前から予告されていた出来事だから、人々は落ち着いて高台に移動した。やさしく膨れる海は、フレネシの住む丘の斜面をのぼり、ちょうど彼女の家の建つところまで潮位を上げた。家の中でフレネシはずっとそれを見ている。住民は無事だけど、ビーチは消え、ライフガードの櫓《やぐら》も消え、バレーボールのネットも、ビーチに面した高級住宅も、沖に突き出た桟橋もみんな沈んでしまった。フレネシはこの涼しげな緑色の洪水の美しさ、清らかな澄みきりように眼を奪われて体が動かなくなってしまったかのよう…… 〝何日も〟視線をそらすことができない。まわりでは新しい海岸線に適応した町の人々が日々の暮らしを営んでいる。〝夜〟おそく、彼女は家のテラスに出て寄せる波のすぐ上に立った。見えない水平線を見つめるのはまるで風を覗き込むようだ。その風はまるで彼女自身の飛跡のよう。行く先も知れず舞っている。すると声が聞こえた。膨れた海の向こうから素晴らしい歌が流れてくる。どこかのパーティでクスリをやっているとき聞いたまま、二度と出会えなかった歌が聞こえてきたよう。それはダイバーたちのことを歌っていた。いますぐではないのだけれど、じきにダイバーがやってきて、洪水の中に潜っていき、わたしたちに「海に沈んだものなら何でも」持ってきてくれる……そう歌声は約束していた。「君が失ったものは何でもね」と。

なんの境目もなかった。その声を聞きながら眼を開けるとそこに、覆面を脱いで髪を揺するDLがいた。懐かしい顔が、天井の空を背景にして浮かんでいる。その顔と、名前と、ウィードの死以来、劫火の中で失われていた記憶とが、フレネシの頭の中でゆっくりと合体した。

「よお」DLの笑顔、「起きてた? ゆっくりしてらんないの。どっかに靴ある? はいてくズボンは?」

フレネシは意味なくあたりを手探りして、「彼はいないわよ」と、生気のない声で続けた。「何時間も前に出て行った」

「それは残念ね。楽しみがついにやってきたかと思ったのに。また別の機会ってことか。準備、いい?」

「間違いじゃないわよね? これ——」

「ちゃんと出してやるから、心配しないの」

「ちがうのよ、わたし……」すでにDLはフレネシの腕をひっつかんで部屋を出ていた。おまわりに活を入れて立ち上がらせてから、今度は三人、まっすぐ地上へ。戸外へ出るとカーポートに直行し、そこでDLはツーウェイ無線機つきのとびきり丈夫なジープを選ぶと、アクセルを踏んで風の中へ繰り出した。敷地の光が、天からの光のように山上に見えるところまで車を走らせ、そこで止まったDLは、巡査に仕掛けた昂奮プログラムを解除した。暗がりに座り、体をふらふらさせながらこの男は、黒眼の四方に白眼を見せて現実に帰還しようと奮闘する。でも自分に何が起こったのかが、いまいち呑み込めていない。

「へ〜い、ポリちゃん」目の前でバチンと手を鳴らし、「なんかしゃべんなよ。やだなあ、数値を低めにセットしといたのに」。

口の中をしばらくゲコゲコさせてから、「いつか、どっか飲みにでも、どうだい? オレは白ワインなんか好みだけどさ、あんたのいいもんで」。

DLは豪快に咳払いして、目玉をひとまわりグリッと回し、地図をガサゴソ広げて、パチッとペンライトを点けた。「このサ、敷地の北から出て、川の近くを走ってく道、どうやって出るの?」

従順な羊の眼をしておまわりは、外に抜ける本道に通じる脇道へと案内した。飛び交う無線は平常通り、異状は発覚していない。やがて彼らは警備のいない門をくぐり、市販の地図がカバーするところに戻った。DLはブレーキを踏んで、あごでドアを指し、「防空壕までハイキングってことになるけど、がんばんなさいね」。

「あのぉ、もしよかったらだね、そのぉ、やり方なんか披露してもらえると」

DLは一瞬だが真の憐れみを込めて肩をすくめた。「修行に何年もかかるのよ。やっと使える時がきたら、面白くも何ともない、わかる?」

走り去る車を見つめる男を残してジープは出発。「あの技使うの、もっと早く気がつくべきだった」DLが話しかけた。「ペンタゴンを鳩の牧場にしちゃうことだってできたかもしれないのに」返事はない。フレネシは助手席で体をひねり、バックウィンドーの彼方を見ている。あの官憲ではなく、自分の通ってきた道をぼんやりと。頬が涙に濡れている。もっと歓迎されるかと思っていたDLは、しかし今はコメントを控えた。正解だった。

ハウイとスレッジの二人と落ち合ってからDLは、山越え道を飛ばしてインターステイト5号に出れば、あとは南へ爆走するのみ、80号に入りバークレーのユニヴァーシティ・アヴェニューの出口のところで男組を降ろすと、うつろな眼をしてボソッボソッとつぶやくだけのフレネシと、最終的にはメキシコの太平洋岸沿いのハイウェイを降りてデコボコ斜面を進んだ先の漁村、まだトレンディになる以前のキルバサソスに辿りついた。この時までには車のほうも、製造年、オリジナルカラー、ともに不詳のカマロに乗り替えていて、IDカードも正式っぽいものに替え、頭にはスカーフをかぶり、車の走りも制限速度よりやや遅め、すっかりホリデー・ツアーのアメリカ人になりきっていた。町のはずれの荒れ果てたホテルで二人が目を覚ましたのは日没のころ。道の反対側のカンティーナからマリンバの音が聞こえ、肉を炙りコーンミールを焼く匂いが、炒めたニンニクの香りとともに漂ってくる。突然、空腹に襲われた。フレネシの顔に束の間のおぼろげな笑みが戻った。花と鳥籠が至るところに吊るされた中庭を抜けて通りへ出たのは、ちょうど明りが灯りはじめ、幽霊たちが姿を見せる時刻だった。お化け屋敷に映るような自分たちの影が、夕暮れに沈む村の表面に吸い取られていく。セージと杏の色、日干し煉瓦《アドビ》とワインの色が夕闇とブレンドする。香りに誘われながら、ふたりは通りを漫ろ歩きして海辺まで出た。緑に塗られた鋳物の街灯が並び、電球のまわりにボワッ、ボワッと球体の光の染みが続いている。ラジオから、アコーディオンから、独唱する歌い手から、ジュークボックスから、ギターから……歌と音楽はあらゆる方向から流れてきていた。首都の最新情勢を伝える夕刊売りは「ニュースだよ！《ノティシアス》」とさえずる鳥のように規則的に繰り返しながらバーとカフェを駆けめぐり、遠方では波の砕ける音がまた別のリズムを刻む。DLとフレネシは小さなレストランのテラスで木の椅子に腰を下ろした。本日のスペシャルはシーフード・シチュー。ガーリックとクミンとオレガノとチリが濃厚にホットに溶けた中に、今日水揚げされたばかりの魚介類がみっちり。舌だけじゃなく眼にも美味しい。手でつまみ、トルティーヤに挟み、二人は食べまくった。豚食いする二人の前に、瓶のビールと、ライスと豆の皿、マンゴーと、シナモンパウダーのかかったパイナップルが運ばれてくる。満腹のフレネシが「フーイー！」と言ってバッグの中の「クール」の箱に手を伸ばすころ、店のオーナーが出てきて、他の席にビニールシートをかけ、空を指さし、「雨になる《ア・ジョベル》」と言った。店の中へ移動したとたん、夕立が来た。隅の席でコーヒーを飲む。行動計画表にも、共産分子特捜班《レッド・スクワッド》にも、転がり込んでくる逃亡者にも、回る映写機にも邪魔されず——あのフレーム可能な細切れの時を手にするためになんと大きなツケがまわってきたことか——こんなに長時間くつろいで話ができたのはいつ以来だろう。

ちりぢりになった仲間について新情報を交換する言葉は慎重だった。クリシュナは……動かなくなったフォルクスワーゲンを降り、バッテリー切れで消えていく赤橙のヘッドライトをその場に残し、自分の名前が呼ばれていると信じて、捜索の及ばない暗闇へ消えていった。ミラージュは……ショックで口がきけなくなったまま、占星日誌も参考資料も星位表《ワークシート》も、蛍光ライトに浮かび上がる十二宮のポスターもみんな誰かにあげてアーカンソーの田舎に帰っていった。ズィピとディッツァは、最後まで騒がしかった。オレゴン中部の爆弾作りのコミューンに向けて出て行くときに喚いたセリフは、「革命ゴッコはもうおしまい。リアリティ・タイム！」そして、「火薬を我らに《パウダー・トゥ・ザ・ピープル》！」

フレネシは注意深く眼を上げ、友と視線を合わせた。「ピスクの姉妹が正しかったみたいね」声の響きがあんまり哀しくて、DLは言葉が返せない。「おもちゃの鉄砲持って駆け回ってたって、どうしようもないもの。カメラなんかに本物の銃のパワーがあるだとか信じてはしゃぎ回ってるガキだったでしょ、わたしたち。現実感覚ゼロ。それほど頭がポワンとしてるんだったら、無理して素面《ナッチ》でいることもなかったのよ。アウズリーの紫でもやってりゃよかったの」彼女は首を横に振って足下に視線を落とした。「殺されたのは、ウィード一人じゃないっていう、収容所の噂よ。他に何人も殺《や》られていて、それをFBIが隠蔽してるんだって。わたしたちのやってたこと、どんな意味があったっていうの。それで誰か救われた？〝シネマ芸術〟のマス掻きゲーム、銃が入ってきただけで、ふっ飛んじゃったわ」

「バークレーの街の噂じゃ、レックスは国外逃亡だって」

フレネシはその言葉より口調のほうに反応した。「あなた、言うことあるんでしょ？」

「あんたの喜ぶ話じゃないわね」太平洋の嵐が運んでくる切れぎれの怒声に彼女は、海の彼方の日本から届くイノシロー師のカミナリを聞いた——ヤメナサイ、バカモノメ、ナニモマナンデオランノカ！　しかし彼女は続けた。「あんたが事をお膳立てしたって噂はどうなの？　そのことで、あたし、

二、三度キツい目に遭ってるんだから」

「それは当たってるわね。防ごうと思えば防げたことだし……」自責の思いも、ちゃんと口調にこもっている。でも、ちょっとスラスラしゃべりすぎではないだろうか。DLの頭の中のウソ探知器が鋭く警鐘を鳴らした。だが口のほうのチューンアップがおろそかだった。

「例の検察官の名前も挙がってきてるんだけど」

フレネシはコーヒーカップを置いた。「彼がなにかの陰謀をめぐらしたって話でしょ」

「ねえ、どういうことだったの、フレネシ。話して」

「いまさらどうなることでもないじゃない」それから後は声高の応酬。ふたりの手がともにテーブルの上を舞う。ぶつかりそうになって引っこめた手が、また伸びてきて躍り出す。フレネシは立て続けにタバコを吸い、DLは心の傷をあまり深く負わぬよう、息を荒立てぬよう懸命だが、その間にも新たな事実を伝える、新たな言葉のパンチが飛んできて耐えなくてはならず、しだいに明瞭になってくる結論へ二人を徐々に押しやっていく。レストランの席で話すにしてはあまりの大声を出していたことに気づいた二人は、言い足りないことをたんまり心に抱えたまま、最後の雨粒が落ちる中、街灯のない濡れた路面を歩いて、遠景ににじむホテルの屋根のネオンを頼りに戻っていった。話はそれから朝まで続いた。別々に泣き、一緒に泣き、答えを迫り、嘆願し、罵り合い、常套句に逃れ、相手の意図を曲げて取り、それをどんどん曲げていってついにはすべてが砕け散った。

「わたし、生身の女なのよ」フレネシは泣きわめきたかった。「〈フィルム・クイーン〉とか、そんな純粋な、感情なしの、ショットのために生きてる機械とは違う。あなたなら知ってるはずじゃない。あなた、わたしのプッシーが事を仕切り出すとどうなるか知ってるのに。あの男に絶対見せない姿だって、あなた、見てるわけよね」そのとき、怒りのひいたDLの口から、こんな答えが返ってきても不思議はなかった——「なに言ってんの、バカ。あれは、あたしがやらせたの」そのひと言でフレネシの全身を、すでに元のパートナーとなった女への欲望の疼きが襲うだろう。甘美なトラブルの前触れが……だって、DLの長くて優しかった肢体は、今や自分を傷つけ、一生残る怪我を負わせる動きに出るかもしれないのだ。自分は、そうされて当然かもしれないけれど、DLのあれほど堅固な自制の心を失わせてしまうことだけはしたくない。——これまでみんな彼女の鍛え上げられた自己統制の力におんぶしてきた。みんな彼女のことを、〈秒速24コマ〉の鼓動を刻む心臓みたいに思ってきた。ブロックとの取引になんて、天が裂けても応じない、そのDLの聖者のような自制心をわたしが壊してしまうなんて……と思う一方、もし壊せるなら壊してみたいという卑劣な想像も働いた。だって、ほら、あとひと突きで……しかし結局フレネシがDLに乞いすがったのは愛撫でなく、慈悲だった。自分は無力にされていた、自分のやったことはすべて外から注入されたクスリの分子のせいだったのだと彼女は言った。挫折・共謀・屈伏という一つひとつの転落ステップに薬物によるマインド・コントロールがあったのだと。実際、はやくも当時から、ドラッグを利用して権力の邪魔になる者たちの心に破壊的な効果を与えるという戦略を、多くの国家が実践していたのである。「あいつね、わたしをソラジンのカーテンの陰に連れていったの」声をからした小さな女の子が出す鼻声で彼女は、一時的な記憶喪失を引き起こすことで知られるクスリのベールの彼方の世界の冒険談を語り出した。最初はステラジン五ミリグラムとソラジン五〇ミリグラム。注射の量は毎日増えて、抵抗しようにもできなくなると今度は口から飲まされる。飲んだふりだけして、あとからゆっくりヨダレと一緒に吐き出す方法を覚えると——「今度はコッソリ食事に混ぜてきた。わたし、吐いたわよ。すると、また注射と座薬に逆戻り。〝永続的薬物拒否者〟っていうんですって、わたしみたいなの。でも、それは装い。本当のこと教えるわね……わたし、よくなっちゃったの。二、三日もしたらもう待ち遠しくなってね。

押さえつけられて、注射針刺し込まれて、お尻の穴にもカプセル突っ込まれるのが。彼らもそれはわかっていて、儀式めいてくるの。いつも最後の瞬間まで二つの薬を隠しておいて――まるで光に当てちゃマズいみたいに――それをサッと混ぜ合わせて、わたしの中に入れてくる。医者のほうは気づかなかったけど、その場で手を下す看護兵は、実際わたしを押さえつけて、お尻の谷間開くんですもの、わかるわよ。わかって、自分たちも同じくらい楽しみにしていたようよ、彼らも負けずに楽しんでた……」と言い放って彼女は、窓辺の月光の下に震えて立ち、怖じ気と挑発の入り交じった表情で相手の反応を待った。月は高く、肌のあらわな背中に落ちる光が肩胛骨の影を下に伸ばした。それはまるで、ずっと以前に掟を破った罰として羽をもぎとられた天使の、癒えた傷痕のようだった。

「こんなやりとりが、あと一日と一晩続いたんだ」DLは回想する。「こういうクソの垂らし合いみたいなことも、生きてるうちにはあるんだね。それから帰りはノガレスのところで国境線を越えて、ラス・スエグラスっていうところの出口で高速を降りて彼女を降ろした。それがフレネシの見納めだわね」

「パパが言ってたの覚えてるわよ」プレーリーが言った。「そのラス・スエグラスってとこでママと最初に出会ったんだって。〈フィルのコットンウッド・オアシス〉って店にコルヴェアーズが二週間出演していて、そこにママが来て、完全に一目惚れだったんですって」

「たいていそうだったのよね」皮肉ではなく、憧れのこもったトーン。

三人で、ディッツァの家のキッチンでコーヒータイム。電子レンジで解凍したデニッシュを食べていると電話が鳴って、ディッツァが出て行った。映像から外に出てきたプレーリーの気持ちはLAレイカーズの試合後のバスケット・ボールのよう、と言ったらいいのか、生き生きとした、跳ね返された、場の熱狂に押しつぶされそうな感覚とともに、名手の手のあいだを長時間バウンドしてまわったという明確な記憶も残っている。――自分の眼の前に母親が立っていて、ミッキーモールの一キロワットのスポットライトを、自分を愛した男の死体と、たった今殺しをやった男と、その殺しをやらせるために自分が持ち込んだ銃に当てていた。母がそこに、光をもたらす自由の女神のように、まるでその行為を隠すのではなく照らし出すことが何かの契約の一部だったかのように立っていた。フレネシの撮った映像もそれ以外の、プレーリーが見た他のショットも、すべて母の眼と体を通して、このゾッとするほど硬質《ハード》な、内から迸る白き流れを通して得られたものであり、プレーリーにもっとも正確かつ容赦なく、母の真実の顔を、示すものだった。

DLはプレーリーの眼が自分に向けられるのを待った。が、その前に、ディッツァが電話口から戻ってきた。深刻な顔をしている。

「えと、おトイレは……？」プレーリーが場を外そうとした。

「ううん、あなたも聞いておいたほうがいいみたい。ズィピがロング・アイランドからかけてきたんだけど」あっちはもう真夜中をずいぶん過ぎてるのに、とプレーリーは計算をして思った。先週、最後に姉妹が電話で話したとき、ズィピはミラージュ経由の情報を知らせてきていた。フォートスミスに戻ってから、ずっとそこで暮らしていたミラージュは、ズィピと定期的に連絡を取っていたのだ。一度は星を通して学んだことのすべてを否定して地に還る決心を固め、田舎の実家のシンプルで窒息的な家族愛に埋もれることを選んだミラージュだったが、家族を駆動する感情は愛よりも憤りであって――一度ミラージュは母親が、自分の服に合わない色をしていると、空を罵ったのを聞いた――結局、星の方が彼女を選んでいて、星からのメッセージを他人に伝えることこそが自分の運命なのだと悟っていた。この夏は、日々の進行の背後で密かに重大な変化が起こる……なぜなら、それまで逆行していた冥王星が、ふたたび順行を始める前の見かけ上の足踏み状態に入るから。ふつうの惑星だとこれは吉の兆しだけれど、冥界の王様は逆行してくれていてこそ恵みがくる。たとえば権力者が、権力を目先の目的のために使って長期的な害毒をもたらすことをするんじゃなくて、慈悲と叡智の統治をする可能性が、星図の面を冥王星が逆行しているときは、開ける。誇大妄想の男が見知らぬ男を気遣って大丈夫かって声をかけたり、郵便配達が来るとノラ犬が仰向けになって体をくねらせたり、土地開発業者が自然のレイプ計画を取り下げたり、橋桁にスプレーで「死ネ」の文字を吹きつけていた少年たちが揃いの服で礼拝堂の手伝いをしている……なんてことも、ミラージュによれば、今年の夏を最後に、消えていく。冥王星はふたたび地下の闇に還り、本来の虚無的な統治に戻る——「いつものビジネス」ってのに。

「ってことは、レーガン再選……」ズィピがぼやいた。

「みんな超パラノイアになるしかないってこと」故郷に戻って暮らすうちに身につけたらしい、うら悲しいオーボエのような声でミラージュが答えた。「みんなそれぞれ違ったやり方で、潰されていくんだもの」コンピュータを導入して、データベースに昔の闘争仲間の星回りの情報を打ち込んでから、事はとても簡単になって時々懐かしさに駆られながらチェックしては、旧友の状況が危機的だと見るとさっそく電話してあげた。ズィピのところに最初の電話がサントラつきで——といってもそれはドライブインでの少年ギャングのわめき声だったが——かかってきたのは三年前、離婚問題が最悪のドロ沼に入っていた時のことだった。ミラージュはさっそくシェルドンの十二宮を繰って、ズィピの亭主が、仕事で知り合った乙女座の女と関係していると告げた。図星だった。ズィピは目を輝かせて、「奇跡!」と叫んだ。「彼の中天にある金星的な面の作用なのよね」とミラージュは言った。それからというもの、彼女はズィピにとっての天の声として、アクィダクトの競馬レースでもご神託を述べ、小遣い銭程度はもたらしてくれていた。そのミラージュから、突然に、冥王星の動きに対する警戒の呼びかけが舞い込んできたのである。二世紀半ほどの間十二宮を散策したのち、冥界の大王は、ホームグラウンドの蝎座に（冥王星は火星とともにこの天宮の共同支配者）再び腰を落ち着けようとしている。蝎座といえば――DLがすかさず指摘する――ブロックの星。一九八〇年初頭以来、大王は進路の前面で繰り返されるトラブルに阻まれたかのように（彼が何者かも知らぬ暫定政府の役人といちいち折り合いをつけなくてはならなかったのだろうか）天秤座の宿《しゅく》の点から二、三度の範囲のところをうろつくばかり。なかなかそこを抜けられない。不吉な星の大王の動きが滞ったとなれば、その影響も集中的に現れる――とミラージュは警告してきたのだった。

だがこの時間にズィピが西海岸まで電話してきたのは、そんな、どこの新聞売場でも手に入る情報を伝えるためではなかった。それまで悦楽の第五宮で高揚感を貪っていたハウイが、最近手を出したコカインのせいで命を落としたというのである。連絡のつく旧〈秒速24コマ〉のメンバー全員に連絡を取ってみたところ、そのうち二人、ことによると三人も、突然、理由もなく姿を消している。ミラージュは蒼ざめた。話を聞いたズィピも蒼ざめた。どうしていいかわからない。

「で、ディッツァ、あんた何て言ったの？」

「折り返し電話するって。大丈夫、わたしたちの会話は、一種の特殊言語なんだから。双子同士でないと通じない言い方ってあるでしょ。だから誰かが盗聴してても、わかった部分は少ないはずよ」

「とにかくまず捜索してみなくちゃ。ここん家《ち》、携帯のFMラジオある？」

「ほら、これ。電話もネジ外して調べてみたけど、なんにも見つかんなかった。きっと第三条項の盗聴器、仕掛けたのね」

DLはポケットサイズのラジオを手にして、チューニング・ダイヤルをいろいろ回しながら、家中を太極拳の動きのようなスローな抜き足で歩き回った。このやり方で見つかるのは、ラジオと同じ周波数域を使う、アマチュア用の安物盗聴器だけなのだが、編集作業場に入ったとたんに突然のキーンという音が耳をつんざき、プレーリーがかけていたマドンナのシングルを聴覚から吹き飛ばした。見つかった装置は一九八四年の水準からしてもひどいもので、見るからに粗悪なつくりのボックスから導線が飛び出ていたりする。「なんか侮辱された気分ね」とディッツァ。

「典型的なブロック・ヴォンドの手口よ。こうやって、相手にアカンベエの舌を出すんだ。でも、いくらなんでも、これは見つけやすすぎる。457メガとか467メガの高周波も使っている連中なんだし。だから可能性は二つに一つね。わざと見つかるように仕組んだのか、それとも——こんなこと言いたくないけど——突然あらゆるところに盗聴器を仕掛ける必要ができて、超安物しかなくなっちゃったか」

「わたしたち、ちょっとパラノイアックになってるんじゃない?」ディッツァの声の明るさには、努めてそうしている様子が滲んでいる。「パターンができつつあるのは事実。でもまだ数例なんだし、偶然とも言えるわけよね? きっと今夜、昔の映像を見過ぎたのよね? そう見えるだけで事実はそうじゃないのよね?」プレーリーにはわかった。ふたりの息づかいは、パニックしそうになるのを無理やり抑えつけている時のものだった。

「あのころはさ、こういうの、〝最後の刈り入れ〟とか呼んだわよね。片っ端から一斉検挙——」DLが説明を始める。「そう言ってよくお互い威《おど》し合ったものよ。実際笑い事じゃなかったんだけどさ。官憲が家に押し入ってきて、みんなをひっ捕まえて収容所にぶちこむぞって。ホームコメディに出てくる明るく楽しい牢屋じゃないぞ、家畜の飼育場みたいなところなんだぞって。そこに入りゃ、人間やめて、文字どおり政府の家畜になるんだぞって」

「そういう収容所、見たんですか?」その瞬間、陽気さを装ってきた部屋の空気にポコンと沈黙の穴が空いた。澄んだ光の中に黒い染みができたみたいである。編集テーブルを前にしたディッツァは、こころもち体をひねった恰好で、まるでそうやってDLの口から出てくるであろう言葉を少しでもそらそうとしているかのよう。体にちょっと震えもきている。が、DLは動じる様子も見せずに言った。

「見たわよ。そのうちの一つに、あんたのママもいたってのは、さっき話したとおりね。でも、あたしたちの思い出話聞かされるのも退屈だろうから、いつか図書館に行って、ちゃんと本を読んだらいいよ。ニクソンが大量の民衆をいっぺんに拘留できる施設と仕組みをちゃんと用意しておいたとか、それをレーガンがニカラグア侵攻に役立てようとしてるとか、みんな書いてあるわよ。チェックしなさい。自分で調べるの」

「あの、あたしが言ったのは、そういうんじゃなくって……」プレーリーが口をはさむ。

「DL」ディッツァはすでに荷物をまとめていた。「これからどうしよう?」

「事態が把握できるまで、ここにはいないほうがいいわね。今夜泊まれる安全なところある?」

「とにかく車を出して。外で電話するから。ねえ、このフィルムの山は? わたしの作品群はどうしよう」

「明日《あした》、タケシにトラックで来てもらうから」

ディッツァが荷物を持った。トランザムに乗り込んで、闇の中を不可視の疾走である。「こんなこと、もう終わりだと思ってたのに」うらみ節の口調である。

「クソに終わりはないんだって」

「なんでいまごろ、わたしたちを? 時間を巻き戻そうとしてるわけ? いったい、いまの時代の何がそんなに耐えられないっていうのかしら」

「でも、こんなふうに昔のことをほじくり返すって、わかんないけど、ディッツァ、あの男にしても、ちょっと変態的すぎるよ」

「だってレーガンの政策全体がそうじゃない。ニューディールをバラして、第二次大戦をひっくり返して、国内にもよその国にもファシズムを復権させる。ぜんぶ過去への逃避行よ。あなたも感じてない？　危険な子供っぽさが世の中にはびこってるの。『この結末は気に入らない。私のやり方で通したい』って、大統領がそんな具合なんだから、ブロックがどんな出方してきても不思議はないわ」

「ディッツァ、あんた昔はもっと物事ちゃんと歴史的に見てなかった？　あたしが思うにはね、要するにあの男は、卑劣《ミーン》なオマンコ野郎だってこと。ミーン・マザー・ファッカーって、ちゃんとした専門用語なんだから。略称MMF。そいつらはね、自分たちがモノにできなかったり、失ってしまったりしたものがあると、絶対そのままにしておかない。まわりじゅう破壊しまくる。ぜーんぶ一巻の終わりになるまで、破壊し尽くすんだ」

「でも……ひょっとして、まだ失ってなかったら？」プレーリーが尋ねた。「まだ続いてたとしたらどうなの？」

「ああ、プレーリー、あんたのママの話をしてると思ったのね……たしかにアイツは失恋した。失恋した官憲くらい、敵として質《たち》の悪いもんはない。だってルールってもんがないんだもの。行動に歯止めをかけるもんがない。愛のためとか信じてて、警察権力をめちゃくちゃ濫用するわけでしょ、その前で田舎者の保安官補佐かなんかが、ビール瓶前にしてウィリー・ネルソンの失恋ソングなんかかけて、泣くのを必死に抑えてる。それはわかる。でもこれ、別の話なんだ。男女のことじゃなくて、じつは男同士の事なの。ブロックを操っているのがいて、そいつが何を考えてるかって問題。アイツをどう利用できるだろうかって。アイツはどこまでやるだろうかって。一方のブロックは、今回の仕事は悪くないが、次は何をやらされるか、と考えてるわけよ。男たちの卑劣なゲームね。そこにあんたのママが絡んでるから、ちっとばかり事がノーマルで人間的に見えるってだけの話。陰では、男たちの食い荒らし合いが永遠に続いてる……」

「DL」ディッツァが言い放つ。「あんた、言葉に慎みがなくなったんじゃない?」

「あたしも、なんかもう少しロマンチックな話かと思ってた」

「ほう、信じないんなら、タケシに聞きなさいよ。アイツが言うには、ブロックに敵対するにはまるまる一個師団が必要だって。大砲から何から全部装備したやつ。それが用意できないなら、ヤッコさんと一戦構えるなんてことは頭から拭い去ったほうがいいって。ただの偏執狂の人殺しを相手にしてるのとはワケが違うんだから。この世にヤツを拘束できるものなんてないの。想像の及ぶ範囲の、いやそれ以上のひどいことが何の咎めも受けずにできちゃうっていうヤツなのよ。フレッドとジンジャーのラヴ・ロマンスって気はしないなあ。今フレネシを追っかけてきてるんだって、きっと腹に一物抱えてんのよ。昔ウィードを始末するのに利用したみたいにさ。くノ一にも五つ段階があるんだけど、こういうのはその最低のやつね。英語に訳せばフール。誰の手先になって動いていたのか、最後に知ってビックラこくのよ」

「ママも? 驚くことになるの?」と、やるせない思いでプレーリーがつぶやく。

「物事を慎重に選んで行動するってことがフレネシには一度もなかった気がする。でも良心はあったわね。その点は信じていられた。あたしもね、自分の体が疼いて、ただ彼女の良心にすがって耐えたこともあったのよ。ああいうことでビデオみたいにポーズかけてそのまんま、ってわけにはいかないからね。いつか必ず、思いもしないときによみがえって、大声でがなり立てるものだから」

「それはね、昔のブロックが、ある人から見たらキュートだったんだろうな、ってのはわかるけど」プレーリーが言った。「でも、仲間のみんながどうなっちゃうかわかってるんなら、どうして……」

「キュートですって!」ディッツァが唸った。

「フレネシがやったって事実を受け入れるだけで胃にきたね。なんでそんなことをしたのか今もわからない。わからなくても体にこたえた。このまま一生つぶれてくんじゃないかって思うくらい。実際つぶれたのかも」三人を乗せた、見るからにバッドなニンジャ・モービルが、ヴェンチュラ・ハイウェイを突っ走る。ロスの街の頭上に張りめぐらされたフリーウェイ網全体が、あらゆる地方から群れてきたオリンピックの観光客で真昼並みの混雑を呈していた。光のビームとともにけたたましく過ぎていく夜の疾走は、夜の更けゆくまで収まらない。この黒い車列の中には、権力の椅子を求めて画策する者もいるだろう。街路樹の並ぶより閑静なブールバードに向かう者もいるだろう。トレーラーを二台、三台と引っ張りながら、上り坂をエンジンふかして上っていくフォルクスワーゲンの尻を追っかけ、ギリギリに車間を詰めては巨大な腰を優美に振って追い越していくトラック野郎も、いちゃつく男女も、家庭を捨てた父親も弱虫野郎もポン引きも、あらゆる人種を包み込んで、夜のハイウェイの車の列は、猿のように歯を剝きながら弾丸スピードで走っていく。TVに見入る市民らの頭上を滑空し、ガード下の恋人たちをまたぎ、夜の上映がはねたモールの映画館を飛び越えて、原色の蛍光ライトがパームツリーの下に光のオアシスとなって流れ溢れる給油ステーションを下に見て、やがて回廊のような地表の道路に降り、夜のスモッグと、日干し煉瓦《アドビ》の空気と、遠くの花火の匂いに包まれ、こぼれ落ちた者たちの崩れた世界の中へ紛れて行くのだ。

ブロックは一度たりと彼女を占有したことがあったのか？　まあ一分半ほどは、あったかもしれない――サーフ大学の騒動の直後、アートマンが死に〈PR3乗〉が崩壊した時期には。今はもう記憶が薄れていた。雨のそぼ降る明け方の、北カリフォルニアの山中の収容所に早朝出かけた時のことを思い出す。お供のロスコに公用のベンツのハンドルを握らせ、湿気に蝕まれたバラックの列を巡行し、アスファルトの路上に車を止めて、警備灯のシアンブルーがまぶしく落ちる下で待った。表向きは、施設の視察と「政治的再教育計画《ポリティカル・リエジュケーション・プログラム》」の収容者の監視を理由にした。略してPREPというこの計画は、ブロック自身が綿密に練り上げた秘蔵っ子《ベイビー》、薄氷を踏みつつここまで転がしてきた、一世一代の勝負球なのだった。今しも連邦議会では、トラセロ郡出身の、特に「ネオ」と限定することもないファシスト議員が、「一九七〇年犯罪抑制法案」の付加条項にPREPの設置を盛り込むべく奮闘してくれていた。この議員氏はブロックの知り合いの知り合いで、かつて受けた便宜への返礼に、アレンウッドの金網フェンス*から目撃される距離にまで、本人自ら一度ならず出向いていた。しかし――それを思うだけでブロックの胸は高鳴る――この大博打が成功した暁にはどうなるか。法により、彼の法により、公序の攪乱による逮捕者は、司法省直属のある場所に拘留され、そこで密告員《スニッチ》としての適性を検査される。適合者は、連邦政府による処罰か、雇用か——司法省政治諜報局のインディペンデント・コントラクターとして、覆い《アンダカヴァー》の下かつ囲いの内側で働くか——の選択肢を与えられる。まずフルコースの訓練を受けさせ、武器の使用にも慣れてもらい、その上で、ＦＢＩに移管——すなわち実質上、身柄を売却——し、こんどはＦＢＩの管理のもと、大学キャンパス、過激派組織など国内の秩序破壊の拠点にスパイとして送り込む。つまり彼らは、刑の赦免だけでなく、一度出た学園にひょっこり復帰できるという特典も与えられるのだ。大学を離れたすべての者に「秋の帰還」がどれほど大きな夢かを思えば、あと一学期の履修期間を、必要なもう一単位を取るための復学のチャンスをもらえる魅力は大きい。キチンと役立つ働きをしてくれるのなら、ＦＢＩは君の願いを叶えてタイムマシンにも乗せてあげる——と、すでにこの当時から、密告者はとびきりの待遇を受けていたのだ。

　六〇年代の「活動」の残り火の中に、秩序への脅威ではなく、当事者にも自覚のない密かな「秩序への渇望」を見て取ったところにブロック・ヴォンドの天才があった。ＴＶメディアが「若者革命」とかのお題目を唱え、すべての「親」的存在の権威失墜の物語を語り聞かせ、大多数の視聴者がそれを受け入れていたころ、ブロックは、そこに若者たちの、永遠のチルドレンとして国家という拡張ファミリーに護られて暮らしていたいという深いニーズを読み取っていた。もし彼に感じる心が甦ったとしたら感動したかもしれない。反逆のノロシを上げた子供たちは、反逆者への道をすでに半分進んだ分だけ、改心するのも早いだろうし、洗脳も安上がりにいくだろう……このヒラメキに彼は賭けた。なに、聴く音楽が少々変わり、吸う煙の種類が変わり、英雄として仰ぐタイプが変わるだけのこと。少しばかり条件づけをし直すというだけの話なのだ。

＊　ペンシルヴェニア州アレンウッドは、政治・金融関係の法律違反者を収容する〝連邦クラブ〟の所在地。

今朝のPREPに、食事のベルは鳴り響かない。食堂業務はまだ「フル操業」していないのだ。規則的に食事をとるのはスタッフだけ。〝お客さん〟は、際限ない交渉を強いられる。食べられるとなれば食べるだけ……実際に与えられたならば。ブロックはそれを見に来たのではない。目的は朝礼だ、朝の報告会。腹ぺこで目覚めようと、眠れぬ夜を過ごそうと、北太平洋の前線からの寒気が身を切ろうと、PAを通して目覚ましコールが鳴れば出てくるのだ……そうなれば会える。ヴォンドでさえ、このとき自分が何を視《み》る目的でここに来たのかを意識していた。あの連中に混じったフレネシの姿。長髪の垂れる体に、女のようになった男と、子供のようになった女、うろたえる彼らの素肌の手足、男友達のフリンジ・ジャケットの下で震える少女の裸体、うつむいたり逸らしたり、決して質問者と合わせない彼らの眼、髪を肩まで垂らした男たち、すぐに眼に入る髪……この連中は穏やかな牛や羊の仲間であって、本来的に柵の中にいた方が居心地よいのだ。規律を与えられたがっている子供たち。フレネシも――拷問でも与えぬうちは――ヴォンドが自分を牢に閉ざすなどありえないと思っているかもしれない。自分には内的な自由というものがあって、それは守り通してみせる、いつも確固とした無傷の自分でいてみせると決意しているだろうことは彼も知っていた……だからこそ、今ここに来て視《み》てやるのだ、否定しようにも否定できない状況で――いまの唯一の仲間である他の拘留者と一緒に――もがいている姿を、しかと目撃してやるのだ。いや、そんなことで心を慰めるヴォンドではなかったが、革張りの後部座席で、ニュース番組「トゥデイ」に片眼を、前後のスピーカーから飛び出すかもしれない緊急指令に片耳を向け、手にしたデカフェ・コーヒーの湯気を吸い込みつつ、股間が勃起してくるのを、別段驚くふうでもなく感じていた。

この早朝視察が秘密のものだと、ロスコも心得ていた。まだ法案自体も予算の方も下院で審議中というこの場所は、実はまだ存在していないのであって、ブロックの気が気でない様子はバックミラーに映っている動作からも明らかだった。今ここで、ロスコとやり手の上司と二人、DOJの車に乗って、DOJの勤務時間に、またしてもヴォンドの錯綜としたパワーとセックスのゲームを演じている。そのことをロスコが愚かにも口にしたら、否定されるに決まっている。ロスコだって、自分の時間が自分のものであるのだったら、こんなところにいたりするはずはないのだ。だがあの運命の日の午前四時、職務監視の警官たちがケヴラーの防弾衣とプラクシグラスの顔覆いに身を固め、黒ずんだ銃を立てた戦闘準備の態勢で彼の前に現れた。それ以来、彼の時間のすべてはDOJに取られてしまった。「待ってくれって!」以後しばらくはありつけなくなる無料のLAのチーズバーガー・デラックスをほおばりながら彼はモグモグ抵抗した。「たしかにオレはワルだけど……」シャングリラスの引用で、後を、「そこまで邪悪にゃなれないよ」とキメたかったが、慌てて飲み込んだパンの一片《ひとかけ》が気管に入って、最後のところはむせてしまった。

ブロックと行動を共にするようになって以来、ロスコは自分を腹心の従者《サイドキック》としてではなく、むしろ経験を積んだ忠言者として見ていた。若い大将が耳を貸してくれる時には、役に立つ知恵の言葉をポロッと漏らす。「どうなんですかね……」施設の中のこのヒッピー連中に関しても彼にはひと言あった。「……あいつらとは、現場で直接お相手なすって、おわかりだとは思うんですが、女みてえな髪してるくせに、一筋縄ではいかんでしょうが。連中を味方につけるってのはどうですかね。信用できんやつらですぜ」

「その手の者はよそに送られる。扱い方はわかっている。私が当てにしているのは残りの九割だよ。いわゆる〝過激派愛好会〟。気分屋で、ひとつのことに集中がきかない、単にスリルを求めて群れてきただけ、女とドラッグが手に入りゃそれで満足、政治なんかは実は頭にない——そういう連中を漁るんだ」

これ以上押しても無駄だ。ヴォンドという男は、相手の黙らせ方を心得ている。人がどれだけ自分に恩義を負っているかを何かにつけて匂わせてくる。だがロスコが黙ったのは、若大将には相手の沈黙を読み取る深遠な能力があると信じてしまったからでもあった。ヤッコさん、ときどき、演説みたいに雄弁に人の心を読み上げる、と。ブロックにしてみれば、ロスコの沈黙はありがたかった。沈黙は、多ければ多いほどよかった。完璧な部下の資質は沈黙にあると彼は考え、おしゃべりをしないトントのような者を理想の部下としたのだ。ロスコはしばしば奇跡的といってもいいくらいに物事を成し遂げるが、どんなやり方をしたのかという細かな話で検察官をうるさがらせることはない——ということは、ロスコ自身も同じ理想の部下像を思い描いていたのだろうか。結局、インディアンの生きる知恵をことごとく教えた上に、ローン・レンジャーの命を救ったのはトントではないか？

だが、その究極の忠義でさえ、ボスからの御恩を帳消しにできるものではないらしい。その言葉が最大の重みを持つ瞬間を狙って、ロスコの抗議を制し、ヴォンドはこう言い放ったのだ。——ボスの恩義には無条件の忠誠をもって報いるのが当然だろう。無条件の忠誠ならば、命を救うくらい当たり前だ。退職するまでお前のすべてを捧げることが〝無条件〟ってことの意味なのだよ。年金がつくかどうかはすべてこれからの仕事ぶりで決まるのだ。その件は双方の側の弁護士が公平に見てくれている。あの時お前が救ったのはボスの命だけじゃない、自分のクビも一度となく救っているのだ。私の職務を支える光栄に浴していられるのは、いったい誰のおかげなんだ、と。それは忘れもしないマリワナ畑での銃撃戦の後のことだった。あのときブロックは、独特の樹脂の匂いの漂う中を、軍曹に従う新兵みたいに、恐怖にほとんどオモラシしそうになりながら、自分の後からついてきただけではなかったか。国家が植物に宣戦布告したその戦場で、身の丈に達する草の陰をギューイーン、バキーンと熱い音を立てながらタマが飛び交い、茎をへし折り、種を弾き飛ばす中を、ブロックは大きなロスコの背にピッタンコついて、まるでロスコの影みたいに、一挙一動ぜんぶそっくり合わせながら走ってきたじゃないか。救助ヘリのロープにつかまると、後はまるで神への祈りのように、天に向かう鳩のように、シュルシュルと上にのぼっていったじゃないか。「ロスコ」あのとき確かに大将は、口から泡を飛ばして言った。「ほんと、お前のおかげだ。お前に大きな借りを作った。お前は命の恩人になった。だから、いつのことかは知らないが、今度こそ——」ロスコはまだあまりに息が激しく、ブロックから念書を取るだけの頭は回らなかった。言葉が戻ったとき、ヘリのプロペラの轟音越しにロスコがわめいた言葉は、「まるで、金曜映画劇場ばりのアクションでしたなあ」。

命に危険が及んだ、あれほど明瞭な状況で、ヴォンドはズシリと言い切ったのだ。人から恩をどれだけ受けたか、それがいつのことだったかも忘れている。最初のころはロスコも、しっかりと腹を立てた。こんな恩知らずのヤッコさんと、もう一緒になんかやってらんねえと、本気で退職を考えもした。連邦政府なんかもうまっぴらだ、ワシントンから遠く離れたどこかへ行って、警備会社ででも働いたほうがよっぽどましだ、と。だが、よくよく観察すると、自分のボスであるこの男は、いつまで経っても、世間の泥にまったくまみれることがない。彼のために、誰かが醜い現実を引きずりながら、仕事を進めているわきでひとり超然としているのだ。いや、なにか彼流のモラルの意識があるわけじゃない。そう見せたがっているところはあるかもしれないが、ロスコから見ればただ、ヴォンドのまわりに巨大な防御壁があるという印象だった。人生にはいろんなことがついてまわるが、そのうちのいくつかは、彼とはまったく無縁——考える必要もない——というしくみになっている。それが、この若き検察官の切れ味を増していると言えるわけだが、しかし、あの超自然的なツキはどこから出てきているのだろう。この男には一種独特のオーラがあって、それを、勝者も敗者も、キャッチしている。ロスコも、これは誓って言うのだが、マリワナ農園に踏み込んだあの日、純粋な白い光がヴォンドの体をすっぽり包んでいるのを、しっかりと目撃した。その光がある限り、この男が弾丸に当たるなどということはありえないと思った。樹脂の香りの中を二人して走りながら、ほんとはどっちがどっちにくっついていたのか？

突然の大音響で合衆国国歌が鳴り出した。鉄製のスピーカーは樹皮を剝いだモミの木の柱にくくり付けてある。ブロックは車を降りて路上に立った。気をつけの姿勢ではない。片肘を車のルーフにつけたまま、収監者が一人ずつ、朝礼場に出てくるのを眺めている。みなブロックに近づき、何も食い物を持ってきていないことを確認しては、アスファルトの縁のほうへ散っていく。三人四人と小さく群れて、なにやら言葉を交わしているが、この距離からでは内容までは聞こえない。

それらの顔の一つひとつにブロックは眼を走らせた。どの顔にも罪人特有の骨相が認められる。引っ込んだ額、獣型の耳、危険なほどに傾斜したフランクフルト水平面。彼は犯罪学のパイオニア、チェーザレ・ロンブローゾ〔一八三六〜一九〇九〕の思想に傾倒していた。犯罪者の脳は、道徳心や法の順守など、高度な社会的価値を司る前頭葉の部分が欠落して、人間というよりは動物の脳に近い形になっている。それがために頭蓋のほうも、普通の人間とは恰好が違っていて、それがある特徴的な顔つきとなって現れる、というのがロンブローゾの考えだった。異様に大きな眼窩、顎の突出、小頭蓋症、ダーウィン的な尖った耳……リストは顔つきのあらゆる細部の特徴に及び、そのそれぞれに、ロンブローゾは持論を支える頭蓋データを揃えていた。ブロックの時代には、十九世紀骨相学から派生した、風変わりであからさまな人種偏見に満ちた考えのひとつになっていたわけだが、方法的にも実に粗雑な、科学としては淘汰されて久しいこの理論が、ブロックには理にかなったものに思われた。特に彼の関心を惹いたのはロンブローゾの提示した「ミソニイズム」の概念である。過激派、戦闘集団、革命家、呼び名はともあれ、これらの連中はみな、人間社会が有機的に働いていくために作られたこの基底的な原理に反していると彼は述べる。「新奇なるものへの嫌悪」に当たるギリシャ語から「変化恐怖症《ミソニイズム》」と名づけられたこの原理は、社会が安全に、一貫性をもって機能するためのフィードバック装置である。急進的な変革の試みの後には、ただちに、ミソニイスティックな反動が起こるというわけだが、そこには国家の企図だけでなく、人民自身の心の動きも関わっている。六八年の大統領選でのニクソンの勝利は、ブロックにとって、この原理が完璧に作動した例であった。

ロンブローゾによれば、革命家はすべて、天才型、熱狂型、道化型、悪漢型、そして追従型の五つのカテゴリーのどれかに分類される。この分類は、ブロック自身の経験にもよく合うものだったが、ただひとり、六つめのラベルを必要とする者があった。その者がいま、小糠雨の降る中を大股でこちらに近づいてくる。少々やつれ、髪は縺れ、素足を晒して。カメラは取り上げられ、目撃の武器として携えているのは二つの眼だけだ。数フィートのところで彼女は止まった。彼の視線が、濡れて光る彼女の腿に注がれる。彼が近づく。彼女は震え、両の腕を交差させて、まるで眼に見えないショールに——ショールの思い出に——包まれているかのように自分を抱き締める。だが相手はもう目の前にいて、伸ばした一本の指で顎先を持ち上げ、無理やり顔を正対させる。赤味を抜き取られた光の中で二人は向かい合う。彼の眼に注がれていた彼女の視線が、彼のズボンの前に落ちる。青ずんだ制服地の股のところが盛り上がって、そこに皺ができている。

「わたしも、あなたのことを考えてた」声のざらつきは、拘置所のシガレットを日に一箱半吸ったせいか。

へらず口を。いつかこの女をひざまずかせ、謎めいた眼で見つめる子供らの前で、頭にピストル突きつけて、この生意気な口に思いきりしゃぶりつかせてやる。この空想にふけると必ずそこにピストルが、不可欠な要素として登場した。しかしいま、かすかに胸の鼓動を速めながら彼が差し出すのは、将来のキャリアのための忠言だった。——「うちのキャンパス、気に入ったかね？」このすべてが自分のものだと言わんばかりに、彼は腕を水平に回した。「アスレチック科目は充実してるし、聖職者のオフィスには、プロテスタントの牧師さんもカトリックの神父さんも、ユダヤ教の尊師《ラビ》もいる。ロック・コンサートの用意さえあるかもしれん」

彼女は笑おうとして咳き込んだ。「あなたの音楽の趣味で？　それってジュネーヴ会議の禁止項目じゃなかった？　それだけはセールス・ポイントにしないほうがいいわ」

「誤解するな。交渉に来たのかと思った。あーあ、これからこの失望を引きずって生きてかなくちゃならないのかしら」

「恋のお遊びに来たのではない」

「恋のお遊びに来たのかと思った。あーあ、これからこの失望を引きずって生きてかなくちゃならないのかしら」彼女の視線がふたたび、自然に、彼の股間に落ちる。眼を上げると、彼は卑猥な笑いを浮かべている。この人、これをセクシーな笑顔とでも思っているのだろうか。「ここの司令官は私のことをよくわかっていてね。手間は取れんのだ。作戦員が待機中なのだよ」ヴォンドは指を軽く押し上げるようにして手を離した。フレネシの顎先が半インチほどはね上げられる。

彼女は鼻から息を吐き、目の前の顔をキッと見つめた。この侮辱に政治的に正しく応えるにはどんな言葉を返したらいいのだろう。「あなたのお母さまが野犬におフェラするのをおやめになるならね」とでも？　もしこれが、もっと後のことだったら、返す言葉を考えただろう。だが、まだ事態を変える一抹の望みがあったこのとき、彼女は口を閉ざして立ち、顔を上げて、いいようにあしらわれた欲情男がそのケツもろとも、いかにもゲルマン的な車の中へ消えていくのを見つめていた。そのとき半秒間、オクラホマの嵐の光に青く照らし出されたヴォンドの岩のような幻影が眼前に浮かび上がった。その岩に、砕ける波に乗って（波の力は彼女に感じられても、永遠に理解できない）彼女は身を打ち据えた。そしてまた何度でも打ち据えようと……

ロスコがエンジン・キーを回した。雨とドロで汚れたミニスカートの女に眼をやったままアクセルペダルを踏み込み、思わせぶりにエンジンを唸らせる。

「やめろ、ぶちこわすな」ブロックは前の座席に体を乗り出し声を荒らげる。「やるんなら、お前の得意な古いコメディ映画のギャグにしろ。肩すかしを食らわしてやれ。心をぐらつかせるんだ。セレナーデなんかで盛り立てるバカがあるか」

「あっしらが参上したことの印のつもりなんですがね」とロスコはつぶやき、Uの字にターンしてスピードを上げた。ゲートに向かう道の途中でタイヤが軋った後には、Sの字の滑り跡が、雨の路上にしばらく消えずに残っていた。

子供のころは、田舎町の神童。白き母なる町を走り回る敬虔なブラスバンド隊員として早くから権力へのレールを進み、夢見たとおりに町の先輩や長老たちに目をかけられて成長した、この痩せ型・中背・金髪の男は、実は心の深みに別の、女性的で未発達な人格を抱えていた。信用ならないその別人格が勝手なまねをしないように、場を取り仕切る男のほうの人格も、それに負けない注意深さを保っていなくてはならなかったが、夢の中まで介入し制御するのは不可能だ。アルコールもドラッグも効き目はなかった。眠りに落ちると、彼の不安定なアニマ*はさまざまな姿をとって現れ出る。中で特筆すべきなのが「屋根裏部屋のマッド・ウーマン」。直接お目にかかれないほど富裕な権力者の所有する、広大で荘厳な屋敷の中の無数の部屋を彼は歩く。屋敷のすべての部屋を見回り、いたるところに数限りなくあるドアや窓から何者も侵入してこないようにチェックする。それが彼の仕事であ

* ユングの心理学は、男性の無意識に、女性的な内的人格（アニマ）が潜むと説く。三行前の「女性的で未発達な人格」とは、そのブロック的理解。

り、ここに滞在を許される条件だ。仕事は毎日、日没までに終えなくてはならない。押入れの中、部屋の隅、あらゆる納戸と裏階段とをすべて見回って、最後に屋根裏部屋が一つ残るころにはすでに夕闇が迫っている。心の不安をかきたてる、この世からもこの世ならざる世界からも慈悲がスーッと消えていくような薄明の時間。空に満ちたエネルギーが物質に変換され、なにやら得体の知れぬものたちが現れ出そうな時間。暗くなった屋根裏への階段を上り、ドアの前で立ち止まる。ドア越しに、彼を待つ女の息づかいがうかがえる。だが引き返すことはできない。ドアを開け、踏み入ると、いきなり女が向かってくる。薄暗がりの中、姿はぼんやりとしたままだが、異様なまでの眼のぎらつきと容赦なき獣の笑みははっきり見える。加速した女は彼に跳びかかり、押し倒して馬乗りになり、その圧力で彼は死ぬ。死んで、そして自室で目覚める。まっすぐ上の天井をにらみ、汗をたらし、心臓が一打ち一打ち、硬直した体を揺らしている。白のベッドカバーはきれいにたくし込まれたまま。中に肉を包んだ肉屋の包装紙のようだ。

　目覚めた世界に出てきてからは、もちろん、まったく別人の、完璧な好漢である。人呼んで「ザ・検察官《プロシキュータ》」。ヴォンドを嫌い続けることは——彼のためにムショ入りすることになった囚人にとってさえ——容易でなかった。この男からは、党派を超えて人を惹きつける力が発せられていた。ワシントンの官僚の間でも、現場の人間の間でも、話し上手として、美食・美酒・美しい音楽をたのしむ優雅な趣味の男として、ヴォンドを求める声は強かった。女性ならば、強烈な磁力を感じずにはいられない——どこがそんなに魅力的か、後になって聞かれても、答えに窮してしまうのだけれど。大都市のすさんだ侘しい街角を歩けば、第三世界の色鮮やかな服を着た屋台の花売り老女が小走りに駆けてきて、いきなり彼を抱きしめる。そして連れの女に恭しくお辞儀をし、感激する彼女に、すみれのブーケを差し出す。彼の連れ歩く女といえばいつも、全身を高級ファッションで包んだ、輝かしい美貌の持ち主。路上ですれちがった男が、そのまま無言で近くの物陰に駆け込むや、さっそく一物を取り出して彼女の姿を瞼の裏にとどめながら自慰にいそしむほどの女だった。

ふつうなら、これほど恵まれた暮らしもないと思うだろう。だが、ブロックには不足だった。彼は真の権力階級をのぞき見ていた。政界の地図がいかように塗り替えられても、そんな下々の世界には左右されず常に同じ〈本物〉が君臨している超越した高み。みんなが緊密な交友関係を保ちながら、自分たちの元へ流れてくる利益を吸い取っている世界。ヴォンド検察官の望みは、そのレベルにまで這い上がることだった。だが、自分のような田舎者は、腰を低くし、揉み手をし、使い走りをしてチップをかき集め、その他あらゆる方法で熱意を売り込み、名誉昇進を繰り返していくしかない。そのことを、さすがに彼も、徐々に理解しつつあった。自分のような身分のものが、人生の戦場で他人と競いながら、〈高み〉に躍り出るにはそれしかない。彼の数多い性格上の欠陥の中でも、真のジェントルマンになりたいというこの剝き出しの欲望ほど、鼻持ちならぬものはなかった。どんなにリッチになり、どんな要職を歴任し、どれほどの社交術を習得しても、彼が仲間入りを切望している人間たちから見れば、金で雇ったならず者と結局は変わるところがないのだということは誰の眼にも明白であって、その明白な事実を否認することで彼の出世欲の炎は燃え続けたのである。

しかしブロックは自分が悪漢だという気はしていなかったし、もっと重要なことに、悪漢の顔つきもしていなかった。朝、髭を剃る、鼻歌まじりの小市民的幸せの瞬間に、鏡の中に彼が見るのは、ロンブローゾの理論によって裏打ちされた、自分のキャリアへの確信だった。これほどきれいに正直者の相が出ている私なら、自分の信じる考えを、誰にでも、どんな地位にある人にも、売り込むことができるだろう。顔つきだけではなく、体つきも同じだった。このころのヴォンドは、スポーツがそのまま自然にセックスと結びつく、スポーツジムのドン・ファンみたいな人物として知られていた。

やがて彼の信じたロンブローゾの理論は体全体に適用され、罪人的体型というものの認識に彼を導いた。体型から罪深さを知る。これは仕事上のことにとどまらなかった。ブロックは出会った女に、自分が求める女にさえも、罪深さの証左を見て取るようになっていた。頭がやましく垂れていないか、尻の肉付きに野獣的なところはないか、豹のようにくねった背骨をしていないか――。他人には体面上、その手の女のうちにも「ヤッてみるとなかなかイイ」のがいるぞと、うそぶいたりもするのだったが、彼のセックス好きと性への執着は事実としても、同時に彼は、想像しがたいことではあるが、セックスに対して異様な恐れを抱いてもいた。悪夢の中で一緒に生殖の行為にいそしむ女たちは、床や地面のレベルではなく、頭上から急角度で――まるで、地球以外のどこかから襲ってくるかのように――跳びかかってくる。その行為にはエロスのかけらもなく、終わってみればいつも、悲痛な味わいが、何かに襲われ奪い取られていった感覚が、残るだけ。性の営みがもたらす生命の一つひとつが、自分にとってはまた一つの新たな喪失を、新たな死を、意味するのだという思いに、この男はがんじがらめにされていたのである。

フレネシがＰＲＥＰを脱走したという知らせが、大理石の迷路の中の彼の執務室に届いたとき、ブロックの頭のネジはいっぺんにはじけた。狂気の態でＬＡに飛び、抑えられない心の勃起を抱えたまま、ウェストウッドの彼の根城に嵐のように踏み込んで、しばらくはこの建物にたてこもったテロリストさながらのふるまいだった。だが、誰の口からも、何の情報も出てこない。サーフ大学でのブロックの「成功」のあと、連邦検察支局の人間はみな、広報への対応で昼夜の別なく大わらわの毎日だったのだ。映像ゲリラ部隊〈秒速24コマ〉のファイルは、フレネシのものを含めて、建物の外へ一時的に場所を移されたようで、この一件はもはやブロックのものではなく、誰の担当になったのかもわからない。その調べがつくころまでには、彼は疲労の極限を突き破った眠りなき時の住人となって、空港近くのどこかのホテルの、皺だらけのスーツを着た時差ボケの男たちが手持ちぶさたに突っ立っている廊下を際限なくうろつきまわり、空から休みなくジェット音が降ってくる中、大声で泣き喚いた。頭に体に自分の拳を打ちつけるということも、ひととおりすべてやった。慣れないプロ用の急斜面を滑り降りるスキーヤーの気分と言ったらいいのか、重力に引っぱられるまま、バランスを取り戻したかと思うとまた失う、そんな滑降をひと晩続けた挙げ句に疲れ果てて意識が切れた。ワシントンへの帰りの飛行機で、隣りに座った小さな女の子は彼を見るとたちまち喚き出すのだった。「ママ、この人コワい、おそわれる、みんな死んじゃう！」自分は連邦検事だと、IDの入った胸のポケットに手を入れると、あたりでそれを見ていた人は、武器を取り出すと思ったのか、喚き出したり十字を切ったり。これはまだ飛行機が動き出してもいない時のことである。失うものはないと思うくらいに破滅的な気持ちだったブロックは、スチュワーデスや乗務員を呼びつけて、この親子連れを飛行機から出してしまえとしつこく迫った。震え上がった女の子が立ち上がり通路に出ようとして、腿がブロックの突き出たヒザをこすったとき、「ハナたれビッチめが！」と、ブロックは小声でつぶやいた。

ワシントンに戻れば、自分のとった行動の釈明に大忙しで、フレネシの行方を心配している暇など——後で彼が述べたとおり——事実なかったのかもしれない。それでも彼の頭はフレネシのことで、彼女についての空想でいっぱいだった。ベッドに横たわっている姿、トイレにしゃがんだ姿、道を歩いている姿、着衣のフレネシ、裸のフレネシ、下着姿のフレネシ、瞼に浮かぶあらゆる姿のフレネシに向けて射精を繰り返す毎日だった。ウィスコンシン通りに新しく借りたアパートの、サイケ模様のレンタル・ソファにひとり身を横たえて、TV画面の光が陰鬱にチラツく中、過去の記憶を握りしめ、流れ落ちてこないことは誰よりも自分が一番知っている涙のプレッシャーを瞼の裏に感じながら彼は悶えた。それでも仕事に支障が出ないのがブロックである。勤務中の彼の頭にはフレネシ防止の幕が張られていた。だが、ときどき、満月が空に懸かるころ、欲情の見張り番が扉の鍵を開けたまま眠り込んでしまった晩などに、気がつけば彼の意識は部屋を抜け出し、月光の下、デュポン・サークルを初めとする若い放縦な連中の溜まり場へ漂っていった。そしてヒッピー、黒人、ドラッグ浸りの連中に交じり、彼らの音楽にも柔和な親近感にもめげずにダンディにふるまいながら、細くてしなやかな脚と、細い雨のようにしだれる髪と、（運が良ければ）あの太平洋の青をたたえた瞳も併せ持った、フレネシの幻影を思いきり投影できる女が現れ、月夜の淡い光のもと、自分に花を、あるいは「グルーヴィ」なマリワナを差し出し、「一緒に帰ろう」と言えばウンと応え、ザーメンでこわばったこのソファの上で自分の腕にもたれ掛かる……

　ブロック、ブロック、しっかり自分を摑まえるんだ！　だが、彼の心の太古の暗がりには、もうひとつの別な声が渦巻いていて、こちらは、心の錠を蹴破ることを迫ってくる。自分がどれほどそれを望んでいるかをブロックは知っていたし、その衝動に屈したらどうなるかも知っていた。一度、そう何年も前ではない、醒めた意識で眼を見開いたまま、ＴＶ画面のちょっとしたことから笑い出したことがあった。それはふつうの笑いではなかった。ピークに達して引いていくというのではなく、息をつく度にどんどん激しくなっていく。このままいったら、脳はどうなってしまうのか、内からあふれる洪水に押し流されてしまうんじゃないだろうかと恐怖する間にも、彼の頭は超自然的な軽さの中へ引き込まれ、三次元の空間認識では説明不可能な進路を引き回された。彼は戦慄した。自分の脳が靴下のように裏返しになるのが一瞬見えたあと、それきり感覚のブランク状態が続いたが、ある時点で嘔吐が起こり、それが何らかのサイクルを断ち切って、それで彼は「救われた」。自分の人格を構成する、吐き気を起こす部分に、自分を救う力があったという発見は、自分という人間についての大きな啓示であった。思いもしなかった制御の力が自分には潜んでいる、この先どんな笑いがきてどこへ自分を押し流していってももう大丈夫だ、と。以後、彼は簡単に笑わないよう気をつけるようになった。当時、自分と同年代の人間が、時代を吹き抜ける享楽の風に身をまかせて、規律正しい仕事人生から次々にさまよい出るのを彼は見ていた。同僚にさえ、髪を長くし、同性の若者と連れだって、はるか遠くの海岸沿いのサイケデリック・マッシュルームの生育する大牧場に行ってしまう者がいた。司法省の、ガラスブロックと石灰岩《トラバーチン》でできた便所の仕切りの中にも、ピンク・フロイドとジミ・ヘンドリクスがあふれて反響した。どこに眼を向けても、ブロックの眼には制御不全の徴候が映った——もっとも他の者は、ブロック自身の制御に関して不安を感じていたのだけれど。

司法省の職務監視委員会が彼を監視下に置いたのは、少なくとも、彼が私設の移動陪審団を持った時期に遡る。地方局のTVニュースでカリスマを気取り、ラジオのトーク番組にゲスト出演し、赤身ステーキの看板を掲げた郊外の宴会場で開かれる「私的」な集会に呼ばれてスピーチする様子を彼らはチェックしていた。そこにフレネシの一件が登場するに至って、関心は急激に盛り上がる。連邦検察官が、左翼の家系の三代目の、機会があれば自由の女神も爆破しようかという過激派の女闘士に熱を上げるとは、なるほど興味をそそる事態である。ブロックはいつまで今の職にとどまるだろうと、そんなことが話題になって、何週分もの給料に匹敵する額の賭けが行われたが、多く見積もる者も、少なく見積もる者も、検察官としての彼の余生をあと何日と、日数で語った。「ちょっと話があるから」といって呼び出された時は、委員会の面々の不安をうち払うのに充分な率直さを見せたけれども、それ以上はひと言も漏らさなかった。一定範囲のことは、カモフラージュし、強固にガードを固めたうえで、すべて晒して見せたけれども、最終的にはきっぱりと彼女とのことを否認し、胸の感じはこんな具合でアソコのシマリ具合はああだったとか、尋問官相手に軽口を飛ばし、ともかくも抗弁の様子は見せずに押し通した。「この次はな、ブロック、オレたちのところに来て、ちゃんと希望を言うんだぞ。どんなタイプの女だって、好みに合わせてファイルしてあるんだから。過激派のスケが望みなら、そう言えばいい。キーボード叩けば一発だ。ノー・プロブレム、ブラザー！」そう言われて、彼は時々、冗談でなく彼らのところに行き、自分の好みを申し立てた。ファイルには、スリーサイズ、髪・眼・肌の色調が年齢別に取り揃えられていて、顔つき・体つきもネオ・ロンブローゾ風に細かく分類されていた。その中から彼が選んだのは、しかし、フレネシと接触した可能性がもっとも高い女ばかりだった。ドリンク片手のちょっとした会話の中で、彼女の名前がふと相手の口をつくわずかな可能性に賭ける。我慢強く穏やかに、一つのほの暗い星に向けて、会話を導いていく涙ぐましい奮闘が続いたのである。

それでも監視の目は光っていた。実際にゲイツの娘の居所を突き止めようとして、LAにいる母親とコンタクトを取ったとなれば、彼女とて連邦検察にとっては長年の「関心人物」であるわけだから、その事実はまたたく間に監視委に知れ渡り、「脱糞的衝突」へと発展するのも眼に見えている。仕事か恋か、どちらを取るか、こりゃ昔ながらの悲しい物語よ、と言いつつ、どちらも結局あきらめない。選択は下さずに、PREPのマスタープランに専心し、雑木林の打ち払いや、敷地の地均しの指示を進める毎日だった。事態がなんとか鎮静して、さらなる悪巧みを進めるためのカリフォルニア長期滞在の許可がやっと下りたころには、心の疼きも、連邦役人の痔瘻《じろう》程度のものに治まり、月の夜にヒッピーの間をうろつく習癖もほとんど止んで、小便以外にペニスを手に取ることもなく一週間が過ぎゆくまでになっていた。

こうして過ぎた一年の間に、フレネシはゾイドと出会って結婚しプレーリーを産んでいたが、次に顔を合わせたときに、ブロックはそのことを知らず、フレネシもあえて自分から言い出すことはしなかった。一年前のラス・スエグラスの、フリーウェイの入口にある給油ステーション。道へ向かって張り出した端に立って、DL一人を乗せたカマロがフリーウェイへの上り口《ランプ》を上り、行方の見えぬ未来へと消え去るのを見つめながら、フレネシはブロックに電話してPREPに戻ることまで考えた。〈秒速24コマ〉へは戻れない。以前の自分に戻ることは論外だった。ウィード殺害のお膳立てに手を染めたことはもはや公的な事実として警察のファイルに永遠に記録され、この国で一番ノロマなヘボ警官の取り巻きでさえも知ることができる。そのファイルには、フレネシが両親から軽蔑するよう教え込まれた〈協力者〉の文字が永遠に書き込まれているのだ。

「それが欲しいわけだろ?」ブロック・ヴォンドの黒い霊が、大陸の向こう側から彼女に問いかける。「〈永遠〉が。そうさ、そのくらいロマンチックでなきゃいかん。我々は〈永遠〉を与えることができる。なに簡単さ。司法省は、約束の品はお届けするんだ」彼女の欲しいものを知っていたんだろうか。当人が知らなかったからといって、自分たちは知っていると言う権利はあるのだろうか。夜が迫るころ、彼女がさまよい着いたのは、夕闇に包まれ始めたポプラの木が小川の土手に並ぶところの、〈フィルのコットンウッド・オアシス〉という名の酒場だった。その奥はモテルになっていて、小川の上にせりだしたダンスデッキが設けてある。フレネシの座った前にビール瓶とグラスとが運ばれてくるが、彼女の眼はうつろでどこにも焦点が合っていない。店は帰宅途中とは名ばかりの夕暮れのドリンカーらで次第に埋まり、腹をすかせたモテルの泊まり客が言い争いなどしながらガヤガヤと交ざってきた。そんな中、ザ・コルヴェアーズがステージに立った。ここでのショーのために考えてきたバンド名が「ザ・サーファデリックス」。

「ルイ・ルイ」と「ウリー・ブリー」に始まる、一連のスタンダード・ロック・ナンバーが始まった。客の好みとは無関係のウォームアップの演奏である。当時のバンドマンなら誰でもしていた長髪に加え、ザッパ髭をたくわえワイヤリムの黄色いシューティング・グラスをかけたゾイドは、すでに客席を物色していて、フレネシの姿をしっかり眼中に捉えていた。自作の曲名を仲間に告げると、彼はマイクを引き寄せ、ヴォーカルをとる。

ウ――ッ！　また始まったハートの疼き
抑えられないこの気持ち
文無しヒッピーのオレの胸に
チープ・ロマ――ンス？
煤だらけの恋

（ここでスコット・ウーフのギター・フレーズが入る。ミッキー・ベイカーが「ラヴ・イズ・ストレンジ」〔一九五六〕で聞かせているのとまったく同じ。このタイプの曲には必ずこれを入れるのが、スコット流のプレイだった。）

君はホットなトマトのように
オレの体を熱くする
尻の財布はカラだけど
オー・チープ・ロマ――アアアアンス！
ズボンの中が火照るのさ

さもしいヤツと人は言うけど
これがオレのスタイルなのよ
君も燃えてきてないかい？
オー・チープ・ロウオウマ――ンス？
煤だらけの恋

「その歌きいて、一目惚れしたってわけ？」何年も後、両親の出会いの逸話を聞かされた娘の反応。「歌だけじゃない、オレのルックスも大いに関わっていた」とゾイドは答えたが、フレネシとの関係が壊れていくころには、「誰だってよかったんだろうが」と喚き立てていたのだ。「スコットだろうが、ヤク中のサックス吹きだろうが、誰だって同じだった。そうだろうが。手近な男をつかまえて、そいつにくっついて身を隠そうって、そういう魂胆だったんだろ、ちがうかい」

隣りの部屋の赤ん坊は静かに寝ている。もう何週間もフレネシは、ゾイドの頭の中で、ぎこちない物語がしどろもどろに組み上がっていくのを観察していた。自分から助け船を出さずにいたのは、どこかでゾイドが話の筋を踏み外し、自身の意見より母サーシャの意見におもねってフレネシが少しはマシな人間に見える物語を編み出すのではないかとナイーヴにも期待したから。しかし思うようにはいかなかった。ゾイドは細部の理解はめちゃくちゃでも、基本については無慈悲なほど取り違えない。ブロックとの件もウィードの件もブロック再来の件も、事実をしっかり摑み取り、逃げ場を与えてくれなかった。

ロマンチックなお話が好みの向きには、ブロックがフレネシを求めてカリフォルニアにやってきた――少なくとも、西海岸ですませるべき用事のひとつに、フレネシの居所を突き止めることを加えていた——と思えるだろう。実はフレネシのほうが、見つかる可能性が高い場所にわざわざ出かけて彼を待っていた。サーシャの元に里帰りしていることが普段より多かったのも、自分が育ったこの家の、アカ狩り時代の記憶に引きずられてのことである。一瞬きらりと光を反射するカメラレンズ、忍び寄る物影と物音——それらの記憶が現実のことのようによみがえり、彼女は自分が見つかること、彼によって見つかることを確信した。いつかブロック本人が現れて、自分を攫って行くだろう、と。

ゴルディータ・ビーチに移った彼女は「ゾイドの女」と呼ばれ、それから「ゾイドのかみさん」と呼ばれた。お腹の中にプレーリーがいるころは、このバンドに出入りする女の子らと、バンド仲間の溜まり場である古いビーチハウスの、網戸に囲まれたテラスに腰を下ろして、心も体もハイに保つという薬草入りのドリンクを素焼きのマグで飲みながら、日がな一日、海を眺めて雑談にふけったりする日々だった。ラジオはいつもKHJかKFWB。満開のアイスプラントの花が、白い砂浜に垂れ下がり、網戸を通して潮風が入ってくる。見つめる視線の先は、水平線の彼方だった……妊娠期の中盤に彼女はUFO幻想にハマッたことがある。くっきりとした円盤の姿を、人にからかわれながらも、見たいだけ見ることができた。まるで空全体が伸縮自在のシーツであるみたいに、銀色の飛行物体が、レイリー散乱によるスカイブルーの空から飛び出してきては、またその空へ収まっていく。なにか容赦ない力が異世界からこの世に割り込んできたかのようだった。内陸に眼を向ければ、建物に覆われた砂丘を越え沿岸ハイウェイも越えた遥か向こうには大盆地《グレートベースン》が広がっている。撒かれる水も降り注ぐ日光も大胆な、酒とスピードと暗闇《シャドー》が心を煽る、カリフォルニアの農作地帯。その大地が、サーフバンドであるはずのゾイドらを海から引き寄せた。注がれたスープのようなスモッグをたたえた盆地で、昼間は屋根張りや溝掘りに精を出し、夜はザ・コルヴェアーズとして、ラグーナからラ・プエンテに至る小さなクラブやバーでプレイするという、せわしい往復の毎日だった。ちょうどLAのロック・シーンが成熟し、バロック的な装飾主義へ向かいつつあるころのこと。押し寄せるロックを、ゾイドはいかにもサーファーらしく、二十年のサイクルで大きく盛り上がる時の波として捉えていた。一九二〇年代は映画、四〇年代はラジオ、いま六〇年代に押し寄せたのはレコードの波。巨大なうねりに包まれたロスの街は一時期まるで音楽センスを失った。まともな時代に演奏しようと思ったら砂漠の中、オアシスの便所ででもやるほかないという程度の連中が、次々とレコード会社と契約を結ぶという展開だった。若者の市場原理は若者たちが一番よく知っているというわけで、昨日《きのう》までは郵便物の荷ほどきとかをやっていた新入りが、突然重役クラスに格上げされ、眼のくらむような額の予算執行を委ねられる。スカウトのため街に出された彼らは、歌のひとつも歌え、レコード会社の重役室まで足を運んで来られる者であれば、片っ端から呼び寄せて契約した。〈子供〉へ向かう文化の波が、判断力というものを挫いていたのだ。バンドの商品価値なんて実のところが誰に分かる？　次代のスーパースターを逃しちゃったら大変よ、というわけで、未曾有の市場の膨張に鼻息を荒くした業界は、どこまでも強気の勝負に打って出た。百万ドルに達する額の契約が、夢のお告げや〝バイブ〟によって成立する。ザ・コルヴェアーズの場合は、ちょっとした幻覚が絡んでいた。スコット・ウーフがグループの売り込みに成功したのはインドレント・レコードといって、無節操に何でも出しているハリウッドの新手のレーベルだった。コルヴェアーズの面々が契約のサインのために事務所に出かけたとき、彼らを迎えた制作部長は、まだ高校も終えていなかったが、この少年、ちょうどそのとき、紫色のLSD（蝙蝠《こうもり》マークの箔押し付き）と初めての精神の出会いを果たした最中であって、部屋に入ってきた彼らを、異次元からの使者と思った。空の上から過去何年も自分のことを観察し、よし、この若者に富と名声をもたらしてやろうと、ロックバンドに姿を変えて顕現したに違いない、と信じた彼は、異様な上機嫌で彼らを迎えた。事務所を出る時にはゾイドら本人たちも、相手の幻覚をそのとおり信じてしまっていたようだが、契約内容は、その日の標準書式をそのまま採用するしかなかった。というのも、新たな条項を加えるには言葉が必要になるわけだが、そばで震えが聞こえるほどバイブレートしていた制作部長の頭は、言語という媒体から全くプッツンしてしまっていたのである。「部長《デパートメント・ヘッド》」と聞いて彼は、すっとんきょうな声を上げた。「デパートメント・ヘッドだって？　ここにいるんは、みんな、ハハハ、うちの部のヘッドでしょうが！　ハッハッハ」

　それから一週間、また一週間。時はショボけた波のように寄せては引いた。週ごとのオプション条項も一つまたひとつとポシャッていき、一枚のアルバム契約も進まぬまま、ザ・コルヴェアーズは陰鬱な、とは言わぬまでも、ほの暗い静けさの雰囲気に捕えられていた。しかし〝サーファデリック〟バンドとしてはともかく、ふつうのバーのライヴバンドとしてなら彼らの評価は定まっていて、仕事にあぶれる日がそれほど多いわけでもなかった。南カリフォルニア一帯で昼夜を問わずグルーヴィなギグがあると、彼らはきちんと集まって一緒にLSD《アシッド》をやった。とはいえ、期待された恍惚感をバンド全員一体となって突き進むという展開は得られたためしがない。ヴァン・ミータがバッファローだった前世に戻って、アメリカ西部の大草原をびっしり埋める群れの暮らしに入り込む一方、スコットは自分の指先から溢れ出す極彩色の漫画のキャラにうっとりする。ドラマーのレフティは、ヘビや腐乱する肉体やイージーリスニング・サウンド（！）が入り乱れる恐怖の中でバッド・トリップを続けており、ヘロイン好みのサックス二名は注射を打ちにいくのか、あらぬ彼方に姿をくらましてしまう。ゾイドはといえば、遠く輝くフレネシと、無限に縺れた筋書きのドラマを想像するばかり。ゾイドにとって無期刑のようなフレネシ。芸術的な生産技術を誇るLSDがあってもそれさえ忘れさせるフレネシ……

　そのフレネシは来ぬ人を待ち続けていた。異星人の出没するスチール色の水平線を眺めながら。あるいは、人から借りた車でサーシャの家までドライブし、裏の小さなパティオに座ってダイエット・ソーダを片手にサラダなど摘《つま》みながら。最初からフレネシは、答えるのが辛すぎる質問を母が最初にするように仕向けた。いきなりDLのことが飛び出した。「別れたのよ。どこに行ったか知らないわ」一瞬娘を正視してからサーシャ、「あんなに仲が良かったのに……」と言ったが、すぐに会話は、避けがたく、お腹の赤ん坊のことに戻っていった。

「いつだってここに居ていいんだからね。ここにあるのは、ガランとした部屋だけなんだし」最初にこう言われたとき、フレネシは申し出を半分拒むように、「ゾイドが嫌がりそうだから」と言ったが、母はうなずいて、「それはよかった、あの男に一緒に住んでくれなんて頼んでません」と応え、後には、「時はどんどん過ぎていくの。あんなビーチの家で赤ん坊を産むのはやめなさいよ」という言葉まで加わった。

「赤ちゃんに、波の音を聞かせていたいのよ」

「いいバイブレーションが欲しいっていうのなら、おまえの昔のベッドルームで育てたらいい。過去との絆っていいものよ。心なごみますよ」

すすんで認めたくはなかったけれど、母の言うことは的を射ていた。ゾイドに話すと、彼は沈痛な顔でうなずき、ポツリ言った。「あんたのママは、オレのこと嫌ってるからな」

「なに言ってるの、ゾイド、心から嫌ってるわけじゃないのよ」

「オレに向かって『気のふれたヒッピー』って言ったろうが」

「そりゃ、あの晩、あなた、車でわたしたち轢こうとしたからじゃない。でも――」

「オレはギアをパークに入れようとしたんだ。そしたらあのバカ車、勝手にドライブに入りやがって。欠陥車だったんだよ。メーカーからリコールがあったろ? 新聞に出てたの、ちゃんと見せたよな?」

「でもあなた、わめいてたし、母は故意のことだと受け取ったのよ。あのくらいの呼ばれ方で済んで、よかったと思わなくちゃ」

ゾイドはむくれる。「そうかい。じゃあなんで、オマエのおふくろさん、もうオレたちを車まで見送りに出てきてくれないんだよ?」まだタイムアップまでには数秒あるだろうが、このゲーム、すでに女性軍の勝利は動かない。争点はすでに、我が子の出産に際して、妻の実家に入れてもらえるかどうかにあった。

それはもちろんOK。モッキンバードの歌声が街路のあちこちから聞こえてくる爽やかな五月の宵に、プレーリーの頭がスルリとこの世に絞り出されてきたとき、サーシャが娘の手を固く握り、助産夫のレナードが胴体もスルリと押し出そうと奮闘する傍らで、すっかり動転したゾイドは、神聖にしてコズミックな慰安を求めてアシッドを一カプセルの四分の一ほど飲み込んでいたのだが、現れた赤ん坊を覗き込んで、心は宇宙に吹き飛んだ。初めて眼にする我が子の顔は、片眼はまだピッタリ閉ざしたまま、もう片方はグリグリとかなり激しく動いている。すげえ、オレにウィンクしてる、とゾイドは解した。女の子らしい温和な表情と、レナードのペイズリー織りのネールシャツのカラフル模様と、胎盤の色とが彼の視界で混じり合う中、いま両眼とも開いたその子は、眼を真っすぐゾイドに向けた。そして彼が誰だかを認識した、とゾイドは強く確信した。おい、ゾイド、生まれたばかりじゃ眼はよく見えないんだから、と後でからかわれたけれど、あの瞬間の確信は揺るがない。この子とオレとは、どこかの異世界ですでに出会っている、この眼はちゃんとオレが誰だかわかってる——という思いがリアルに胸を締め付けた。あのころのアシッドの冒険は、飛来しては消滅し、忘却、棄却の運命をたどり、あるいは心にさまよいこんだゴロツキの観念ばかりであったけれど、そんな中にも、運が良ければ一つふたつ、人生の節々でそこに戻っていけるよう心のディスクに保存されるものもある。ゾイドにとっては、あの時のプレーリーの幻視された眼差しがそれだった。「なあんだ、あなただったの！」って言ってるみたいな誕生の瞬間のプレーリーの眼は、後のゾイドの人生でかけがえのないものとなった。クリンゴン星人が迫っているのに宇宙船の舵もはたらかず、ワープエンジンも作動しないという苦境に陥るたび、ゾイドはお腹から出てきたばかりのプレーリーが自分のことを「オー、ユー」といって見つめた体験を思い出しては慰められていたのである。

だが一方フレネシは、出産の当日もそれに続く週末も、人生最大の落ち込みのさなかにあった。なのに誰も、そのことに気づいてもくれない。父親になった喜びで頭の中が霞んでいるゾイドばかりか、サーシャでさえも。自分に宿って自分の体をいいように何ヶ月も酷使しヘトヘトにした上、この先まだ自分の上にのしかかってこようとしている小さな生命体に憎しみすら抱いた冷え冷えした記憶を、〈時〉は洗い落としてくれなかった。……TVのトークショーもなければ、自助ネットワークも、フリーダイヤルのカウンセリングもなく、育児の知識も何も、外部から得られなかったころのことである。暗闇に落ちるままに、自分が助けを必要としていることさえ見えずにいた。赤ん坊は搾取のプログラムを進めるばかりで、自分のことを寄生宿主としてしか認知せず、母乳と睡眠を奪い取っていく。母親になることで人は新たな汚れなき魂、真実の愛、大人の現実に向けての跳躍を勝ち取るとか聞かされたことがあったけれど、何のことだかわからなかった。彼女は裏切られた気がした。吸い取られ、吸い尽くされ、すべてが終わるのを耐えて待っているだけの、うちひしがれた雌動物……。ある晩の午前三時、深夜映画の流れる前でサーシャが赤ん坊を揺すっている。スローに刻む心搏と、トクトクと痛む乳房を感じながら、画面の光を浴びたフレネシがかすれ声を立てた。「この子つれて、どっか、消えてよ」

「え？　おまえ……」

「消えろって！」もうたくさん。かまうもんか。ヨロヨロとバスルームへ向かうフレネシを、体中から湧いて出る呻きが捉えた。痙攣のような泣きじゃくりがタイルの壁に響き渡る。娘の体から一つまたひとつと絞り出されてくるもののあまりの陰惨さにサーシャは、眠った赤ん坊を腕に抱いたまま身動きできない。この絶望の叫びが、実の母から発せられる原初的な嘆きのメッセージが、子の心に、何かしらの超常知覚の回路を通して届いていないだろうか？　遮らなくては、とサーシャは思った。遮って、わたしが吸い取ってしまわなくては。「やめて、だめよ、お願い。いまだけなんだから、よくなってくるのよ……」そう叫んで返事を待つ。何でもいいから言葉を返してちょうだい。サーシャは、何かフレネシの体に危害が及ぶものがあってはいけないと、バスルームの中にあるものを一つひとつ思い浮かべ、赤ん坊をベッドに戻してバスルームに向かったちょうどそのとき——娘は出てきた。サーシャの片腕を摑み、聞いたこともない声で、「その子つれて、こっから失せてよ！」——部屋の灯りのほとんどが、フレネシの青い眼に映っていた。あんなに可愛かった瞳は今、行く手の奈落を見つめるだけ。荒々しい青い炎が燃えさかる。陰影のない、決然とした野性の眼。

打ち負かされ幻影に囲まれたこの時間にフレネシはヴォンドを身近に感じた。彼をこよなく必要とした。彼自身の秘かな恐怖をひとつのイデオロギー——各人の生は死をもって完遂するのだというイデオロギー——へと敷衍していく男。ほの暗いライトのついた玄関口を通ってブロックがやってくる。彼の影がフレネシを覆う。ファシスト的建造物を飾る猛禽類のような彼の訪問に、しかしフレネシは不思議な安らぎを覚えた。影がささやく。「これが君の望まれている姿なのだよ。乳房を腫らした牝犬《ビッチ》。泥の中に寝そべった、表情のないノッペラな顔をした、観念して、単なる肉と匂いになりきった牝犬さ……」もう自分は光ではない。もう自分は銀色ではない。彼女は理解した。不可視の世界から銀の粒子が一粒一粒引きずり落とされフィルムに付着し、古さと喪失と破壊と手垢にどんどんまみれていく。かつて彼女は〈時〉の外側に生きることを許されていた。重さのない眼に見えない姿で〈時〉の中に自由に出入りしては好きなように収奪し操作する特権的な人生を。いま〈時〉がふたたび彼女の身柄を押さえた。パスポートを取り上げ、苦痛を感知する器官だけはフル装備した動物の状態に彼女を軟禁した。

そんなところへ別の男が現れるというのは、その男にとってなんともバツの悪い話だけれども、このとき屋台のトラックみたいな照明を灯したタクシーに乗ってやってきたのは誰あろう、娘婿のゾイドの電話で初孫の誕生を知ったハブル・ゲイツであった。折りしもサクラメント市を抜けた田園の街道沿いにオープンした安売り家具屋の開店祝いの仕事に出ていた彼は、今宵最初のアーク灯に点火して、その白炎から発するビーム光線が夜空を貫いたその瞬間にうれしい知らせを受けたのだった。雇われバンドが、ガーシュインの「君を歌う、ベイビー」を演《や》って祝福する。まわりには煌めくスピナーがクルクル回り、国旗がはためき、アップビートのミュージックが響き渡り、かき氷とホットドッグの屋台も出て、子供たちがキングサイズのウォーターベッドの上で跳ねていた。それらに囲まれながらハブは、世にいう「おじいちゃん」の仲間入りをしたのだ。彼自身の設置した一隊列のアーク灯が紫の空に向けて光子を飛ばし、カリフォルニアの平原の何マイルも先に住む人民にも呼びかける。夕食のテーブルでくつろぐ労働者の家族のみなさん、99号線を行き交うドライバーのみなさん、どうぞ一度来てみなさいな。もう夜だからとか言わないで、TVもステレオも家電も何でも揃えてお待ちしてます。いえ、連帯保証人もクレジットの身元保証も要りません、あなたの正直なお顔を引っさげて来て下されば それで結構……そんな調子で、すべてが完璧に調和した、一生のうちでも滅多に訪れることのないゴキゲンな晩のこと、「よし」とハブは心に決めた。「歴史を作るのは一時休止だ」スポットライトもトレーラーの索具も、同業仲間のドミトリとエースに任せ、市内バスと長距離バスをあれこれ乗り継いで、真夜中を大分回ったハシエンダ・ハイツの電話ボックスに辿り着いたが、そこから車を呼ぶのがひと苦労。法外な料金をふっかけてきたタクシー会社は、その上に彼の身元を確認し前科のチェックに手間取った——というわけで、こんなに遅くというべきか、こんなに早くというべきか、ともかくもハブは駆けつけたのだ。

サーシャは、「よしてよ、こんな時に」でも「ああ、あなたなの」でもなく、珍しく抱擁をもって——抱擁とため息と狼狽をもって——彼を迎えた。「ハブ、実は、困り果ててたの」

「何だ、赤ちゃんのことか？」

「フレネシのこと」サーシャは事の次第を語った。「あの子と一緒にいるだけでもう精いっぱいなの。わたしだって睡眠が必要です」

「ゾイドのヤッコさんはどこなんだ」

「子供ができてから、もうずっと遠い世界に行きっぱなし。いまは、どっかのうらぶれた惑星じゃないかしら」

「おれにスポック博士をやれってか？」ハブは紳士的にウィンクをして、赤ん坊をフレネシから回収すべく苦痛の足取りでベビーベッドへ向かうサーシャの背中にピタリとついて、彼女のお尻をポンと叩く。

「ちょっと診させてもらっていいかね」部屋に入ったハブに向けられたのは、やつれきった顔の口もとを無理やり開いたみたいな笑顔だった。「なんだなんだ、騙されんぞ、どこだい、きみのスマイルは、ん？」

フレネシは昔の自分のベッドで丸くなっていた。カーテンが夜明け前の通りを遮っている。「ハイ、父《パップ》さん」いや、実際ひどい顔だ。ほとんど別の人間である……。精神療法はハブのお得意であって、相手を見つけてはよくやっていたのだが、彼の考えるセラピーとは、その相手に自分の悩みをとくとくと話し続けることであった。顔が変わってしまうほど落ち込み、傷つき、無防備になった娘に向かって彼は、陰鬱な調子でごくありふれた人生の悲話を語り始めた。何かの結果を期待してということではないが、それでも話し続けるうちに娘が落ち着いてくるのが確実に感じられる。コツは相手が賛同も反論もしないよう、一定の低い調子を保つことだ。妻との最初の別居以来、ある時はバスの隣りに乗り合わせた人に、ある時は庭の犬に向かって、またある時は夜中のＴＶの青白い光を浴びた自分に向かって語り続けた物語を彼は語った。「要するにだ、おまえの母さんはおれっていう人間に愛想を尽かしたってことなんだな。プライドの高い人だから、自分じゃ認めんだろうが、実のところはそうなんだ。あの時代のああいう情況を政治的に考え抜くっていうのは、母さんにはできても、おれには向かんことだった。どうやって傷を負わずに切り抜けるかって、そっちの心配ばかりしてた。母さんから見りゃ、意気地なしさ。あの人の父さんは組合の闘士だったんだから。悪に立ち向かい、斃された。母さんにとってはそれがアメリカ史の基礎コースのすべてだったんだ。そういうんと比較されたら、誰だって参るわな。おれは妻のため赤ん坊のため、必要だと思うことをやってたんだ。だもの、自由ってことの意味が母さんとは違っていたって、そりゃ当然だろ。おまえのおじいさんは〝自由〟をトコトン進めていきゃ〝死〟に通じるってことを理解してて、それでも恐れず驀進《バクシン》したけど、おれは違う、おれは怖いよ。連中は狙った人間の上に木を倒すだけじゃないんだ。ブルート４５０（照明用増幅器）だって平気な顔して落としてくるんだからな……」実はハブにしても、かなりひどい目に遭わされていたのだ。ワーナーのスタジオへの出勤初日からしてヒドいものだった。仕事場はストライキ中。で、自分の仕事は何かと聞いたら、スト破りとのこと。ストを蹴散らすために組織された一千人のゴロツキから成るIATSEの軍団の一員として働くのがおまえの仕事だと。本当は自分などより、もっと体軀が頑丈でコワモテの者が望まれていたということはわかったけれど、それでもハブはしばらくそこに、当惑した表情で頭を振りつつ佇《たたず》んでいた。自分が第二次大戦を戦ったのは、まさにこの手の戦闘を地球上から追放するためじゃなかったのか。ええい、ままよ、と彼は角を曲がって道路を渡り、おれ、まだ雇われてもいないんだが、ピケ隊に加えてもらえないかと尋ねた。するとたちまち、彼の頭に空から電光《ボルト》ではなく文字どおりのボルトが降ってきた。スチールギター奏者が手にするボトルネックと同じサイズ、同じ重さの六角頭のラグ・ボルトだ。防音スタジオの屋根に配属されたIATSEの軍団の一人が、ハブを狙って投げたもので、その衝撃で頭がポーッとしたのと同時にハブは、自分の決断が正しいものであったことを明晰に理解した。しかしハリウッドの政治に、その細部の襞《ひだ》にまで入り込んでいったのはサーシャのほうである。IATSEという、スタジオと結託した組織犯罪のウジ虫どもが一方にいて、これにハーブ・ソレルのCSU（スタジオ組合会議）が相対《あい》する。こっちは断固リベラルで進歩的でニューディールで社会主義で、だから政治が毒々しい情況になってくるといっぺんに「アカ」にされる。もめ事は当初からずっと続いてきたのだが、戦争が終わると激しいストライキが連発するようになった。新聞はどれも二つの組合が労働者の組織化をめぐって争っているというふりを守った。が実際は、もとからあった頑迷な組合潰しの勢力が——そもそもカリフォルニアに映画産業を持ちこんだのが彼らだったわけだが——ごく最近まで安手の労働力にただ乗りしてきたのを、ストを打たれて燃え上がったというにすぎない。自分らの活動が抵抗に遭うや、たちまちスタジオ直属のスト破り軍団の登場となったのだ。その兵力はしばしば一個大隊に相当した。これにブラックリストの威力が加わるのだから、最初から戦《いくさ》の行方は見えていた。この国に渦巻く新しさへ《ミツニイズム》の恐怖がこれほど明らかに顔を見せた時というのも稀だろう。訴追と判決と追放の複雑なシステムが、IATSEのロイ・ブリューアや映画俳優協会《スクリーン・アクターズ・ギルド》のロナルド・レーガンらの先導によって、業界全員の仕事人生をコントロールする。民主党選挙人名簿に登録するまでがギリギリの許容範囲で、それを踏み越えて左に傾くとチェックがかかる。技術職の人間をリハビリする方法は単純だった。IAに入れ。CSUを去れ。だがハブは頑固で、戦争中の高揚した愛国精神からまだ抜けておらず、つぶされていく側に最後までしがみついた。事態を分析してみるどころか、ただひたすらナイーヴに、みんなも自分と同じに世界を白黒に分けて見ていると思いこみ、誰はばかることなく自分の考えを口にしたのである。相手は異を唱えるか、適当に相槌を打っておいて、のちにしかるべき場所でハブの発言を書類に残した。そのうちに彼のかける電話に誰も出なくなった。自分の名がどこかの裁判で口にされたとの噂が聞こえる。そんなとき、傷ついた彼の顔はほとんど少年と変わりなかった。そんなのおかしいよ……

ハリウッドにやってきたときは、すこぶる陽気な二人だった。サーシャがハンドルを握り、隣りでハブはハワイから持ち帰ったウクレレをかき鳴らし、ふたりの間のベビーシートに座っている赤ん坊のフレネシに向かって「椰子の木陰で」を歌って聞かせる。パール・ハーバーから木箱にぎっしり詰めて持ち帰ったアロハシャツのスリーブが赤ちゃんのカラフル・ウェアとしてぴったりの長さで、干したときの乾き具合も抜群だった。ハリウッド・フリーウェイもまだ真新しく、風さわやかな晩になると二人はふらりドライブに出た。街の灯は軽快に流れ、ワックスをかけた車体にも、クローム製のストライプの上にもきらめきが滑っていく。ベンゼドリンの吸引者を見つければ、オープンカーは彼の鼻先をかすめるように前進と後退を繰り返した。ふたりの口にはいつもバップのメロディが浮かんでいた。「クレイジオロジー」そして「クラクトヴィーセッズテーン」。ひとりがサックスのソロを取ると、もう一人がトランペット・ソロでつないでいく。ウェイドとドッティの家のガレージに住居を構えた二人は――当時のロスはひどい住宅不足でトレーラーにもテントにもビーチにも人が暮らしていたのだ――夜は〈フィナーレ・クラブ〉に通い詰めてバード、マイルズ、ディジーをはじめ、当時ウェストコーストにいたジャズメンの演奏を片っ端から聴いた。サウス・サン・ペドロ通りのこの地区は、日本人居住者が強制収容される以前はリトル・トーキョーとして知られていたところ。メタルの低い天井の下で連夜、バッパーとリーファーとゴーティとポークパイが群れていた。新しい世界が生まれ出る――それはもう戦争が決めたことだったのだ。ハブは外から帰ってくると警官隊の消火ホース、催涙ガス、棍棒とチェーンとケーブルの切れ端の話をし、それを聞くとサーシャもつい惚れぼれとしてしまう。傷を作って帰ってきたこともあれば、拘留されて帰って来ない時もあった。保釈金をつくるためにサーシャは夜を徹して働いたりもしたのだけれど、夫のほうは仕事といってもまだ見習いの照明技師で、電気スタンドやトースターの修理だとか、反共体制の網の目からこぼれたところで帳簿に載らない仕事を好意で回してもらうという毎日だった。師と仰いだ老電気技師らは、手の、特に親指のあたりが黒く固まったようになっていたが、これはワット数など気にかけずに電流のテストを繰り返し、数限りなく感電した傷痕だった。彼らはハブに、仕事中は片手を常にポケットに入れておけと教えた。さもないとお前さんがアース線になっちまうと。この忠告のおかげでハブは何度も命を救われた。「だがおまえの母さんに言わせれば、いつも片手をポケットにつっこんでいるってところが、おれの一番悪いところなんだってよ。ちゃんと世の中に出て行って社会のために働くのかと思えば、ポケットに手を突っこんでる。政治的な意味でそうなんだと言われてもおれには難しすぎてわからんが、何してるのかと思や、がめつく小銭を数えてるか、さもなきゃ、こそこそ〝ポケット・ビリヤード〟で遊んでるか。あ、その意味は、おまえの亭主に聞きなさい。ありゃ男の専門用語だ。……いや、母さんがおれにもっと純粋な生き方を望んだのも無理はない。だが、おれのほうも、人生、転換期に差し掛かっていた。仕事がそうだ。……ちょうど『ブルート』ってやつの導入期でさ、あれはすごい増幅器だった。信じられんほどの光量だった。どのくらいの明るさか誰も教えてくれんかった。あれで仕事はじめたら、他の光じゃだめになる。あれがないと仕事にならんというざまさ。ああいうのも一種の心の病いってのかね。まあ電流切りゃ治るんだが。それとウェイドのことだ。昔のトランプ《カナスタ》の仲間でさ、一緒にピケも張った。肩を組んで一緒に闘ってきた仲間だよ。ある日そいつは寝返った。だが付き合いは続けた。人生長くやってると、そういうことはどうでもいいことのように見えてくるんだな。給料袋から組合費を吸い上げてくのがどっちか、アル・スピードたちの側か、IATSEか、そんなことはどうでもよくなる。闘いはもうずっと以前に終わってたんだ。終わってないフリをしていなくちゃいられなかっただけなんだ。いったい何のためだったんだ。何のためにおれたちはあれほど光を撒きつづけたんだ。映画のセットにも、エキゾチックなナイトクラブのセットにも、外にネオンの光るホテルの部屋の明かりも、雨粒が車窓を叩く列車の客室の明かりも……みんな今となりゃシャドーのようなもんだ。みんな影だよ。一生働いて金を貯めてそれが安全な株券になってエアコンつきの金庫室にしまわれていたって、それが何だっていうんだ。影だよ。水がこぼれるみたいにおれの指から世界がこぼれていったんだ。父さんは恥知らずの和平を結んだんだよ。IATSEに入って、後は退職の日を待つだけだった。たったひとつの財産だった怒りを失《な》くしてしまったんだ、何より大事な憤りってもんを、大量の影《シャドー》と引きかえに、売り渡してしまったんだ」

そう言い終えてベッドの上の若い女を見つめると、いまは仰向けの姿勢で眼を閉じている。パッと見には、顔形の整った長い髪の美人なのだが、よく見ると、目もとというより口と顎のあたりに翳りを、なぜか聞いても教えてもらえないだろう秘密を隠し持っている。「よお、照明さん《ヤング・ギャファー》」眠っているのかどうか確かめようとささやきかける。返事はない。「マイ・ベスト・ガール」って呼んでもいいんだがさ、それは母さんのことだから譲れんな」

フレネシの涙は次第に収まり、やがて止まるだろう。産後まもなくの死の願望も鎮まり、そのうちに突飛なユーモア感覚をもったこの乳のみ子を可愛いとさえ思うようになり、サーシャとの関係も以前のようにはいかなくても以前以下というわけでもなく続いていくだろう。だが打ち明けられない秘密は残った。トラセロ郡でのことも、オクラホマのことも。なにもかも無に帰すことができたなら！フレネシは願った。いままでどんな男に対して抱いたよりももっと激しい思いを込めて願った。どこかの機関が自分を無罪放免に、DLをきつく抱きしめたいと願うより、国家が崩落し銃声が消え去り戦車も爆弾もすべて溶けてなくなれと願うより、子供のままのフレネシがサンタに何をねだるより、もっともっと強く願った——サーシャと何時間も幾晩も話し続けることのできたあの無垢な日々に戻れたらどんなにいいだろう。男のペニスのことから「人は死んだらどこに行くの」まで、何でも話せたあのころに戻れるのなら他のすべてを捨ててもいい。さまざまな〝転向〟の中でもむかし自分と同体だった母親にどうして背を向けることができたのか、考えても解けない謎だった。運がよければ、一生解かずにすむかもしれない。赤ん坊がいるというのは恰好のカバーだった。おかげで自分は別物に、ママという生き物になれた。その生き物はこの国の端から端まで群れている。ママとして子供を育て、そうやって、いまのサーシャみたいになるまで敷かれたレールを外れずに生きていけばセーフなのだ。ゾイドと彼のバンド仲間の自由気ままで欠陥だらけの連中と適当に折り合いをつけて、ブロックのことも機動隊の包囲のこともウィード・アートマンの血も〈秒速24コマ〉の仲良し共同体のことも、過去の自分は全部忘れて、時々のんびりホーム・ムーヴィでも撮ってみる。いつも正しいセリフをしゃべり、予算オーバーに気をつけて一日一日きちんきちんと終えながら生の光が薄れていくのを待つ。プレーリーを盾にすれば間違いない。そんな隠れ蓑を使うのは、この上なく偽善的で下劣な行為だとはわかっていても……こんな葛藤がまだ収まりきらないうちのことだった、ブロック・ヴォンドがもう一度フレネシの人生に割って入ってきたのである。ロス市街、ピコ通りとフェアファックスの交差点付近。ビュイックの民間車数台を率いて迫ってきたブロックは、彼女の車を路肩につけさせると、車体に彼女を後ろ向きに張りつけて脚の間を蹴ってひろげ、御大みずからボディ・チェックを行うと、そのままモテルの部屋に連れていった。次第にサーシャのところに帰る足も遠のいていき、帰ったときもブロックの汗と精液の匂いがプンプンで、事態をサーシャに嗅ぎつけられなかったのが不思議なほどだったが、ともかくこれで、フレネシのゲームは新たな〝面《ステージ》〟に突入したのだ。ブロックの勃起ペニスをジョイスティックにして、危険な障害物、襲ってくるモンスター、宇宙から飛んでくる隕石を避けながら、一年、また一年、禁断のゲームセンターの奥まった暗がりでチカチカするディスプレイと向かい合ったまま先へ先へ突進する。門限はとっくに過ぎたのに家に電話をかけるでもなく、ポケットのコインはだんだん減っていくけれど、無言で自分のゲームに没頭する者たちの間で、誰にも気づかれず、閉店時間もない、スコアだけがすべてと化した人生を生きる。目当ては一列に並ぶ数字だけ。得点を伸ばし、他人のイニシャルの列の間にほんの短い時間、自分のイニシャルを差し挟んでおくことだけ。もう外の世界とはからまない、それ自体の内に固く閉ざされたゲーム・タイム。その狭い枠の中以外に決して彼女を連れ出してくれない、死を超越したというのは見せかけだけの、アンダグラウンド・タイム。

だがプレーリーのことを知ったとき、ヴォンドは子供の名前は口にせず、フレネシに向かって「出産したのかね」とだけ言ってニタリとした。別の何かが、生殖を強制される悪夢にまつわる何かが、彼を捉えたに違いない。というのも後になって突如幼な子の捕獲に向かったのだ。そしてゾイドが邪魔だと気づくと、この男の除去を指示するという、理性的とはいえぬ行動に出たのである。それはフレネシの家出から一年を経たある曇り空の土曜日のこと、片腕にプレーリーをだっこしたゾイドがゴルディータ桟橋まで散歩して帰ってくると、家の中には誰あろう取締官ヘクタその人が、ゾイドですら見たこともないような、大きな畳のような干し草《マリワナ》プレスを背に、劇画的に構えていたのだ。こんなものを戸口からどうやって入れたのだろう、一面に毛の生えたモノリスのようなそれは、神秘感をたたえて、天井に届かんばかりに聳《そび》えている。「ちょっと待っててくれや」唇に人差し指を当て、潮風を浴びながら眠り込んだ娘をそっと別の部屋のベッドに下ろし、哺乳ビンとアヒルちゃんをそばに置いて戻ってきたゾイドは、目をグルリと回しながら、その草塊のあまりのサイズに不安になった。

「あのさ、『2001年宇宙の旅』〔一九六八〕?」

「『春なき二万年』〔一九三三〕ってのもある」

よろけたゾイドは、巨大なパネルに手をついて身を支えた。「まさか、オマエの発案じゃないよな」

「ゾイド、アンタ、ウェストウッドのお偉いさんにえらい嫌われとるぞ」

ゾイドはプレーリーが寝ている部屋のほうへ、ゆっくりと眼球をまわし、またゆっくり戻してたずねた。「ブロック・ヴォンドって名前の、司法省の男は知ってるか」

ヘクタは肩をすくめ、「その名前、麻薬局のレポートに、出てきたかもしれん」。

「そいつとオレの元女房《エクス》のことなら知ってるんだ、困ったような顔すんない」

「ワシャ関係ないもんな。ワシはそういう、主題つきの領域には入り込まんことにしとるもん。絶対にな」

「そりゃ立派。感謝するぜ。だがよ、あの旦那はどこにいるんよ。なんでオマエをつかわして汚れ仕事をやらせるんだ。証拠捏造、被疑者を挙げて、赤ん坊を差し押さえるとなりゃ、こりゃ、誰が見たってあの二人のために動かされてるって思うだろうが」

「なんじゃと? 気いつけい。人攫いみたいに言いおって。頭オカシいんとちがうか」

「ホントかよ——オレから子供《トゥルーチャ》を取り上げるための策謀じゃないの?」

「めちゃくちゃ言うな、得にもならんことをな、ただ、友だちへの好意からやっとるだけじゃい」心が傷つけられたかのような抑揚。「友だち」という単語に、その意味はアンタが判断してやと言わんかのごときアクセントがついている。

「あ、そう、上からの命令で動いてるだけ」

「このごろの情勢、アンタわかっとるんかい。ニクソンが大統領になって二年ばかし、うちの職場もいろいろ組織再編ちゅうのがあってな、FBNから来たベテラン捜査官も、ゾロゾロ首になっとるんでワシも職があるだけシアワセな境遇でな、結婚カウンセラーのパシリみたいなことやらされても文句は言えんのじゃ」

「あー、口の泡、ちょっと拭けや。ヘクタ、まあまあ、いいんだよ。オマエの苦労もわかってんだ」

「わかってくれると思ったで」ここでヘクタはクロームの体育教師用のホイッスルを取り出してヒューッと鳴らした。「入ってこーい」

「おい、子供が……」ドタドタと入ってきたのは、BNDD（麻薬危険薬物局）のイニシャルのついた黒のキャップとウィンドブレーカーを着た、半ダースほどの職員たち。テレコ、野外捜査キット、無線機を持ち、腰に下げた拳銃は規格品から改造品まで。それに、もちろんカメラもスチール、ムーヴィの両方を持ってきていて、この干し草製薄型直方物体の前に代わりばんこに立っては互いの写真と映像を撮り合い、それから黒い大きなビニールシートを広げて、その巨大なブツを包み始めた。

「なあ指揮官《キャプテン》、お願いだ、ちっちゃい子がいるんだからよ。この子のばあちゃんに連絡をとるくらいの時間をくれよ」

「フム、んじゃ、特別サービスしましょ」口調の色っぽさが何ともグロテスクである。「ツケにしとく。いつかお返し頼むで」

「仲間のこと、タレコめってか？　そりゃキツい相談だぜ」

「アンタの童貞守るか、子供の幸せ守るか、ま、クジューの選択じゃろ」とヘクタが言ったあたりで、勢いよくドアが開いてサーシャが飛び込んできた。この時のヘクタの目玉の回り具合がまた強烈で、事情を知らぬ人には、子供の悪ふざけかと見えただろう。

「ガキのケンカじゃねえんだぞ。カアちゃんに言いつけるない」

「ゾイドさん、今度はまた何をしでかしたの。オヤマッ、たまげた」部屋に聳える大麻《カナビス》の草塊に気付いたサーシャは、「あんな小さな子が一緒に住んでるんですよ、あなたビョーキ？」

ここでキューが出たかのように、プレーリーが目を覚ましてわめき立てた。機嫌が悪いというよりは疑問をぶつけるかのように。ゾイドとサーシャは同時にドアに向かって駆け出して、絵に描いたようなゴッツンコ。よろけながら後ずさりする。「ウスノロの大麻頭《ポットヘッド》!」と姑がわめき、「何でえ、おせっかいババア」と婿が応じ、しばしの睨み合いのあと、結局折れたのはゾイドだった。「あんたも昔はハリウッドの人気娘《ベイブ》で、大通りをねり歩いたりしたわけよね」――トイレの棚から布のおむつを出そうとしたとき、ヘクタの一行による巨大な大麻塊の移動作戦が始まった。しだいに神秘さの度を増しつつ部屋一杯に展開される作戦行動の煽りを食って、ゾイドとサーシャは一緒にバスルームの中、どちらも望まぬ親密な距離に押し込められた――「そのあんたに、これが仕掛けられたもんだって、ひと目でわからんもんかね」ベッドルームへ向かいながら(サーシャはゾイドのすぐ後ろをつけている)、「この子をオレから引き離しにかかってんのよ。よぉ、キューティちゃん、おばあちゃん、覚えてるかな?」サーシャがあやしている間、ゾイドはおむつを外し、うんちを流してそのままトイレでおむつを濯ぎ、それをそのままゴミ出し用の大型プラ容器に放り込んで、上から脱臭剤をふりかけた。容器の中はこれまでのおむつが積み重なって、坂を上ったところにあるランドリーまで運んでいくべき重量に達していた。温かいおしぼりとデシティンのチューブを持って戻ってきたゾイドは、オレだって女の子のお尻を拭く時どっちからどっちに拭くのかくらい知ってらい、と言わんばかりに、サーシャの前でおむつかぶれの薬を正しく塗って見せる。そして安全ピンでおむつを留める段になって、はじめて胸にしみるのだ。なんかヨ、いままでサ、無造作にやってたけど、こんなことになるんだったら、こういう何ちゅうか何気ないケアってのを、そのつどもっと大事にサ、愛おしさを嚙みしめながらやるんだったぜと、官憲が乗り込んできた今となってはいささか遅きに失した感慨に浸るのだった。

日光の射し込む窓辺でサーシャがプレーリーを抱いている。ピンと伸びたぽちゃぽちゃの腕の先、手首と手と指先が幼児らしくくっきりくびれて、隣りの部屋のドシンバタンを指している。怪訝そうな表情だ。

「わたしったら、大きな声はりあげちゃって」

「オレもさ、怒鳴るつもりはなかったんで。仲たがいはよそうや」

「この子なら喜んで連れて帰ります。久しぶりですもの。その問題は解決ね」

「オレがムショに入る以外は万事オーライってか？」と言って、ゾイドはけたたましい笑い声を立てた。それがプレーリーには気に入ったようで、サーシャの腕の中で跳ねるように身を揺すった。スマイルと呼ぶにはいささか大きく開いた口から、キキキキと声が洩れる。「おお、おお、オモチロイかい、ダァダァがひっ捕まったの、オモチロイねえ」ゾイドは口の中に指をつっこみ、ポンと音を立てて見せた。それを見てプレーリーが嬉しそうに舌を出して笑う。「これからこの人といっぱい一緒にいるんだぞ。おばあちゃん《グランマー》、わかるな？」

「ガー　マー」

「でヨ、オレとは、あんまり一緒にいない」当時のゾイドが凝っていた叡知とは、「自分の感情と最大音量で交感する」こと。結婚生活が海に沈んだあと積み荷と一緒に海面をプカプカしてるみたいな人生を続けながら彼は、泣きたい衝動に自然に屈することを是とする心を身に着けた。ひとりの時も、公衆の前でも、まわりの人がどんな気持ちになるかなんて意に介さずに、他人の抱えた問題も彼らのライフスタイルも、いま食べているランチのこともいっさい無視して、自分の感情だけに忠実な道を彼は進んだ。「こりゃカミさんに逃げられるのも無理ねえや」「鼻水かんで、男らしくやったらどうだい」「泣いてるときに、その髪、切ってやろうか」まわりからそんなふうに言われ続けたせいだろう、彼はいつしか涙を一種の「お漏らし」みたいに思うようになっていた。出たくなっては困るときに限って、いつも出たくなる。そのうち彼は涙意を抑えるコツも身につけたが、体の内から盛り上がる高波に、もう乗っても大丈夫と思って思いきり放涙したところがブレーキを放すのが早すぎて、部屋を出ていく途中の誰かに振り返られてしまったり、あわてて踏んだブレーキが間に合わず、何ともバツの悪いことになってしまうこともよくあった。今日も長い我慢の一日になりそうである。下唇を前に突き出し涙をこらえながら、手錠をはめられ、表に出てきた隣人たちの前をトボトボしょっぴかれていく。人々の眼はしかし、ふたたび奇跡的にドアを通り抜けて外に出てきた巨大な畳状物体に向けられていた。不思議そうに見やる顔。悲嘆と恐怖をあらわにした顔。彼らの前を運ばれて行くその物《ブツ》は、トレーラーの平台に括りつけられ、きっとそこから借り出してきたに違いない「違法薬物博物館」へ戻す準備も整って、後部座席にゾイドを乗せた政府ナンバーの茶灰色のカプリスは、ゴルディータ・ビーチの坂を上り、平坦になった道路を南に曲がり東に折れて、家のまばらな住宅地と、米つきバッタのようにうなずく原油採掘機、緑なすカリフォルニアの農地と馬たちと送電線と鉄道線路の構脚を抜け、どこかの中学校にも見間違えそうな、背の低い砂色の建物群に行き着いた。中に入ると壁は黄色のタイル張りで、連邦警察のバッジをつけた者たちがたくさん行き来している。着ているものを脱がされてのボディ・チェック、指紋採取、写真撮影、書類作成を通過して、早番の夕食の列に並ばされたゾイドは、豚肉の切れ端とインスタント・マッシュポテトと赤いジェローを腹に入れ、別棟の足音響く牢獄の通路の前を自分の檻まで連れていかれ、その中でTVなしの時の経過をじっと耐え、檻の灯りが消えるとともに、自分が連れていかれる最中にすでに向こうを向いてしまった小さなコミック・フェイスを偲んで、悲しみの高波に揺られながら心ゆくまま噎《むせ》ぶのだった。あの子は明日、サーシャの家で目を覚ましてから、ヨチヨチ、キョロキョロ、オレを探し回るのだろうか？　眉毛を寄せたいつもの顔して「ダァ・ディー？」ってオレのこと呼ぶんだろうか。オイ、このアホダラ・ゾイド――痙攣のような号泣がひとしきり続き、次の号泣が始まるまでの凪の時間にゾイドは自分のみっともなさをなじっている――このまま子供みてえに泣きながら眠っちまうっていうんかい。どうもそのようであった。気がついたときには、天井の灯りが点いていて、空色のダブルニットのサファリ・スーツでめかし込んだ小男が、金属製の折り畳み椅子にひょこんと座って、「ホイーラー……おいホイーラー」と、夜の小川の向こう岸でドーベルマンが吠えるみたいに彼の名を呼んでいた。ゾイドの眼が周囲のギラつきに慣れ、夜中のいきなりの起床に脈搏も落ち着きを取り戻したころには、そうか、こいつがブロック・ヴォンドか、とゾイドも察しがついた。

「さて、と」偽りのにこやかさでうなずきながら、ゾイドの顔の細部を眺め回すその眼は異様にしつこい。「さて、と。ちと首を回して――そっちじゃない、逆――横顔を見せてくれ。ふむ、なるほど、今度はその天井の隅を見つめて。そうだな、上唇をめくってみてはくれんだろうか」

「なんだい、こりゃ」

「上あごの傾斜の具合が知りたいんだが、口髭が邪魔なんでね」

「参ったな、それならそうと言ってくれよ」ゾイドは唇を指でつまんでめくって見せた。「寄り目になれとか、ヨダレ垂らせとか、他にリクエストはあるんかい？」

「これから一生刑務所で過ごそうっていう人間にしちゃ、ちと反応が陽気すぎやしないかね、ゾイド。私は真面目な大人の会話を期待してきたんだが、どうも考えが足りなかったようだ。君が子供の世界に長くいすぎて、出てくるのが億劫になったっていうんなら、いささか話を単純にしてあげないといかんだろうか」

「オレの別れた女房のことなら、どう考えたって、話が簡単になるはずないだろうが」

ブロック・ヴォンドの鼻孔が開き、片方の眼の脇の血管が一瞬ピクッと動いた。「フレネシはもう君と何の関係もない。彼女は私が完璧に掌握している、わかったかコノ野郎」

ゾイドは顔をそむけた。眼は腫れて、口はムッと閉じ、汗はタラタラ、髪はベットリ、もちろん脳もデロデロだ。六〇年代型大麻吸い《ドーパー》の例に漏れず、捜査官《ナーク》の餌食になりっぱなしのゾイドは、どんな種類の警官を見ても、肉食獣のようにすばやく自分に飛び掛かってくるのではないかと気が気じゃない。が、いまのこの状況はそれ以上だ。私怨が絡み、悪意も義憤も、考えたら怖いくらいこもっている。なぜってゾイドがこの色男氏に対面するのは、これが初めてなのだ。その男から離れて自分のところに舞い込んできたフレネシが、しばらく一緒にいたのち、また自分の意志で〈とゾイドは思った〉舞い戻っていった男、ゾイドの人生に冷《ひ》んやりとした巨影を落とす司法省選り抜きの〈ザ・検察官《プロシキュータ》〉がいま目の前にいる。彼を刺激しないよう注意しながらゾイドは牢屋の寝台の端に腰かけて毅然として相手の出方を待った。金属の椅子を軋らせてブロックは立ち上がり、考えに沈んでいるかのように黙って牢の中を歩き回る。フレネシが言っていたが、ブロックの星座はサソリだそうだ。自分の尻尾で自分を刺して殺せる虫は、自然界広しといえど他にはいない。ゾイドは昔一緒に乗り回した命知らずのライダーたちのことを思った。ロマンチックな死の幻想を、限界を超えてプレイする無法者たち。ビールをガブ飲みし無茶苦茶なスピードで夜霧の中を疾走しながらその興奮にペニスをおっ立て、その夜ひと晩その話題でふざけ合う、眼のぎらついた、ちょっとでもからかおうものなら本気で殴り掛かってくる純粋無比なる田舎のワルたち。「ME《ミー》 'N'《と》 DEATH《デス》」の文字を血の滴るハートに刺青して、〈死〉への忠誠を誓う、走るマシンのトランスミッションが弾け飛ばないかぎりは何物をも恐れないあの若者たちは、いまごろ警官かスポーツコーチか、ひょっとしたら保険のセールスか、ミスター・プロフェッショナルとしてけっこうにこやかに世の中を渡っていたとしても、心の奥には一本の夜道《ナイトロード》が消えずに延びていることだろう。黄色の分離線と一直線の疾走と、すぐそこに待っているかもしれないバーストの恐怖、股間の脈動……。いまここにいるブロックという男は、ドリーミーな死の魅力に取り憑かれた彼らをそのまま都会人の姿にしたような印象があった。

ここでブロックは、高級そうな銘柄のタバコをやおら取り出すと、一本抜き取り、火を点けて、紳士の掟の一条項を思い出したのか、箱ごとゾイドに差し出したが、本物の紳士が見せる憐愍を真似るにはいささか動作が荒すぎた。ともかくゾイドはタバコを一本抜き取り、差し出された火を受けた。

「赤ん坊は、大丈夫なのかね」

とうとう来たぞ。ゾイドの直腸に恐怖の痙攣が走り、ジワンジワンと体の奥を突き上げた。やっぱりこいつはオレの子を取り上げようとしてる、そうに決まってるわ。

「刑務所に入るってことは、いろんな意味があってだね」念を押すような口調である。「保護者の資格を失うというのもそのひとつなんだが、刑務局も冷血というわけではないから、たまに、といってもごくたまにだが、面会くらいは許されるだろう。君が品行方正ならば、ガード付きで娘さんの結婚式に出席して、披露宴でシャンパンのひと口も飲めることになるかもしれん。それもまあ法的にはドラッグ服用のうちだろうがね」 ここでブロックはゾイドに一拍半の鼓動を与えてから、派手にため息をついて先を続けた。「そりゃしかし君の性格からして冒険だな。賭けとして無謀かもしれん」

「あんた、プレーリーを養子にとろうってんだろう」思い切って言ってみた。「だったら、オレをいじめてる間に、判事を見つけたらどうだい」

ブロックは苛立ちをあらわにしながら煙を吐き出した。「君たちのような人間にはどうやったら話が通じるんだろう。そうだな、どこか別の星にいると思ってみるか。その星じゃ、子供を産んで育てたりは普通しないんだが、そこに一人の反抗的な女がいて、体制からドロップアウトする先として家庭というものを選んだ。無邪気な男を亭主に選んで、子供をつくり、平均的なママ族に無理やり自分を押し込めた。そうやって本来の自分から逃げ、責任ある生活を回避し、運命を受け入れようとしない」

「で、なんだい、その女、宇宙船に乗って」後をゾイドが続けた。「われらが地球にやってきた。地球って星にゃいろいろ自由があってさ、そういうんが趣味の女なら、家も持てねえチンケな男とくっついて子供つくるのも自由。おまわりがいつも覗きに来るなんてこたぁない……」

ブロックの住む地球とは大分違う星のようだが、「しかし故郷の星の警察は」と、ヴォンドは落ち着き払って言った。「すべての住民を保護する誓いを立てているから、みんな守っていることを一人だけ守らんというのは許容できない。地球までその女を追ってきて連れ戻す。だから彼女はもう二度と赤ん坊に会うことはない」

「赤ん坊の父ちゃんにもな」

「そうだ、彼の方が会いたがらない」

二人の口から雷雲のように湧き上がる煙がニコチンの雲となって密室に充満し、天井から降る強い光にもかかわらず互いの顔もうすぼんやりとしか見えないほどだ。この連邦の敷地から道路をずっと下った先には〈ナックルヘッド・ジャック〉という名のバイカーたちの溜まり場がある。そこから真夜中の風に乗って、ラウドなロックのライヴの音が流れてきた。寄せては砕ける波のようなギター・サウンド、どんな規則にも全部違反するみたいな電気音が軋り叫んで、捕われの身のゾイドの血をかきたて魂に勇気を与える。いまブロックは何の目的で自分を脅しにかかっているのか、真意を確かめなくてはならない。ゾイドはまだ相手が、実際の取引の条件を提示してきているのかどうか計りかねていた。これって司法取引というやつなのだろうか？　ブロックは本心からプレーリーはいらないと言っているのか？

「サーシャのことは心配してない。フレネシを赤ん坊とくっつけようとはせんだろう。私の心配というのはだね、君なんだよ。もし私が君をここから帰して、麻薬常習と不規則労働と不良交友関係という薄汚い環境で子供を育てるのを許したらどうなるだろう。お互い理解したつもりでも、それが守られるだろうか。ある満月の夜、彼女が君に電話する。君の声は次第に甘いささやきとなり、月影の浜辺でふたり一緒にゴールデン・オールディーズを歌い出す、という展開が容易に予想されんかね？　気がつきゃ三人、オールナイトのバーガーキングで、ケチャップを垂らしながら和気あいあいとやっている。父がいて母がいて子供がいて、これが基本の三角形。聖なる家族。なんとも心温まる光景——というわけで、君たち三人に、TVコマーシャルの誘いがかかる。君たちは有名人になって、私の注目を引く。とまあ、とにかく君らは見つかるわけだ」

「だがもしオレがあの子を連れて——」

「遁走したらどうかだと？　しばらくは見つからんだろう。長くかかることになるかもしれん。その間に君は再婚することも可能だろうな」ヴォンドは肩をすくめてみせる。

「フレネシがそれを望んでるのか？」

「私がそう言ったのだ。私は彼女の法的代理人でね、体をいただく前に、心のほうをもらってるんだよ。だからさっさと決断しなさい。どうなんだ、一生この中に入っていたいかね。そりゃ構わんのだよ。Dブロックの一番上の並びに一個ベッドが空いてたな。同居人はルロイといって、殺しをやった。スイカを食べる以外に趣味といやあ、黒いドデカイ器官を誰でも近くの白人男性——つまり君のその肛門に挿入しようとすることだな。どうだ、選択肢は理解できたか？」

ゾイドは顔をそむけている。あの野郎、オレの口から大声で答えを言わせたいんだ。「わかったよ。

オーケーだ」

「嘘は言わん――」契約を取りつけたセールスマンが本能的に客を祝福する調子でブロックは言った、「彼女だって君に同じことをしただろう」。

「ヘッ、助かるね、そう言ってもらえると」

「さてと、さっそく書類作りだが、その前に、君のその口調に関して適切な処置をとらんといかん」ブロックは扉に歩み寄って「ロン、いるか?」と叫んだ。ブーツの足音が近づいて、体育会系の大男といった風情の警官が現れ、扉のロックを外した。「ロン、司法執行官として、職務遂行の動機に不純はないと誓えるな?」

「もちろんっす、ミスター・ヴォンド」

「やれ!」扉をくぐりながらブロックは命じた。

「了解。何発っすか」

「一発で充分だ、こいつなら」その声は金属的な反響となって廊下に響いた。

ロンと呼ばれた男は、何の躊躇も見せずゾイドをコーナーに追い詰めた。みずおちに拳が飛んで、目の前が真っ暗闇になった。その場に倒れ込んだゾイドの体は苦痛に痺れて息もできない。仕事の出来栄えを眺めるかのように、しばらくその場に立っていたロンの、動かぬブーツが、わずかに視力を回復したゾイドの眼にうすぼんやりと霞んで見える。まだ大声を出す力もないままそのブーツが自分めがけて飛んでくるのをゾイドは待ったが、結局ロンは後ろを向いて牢を出て扉をロックした。部屋の灯りが消える。ゾイドは体を丸くしたまま、息をするのもやっと。朝五時半の点呼のベルが鳴る直前まで眠れぬまま苦痛に呻いた。

朝食の後、すぐにヘクタがやってきた。細部の手入れに毎日二十分の貴重な時間を費やすという、分厚く盛り上がった口髭越しに見下ろして、「政治部の決定はな、やっぱ、アンタに用はない、と。ただし押収された半トンのマリワナの件、ありゃまだ片付いとらんし、で、ワシが役に立つかしれんちゅうことで話を聞きにきた。アンタがラバみたいにガンコなのは、よぉーわかっとるけど、……それにしても、ひどい顔じゃ」。

「あのワイアット・アープに、オマエも一発ブッ飛ばされてみたらどうだ。どんな感じかわかるぜ」と言ってゾイドは、息と一緒に鼻水をたらした。眼は赤く、痛々しく、声には非難の調子がありありである。「ダウンしてるやつにタックルかませるなあフットボールだって反則だろうが。なあ、ヘクタ、いままでオレはずっとオマエのこと、垂れ込みの強制だけはしない、ちゃんと敬意ってのをもって人に接する男だと思ってたんだぜ。それがよ、ここにきて、何なんだ。警察に何か差し迫った事情でもできたってのかよ」

光の奇術というのだろうか、そうでなければ、最悪のタイミングで起こった幻覚ということになるが、この時ヘクタの眼から光沢が消えた。外界の光を反射するキラッとしたところが消えて目玉全体がマットになる。あたりの光を全部吸収してしまっているかのようである。「ゾイド、ワシもそろそろ昼飯のことも考えないとな。あんなシュポシュポ・ゲームいつまで続けててもラチがあかん。アンタも、判断力ちゅうもんがあるなら、考えてみい。最低限の寝床は保証されとる、耕す土地もある、好きな野菜も作れるし、そうそう、アンタラ、花が好きじゃったな……、ワシの欲しい情報はだ、アンタともお友だちと思うんじゃが、名前がその……ショーティ」

「なんだあ?」カエルみたいなしゃがれ声。頭を振りつつ、ゾイドは続けた。「オレが知ってるショーティといやあ、ヴェトナム帰りでヘメットに住んでる、危険なことは一切やらん、飛行機にも乗りたがらんってやつさ。女房からせしめた鎮痛剤をたまにやる以外、オマエが調べたいようなことは、叩いたって出てこんぜ」

「そいつや！」ヘクタは一鳴きした。「バッチリ、そいつ、エル・パソじゃ〝ショーティ・ザ・バッド〟の名で通っとる。しかし蛤《はまぐり》みたいに口が固くて正体を明かさんの。そいつのこと垂れてくれるなんて、キミは天才的なスニッチや。ペイもたくさん《ムイ・デ・アケジョス》出る、さっそく上司に報告せんと。キミの将来、これでキマリだな、おめでとうさん、ゾイド！」

　これがヤクの警官仲間のおきまりのジョークで、ヘクタがそれを一人で演じて楽しんでるとゾイドにわかるまで、今日はいつにも増して時間がかかった。「さっきのさ、童貞を捨てろって話だが、ヘクタ、オレには扶養の義務がある可愛い娘がいるわけよ。まともな市民としてヤクなしの生活を送ってかなきゃならねえ立派な理由があるわけだ。昔なじみのディーラーさんと、いまさら関わるってわけにゃな……更生したオレとしてはだ」

「更生が聞いて呆れるわ。マリちゃんは吸い放題、週末にゃＬＳＤにまたがって宇宙旅行？　髪の毛かて原始人のままじゃんか。縁を切るっちゅうんなら、アンタらのやってるブタみたいな音楽やめにして、アグスティン・ララでも聞かんかい。アンサンブルもいいぞ。それとだな、生涯の伴侶見つけな。デビとワシとは、両方ともバツイチじゃが、ハッピー・マリッジってゆうんかな、そりゃもう幸せな家庭生活きわめとる……」

「デビの妹さんはどーなんよ。オマエいつも誰かとくっつけたがってただろ。自分が逮捕したやつとも」

「いやアレも、おかげさんで、いまオックスナードで楽しい新婚生活。そのお相手がな、ロス・チケスの仲間《ヴァート》うちの一人なんじゃ、家系に流れる血ってゆうんか、デビんちの女族はロマンチックなラテン系の色男見たら、イチコロでな」

「そういう男にデビちゃんを近づけんようにしとけよ」

「アカン《アイ・ムエレ》、アンタといると頭おかしくなる」ヘクタは頭を振り振りゾイドの牢の扉をバンと開けると、「ええい、もう釈放じゃい」。

というわけでその日の夕暮れ時、ゾイドはサーシャの家に辿り着いた。古いパームツリーの並木に縁取られたかぐわしいストリートには、砂漠の風が何マイルも先のウィルシャーの渋滞ポイントからラッシュアワーの車の騒音を運んできて、住宅地の長い一ブロックの両側に点々とする家の窓からは夕食の団欒の雰囲気がこぼれている。出てきたプレーリーは、きっとおばあちゃんがビヴァリーヒルズから買ってきたのだろう、真新しい幼児服に靴も帽子もかわいくキメて、ゾイドを見ると歓迎の、とは決して言えない声を立てた。「ダァディー・ノォ！」

「よう、キューティちゃん」片膝をついたゾイドは両の腕を伸ばした。

プレーリーはおばあちゃんの後ろに回って隠れた。小さな顎を突き出して、輝く瞳でゾイドを見つめ、もういっぺん「ノォ！」

「あー、プレーリー」

「イッピ・バム！」

「ヒッピー乞食《バム》？　バアちゃんがなんて言葉教えるんだよ。オレのいない間に丸一日ゲンコツで脅して仕込んだろ」だが、ブロック・ヴォンドとその手下に辱められた直後とあっては、娘にののしられても、さほどヒリヒリとは滲みてこないのだった。

「どうしたの、ゾイドさん。ひどい顔して」

「どうしたって……」立ち上がろうとすると体が軋んだ。「あのクソ・ヴォンドよ。あんたの娘さん、よくまあ、あんなケジラミとねえ」あの一発で事が済んだという確信がゾイドにはまだなかった。憎い相手を痛めつけるブロックのやり口には、まだこの先があるのかもしれない。あの後、釈放になる前、ゾイドは二人の官憲（一人があの鉄拳のロン）に挟まれて午後の暗がりにひっそりと立ち、ブロック・ヴォンドが、貼りつけたようなスマイル顔のフレネシを連れて駐車場へ出ていくのを見せつけられたのである。フレネシもこの拘置所でブロックの監視のもとに置かれていたのだ。ブロンドの髪と顔面が午後の陽を受け、長いむき出しの脚が一歩一歩とても優美に動いていた。パステルカラーのスーツに特注のサングラスをかけたブロックに連れられて車に向かうフレネシは、その間じゅうこわばった笑顔を崩さない。ヴォンドは後部ドアを開け、ゾイドがあれほど愛したフレネシの髪をつかんで、車の中へ、レザー張りの座席の上へ押し入れる。そのとき襟元からのぞいたはずの白く長いうなじが、まるで高級レザーの襟の感触を求めるみたいにエロチックに動いたようすまでゾイドの眼にきっちり捉えられたわけではなかった。

「ちょうどピザを解凍したところなのよ、おあがんなさい」

プレーリーは結局ハローのキスをしにやってきて、その後また、おやすみのキスをしにきた。スペアの部屋のベッドで眠る娘の寝顔を確かめてから、ゾイドが切り出したのは、ゾイドなりに理解した契約の話。

「でも向こうがあなたを逃がすわけないじゃないの」

そのとおり——で、ヘクタが提案してきたのが、「精神障害者に認定する」という案だった。「アンタの居場所はこれでわかるから。小切手を受け取りに来ている間は、なーんもヤバいことは起こらん。だが、もし一度でも取りに来ん時があったら、ワシらんとこの警報が、いっぺんに鳴る」とヘクタは言ったのだった。

ゾイドの顔があまりにいじけて見えるので、サーシャは身を乗り出して彼の肩を力強く叩き、それから、「あのファシストめはネ、とにかくフレネシを子供に会わせたくないだけなのよ。昔から変わらないねえ、男たちが相談して女の運命を決めるって。母子を引き離すのに、あなた、ほんとに協力するの？」

「そんなことオレにできるわけないだろ？　そっちはどうなんだい。ブロックは問題ないと思ってるみたいだぜ。あんたはもう娘が子供に近づくのを許しゃしないと」

「昔気質のゴリゴリ左翼は家族よりイデオロギーを優先するって？　そう思わせときましょ。そうしてもらったほうがこっちも楽よ。ねえ、ゾイドさん、わたしの案は」と言って、サーシャはヴァインランドの話を始めた。フレネシが小さいころ夏になるとみんなしてキャンプに出かけた。あの子はとても冒険好きで、あの辺一帯、谷川を見つけると必ず登っていった。リュックサックにピーナツバターを塗ったマシュマロサンドを詰め込んで、粉末ジュース入りの水筒持ってヴァインランドの山奥に入っていったまま何日も帰ってこない時もあったっけ。

「このごろは、みんなあの辺に流れてくみたいなんだ」

「いまでもね、うちの一族は夏になるとヴァインランドに集まるのよ。バーベキューやって、ポーカーやって、騒ぎ回るんです。トラヴァース家の者もベッカー家の者も、わたしの両親とその親戚も。フレネシもそれを一番楽しみにしていたのに、それがハイスクールを卒業したとたん来なくなった。ねえゾイドさん、あなたとお仲間さんたちが行って暮らす場所としては、けっこういい部類だと思いますけど。景色はきれいだし、101号線をくねっていけば何でもあるわよ。ツー・ストリートには飲み屋も並んでるし、アケータの町まで出ればレストランもあるし、あなた、シェルター小湾《コーヴ》でサーフィンだってできますよ。最近じゃLAから北のフリーク連中が——失礼、気にしないわよね——集団移住してるっていうから、無料のベビーシッターにも、ドラッグのほうだって事欠かないでしょ。ギター弾きもプールしておくほどいるでしょうしね」

「そいつぁグルーヴィだけどさ、木を切るか魚とるかする以外に仕事ってのはあるんかい。オレみたいなピアノ弾きが生きてく道は」

「生活のほうはなんとか知恵を絞るのね」

「隠れ場所としちゃ、どうなのよ」

「お山の中は、まだ測量もされてないところが半分もあるんですよ。レッドウッドの原生林に入れば誰だって簡単に迷子になるし、何世代か前の地滑り跡がそのままになっていて——軍の工兵隊だって処理してくれないところですもの——その向こうにいろんな時代にできた集落がそのままゴーストタウンになっている。林道がクモの巣みたいにはびこってるし、消火用の道も獣道も、あなたもこれから一つひとつ覚えてかなきゃね。隠れ場としては絶好でしょ。あの子だって同じように考えて、いつか帰ってくるかもしれないじゃない。ベッカー＝トラヴァースの集いにひょっこり姿を現すとかね。伊達男の魅力ったって、いつかは陰りがくるものでしょ？」

「そいつは気がつかんかった」

「ファシストって自分の魅力だけが頼みなんですから。メディアが、それに群れてくるの」

「つまりさ、フレネシがいつの日かヴァインランドに逃げ込んでくると、それをプレーリーとオレがひょっこりお出迎えって、そういう話？」いや、ゾイドはどこにいる時も、フレネシをひょっこりお出迎えすることばかり夢想し、やるせなさの泥沼から這い上がっていたのである。その晩彼はサーシャの家からヴァン・ミータに電話した。ゾイドの逮捕の知らせにすっかり落ち込んでいた彼は、北カリフォルニアへの移住の話に喜んで同意し、ゾイドの車にステレオもレコードもみんな積んできてくれると約束した。落ち合う場所の電話番号をもらって、じゃあまたすぐに、と電話は切れた。

木にぶら下がる猿のように自分につかまるプレーリーを抱え、サンタモニカ・フリーウェイの最寄りの出口でサーシャにさよならしたゾイドを、間髪おかずやってきたVWのバスが拾った。ボディ一面を花柄と輪っかつきの惑星と、ロバート・クラム風の顔と足と、あとは識別不能なさまざまな模様で埋めつくしたバスは、一路サクラメント川のデルタ地帯へと向かった。浅い水面にボートが浮かぶそのはるか向こうに、裁判所命令、逮捕令状、借金の取り立て、それより恐ろしいあらゆるレベルの法執行から逃れてきた人間たちの聖なる保護区が広がっていた。奇妙なことに、政府からの逃亡者をかくまうこの地区一帯は、核兵器の貯蔵庫および廃棄場、予備艦隊停泊所、潜水艦基地、兵器工場を含む軍事施設の一大ネットのド真ん中に位置していた。SAC（戦略空軍司令部）から海兵隊に至る軍組織の各空港がひしめきあい、爆音を立てまくる軍用機が昼夜の別なくひっきりなしに飛び交っていた。

空の上の騒音をベビーちゃんがお気に召したということはなかったけれど、一泊二泊はここで世話になることにした。プレーリーは初めのうちこそ空に向かって一緒になってウォーウォー・キーキー喚いていたが、そのうちに大分ショボけた顔になるとともに、ゾイドにまとわりついてきた。無理もない、とんでもない時間に見知らぬ人がドアを叩き、出ていくと、その男は幻覚でも見ていたのか、あれ、おたくパーティじゃないのとキョトンとしているという始末。ここに暮らす犬と猫がまた異常で、時刻なんぞにお構いなしに、人に飼われていた時からは想像もつかない堕落の行為にふけっている。硫黄の臭気を含んだ霧が舞って丸一日いすわり、ディーゼルと化学薬品の臭いが何にでもこびりつく。ゾイドもときどきシャツを脱ぎ、それを絞ってまた着るといったありさまだ。軍用機が出陣する合間を縫ってアヒルがガアと鳴き、それに別のがクワックワッと応えれば、プレーリーの顔にも少し元気が戻るのだが、それも継ぎはぎだらけの屋根の上に、国家を名目とした突然の爆音が鳴り出すまでのわずかな間のことだ。耳を引き裂く爆音と、心を引き裂く娘の泣き顔のダブルパンチに、ゾイドもやっと自分の置かれた絶望的な状況に気づいたようだ。蚊はブンブン、汗はタラタラ、プレーリーは二時間に一度は起きだして、新生児に逆戻りしたように泣きわめく。パーティに向かう人間が野獣の声を発し、遠くの爆音が夜気を震わし、最悪のラジオ局がムード音楽など流している。ぐちゃぐちゃの泥の中では、車に轢かれた動物の、食い残しのそのまた食い残しをめぐって、犬どもが醜い奪い合いを演じている。翌朝ゾイドは、眠れぬ一夜のビールとタバコで頭をズキズキさせながら、よろける足でコミューンの長《おさ》の家に挨拶に出かけた。「え、なんだい?」ちょうどそのとき現れた(といっても沼地の霞で姿は見えない)F4ファントム戦闘機の金切り声で、ゾイドの言葉は聞きとれない。

「だからオレたちこれでもう——」残りの言葉はB52機によるフーガの中にのみ込まれた。

「ありゃ、F4ファントムだろ」手をメガホンにして叫ぶ。

「どうも、お世話になりやした」喉をつぶしても仕方ない、ゾイドはこれだけ口にすると、スマイルしながら手を振り帽子を派手に傾けて、その十五分後、はやくも子連れヒッチハイカーとなっていた。親子を拾った車が動き出すと、とにかくどこかへ向かって動いていることに安心してか、プレーリーはたちまち眠りに落ちていく。行き先はサンフランシスコ。テレグラフ・ヒルの優雅なタウンハウスである。持ち主のウェンデル・〝ムーチョ〟・マースは、ロック・ビジネスの世界に名の聞こえた人物、〈インドレント〉のレーベルを通じてゾイドも彼とちょっとはツテがあった。黒い鉄格子の門をくぐると、花模様のタイルと巨大な葉をつけた植物が並ぶスペイン風の長い中庭が続く。噴水のしぶきがかかって目を覚ましたプレーリーは、いつもの、あの不思議そうな表情である。夜の闇の中でエキゾチックな花が遠い異国の香りを放ち、プレーリーの眼はパッチリだ。ゾイド自身、驚愕の眼をしてあたりを見回した。「このおうち、きっとまだちゃんと家賃払えてるんだろうねえ」庭園を進んでいくと、鉢植えの植物がいっぱい並んだ入口が夜空の下に現れた。向こうから、ひとりの女が弾む足取りでやってくる。この時代のカリフォルニアの、進んだ女性の見本みたいな彼女は、ストレートの長い髪を腰まで垂らし、ビキニで焼いた完璧な肌をした永遠の十八歳という感じである。パチューリの霞に囲まれ甘美な恍惚の中に一、二分とどまったのち彼女は、「ハーイ、わたしトリリウム」と、首をかしげて花の名前をささやいた。「ムーチョの友だち？　あーら可愛い！　この子、牡牛座ね、でしょ？」

「ウー」動転のあまりゾイドは誕生日を思い出せない。「どうしてわかんの」

「ムーチョの卓上ファイル。みんなの誕生日チェックするの、わたしの係なんだ」腕を伸ばして抱っこする彼女の髪は、嬉々としたプレーリーの両手にたちまちギュッと握られた。「週末はムーチョ、マリンの別荘なの、この家、今夜はあなたたちだけよ。わたし、フィルモアのザ・パラノイズのコンサートに行くんだから」トリリウム嬢に案内されて入った居間のインテリアは、高貴なるシックスティーズのレコード・ビジネスの粋を集めたものだった。「ガアアアア——」プレーリーの反応は強く肯定的である。このきらびやかさも、来週には、来年には、みんな風に吹かれ、潮を含んだシスコの霧に腐食され、前触れもなくやってくる訪問者に蹴散らされてしまうのかもしれない。床に置かれた電話は鳴らず、退却者たちの足音だけが宙にこだまするということに。革命とビジネスとが混淆するこの世界での商売はいつ吹き飛んでもおかしくない儚さの中にある。だが今ここに流れているのは昔日のロックンロールだ。レコードをのせたオーディオ装置も同様に、過去のアナログ・アートの最高の水準——デジタルの出現によってもろくも翳る往年の技術の粋——を表現している。踊るトリリウムの腕の中で、プレーリーもご機嫌にジャイヴしている。黒メガネをかけたゾイドは、垂れる髪を後ろに振って指を鳴らし、軽くステップを踏んで、天国のようなこの屋敷をひとまわり見学に出かけた。明滅し旋回し変容し現れ消えるすべての物が気をそそる。ピンボール・マシンもある。TVは各種のタイプとサイズを揃え、いつもスイッチが入れっぱなし、当時のすべてのチャンネルが全部同時に見られるのだ。どの部屋にもどの空間にもステレオサウンドが鳴っていた。香の薫りが漂い、ブラックライトから放たれるディープな紫が彼のシャツを黄緑の蛍光に染める。居間の頭上にそびえるテントは高さ二〇フィートはあるだろう、狂おしい色彩の中の不可視の部分が、ときどき光の渦に変化する。窓から一望するシスコの街と湾の景色がまたすごい。「幻覚抜きの自然《ナッチ》なサイケ」とトリリウムはコメントして、サイケな模様のバスに乗ってやってきた、仮装大会を地で行くような一行と街へ出て行ったが、その前に、若者たちは一斉にプレーリーのところにたかってきて口々にラヴ&ピースを振りまいた。「グルーヴィ・ベイビー!」「ヘイ、ビューティフル!」

父の腕に抱かれたプレーリーの歌うようなはしゃぎ声もだんだんただのヨダレに変わり、満たされた顔でコックリを始める。ゾイドはキッチンを見つけて、テーブルの上に娘を乗せ、大きな冷蔵庫を勝手に開けてボイゼンベリー・ヨーグルトをスプーンですくって食べさせながら、自分のシャツにもいっぱいこぼし、二本の哺乳ビンにミルクとジュースを補給してから、キッチンからパティオを挟んで向こう側の客間に侵入。ゲスト用のマリワナが隠してないかとあらゆる場所を探したが、結局自分の安物を出し、紙で巻いて火を点けた。プレーリーに歌って聞かせる子守歌は彼の自作、効果テキメンのララバイの名は——

アラビアのロレンス

おお、アーラビアのローレンス

灯りの信号ユーラユラ
アーラビアの保険に、特約ナイナイナイ
だーのに今日もラークダさんのせーなか
たーたかい、なーいかと、さーばくをテークテク
おお、アーラビアのローレンス
灯りの信号ユーラユラ

TVの前に腰を据え、ボリュームをぐっと落としてウディ・アレン主演『ヤング・キッシンジャー』を見始めたゾイドは、徐々にリラックスしてはきたものの、どこを探してもマリワナ一本出てこないという事実には合点がいかないままだった。時代に数歩先駆けてサイケデリックな世界を旅したムーチョ・マースは、一九六七年に、まだ佳き時代だった当時の基準に照らしても超円満な離婚を果たしたのち、ディスク・ジョッキーの仕事を辞めてレコード・プロデュースの道に入った。ビジネスはこの先どこまで膨らむのか誰にも想像できないくらいに膨張し、彼の人気も爆発的な上昇を見た。自ら「ドラッギュラ伯爵」と名乗り、おもちゃ屋で買った牙をつけて、〈Z&Z〉で仕入れた黒いベルベットのマントをひるがえしながら、ムーチョ改めドラッギュラ伯爵は、ハリウッドの裏通り(サンセット通りの南、ヴァイン通りの東)のインドレント・レコード社に、運転手つきのベントレーで乗りつけ、今日もまた彼の到着を待ちかねていた老若男女が、「伯爵、伯爵、ドープ、ドープ!」と口々に叫ぶ中、特上品のLSDを気前よくばらまいたのである。インドレント・レコードは、〝普通じゃない〟アーティストとレパートリーによって、名を知られていった。駆け出しのミュージシャンだったチャールズ・マンソンが最初にオーディションを受けたのもここのスタジオだったし(「もち

ろんそのまま帰ってもらったがね」とムーチョは急いでつけ加えた）、ワイルド・マン・フィッシャーとタイニー・ティムは、契約寸前のところまでいったのだけど、他の会社に一歩先を越されてしまったとのことである。

永遠の若さと無分別の邁進こそが美徳だった時代の基準に照らして言うと、ドラッギュラ伯爵――またの名が〝施しのムーチョ〟――は幻覚剤ユーザーとしては〝分別ある〟男と見られ、〝しらふのトリッパー〟とまで言われもしたが、コカインとなると話は別だった。それはある日突然降って湧いた熱情だった。謎の女との密会のようだった、と後に彼はため息まじりに回想している。彼の鼻と、違法結晶体との、秘密のランデヴー。一気に頂点へと駆けのぼる恍惚と、惜しげもなく流出する現金と、全身快感の塊となるセックス効果。その醍醐味にひたすら興奮していた彼が習慣的な服用にハマッていくころ、鼻に異状が生じた。血管が切れて流れる赤い液と、どうしようもなく緑色した鼻汁。とうとう鼻がダウンしたのだ。国民的ドラッグ・ヒステリーの波が襲う前の時代でリハビリ・センターも現在のようにどこにでもあるわけではなく、ムーチョが助けを仰いだのは、献身的なモラリストとして知られた耳鼻科医のヒューゴ・スプランクニック博士だった。彼の診療所は、シャーマン・オークスの、塵ひとつない階上のスイートルームだった。「ちょっと頼みがあるんだが、血を少々くれないかね」

「はあ？」

「いやなに、この中にちょっとでいい。誓約書にサインできればいいんだから」

「えーと、『死ぬまでコカインは一切……』もしやっちゃったらどうなるんですか？」

「処罰の条項を読んでみなさい。制裁はまあ伝統的な懲罰の範囲のものだ。罰金、投獄、生命剝奪」

「生命剝奪って……コカインごときで？」

「好きこのんで死のうとしている者が、そういうことを言い出すもんじゃない」

ズキンとした痛みがムーチョの鼻に走った。「ノヴォケーンだけいただけたりすると、うれしいんですが」と言おうとして、「ノヴォケーン」を「ドヴォケード」と発音する。

「サインが先だね」

「先生、これ、ウチの業界のミュージシャン貸出し契約よりひどいじゃない」

ドクターのため息には不快感があらわだった。「そういうことであれば、残念だが」奥の部屋に通じるドアを押し開けて、「次のステップを踏まねばならんな。どうだね、この〈瓶入り標本の間〉は」。部屋の中はどぎついピンクのライティング。経営不振で店を閉じるスーパーから、ただ同然で仕入れてきた、精肉用ディスプレイ・ライトである。

足を踏み入れたくはなかった。「あ、やっぱりサインします。そうすだゃ、ドヴォケード、いただけどぅんでしょ?」

「いまになってあがいても遅いんだよ。きみはもうすでに見てしまったのだからね。標本ナンバー1(ラベルを読んでいるふり)ジャズ奏者の脳の断面、とても興味深い膿瘍の構造が見られるんだよ。入りなさい、じっくり見るんだ」博士は愉快そうに笑った。「食べろと言ってるわけじゃない」

ムーチョは一緒に笑えなかった。クスリに掻きむしられた彼の脳には、この「瓶入り標本」を食べたり、それに食欲をもよおす生物体がどこかにいても不思議はないように思えたのである。

「よし、次は壊疽《えそ》性副鼻腔だな」ムーチョは足をよろめかせ目玉を振動させ鼻を脈打たせながら、蠟人形館、緊急治療室実録フィルム、冷凍見本室と次々に引き回されて、ついに、苦痛と疲労と、いまここでひいたらしい風邪の初期症状にギブアップ。この鼻医者の怪しげな書類の上に誓約のインクを、というか血を、走らせた。激痛を皮下注射によって抑えた彼の鼻越しに見る書類は、読み物としてはこの上なく面白い。ハ、ハ、ハ！　こんなのにサインするバカがいるとはねえ。

だが、この経験こそが彼を生まれ変わらせたのだと、後に彼はしばしば見知らぬ人にまで、それも長々と説いてまわることになる。その日ヴェンチュラ街道にふらふら出てきたムーチョを、（麻薬捜査官にどうぞ捜索してくださいと言わんばかりの）派手なペンキで塗りたくったフォルクスワーゲンのバスが危うく轢き殺しそうになった。中から出てきた長髪の無法者の一団は、彼を見るなりアシッドを求めて群れてきたが、ムーチョの眼は遠い。まるで宇宙の果てに飛んでしまい、そこで新たな信仰を得たような眼と、ロボット宣教師の口調をもって、「兄弟たちよ、自然《ナッチ》なやり方こそが、これからのトリップ、唯一の真実のトリップなのだよ、ドラッグレスなハイを！」

「オオオ」失望の大合唱。それは、漫画の吹き出しのように、去りゆくバスの排気筒から噴き出した。その後アシッドロックの都に拠点を移したにもかかわらず、ムーチョの「ナチュラル」、通称〝ナッチ〟への心酔ぶりはいよいよ深まり、ある種の住人の間での不興のタネとなっていた。以前のロックの同志、ゾイドにさえも、ドラッグの害悪を並べ立てるのを控えない。伝道の館にやってきてしまったのだ。牧師さんの説教を聞かされるのは仕方ないが、しかしゾイドはゾイドで説教の用意があった。

「嘆かわしいねえ、ついこの間までヘッドの中のヘッドだったアンタがねえ。ウソだろう。アンタじゃなくて政府だろう。政府のやり口《トリップ》だよ、こりゃ。だって、とにかく人をムショにぶちこんどかないといけねえんだから。それやらなきゃTVの刑事もんと変わんなくなっちゃう。で、禁酒法が撤廃されることとんなって、あわててドープの取締りを始めた。連邦警察の中で、失職しそうな者がゴマンと出たわけで、いそいで何か仕事を与えなくっちゃって、薬物局長官のハリー・J・アンスリンガーのおっさんの考え出したのが、〝マリワナの脅威〟ってわけよ。あいつ一人のでっちあげさ。オレが言うんじゃ信用できねえって言うんなら、ヘクタに聞いてみなよ。覚えてるだろ、あの伊達男」

ムーチョは身震いした。「あ、あ、あいつ、まーだオマエに取り憑いてたのか」ヘクタ・スニーガは、ハリウッドのインドレント・スタジオ時代のムーチョにも強烈な印象を残していた。ザ・コルヴエアーズのキャリアに順風が吹きかけてきた矢先のことである。実際、一曲二曲、ムーチョ自身のプロデュースでマスター盤をカットするという話も進んでいたころ、この麻薬捜査官が、グルーピーに劣らぬ熱心さでスタジオ周辺をうろつきはじめた。この男、初めのうちこそギョロ眼を光らせるだけだったが、たちまち口も出してきた。我慢の限界という口ぶりだった。歌詞を変えろというだけではない。それだけでも充分ひどい話だが、曲のほうにも文句をつけるというクレイジーぶり——「その節回し、黒人のソウルじゃろ。そんなのサーファーがやるか。もっと、なんちゅうかアングロ風にな、ドーレーミーとやらんかい。ほら、ジュリー・アンドリュースが、アルプスの山の上で白人の子並べて……」万事がこれである。スコット・ウーフもすっかり苦い顔で、「おいでなすったぜ、おまえの相棒のロック評論家さん。このビート、お気に召してもらえるかな？　ストリング・トラックは？」

「ストリングス？」ヘクタは眉間にしわを寄せ、不気味な防御の構えだ。「ストリングス、なんも聞こえんが」

「ヘイ、マーン、クール・クール」ドラッギュラ伯爵のマント姿のムーチョが司会役を買って出る。

「ロック界の舞台裏お楽しみいただけてるようで光栄です、ピカピカ靴のセニョール。いや、なかなか斬新。しかし、セニョール、ビーチの最新トレンドはちょっとばっか違ってきてて、サーファリスさえ黒いサウンドまっしぐらってね」

「靴のことやけどな」ヘクタがクルリ振り向いた。「ワシのは、ほんもんのステイシー・アダムズや。言っとる意味、わかる《メ・エンティエンデス・コモ・テ・ディーゴ》？」

「はは――ッ」その名の神通力が充分通じる男であったムーチョは、かしこまって詫びを入れた。「えーんじゃ、えーんじゃ」このときヘクタがして見せた表情は、トンマな強面《こわもて》、とでもいうのだろうか、マリワナをくわえた往年のパチューコの顔を演じているらしい。それを言えば、着ているスーツも一九四〇年代風のズートスーツ風に仕立てられている。「言わしてもらうと、時々な、車で外回りしてる時、アンタんとこのレーベルもかかるんで、聞いときや、ワシのカーラジオな……」ヘクタはムーチョににじり寄ってきた。すでに話の展開が読み取れたムーチョはジリジリ後退を始める。「ユニークってのか、ひとつの局しか入らんのじゃ。どの局かって？　KQAS！　〝キック・アス・AM460！〟その局のシール、ワシの車のウィンドーにも張ってあるから後で見といて。Tシャツも持っとる。今日着てこんかったのは残念じゃ。すんごい柄で、プリントが、アンヨとオシリのクローズアップ。ちょうどアンヨの蹴り《キック》がケツ《アス》に入る、ジャスト・ザ・ライト・モーメントんとこで大迫力のストップモーション」

「悪いけど、予定が押しててな」ムーチョが口を挟んだ。「ゾイド、みんな、今日の出来はグンバツだった。ほいじゃ、お先。バッジのナンバーは知りませんが、ナイス・ミーティング・ユー、おまわりはん」

「首嚙み男にゆうといてくれ」感じやすい捜査官が、不吉な言葉を口にした。「ワシもここで、エライ楽しい思いさせてもらったわ」

「あのダボ・スーツ、チェックしとけよ。あれ見たら警戒信号だ」と、出て行くヘクタの背中を見ながらゾイドが言った。

「連邦のやつら」回想から抜け出たムーチョは、ゾイドに向かって、「鼻のセラピストと同族かもしれないから気をつけろよ。一生とりつかれるぞ。オマエがまだ関わっていたとは知らなかった」。

「実はオレも知らなかった。ところが先週突然やってきて、いきなりオレをしょっぴいてくのよ。派手な証拠捏造だったぜ」 彼はムーチョに、連邦拘置所での、短くも教訓に満ちた一夜の話をした。

ムーチョの眼が同情に瞬いた。悲しげに、「終わったんだよ。時代が変わったのさ。〈ニクソン・イヤーズ〉ってな。そのうち〈レーガン・イヤーズ〉ってのが来るぞ」。

「あのレーガンがか？ まっさかあ、大統領？ 笑っちまうぜ」

「だめだ、だめだ、ゾイド、そんな呑気に構えてたら、全部吸い取られちゃうことになるぞ。ドラッグだけじゃない。ビールもタバコも砂糖も塩も脂肪もさ、ちっとでも気持ちいいもんなら何だってな。そういうのをすべて支配しようっていう人種なんよ。やりたいことは必ず実行するヤツらなんだから」

「違法脂肪取締官？ ファット・ポリスってか？」

「香水ポリス、TVポリス、ミュージック・ポリス、快便ポリス。あらゆることに監視のポリ公がつく。だったらさ、時代に先駆けて、今のうちにすべてから足を洗って、クリーンな人生生きてくってのもクールじゃないか、どうだい、ゾイド」

「あーあ、アンタが伯爵だったころが懐かしくって心が疼くよ。アシッドの感じ、忘れちまったのかい？ ラグーナでやったLSD《ウィンドーペイン》。あのときオレ確信したんさ」

二人の表情が一つになった。「オレもだ。人間、決して死ぬことはないんだってな。ハ！ 国家がパニクるのも当然だよな。魂の不滅を信じる民衆を管理するのは不可能だもの。国家ってもんは大昔から人民の生死を左右する力を密かにふるってきたわけよ。それがいつも最終的な締め付けの力になってきた。ところがアシッドが広まって、そのことがX線みたいにみんなに透けて見えるようになってしまったわけだ。取り上げようと夢中んなるのは当たり前だな」

「でもさ、実際起こったこたぁ取り上げらんねえだろ？　見透かされてしまったこたぁ」

「簡単よ。忘れさせりゃいい。脳の中へ刺激を大量にぶちこむ。一分たりとも休ませない、映像と話題とサウンドの濁流、それがTVってもんじゃないか。それと、自分で言うのは辛いんだが、ロックもどうも同じもんになってきてるみたいだぜ。みんなの注意を吸い寄せて、人間は不滅だというビューティフルな信念を曇らせていく。で、また、元の木阿弥、結局また死を信じさせられちまって、彼らの支配に落ちていくのよ」——あのころよく聞かれた語り口である。

「オレは忘れんぞ」ゾイドは誓う。「国家権力がどうだろうと、知ったことか。オレたちが輝いてたころのさ、あのグッド・タイムズは永遠に不滅だ」

「輝いたことが罪なのさ。彼らはそれを許さなかった」　ムーチョはステレオに歩み寄り『ベスト・オブ・サム・クック』をターンテーブルに載せた。二枚組みのオールディーズがたっぷりと部屋に流れる。窓の外、灯りの消えた荒野では、目に見えぬ〈時〉の巻き返しの力が渦巻き、子供のころの緑の自由なアメリカは不毛な溶岩台地の要塞国家へと急速に回収されつつあるとしても、部屋の中には、初々しいソウル・ミュージックが〈時〉の説教台から流れくる古き佳き日の説教のように響き渡った。

　サンフランシスコ中心街。グレイハウンド・バスの発着場でゾイドは娘をピンボール・マシンのガラスの上に下ろした。〈ヒップ・トリップ〉という名のついたサイケ調マシンである。ゾイドの調子も最高潮、ヴァインランド方面行きのバスがLAから到着するまで、ボーナスゲームの連続だった。ピンボール大好きのプレーリーは大はしゃぎでガラス面に顔をつけ、手足バタバタ声はキーキー。バンパーが長時間ピカピカしながら回転したり、〝ダァダァ〟が狂ったようにフリッパーを打ち鳴らすと、音と光と色の連続刺激に興奮は頂点に。「いまが花よ、キューティちゃん」ダディがつぶやく。

「ガラスの上に乗っかれるうちがな」

ゴールデンゲート・ブリッジを渡って北へ。この移行は形而上的レベルの変化をも意味する。そのことは、ゾイドみたいなユルユル系の旅人にも感じ取れた。視界に橋が現れたのは霧の立ちこめてくる日没時で、橋の塔とケーブルがこの世のものとも思えぬ金色の波の中へ吸い込まれていく。北へ向かうヒッピーたちはそれを見て叫んだ。「うわお！」「ビューティフル！」だがゾイドにとってこの美しさは、どこか銃器の美しさに似て見えた。というのもその金色の霧の内側からどんな悪夢が飛び出てくるかわからない。今はといえば、高所の恐怖が彼を襲い、下に寄せる太平洋の波にさらわれていく恐怖が脳裏に走った。金色の息苦しさの中をバスは登る。視界は車の長さの半分程度。プレーリーはシートの上に立ち上がって窓の外を見ていた。「こっから先は、木と魚と霧しかないんだと。ダディとオマエと、そこにずっと住むんだと」と言って、鼻をすすってみせる。ママが帰ってくるまでは、という言葉は口に出さない。娘は父のほうを向いて、ニッコリしながら、「キ・イ」。

「そう、キリだよ」

木だ。眠ってしまっていたのだろう。怒濤のように降り注ぐ雨とレッドウッドの匂いが、開けた窓から入ってくる。てっぺんの見えない巨木の群れが押し合うように密生しているその下をバスは進んでいた。プレーリーが、通り過ぎる一本一本に小さな声で話しかけている。幼児にしては淡々としたおしゃべり。まるでどこかから聞こえてくる声に答えているみたいだ。ひょっとしたらこの子は、この鬱蒼とした木々の向こうの世界と通じていて、いま懐かしのその国へ還ってきたところなのかもしれない。夜の闇を雨が打つ。のろのろと進む運搬トラックの荷台の上の死んだ樹木が、バスのハイビームに照らされて、モジャモジャとした巨体を光らせる。谷川から溢れ出した水と小規模の土砂崩れに阻まれて、バスは時々、宇宙の縁からほんの数インチのところを這うように進まなくてはならなかった。見知らぬ同士の乗客も通路をはさんで語り合い出し、ハッパに火が点き、網棚からギターが下ろされ、フリンジつきのバッグからハーモニカが出てきて、バスの中はたちまちオールナイト・コンサートの会場に転じた。ひとつの世代が通過してきた懐かしの時を偲ぶ曲たちのエンドレス・メドレーだ。ロックンロールの大合唱からフォーク、モータウン、フィフティーズ・ベストヒットを歌いまくり、白み始めた空とともに雨に濡れた緑の景色が見えてくるころ、一本のギターと一つのハーモニカが古いブルースを奏でていた。

ヴァン・ミータとはユリーカの町で再会した。四番通りとHストリートの角で、向こうからやってくる64年型ダッジ・ダートを見た時、ゾイドは自分が自分の車に乗ってやってきたのかと錯覚した。車体のLSDアートも蛍光塗料の目玉つきのホイールキャップも、ボンネットを飾る流線型のおっぱい模様も、間違いなく彼自身の車だし、運転席には、ゾイド以外の何者でもないヒッピー男の典型が乗っている。すごい超常現象だ。呆気に取られたゾイドの顔を、車の中の〝自分〟の顔が、およそ二倍の驚き顔で見つめていた。ヴァン・ミータは、なぜゾイドが自分に声をかけないのかがわからない。錯乱した相手の顔を怒りの表情と勘違いし、こりゃヤバそうとそのまま通りすぎようとした。ところが、ちょうどそのとき我に返ったゾイドが、昼休みの車通りの中を、手を振り、叫びながら追いかけるので、ヴァン・ミータはますます焦った。赤信号の交差点でゾイドは追いつき、助手席に乗り込んだ。

「怒んなよな、車の調子は快調だ。オレの金でガソリン満タンにしたとこなんだぜ」

「いや、いまさぁ、幽体離脱やっちゃったんかと思ったぜ。どうしたんよ、オマエ、顔色ヘンだぞ」

「何でもねえって、ところでプレーリーちゃんは？」

この週末、ゾイドは娘を知り合いに預けてずっと家探しをしていたのだが運に恵まれず、プレーリーを引き取ってヴァインランドへ引っ返そうと決心したところであった。

「そいじゃオマエの車のキー、くれてみな。オマエの車でオレがオマエを乗っけてくと、オレも一緒に乗っけてもらえることになる」

「そこにささってるよ」

「あ、そうか」

南の知り合いの友だちがやってる互助サークルで、ゾイドは娘を引き取った。ブルーのコーデュロイのオーバーオール姿のプレーリーは、名付け親のヴァン・ミータを見るとキキキと笑い、ポチョポチョの両手を挙げてハイタッチをキメた。もうこの土地にも慣れたみたいで、海辺を恋しがるでもなく、ケンカ友だちも二、三人できたようだ。車が101号線に出たころには、プレーリーはシートを這って乗り越え、後部座席で眠りに落ちた。

一八五一年の測量地図には「沿海ヲ北ニ向ケテ進ム船、五月ヨリ十月コロマテ強烈ナル向カヒ風ニ悩メシハ此ヲ避難所トスヘシ」とある。ヴァインランド湾はセヴンス・リバーの河口をなし、「親指《サム》」および「古親指《オールド・サム》」と呼ばれる二つの砂嘴《さし》と、「親指もどき」と呼ばれる湾内の島によって、沖の海で起こる神秘で奇怪な事象から守られていた。二つの砂嘴の間、および内側の砂嘴「古親指」とヴァインランド市内との間は、それぞれ橋で結ばれている。三〇年代大不況期にWPA（公共事業企画庁）が太平洋北西岸域に建設したアールデコ風コンクリート橋の代表例に挙げられるこれらの橋は、湾全体を優美な曲線で包む砂嘴とともに、いつもどんよりとしたこの町にマッチした静かな色調を添えていた。ハンドルを握っていたゾイドは、鬱蒼とした木々に挟まれた長い勾配を登りきって頂上に達したところで眼をみはった。森が背後にスーッと消えて、眼下に、嵐の予感を秘めた雲によってふだん以上に彩度を落とした湾の全景が、眼に飛び込んできたのである。二つの橋はクリスタルの透かし細工のよう、発電所の高い煙突から煙はまっすぐ北へたなびいている（ということはもうじき雨だ）。町の南にあるヴァインランド国際空港から飛び立ったジェット機がグングンと空をのぼり、工兵隊たちのマリーナにはサケ漁船とモーターつきのクルーザーと小型船が一緒くたに停泊している。海岸線から次第に丘をのぼっていくほんの一、二マイル四方に、木造りのヴィクトリア朝家屋、かまぼこ住宅、終戦直後のプレハブ・ユニット住宅、小さな敷地に並んだトレーラーハウス、派手な装飾を施した材木商の豪邸、ニューディール時代の質素な家屋がひと塊りに集結している。そこから離れたところにポツリ、ギザギザの多面体のような連邦庁舎の真っ黒な建物が、蛇腹型の鉄条網つきのフェンスに囲まれた巨大な駐車場の真ん中に建っている。「空から降ってきたみたいにさ」ヴァン・ミータが言った。「ある朝、目ー覚ましてみたら、デーンと建ってたんだ。もうみんな慣れてきたみたいだけどさ」

いつかここも、ユリーカとクレッセント・シティとヴァインランドを全部包み込む大都市圏の一部になるのかもしれない。だが、いまゾイドの眼に映っているのは、海岸線も森も川岸も湾も、昔のスペイン船やロシア船が見たのとほとんど変わらぬ風景である。彼らの航海日誌は、このあたりのサケの大きさと力強さ、霧に視界を奪われた海岸の恐ろしさ、漁民であったユーロク族とトロワ族の集落について記している。沖から海辺の薄暗い常緑樹を過ぎ、完璧な幹と雲のように繁る葉を持つレッドウッドの森に入って行く時、眼に見えない境界線を越えて異世界に入ってゆくような不思議な感覚がするのだと、特に霊感が強いわけでもなさそうな測量日誌の書き手も一度ならず記していた。木と呼ぶにはあまりに高くあまりに赤いそれらは、何かこの世ならざる意図を秘めているかに見える。彼らインディアンの村人たちはそれらと通じていたのだろうか——いずれにせよ教えてはくれなかった。

世紀の変わり目ごろからは、写真の記録も登場する。銀色にぼやけた光を背にして、しばしば伝統の恰好をしてカメラマンを見つめるネイティヴの村人たち。灰色の海から現れた、まわりを荒々しくも初々しい白い波に縁取られた海底火山の黒い頭。崩れかけた城のような玄武岩の崖、密集して呼吸する永遠の生を持ったレッドウッドの樹木。それらの写真に収まったのと同じ光が、今日のヴァインランドにもある。雨がしたたり落ちる中、光は地上を照らすことにかまけず、ひたすら霊魂の世界に呼びかける。これらの写真が何よりの証拠である。そこに焼きつけられているのは、魂の領土そのものではないか。

ヴァインランドを迂回する101号のバイパス計画は、州政府からも連邦政府からも金が下りず、フリーウェイはそのまま町に入って二レーンの道となり、サウス・スプーナーに入るところと出るところに二つの急カーブがある。交差点の信号がシンクロしていないことにヴァン・ミータは苛立っているが、ゾイドはその分、町がじっくり見物できてご機嫌である。〈ロスト・ナゲット〉〈カントリー広東〉〈菩提達磨ピザ寺院〉〈スチーム・ドンキー〉などの店の前を通ってノース・スプーナー通りに入ると、そこからが登りとなって、グレイハウンドの発着場はすぐ先だ。ゾイドとプレーリーはそこのロッカーを生活の拠点にしていた。ヴァン・ミータは、ノンダクレ・ヒルを越えたところにあるコミューンに泊めてもらっていて、「狭いけど、オレんとこ来るか」と誘いをかけた。どのロッカーにも順番待ちの列ができているし、ここはオレが移動して、代わりの誰かにオレのロッカーを使わせてやろう、とゾイドは決心した。北カリフォルニアへの大移住で、ヴァインランドの町は機能不全寸前だった。長距離バスの発着場は一ブロックを占める広さだが、そこは行き場のない者たちの宿泊場と化した。とにかく町中どこも、南からの移民だらけ。バスで知り合って、おたがい子供の預けっこをしていた家族とちょうど出会ったゾイドは、プレーリーを預けるとヴァン・ミータと一緒にヨロヨロと

〈ファスト・レーン・ラウンジ〉の青紫の光の中に入って行った。ここの店のスペシャルが「無害な液《ハームレス・リキッド》」というもので、客に出すグラスのどれにもこれが塗られる。紫外線を受けるとボーッと輝くこの液が、ドリンカーの唇にくっつくという趣向だが、男の客はたいていそれを拭い落としてからグラスに口をつけるのに対し、女性客は、その液が口紅に沁み込んで（それは口紅とよく混ざり合う性質があったのだ）唇全体が発光するに任せるか、ストローを使って接触を完全に断って、グラスの縁に浮かぶ〝天使なき光輪〟を目で楽しむかの二手に分かれた。二人は冷えた長首のビール瓶を前にして座り、ゾイドがヴァン・ミータにここ数日の事の展開を説明した。

「ほんとによ」ニッと意味なく笑って、「悪漢の隠れ場としちゃ、これほどいいとこもねーな。ここにいる男全員、俺たちそっくりだ。おまえもう透明人間さ」と、伸ばした手をゾイドの頭の周辺でバタバタさせる。

「なあ、このあたりにはプレーリーの血のつながった一族がいるんだってさ。そこを頼ったもんかどうか、考えあぐねてるんだけど」

「お義母《ふくろ》さんの思う壺にはまっちまったら嫌だけど、もし住む場所とかもらえるなら頼りにしたい、か。でさ、その際に、オレのこともヨロシクな。ガレージでも薪小屋でも屋台便所でもかまわねえよ。オレとクローイの二人だけだし」

「クローイってオマエの犬の？　やったぜ、連れてきたんだ」

「どうも妊娠してるみたいでさ。こっちでしたんか、南でしたんかはわからんけど」クローイが産んだのは母親似の子犬ばかりで、その一匹が大きくなって産んだ子犬の中から、眼の輝きが気に入って、ゾイドとプレーリーが連れ帰ったのがデズモンドである。そのころまでには、ゾイドもヴェジタブル通りから入ったところに井戸つきの土地を見つけ、LAに帰っていったカップルからトレーラーの家を買い、半端仕事をつなぎ合わせて、なんとか一日、働けるようになっていた。仕事のひとつは、樋《とい》の修繕で、降りやまぬ北海岸の雨の中、人から借りた梯子と、何巻きものアルミホイルを積み込んで中流の住宅地域を回って、詰まったり漏れたりしている樋を見つけて応急処置を施し、豪雨と豪雨の合間にふたたび出かけて、もう少し長持ちさせる手当をする。週末、〈ビッグフット・ドライブイン〉で催される蚤の市には、ヴァンで一度に運びきれないほどの台湾製のビニール合羽と、カーワックスとオズモンズの海賊テープを並べる。二月になれば、恒例のラッパ水仙の刈り取りだ。仲間全員ハンボルトの水仙畑で、毒ツタにかぶれながらまだ青いそれを刈る。時代が下ってケーブルTVの会社が進出してくると、契約取りの訪問員として、顧客争奪合戦に巻き込まれた。ケーブル敷設集団《ギャング》が、住人の魂をいただこうとする親会社のため、銃の撃ち合いを含む争いを演じるに及んでとうとう州の「監理委員会」が腰を挙げ、郡全域に会社ごとの〈ケーブル・ゾーン〉を設けた。こうしてTV《チューブ》起業家は、奥地までその触手《ネットワーク》を伸ばし、〈ゾーン〉を政治的に染め上げた。一マイル四方当たりの家屋数の少なさからして、経済的に引き合わない山の中にもケーブル網は延びた。市街地で埋め合わせはできるのだし、おまけに彼らは将来の不動産ビジネスも眼中に入れていたのだ。北カリフォルニアのこの地に眼をつけたのは、大地とのハーモニーに生きようという理想主義のフラワー・チルドレンばかりではない。州内外のディベロッパーが、自然の流れに従って、何の変哲もない海岸線に、思いがけない漁場を見いだしたのである。ひっそり守られた静けさと、行き止まりの道に満ちたこの一帯も、いずれは郊外化されるのであれば、早いに越したことはない、と彼らは考えた。不動産業の進出により仕事の口は増えたけれども、組合もない環境で賃金も不当に安い。結局、トラヴァース家ともつながりのできたゾイドだったが、その関係は、彼の仕事のいかがわしさが理由で、微妙なものにならざるをえなかった。「独立レーベルの仕事人」とか自分のことを称してみても、相手は古く、誇り高く、強靭なる組合の闘士として、世界労働闘争史でも稀に見る弾圧を生き抜いてきた一家である。索具のアテンド、倒木の積載、牽引する牛の指揮、そんな初期の木こりの荒々しい職をこなしていた彼らの中には、エヴェレット製材所での闘争を闘ってきた者もいたし、ベッカー家の側には、ジョー・ヒルと個人的な親交のあった者もいた。そんな強者たちが、ひょっこり顔を出した非組合員の日雇いのゾイドなどに、家の敷居をまたがせたのは、ひとつに、この男の髪の毛と生き様から、精神障害者と思ったのであろう。もうひとつの理由がプレーリー。父親は失格でもこの子は間違いなく一族の血を引いている。離婚の事実は評価にマイナスだったが、子供の面倒を見ているのがゾイドのほうで、フレネシは何年も姿を現していないとなれば、こんな男を捨てた彼女の評価が高まることにもならなかった。一族の間で、持ち前の超能力によって知られるサーシャの従姉のクレアが、ゾイドの心にいまも燃える愛のかがり火に気がついて食事に招いた。そして家族のアルバム写真を見せ、たいへんな冒険好きで探索した先々のことを得意げに話したフレネシのことを、記憶のかぎり語った。地図に出ていないところに川があり、向こう岸の遠くにいくつも光が見えたこと、何百人とも思える声が、パーティとも争い事とも違う、不思議なサウンドをなしていたこと、ビッグフットにしか持ち上げられないような巨岩がいくつも上から降ってきた夜更けの出来事、体のうちから光り輝く虹鱒が渓流を大挙して上ってきたこと、打ち捨てられた伐採場で、ボイラーと筒と継ぎ手の締め具が、ブラックベリーのツタを突き抜けて姿をさらしていたこと……そして昔の洪水でゴーストタウンとなったはずのシェード・クリークにいつのまにか人が戻って夜も眠らない生活を始めたこと。

「もちろんサナトイドのことね」クレアが言った。

「ちょうどあのころ、こちらに移住を始めたんです。それより、人の不幸の吹きだまりのようなところに入り込んで、あの子怖くなかったんでしょうか。全然そんなようすは見せなくてね」ヴェトナム戦争が終わるころになると、サナトイド人口は急激な増加を示し、シェード・クリークから一マイルほど丘陵を登ったところにあるショッピング兼レジデンス・センターである〈サナトイド・ヴィレッジ〉に行くと、毎日仕事にありつくことができた。ヴァインランド郡庁舎わきの空き地では、夜明け前のシェイプアップが行われるのだが、近くの闇でアイドリングしている、褐色の影のようなバスの窓にそっと求人案内が掲げてあった。そんなわけで、ゾイドは、たまに夜明け前に起き出して、他のヒッピーの新参者と一緒にバスに乗り込んだ。みんなそれまでアーティストとか魂の巡礼者とか称し、世間の仕事に対しては童貞で通していた者ばかりである。その連中が木材運びの手伝いや食堂の給仕、スーパーのレジ係や袋詰め、材木工、組立工、トラック運転手に転身し、それらの半端仕事でもって、建設・販売・買付け・投機関係の企業に仕える。職に就いて彼らが最初に気づいたのは、長髪は仕事の邪魔になるということで、ある者はハサミを入れ、ある者はゴムで結び、ある者は耳の後ろにもっていってクェスチョン・マークの形を作った。ちょっと前まで花の妖精のようであった彼らのガールフレンドたちも、皿を運び、カクテルグラスを運び、郡で一番の〈シャングリラ・サウナ〉で木こりたちの筋肉疲労を揉みほぐした。正午発のバスで南の地に帰っていった者もある。ヴァインランドのコミュニティ・カレッジやハンボルトの州立大に通い始めた者もある。連邦、州、郡、教会、私営による（製材業に次ぐ数の従業者数をかかえる）福祉の仕事に就いた者は、世話する相手がかつてのトリップ・メイトとか愛を交わした相手ということもよくあって、そんなペアが今は事務所のデスク越しに、またはコンピュータの端末の向こうとこっちで意思の疎通を図ったりしている。まるで〈時〉が密かな選抜を行なって、彼らを別々のチームに入れて向かい合わせたような光景だ。

やがてゾイドもプレーリーを連れてくるという条件で、〈トラヴァース゠ベッカーの夏の集い〉への参加を許された。プレーリーといえば、三つか四つだったヴァインランドの冬の日にひどい熱を出したことがある。熱っぽいうるんだ眼でゾイドを見上げ、顔に乾いたハナをつけ、くしゃくしゃ髪して、ガラガラ声でこう聞いた。「ダディ、この病気、のおるの？」ミスター・スポックの影響か。だがその声を聞いて、それまで宇宙をさまよっていたゾイドの気持ちも、ようやく地球帰還を果たしたようだ。なぜって、そりゃこの子を守るためだが、この何ものにも代えがたい小さな命を、何から守るのかといえば、敵の中には、ブロック・ヴォンドも含まれていて、それを思うとさすがにへこたれそうになった。だが、一年また一年と〈夏の集い〉に群れる親戚の顔に似てくる娘を見るにつけ、精神障害者用の給付金が満ちる月のように忠実にやってくるのを見るにつけ（地平線の向こうで行政機関の注目が自分に来ている様子はまるでなし）、このごろではようやく外をセコセコとうろつき始め、少しばかりは頭も落ち着き、自分のことも見えてきたのだ。——結局、この地に、娘を、そしてオレ自身を連れてきて正解だったよ、と。この数年に限っていえば、土砂崩れと嵐を抜けてヴァインランドの懐に跳び込んだオレの選択も、珍しく吉と出た、と。〝善なるヴァインランド〟に身を寄せてラッキーだったぜ、と。

牧草地は夜明けの直前、朝を待ちきれない子供らの第一陣がもう裸足で飛び出し露に濡れる。野犬は兎を想い、飼犬は走りも含めて同じ想像、夜番から戻ってきた猫は前脚を止め、いったん背を弓なりにしてまた戻し、見つけた物陰に体を滑り込ませる。森の生き物は、食う側も食われる側も、バンビの眼——というのとは違うけれども、どの瞬間も必要な警戒を緩めない。彼らの根城に、何とまあ、たくさんのトラヴァースとベッカーの人間たちが来ていることか。

RV車の中で寝た者もいる。トラックの荷台に敷いたマットレスに横になった者も、荷を背負って森のさらに奥へ向かった者もいる。草原にテントを張った者は多い。夜が白み小鳥たちが鳴き出し始めた今、目覚まし用にセットされたラジオがあちらこちらで突然鳴り出す。「朝までロック」に、聖書の解説、昨日のニュースにまだ怒っている電話の声を交えて段々と厚みを増すラジオのフーガ。傾斜する草原を登った先の山際が朝顔のような青色に染まる。まもなくトースターとオーブントースター、焚き火とRV車内の電子レンジとプロパンの炎の上の銅鑼《どら》サイズのフライパンが活動を始め、ベーコンとソーセージと卵とホットケーキとワッフルとハッシュブラウンとフレンチトーストとハッシュパピーが、眼に見えない香りのフラクタル図形を展開し、脂の煙、焦げるスパイス、トースト、淹れたてのコーヒーの香りで一帯を覆っていくだろう。森で眠った者がトボトボと帰ってくる。朝の偵察にやってきたブルージェイが、けたたましく鳴きながら互いを制して食べ滓をさらっていく――森のカモメだ。ラジオの予報によれば今日は真夏の太陽が照りつける。海沿いのヴァインランドでも、霧が晴れた後は暑くなるだろう。年若い従兄弟姉妹は空を仰ぎ、互いのリュックを覗き込み、釣り師は河原を歩いて今日はどんな魚がかかるかチェック、ゴルファーは未だ霧の中にあるヴァインランドの海岸わき、ラス・ソンブラスにある本物のリンクスコースで軽く18ホールを回れないか画策する。ポンコツながらよく磨かれたベッカー家のキャンピングカー《エアストリーム》の中では、時を超越した「クレイジー・エイト」のトランプ・マラソンが新しい世代を加えて進行中。5セント玉、10セント玉、チップ、ドル紙幣に金鉱石まで入り混じって、まるでリトル・ゴールドラッシュの昔から煮え続けているポトフ鍋を見るようだ。ここ以外でも、ポーカー、ピノクル、ドミノ、ダイスといろんなゲームが進行中――だが、ここでクレイジー・エイトをやっている子供たちは自分らを「8狂団《ジ・オクトマニアックス》」と名乗り、お揃いのTシャツでも着せたら似合いそうだと思わせるほど似通った眼をしている。これに比べて他のゲームでは、参加者の出入りが多く、技量の差と親しんでいるルールの違いから遅延が生じ、驚愕が起こり、親族的不親和状況もきたしている。

　目を覚ませばもう空腹で、朝食の並んでいない食卓を叩き始める底なしの胃袋もある。昼時まで目玉焼きを思い浮かべても気分が悪くなる食べすぎの胃袋もある。配達されない新聞が読みたい者、漏れない（少なくともこんなに早くは漏れない）容器でコーヒーが飲みたい者、胃袋よりも目に渇きを覚えて、寝袋やキャンピングカーの中にいつまでもしけ込んでポータブルTVの画面を貪っている者――電柱登りの名人の子が、ハイウェイ脇の電柱に登ってケーブルTVの本線から映像を盗めるようにしてきたのだ。眼下に見える（みんなそれを通ってきた）フリーウェイを、仕事に向かう朝の車列が流れるけれども、その音は可聴域に届いてこない。今週も今日でまた終わりを迎えるのだが、ここに集まったみんなはひと足——あるものは何週間も——先に休日を始めた。大きな子は、大小の冷蔵庫を台車で最寄りのコンセントまで運んでいって電源を差し込んだ。ラッキーな子はサナトイド・ヴィレッジまで忘れ物の買い出しに駆り出され、怨念をため込んだ不眠の輩が集まるというモールのスリルを味わっている。

実のところ、ここシェード・クリーク／サナトイド・ヴィレッジ地区の長い奇妙な夜明けの中で、今朝の夜明けは例外として記憶されるだろう。住民全員が前の晩に眠ったことに加え、今まさに目覚めつつある。笛《パイプ》とチャイムの目覚ましは合成音で、腕時計からもタイマーからもパソコンからも聞こえてくる。使われているサウンドチップは、ある陰のシリコン市場争奪戦に際して投棄されたもので、他ならぬタケシ・フミモタが、〈トッカータ&フジ〉なる怪しげな貿易商社の決済金の一部としてばらまいたというもの。それがいま一斉に、四部ハーモニーで聞かせているそのメロディは、ヨハン・セバスチャン・バッハの「目覚めよと叫ぶ声あり」の導入部だ。単なる電子のピコピコ音とはちがい、このサウンドには、悩めるサナトイドの魂を揺さぶるだけのソウルがあった。彼らは眼をしばたたき、いつもは焦点定まらぬその視線を（多くの者は初めて）仲間に向けた。サナトイドとサナトイドとが互いに視線を向け合う。これは前代未聞。幾世代にもわたって戦いつがれた集団訴訟が一気に解決をみたかのよう。誰が記憶してたんだい？　おや、記憶になかった者がいるのかね、だって辛い一日の最後にサナトイドはただの記憶に戻るんだろ——ってなジョークはさておき、今流れているヨーロッパ音楽でもピカ一のメロディ、実は陽気な（憂を極めたサナトイドもちょっとの間、復活《レザレクション》を信じてしまいたくなるほどの）ディスコの拍に合わせてあるが、そのメロディが今彼らを目覚めさせる。そう、サナトイドが目を覚ます。

このとき、暗い谷間をヒュロヒュロと下り、嵐の雲を追うように野山を渡り、この世の生き物の耳に、この世ならざる生き物の耳に、おどろおどろしく響いてきたのは、いつもの「サナトイドの呼び声」とは別な声であった。長く引き伸ばされた、幾度となく繰り返される陰惨きわまる遠吠え《ハウリング》。それは、はるか南の高層ビルでハイテク受信装置に向かうタケシとDLの元へも無視しがたく届いていた。6200から7200キロヘルツの間にある特異な周波数域にラジオ・サナトイドの電波を捉えた二人は、プレーリーにそれを聞かせた。しばらくしてプレーリーは悲しそうに首を振り、「ねえ、どうするの?」

「なんとか応えなくちゃね」とDL。「問題は、プレーリー、あんたが一緒に来たいかどうかってことだけど」

ここロサンジェルスに来てからのプレーリーはあまり運に恵まれてはいなかったけれど、旧友のチェと再会できたのはラッキーだった。チェという子とは、おじいさん・おばあさん同士が、大昔のハリウッドで仲間だったという間柄である。プレーリーのおばあちゃんのサーシャは、しかし、いくら電話をしても留守。しかも留守電メッセージによると、その電話は盗聴されているらしいのだ。

モールをぶらつくことにかけては、プレーリーとチェはもう熟練したプロだった。フォックス・ヒルズには一番乗りの組だったし、シャーマン・オークス・ガレリアでも、ほとんどそこの原住民になりきっていた。小さいときから親指つっ立て、何日かけてもヒッチハイクで到着する。来てみれば「黄金の町」だなんてただの都市伝説にすぎないということばかりだったけれども、二人で一緒にいられるんなら、それでオーライ、文句はなかった。今回の二人の待ち合わせ場所は、ハリウッドの丘を下ったところにできたばかりの〈ノワール・センター〉だ。戦中から戦後にかけてのフィルム・ノワールをモチーフにしたこのモールの鉄の扉や格子を模した造りは、数本の名作映画の舞台となったロス旧市街のブラッドベリー・ビルを想わせる。ヤッピー趣味への売り込みもここまで過剰になってくると、プレーリーとしても、もうこれ以上グロテスクな客引きはやめてほしいと願わずにはいられない。というのも、実はプレーリー、こうした古い、変なネクタイの男が早口でしゃべる白黒映画が大好きなのだ。そのうち何本かは、おじいちゃんとおばあちゃんが関わっている。だから、この町のつくりものの過去のロマンが、こんなケバいやり方で売りに出されることは、彼女にしても、うっとうしいことだった。ハリウッドって町はね、上から下まで腐りきっていたんだよ、映画の世界があれほど美しいのも、汚れの部分を全部現実世界に放り投げていたからなんだね――と、そんな話をハブとサーシャからも、チェの祖父母のドッティとウェイドからも、ずいぶん聞かされてきたのである。ここノワール・センターには〈バブル・インデムニティ〉と称する高級ミネラルウォーター専門店と、〈ザ・ラウンジ・グッド・バイ〉というパティオ家具の専門店と、〈ザ・モール・ティーズ・フラコン〉という香水化粧品店と、ニューヨークのデリ・スタイルの軽食喫茶〈ザ・レディ&ザ・ロックス〉が並んでいる。警備員は襟先のとがったテカテカの褐色の制服を着て、折り返し縁《スナップブリム》の帽子をかぶり、仕事はすべてビデオカメラとコンピュータでこなしている。プレーリーが小さかったころ、モールの監視のおじさんたちは、そんないやらしい人種じゃなかった。着ているものもポリエステルで、サファリランドの警備員みたいだった。噴水からは本物の水が出ていたし、植え込みもプラスチックなんかじゃなく、ファストフードの店が並ぶあたりでは、自分と変わらぬ年頃の女の子がバイトしていて、イヤリングと交換でチーズバーガーを売ってくれたりした。それからアイススケート・リンクもあった。保険の額が、いまみたいに高騰する前のことだ。プレーリーは思い出す。チェと一緒にボーッと座って、何時間もリンクを眺めていた。スピーカーからおかしな音楽が流れて、それが氷に反響していた。滑っているのはたいていが小さな女の子で、中に必ず、コスチュームもスケート・

シューズも超高級品というのがいた。TVのテーマ曲をアレンジしたBGMに合わせて、その子が滑走し、ターンし、ジャンプすると、天井から緑色や灰色の光が投げかけられ氷の上をチラチラ照らし、冷気の中に蒸気の凍った白い柱がいくつも立っている。一度チェは、「オイ、あのコ」と、スケーターの一人をアゴで指した。齢は二人と同じくらい。色白で、ほっそりとして、キリッとすました顔をして、後ろ髪をかわいくリボンで結んでいる。ウェアは真っ白なサテン地で、子供サイズのスケート・シューズも真っ白だ。「ああいうの、ホワイト・キッド（白の子ヤギ革）ってーのかい、それともホワイト・キッド（白人の子）ってーのかい？」ギャング映画を真似た口調でチェが言った。子鹿のようにホッソリした脚とパッチリした眼の女の子は、ちょっとおどけたふりをしながら二人のほうに滑ってきては、身をひるがえし、ちっちゃなスカートをお尻の上に跳ね上げ、華奢な鼻で風を切りながらリンクの向こうへ滑って行く。

「ああ」プレーリーがつぶやく。「カンペキだな」

「チーッと痛めつけてやりたくなるってもんよな？」

「チェ、おめえもワルよなあ」自分があんな幸運と優美さに恵まれていたらどうだろう、そんな想像に浸るのがプレーリーは大好きだった。幻想から出てくれれば、髪の毛もニキビも体重のほうも、問題が多すぎるのはわかっていたけど、すぐまたファンタジーに心を委ねてしまう。TVにはそういう子ばかり出てくる。ホームドラマにも、コマーシャルにも、レオタード着て体操をやってるなんて子ばかりだ。そういう子たちは、ママから料理を教わり、おしゃれのコツもパパへの甘え方も教わる。遠い世界のお金持ちの可愛い子が、「ウーン、おいしい！」とか、（どんな時にも効果抜群の）「ありがとう、おかあさん」とか言うのを見るたび、プレーリーは苛立ちと親しみの入り混じった不思議な気持ちになった。〝親しみ〟というのは、おとぎ話の王女さまのように、ああいう子を見るたび「ホントはあれが、ホントのあたしなんだ」といつも思ってきたから。前はちょっとした魔法でもって、ホントの姿に戻れたけれど、こんなへんぴな星の山奥でつらい暮らしをさせられているうち、魔法を忘れてしまったみたい……。チェには何でも話すプレーリーが、そのことを話したとき、相手の眉が心配そうに吊り上がった。

「忘れな、プレァ。隣りの芝生は何とかってな。ああいう甘やかされたガキどもだって、ある晩何かしでかして、そのまま少年院って……」

「こたぁねえさ」プレーリーが口をはさんだ。「あいつら、一生オリの外で暮らすようにできてんのよ」

「ちょっとよからぬ想像したのさ。女の子だもん、いいじゃん？」

「アホかぁ！　このぉ！」ふたりのいつものシネマ・ゲーム。スターはチェでプレーリーはいつもツッコミ役だ。幼いころ、バイオニック・ジェミーやポリス・ウーマン、ワンダー・ウーマンの真似をして遊んだころから役の分担は決まっていた。学校の作文の時間、自分がどんな〝スポーツパースン〟になりたいか書きなさいと言われて、クラスのみんなはほとんどがテニスのクリス・エヴァートみたいな女性を選んだのに、プレーリーが書いたのはスポーツ・キャスターのブレント・マスバーガーだった。チェと一緒の時はいつも、親友の荒っぽい生きざまを脇で見ていてコメントするのがプレーリーの役。とはいっても、実際にアクションに加わることがなかったわけではない。なかでも輝いているのが「グレイト・サウスコースト・プラザ・アイシャドー強奪事件」。国中の保安対策セミナーで、いまもため息と困惑をもって語られるその事件とは、黒のTシャツとジーンズに身を固め、空《から》のバックパックを背負った、モールの地理にやたら詳しい二十数名の少女の一団が、ローラースケートの滑走音も軽やかに、ビュンビュンと風を切りながら巨大なプラザへ乗り込み、閉店直前の店の棚から奪い取ったアイシャドー、マスカラ、口紅、イヤリング、バレッタ、ブレスレット、ストッキング、そしてファッション・サングラスをバックパックに詰め込んで、嵐のごとく去っていった、という事件である。盗品は全部そのままオーティスという名の年上の男のところで換金され、彼のトラックでどこか遠くの蚤の市に運ばれて売りさばかれた。高密度のアクションが眼前で展開される最中に、プレーリーはチェが追い詰められるのを目撃した。警官と、ビニールのスモックを着た店員に挟み撃ち（この店員は齢恰好は自分たちと変わらないのに、小さいときから働かされているのか、自分のものが盗《と》られるみたいに喚いていた）。警官のホルスターのスナップが外されるのが、クロースアップ・シーンのようにプレーリーにはハッキリ見えた。おおおっと、あぶなーい――「チェ！」と叫ぶや、ローラーを蹴ってたちまちトップ・スピードのプレーリーは、グングン大きな姿になって、イヤ――ッ！と、狂人的な叫びを発し、迫る敵の注意をそらして、チェの脇を駆け抜けざまに、手首を握るとクルッと回し、次の瞬間、ふたり並んで出口めがけて滑走していた。スケートはバイオニックな力を得たかのようにスピードを増し、敵軍がスローモーションで慌てふためく中を、ジェミーたちは突っ走った。その間中バックグラウンドで鳴っていたショッピング・ミュージックは、原曲はアップテンポのロックンロールだったのに、弱腰風の流麗な調べにアレンジされていたために、何事かと店を出てきた買い物客もすっかりのどかな気分になって、「ねえ、あなた、あの女の子たち、ひったくりみたいに見えるけど、そう見えるだけよねえ」と、心安らかに閉店前の店の中へ戻ってしまい、こうして少女たちはゲートを抜けて夕闇の中へ紛れていったのだった。ちなみに、そのときモール内の並木路に流れていたのは、オーボエとストリングスによる軽やかな「メイベリーン」（byチャック・ベリー）であったという。

チェとプレーリーは、ふたりで逢うときはいつも、秘密のランデヴーをする男女のように、迂回路を通りトリッキーな道を選んで密会の場にやってきた。〝保護観察〟の眼を光らせるのは地元警察ばかりではなかった。福祉調査員も、児童保護局員も、それに最近ではＦＢＩまで尾行に加わっていたのである。ノワール・センターにやってきたチェは、今日は誰から逃げてきたのだろう、ゼイゼイと息を切らせている。衣装はレザーとデニムとメタルとキャラコ、肩にはバズーカ用の砲弾バッグを掛け、レモンイエローに染めた髪は頭上でケバ立ち、眼をみはるような羽毛のトサカだ。

「カンペキな身拵えじゃないか」

「ダーリン、みんな君のためさ」

プレーリーは震える手を友の腕の下に滑り込ませた。ふたりのまわり、どこも一様に商業的なトワイライトの中に、プラスチックが流れ、ゼロとイチが沸き立ち、一九八四年のマーケットの狂騒は伝説どおりの活気を放ち続けている。〈ハウス・オブ・コーンズ〉の店の前で二人は顔を見合わせた。すまし顔の眼が、いたずらっ子のように無慈悲に光る。食べちゃおか。脂肪摂取計画変更。コーンにのったアイスクリームを舐めながら歩くのは昔と同じだったけど、前だったら眼と眼が合えば笑いが起こり、そのまま一日の終わりまで笑いが途絶えることはなかったのに、高価なチェのスマイルは今日は堅くて、まるで一瞬のポラロイド写真のよう。

原因は今度も母親の同居人なのだった。「あんたなんか、ちゃんとワンセット揃ってるのに。半カケじゃないのに……」と、この話題になるとプレーリーはうつむいて不平口調。

「母親がさ、一日中ＭＴＶ見てて。同居人のほうは、女の子の肌が一インチでも露出してると、たちまち色情大魔神に変身さ。〈楽しい我が家〉のコンテストでグランプリもらえるかもね。ほしけりゃ、ラッキーのこと、紹介したげる。でも思いっきし短いの、はいてくんのよ」――これをチェが言った時は、まだハラスメントの段階だった。それがマジな性的虐待に転じる。母親はそれを知っても、ラッキーを問い詰めることはなかった。代わりに思いきりチェをなじった。みんなお前のせいなんだと。「娘のこと、クソ呼ばわりだよ。あんたなんか生まれてこなけりゃどんなによかったかって……」こう言って、思いが届いたか確かめるようにプレーリーの眼をチラリと見る。プレーリーの胸は同情でいっぱい、手は友の肩の上だ。母親をテーマにした二人のセミナーは数年前から続いているのだけれど、チェの女親ドウェイナは、母親の例としては、あまり役に立たなかった。家庭内の緊張が爆発寸前に達すると、チェがラッキーの前にズカズカ進んで、母親も聞いている前であらゆる呪いをぶちまける。それに始まる轟音はひと晩中家を揺るがし、もうこんな家、いてやるもんかと大股で出て行くチェの、扉をバシンと閉める音でピリオドとなる。家を出て、何週間もふらふらしているうち、彼女がお金をせびる相手は、数の増加に質の低下がともなって、気がつけば頰に傷があったりする若いおにいさんたちのグループと行動を共にしているというのがいつもの展開だ。そのうちの、ある者はいつも鼻にハンカチを当て、ある者はいつも手に札を握っている。中には学校の校庭から直行してきたんじゃないかと思えるほど幼いのや、バンドでプレイしているのもいる。そんな奇妙な連中と行動を共にしながらチェは、このままじゃ自分もヤクに溺れてしまうと思うのだけど、抜け道はただひとつ、警察のご厄介になって母に迎えに来てもらうことしかない。ドウェイナは、必ずしも義務ではないのに、必ず留置場にやってきて、警部のデスクの前で、娘とふたり抱き合って「マイ・ベイビー!」「アイ・ラヴ・ユー、マム!」と涙にくれる例のシーンを演じるのだ。家に戻ったチェを、ニタリ顔のラッキーが、「よお!」とか言って迎え、こうして新たなサイクルがまた振り出しから始まり、彼女の前科に新たな一ページが加えられる。

「美しい女を見るのは気分いいもんだなあ」うっとりした眼でチェを見つめる、プレーリーのツッコミである。

「ドッティばあちゃんのとこにさ、行ったよなあ、覚えてる？　六歳の時だっけか……雨の日。次の日がビッグ・マンデーっていう日曜日。思い出すなあ、コマーシャルのとき、君の顔を見て、〝この子とは永遠の絆で結ばれてたんだ〟と思ったもんさ」

「六歳？　そんなになるまで気づかなかったの？」

　ふたりは歩き続けた。眼に見えないスピーカーからニューエイジ系のサウンドが湧きこぼれてくる。

「母親ってんもサ、困りもんだよ」チェが言い放った。

「でも、どう困りもんか知らないってのも、ヘンなもんよ」

「プレーリー、あんた売春宿行ってみな。あそこ、気に入るよ、ぜったい。三人一組でさ、一人がマミー、一人がダディ、一人がチャイルドっていうの。ハードなんとソフトなのとヘルプレスなのがワンセットになっててさ、家族ゲームかって感じ。だからかなぁ、あたしがつい入ってっちゃうのは、家おん出て。今日もサ、派手にやっちゃったね……ラッキーって、エルヴィスのデカンター、集めてたじゃん。そん中でアイツの一番のお気に入りの、覚えてる？　サワーマッシュ入りの。スーパーボウルとか誕生日にしか開けないっていう。ボトルのガラスに、いろんな色のメタルのキラキラが入ってて……」

「チェ、まさか、あんた……」

「こう言ったらいいかな。パッツィ・クラインの『私は落ちてこなごなに《アイ・フォール・トゥ・ピーシズ》』、あの曲、キングがカバーした」

「抱いて寝てたって言ってたよね、ぬいぐるみみたいに」

「もう危機一髪ヨ。あの男、あたし追っかけるのと、こぼれたバーボン救うのとで、わけわかんなくなってやがんの。逃げ出しながら振り向いたらサ、床にへばりついてチューチューやって、エルヴィスの頭だったガラスの破片、ペッペッて。そいからあたしのほうを睨んだ顔のド迫力。猛り狂った殺人鬼？　あんた知ってる？」

そうか、あたしは知らないんだ、とプレーリーは思った。そしてチェはそれを知ってるんだと思うと、何かが胸に突き刺さってくるようだった。「でサ、これからあとのことなんだけど」チェはぐっと声をひそめた。「車体がグンと長いリムジンに乗ったダークスーツのオッサンたちから、ビジネスの誘い、きてるんだ――やってみようかナって」

ふたりは〈メイシーズ〉の店内へ入った。ランジェリー売場でチェが蜘蛛のように軽い手でスムーズに事を済ます間、プレーリーは彼女の前に立って防犯カメラを遮蔽しながら典型的なティーンズのおしゃべりをひとりで続ける。男の子のこと、スターの新曲のこと、仲のいい女の子のこと、いけ好かない女の子のこと……めまぐるしく話題を変えるモノローグを続けながら、プレーリーはそのへんのランジェリーを適当につかんで、眼の高さに持ち上げ、「これ、どう思う？」などと、店員を製造中止になったスタイルのこととか延々終わらない話題に引き込み、その隙に、チェのほうは快調に自分のサイズの商品を（色は赤か黒か、赤と黒の組み合わせ）くすねてバッグにしまい込む。別な店でかっぱらった専門の道具で、衣服についた小さなプラスチック警報装置を取り外し、それを他の商品の積まれた奥にヒョイと隠すその技はあまりに速く、長年のパートナーであるプレーリーでさえまだ一度も犯罪の瞬間を正確に捉えたことのないほどだ。このくらいはチェにとっては、（ブレント・マスバーガー言うところの）「かなりイージーなレベルのプレイ」なのだろう。ずっと以前に完成されて、いまではウォームアップにちょうどいいくらいの。しかし今日は何か違った。芸を演じる二人の心は郷愁でいっぱいなのだ。秋の別れがもうすぐそこまで迫っている。ふたりの中で、今日のパフォーマンスは、お別れの記念のようなものだった。百戦錬磨のプロのコンビが、それぞれの道へ散っていく前に、過去の栄光を偲びながら、涙をこらえてやる最後の万引きショー……
チェは、フロントグラスから外がのぞけるようになった齢にはもう運転を始めていた。ストリートの掟なんぞにゃ眼もくれない。たとえ違反で捕まる齢になるまで生き延びたとしても──彼女の抱く無邪気でバッドな自己イメージでは、それまで命が持つだなんてとうてい思えはしなかった──運転のメチャクチャさが変わることはなかったろう。ある時はイチャつき戯れ、ある時は絶望の道をぶっ飛ばすというのが、チェの運転スタイルだった。フリーウェイに出れば、時速一四〇キロにセットしたまま前の車にピタリ寄せ、次の瞬間お尻を振りつつ縫い進む。「ドーターズ・オブ・ザ・フリーウェイ！」指先をハンドルにのせ、アクセルペダルをブーツの先で踏み込んで彼女は歌った。

我等はロードの娘たち
走行マイル、伸ばしたら
胸の詰まりを射出《シュート》する
ミラーに我等が見えたなら
さっさとレーンを開けなって（だって我等は）
ドーターズ・オブ・ザ・フリーウェイ
スピード、我等の静脈《ち》をめぐる

自分の車を運転したことはない。知ってる男の子を嚇したり、細工した金属片とエンジン点火のワイヤを使ってどこかから失敬したり。手に入らなければヒッチして、乗っけてくれたオッサンに甘い声でおねだりしてハンドルを握ってしまう。チェがいれば、車があるのと同じである。南カリフォルニアのどこへでも、手軽に出かけることができる。そんな彼女をサーシャは〝レッド・カー〟というあだ名で呼んだ。昔、この辺の町を結んでいた長距離トロリーの名前である。

安全な場所――というのはラ・ブレアからさらに東に行ったところにある、チェのお友だちフルールのアパートの地下だった――に避難してから、チェは弾丸バッグを逆さにして振り、着ているシャツに手を突っ込んで、ヒラヒラとした驚くべき下着の山を築いて見せた。

「何だ、アクアのないじゃない」プレーリーが抗議する。

「アクア？　あれって自分の妻に着せる色だろ」チェが教える。「少女に着せて喜ぶのって」と言いながら、爪の短い指先に引っ掛けたレースのビキニをくるくる回して「赤と黒に決まってるじゃん」。

「夜の色と血の色だね」フルールが合いの手を入れた。彼女は最近、このアパートからプロフェッショナルとしての活躍を始めていて、自分の登録している系列にチェも一緒に乗ってみないかと誘いをかけていた。「オヤジの頭って、そうプログラムされてるのさ。ヘイ！　素敵じゃん、チェ、あたしもコレ、いいかな？」

「どーぞどーぞ」丈の短いシースルーを頭からかぶりながらチェが答える。

どぎついグラビア・ページそのままの二人を見ながらプレーリーは、奇妙にも、ゾイドを思った。このショー見たらどんなにはしゃぎ回るだろう……。「〝初物ティーンの可憐なヌード〟っていうのとはチョイ違うね」と彼女は評した。

「そういうの、チェには全然だめなのよ」とフルール。「ピンクかホワイト着せてごらん」――指でノドを掻き切るマネ――「ストリートで利かしてきた顔がペチャンコさ」

「その点、プレーリーは」チェはほとんど重さのないピンクとホワイトのを投げてよこした。「これがお似合いだネ。これ、プレァ用スペシャルに盗ってきたんだ」それはレースとリボンとひらひらと蝶結びだらけの、クラシックなシルクのテディだった。赤面しながら抗議していたプレーリーも、急き立てられ、とにかくそれを着て二人の前に立つ。チェの優しさが伝わってきた。こんなとき、プレーリーはいつもある種のまばゆさの中に投げ込まれる気持ちがした。その奇妙な温かさは、いつも数分で消えてしまうものなのに、今日は違った。屋外用の制服（スウェットシャツとジーンズとスポーツシューズ）に着替えたプレーリーはいま戸外のステップに立っている。大きく滲んだ染みのような夕闇が降りる中、荒々しいレモン色の逆光に照らされて戸口に立つチェの姿を見つめる時も同じ気持ちが続いていた。……いま自分が立っているのは船着場のステップで、チェか自分かのどちらかがこれから暗い海を渡る危険なクルーズに出かける、それが今度はとても長くて、今度会えるのがいつになるかわからない、そんな気持ちでプレーリーは友を見つめた。

「ママ、ゼッタイ見つけんだぜ」と言って、鼻のグシュグシュを演技でコカインのせいにするチェ。「だけど、プレァ、その髪ぃ、なんとかしろよな」

プレーリーが戻ったとき、タケシのオフィスは慌てた様子がみなぎっていた。タケシとDLはたったいま、ディッツァ・ピスクの家が無惨な姿に変えられたのを目撃して帰ってきたところだったのである。〈秒速24コマ〉の映像コレクションが危ないと感じたディッツァの不安は当たってしまった。DLもタケシも、高速を走っているときからいやな予感がしていたのだ。ディッツァの住む区域よりいくつも前の降り口付近で、凹みも汚れもない目立たぬ色のシボレーの中型車が数台、中に姿形のそっくりな白人男性をきっかり四人ずつ乗せ、ナンバープレートに八角形の枠に囲われた小さなE（掲示免除《エグゼンプト》）の文字を掲げて、ゆるい隊列で走ってくるのとすれ違ったのだ。ディッツァの家に向かう坂を登りかけたところで、今度はスキャナーの、ちょうど司法省の使う周波数域のところに、山道特有のひずみを伴った声が入ってきた。さらに続いて道路封鎖。坂を引き返して駐車して、DLひとり「陰法」モードにスイッチして景色にまぎれ、ディッツァの家のほうへ身を忍ばせていくと、今度は向こうから警察の少年課所有のバスがやってきた。ふだんは枝払いや野営地の薪運びの労役に使われる、窓に鉄格子のついたやつで、中は汗をしたたらせた騒々しい少年院タイプのワルどもがぎっしりだ。まるで、遠征試合に勝利した高校チームのバスみたいに、醜い歓声を上げて通りすぎる。家のほうからは、プラスチックが燃えるのに似た臭《にお》いが漂ってくる。近づくにつれ異臭は強くなり、ガソリンの燃える煙も漂ってきた。

もっとずっと少ない数の人間でやれるはずの仕事なのに、誰かが——それが誰かは察しがついた——近所向けの見せしめのショーを演出したのだろう。ディッツァのガレージ前のコンクリートの上では円錐状に積み上げられた黒い山から煙が立ち、ところどころ赤く光り、炎もチョロチョロ見えていた。金属のリールとプラスチックの芯が一面に散乱し、リールからほどけたフィルムと一緒に、大量の、ほとんどがタイプ打ちの、書類が燃えていて、上昇気流に乗ってクルクル旋回し、一度は火を逃れたものも清掃員の手で再び火にくべられている。ヤジ馬らしき人の姿は見えない。近所の人は恐怖のあまり家にこもっているということなのだろう。ディッツァの家は窓ガラスがすべて割られ、車もスクラップにされている。庭の木々もチェーンソーと若い筋力によって切り倒され、薙ぎ倒されている。この力仕事はさっきのバスのワルどもの担当だったに違いない。

「ディッツァは大丈夫だったの?」

「今も友だちのところに潜んでいる。大丈夫だけど、おびえちゃってるわね」

それはプレーリーだって同じだ。なにしろこの二人と一緒にいるしかないわけで、いまヴァインランドに向かっているこの車が、メーカー希望価格十三万五千ドルという究極の4WD、出力四五〇馬力の十二気筒のエンジンを持ち、特注の装甲に身を固め、ホイールキャップに至るまですべて電動制御というランボルギーニLM002だからといって、それで気持ちが休まるわけではない。例えていうなら、UFOにさらわれていくときの乗り心地とでもいうのだろうか。「時々ねえ」いつだったか彼女はチェにこう言った。「すごくいじけた気分になると、SFみたいに考えちゃうことあるのよね。パラレル・ワールドに住んでるママがあたしを産婦人科で始末しちゃって、それであたし、幽霊のようにつきまとってやろうと思ってママのこと探してるとか」シェード・クリークが近づくにつれて、プレーリーのそんな思いが次第に強まっていく。不況時代の産物である例の橋を通り、障害走のようなコースを町へ向けて進むころには、カーラジオは周波数全域にわたって、怨みと切望の大合唱と化していた。

タケシとDLはもともと、リトル・ゴールドラッシュの昔に旅籠兼売春宿として建ったヴィクトリア朝風の大きな家に長らく腰を落ち着けていた。今プレーリーと三人で戻ってみると、自宅のポーチの上にサナトイドが群れ集まっている。市民生活が危機に瀕しているのは明らかだ。原因はもちろん、日々規則正しく展開されるマリワナ「サーチ&デストロイ」作戦。ヴァインランド国際空港近くに陣を張ったブロック・ヴォンドのヘリコプター軍団から、セヴンス・リバー流域一帯、シェード・クリークを含むすべての支流沿いにパトロール部隊が派遣されてくるのだ。それに加えてこのごろでは、ヴァインランドの市外に本拠を構えたフルサイズの映画撮影部隊があらゆる場所に出没する。中に一人、明らかに頭のイカレたメキシコ人の麻薬捜査官がいて、やたらと派手に立ちふるまい、サナトイド住民の悲嘆をさらに深いものにしていた。その男の口からフレネシ・ゲイツの名が出てくる、なんてものではない。出てきた名前をドリブルしてってスリー・ポイント・シュートを決めたつもりでいるかのよう。

「でしょ?」DLがプレーリーの脇をつついて、「あたしたちの言ったとおり」。プレーリーの口は半開きで、お腹も恐怖でチクチクしていた。

到着が二十分ほど早かったらヘクタの顔も見えただろう。いまその男は、サウス・パサデナに住む義理の弟フェリペから借用――失礼、徴用――した、逞しい62年型ポンティアック・ボンネビルに乗って、ほかに自分の映画のプロジェクトに引き込めるカモはいないかと、ヴァインランドの夜の街に物色に向かっているところであった。車の後部座席にはボリューム全開のポータブルTVがついていて、ヘクタは、ミラーの角度を調節し、運転しながらそれに見入っていた。車がめったに通らない淋しいハイウェイなのだから、連れが欲しくなるのも無理はない。このTVは〈解毒院〉、すなわちTV中毒更生施設から最後に――彼の気持ちの中では「コンリンザイこれを最後に」――逃げてきた際に失敬してきたものである。まったく科学者っちゅうのは、と彼は呪う、アイツらのやることは支離滅裂よ。最初に収容されたときは「離人症」と診断され、その治療として、科学的に計算された秒数の特別なビデオ・クリップの刺激を網膜に注ぎ込まれた。この映像は、多量に投与するなら患者の正気を破壊するほどの強力なものなのだが、少量ずつ服用させれば患者に生来そなわった防御機構を活性化する――というのが彼らの考え方。だが、運び込まれてきたヘクタの言動があまりに異様であったため――それがヘクタの日常だとはこのとき彼らは知らなかった――精密検査もろくろくせずにセラピー室に放り込んでビデオ投与を続けたのだが、量の判断が悪かった。といって誰が彼らを責められよう。毒性を低く抑えた映像を、一日につき一時間弱与えただけなのだ。この男がそんな程度で耽溺症状を著しく悪化させるほど特殊に多感な精神の持ち主だったと、誰に予見できたろう。しかしこのときヘクタが陥った症状は実に最悪であった。病棟から這い出しては、チラチラと揺らめく光を求め、どんな場所にも忍んでいって、画面から甘美にあふれ出るイメージの中へ身を投じ、しまいにはチュウチュウ・ピチャピチャすすり始める。施設にはワルい職員もいた。夜更けになると彼らは屋上の暗がりや窓辺の陰に患者を誘い、外から運び入れた液晶四インチの不法なブツを褐色のコートの下から差し出して法外なレンタル料を要求したうえ、夜明け前にはキッカリ現れ、問答無用に取り上げていくのだ。というわけで、消灯時間が来ると、財布にいささか余裕のある収容者はもぞもぞと毛布の中に潜り込み、ネット局にプラスしてロスの四つの独立局から放映されるプライムタイムの番組を密かに貪り見ていたのだが、この事態はしかし、ヘクタの財布が底をつく前に変化した。同毒療法《ホメオパシー》の推進医が院内での発言力を失って、代わりに若きドクター・ディープリーを中心とするニューエイジ一派がのし上がってきたのである。権力の座につくやディープリーは、患者全員に見たい番組を好きなだけ見せるという革命的な方針を打ち出した。「過飽和を通しての超越」という新理論に基づいてのことである。それからの数週間、施設の中は宮殿に盗賊が乱入したかのような騒ぎになった。日々のスケジュールはすべて撤廃、カフェテリアは二十四時間オープンとなり、刺激を過剰に浴びた患者たちが、まさに映画のゾンビのようにあたりかまわず徘徊する。みんな勝手にテーマソングを口ずさみ、素人目には何の真似だかわからない超オタク級のものまねを演じ、番組内の些細な事実をめぐって激論を闘わすというあまりの光景に、ドクター・ディープリー自身、うかつな驚きを口にしてしまった。「すごい、まるで精神病院！」

他人様《ひと》をどつき続けてきた人生から一転して収容される側に回ったヘクタは、ビョーキの欠陥人間として、廃物同然の処遇を受けることになったのだが、以前なら、少しでもムカツク相手は容赦なくぶちのめしていたはずの荒くれ者が、どうしたことだろう。何が彼に起こっているのか。ワシは違う、と、彼は信じた。そうする以外なかった。ワシは官吏じゃ、もう釈放の手筈は整っとる。こんなとこで一生過ごすなんてことになるはずない、と。だが月日は無慈悲に経過し、回廊は分岐しながらどこまでも先に延び、進むにつれて壁に貼った交通マップもだんだん古びて、それを照らす電灯も、係員はそうと認めないが、次第にワット数の低いものになっていく……。治療プログラムの進展とともに、ビデオ・イメージへの耽溺はますます強まり、積もり積もった不安がある日一度に打ち払われて一つの明晰な理解に至った。ちょうど鏡を見ているとき、鏡のこちらと向こうとで、ふたり同時に閃いたのだ——このままどこまで進んでいっても、ヘクタはヘクタと一緒にいるしかないのだ、と。どこまで行っても、運動の自由度は1、いや1以下というべきか、* 脱出の可能性もありはしない。しかしどこへ向かっているのか。リハビリをした結果、どんなところへ出て行けるというのか。「いいところさ、気に入るだろうよ、ヘクタ」と、彼らは——訊いてもいないのに——請け合った。毎日夕食時、テーブルにつく前に、みんなしてトレイを手に持ったまま〝解毒院賛歌〟を歌うというのがここの決まりである。その名も、

ザ・チューブ

オォォォォォオゥ、ザ・チューブ！
われらのタマシイ奪いとり
われらの脳ミソ侵してる
寝ているわれらに降りそそぎ
便座のわれらを狙ってる

＊　自由度（degree of freedom）とは数学的概念で、自由度1とは、固まった姿勢のまま、単一方向への直進のみを許される状況を表す。

邪悪に光る揺らめきは――オー・ザ
チューブ！
われらの考えお見通し
われらが楽しく「ブレディ・バンチ」
見ているその間《ま》に
われらはそいつの美味しいランチ
オゥ、ザ・チューブ！
われらの心をジャックして
中身吸い取る、ザ・チュー、ザ・チュー、ザ・チュ―――ッ
ザ・チューブ！

ヘクタに残された唯一の望みが一枚のカーボン・コピーだった。それを手にしたとき彼は、聖母マリアの秘蹟のペンダントを手にしたかのように撫で回し、頰ずりした。ヘクタとアーニー・トリガマン、それにアーニーの相棒シド・リフトフの三人がサインしたそれは、映画取引（アーニーは「フィルム・プロジェクト」と呼んだ）の契約書なのだが、ヘクタのコピーはコーヒーのシミとチーズバーガーの脂がつき、いじりすぎてクシャクシャになっている。その暴虐的性格にもかかわらず――もっとも〈解毒院〉の医師たちは、みなその問題には蓋をして関わりを避けていた――ヘクタはショービジネス界の取引ではどうしようもなく無知な男として受け止められた。ヘクタ自身は気づいてはいなかったが、アーニーとシドが見れば、この男のすることなすこと全部にヨソモノ印があふれていた。言葉の用法も正しくない、引用は通じない、ヘアカットもネクタイも、締まりのなさは「観客レベ

ル」、つまり脳が足らないという評価である。まあ、TV映像をあれほどやれば、それもしかたのないところだろう。椰子《パームツリー》の葉からこぼれた光の射すローレル・キャニオンの、観葉植物を吊るした、さわやかな、くつろいだオフィスでこのオッサン、革のミニからすっくり長い脚を出したショービズ・ガールズがコーヒーとビールを運び、ジョイントに火をつけ、コーク《コカイン》はスプーンですくって鼻まで運んでくれるというこの場所で、フローシャムの靴を履いた麻薬の刑事《デカ》は、手帳に名前を書き込むだけ？　お楽しみに交ざらないで？

　訪問の用件は何かといえば――年代物のTバードに乗ったシド・リフトフが、何日か前の晩、夜のサンセット大通り（ドヒニと交わる西側）で捕まった。坂を上った高みから、下を通る制限超過の車のうち、麻薬所持の可能性が高そうなのを狙っていたパトカーにやられたのである。助手席の下から、鼻孔関係のブツの詰まった蜥蜴《とかげ》革の小箱を引っぱり出され、これは何だね、と突きつけられたシドは、別れた妻が遣わした誰かが仕組んだに違いないとの主張を崩していないが、弁護士たちは、コミュニティ・サービスを行うという司法取引で事を収めた。すなわち彼の才能と影響力を、アンチ・ドラッグのキャンペーン映画の製作に注ぎなさい、ということである。しかしどうせ撮るなら、劇場上映できるフルタイムの映画がいいというわけで、一つの製作プロジェクトが始動した。その警察側の連絡担当に選ばれたのが、ほかでもない、当時ロスのDEAの地区諜報ユニットに配属されていたヘクタ・スニーガ。このハリウッドへの配置替えは、ヘクタにとって栄転だった。というのも、「地区」のデスクワークに回されるというのは、経歴の思わしくない中間管理層にとって一種の左遷のようなものであったのだから。しかし、ということは、ヘクタはいつかの晩（いかなる形でか）返済すべき借りを負ったということでもある。

　しかし間もなくヘクタの狂った頭の中がグルグル回転し始めて、自分は何かうまい話に乗れたのだという妄想を紡ぎ出した。アーニーとシドの前にいても、DEAの人間として話をしているかどうか、だんだん見境がつかなくなってくる。相手の二人も、ヘンだとは思いながら、どう切り出していいかわからない。「アイツ」プールサイドでシドが声をひそめて、「八〇年代のポパイ・ドイルになろうって腹だ。これ一本だけじゃなくて、次作のタイトルは『ヘクタII』、きっとTVシリーズ化も狙ってる……」。

「あのヘクタが？　冗談かよ、ゲーセンの少年レベルだぜ」というふうに始まったヘクタの「純真度」——というのが当時の業界の言い回しだった——をめぐる議論は、ディナーの賭けに発展し、結局アーニーが負けて、シドが〈マ・メゾン〉でまずアントレに注文したのが鴨のレバーのパテ。

ここでヘクタに幸運が舞い込んだ。ヘクタはこれを、自分の腕の冴えと評した。街を回って聴き込みをやってたころの同僚でいまは16号俸まで出世し、地域のディレクターの地位を狙っているロイ・イッブルが、ラスヴェガスから電話をよこして、フレネシとフラッシュがヴェガスに現れたことを告げたのである。それを聞いてヘクタは一も二もなく、押収車の中からトルネードを選んで飛び乗ると、夜のモハヴェ砂漠をぶっ飛ばして、過剰な富とまぶしさで砂漠を打ち消す「天国の街」へ向かった。このシーン、映画では、トルネードの代わりにフェラーリだな、とヘクタは思う。そしてワシは、おしゃれに着古したニノ・セルッティのスーツに、ハイパーチェリー・カラーのステイシー・アダムズのザッポ・シューズ。リフトフとトリガマンに準備させせんとな。あのオッサンら、このごろワシに文句つけんようになったわ、と満足そうに高笑い。ワシャもう偉いの、電話が鳴っても出んことにしよ。

折りしもハリウッドは、映画界におけるドラッグ濫用調査のための連邦大陪審召集の噂に大パニックの状態にあったのである。あらゆるトイレから一斉に流された排水の水圧で市の本管が破裂の危機に見舞われる。一斉に開かれた冷蔵庫から流れる冷気がつくる濃霧の層が市の全体に分厚くたなびき、車は徐行で進むのもためらうほど、歩行者もビル際に避難するほどだった。そのうちに一九五一年の再来となり、非米活動委員会が町にやってきてブラックリストの作成と長い長い魂のモノポリー・ゲームが続くことになるだろう——そうヘクタは予想した。どーってことないやんか。昔はアカで、今はヤク、明日はなんだ、オカマかい。おんなじことの繰り返し。まともなアメリカ人みたいな顔しおって陰でコソコソやっとる者《もん》は、時の進みがのろくなりゃ刑務所に入れとくのが簡単で安上り——そんなの法執行の初級コースじゃ。しかしヘクタにはどうも解せない。なぜいま急に始まったのか。ブロック・ヴォンドが今になってヴァインランドを自分と一緒にうろつき出したことと、これはどう関係するのか。おまけにこのごろ、肌に感じる空気ってもんが、ちとおかしい。再生信者《ボーン・アゲン》でもない連中が首から小さな十字架垂らし、襟のところには敬虔な赤いピンなど挿して仕事に出てくるし、銃砲店の前には市民の列ができるし、質屋の前も人だかりだ。フリーウェイには、見たことないほどの軍用トラックの列が昼間からライトをつけて完全武装の兵士を運んでいる。そして、ある晩、夜中の三時か四時のこと、ショーン・コネリー主演の『G・ゴードン・リディー物語』を見ていたら、いきなり画面が飛んで、チカチカまぶしい光とともに、こわばった、平たいエコーのかかった声が聞こえてきた——

「しかし、まだ執行命令は出てないんじゃ……」ひとりの声。

「なーに、ちっぽけなことさ」と、もうひとりの声。仕事柄聞き慣れた、公務執行のだるい調子である。「捜査令状とるようなもんだ」画面に雑務用の服を着た軍人が現れる。白人で齢のころはヘクタと変わらない。蛍光灯の光の下で、緑灰色の壁を背に、机に向かい、カメラから眼をそらし、神経質そうに脇を見るしぐさを続けている。

「えーと、何から言うんでしたっけ、位と名前ですか?」

「名前は言うな」と、もうひとりが忠告する。
男の前にクリップでとめた二枚の紙が差し出された。カメラの前でそれが読まれる。「大統領発令国家安全保障決定指令第52号、一九八四年四月六日修正、に基づきまして、本管区国家防衛部隊司令官として、私は以下の権限を得ることになりま――ま、ま」男は立ち上がり再び腰を下ろすと、見るからに慌てた様子で机の引き出しを開けようとするが、何かが突っかかっているのか、それとも鍵がかかっているのか。そのとき急にまた画面にさきほどの映画が戻ってきて、その後は軍による中断もなく放映が続いた。

ヘクタには何か匂った。この毒々しい感じというのはまるで、そう、ドラッグの大捕り物劇の前に感じる……いやそれ以上に、六一年のキューバのピッグズ湾上陸作戦に至る数週間のキナ臭さだ。レーガンはいよいよニカラグア侵攻に乗り出すのか。国内戦線《ホーム・フロント》の息の根を止め、何万もの人間を拘留キャンプに送り込み、各地区に「防衛部隊」を組織し、全陸軍の兵員を解雇して直接治安維持法の徹底に当たらせる――この非常時対応計画のコピー書類は、マル秘扱いにされることもなく、夏の間ずっと出回っていた。ヘクタは超一級の寒気を覚えた。使われていない収容所《レセプター》が蠢き出す、あらゆる徴候に反応し始める。経路《チャンネル》の突然の遮断、交通の混乱と渋滞、電話のトラブル。ロビーで出会う顔は、「お前とは知り合いじゃない」と告げている。国家非常事態の大まじめの演習ってのが、ついに現実のものになるのか。突然ＴＶがプツッと切れて、「これからはワタシが君たちを見つめていよう」というアナウンスが流れたような、そんな気持ちにヘクタはなった。

嗅ぎつけたことを人に言うのをヘクタはしばらくためらっていたが、ついに（寛大にも）アーニーとシドとを交えてミーティングをしてあげることにした。やってきたホーンビー・ヒルズの雰囲気は、しかし前回の訪問時よりだいぶ沈み気味だった。娯楽の場に駆け出し女優のかわいい姿もなく、プールには落葉と藻が目立ち、聞こえる音楽もいつものK－テル・レーベルのアルバムに代わって、憂いを込めた弦楽四重奏。気晴らしのドラッグとしてここにあるのは、バドワイザー・ライト一種だけ。それもしかし、パティオの小さな冷蔵庫で冷えるのを待たず、どんどん空になっていく。突如として最先端のヒップに躍り出た反ドラッグ・ヒステリー、その指導者層に取り入ろうと、アーニーもシドも汗の薄膜を顔にぴったり貼りつけ必死の形相だ。シド・リフトフといえば陽気で人好きのする男として知られていたが、それは、毎時供給される化学物質の脳内反応の効果だったわけで、禁断の分子が血管を去った今日の彼はほとんど狼男ラリー・タルボットのよう、存在の奥底にある孤独で人間嫌いの野生動物に転じ、その喉をいっぱいに晒して荒涼とした人格超越《トランスパーソナル》の叫びを上げるかのようだった。一方のアーニーは、この危機を幼少時に入信した曹洞宗の禅の教えに戻ることで乗り越えようとしているのだろう、眼をあらぬほうに向け静寂を保っている。ただし、鼻に伸びる手だけは、まるで髪型を整えてでもいるかのように、間断なく動いている。

　緊張し震えながら、ふたりは何やら言葉を交わしていたが、ちょうどそのとき自慢の靴をきらめかせてヘクタがやってきた。「ヨオ、オフタリさん」シドはプロの芸人のように一拍半の間を取ってから、スクッとではなくピョンと立ち上がって彼の特注デッキチェアを倒し、ヘクタの前にひざまずいて汗だくの懇願を始めた。「プロデューサー・ネットの五〇パーでどうでしょう。つまりプロデューサー取り分の純収益の半分がゴソッとそちらに行くってことで、なあ、アーニー？」

　瞑想に入っていたアーニーが大分遅れて、「……ああ」と答えるのを待たずにシドは続けた。「もちろん、損益分岐点を超えてからのお話ということですが」

「ええか」うるさい虫を追い払うように――というか、足下にすがるアシカを一歩一歩プールの脇に引きずるようにして――「そのな、プロデューサー・ネットっていうの持ってってな、そんなケチなことを言っとるオッサンを、チョウチョみたいに捕まえて退治してしまったらどうじゃい。全収益からの分配でなきゃ、話にならんわ。言っとる意味、わかる？《メ・エンティエンデス・コモ・テ・ディーゴ》」

シドは地面にペタリと顔をつけて、上に下に足をバタバタさせて、涙にむせんだ。「ヘクタの旦那！」とさらに懇願するその手が、おっと、ヘクタのテカテカ仕上げの靴に伸びようとする。他人がこれに指一本でも触れたならどうしてやろうかと、殺しまでその選択肢に入れているというその靴に！　だがヘクタは体を引いて、この男が錯乱状態にあることを思い、努めてやさしく、「シド、あのな、その恰好、ちとオカシクないか」と言っただけだった。

シドは静まり、やがて立ち上がって、袖で鼻を拭い、髪の毛を直し首筋をくきっと元通りにセットした。「おっしゃるとおりです。ほんと、子供みたいに取り乱して、お恥ずかしい。ホストとして最低でしたな。どうぞ、こちらで、バドワイザー・ライトでも、あ、充分冷えてはおりませんけど、ま、味のほうはそう冷やさんほうがいいとか言いますから、えっへっへ」

ヘクタはニンマリうなずいて、ビールを手にすると、「半分コとかゆう言葉はもうワシの耳に入れんといて。そういうんは、土曜の朝のスマーフとかケア・ベアーズとか、仲良しさんの物語に取っておけや」。

ふたりの映画人は声を揃えて、「繰り延べ方式というので、なんとか」。

「ラ、ラ、ララッラ、ラ」ヘクタは辛辣にも二人に向けてスマーフのテーマを歌い始めた。「ラ、ラララッラ、ラー……」

「そちらの条件を言ってください」シドが訴える。「なんなりと！」

この瞬間をヘクタはどれほど夢見たことか。今は髭も完璧に揃い、毛の一本一本を感じることができそうだ。「じゃ、言わしてもらうで。まず即金でヒャクマンドル。プラス、総収益が製作費の2・

71828倍になったらその半分はワシのもん」

日焼けしたシドの肌が一瞬、もろそうな素焼の色に変化した。「奇妙な倍数ですな」声はむせている。

「自然[*1]ではありますがな」鼻をあっちこっちネジ曲げながらアーニーが言った。それから叫び声と金切り声の果てに、その日が暮れるまでに、話はなんとか（ヘクタの側にグンと有利な）折り合い地点を見いだして、その上さらに仮の作品タイトルも、ヘクタの主張通り『ザ・ドラッグ』と決定した。副題が「六〇年代の天使、八〇年代の悪魔」。この企画が業界に流れたのは、例の大陪審の噂の恐怖がそのピークに達していた時のことで、宣伝のほうはたいへん順調、「エンタテインメント・トゥナイト」で一〇秒間も話題にされるという扱いだった。アーニーとシドは、「ハリウッドの新旋風・麻薬一掃ブーム」の先頭に立つ貴公子と謳われ、映画の都のイメージ浄化の救世主として喝采を浴びる。そしてシャーマン・オークスのモールの上空には日々ジェット機の放つ、愛国の赤・青・白の三色の雲が、「BLESS YOU《オメデトー》 ERNIE《アーニー》 AND SID《シド》」や「DRUG FREE AMERICA《ドラッグ・フリー・アメリカ》」とかの文字を描く——もっともそのメッセージもたちまち、ゲリラ部隊の打ち上げる花火が、DRUG の字のすぐ後ではねて、そこにS字の雲をつくり、いささか意味を変えてしまうのであったけれども。[*2] シドのドラッグ関連逮捕のあと半分締め出しをくらっていた〈ポロ・ラウンジ〉その他の店にも、ふたりは再び快く迎え入れられ、そればかりか、この悦ばしい話を耳にしたレーガン大統領の選挙演説にも二人の名前が登場した。「私のハリウッド時代に」ここでシャイな雰囲気を演出する永遠の子馬のような首の振りが入

＊1　複利計算の極限値として導き出されたこの数は「ネイピア数」と呼ばれ、自然対数の底として使われる。

＊2　DRUG-FREE AMERICA は「ドラッグのないアメリカ」だが、Sが一つついて、DRUGS FREE AMERICA になると「ドラッグはアメリカを解放する」という文になる。

る、「もっと多くのシド・リフトフとアーニー・トリガマンがいたならば、組合が共産主義者の巣窟になるという事態は避けえたでありましょう。私の職務もさぞかし楽だったろうと、私はいたく感じるのであります」（ここでまばたき）。左翼の老兵らは、シドとアーニーを「極右スパイ」「ナチス共謀者」「新マッカーシズムの両バカ大将」とさまざまな名で弾劾する声明を書き散らしたが、いかに事実を述べ立てようとも、映画製作敢行の姿勢を一インチも崩すことにはならなかった。長年のクスリ漬けで頭のネジの緩んだ彼らは、この新作こそ、来るべき暗闇の時代を無傷で生き延びるための免罪符と信じていたのだろう。町の人々は、ある時は憧憬を込め、ある時は道化に対する喝采をもって——どちらに転ぶかはその日の麻薬撲滅キャンペーンのヒステリーの度合いで決まった——町のポイントゲッターである二人の選手の活躍に声援を送った。「ゴー、リフトフ、ゴー！　ゴー、トリガマン、ゴー」

製作費の小切手が銀行から振り出され、モテルの部屋が予約で埋まり、天気図がチェックされて、撮影クルーも集合したが、さて、どんな映画がスタートするのか、それについては誰も知らない。シドもアーニーも、ヘクタの前で細部をつつくのも憚られ、ヒロインとして登場するのがフレネシ・ゲイツだということが漠然と理解できているだけ。そのフレネシはいま、ラスヴェガスの、フリーウェイを挟んでさびれたほうの市街にある〈愛のスーパーハイウェイ〉という名のモテル兼カジノのカクテルバーでウェイトレスをやっていて、ハリウッドの狂おしき新企画に、自分の名前がのぼっていることなど知るべくもない。そこへヘクタが乗り込んできたのだ。運命のベルが鳴る一瞬前、床にダラリと巻いた電話線が、眠ったヘビがそうするように、彼女の視界の隅っこでモゾッと震えた。

〈クラブ・ラ・ハバネラ〉は、空港にあまりに近い、客室一千のリゾート・カジノの奥深くにあった。カストロ政権以前のハバナで、ギャンブラーの溜まり場として名を馳《は》せた、伝説の店にならった造りである。この場所で落ち合うことに決めたのは、たしか理由があったはずだが何だったろう、立ち上るブエルタアバホの煙の匂いと、サンチャゴ・ラムの香りに、違った種類の香水が二ダースほど混ざった中に踏み入った時、ヘクタはもう忘れていた。バンドの袖にはひらひらのひだ飾り、スパンコールで飾ったヴォーカリストがソロをとる。

エス・ポシーブレ（It's Possible）

乙女よ……（ボンゴの早打ち）伝えてよ（スローなトロピカルなビートへ）
魔法の言葉
「エス・ポシーブレー」
そのひと言で、今宵のスベテーェェェ
が、君のもの、オー、君のもの

シィ、それだけでーいい
魅惑の宵、インクレイーブレー
僕の心は、オー、ソー、テリーブレーェェェ
君を求めて、うずく

¿エス・ポシーブレー?
君は僕の腕のなか

インクレイーブレー！
君の瞳、カリブの星空

乙女よ……（最初と同じボンゴの早打ち）、君の胸のときめきが
僕に告げる、「エス・ポシーブレー」
月影の椰子の木の下、エス・ポシーブレー
インクレイーブレー
イッツ・ラヴ……（B－C－E－C－B♭）
イッツ・ラヴ……（同様のコード展開でフェードアウト）

オフホワイトのトロピカル・スーツを着てストローハットを後頭部にのせた、褐色の日焼け肌の男たちと、原色の花柄のタイト・ドレスに身を包みホットな眼をしたスパイクヒールの女たち。彼らの踊るセクシー・ダンスによって、フロア一面がオウム色の霞に揺らめく背後で、あっちもこっちも、怪しい風体の男たちが何やらヒソヒソ商談中だ。異様な形状の包みをこっそり手渡しているのは、トーランスやレセダからやってきたヤッピーたち。みんな「密売のカリビアン・ナイト・イン・ラスヴェガス」と銘打ったパックツアーの客である。

ヘクタとは本当にしばらくぶりの出会いになるが、見間違うはずもなかった。相変わらず見ただけで落ち込んでしまう男である。体中のネジがゆるんで、循環系のすべてがふん詰まりを起こしたような捜査官が、いきなりスポットライトの光を浴びて彼女の前に立ったのだ。過去の職務から――約束を裏切り裏切られ、自分自身をも裏切り、苦悶し苦悶を与えるばかりの仕事から――そんな官憲人生

の凍《い》てついた暗がりから、一躍光の輪の中に飛び込んできた。もう完全につぶされていて当然の男なのに、この気味悪いほどのスタミナは何なのか。愛ゆえにか、ドラッグの力か、それとも単なる頑迷な拒絶が理由なのか。ヘクタの体から発するタバコのオーラと、うらぶれた人生を定められた男が浮かべる奇妙にねじけた笑いに耐えながら彼女は思った。あんな仕事を続けていると、こうなっちゃうのもわかる気がする。そう、わかるようになってしまった。彼女も彼女なりの地味なレベルで、驚きも何もない、条件反射の哀しみ以外何も心に感じない人生にはまってしまっていたのである。

話を早く切り上げようとして彼女は尋ねた。「これって公務に絡んだ話？　麻薬局とか司法省のバックアップはあるの？　それとも純粋に私的なビジネスかしら？」

ヘクタは、始まりつつある発作の予行演習をするかのように、目玉を剝いてグリグリ回した。〈解毒院〉じゃ女性陣からいつもこんな言い方ばかりされて（それも脱走の一因だった）、でも、叫び返したらペナルティの点数が増えて釈放の可能性がどんどん遠のいてしまうので、それもできずにいたのである。何という屈従。路上での荒々しいボディとボディの接触と衝撃、銃を撃つときの反動の感触と「ウーリャーター！」の叫び声がなつかしかった。踵をガツガツ踏み鳴らすことくらい、たまにはやってみたいじゃないか。なにしろ最近、彼の行為の選択肢には、歯ぎしりさえも入ってないのだ。ひところは身のこなしの優美さで鳴らした捜査官氏も、（マーティ・ロビンズが別の状況を歌った言葉を借りて言えば）「鞍に留まる」ための厳しい足搔きを続けなくてはならないという有様なのだ。

フレネシが心配そうな声をかけた。「ヘクタさん、あなた転送《ビーム・アップ》しちゃえばいいのよ。こんなことから手を引いてしまえば苦労ないでしょうに」

「ムリゆうな。あんたとブロック・ヴォンドの、仲睦まじいツーショット撮るんが先じゃい」

「とんでもない。『ジス・イズ・ユア・ライフ』やってるんじゃないの。きっとその正反対の展開になるわよ。ブロックって存在が何なのか、それさえあなたには判らなくなっちゃってるわけ？　脱テレ療法のやられすぎで、ココがオカシくなっちゃった？」

「俺の言うことを聞け《リッスン・トゥ・ミー》！」下の歯列を通して大声を出すそのやり方は、カーク・ダグラス——じゃなく、その物真似をする演芸場のコメディアンそっくりだ。ヘクタの手が自分の襟を摑みにくるところを、フレネシは、一瞬先に相手の（なんて遅い反応だろう）腕の下に手を入れ、立ち上がるや、ターンしながら一発かまし、「やる気なら、やるわよ」と言わんばかりに相手を睨んだ。中年の危機を迎え殺気すら帯びている麻薬ポリに会いにきたというのに、ハンドバッグに入れてきたのがミニサイズのヘアスプレー一本だけというのは愚かだったが、ヘクタのほうはこの一発ですっかり参ったらしく、ラタンの椅子に屈み込んでキーキーゲボゲボむせている。

「オマエも一途な兵士だぜ、フレネシよ。オマエもオレも呼び出し食らや、出てくしかねえ。何年も何年もそればっかやってきた……」始まった。表情ひとつ変えずに感傷的な言葉を繰り出す演技——官憲同士の団結に始まり、組織にはびこる人種差別を嘆きながら、フレネシの給与上の性差別にも言及する。ヘクタの口からあふれるそれらの言葉には「ヒル・ストリート・ブルース」をはじめとする、ＴＶ番組の歌や台詞がメチャクチャに混入するのだが、そのうちフレネシに通じたのは（レイモンド・バーがやっていた鬼警部アイアンサイド以外では）「モッズ特捜隊」の〝ザ・キャプテン〟の真似くらい。ＴＶ性の幻想にズッポリ浸って自己イメージを支えているヘクタの姿に、フレネシは落ち込んだ。官憲だって人間なんだ、人間として職務を遂行しているだけだと、政府による抑圧をヒーローへの共感の物語に書き替える、そんな番組が、もう誰も気になど留めないほどアメリカの日常に深く染み込んでいる。〝ヒーロー〟たちが毎週毎週、憲法で保障された市民の権利を平気で踏みにじる、そんなアクション・シーンを国民みんなが日常の一部としてTVを通して受け入れているのだ。右翼系の週刊「TVガイド」もちゃんと「犯罪ドラマ」と名づけているにもかかわらず。そんな番組の熱烈なファンの中に、ヘクタのごとき現役捜査官がいて、その彼が、よりによってフレネシに、その手の映画の監督を（ひょっとしたら脚本書きまで）依頼しようというのである。過激派女闘士の「地下生活」、それも「反ドラッグ」の派手な宣伝コピーつき。何というか……スゴい話になってきた。

「アンタの人生物語を、他人への見せしめとして使う」ヘクタの喉が、ラテン男の魅力を狙ってか、ネコのようにゴロゴロ鳴った。「国民にインスピレーションちゅうのを与える」

「それでみんなドラッグやめるって？　ねえ、わたし、そういうの、小さい時から浴びて育ってるわけ。母は脚本の下読みから始めて、編集やって、最後は自分で執筆もしてるんです。わたしも初めは映画の世界を鵜呑みにしてたのよ。待っていれば、いつかその通りの世界が現れてくるって」結局サーシャが教えてくれた。映画が現実に力を持つだなんて、撒かれた精子の億の中の一匹が卵子に達して着床するのと同じくらいの率でしか起こらないのだ、と。そのたとえが通じる齢になっていたフレネシは、これに大きなショックを受けた。赤ちゃんが天から来るのではなく地上で作られると知った時と同じくらい落ち込んだ。落ち込んだといえば、今のフレネシ。今日のランデヴーに彼女はほんのわずかの期待をかけて来たのだ。ヘクタから救いの手が来る可能性を、万に二つか三つくらいは信じて。この男、名目的にはブロックと同じくエド・ミースの仕切る警察に属していて、狙った相手の人格破壊に精を出し、懐ろを潤しているのだろうが、それでも司法省の人間なら、なにかしらコネが効くという可能性に賭けたくもなった。でもいま、こうして向かいあうと、自分は永年の政府の庇護の傘から追放され、脆いアメリカ、踏みにじられるだけのアメリカへ追放されたのだということが、ヒシヒシと胸に沁みる。時間の止まった世界からトラブルだらけの時の流れに放り出されたばかりで、すぐまた助けを求めるなんて……。こんな男に助けてくれと持ちかけたって心を引っかき回されるだけだから、その電話代は使わずにいたほうがいい。ヘクタを見ていると、〈秒速24コマ〉時代の自分が思い出される。アートの祭壇に身を捧げているのだという幻想に密封され、しかもそのアートがこの世で現実に意味を持つと信じた、どうしようもない眩惑にこの男も生きているよう。チッポケな夢と引きかえに取り返しのつかない喪失を経験する過去の自分が、いま目の前に、ヘクタの顔をして座っている。

ヘクタは流れる音楽に合わせ、焦点の定まらぬ眼をして、頭でコックリコックリ、ビートを刻んでいた。聞こえてくるのは、ラスヴェガス音楽家組合の面々が奏でる「リッキー・リカルド賛歌」というメドレー曲で、ヴォーカルを取っているのは、「アイ・ラヴ・ルーシー」の亭主役デジ・アルナスその人である。「ババルー」「アカプルコ」「キューバ」「ウィア・ハヴィング・ア・ベイビー（マイ・ベイビー&ミー）」という構成。この最後の歌がTVでかかったのはどの回だったか……そう、後にリトル・リッキーとなるお腹の赤ちゃんのことが最初に話題にのぼった回だった。ヘクタはリトル・リッキーにたいそう熱を上げている。「あの子、小さいのにリズム感抜群でな、あらゆる点で天才的。カエルの子はカエルじゃい」

フレネシは眉をひそめた。何か由々しきことの起こる予感。ヘクタの眼球が潤みはじめ、現れた煌めきが次第に輝きを増してくる。それを見てフレネシは慌てた。「だ、だめよ、それ。このことはもうずっと昔に――」

「な、そのお美しい耳、こっちに傾けな。こんないい知らせパスしてどうスンの」

「わたしのこと怒らせないで――」

ヘクタは動じない。テーブルの上に、ゲームの牌のように、一枚のポラロイド写真が差し出された。

色調はほぼ緑と青。カリフォルニア北海岸の色だ。木造のボロ家の正面ステップの前に、タータンチェックのシャツを着たジーパン姿の女の子が座っている。その隣りには、ダラリと舌を出した大型犬。陽は射していないが、少女も犬も眼を細めている。フレネシは「ひどい！」と怒りに声を震わせたきり、二の句が継げない。

「ゾイドが撮ったってことは、アングルの異様さからして明白じゃろ。犬、見えるか。名前がデズモンド。もうブロックが追っ払いおった。この家か、こりゃな、ゾイドが何年も働いて造った。ブロックが民事ＲＩＣＯ法で差し押さえたから、もう二度と戻ってこれんな。ゾイドとワシの名誉ある契約、ズーッと守ってきたつもりのあの契約も狂犬ヴォンドのおかげで屁みたいに消えちまった。おい、聞いトンの」

「聞いてるわけないじゃない、バカ。写真の娘、見ていちゃいけない？」そしてヘクタに向かって眼を剝き、「あんたたち男だけで決めた私的な約束、そんなに大事にしたいんだったら、こんつぎ大統領に会ったとき言ってやるといいわ。レーガンが予算取り上げの張本人でしょ？」

「そのとおり。そのレーガンが、ブロックからも予算を取り上げたって知ってたか？　ブロックのおっさん、どんな気分じゃろな。ＰＲＥＰも収容所もパーになった。調査したんよな。八一年ころから、若者の行動パターンってもんが変わって、自分らのほうからキャリア求めてくるんじゃと。そんななら、なんも特別な施設を用意しとく必要ないってな、ブロックの資金ラインはぜんぶ消えたんよ。みんなお空の大きなシュレッダーにかけられた。アンタが入ってた収容所な、あそこにゃいまヴェトナムとエルサルバドルの難民さんが押し寄せとると。あんな奥地、どうやって見っけたんかいな」

「ヘクタ――」フレネシはさかんに頭を振っているが、眼がポラロイドから離れない。

ヘクタの口もとに、涙をこらえているかのようなこわばった微笑みが浮かんだ。「おかあちゃんに会いたがっとるで」

彼女は息をついてから、一語一語言葉を選んで、「いい？　わたしもね、写真の捏造っていう下劣な行為、知らないわけじゃないの。あなたの履歴をたどってみると、そのくらいのワルさなんかモノのうちにも入らないんでしょ？　でも報告書に載せるの忘れないでよ。本件の被工作者はスニーガ工作員が行なった娘への精神的虐待行為に対し深い抗議を表明してるんですからね」。

ヘクタは眉をひそめ、返答を試みた。「報告書に載せないで内緒にしとく？　安心しいな。家族ってみーんな一緒になるんが筋じゃろ。ワシが結婚しくじったからって他人を助けちゃイカンて話にゃならんじゃろが」　その時までに「バティスタの復讐」という名の自家製スペシャルのクォート瓶を何本も空けていたヘクタは、ゆっくりと旋回を始めていた脳裏に別れた妻デビの姿を浮かべた。離婚訴訟でデビは、長髪でドラッグ吸いのクソ弁護士に勧められ、フランスはプロヴァンス地方出身の家具調床置き式一九インチのTVを、夫の不義の共犯者として訴えたのだった。〝彼女〟は勝手に家庭に入り込んで居間のスペースを占拠し、好きなだけ電気を摂取してその支払いをさせた上に、遠慮のそぶりも見せずに四六時中ペチャクチャまくしたて、あげくの果てに夫・子供と〝談笑〟までした。夫が仕事で関わる女のどれと比べても、不倫相手としての資格は充分だ。いや、訴えただけでは足らなかった、ヘクタが愛する「農園天国《グリーン・エーカーズ》」を見ている最中、ブラウン管のガラスの顔面に冷凍牛の塊をぶっつけて粉々にしてしまったのだ。みずから人格を認めている相手を、裁判の係争中に殺害してしまったわけだから、こりゃ令状など必要ない、「殺管罪」で逮捕告発してやるぞ、とヘクタはそのとき息巻いたが、そのシーン、自分の伝記映画では、デビ役にマリー・オズモンド、ヘクタ役には誰あろうリカルド・モンタルバンを起用する計画だ。クライマックスは、法廷での叙事詩的スケールの舌戦。〈管《ザ・チューブ》〉は人間か？　半人間か？　厳密にどの程度の人間性を有しているのか。深遠なる哲学的疑問が飛び交う。ちょうど粘土人形に神が愛の息吹きを吹き込んで人間が誕生したように、受像機は電波シグナルによって生命を得ると考えて正しいのか。各分野の専門家が登場して華々しい説を展開する。大学教授、ユダヤ教の尊師《ラビ》、自然科学者。そしてローマ法王を演じるのは（この役で今年のエミー賞・助演男優部門のノミネートは確実という）エディ・アルバート……。だがそれはすべてヘクタの夢想の中でのこと。非TV的《ノン・チューバル》〝現実〟ではどちらの訴えもマトモに取り合ってもらえずに、ヘクタとデビは、ヘクタの〈TV解毒院〉への即時入院を条件に、単純な無過失離婚を勝ち得たのであった。

「これ、最高の同情心で言うんですけど」――たしかにそれまで誰もヘクタに面と向かってこれを言ってあげた者はいなかった――「あれだけTVに冒された上に、施設に入れられ、ニューエイジ心理療法のヘンテコな教養を浴びせられたんでしょ。かわいそうに、もうあなたの脳には、最低限生きていくだけの機能しか残ってないのよね」

「ヨッシャ。アンタは子供がどうなってもいいんじゃや。ドラッグ戦争にも関心ない。そりゃわかった。しかし、このチャンスをみすみす逃すか？　映画《フィルム》への復帰を見送るって、まさかソレは――」

「ねえ、いま〝映画《フィルム》〟って言った？　ふーん〝フィルム〟なの？　トリガマンとリフトフの名前が出てきたんで、〝フィルム〟じゃないと思ってしまった。まさか、あの二人が〝フィルム〟を作ってるなんて誤解してないわよね、ヘクタさん、まともな演技のひとつもないのに」

「あのナ、アンタがいようといまいと、映画はできてしまうしくみなんじゃや。マネーのほうも集まっとるし、コントラクトのサインも終わった。あとはデレクタ、つまりアンタがウンと言や、来週にもクランク・インじゃい。ワシもこの店出たら現場へ直行や」

現場ってどこか、ヘクタは訊いて欲しかった。「どこ？」

「ヴァインランド」

「ねえ、ヘクタ、これもう古い情報でしょうけど、わたし、地下に潜行してから、国中動き回ってきたわけ。ウェイコ、フォートスミス、マスコーギ、みんな行ってる。国中のインターステイト・ハイウェイは片っ端から、番号なんかない道だって走破してるし、コーパス・クリスティの蒸し風呂みたいな夏もロックスプリングスとかビュートとかの極寒の冬も、みんな経験してるわけ。密告の優等生ですもの、命令ひとつでどこへでも行くわよ。それでもヴァインランド近辺には一度も飛ばされなかった。そういう取り決めだったものね。子供の近くには絶対やらないってところがいかにもブロックでしょ。わたしみたいな意地っ張りの、冷淡な牝犬には、それでちょうどよかったんだけど」

ふたりとも涙の一歩手前。ただしヘクタの場合は、焦りと困惑の泣きっ面だ。「さっきから、ユートルやろが」声を殺して囁くようにぶーたれる独特の声色、「もう取り決めはパーんなったの。ヴォンドのおっさんが、直属の軍隊つれてヴァインランドの飛行場を占領したの。そこに居座って、いったい誰を待っとると思う? CAMPの偵察ヘリが一緒に行動しトンで、麻薬の収穫を待っとるっちゅう噂もあるが、フレネシさんよ、もちっとロマンチックに誰かさんを待っトンのかもしれんで」。

「へえ、それがあなたの映画のシナリオ?」

「いいかフレネシ、もう禁は解けた。プレーリーちゃんに会いたきゃ会えるんヨ。いままでのゲームはオーバー。ヴァインランドに行こ行こ、懐かしいじゃろな。何年になる? アンタのママの親戚一同、そろそろみんな、セヴンス・リバーのキャンプ場に集まってくるころじゃないカイナ」

突き刺すような青い二本の視線。「なんて人。信じられない。ひとの家の出入りの様子までチェックしてるなんて」

ヘクタは肩をそびやかした。その表情は何というべきか、もしこれが処女を守るという話なら「冷笑的」というのがふさわしい。「ブロックか？　あの男、怖いのか」

「あなたは平気だっていうの？」

「クララ・ペラー知っトンな。バーガーの宣伝に出てきて、『ビーフはどこ、ビーフはどこ』ちゅうばあちゃん。あんたとブロック見とるとワシも同じ気持ちンなるわ。どのくらいヒドイんじゃい。人に言えんほどか？　チンポ短すぎ？」

　フレネシは声にならない高笑いで応えた。「今夜はやけに詮索してくるじゃないの。ブロックとわたしのこと、ちゃんと解決しなさいって？　きちんとした第三者を連れてきて三者協議？　腹を割って心ゆくまで話しなさいって？」

「いい調子や！」

「〝狂犬ヴォンド〟と？」

　ヘクタはみずからに赤面をゆるした。赤みの差した頬を、笑みで横広がりにして、演奏しているバンドのほうに手を向け、「おらおら《カランバ》！　血がたぎってきよった。ミセス・フレッチャーはいかがですかな？」

「は？」

「お手を貸していただけます？」　バンドが始めたのは、北国の人間好みにアレンジされたペレス・プラードによるマンボ、チャチャチャのヒットメドレーである。フレネシにとっては、子供のとき踊って以来のステップだ。相手のヘクタは明らかに、ヨレた老いぼれを演じているみたいなのだが、靴の中にはラテン男の優美な筋力とリズムが満ち満ちている。そのヘクタは、自分の股間が盛り上がるのを我ながら興味深く感じていた。これは目の前のフレネシを求めてのことじゃない。去ってしまったデビを慕って疼いているのだ。モルモン教徒っぽいメイクをして、いつも離婚通告を彼の胸に突きつけながら、それでいて、一緒によく踊った。ラストダンスはキッチンで、ラジオをつけて、灯り消して、そのままベッドに倒れたら不思議なことに昔とおんなじ性愛のもつれの中やった……。ホールの他の小部屋ではクルピエがゲームを進め、賭けの勝者が金切り声を張り上げ、酔っ払いがカッカッ笑う。サイズも重さもモテルのカーテンほどもありそうなプラスチックの椰子の葉が部屋高くアーチを描き、人間に知覚されないギリギリののろさで揺らめきながら、歯の浅いノコギリのようなギザギザの影を、壁に床に投げかけている。いまここでは千人ものよそ者たちがカジノ流の学習コースを継続中。一般的には、確率則と心理則からして彼らにどれほどのチャンスがあるというのか。積み上がったもの、きらめくもの、虚飾絢爛の寓話世界の中へ、フレネシとヘクタは踊り進んだ。テーブルに残されたポラロイド写真から、プレーリーとデズモンドがまぶしそうに眼を細めたまま空《くう》を見上げている。大丈夫か。邪悪な魔の手にやられないか。こんな場所では火も水も油断ならない……だが大丈夫、ポラロイドの中のプレーリーは、ひとりのショーガールが救出してくれるまで、何事もなくカジノの天井を見上げていた。この踊り子さんはきつい眼光の中心に優しいスポットを持っていて、プレーリーを見て自分の妹を思い出し、大事にそれを持って帰り、翌日、心臓をバクバクさせ頬を引き攣らせて探しに戻ってきたフレネシに無傷で返してくれたのである。

慌ただしく空港へ向かう直前、ただならぬ気配を感じたジャスティンが母親の腕を引っぱって尋ねた。「誰か追っかけてきてるの?」この子の見る夢の中では——夜ごとのニュース配信では——追っ手はとにかく大きいのだが眼には見えない。その夢、ママも知ってるわ、と言ってしまってよいものだろうか。「心配いらないのよ、子供を食べたりしないから」と答えたものの、声は確信に欠けていた。その日の父母の行動は、ジャスティンも見たことがないほど異様だった。どっちもピリピリ、すぐに大声を張り上げるとか、とばっちりが飛んでくる。アルコールの量もタバコの本数も普通じゃなく、時々何の予告もなくふらっといなくなってしまう。幼稚園時代、クラス一の優等園児が言っていた。「パパとママって、TVドラマだと思えばいいんだよ。何か言い合い始めたらさ、まわりを四角い枠で囲っちゃうんだ、TVみたいに、番組にしちゃうの。入りたければ、中に入っていいし、入りたくなければ、ただ見てればいいの」マッカレン国際空港で、一部の空港職員がストライキのピケを張っている事態に出合ったとき、このアドヴァイスはたいそう役に立つことになった。「アララ」と母が言う。「アッチャ」とジャスティンが心でつぶやく。ピケを破ることはママは断じてしない。そのわけは、「いつかあなたもわかるから」。

「なあ」フラッシュが口をはさむ。「こいつらが飛行機飛ばしてるわけじゃないんだぜ。空港のメンテやってるだけじゃないか。トイレとか使わなきゃいいんだろ?」

「トイレもだめなの?」とジャスティン。

「フレッチャー、バスで別な町の空港に行きましょ? そこから飛べばいいわよ」

「しかし、荷物はもう入っちゃってるんだ」

「あなた行って取り戻してきてよ」

その瞬間、彼の首が前に傾いた。妻をなじり始める時にいつも取る傾斜角である。「俺に何をして来いだと?」その口調と声量のすごさに、何人か様子を窺いにピケの列から歩み出た。コイン式TVで昼メロを見ていた待合室の客も何人か、席を立ってこちらの無料の実演ショーに集まってきた。

「わかってるんか。オマエのクソ家族だよ。いつまでも左翼を粋がりやがって。処女でいたけりゃ処女でいろ。オマエの父ちゃんのために、せいぜい小娘の膜、大事に守ってるんだな」

「わたしの父親のこと言ったら許さないわよ、マザファッカ! いいえ、あんたにファックされたって、お母さん、蠅が止まったくらいにしか感じないわね」

「俺の母親が何だと、このビッチ！」

フレネシは笑みを浮かべて、鼻から息を吸い込んだ。「いいこと」声に作り物のスゴミを滲ませ、「あんただってピケ張ってるでしょ。その陰でどんな女とやってるの？　そのちんけなピケ、越えてみせましょうか。知ってるのよ。それ以外にも秘密があるなら別だけど」

ピケ隊の世話役の女性がとうとう歩み寄ってフレネシに声をかけた。「投票で決めたんですが、今度かぎりは、通行許可ということで」

「賛否は割れたの？」

「全員一致です。あなた、肝が据わってるわ。どうぞよい旅を」

ジャスティンは二人の間に割り込むように座った。この子の髪型は、三バカ大将のモウを真似たみたいな坊ちゃん刈りで、「はい、はい、散って散って」とラリーとカーリーの喧嘩を分ける行動スタイルも、自然と会得していたのだろう。しかし飛行機が巡航高度に達するころには、親たちもさっきの喧嘩は下界に置いてきたというふうだった。その代わり、今度は悩んでも遅すぎることを悩み始めた。何だってブロック・ヴォンドの野営しているヴァインランド空港に、わざわざ飛んで行かなくてはならないのか。ヘクタが素早くチケットを用意して、ロイ・イッブルのところに預けていったからって……。ロイというのは、この地区の連邦支局に勤める、かつてフラッシュの「担当」だった男である。「空港で会おうって、彼の伝言はそれだけだったよ」封筒を手渡しながら彼はそう言って、奇妙な一瞥を送った。

「言うことはそれだけか、ロイ。ずいぶん呆気ないもんだ。昔の大事な働き手によ、言いたいことのひとつもないんかい？　ひとりの人間としてさ。あんたの生涯で一番大事な電話番号を垂れ込んでくれた男だぜ。ハイさよならってのもねえだろう。あれがもとで、あんたもずいぶん出世できたってことじゃねえか、え？」

「なあフラッシュ、おれだって昔のことは懐かしいさ。ニクソン時代の栄華を懐かしんでひと晩だって泣いてられる。だが、本人を前にしてこれを言うのも気が引けるが、きみたち旧世代の人間はもうコンピュータから消されてしまったわけよ。いわば後進に道を譲ったわけだ。きみに関するゼロとイチの長い連鎖が、新しい誰かさんのと書き替えられた。書き替えにどのくらいの電流が必要か知ってるか？　きみのチンポに流したって、何も感じないくらいのもんなんだぜ」

こういうことを言ってよこすのもロイのかつての仕事の一部だったことを、フラッシュは痛いほど知っていた。いや、いまもこれが仕事なのかもしれない。しかし、「泣きごと言わずに引き下がるな」がフラッシュのモットーである。彼は一席ぶち始めた。相手の耳に耐えられないほどの哀調を込めて。

「なあ、イッブル特別捜査官よ、おれたちにとって娑婆《ストリート》ってとこがどんなとこか、あんたもう忘れちまったんかい。それとも最初から知らなかったんか。コカイン常習のチンピラ野郎たちが、古物市で見つけた肉切包丁《バックナイフ》持ってウヨウヨしてんのよ。そいつらの気分次第じゃいつとばっちり食らうかわかんねえ、そういうとこに女房子供さらしてよ、そうやってこっちはあんたらのためにポイント稼いでやってきたんじゃねえか。あんたが週末、家に帰ってBMW《クソエムダブリュ》運転できるんは、あんたの奥さんが絹のドレスに屁を垂れられるんは、いったい誰がどんな思いをしてきたおかげか、よーく考えてみるんだな。おいおい、なんだ、その怒れる亭主みてえな面《つら》は、妻子持ちの男のブルースか、いまそんな面してみせるなよな、どっちがどっちの犠牲になってきたかは明らかなんだ。あんたの幸せな家庭生活ってのがネットリ続いてるあいだ、俺のほうは土の中のとびきり硬い層を這いずり回る地虫みたいに生きてきたんだ。テメエの過去をうっかり漏らしてしまうドアホな奴が出てくるんを待ちかまえてよ。もう毎日、胸くそ悪くならねえ日はなかったぜ、え？　ロイさんよ」

ロイはまるで自分の意志を奪われたみたいに、オフィス・チェアに座ったままじりじりと移動して書類棚を必死にまさぐり始めた。顎の震えが伝わる声で、「もう言うな。知ってることは教えてやるから」と言って彼が差し出したもののうちには、フラッシュとフレネシの解雇通告のテレタイプまで含まれていた。ロイが告白したところによれば、ブロック・ヴォンドが何を企んでいるか、レーガンのいわゆる「緊急時収容計画《レディネス・エクササイズ》」、暗号名「REX84」に絡んでいるという以上のことは――あるいは単に大統領選の遠い余波だという以上のことは――誰にもわからない。「今のところ」イッブル特別捜査官は続けた、「きみはここに来ていないことにする。それとだ」と言って瞬発的に椅子をクルリ回して電話番号を打ち込み――「アーマか、頼みがある。例の前払い金の数字がいますぐ欲しい。……二〇〇〇ドルを、二〇の札でか？　オーケー、一〇でだな……うむ、おれもさ……じゃな」

「ロイ、すげえ。大丈夫かよ」

「今夜のバスケットの試合の成り行き次第じゃ、おれ、後悔するかもな」

「なんだって？　あんたら、フェデラル・ファンド*でギャンブルだ？　たまげたねえ。ほんと、予算削減が、ここじゃそれほど痛切なのかよ」

「おれたちんとこはさ、四面楚歌の状態なのよ。国務省には睨まれてるし、NSC（国家安全保障会議）からはウジ虫扱い、税関がくすねていかないとしても、司法省とFBIが割り込んできてブチ壊していく。それと、ここだけの話だが」と声をひそめて、「八一年からコカインの値がグッと落ちたろ？　その理由、考えてみたことあるか？」

「おいおい、大統領自身が取引してるってか？　まさか、冗談はやめろよ、次は、なにかい、ジョージ・ブッシュも関わってるって言い出すのかい」ロイのデスクには、いつも聖書が置いてあった。部局内の再生信徒《ボーン・アゲン》とうまく付き合うには、そんな見せかけも有用なのだ。それを開いて、まるで読んでいるかのように彼は始めた。「汝、耳の穴をかっぽじりて、我の口より出ずる、御言葉《みことば》を聞き給えや。世にＣＩＡの手が振り下ろされしところ、その地には彼《か》のブッあり。神が作られし、されど国法にて禁じられたる白い粉が必ずや見つかるべし。――ブッシュはＣＩＡの頭《ヘッド》だったよな。なんも不思議なこたあない」

アーマが金を持ってやってきた。フラッシュは数えるしぐさをする。「で、こいつの名目、何なんだよ」

「ずーっと色男でいてくれた謝礼金よ」と言って、アーマは立ち去りぎわ、投げキッスをした。

「言ったのはあの子だぜ、おれじゃない」とロイが言い添える。

「ヴァインランド国際空港（ＶＬＸ）に着いたらどういうことになるのかしら」フレネシが問いかけた。フラッシュにとってものっぴきならぬ問題である。ブロックはなぜこうもみずから前面に出てくるのか、この点についてはフラッシュも当初から思うところがあった。フレネシをヴォンドの女として、手の届かぬ祭壇に置いて眺めていた時から、もしこの女を救い出して自分の女にするとなれば、ブロックと直接対決して奪い取るしかないと考えていた。大陸内部の指定の町を動き回る暮らしが長きに及んでからも、フレネシは相変わらずブロックの手中に――遠隔からの所有の中に――あったのだ。フレネシが、生理のような気分になると言って「マイドール・アメリカ」と呼んだ、大陸各地を転々とする暮らし――安物のエアコンがブンブンと音を立てる部屋、たまに吹き込んでくる風が遠く霞むハコヤナギの繁みから採油ポンプと廃車場の香りを運んでくるアパート、裏庭がそのままサンタフェ鉄道の敷地に繋がっている一軒家。結婚もジャスティンの誕生もその後の年月も、その分フレネシをフラッシュに近づけたわけではなかったが、ふたりともそのままでいい、因果なき時の中を、政府が書き記

＊ アメリカの民間銀行が連邦準備銀行に預けている無利子の準備預金。

す歴史の中を動いていけばいいと思っていた。それに終わりが来るなんて、考えたこともなかった。だが、気がつけばその人生は、いかにもレーガン政権らしい、安上がりな監視の夢に仕えるだけの生活でしかなくなっていた。FBIのスーツを着た穏和な性格俳優を各地に配して、羊の番人をやらしておく。羊の群れの毛並みのショボけた一匹一匹をひと晩中見張っているのが彼らの仕事だ。見張られている者は、そのショボけた羊をやってることで、法権力の執行装置の一部になる。それが自分らの贖《あがな》いの人生の運命《さだめ》なのだが、この、自分らが仕える権力機構は、自らを〝アメリカ〟と名乗っているのだ。ほんとかよ？　そんなものが、アメリカかい。

VLXは街の南、セヴンス・リバーの氾濫原のすぐ内陸側の広い谷間《ヴァレー》に位置していた。滑走路の間の草地を野兎が走り、敷地の遠方で牛が草を食み、舞い降りるカモメがゴミを漁っている。アプローチに入った機体は飛行を弛め、勤労の喘ぎのノイズを101号線の向こうまで響かせる。そして地上の濃密な大気の中で機首を水平に戻すのだが、管制塔の光の具合が、まぶしさなのか位置なのか、何かおかしい。操縦室から漏れてくる噂では、管制塔の人間は、ヴェトナムの戦場でやってたスタイルで喋っている。通常の民間人は一人も勤務についていなくて、軍使用の周波数帯ばかりやけに混雑してるという話だ。機体は小さな港を見下ろし、ちらほら点灯し始めた夕刻の街の灯と教会の塔とアンテナと送電線の上をぐんぐん高度を落としながら、フリーウェイをまたぎ、夕闇に包まれていく沼地を越えて、いま、大地と無衝撃の接触を果たした。フラッシュにとっては初めての、フレネシにとっては本当に久しぶりのヴァインランドである。

空港には軍用車があふれて、さながら軍事演習のまっただなかといった光景だ。タラップを下りる乗客が一人ひとり止められて簡単な尋問を受けるその脇で、キーボードを手にした職員が名前とナンバーを打ち込む。乗客のうちある者は手招きの合図によって通過を許され、別の者は囲いの中で待たされる。

「ヘクタの野郎の仕業かな？　オレたち一杯食わされたのか？」疑念がフラッシュに浮かんだ。

「それはないでしょ。あれ見てみなさいよ」撮影クルーの中にヘクタの姿が見えた。照明機器、パナフレックスのカメラが一台、手持ちのアリも何台か見える。フラッシュ、フレネシ、ジャスティンの姿を見るとヘクタは飛びつくように駆けてきて、三人を列の外へ誘導した。ドアや壁にテープで貼った吹き付け塗料の矢印を無視し、警備員に出会うたびに、警官バッジを大袈裟に揺するのに加えて最近覚えたビジネス・スマイルを炸裂させる。一行は空港を出て、〈ヴァインランド・パレス〉へ直行、チェックインをすませた。撮影が終わるまで滞在費はトライグリフ・プロダクション持ちとのことだが、こんなふうに引き回されながらフレネシは頭を横に振り続けていた。「ヘクタったらもう、二十《はたち》の時のわたしより熱烈じゃない。カメラの後ろにいる自分は安全だ、パナフレックスが盾になるって信じている。完全にその世界の人間よ。シド・リフトフと、もうどこも違わない」しかし彼の映画製作の話がまんざらデタラメでもないと思い直したのはずっと遅く、その晩ルームサービスが、チーズバーガーとフライドポテトとホットファッジ・サンデーとキャラフ入りの赤ワイン（ヘフティ・バーガンディ）を持って部屋に入ってきたときのことだった。「心配ないよ、ママ」とジャスティンが言う。「あのオヤジは本物だって」

「どうしてわかるの」

「TVの見方がハンパじゃないもん」ホテルに入るとさっそくヘクタはジャスティンと「トワイナイト・シアター」を見ていたのだ。今夜はジョン・リッター主演の『ブライアント・ガンブル・ストーリー』。それを見ながらTV的ニュアンスについて激論が交わされる。もしヘクタにその晩〈キューカンバー・ラウンジ〉に行く用がなければ、まるひと晩中でも続きそうな勢いだった。用というのはビリー・バーフとザ・ヴォミトーンズのスカウトである。充分に安いギャラで話がつけば、映画音楽のいくつかを担当してもらおうという腹だったのだが、到着したのがちょっと早くて、テカテカの緑色したスーツ（スパンコールつき）に身を包んだラルフ・ウェイヴォーン・ジュニア氏がマイクに向かって連発する下手なジョークに付き合わされることになった。「聴衆はウォームアップが必要」とジュニア氏は言うのだが、「アップ」というにはちとキツい。

人生とは時たまおかしな進展をみるもので、ラルフ君がここに送られたのも、一家のビジネスで軽微な過失を続けたことの罰だったのだが、もとより彼には父の築いた帝国を引き継ぐ気などさらさらない。彼にとって〈キューリ〉という場は、夢に見てきた漫談師としての人生を始める恰好の稽古場だったのである。「きのう、わたし、妻のプッシーちゃんを舐めてたんですが」客の反応を待つが、聞こえるのはいくつかのグラスとエアコンの音ばかり。「プッシーちゃんを舐めてた、ウォウ！ でね、思ったんですよ、これってマフィア稼業と一緒だなって。ちょっと舌を滑らすと、クソまみれじゃないですか」十代の少年が二人ほど、おずおずと笑った。バーテンに雇われていたヴァン・ミータがフォローを入れるが、助けにはならない。追いつめられたジュニア氏は、わらをもつかむ思いで、イタリア人ネタを連発するが、それも拒絶され続け、ままよとばかり、おぞましいほど自虐に満ちた「イタリア女をはらませる法」まで繰り出す始末であったのだが、満面に笑みと汗を絶やさず、気分はスタンディング・オベーション。会場に向けてキッスを投げて、「サンキュー、エブリバディ、サンキュー……ア・アーンド、ナウ！」――ここでイザヤ書二章四節君のドラムスがドコドコ入って、「これから登場しますは、ヘヴィメタルのマエストロ、つい先ほどまで、ヌーディスト・ゴルフコースで、キンキン丸出しのハードプレイをやりまくっていたという、どうぞ〈キューカンバー・ラウンジ〉の盛大なウェルカムを、ビリー・バーフ……ア・アーンド・ザ・ヴォミトーンズ！」

客層をバッチリ把握していた彼らは、入りにいきなりビリー自作の「アイム・ア・コップ」をぶつけてきた。三つの楽音のみから成るブルースである。

ファッキュー・ミスター
ファッキュア・シスター
ファッキュア・ブラザー
ファッキュア・マッザー
ファッキュア・パッパ――
オラ、警察だ。

イエーイ、ファッキュー・ヤッピー
ファッキュア・パッピー
ファッキュア・ベイビー
ファッキュア・レイディー
文句あっか――
オラ、官憲だ。

客はノッた。まるで黒人教会でゴスペルをやってるみたいに手を打ち足を鳴らし叫び返している。「よく言ったぞー」「オレの気持そのまんまだい」
客席の後ろのほうで身を潜めているゾイドの顔に髭はなく、髪も短め。服装は、サッド侯爵の頭で考えた「ふつうの」市民の恰好であって、侯爵の、どれもこれもスゴい趣味のネクタイ・コレクションから一本借りたものが巻かれている。警察テーマの歌で騒ぐのは、今はさすがに腰が引けるのだろう、ベースラインに合わせて首を前後に動かしているだけだ。レーガン大統領がサインするだけで法律として有効になる「包括的没収法案」を盾に、政府はすでに、ゾイドの家屋と敷地を相手どって民事裁判を起こした。ゾイドも何度か、家のようすを見に行ったことがある。中から自分のTVの音が聞こえるほどの距離まで近づいたことも。連邦政府のドーベルマンは食事を終えて——終えた直後を狙って出かけることはゾイドも学んだ——鎖を張った敷地のところに寝そべっている。今のところは血なまぐさい夢を見ているようすもない。最新版の噂によれば、ゾイドの愛犬デズモンドは、侵略者の気配をいち早く嗅ぎとって逃げ出し、もとはトリニティ郡のマリワナ畑の番犬だった野良犬集団に交ざってシェード・クリーク周辺を徘徊しているのを目撃された。このギャングは牧草地をうろついて草を食む雌牛たちを襲うことも厭わぬ連中である。成り行き次第じゃ鹿撃ち銃での銃殺刑を免れないかも。ゾイドの心配の種は増えるばかりである。

いまはもうブロックの軍団の姿はなく、連邦の警官が二名ほど見張りに残っているだけとなったが、この数週間というもの、付近一帯、恐怖の金縛り状態が続いていた。軍団は隊列を組んで「大麻、殲滅！　闘争、勝利！」とシュプレヒコールを繰り返しながら山道を行進し、白昼の道ばたで住民を身ぐるみ剝がして所持品検査するわ、通りすがりの犬と兎と猫と鶏を片っ端から撃ち殺すわ、大麻畑の給水に使われるはずもない井戸の水に除草剤を投げ込むわ。サンフランシスコからほんのひとっ飛びのところに来ただけにしてはすごい気合いの入れようで、まるで海の彼方の無力な国を侵略したみたいな騒ぎだったと、住民は口を揃えて語っている。

ゾイドが最初にここに来たときは、缶詰のハムの形をした小さな中古のトレーラーと干上がった井戸しかなかった。水汲みポンプを探すことから始め、そうやって自分ひとりで、あるいは友の手を借り、波止場から漁ってきた板切れと、納屋解体の日雇いに出かけた日に失敬してきた資材を使って、プレーリーの部屋、キッチン、バスルーム……と、一つひとつ長年かけて造っていったマイホームだった。斜面を下ったところにある四本のレッドウッドに板を渡して、家の屋根裏と同じ高さのツリーハウスを作り、ロープの橋でつないだりもした。建てつけはほとんどが法的基準を踏み外しており、中でも飲料水の水質は、下痢腹痛は確実と見なされるようなものだった。骨董品級の5／8インチをも含むパイプの径はサイズがまるでバラバラで、つなぎのパイプや継ぎ手を求めて、中古市を丸一日見て回り、ときにはクレッセント・シティの巨大廃棄場まで部品漁りに出かけていったこともある。その家が——住んでいるうちは、永遠に修理の手が追いつかない憎たらしいトラブルの塊でしかなかったこの家が——いまはその身が案じられる愛玩動物のようだ。このごろではこんな夢も見るようになった。道のカーブを曲がると、この家がメラメラと燃えている、もはや手遅れ、材木から何からみんな灰に帰していく、炎のうしろの暗闇に永遠にかえっていく……

ザ・ヴォミトーンズのショーも終わり、ゾイドはイザヤと外へ出た。そこにバーテンの仕事を終えて出てきたヴァン・ミータが合流し、三人してヴァン・ミータの家、中から永遠の罵倒セッションが聞こえる丸木小屋の入口のポーチに立ってハッパに火を点けた。「簡単に言うとだな」目の前に聳えるドラマー君にゾイドが用件を依頼する、「人材はヴァン・ミータが手配してくれた。必要なんはそいつらの表現手段だ。フル・オートマチックのオプション付きならなお結構」。

「AKを模造したフィンランド製の小型ライフルの仕入れ先、知ってるんですけど、値段聞いときますか？　でもキット・コンバージョンはそっちでやってくださいよ。あとコントラコスタ郡まで取りに行くのも」

「コントラコスタか。そりゃいいや。ちょうどウォルナット・クリークがシスターズの本部だし」ヴァン・ミータの言う「シスターズ」とは、「ハーレー修道会」という男たちのバイカー組織である。税金対策のため尼僧たちの集まりとして再編成された。超越の希求の中で彼らと出会ったヴァン・ミータは、「尼さん」たちの顔面から発する篤信のオーラに深い感銘を受けていた。彼らの聖句は、有名な落書きからとった「ハーレーに乗って天国行くのが叶わぬのなら地獄へ向けて進むまで」。その信仰生活は、無律法主義《アンティノミアン》というか、一般社会の制約などものともしない純粋無比なものであった。キリストの道に入ってからもドラッグとアルコールには耽り放題、ヴァイオレンスも儀式としてだけでなく、マジに実演してみせる。世間が眉をひそめるような性の営みも徹底して追求するし、権威の匂いを発するものへの憎しみもハンパじゃない。だが「最初のライダー」たるキリストへの信仰を得たいま、彼らの行動の一つひとつが、以前とは違った意味を持っていた。修道会の理論派シスター・ヴィンスは、ヴァン・ミータを前に熱弁をふるう――

「二千年前のイスラエルにバイクはなかったっていうやつがいるけどよ」修道女のかぶりものをワルっぽく横に傾け、スーパーで売っているテキーラをあおってバルビツールの錠剤を胃袋へ押し流した後、ボトルをヴァン・ミータに手渡しながらヴィンスは続けた。「ならよぉ、キリスト様はどうやって砂漠を移動したってのよ。モトクロスっていうじゃねえか。あれ、どうしてそういう名前がついてんだ」と、まあ、こんな感じで、鎮静剤によるまどろみが彼の意識を奪うまで神学談義が続くのだった。ヴァン・ミータはいまも彼らとコンタクトは保っていて、ゾイドの計画のためパイプ役を買って出るのはやぶさかでなかったが、とはいえ、やはり幾ばくかの疑念は拭いがたい。

「ゾイド、オマエ、ほんとにこのやり方でいいんだな。敵にしてみりゃオマエを殺しゃすむって話になって、それだけ事を進めやすくなるんだぜ」

「おいおい、軍団がバックアップしてくれてるんだろ？　なんだよ、ソイツらにまだその気がないってことなんか？」

「シスターさんたちか？　あいつら屁とも思ってないさ。なんたって腕に『恩寵』って刺青彫ってるんだぜ。何しようとキリスト様はお許しになるんだ。政府に謀反を起こすんだって何てこたぁない。オレ、法律のほうは弱いけどさ、こういうのって武装反乱罪ってのになるんだろ？」

「エルムハーストに聞いてみるわ」　弁護士エルムハーストは、父の仕事を継いで、北海岸の呪われし者たちの弁護を一手に引き受けている。違法な捜査も許容する「民事RICO法」に、未来の検察のありようを嗅ぎとった彼は、これからの時代、弁護士としてやっていくには、こういう問題に当たっておくのも悪くなかろうと、ゾイドの件も無償のアドヴァイスを買って出てくれた。だがゾイドは事務所になかなか足が向かない。というのもヴァート・ゴメスから聞いたメキシコの呪い言葉に「おまえの一生、弁護士だらけでありますように」というのがあって、「法律」という言葉を聞くと、ゾイドは、一種の底なし沼の前に立ったような恐怖心を覚えるのだ。一度足を取られればそれきり二度と出てこられない、蛇がウヨウヨしている悪臭たちこめる沼地……。「そのとおりだよ」とエルムハーストは請け合った。「それで私に不平はない。下水道屋がクソに文句をたれるかね？」　この弁護士さんは顔つきも、〈トイザらス〉あたりから万引きしてきた人形風だったが、声のほうもプライムタイムというより、土曜の朝のアニメ劇場風であった。ツイードの袖の中から伸びた毛むくじゃらの手が、バックルとストラップがやたらついたカバンの上に置かれる。このブリーフケース、バークレーの皮革店から月賦で買ったもので、牛皮の毛足がきわめて長い。その上に落ちた弁護士の小さな眼の、ひょっとしたら狂っているのかもしれない輝きも、どこか毛皮の柔らかな手触りを感じさせた。

「先生、やる気満々だねえ」とゾイドが言う。「手慣れたケースなんですかい？」

「法律自体は最新版だが、背後にある意図そのものは権力の歴史と同じくらい古いのでね。わたしは公権力の濫用が専門だよ。うまい、早い、楽しい、これがウチのモットーだ」

「歯科医の先生と同じしゃべり方するなあ。こりゃ楽しそうだ」弁護士の頭を撫でたくなる誘惑を振り払いながら、ゾイドは微笑を作ってみせた。

証拠の重みというものが、この件では逆立ちしているということを、弁護士さんは説明した。家を取り戻すにはまず、キミの無実を証明することが必要だ。

「『有罪確定までは無実』じゃないの」

「それは別の惑星の話だろ。昔、ほら、アメリカとか呼ばれていた。憲法修正第四条が骨抜きになる前に、そういう国があったそうだね。この国は違うんだ。キミの敷地で大麻が育ってるのが見つかった瞬間に、キミの有罪は確定している」

「待ってよ、オレは何も育ててなんかいないぜ」

「彼らは育てていたと言っている。いいかい、ちゃんと国旗に誓いを立てて、制服を着て、ホルスターに拳銃を収めた、憲法の番人がそう言ってるんだよ。そういう人たちがウソをつくという考えなのかね、キミは」

「あんたが金を取らないってんで助かったよ。で、勝つ方法はあるんかい？」

「いい判事に当たることだな」

「ラスヴェガスみたいに言うなよ」

弁護士は肩をそびやかした。「だって人生がラスヴェガスなんだ」

「おいおい」ゾイドは呻いた。「過去最大の不運に襲われた男に、人生はラスヴェガスだってのはキツすぎるよ」

エルムハーストの眼が潤み、唇が震え出した。「じゃ何かい、キミは、人生はラスヴェガスじゃないとでも言うのかい？」

〈キューカンバー・ラウンジ〉へ引っ返したゾイドは、そこでヘクタと鉢合わせした。短髪の背広男を一発でゾイドと見破ったヘクタは――もはや変装もこれまで――自分の手柄を誇るかのように、「あんたの元妻《かあ》ちゃんに会ってきたゾォ！」と、手にした葉巻をちゃんと口に運べずに、隣りにいた木こりの髭を燃やしそうになるほどの興奮ぶり、彼の絶好調の人生をあやうくたいへんな寄り道に引き入れてしまうところだった。「それとワシのサナトイド筋の情報だと、アンタのムスメさんも、いまごろシェード・クリークに着いとる時分じゃ」

「そうか、これでオレの義母が揃えば全員集合」と、フレネシの帰還の知らせがゾイドの胸に沁みるには、まだしばらく時間がかかりそうだった。

「そうなんよ――」実はサーシャもまた、ヴァインランドにやってきていたのである。ハブと一緒に照明をやっていたころ、彼女ともよく〈ムッソ・アンド・フランク・グリル〉で食事していたシド・リフトフには嬉しい知らせだ。キャンピングカーほどもあろうかというキャデラックで〈ヴァインランド・パレス〉のポーター つき駐車場に乗りつけたサーシャは、颯爽と車を降りると、高らかなヒールの音をホテルのロビーに響かせた。その半歩後ろをついてくる、格段に若く格段に色白なブリティッシュ・パンク風の男は、車に塗ったマニキュア色と同系色の髪の毛をバズカットに刈り込み、（誰もそれを開けるのを見た者はない）ギターケースを携行している。デレクという名のこの若者を、サーシャはグランド・キャニオンからここに向かう路上で拾ってきたのだ。ここしばらくのロマンス相手テックス・ウィーナとは、崖っぷちの前に立って叙事詩的な罵り合いを演じてきた。そしてそのままっすぐトラヴァース＝ベッカーの大集会《ユニオン》に向かうべく、罵声のこだまが鳴り止まぬ大峡谷の崖の上にテックスを置き去りにしてキャデラックを飛ばしてきたのだ。それにしても壮絶な罵り合いであった。あまりの音量に観光ヘリも何だ何だと寄ってくるし、いつもは静かな足取りで峡谷を下っていくラバ君たちまで崖際の隘路の上で一斉に擦り足のダンスを始めたほど。車から見る大峡谷の日没は、血走り黄ばんだ神の目玉が面白くもない人間界の出来事を見返しているかのようであった。日没後、車を止めた闇の中の駐車場は、古代円形闘技場を思わせる勾配で、ハンドブレーキを引き、タイヤに止め木をかませたにもかかわらず、そのまま一マイル下の谷底にまでまっすぐ落ちていって、車の引き取り価格を大きく減じてしまいそうな案配だ。またもやサーシャは制服の魅力に引っ掛かった。今度のは鮮やかな銀色をした特注ジャンプスーツ。レーサー風ストライプと炎の模様つき、ショルダーパッチに慎み深く「Tex Wiener Ecole de Pilotage《テックス・ウィーナー・パイロット・スクール》」と書かれた制服だった。

　さらにこのデレクという名の病的に醒め切った若者に騙されるのも時間の問題ということは、彼女自身わかっていた。この男の好みといえば、レザーとメタル、ナチスの標章、およびそれらと折り合う生活態度である。「ウー、くだらない」と強いイギリス訛りで言うのが、彼の発する最長のセンテンス。こんな若者に惹かれてしまうわたしって何？　倒錯にも限度があるわと、そんな思いに身震いし、頭の中はそれ以外空白のまま、〈ヴァインランド・パレス〉のビッグフット・ルームに入っていったサーシャはそこで——同じホテルに泊まった者同士によく起こることとして——自分の娘とひょっこり顔を合わせたのである。

　アーニーとシドは、出会いのショックを軽くすべく、前もって努力はしていたのだが、やはりその瞬間、世界はグラリ傾き、もとの平らかな世界に戻ってくることは、娘にも母にもできなかった。サーシャの顔は、どちらの記憶にもないほど若やいだ。フレネシの顔の紅潮は、まるで安物の薪ストーブのようだった。赤と金のフロック模様の壁紙のわきの、人造革《ノーガハイド》のソファを置いたラウンジに腰を下ろしたまま、ふたりの女は互いの眼から眼を離せない。まるで眼を離したら相手が消えてしまうかのように見つめ合うその張りつめた雰囲気に圧迫されてか、デレクはトイレに消え、そのまま消息を絶ってしまった。「で、金切り声立てたりした?」ヘクタがシドをせっつく。「ワンワン泣いて、抱き合ったりしたん? 気を持たせんで言わんかい」

シドはスクリーンの優しい伯父さん的な笑みを浮かべてみせた。「それが……踊ったんだよ」

「そうだよ、ジルバを踊った」アーニーがフォローする。

「ピアノ弾きが、やたらにスイングに詳しいやつでさ、『ポルカドットとムーンビーム』『イン・ザ・ムード』『ムーンライト・セレナーデ』……と連発して……」

「ハン!」とヘクタ。「そういうんは残念ながら映画にゃ使えんに。金切り声あげて、そのあと、じーっと見つめ合う――女優さんたちがノリノリになんのはそういうやっチャ」

「まさに」シドとアーニーがハモッた。

明け方、サーシャは夢を見た。呪術師に魔法をかけられたのだろう、フレネシがメロン畑のメロンになっている。なめらかな金色の長円体の上に、かすかにそれと判別できる眼がついている。毎月一度だけ、満月の夜にその眼は開いて、まんまるの月を、月の光を、月光の照らす世界を、見ることができる。それが魔法の約束事だ。しかしその晩が来ると、なぜか必ずフレネシは理由の知れぬ絶望感に襲われ、視線を落とし、脇にそむけ、せっかくのチャンスを棒に振って翌月まで再びその眼を閉ざしてしまう。魔法を解くには、フレネシが眼を開けたその瞬間に、サーシャが彼女にキスすることが必要なのに……。ある香《かぐわ》しい満月の夜、接吻は実現した。グランドマザー《おばあちゃん》が、メロン畑の土の上にひざまずいて、まだ若く青いメロンに、長い長い、情熱のこもった解放のキスをする。臨月のお腹をした素敵なお月さまが見下ろす下で。

プレーリーはといえば、間の抜けた顔をして、あたりをウロウロするだけだった。〈トラヴァース＝ベッカーの夏の集い〉に顔を出すと、今年はそこにママが来る。あたしはそこに行ってるだけでいい。「でも、DL、あたし、自分でどうしたいのか、わかんない」

「わかる、わかる、その気持ち」DLの本心だった。タケシを含む三人はいま、〈ゼロ・イン〉の仕切り席に腰掛けている。この地でビジネスを始めた時から、カルマの治療を求める信者が集った場所である。タケシとDLの説教壇は、いまでは改装されて、外部からタレントを呼ぶことも、このごろでは普通のことになっていた。今日のバンドは、ベイエリアの東岸からやってきた、ホロコースト・ピクセルズ。実は、シェード・クリーク界隈のヒットチャート急上昇中の「ライク・ア・ミートローフ」をひっさげてのリターン・ビジットである。マイクチェックをするかのようにマイクにかがみ込んだベース奏者が、そのままヴォーカルを取り始めた。

ライク・ア・ミートローフ……

アコーディオンを抱えた男が、バックをつける。

ライク・ア・ミートローフ……

これにエレクトリック・ヴァイオリンが加わって、三部のハモだ。

ライク・ア・ミートローフ、フォ・ユア・ラ——ンチここでセヴンス・コードを、主和音《トニック》に落とさずに引っ張っていく。会場には一斉に拍手が沸き、テーブル上でビールのグラスを叩きながらのパーカッションが始まった。ここでヴォーカルがアコーディオンの男に移る。

弁当箱のミートローフみたいに
墓に入った猿公《エテコー》みたいに
我らはヴェトナムのジャングル進んだ
魂いくつか、救うため……
へっぴり腰でたたかって
猿公《エテコー》と一緒に死んだ魂《タマ》
あんたのブラッド・タイムだぜ
動物園のランチタイム

手拍子、足拍子。今夜のサナトイドらは、いままでDLもタケシも見たことがないほど、ハメを外して騒いでいる。霊界の風向きの変化だろうか。それとも下界の堕落の影響が、TVを通して、彼らの心も蝕んだのか。メロディはアパラチアの伝統に属し、賛美歌と信仰告白にルーツを持つものではあるけれども、ビートがほとんど、何というか、ゴキゲンなのだ。

マーブル・マウンティンも行ってみた

パフューム・リバーも行ってみた
ときにはまとめて見つかった
ときにはいくつか消えていた
我らが見たのは、もう二度と
見たくもないような屍だった
ミートローフの墓場みたいな
弁当箱の猿公《エテコー》みたいな……

ライク・ア・ミートローフ
ライク・ア・ミートローフ
ライク・ア・ミートローフ、フォ・ユァ・ランチ……

我らのチンポの赴くところ（ここで喚声）
国境近くの草分け道を
あれは六八《シックスティ・エイト》年のこと？
それとも69《シックスティ・ナイン》年のこと？（ふたたび喚声）
ときどきどっちも違って思える
ときどきどっちも正しく思える
モンキーローフがわんさと詰まった
ランチミートのお墓箱！

オーソ・ボブがウィード・アートマンと連れ立ってやってきた。この二人が浮かれているところを見るのはDLも初めてである。ウィードを目の前にしてプレーリーは、なんかバツが悪いような、ママのことで謝らなくてはいけないような、不思議な気持ちになった。

「あとひとがんばりで、私は君になれたのだけどね、お嬢さん」とウィードが言う。

「あたしになれた？」ウィードは死後の状態〈バルド〉について説明を始めた。新しく生まれ変わる肉体を見つけるにはタイムリミットがあること。性の交わりを実演中の男女を訪ね当て、受精した瞬間の卵を見つけ、そこにスルリと入り込むタイミングが肝心だということ。死後の魂にしてみれば、それはいかがわしい風俗街の、タバコで黄色く変色した暗がりへ、ホンナマ実演ショーだとか、ハードコア映写会を見に通い詰めるのと変わらない。みんな必死にその瞬間を狙っているライバルの霊体たちと一緒にふわふわ浮かびながら、魔法の瞬間が訪れるのを今か今かと待つのである。一瞬の、決定的なフィルムの一コマを見いだして、スクリーンの向こう側へスルリと抜けて、輪廻の生を一から始める……

「ところが、初歩的なミスをしてしまったのだよ」ウィードは告白した。「前世のことが吹っ切れずに、心を空しくできなかった。あ、あっ、と思っているうちにタイムアップ。で、君になれずに、いまも私はここにいる」

「あたしのこと、知ってたんですか？」

「フレネシ流の帳尻合わせだと思ってたね。命をひとつ奪ったのなら、ひとつ命を生み出せば、それでプラス・マイナス・ゼロになる、と」

「あたしになったの、おじさんじゃないなら、じゃ、あたしって誰なんだろう……」

「……ちゃいますねえ」

「考えさせられ……」タケシがツッコミを入れる。

「ママに会ったらどうするつもりなんですか？」プレーリーが尋ねた。ふむ、そう言われれば……たとえ、不気味と紙一重のヘンテコな礼服を着てはいても、自分は結局単なる記憶にすぎない。怨念の細胞として、意識を持ったウィルスとして、人々の間を漂い、うらめしい彼女をやっと捜し当てたということである。

だがウィードは肩をそびやかしてみせただけだった。「死んでる状態について聞きたいかい？　いや、面白くもなんともないさ。サナトイドってのは、悲しいもんで、その辺にフワフワ浮かんで周りの出来事をモニターしているだけなんだ。事の進みがあんまりモタモタしてる時は『ホレ行け』って、つついてみたりもするわけだけど、総じて無力な存在だな。まあ認めてしまえば、落ち込んだ状態だ」

「でも、あたしが生まれてきたことで、ほんとに、プラマイ・ゼロになるかもしれないじゃないですか」

「それは、君のこれからの生き方次第だろう。君自身のカルマの証文に何が書かれていくかによる」

「複雑な話なんですね」

「タケシがコンピュータ化してからは、そう複雑でもなくなった。しかし、それでも、心ってのは因果なもので、一点に収斂していく傾向がある。思いは凝結していくんだな。自分をこんな目に遭わせた人間が罰も受けずに生きているのを見ていると、やっぱり憎悪に取り憑かれてね、ときどき抑えきれなくなって、夜の闇を渡り、君のママの周りをうろつくんだ。うらめしやー、って。すると彼女は泣きわめいたり、亭主に食ってかかったりする。だが、それも空しいだけじゃないか。それでどうなるわけでもない。貸した金の利子にさえなりゃしない。だから、もうこのごろは、フレネシのことはかまわずにおくことにした。忘れることにした。許したというのではないがね。

私も夢を見る。サナトイドも夢を見るんだよ。いつ夢を見てるのかは、死んでると、ちと厄介な問題ではあるんだが。私は走る列車に乗っている。その列車に乗っている。夢だろうと何だろうと、その列車はどこかを実際に走っている。その証拠に、乗ってる列車はいつも同じなんだ。その列車の旅に付き合わされてるみたいにね。氷を敷いた上にまっすぐ横たわり、ずっとガタゴト揺られながら、頭ははっきりしているんだ。列車が停まるたびに、私に付き添ってくれる二人が、その町の検死官を探してくれる。私の体を調べて、私の殺害の件を、殺害者たちを世の中に向かって宣言してくれる人間をね。……その二人が誰なのか、ときどき私のかたわらに座っていてくれたりするのだが、顔がはっきり見えないんだ。寒く、いつも夜で、いや、昼間は私が眠っているということかもしれないな。そうやって何年も何年も、鋼鉄のレールの上を走り続けて、新しい司法管区を訪ねていく。だが、駅に着くと、どの町にもあらかじめ通知が行ってるらしくて、帽子をかぶり腰に拳銃を下げた男が、追い払うように手を振るんだな。私らの姿を見ていないことにしたいらしい。そんな仕打ちを思えば、付き添いの二人の並々ならぬ献身には、ほんとうに頭が下がる思いがするよ。列車のビュッフェのコーヒーと、タバコと軽食を口にするだけで、ひとつの町から次の町へ、来る年も来る年も、ずっと私に付き添ってくれるのだから。いつもトランプで賭けホイストをやりながら、なぜブロックは私を〝始末〟しなくちゃならないか、その動機について、宗教家が神学談義するみたいに日がな一日しゃべっている。〝恋の果ての凶行〟と一人が言うと、〝まさか、政治的な犯行よ〟と一人が応える。……〝深く個人的な策謀を推進する反逆的官憲〟と一人が言うと、〝死に根差した抑圧的な体制が彼に命じた〟と一人が応える。列車が永遠のリズムを刻む闇夜の中で、最後の停車場まで、最終的に見捨てられるまで、忠実でいてくれる私の最後の儀仗兵《ぎじょうへい》の終わらぬ議論を私はそばで聞いている」

「なんか、タケシとＤＬの会話みたい」とプレーリーには思えた。

「ときどき、私の父母じゃないかという気にもなるんだ。いまも私を気遣って、現世で下ったのより正しい審判が、もっと高いところから下されるのを固く信じて待っているという感じがしてね。一文無しになって、自分たちも寒風に吹かれながら、暗闇を流されているだけなのに、根が生えたように信念を崩さない。いつかは怨みも晴れて帳尻が合うと頑固に確信して」

「それだったら、まずレックスを捕まえるのが先でしょ？　やったの、レックスなんだから……でしょ？」

「レックスを捕まえてどうするんだね。引き金を引いたのが彼の指だからといって、彼は利用されただけじゃないか。ただのお人好しだよ。それを言えばフレネシだって同じだが。以前は私も、階段のモデルというので考えていた。一段一段登っていけば不正の正体に行き当たるのだ、と。まず、レックスで、二段目がフレネシ、その上にブロック。だがしかし、その先が見えない。そこからパタリと暗くなる。最上段に一瞬ドアが見えた気がしたのだが、背後の明かりがパッと消えて、何も見えなくなってしまった」

そう語るウィードの顔が、あんまり憐れっぽかったので、プレーリーは反射的に手を差し伸べて、そのサナトイドの手を一瞬握った。驚いたのはウィードが慌てて引っ込めた手の冷たさではなく、軽さのほうだった。ほとんど手応えがない。「ときどき、そのぉ、訪ねていってもいいですか？　あの、夜なんかに」

「楽しみにして待っていよう」それからいくらも経たないうちに、シェード・クリークの川べりを散歩する二人の姿が、ヴィレッジの名物となった。青白い不眠の者たちの間を通り、ところどころ黒ずんだ蛍光管の照らすほの暗い、煙くすぶる屋内遊歩道を通り、店と屋台が両側に並ぶ天井つきの橋を渡り、頭上にボワッと浮かぶ沢山の時計の顔の下をくぐって、尻尾は振らず怨めしそうにくねらせるサナトイド犬のたむろするところを抜け、ケバい礼装姿の元数学者と少女の散歩は続いた。ウィードは腹がきつくなるまでポップコーンをほおばりつづけ、プレーリーはパチンコの裏技を披露するというデートであった。どちらの口からもフレネシの名が出ることはめったになかったが、実はそのフレネシに、プレーリーはついに再会を果たしていたのである。〈トラヴァース＝ベッカーの夏の集い〉には今年もやっぱり行かないわけにはいかなかった。一年ぶりで会う顔にハローのひと言も言い終わらないうち、プレーリーはクレイジー・エイトのゲームの輪に引き込まれた。伝統のノンストップのトランプ・ゲームは、賭けの額が低い分だけ、敵愾心が剝き出しだった。親戚といっても関係は遠いワルガキたちに、イジワルオヤジが加わって、積んだカードの下からカードを引き、積金箱《キティー》からコインを失敬し、グルの仲間におならとゲップでサインを送り、（ときには他人の鼻からほじりだした）鼻くそでカードに印をつける。ここまでのところ、大きくリードしているのがプレーリーと、（以前はもっと鮮やかなウグイス色をしていたことが偲ばれる）よれよれのバンロン製のレジャースーツを着たピンキーおじさんだ。トレーラーの窓からサーシャが覗き込んだのは、そのピンキーおじさんがダイヤのカードを捨てた直後のことである。どうしたら相手の持ち札を増やせるだろう。「破滅のマザー」――このグループで、スペードのクイーンはこう呼ばれた――のありかは謎で、ピンキーおじさんは積まれたカードの中だと踏んでいたが、プレーリーはいとこのジェイドが持っていると狙いをつけていたのである。

「エクボちゃん、チェック！」祖母の声が聞こえたが、「ちょっと待ってよ」と答えるしかない。マザーのありかが解決するまで、ここを離れるわけにはいかないのだ。ついにプレーリーは、「エイト」のリスクを冒して「スペード」を宣告した。大正解。いつもの冷酷な顔をしてマザーが現れ、ピンキーおじさんはしぶしぶ五枚のカードを引いていった。勇敢な戦いぶりを続けてきたおじさんだったが、手持ちのカードが一枚だけ多かった。

トレーラーを出るとサーシャの隣りに女の人が立っていた。齢は四十くらい、ディッツァの家の映画に出てきた、カメラを回しライトを浴びせていた女子大生は、プレーリーが想像してたのよりはちょっと太めになっていた。顔のあちこちに紫外線でやられたシミがついていて、短く切った髪の毛は、スタイリストの眼で見ればムースで整える必要がありありなのだが、そんなこと、はじめて会った人にいきなり言えない。

娘の帰還がもたらした情緒不安定から抜けられずにいるサーシャは、道化役を演じつづけている。

「おーやおーや、こっち、いらっしゃい、エクボちゃん、糸くずなんかつけてないでしょね、おばあーちゃんに、見せてごらん、あら、なーんて、かーわいいの」と、容赦なく、孫娘を赤ちゃんにしてしまい、ほっぺたを両手ではさんで口を丸くとんがらかして、こっちを押したり、あっちを押したり。

「ホガ、フガ、アーンガ」

「おばあちゃんの子だもんねえ」やっとのことで、孫の頭を向こうにそっと押しやるようにして解放したサーシャは、続けて「ママに『ギリガン君SOS』の主題歌うたってあげなさい」と命じた。

「おばあちゃんたら！」

「この子が最初にTVに反応したのは、覚えてる？　フレネシ、まだこーんなに小さくて、四ヶ月にもならない時だよ。『ギリガン君』がかかってて、まだ眼の焦点も定まってなかったろうに、プレーリー、すごく真面目な顔して、最後まで見てたのよ」

「やめようよ、そんなこと聞きたくないよー」

「――それから、あの番組がかかるたび、おまえはニッコリしてさ、ガーガー喉を鳴らしながら体を前に後ろに揺すってうれしがるの。TVの中に入っていって、あの島に住んでみたいってふうだったよ」

「おねがいだよう！」プレーリーは助けを求めて母親に眼を向けたが、母も自分と同じ表情である。

「テーマソングを最初から最後まで歌ったのは、まだ三つのお誕生日の前だったんだから。まだ声がバブバブしてるころだよ、ちっちゃなお手々でフリをつけて、稲妻のところから『ブーン！』とやって、『恐れを知らぬ、わーれらの勇気』って、ポチャポチャの手を前に後ろに振って、転調のところもちゃんと歌って、ほんと、ディナーショーの歌手みたいだった」

「わかった、わかったわよ」プレーリーが声を張り上げた。「歌えばいいんでしょ」と言ってまわりを見回し、「ねえ、ここでなくちゃ、だめ？」

「いいのよ、おばあちゃんは、場をとりもとうとしてるだけなの」と言ってフレネシはサーシャの両肩に手を掛け、正気づかせるみたいに揺さぶるふりをした。

「ほんと。ちょっとごめんネ、おばあちゃん」少女は母と祖母の後ろから、樫の木の下の、ビールとソーダが冷やしてあるクーラーのところまで歩いた。これから何時間も木陰に座って、昔の記憶を紡ぎ出し、紡いだ話を受け取って、おっかなびっくり縒り合わせていくのだろう。そのまわりで、おびただしい数の伯母と伯父と従兄弟とその子供らが、年々上達する創作術を発揮しながら、年々異様さを増していくお話を披露する。集まってくる者、帰っていく者、トウモロコシを振りかざし、ソーダをシャツにたらし、ビリー・バーフとザ・ヴォミトーンズの音楽に合わせて体を揺さぶる者、ステップを踏む者。向こうの窪地から、食欲をそそる香りを乗せてバーベキューの煙がたなびいてきた。揃いのコックの帽子をかぶった十人ほどの両家の男が、肉の脂が落ちるたびに煙を上げる炎の向こうに整列して、牛の巨大な肉塊を焼いている。その牛をどこで仕留めてきたのか――ここからはるかモンタナまで続く山腹の牧草地、そのどこかの田舎道のわきの繁みから、月のない夜、戦闘用のライフル銃で撃ち倒し、それをその場でチェーンソーで解体し、肉をさばいて、袋に包んで、そのまま焼ける形にして、持ち帰ってきたものなのだ。ペットボトルを手にした子供たちの一隊は、回るバーベキューの上に、秘伝のマリネードやらソースやらを水鉄砲みたいに放出する。すると肉の上に魔法の上掛け《コーティング》がはりつき、したたり、たれ落ち、けぶり、焦げた匂いを立ち昇らせた。やがて、トラヴァースとベッカーの一族全員、長い長いレッドウッドのテーブルのまわりに着席した。ポテトサラダとビーン・キャセロールとフライドチキンが運ばれてきて、若い世代が精を出して作ったパスタや直火焼きの焼き豆腐と出合う。そしていま、騒々しくも厳粛に、あたり一面夜の帳《とばり》が降りてからも続くだろう食事の会の幕が切って落とされる。ユーラ・ベッカーとジェス・トラヴァースの間に結ばれた絆を祝して開かれる一族の大集会の、ハイライトの瞬間である。絆の意味は会衆全員に明らかだった。この絆こそ、集まった全員の命の基《もとい》なのである。北はシアトルから南はマリン郡まで、西はクーズ湾から東はビュートの市街地まで、北西アメリカ一帯から集まってきた者たちの中には、木こりもいる、丸太の荷縛り人もいる、ダイナマイト漁法一筋の漁民も、屋根葺きも、路上のアジテーターもいる。人生に打ちのめされた老人も、これから世に出ていく若者も、そしてここに集ったみんなの眼が注がれる長いテーブルの一番先には、年を追うごとに小さくなり透明になっていくユーラとジェスが着席して、これからいよいよ恒例の、ジェスじいさんの朗読の始まりだ。朗読は毎年同じエマソンの文章から。ジェスはこの一節と、獄中で出会った。刑務所所蔵のウィリアム・ジェイムズ著『宗教的経験の諸相』〔一九〇二〕の中に引用されているのを読んで暗記したのだ。* ヴァインランドの霧のような、かすれてはいても遠くまで届く、混じり気のない声でジェスは説いた。「『神の裁きの公正なる水準線は、不可視の力によって恒に平らかに保たれる。梁を傾けるのは不可能なのだ。世界を権力と財産で操る者らは、梁をかつぎ上げようと無駄なあがきを続けるが、重々しき天道は永遠にその線を保つ。人も埃も、星も太陽も、定められた軌道を外しはしない。それを動かそうとあがく者は、戻る力に押しつぶされて消えゆくのみ』」ジェスの口から発する言葉には聞く者を引き込む独特のパワーがあった。ユーラなどは、片時も夫から眼を離さない。「ラルフ・ウォルドー・エマソンの重い言葉を信じないっていうのなら、クロッカー・スキャントリングに聞いてみな」とジェスは言い添えた。材木協会会長の通称〝バド〟のことである。ジェスの上に巨木を倒す企みを成功させたまま報いを逃れていたこの男の人生は、ここからそう遠くない101号線の上で、突然の終止符を打たれた。買ってまだ一週間のBMWが対向車線をやってきた木切れを積んだトラックと合計時速二五〇余キロの正面衝突を果たしたのである。もう何年か前の出来事だったが、ジェスにしたらいつ話しても愉快でたまらぬ逸話である。

草原が夜の闇に包まれてくると、持ってる限りのアーク灯を、昔からの相棒のエースとドミトリの手を借りて運び入れていたハブ・ゲイツが、子供たちのために、まず二つほど点灯した。いま彼は仕事にあぶれていたけれども、一週間後にはオレゴン州のビーヴァートンに呼ばれている。名を「ルクス・アンリミテッド（無限の光）」という彼の会社は（寝る場の工面は大変だったが）なんとか食っていけるだけの商売はやっていけている。数マイル先まで走っていくパワフルな光線の神秘に胸躍らせる人はまだ充分いたのである。こうやってカーボンを揺らすと、最高の光が出るんだと、はじめて会

＊ ラルフ・ウォルドー・エマソン（一八〇三〜八二）は、「トランセンデンタリズム」と呼ばれる、人間の営みを超越した神秘的な秩序への信頼をアメリカ思想の伝統として打ち立てた思想家。ウィリアム・ジェイムズ（一八四二〜一九一〇）の『宗教的経験の諸相』は、神秘主義体験についての近代的考察の始まりとして、一九六〇年代以降の類書（ドラッグ体験論を含む）にも広く引用された。

った孫のジャスティンに実演してみせているところへフレネシがやってきた。母を見て、ジャスティンはそろそろTV《ヤング・ギャファー》のプライムタイムだと気づく。

「よお、照明さん」

「やあ、父さん」フレネシは前の晩、父親の夢を見ていた。田舎の砂利道をガラガラゴトゴト積荷を揺らしてフレネシの前を通り過ぎていくハブの夢を。野も丘も一日の終わりのメタリックな雲の光に包まれている。いまこの空に何燭光の光が残っているのだろう。それがあと何時間と何分で消えるのだろう。トレーラーの索具には発電器とビーム・プロジェクター、それにアヒルの子みたいに一列に並んだ照明灯がくくりつけられている。次の仕事はカーニバルだろうか、それとも自動車展示会？ハブの望みは変わらない。死の電流をまばゆい光の射出に変換すること——いまも彼はそのことだけに喜びを見いだしている。光という、白く熱く、死して冷たき噴き溢れるものをこの世に撒き散らすことができるならどこへでも行くし、どんな契約も引き受ける……。フレネシは父に向かって呼びかけた。が、トラックは戻ってこない。満載の積荷を運びながら父は、顔を前に向けたまま、娘の呼び掛けに言葉だけを返してよこした。「死んだ仲間を大事にしなよ、照明さん《ヤング・ギャファー》。死人たちがおまえの面倒を見ないようにな」

傷つき、怒り、彼女は叫び返した。「みんな、死んでることに忙しくって、人のこと、かまってる暇あるもんですか！」そのとき父の顔に浮かんだ空虚な表情を、フレネシは心で感じることができた。その感覚とともに、今朝彼女は目覚めたのである。

小型トラックの荷台に備えたTVへとジャスティンが戻ってくると、父とゾイドが「セイ・ジム」を見ている。「スター・トレック」を下敷きにした三十分のコメディ番組。通信担当の、オハラ軍曹という名の、赤毛のソバカス男以外は全部黒人というキャスティングだ。ミスター・スポックがブリッジに登場するたび、みんなヴァルカン星人の敬礼をして、三本指でハイタッチをやる。その番組が終わったころ、プレーリーが入ってきた。ゾイドとフラッシュがビールを求めて外に出ていった間、タネちがいの姉弟は一緒にＴＶの前に座って「八時の映画劇場」を見た。この日の出し物はピーウィー・ハーマン主演「ザ・ロベルト・ムージル・ストーリー」。と言っても、ほとんどのシーンは、ピーウィーが変な外国訛りでしゃべっているか、変なマーカーペンを手に持って紙切れに向かっているというものだから、ふたりの関心は徐々にお互いのほうに向いていった。「九時に映画があるよ」番組表を見てジャスティンが言った。「『マグニフィセント・ディザスター』八三〜八四年のＮＢＡのプレイオフを描いたＴＶ映画、だって。それってこのあいだの夏の話だろ？ ずいぶん早く映画になるんだな」

「そういうのって、どんどん早くなっていくのよ。あたしの記憶でいうと」

「ねえ、プレーリー、ときどきボクの子守りに来てくれる？」

プレーリーは一瞥を投げかけた。「おませな赤ちゃんねえ、そういう子は〝子ちょり〟にきてやるといいかも」

「コチョリって？」

「こうやって……」プレーリーの指先はすでに弟の脇の下と横腹に伸び、ジャスティンは姉の指が届く前から体をくねらせた。

朽ちかけた長いテーブルを照らす黄色い電灯の下では、前夫とその後釜とが話していた。今日一日でおびただしい数の親戚に出くわしたフラッシュの衝撃をゾイドがやわらげてやっているという展開らしいが、どちらもジャングルに囲まれた野原に丸腰で置き去りにされた兵士みたいなオズオズとした眼をしている。彼らを照らす光の薄れた向こう側を、トラヴァースとベッカーの人々の声が響き渡る。かろうじて音階に乗った歌声、エンジンをチェックする音、激論の声、TVに向かって言い返す声。どこかから立ち上った一陣の笑い声が、夜の野を吹き抜ける風に運ばれていった。別のどこかでは、トラヴァース家のおばあちゃんのひとりが、子供たちに、この地方の十月のブラックベリーの怖さを教えている。「悪魔《デビル》のものなんだからね、それを食べるのは泥棒になるのさ。悪魔は許さないよ。食べた子を見つけてどこまでも追っかけてくるよ」老女の声の魔法的な響きにつられて、悪魔など信じていない大きな子供らも、思わず左右に身を揺らした。「このあわれな黒い実に出会ったらね、道ばたでも、行く手の藪の中でも、むかしの畑の跡地でも、この茨の草が群れて生えているのを見たら、そのまま真っすぐ立ち去るんだよ。振り向いたりしちゃいけない。この草の正体が見えてしまうからね。どこで、誰に仕えているのか、夜になったら誰のもとへ帰っていくのか……」孫世代のより年上のグループからはアメリカを論じる声も流れてきていた。合衆国はまだ黄昏の光の中に生き残っているのだろうか、それとも日は完全に暮れてしまって、すべてはファシストたちの夜の景色に包まれてしまったのだろうか。いまの時代、見えたと思った光は実は、幾千万ものブラウン管から発せられる、一様にケバい色をした〈影〉にすぎないのか。別の声が加わるたびに、新しい人名が一つずつ発せられる。叫ばれる名前。唾《つば》とともに吐き出される名前。長時間の激論と、胃痛と、睡眠不足への展開が容易に予想される名前たちだ。ヒトラー、ルーズヴェルト、ケネディ、ニクソン、フーヴァー、マフィア、CIA、レーガン、キッシンジャー……。これらの名辞が集まり、結ばれあってつくるのは天空の星座ではない。遥かなる夜空一面チラチラと高貴な光を放つ星々としてではなく、地面に捨てられ、通りかかる悪意の靴底によって、繰り返し踏みつけられ、ジメジメした地中深くへ押し込められていく、そういう名前たちである。それらが集まって作るのは、誰も正対できない、アメリカに残る最後の秘密の暗がりだ。暗い森の土の中に、黒々と腐敗していく湿った落ち葉を持ち上げて、獲物を待ちかまえている毒虫がウヨウヨ群れる中に、それを見ようとする者はいない。

「ほんとによお」ゾイドが言った。「エラい政治好きの一家だよな」

ゾイドに向けられたフラッシュの顔は表情の変化を頑なに抑えつけているようだったが、その口から、大胆な話題が漏れた。「そうよな、みんながアイツみたい、だろ?」

ふたりの男は、サーシャのこと、ブロック・ヴォンドのこと、そしてヘクタのことすら、話題にするコツをすでにつかんでいたのだが、フレネシのこととなると、どう持ち出したらいいのか、あるいは持ち出さずにいた方がいいのか、見当さえもつかずにいたのだ。フラッシュの前でゾイドもやはり固くなっていたようだ。相手がまともな男じゃないこと、正気を装ってはいても愛すべきクレイジー野郎であることは、木槌頭の側面にニュッと生やしたもみあげや、刑務所からもらってきた黒人訛りの混じったメキシコ系っぽいしゃべり方や、M16とAK47の銃身がクロスする下に「Brothers in Death(死の兄弟)」の文字を彫った腕の刺青から明らかなのだが、だからといって緊張がほぐれるわけでもなかった。一方フラッシュのほうも、フレネシと一緒に暮らした男の名前が頭から離れずにいたのであり、その男と、ビールを前に、一度始めたら止まらないだろう話題に入ることなどクレイジーとしか思えなかった。一瞬、会話が途切れたとき、互いの人生が入れ替わったかのような奇妙な感じが漂った。大昔に別れた女房を忘れられない男がフラッシュで、十余年の間、彼女と組んで国中を走り回ってはいても全然一緒に暮らした気がしない男がゾイドであるみたいな。相手の悪漢的面構えの背後に、慰めの言葉を求める気持ちを読み取ったゾイドは、ここは自分が声をかけるのが筋だろうと判断した。だって彼女が近くにいないことで災いから長いあいだ絶縁され保護されてきたのは自分のほうで、それにひきかえこの男は、哀れにも彼女をもろにかぶってもがきあがいてきたんじゃないか。「オレなんか、ほんの前座よ」とゾイドは言った。「お互いのこと、知り合う間もなくバイバイしたのさ」

「そうでなきゃ、俺のせいでアイツを避けなきゃいけなくなるもんな」フラッシュのネチッコい甘ったれブルースが始まった。

「そ、そりゃなあ……。だってよ、いいか、ほんとんとこはさ……」

だが、ちょうどそこに、イザヤ君が登場して伝えることには突撃ライフルの取引の話は、空中分解必至とのこと。まあ、かえってよかったんじゃないですか、だって――と言って彼は、ハーレー教徒たちが先週の「ドナヒュー・ショー」に出演して以降の事態の急変を語り始めた。映画出演の誘いあり、TVミニ・シリーズの話あり、それに加えて彼らの勇姿をあしらったTシャツ、人形、ランチボックス等々の販売計画も進んで、彼らの態度がクルリ変わってしまったとのことである。メンバー全員セレブ気分で、ゾイドみたいなチンケな男のチンケな家を取り戻す手助けするみたいなチンケな話に乗る気なんかまったく失せてしまった、と。

「困るんだよな、六〇年代の人ってさ」イザヤ君が一席ぶった。「革命信じて命投げ出すのはいいんだけど、〈管〉《ザ・チューブ》の理解がお粗末なんだよ。TVに捕まるとその瞬間にシッポ振っちゃう。そういうの、フニャケチンコって言うんじゃない？　本当の敵がわかってなくて、自分たちの大事な国を――〈オルターナティブ・アメリカ〉ってんでしょ？――あっさり売り渡しちゃうだなんて、インディアンとおんなじじゃん。それも一九七〇年の価格でさ。安すぎですよ」

「その見解が間違ってることを願うね」ゾイドは動じる様子も見せず、「だってオレの用意した第二のプランってのがさ、『60ミニッツ』か、まあ、そのうちのワン・ミニットくらいに、ネタを売り込むことなんだから」。

「メディアの怖さ、わかってないんだ。ホリーテイルのことなんかあっという間に嗅ぎ出されて、ドラッグ中毒者にされて、その顔が全米に流れるんすよ。そうなりゃ裁判だってイチコロでしょ」

「弁護士みたいな口きくない」ホリーテイルには近づくなと、エルムハーストに厳重に注意されたばっかりのゾイドであった。少なくとも秋の収穫期を狙ったＣＡＭＰの攻勢がおさまるまでは絶対行ってはいけない、と。ヴァインランドの緑の丘からは、日々香り豊かな煙の柱が立ち昇って空をいぶしていた。毎日六時のニュースには、郡保安官のウィリス・チャンコが、いまやすっかり名物になった黄金の取っ手つきのチェーンソーを振りかざし、ヴァインランドの土の上の〝悪魔の草〟は一本たりとも生かしておかんと息巻いて、実りを迎えた畑の中に嬉々として踏み入っていく映像が映し出される。そのわきではスキップ・トロンブレイ率いるチャンネル86のロケ隊が、体をくねらせ大奮闘だ。こんな時にホリーテイルに近づくだけでも危ないというのに、シンセミーヤの芽も、大慌てで根こそぎ引き抜いてきたやつを仲間と一緒に芝刈り用のゴミ袋に詰めてトラックに積み込んで帰ってくるなんて正気じゃないのはわかっているが、それこそが、この時期のゾイドの生業なのだから仕方ない。保安局員との真夜中のかくれんぼ&鬼ごっこは毎度のこと。追ってくる保安官代理《デピュティ》が乗り回してるのは、補強した厳つい車体と怪物的パワーのモーパー・エンジンを搭載したダッジ・クルーザーだ。鼻息荒く、雄鶏の尻尾の形に泥と小石を跳ね上げながら、ホリーテイルとフリーウェイの間、往年の木こりの道を、木材とケーブル製の吊り橋を往来する。ウィリスの火炎放射器が哀れな草を無差別殺戮してしまう前に、わずかでも救出しなくちゃ。タイムアップはもう間近。試合終了まで時間がない。それでも地元の住民はみな口には出さぬが一つの思いに燃えていた。時計が何だ、試合時間が何だってんだ、最後まで正々堂々闘い切るまでよ。――というわけでゾイドは、レッドウッドの樹木の香る月の沈んだ闇の中を、車のライトを消し、闇の濃淡だけを頼りにカーブを見定め、坂の勾配とギア変換はカンで判断し、ヴィンテージもののワゴン車で山道をボコンボコンと弾んでゆく。ＢＧＭは、誰かの家のガタのきた8トラックのカートリッジ・コレクションから失敬してきたイーグルスの『グレイテスト・ヒッツ』〔一九七六〕。その中の「テイク・イット・トゥ・ザ・リミット」は特に胸に響いた。「極限まで突っ走る」といえば、このごろの自分の暮らしがまさにそれ。悲痛な声で一緒に歌詞を口ずさむのだが、視界前方に一対のヘッドライトが見えてくればそれどころではない。「オーケー、ゾイド、ディフェンスに戻れ」だが、心の隅では前から来るのがヴォンドであって、ここで鉢合わせできたらいいな、と半分願っていたりする。もちろん相手が相手なだけに、一対一の対決など起こるはずのないことは、ゾイドだって身に染みて知っている。ふと見渡せば、自分はいったい、なんてところを走っているのだ、闇の辺土を、ゾイド自身の〝ヴァインランドの小さな我が家〟を目指し、来た道を戻っているのだから、このまま行けばたしかに家《ホーム》に……

しかし最近、二夜に一度は火事の夢を見るのである。夢に引き戻されるたび、その意味が次第にはっきり見えてきた。きっと、この家が、十二年の歳月かけて作り上げたオレと娘のマイホームが、主人のオレに、火を放ってくれと頼んでいるってことなんだな、と。国家権力の手から逃れるにはそれしかないのだ、と。ゾイドは木々の間を滑空する。犬どもが何かの気配に気づき、起き上がって、下をうろつき回っている。ゾイドの霊は音もなく家の中へ。だがそこには自分の痕跡も、娘の痕跡も何ひとつ残っていない。身ぐるみ剝がされ、掃除機をかけられた、ただの空間。警官やら雇われ警備員が次々と交替で見張りをし、明け方近く番犬が寄ってきて敷居を引っかくだけ。

「なあ」フラッシュが提言する。「いっそのこと、あの忌まわしい大将の居場所をつきとめてだ、もう悪いことができねえようにしちまったらどうなんだい」

充分に魅惑的な提案である。ふたりして計画を練り始めたちょうどそのとき、ジャスティンを寝袋に押し込んだプレーリーが、自分も寝袋を脇に抱えて通りかかった。森の中でしばらく一人になりたいという。「家族家族で、参っちゃったぁ」と、ゾイドに告げて、「あ、安心して、パパのことじゃないんだから」とつけ足す。その時ゾイドの顔に注がれた視線が、しばらくそのまま留まった。母の顔と何時間もつきあってきた後だけに、顎と頰を覆い始めた髭と、汚れた眼鏡の向こうに、自分に受け継がれた（まだ折り合いのついていない）顔が、とてもはっきり見て取れる。いつかしらこの子から「あたしが自分の子じゃないんじゃないかって悩んだことなかった？　ウィードかブロックの子じゃないかって」という質問が飛び出てくる日もあるだろう。その時は、ゾイドの腕に抱きとめられて。「それはないな。そんなことより、このオレが、やつの手下にされちまうんじゃないかと、そっちのほうが怖かった」

しかし、いま現実の父は娘に対して、「ママはどうだったたい」と聞くのが精一杯だった。

「あたしの前で、けっこう緊張してた。怒りの反応、期待してたみたいね。でもだめよ、怒ってなんかあげないもん」

「おまえどうなんよ、ママに会って、緊張はしなかったんか」

「あーん、ちょっと、有名人に会ったみたいな感じってのかな。だいじょぶよ、ショックないから。でもね、パパたちが、あの人と結婚したのはなんでか、あたしわかったんだ」

「なんで？」間髪容れず、ゾイドとフラッシュが同時に尋ねる。

「あなたたち、大人でしょ、自分でわかりなさいよ」

「ヒントくらい、いいだろ？」ゾイドがねだったが、プレーリーはすでに森に向かっていた。木々の間に入っていくと、いままで見たこともない、すてきな場所が見つかった。トウヒとハンノキの木立に囲まれた、小さな草地。そこに寝袋を敷いて、ひとり静寂を楽しんでいるうちに、眠り込んでしまったのだろう。ヘリコプターの激しい羽音が突然頭上で聞こえた。頭上のヘリから下ろしたケーブルに固定装置《ハーネス》で体を固定して一人の男がシュルシュルと自分めがけて降りてくる。それがブロック・ヴォンドだと、プレーリーにはすぐにわかった。古いフィルムで見たのと全然変わっていない。ここ一週間ほどブロックは、かつてヴェトナムの空を覆った、恐怖の黒のヒューイ機三機で密なフォーメーションを組み、御大みずからヘリの機底に伏せた構えで、ヴァインランドを、くまなく徘徊していたのだ。そんな彼を見て同僚がつけたあだ名が「上空からの死」ならぬ「チョイ上からの死」。平和な稜線を越えて急に姿を現したかと思うと、罪なき運転者を追って、排気管からわずか一メートルのところを轟音たてて滑走する。防弾服にヴェトナム・ブーツ、腰に火炎放射器を構え、機底の発射口から狙いを定めるブロックの顔面をほとんどかするように森の木々が猛スピードで通り過ぎる。険しい斜面に鬱蒼と繁るレッドウッドの常緑と、秋の黄色に衣替えした広葉樹だ。谷間から高く立ち昇る霧の柱が、ヘリのプロペラに刻まれて、ギザギザ模様のたなびきをつくる。

だがいまブロックは、リモコンで上下するヒューイの巻き上げロープに身を結《ゆ》わえ、恐怖に戦《おのの》く少女の上空ほんの十数センチのところで、ヘリからの逆光を背景に、うす暗い顔を少女の前にさらしていた。繰り返し演習してきたとおりである。実際ロスコは、タイヤメーカーがタイヤを再生《リキャップ》する以上の反復練習《リキャップ》を経てきたのだ。現場に入る、対象の鉛直線上にヘリを浮かべる、ケーブルを垂らす、ひっさらう、浮上する、飛び去る。「キーワードは空中携挙《ラプチャー》だ。あの子は一気に天にかけ昇る。どこに消えたのか、地上の者にはわからない」

ひところは、少女の誘拐など悪事のうちに入らないほど悪行を重ねたロスコの気分はすでに大型野獣だ。比較すればまだしも人間らしいブロックの傍らで、じれったそうに体をうごめかせている。

「おっぱい、旦那、おっぱい、おっぱい」

「ナイスに締まった中学生のおっぱいだ、ロスコ、ジューシーなリンゴの実みたいなやつだ」

子供時分に使った、裏地にカモのデコイの模様がついた寝袋の中でプレーリーは、身動きの取れないまま、暗がりに浮かぶヴォンドの肌が、逆光の影にあってなお異様に白く光るのを見た。一瞬、蛇《あくま》の睨みが相手をすくませるかに見えた。……だが次の瞬間、すっかり目を覚ました彼女の口から「ざけんじゃないよー！」の言葉が飛び出てヴォンドの顔を直撃した。

「ハロー、プレーリー、私が誰かは知ってるね？」

寝袋の中で何かをまさぐるふりをして、「バックナイフ持ってんのよー、すぐ出てかないと——」

「それがお父さんに言う言葉かい、プレーリー、おじさんは君のお父さんなのだよ。ホイーラー君ではなくこの私こそ、君のほんとのお父さん——」

かもしれないと思ったこともなくはないけど、それでもやっぱり、これを言われた瞬間は、頭の中が白くなった。

「違います」と彼女は応じた。「血液型、あたしAだけど、そっちはプリパレーションH（痔の薬）でしょ」

考えさせられる侮辱である。その意味をヴォンドが解したのと同時に、彼を吊り下げたケーブルの先からも入り組んだシグナルが届いた。どこか遠くの白人男性が突然夢から目を覚ましたに違いない。一瞬にしてパーティはおしまい。ヴァインライド空港に置かれた作戦司令部から、無線連絡が入った。「REX84」の総称を持つ〝演習〟をレーガンは公式に打ち切ったのである。その隠れ蓑《みの》の下にひそかに横たわる、書類にもされない、いつでも否定できる深く埋もれた悪事の数々も一緒に中止。「戦地」に送られたコンボイも荷物をまとめて即時公用車庫に引っ返すこと。移動検察チームも解散すること。特殊部隊も通常職務に復帰すること。要するに、いまのヴォンドのこの行為が許可されないものになったからには、ヴォンドを吊ったケーブルは無情にも、ギーギー・キュルキュル巻き上げられていく。その間ずっと悪態をつき、リモコン操作で抵抗するが無駄である。制御装置のボタンを直接握るロスコに太刀打ちできるはずもない。

VLXへ向から機内で激しい応酬があった。職場のカウンセラーのように服従と忍耐の徳を説くロスコに対してヴォンドは、「敵が全員集まってるんだ。局部攻撃一発だけで壊滅できる、こんなチャンスをみすみす逃せというのか！」興奮は着陸後、少々収まったかにも見えたけれども、それでもヴォンドはヘリのまわりを未練がましくうろついたあと、いきなり拳銃を突きつけてパイロット席に乗り込むや、エンジンを入れて再浮上の操作を始めた。

「わかったよ。やりてえようにやってくんな」下から叫ぶロスコの声が、舞い上がるヒューイ機の爆音にかき消される。「エド・ミースが何て言うか、楽しみだぜ」と、そう言い終わった時には、ヴォンドはすでに自分のペニスのおもむくまま（それ以外の何があろう？）ヴァインランドの上にかかる夜の雲の中に消えていた。

そのあいだも森では巨木がさざめいていた。トウヒの木は雄大に豪放に、それに比べて細身のハンノキはより繊細により忙《せわ》しく、吹き抜けていく秋の風に枝を揺らす。我が家の寝室の窓から見えるのとちっとも変わらない、仲良しのおともだちの景色の中で、プレーリーは一人の見知らぬ若者と話していた。この世代の基準からすれば妖精的と言ってもいいほど肌の白いブロンドの少年で、最初プレーリーは宇宙人が現れたかと思ったほどだが、この少年、実はヘリの音と少女の叫び声を聞きつけ、首から下げたアコースティック・ギターを銃剣みたいに脇に抱えて駆けつけてきたのだった。そのギターには、キリル文字が型抜き印刷されている。彼の名前はアレクセイ。ロシアの漁船に乗り組んでいたが、発電機の急な故障で、ヴァインランド港に緊急避難したのだという。「国外逃亡しようとしてるの?」プレーリーが尋ねた。

若者は笑って答えた。「アメリカのロッケンロールを生で体験したいです。ビリー・バーフとザ・ヴォミトーンズ、知ってますか？　ソ連邦じゃとても有名ね。八三年の『ガレージ・テープ』聞いてる？」

「『ガレージ・テープ』って、去年、古親指《オールド・サム》の栈橋から海に流したやつのこと？　特大のピーナッツバターの瓶に防水処理して——」

「ウラジオストックのラジオでいつもかかってたです。ビリーも、ミートフックもぼく真似できます。すっごいメタル《ボリショイ・メタリスチ》。知り合いなら連れて行ってくれますか。一緒にジャムってみたいです」

「九時のTV映画劇場」は、ただのバスケットの英雄伝でなく、騎士的な徳を持ちながらも運命に翻弄されて一度は地獄に転落したLA・レイカーズが、不屈の忍耐力で魂の超越を勝ち得るという勇気と感動の物語だった。地獄とはセルティックスの本拠、ボストン・ガーデンのことである。敵の選手は反則行為を繰り返し、審判団も敵意に満ちた判定を続け、観客のお行儀悪さもウルトラ級、母親に見せたなら、真っ赤になって恥じただろうと思えるほどの破廉恥さだが、実は母親たちもその場にいて、放送コードすれすれの罵倒の言葉を投げつけてフリースローの邪魔はするし、エキサイティングなシーンでは感情の赴くままに握り締めたビール缶から飛び散る泡を子供の頭にひっかけるという始末なのだ。これではあまりに一方的かと、番組のプロデューサーが、セルティックスのイメージアップに用意した俳優が、シドニー・ポワティエ、ショーン・ペンに、役者としてブラウン管初登場のポール・マッカートニーを加えた面々で、それぞれが、K・C・ジョーンズ、ラリー・バード、ケヴィン・マッケールを演じる。対するレイカーズは、カリーム・アブドゥル＝ジャバー役にルー・ゴセット・ジュニア、パット・ライリー役にマイケル・ダグラス。その他、ジャック・ニコルソンが本人役で出演している。自分たちの〝事務所〟のTVでこれを見ていたヴァートとブラッドは、両人とも根っからのレイカーズ・ファンだったから、ケンカのネタは細部に求めることとなった。「なあ、ブラッド」ブラッドが、攻撃口調で仕掛けた。「今夜のジャック、あんな黒メガネかけて、ヤケに正義漢面《づら》してんじゃねーか」

ヴァートが鼻を鳴らした。「マフラーの仕事する時さ、あれ、おめー、かけてみるといいや。見ろよ、あれ、目玉も隠れねえほどちっちぇえぜ」

「じゃ、ブラッド、聞くけどなー、おめーの目玉にかぶさってるそりゃー、何するんにかけるんだい。武装ゲリラ《コントラ》の車でもひっぱってくる時かい、うー、恐ろしい!」そのときルー・ゴセット・ジュニアが完璧な三点スカイフックを決めて、ふたりの目玉が一瞬画面に張りついた。

時間のよどんだ夜だった。TV映画の放映中、どこからもお呼びはかからず胸も裂けよといわんばかりの結末に物語が達した時には、ふたりの間に置かれていた特大サイズのクリネックスは、すっかり空になっていた。午前零時近くになって、この晩はじめての電話が鳴った。応えたヴァートは受話器を置くと、眼をパチクリさせ、左右に頭を振りながら、「誰からだか、おめえ、もうわかってるだろ」。

「おい、言うなよな、これ以上胸がつぶれるなあ、ごめんだぜ」

「ブロック・ヴォンドさ、直々のお電話よ。ヘリは山腹で、車が谷底の川だってよ」

「行ってんべえ、なあ、ブラッド」

「ほいきた、ヴァート、出発だ」

電話のブロックは歯切れが悪かった。ヘリコプターで出かけたのが、どうしていつのまに車に乗っていたのか、その間の推移について意識がない。その車はかなり異常な車であって、タイヤの空気圧はほぼゼロに等しく、坂道も勾配が限りなくゼロに近くないと上ってくれない。エンジンがトコトコいって完全にエンコしたちょうどその場所の道のわきに電話が一台据えてあった。「Do It」という掲示が灯りに照らされている。ブロックが受話器を取り上げると、そのままヴァートにつながった。感覚が異様にボンヤリしている、この世にいるという気がしない、気がついたら変なポンコツ車を運転していた、その前のことは記憶にない、車のバッテリーもなくなって、ヘッドライトがヘナヘナとしてプッツリ切れた……

闇の遠くに光が見えてきた。夜の海の船の光のように、ゆっくりとこちらに向かって近づいてくる。深夜の山奥の、他には何ひとつ見えない闇のロードを、F350、エル・ミル・アモレスがヘッドライトとエンジン音を次第しだいに大きくして、彼のところまで来て止まった。

「乗れや、ブラッド」

「車はどうするんだ?」

「車って、どれよ」

ブロックはあたりを見回した。どういうわけか車が消えてしまっている。解せぬままブラッドの隣りに乗り込み、三人は明かりのほとんどない道を出発した。舗装はすぐに途絶えてデコボコ道となり、木の枝が両側から迫ってくる。運転席のヴァートは、ユーロク族に伝わる物語を話して聞かせた。クラマスから五マイルほど山奥にのぼったところにチュリップという村があって、その村の男が恋人に死なれてしまった。あとを追って黄泉《よみ》の国まで行く途中、三途の川の渡しをしているイッラアの舟を岸へ引き上げ、石で舟底を叩き壊した。死者の国に渡るための舟がなくなったので、以後十年、誰も死ねない。

「で、女は取り戻せたのかね」とブロックが尋ねる。「そういうことにゃならねえんさ」とヴァートが答える。だが、チュリップの村では、死んだと思った男が生き返ったので、彼は有名になり、黄泉の国へ行った話を、いつも人にして聞かせた。その彼がみんなによく言っていた。死者の国《ツォレク》に通じる霊の小径《ゴースツ・トレイル》を歩いていくのは危険だからやめなって。あんまり多くの人間が通ったので胸の高さまで来てしまった、と。一度沈んだらもう戻っては来られない、と。——窓の外を見ながらブロックは、どんどん先細りになっていく道の路面が両側とも、次第に高くなってきているのに気づいた。ねじれた木の根が頭上に見える。ちょっと前までつややかに光を反射していた土壌がだんだんと黒ずんできて、もはや目に見えるものはなくただ黒ずんだ匂いが漂うだけ。やがて前方から、ゴボゴボと絶え間ない急流の音が響きわたってきた。そのさらに向こうからドラムの音とともに人の声が聞こえてくる。吟誦しているというより、思い出し、考えをめぐらし、議論し、物語り、罵り、歌を歌い、声にとってすることのできるすべてを一瞬の間《ポーズ》もおかずにやっているという感じだ。あらゆる声が永遠に沸き立っている。

川の向こう岸にブロックはうっすらとした光を見た。何層にもわたって、ほの暗い光の層が、曲がったり傾いたりしながら一段また一段と過密地区の集合住宅のように積み重なっていっている。煙る松明《たいまつ》の光の中では人々が踊っていた。婆さんと爺さんとが近づいてきて、爺さんは手にいくつかの物を持っている。何だろう、よく見えない。そのうち、やっと、おぼろげに、彼の頭に、事の真相が見えてきた。まわり中のうす暗がりに、うっすら白く、ものすごい数の骨の山が積み上げられていたのだ。人骨の、白骨の、骸骨の山。「どうしようっていうんだ」ブロックが尋ねる。「頼む。教えてくれ」

「おめえの骨、抜くんさね」ヴァートが解説する。「骨はこっち側に置いてかなくちゃなんねえもん。残りは川を渡るんさ。そりゃー体つきも変わっちまわいね。歩くんにも、ヘニョヘニョしちゃって随分ヘンな感じだろうけど、そのうち慣れてくるってよ。言っとくけどな、第三世界の連中を、あんまりコケにするんじゃねえぜ。つきあってみりゃ面白えやつだっていっぺえいるもん」

「あばよ、ブロック」ブラッドが言った。

この話はサナトイドの噂のチャンネルにすぐに伝わり、タケシとDLは真夜中の鶏卵場の襲撃から呼び戻されることになった。何を求めてそんなところに行っていたのかというと、お目当ては鶏の餌。今週のタケシは、シャブのほうがいつにも増してお盛んで、貯えがすっかり底を突き、鶏の餌に含まれる産卵促進のアンフェタミンを、ズダ袋一杯分、失敬してこなくてはやっていけない状態だった。が、窃盗に及んだその瞬間に突然ポケベルが鳴り出し、驚いた二千羽の鶏が一斉にコッコッコケーッ。防犯ベルとサイレンもけたたましく鳴り出した。あわてて逃げ出した二人の泥棒が、〈ゼロ・イン〉に戻ってくると、サナトイドらがそこに集まって何やら祝賀会をやっている。いつものウラメシキ眼から何やら歓びのようなものがあふれ、ほとんど輝き始めている。ウィード・アートマンはマンゴー・ダイキリを飲みながら、次々と違った種類の帽子を試着しているし、オーソ・ボブはバンドに加わり、時々マイクを握ってヴォーカルも取るという浮かれようだ。テンポも軽快。「ユア・チーティン・ハート」よりスローな曲は歌わなかった。

白粉《シャブ》抜きのタケシとDLも、なかなか優美にフロアを踊ってみせた。「あの子、いなくなって、寂しそうですねえ、ニンジン頭さん」

「あんたにも、読心の心得がついたか、タケちゃん」

「お山の上の集いにさ、訪ねていったらいいじゃない。クルマ飛ばせば、ほんの十分ですよ」

「そお……こっちは十五年よ」

「ブロックがいなくなったんだもの、タイミング的にもバッチシ、ネ？」

それだけの歳月、自分はただ仏の道で言うところの「三毒」、すなわち貪欲《むさぼり》・瞋恚《にくしみ》・愚痴《おろかさ》から成る煩悩に埋もれていただけではなかったのかと、DLは気になっていたのだ。自分の注意《アテンション》が、その間じゅう、まったく勘違いのところにいっていて、それも自分の運命《さだめ》であったのか、と。二、三年前、とあるサナトイドのカルマを辿り、トランザムに乗って南部油田地帯のあちこちの銀行口座を調査していた時のこと、不意にその気を起こした二人は、東テキサスをひと回りしてヒューストンに入り、ノリーンを訪ねた。DLの母は、タケシをひと目みるなり娘に言ってやりたくてたまらない様子を示し、DLが食洗機に皿を入れている機会をとらえて、手伝いをするふりをしながら、彼のことを、ルックスも、趣味のよさも、人間的な魅力の点でも「イカす男じゃないか」と褒めちぎった。「おまえがいつも求めていた色男だよ」という母の言葉は皮肉の響きがまったくなく、その純粋さに不意をつかれ、DLは心にやさしい気持が湧いてくるのを覚えた。

「だって、母さん」穏やかに、「あの人、ここが狂ってるの、わからない？　おまけに面倒ばかりぶらさげて。追手の数と種別もやたら多いし。あたしに訊かれて答えられないことだってずいぶんあるのよ。何年も、あたし、あの男の、なんていうか、国際的犯罪生活？　その共謀者やらされてるんだから……」

「みんな、おまえが克服するようにって、神様がお与えになった試練じゃないか。誰だって、ひと目みりゃわかるよ、あの人、おまえにゾッコンだよ。おまえがいなくちゃ生きていけないって顔だよ。おまけに、あの顔立ち、ロバート・レッドフォードが日本人に変身したら、きっとあんなだろうね。狂ってるのはおまえのほうじゃないのかい？」

DLは言い出せなかった。その後も母は二人の出会いを根掘り葉掘り聞きたがったけれど、六本木の高級売春宿のことも、忍法「震える掌」のことも、パンキュトロン・マシンのことも、毎年一度お山の上の館に戻って診療かたがたパートナーとしての契約条項の改定をしていることも、何ひとつ母に向かって言えなかった。何かひとこと言い出せば、いずれ、ノー・セックスの条項に話がいきつくし、そうなれば、ノリーンの善意の夢想がいっぺんに引っくり返されてDLがあからさまな軽蔑を浴びることになるのは避けがたい——実はたまたまその年は、肉体的接触を禁ずる条項が、めでたく削除された年なのだった。それまでお預けになっていた歓びの大きさを、DLも実感していたのである。

「ウー、イー」というのが、その瞬間DLの口をついた間投詞。

「オリエンタルな愛の魔術の醍醐味を、知ってしまったみたいですねえ、ニンジン頭さん?」事の最中も掛けっぱなしだった眼鏡をカタカタさせ、ぐったりとした声でタケシが言った。

魔術というのとは違ったけれど、不思議な気持ちにさせられたのは確かである。「タケちゃん、あんたがこんな気持ちでいたなんて、知らなかった。あたしもこんなにいいだなんて知らなかった。いったい何が起こったんだろ」 禁が解かれてからも、インターステイト40号に戻って何日も何事もなく旅を続けたあとでの出来事であった。それも正心をすっかり失ったDLが、自分の方から誘いをかけて始まったこと。アマリロの町を見下ろすペントハウスのスイートルーム、永遠の風が吹き抜ける日の入り時の、それは甘美なハプニングであった。テキサスの太陽を沈めた西空はイエローとウルトラヴァイオレットのつくる異界的な透明光線を放ち、果てしなく眼下に広がる平原の薄明にネオンの灯がチラチラと点《とも》っていく。洗い清められた集中心でタケシを見つめるDLの髪の毛のまわりには、西空を背景にして、フラクタルな光の輪が、細妙なパターンを繰り返している。男なら誰も、思いやりとデリカシーを込めた応対を迫られる瞬間だ。

とはいえ、そこはやっぱりタケシである。「出会った晩にちゃんと満喫してればよかったのですよ。そしたら、自分から誘う必要もなかったのに」 東京での初対面の晩、ブロック(と勘違いした男)の殺害に専心するあまり、セックスの方はまったくおざなりだったDLに、タケシは腹を立てるどころか、いつも楽しげにジョークのネタにしていたのだ。その点に関する、シスター・ロシェルの解釈はどうかというと――あなたにとってブロック・ヴォンドに憑かれた心は、あなたの逃げの人生の、どの細道にも現れるパトカーみたいになっていますね。その妄念を捨てない限りあなたの精神は歪んだまま、今回のこの生でも、真のカルマを投射した人生を送ることになるでしょう。

「あたしの真のカルマって？」遠慮はしないDLが尋ねた。

「A点からB点へのありふれた旅のことですよ。でもこちらの見苦しい小男が旅の終点なのではないかもしれないわね。目的地というより移動の手段、つまり切符みたいな存在かも――それも車掌がちゃんと入鋏してない……」そうでなくてもおかしくなりそうなDLの心に、この禅問答はキツかった。

タケシのほうも、責め立てられていたのだ。パンキュトロン・マシンに縛り付けられた彼の裸体のその経絡の上をカラー・インクジェット・プリンターが行き来し、色分けされた数字をふり、漢字表記でツボの名前を書きつけていく脇で、真っ白な道衣の袖に「研修中」の腕章をつけた十代の少女らが、象牙の鍼を手に持った上級忍法電脳鍼師の中年女性の説明を聞かされている。その一方で、シスター・ロシェルが、寓話の一撃をタケシにお見舞いする。訪れるたび、避けがたく彼を襲う、昔むかしのお話は、今回は地獄《ヘル》をテーマにしたものだった。「昔むかし、地球がまだ楽園だったころ、天国《ヘヴン》と地獄《ヘル》という二つの帝国がこの星をめぐって争っておりました。地獄が勝ち、天国は適切な高みへと遠のいていきました。やがて、占領された地表の国に、地獄の住人がパックツアーで大挙してやってきて、アスベストで覆った耐熱ツーリング・カーやRVであっちこっちに繰り出し、低賃金労働のバーゲン品を買い漁ったり、空の青や森の緑を（どちらの色も彼らのフィルムには感光しないのだけど）背景に、記念のスナップを撮り合ったりしてたのですが、そのうち、物珍しさも失せた旅行者は、この国が自分らの国とどこも変わらない最低の星であることに気づきました。交通状態もひどいし、食べ物もまずい、環境も劣化している。どうしてこんな、自分の国の亜流ヴァージョンを見物しに金を払ってまで来たのかということになり、彼らの地表観光は次第にすたれていきました。そして徐々に帝国は、すべてを地獄の業火に引き寄せるように、まず官僚を、それからとうとう軍隊までも呼び戻してしまいました。地底への入口は生い茂るウルシの木やベリーの草に覆われていき、雪崩《なだれ》落ちる地滑りの土砂によって埋まりました。荒れ地に時たま発見される地獄の国へのトンネルに入り込もうとする者は、悪ガキや村の阿呆のような者だけになり、それも地表の光が射し込んでくるところまで、角を折れた闇の向こうまで行く者はありません。やがて地獄は完全にその口を閉じて、地底深くにあるという国の話は、各地の民話として伝えられるか、帰ってこない地獄の民を切なく歌う吟遊詩人の歌の中に残るばかりとなりました。UFOの物語がキラキラとした霊妙な光に包まれているのと逆に、こちらは重くよどんだ暗ーい物語です。彼らが去ってしまったことを地表人は恥と感じていました。自分たちがどこか劣っていたことが原因だったんじゃないか、と。やがて、地獄という場所は、罪と悔悟の場所として語られるようになりました。もともとは〈救われざる地《アース》〉のメトロポリスであり、忘れられたその地と再統合されることこそが求められていたのに、地獄に行くことがなにか懲罰のような話になってしまったのです」

その年、くノ一館を離れるに当たって、ロシェル姉《アネ》から賜ったのがただひとつ、この訓話なのだった。その年というのは、セックス禁止の条項が引き延ばされなかった最初の年で、山を下る二人の心は、針葉樹林が雲へ向かって昇っていくのを背後に感じつつも、例年感じる下落感がない。祝福された気分でもなかったが、ニンジェットの首領さんも、ベビー・エロスのいたずらが今後の二人にもたらす作用に、科学的な関心くらいは抱いている様子だった——〈時〉の風の中へ容赦なく二人を追いやる力に、エロスはどんな正負の働きをなすのだろう、と。風はなだめられそうにないのだ。むしろ激しくなる一方。タケシを追って飛行中の機体の中まで入ってきた正体不明の侵入者。チプコの研究所を踏みつぶさせた謎の悪党たち。彼らのもたらす罪業には、カルマ調整のどんな新兵器も通じない。因果の法など超えてしまっているかのように、裏取引を試みても便宜をオファーしてみても眉ひとつピクリともさせず、世界の闇の吹きだまりに居座り続ける。死者の世界と通じたそこは、世の中から忘れられた古い恨みを抱えた者らが、妥協をいっさい拒否して、借りを全部返すまでは、と復讐に燃えている。「借り」の額がどのくらいかは秘密のままで。それでもブロック・ヴォンドが川の彼岸へ連れて行かれたあの晩だけは、様子が違った。その晩、白いダイヤの代用にと鶏の餌を求めてかなわなかった極東のカルマ調整師は、ブロンド・トマトの髪をした女忍者の相棒と一緒に、ふたりに課せられている試練の時間を——死と重力に縛りつけられた毎日を——ちょっとの間抜け出して、サナトイドらの浮かれ騒ぎに交じっていた。山道の道沿いのナイトクラブのフロアの上で、サナトイド的テンポに合わせ、サナトイド的に抱擁しながら踊る二人に気づく死者はほとんどいない。あまりの数の死者が押し寄せて、あまりの数の出来事が至るところで起こっていた。ラジオ・サナトイドの中継班も入ってきて、生者の町に交ざってこの国のあちこちに散らばっている彼らの小さなコミュニティに向け、アナウンサーの言葉を借りれば「生《ライヴ》とは言えないながら直《ダイレクト》」な実況放送をやっている。夜道を迷ってさまよいこんできたのか、観光バスが一台、ディーゼル・エンジンの排気ガスをたなびかせてやってきて、外でアイドリングしながら、客の帰りを待っていた。客の中には、すでに自分がサナトイドだったことに気づいてここに居残ることに決めた者もいるかもしれない。ミニ・エンチラーダとか小海老のテリヤキとか、小振りながら無料の軽食が全員に用意され、良質のドリンクが、ハッピー・アワーの値段で誰でも飲める。演奏はホロコースト・ピクセルズ。グルーヴというよりはアトラクタ*にしっかりはまってほとんどゴキゲンとさえいえるほどのノリである。生死の境をとっぱらった宴の夜はこのまま彼らの音楽で朝まで快調に行きそうだったが、そこにやってきたのがビリー・バーフとザ・ヴォミトーンズ。新顔のアレクセイ君はアコースティック・ギターながら、生死をまたいだ折衷バンドのジョイント演奏をものともしないギターワークで、ロシア版ジョニー・B・グッドを印象づけた。

この知らせはプレーリーの耳に、翌日届くことになる。その晩はアレクセイをヴォミトーンズのヴァンの前まで連れていき、残念そうに回れ右して、恐怖しながら従順に、もといた森へ、ブロック・ヴォンドの訪問を受けた空き地へ戻った。ヴォンドの去り方はあまりに突然だった。もっと何かあってもよかった。プレーリーは寝袋の中で、顔を上に向けた姿勢で小刻みに震える。ハンノキとトウヒの木の葉が吹き続ける風に踊り、頭上の星が大きさを増す。「戻って来ていいわよ」そうささやいたら、冷気のさざ波が体を通り抜けた。見つめる暗闇が、いつ見つめられないものに変わるのかはわからないけれど、それまではきっちり見つめていよう。「いいのよ。来て。入って来て。あたし平気。どこへでも連れてって」でも、すでに半分わかっている――ヴォンドは行ってしまった、この夜中の誘いに応答はこない、安全なんだ、と。森に囲まれた小さな草原は星影に淡くゆらめき、淡く透き通った覚醒夢の層へ引き込まれていくにつれ、戯れの想像はさらに大胆に――そこでパチッと眼が開く。森の中から足音が聞こえないだろうか、上空に光の花が開かないか、注意を凝らすのだけど、そうするうちにも意識は徐々に霞んできて、ブロック・ヴォンドの幻影と彼女のまわりを包むほの暗い

＊ 基本的に霊であるサナトイドなら、音楽的快感への「ハマり」を言う言葉は「溝」を原意とする「グルーヴ」ではなく「アトラクタ」と言うべきだ、ということか。カオス理論では流体を捉える不動パターンを「(ストレンジ) アトラクタ」という。

無言の銀色の像の間を揺れながら、眠りに落ち、そのまま夜明けまで誰の訪問も受けずに眠り続けた。霧が窪地に漂い、野原で鹿と牛とが草を食み、濡れた草に張った蜘蛛の巣に太陽の光がきらめき、稜線の上に一羽の鷹が舞い上がり、新しい日曜の朝が明けていく。プレーリーは自分の顔のいたるところを舐め回す温かく執拗な舌の攻撃に目を覚ました。誰あろう、デズモンドだ。祖母のクローイと瓜二つのムク犬の毛は長旅でモジャモジャになり、顔面はブルージェイの羽毛でいっぱい、眼で微笑み、尻尾を振って、きっと思っているんだろう。ここは家《ホーム》に違いない、と。

ヴァインランド案内

佐藤良明

ヴァインランドの歴史

紀元一〇〇〇年頃、レイフ・エリクソン率いるヴァイキングの一団が、「ヴィンランド Vinland」の地に植民したことが『アイスランド・サガ』で語られるが、ニュー・ファウンドランド島の考古学的調査で、ノルマン人の住居跡が確認されている。Vinland の vin は（蔓、葡萄、ワイン）の意味とされるが、「牧草」を意味する別語とする説もある。いずれにせよ、ピンチョンのこのタイトルは、二十世紀の官憲国家が蔓延する前の、緑なすアメリカのイメージを担っているといえるだろう。

そのヴィンランド／ヴァインランドに、ヨーロッパ人がやってきて「文明」を押し広げ、半面で人権抑圧的な統治のシステムを継続させた——と極めて大雑把にまとめると、『ヴァインランド』の世界は、後期ピンチョンの超大作『メイスン&ディクスン』および『逆光』とも響き合う。まず「権力対民衆」という構図によって、年代記風にまとめておきたい。

一七八九　第一回アメリカ合衆国議会で、憲法修正第四条（私有財産の不法な捜索・押収を禁ずる）など、基本的公民権が保証される（はずだった）。

一八五一　北カリフォルニア山中、クラマス川支流のトリニティ川流域で金鉱が発見され、リトル・ゴールドラッシュ［461］が始まる。白人のもたらした新型病原菌や暴力によりクラマス川流域で暮らしていたユーロク族の人口が減少に向かう。この年合衆国大統領との間に融和条約が結ばれるが、上院が約束を反故にして、一八五五年、ユーロク族はクラマス川沿いの居住区域に押し込まれた。［452］に、一八五一年の測量地図の記述（おそらくフィクション）が出てくる。

一八七六　イタリアの法医学者チェーザレ・ロンブローゾの『犯罪人論』（全三巻）刊行。「骨相と生来的犯罪人」との関係が論じられ、これをヴォンドは信じている［390］。

一九〇五　ＩＷＷ（世界産業労働者組合）結成。打倒資本主義のスローガンをかかげ、ゼネストを武器とした過激な運動を展開したアメリカの左派労働者組織。北カリフォルニアを含む北西部州の林業労働者は、中西部の移民労働者、東部の織物工場労働者らとともに、その中核メンバーとして活躍する。

一九一一　スウェーデンからの移民で、ＩＷＷに参加したジョー・ヒルが、ソングライターとして労働歌集『リトル・レッド・ソングブック』に登場、人気を博したが、一九一四年、ソルトレイク市の殺人事件の実行犯と断定され、翌年、国際的な再審要求の盛り上がりにもかかわらず銃殺刑。彼の名は多くの歌や書物で歌われ、語り継がれた［114］。

一九一六　ＩＷＷの活動家でフォーク・シンガー＝ソングライターのトム・ムーニーが、サンフランシスコのパレードの爆弾事件に関与したとして絞首刑判決を受ける。冤罪を訴える運動は国際的な規模になり、彼の名は権力による労働運動圧殺のシンボルとなった［115］。／ワシントン州エヴェレット市は、世界最大級の製材工場を持ち「こけら織手」と呼ばれる屋根板や壁板づくりの職人は、労働争議における名うての闘士として知られていた。彼らのストライキ闘争をＩＷＷがバックアップして激化した。一連の衝突は、この年十一月、双

一九一七　方に数十名の死傷者を出した撃ち合い（エヴェレットの虐殺）を招いた〔457〕。上記の弾圧後、IWWのメンバーが反逆罪等で捕らえられた裁判において、弁護士ジョージ・ヴァンデヴィア〔113〕の活躍により、無罪が勝ち取られる。〔この頃、ヴァインランドでジェス・トラヴァース（『逆光』のリーフ・トラヴァースの子、ウェブの孫）と、モンタナ州の出身のユーラとの出会い。結婚。サーシャの誕生。ジェスは、北カリフォルニア海岸域で労働組合を組織中、雇用者協会のまわし者によって、倒れてきたレッドウッドによって脚を砕かれる〕

一九三四　サンフランシスコでゼネスト。警察の襲撃で死者も出たが、米国労働運動史に残る成功を収める。〔サーシャ・トラヴァースが、サンフランシスコへ出ていったのは、この後まもなくのこと〔115～〕〕

一九三八　カリフォルニア州知事で、民主党候補としては四十三年ぶりに、カルバート・オルソンが選出される。同時に行われた州民投票で、反動的な反ピケ法「提案第一項」は否決〔115〕。

一九三九　ビリー・ホリデー「奇妙な果実」で左翼系白人に浸透。

一九四五　太平洋戦争終結。〔ハブル・ゲイツが除隊となってハワイよりサンフランシスコへ帰還、サーシャと会い、ハリウッドへ。翌年フレネシ・ゲイツ誕生。同じく、このころカンザス州の連邦刑務所町で、DLチェイステイン誕生。カリフォルニア中央部の町でゾイドが誕生したのも、この頃と推定される〕

一九四七　非米的《アナメリカン》な発言や表現を議会が取り締まろうとする動きは第一次大戦期からあったが、一九三八年に設けられたHUAC（下院非米活動調査委員会）は、この年ハリウッド映画製作関係者を対象にした聴聞会を開設。五〇年代にかけて続いたこの「アカ狩り」の中で、最終的に三百名に及ぶ、シナリオ作家、監督、俳優が締め出された〔111～〕。／チャーリー・パーカー「クレイジオロジー」「クラクトヴィーセッズテーン」。

一九五三　朝鮮戦争休戦。議会内の「アカ狩り」で国民の熱狂的な人気を博したマッカーシー上院議員の没落の始まり。核の脅威を背景にした反共パラノイアはいくぶん弱まったかに見えた。

一九六一　ピッグズ湾上陸作戦。バティスタ大統領［496］を倒したカストロの共産主義政権が樹立されて三年目のキューバに、CIAがグアテマラで訓練した千五百人ほどのキューバ系移民を攻め込ませ、たちまち制圧された。千人以上の捕虜は後にアメリカ市民が集めた五千万ドル相当の食料・医薬品と交換される。

一九六二　「キューバ危機」。対ソ核戦争の危機意識は依然高く、ヴォンドが後にPREPに利用する壮大な核シェルター［359］が実際建設されていたとしても不思議はない。

一九六四　秋学期の開始とともに、カリフォルニア大学バークレー校当局は、学生の一番の溜まり場であるテレグラフ／バンクロフト交差点でのビラ配布を含む政治活動を全面禁止。これを機に、公民権等さまざまな運動に関わる学生が、大学のスプラウル・ホールの石段の前の広場にぞくぞく集結し、一人三分、何でも好きなことをしゃべる会を催した。これが、六〇年代のアメリカの学生運動の皮切りとなったバークレーの「フリー・スピーチ運動」のはじまり。当時から運動の中心にいた、目元の涼しいイタリア系学生のマリオ・サヴィオ［115］は、真摯なアジテーターとしてしだいにカリスマ性を増していく。

一九六五　ベトナム反戦デモ、徴兵拒否の動きが高まる。この夏アンダグラウンド紙「バークレー・バーブ」発行。秋にはニューヨークの「EVO（イースト・ヴィレッジ・アザー）」が続く。世代のギャップがあまりに大きく、既成メディアが保守的な大人たちのものであった時代、アングラ新聞は政治運動だけでなく、ロック音楽・前衛芝居・低予算映画・カルト的コミックスを育んだメディアとして、文化史的意義が大きい。マルコムXの暗殺とロスのワッツ地区の暴動も、ディランがロックに走り、ピンチョンが『競売ナンバー49の叫び』を書いたのもこの年。

一九六六　学生運動の指導層が急進化。一方で「ブラック・パワー」が提唱され、サンフランシスコ湾域ではブラックパンサー党支部の結成を見る。と同時に、学生運動に関わる白人層で、政治運動とカウンターカルチャー的快楽主義との融合が進んだ（翌年一月、サンフランシスコのゴールデンゲート・パークでは〝部族たちの集い〟「ヒューマン・ビーイン」が催される）。〔〈シネ・ピッグ Death to the Pig〉の残党が、より純粋でナイーヴな〈秒速24コマ 24 frames per second〉を組織したのは、この頃かもしれない〕

一九六七　サイケデリック・ロックの商業的展開。サンフランシスコの一角には全米から集まった〝フラワー・チルドレン〟が群れた。一方で、ヴェトナム反戦や人種をめぐる闘争も全米的展開に。十月にオークランドの徴兵局へ向けて三千人のデモ。これをレーガン州知事の片腕エドウィン・ミースの指令で送り込まれた警官隊が実力排除すると、翌日、翌々日とデモ隊の数は膨れあがっていった。〔フレネシがDLに助けられたデモは、この時かもしれないし、弾圧がさらに激しさを増した翌年のことかもしれない〕ザ・ドアーズ、ジミ・ヘンドリクス全米デビュー。

一九六九　一月、ニクソン政権スタート。任期中ニクソン大統領のサンクレメンテの邸宅は「西のホワイトハウス」と呼ばれていた。政治区画的にはオレンジ郡の南端、サンディエゴ郡と境を接するところで、ここにピンチョンは架空の郡「トラセロ」を置いた（traseroは「（動物の）尻」を意味するスペイン語。北東部を頭、フロリダ半島を前足に見立てると、アメリカ合衆国は牛のような恰好に見え、南カリフォルニアのこの辺りが「尻の穴」に相当する)。/四月、バークレーの大学所有の放置された土地で、旧フリー・スピーチ運動の参加者を中心に、「人民公園 People's Park」の造成が始まる。大学側の弱気の対応に業を煮やしたレーガン州知事の指示で警官隊が導入され人民公園を破壊。「公園を取り戻せ」の声に応えて膨れあがったデモ隊に、エド・ミースが投入した鎮圧部隊の暴挙で死者を出す〔この出来事は〈サーフ大学〉の「ロックンロール人民共和国」の成立および取り潰しと、時期的にだいたい重なっている〕。/八月、チャールズ・マンソン一家《ファミリー》による女優シャロン・テート殺害事件(カウンターカルチャー・イメージの失墜)、ウッドストック音楽祭〔フレネシにとっての「ウッドストック」は、ヴォンドが支配する密告社会で得た「自由」だった〔107〕〕。/十月、日本の全学連に相当するSDSの過激派残党が「ウェザーマン」〔049〕を名乗り、爆破事件を起こす。翌年には「ウェザー・アンダグラウンド」と改名し、合衆国に対して宣戦布告。

一九七〇　RICO法〔077〕成立。〔384〕では「一九七〇年犯罪抑制法案」と呼ばれるが、正式名はRacketeer Influenced and Corrupt Organizations Act で、「組織犯罪懲罰的損害賠償請求法」などと訳される。「賭博・贈賄・売春・麻薬取引・悪徳貸付商法などを含むきわめて広範な犯罪活動を……手段として……直接間接に利潤を上げることを取り締まる」(『BASIC英米法辞典』)法律で、これを盾にヴォンドはヘクタに、大麻所持容疑でのゾイドの逮捕を指示した。なお、〔384〕に出てくるペンシルヴェニア州アレンウッドの金網フェンスの中は、通称「クラブ・フェッド」(連邦クラブ)」という、政治・金融関係の罪人用の、贅沢で快適な「収監所」になっていた。

一九七一　「ドラッグとの戦い"War on Drugs"」という言葉の使用がニクソン大統領によって始まる。／ニューヨーク州アッティカ刑務所[356]で暴動。突入した州警察隊は、制圧までの十五分間に三十九名の服役者を射殺した。

一九七二　FBI長官J・エドガー・フーヴァー死去[108]（一九二四年以来の長期政権に幕）／衛星有料チャンネルHBO放送開始。ケーブルTVもこの年規制が緩和され、七〇年代を通じて全米に伸張。

一九七三　司法省直属の麻薬取締局DEA発足。／ウォーターゲート事件。前年の大統領選にさいして発覚した民主党全国委員会本部不正侵入・盗聴事件に関する上院特別委員会の喚問がTV放映され、新事実がどんどん明るみに出ていった[108]。翌年ニクソン辞任。

一九七五　サイゴン陥落。〔ティ・アン・チャンは脱出（?）して、南カリフォルニアのペンドルトン基地へ。そこで〝ヴァート〟と〝ブラッド〟に引き取られる[264]〕

一九七六　ジョージ・ブッシュ（父）、CIA長官に就任。

一九七八　〔東京で国際検察シンポジウム、国際金融組織の暗躍を思わせる〈チプコ〉踏みつぶし事件、〈春のデパート〉でのタケシ遭難〕ちなみに、山口組田岡組長狙撃事件はこの年七月[214]。

一九七九　エルサルバドルで内戦勃発。アメリカの強力な肩入れでキリスト教系の政権が維持されるも、市民に対する弾圧は激しく、「暗殺隊」による市民の犠牲者は数万に及んだ。

一九八一　レーガン政権発足。エドウィン・ミースが特別顧問として首相格の力を揮う。／IBM5150発売。PC（パソコン）の時代へ。

一九八四　四月五日—一三日、「緊急時収容計画《レディネス・エクササイズ》」の演習、通称「REX84」が実施される。この予行演習は、FEMA（連邦緊急事態管理庁）と国防省が音頭を取って、CIAやFBI（もちろん麻薬取締局＝ＤＥＡも）を含む三十四の連邦政府諸部局と共同して行なった。「市民の動員と、安全保障の危機及び対テロに備えて計画をテストする」と明記された目的の裏には、大統領による戒厳令の発令と、司法長官がサインした「人物リスト」のみによって、市民の拘束を可能にするという計画があり、全米で八〇〇を超える収容キャンプでは、大量不法入国者の収容を想定した演習が行われた。「ドラッグとの戦争」を口実に、中南米諸国へのさまざまな介入をしていたアメリカが、いよいよ大規模な軍事作戦に出たときの大量の難民の移送を視野に入れていた——とは広く論じられているところで、レーガン政権下、諸部局を統合した国家権力が、独自の裁量で、憲法に定められた市民権を無視する形で進行せんとしていた事実が明かされている。〔この点については、デイヴィッド・ソリーンの『ヴァインランド』論、「憲法修正第四条とその他の近代的な不都合」(Niran Abbas, ed., *Thomas Pynchon: Reading from the Margins*, 2003 所収）に詳しい。［484］でヘクタの見ているテレビ画面、迷彩服姿の軍人が現れて、「大統領発令国家安全保障決定指令（ＮＳＤＤ）第52号、四月六日修正」を読み上げようとする。その内容は明かされないし、この条項について修正の事実は明かされていないが、文脈からすれば明らかに、ＲＥＸ84の執行指令が、ヘクタの〝見ている〟テレビ画面に映ったという解釈になろう〕

一九八九　晩秋から暮にかけて、ベルリンの壁とチャウシェスク政権が崩壊。米軍のパナマ侵攻。小説『ヴァインランド』登場（正式刊行年は一九九〇）。

『ヴァインランド』のカリフォルニア

『ヴァインランド』が描く「アメリカ」は、前々作『競売ナンバー49の叫び』〔一九六六〕の場合と同様、カリフォルニアを直接の舞台とする。ただしこちらは長篇であり、絡まり合う物語は多く、時代的な奥行きもずいぶんと深い。その全貌を、小説の進行に沿って知るために、地理的感覚に乏しい我々にはガイドが必要だ。小説の筋に沿って、カリフォルニアを北から南へ辿りながら、登場人物をその地理的・社会的背景込みで概説してみたい。小説に出てくる架空の地名は「〃」で括る。

ゾイドとプレーリーの〝ヴァインランド郡〟

ロサンジェルス空港の南、架空の〝ゴルディータ・ビーチ〟で生を授かり（一九七〇年五月生まれ）、一歳ほどまで、主としてハリウッドの祖母サーシャの家で育ったらしいプレーリーは、多くのヒッピー達と共に、父ゾイドとバスに乗って、鬱蒼とした山林が続く北カリフォルニアの〝ヴァインランド郡〟にやってきた。ここはハンボルト郡のあたりにスーパーインポーズされた架空の郡で、空港のある中心都市ヴァインランドは、実在の町ユリーカ（人口三万弱）やアーケイタ（人口二万弱）同様、入り江に開けた港湾都市。小説内で〝親指《サム》〟と呼ばれる二つの砂嘴に囲まれている地形も共通している。

暖流の影響で緯度の割りに極めて温暖多雨、土砂崩れもよく起こるこの地域には、北からスミス、クラマスとその支流トリニティ、マッド、イールとその支流ヴァン・ドゥーゼンの六本の川が流れ「六川地方」として知られる。ここにピンチョンは、〃ヴァインランド湾〃に流れ込む七本目の川〃セヴンス・リバー〃と（その支流だろう）〃シェード・クリーク（御影川）〃を描き込んだ。シェード・クリーク沿いには、川と同名の町〃シェード・クリーク〃がある。

　実在の郡の名前は、オレゴン州境がデル・ノーテ郡（クレッセント・シティはここ）、その南が〃ヴァインランド郡〃のモデルのハンボルト郡、東の山中がトリニティ郡。南にメンドシーノ郡。川としてもう一本、メンドシーノ郡を流れてハンボルト郡の海に注ぐマットール川があり、その原生林の山中は、巨大猿人《ビッグフット》目撃談の名所でもある。ゾイドが身を寄せた〃ホリーテイル〃は実在の「失われた海岸線 Lost Coast」をなす山地にあり、ここへの交通はマットール川に阻まれて最悪、ゆえに大麻栽培が大いに栄えた。

　知られている世界最高木「ハイペリオン」をはじめ、高さ百メートルを超えるレッドウッドの巨木で知られるこの地域は、歴史的に木材伐採労働者のしたたかな労働運動があったところ。サーシャは少女時代をここで過ごし、その両親ジェスとユーラは戦争のような一九一〇年代の組合闘争を生き抜いてきた［113］。プレーリーの曾祖父にあたる二人が催すトラヴァース＝ベッカー家の大家族会には、フレネシも子供の頃来て、谷上りを楽しんだ［436］。

　ユーロク族の精霊が見え隠れしそうなこの海沿いの山地の一部を、ピンチョンは生死の境界ゾーンとして、生死を貫く設定を文学に持ち込む実験をしたのだと思われる。前作『重力の虹』でも、エリート階級の死者は〈天〉から霊媒を通して語っていたが、『ヴァインランド』では、現世で見捨てられた怨み多き死者たちが「サナトイド」として「生きたまま」登場する。彼らは、シェード・クリークの町からまた少々山道を登ったところにある、モダンでチープな〈サナトイド・ヴィレッジ〉に群れて暮らしている。

サンフランシスコ・ベイエリア

北カリフォルニアの住人にとって「ザ・シティ」といえば昔からサンフランシスコを意味する。一九三〇年代には祖母のサーシャが左翼の青春に命を燃やし、スキャットやブギウギも流行する時代に、小さなコンボをバックに、踊る客たちの前でヴォーカルもとった。戦争からシスコの港に帰ってきた祖父ハブル・ゲイツがサーシャを見初めたのもこの街。

シスコからベイブリッジを渡った東岸の丘陵の麓には、名門カリフォルニア大学バークレー校がある。フレネシはここで映画を専攻した。『競売ナンバー49の叫び』のエディパがキャンパスを訪れた一九六五年の夏にも、一年次か二年次を終えた学生として、サザー・ゲイトの周辺にいたかもしれない。この門から、南のオークランド市へ向かって延びるテレグラフ・アヴェニューは、政治的にも文化的にも「六〇年代」の混沌／眩しさを象徴している。

大学から西へ、ユニバーシティ・アヴェニューを進むと湾に出る。警官隊からフレネシを救ったDLは湾沿いのバーガー店へバイクを走らせた［171］。彼女が来たのは、バークレーの丘の向こうの乾いた地域。ゾイドと同じく、ヴァレー（二列の山脈に挟まれたカリフォルニアの中央平原）のロードがDLの本拠地で、そのヴァレーを通っていたハイウェイは、六〇年代にはすでにインターステイト5号線に変わって、ホットロッド少年たちの霧中の疾走の場となっていた［057］。

一方海岸の都市を結ぶインターステイトが101号。ザ・ヴォミトーンズのヴァンに乗ったプレーリーも、ゾイドと別れて三〇〇キロほど南下して、サンフランシスコの南側の丘の上、城門中にある富豪のコミュニティに住むマフィアのドン、ラルフ・ウェイヴォーン邸に到達する。

ラルフとDL、タケシの絡み

ウェイヴォーンの屋敷は丘の上にあって、湾の南にかかるサンマテオ橋とその向こう（オークランド市を含む）アラメダ郡も眺望できる。

ラルフはこの小説の名脇役。温厚な人柄で趣味も完璧。自らスカウトした少女格闘家DLを愛し、財の恵みを与え、共通の敵とする検察官の命を狙うのに、彼女の技を使おうとする。

ラルフがヴォンドを狙う兵器が、日本で邪道で忍法を学んだDLのデス・タッチ「一年殺し」であり、計画を見破ったかヴォンドの身代りにタケシが「もう死んでいる状態」にされるというプロットは、「北斗の拳」というよりも、ほとんどマルクス兄弟かバッグス・バニーを見るかのようだ。だが「三バカ大将」の「モウ」にも似たコミックなタケシは、国際的な保険と金融に絡む陰謀に絡んで仕事をしている「デキる男」でもあって、魔法のようなデジタル音でDLとプレーリーを引き合わせたりする。さらに、「カルマの調整」ビジネスによってサナトイドたちの恨みを晴らしたりするところは、『重力の虹』のカウンターフォースの面目無さをはね返した、ピンチョン文学における殊勲のキャラと言っていい。

ピンチョンは、ゴジラ、ヤクザ、〈アメリカ人〉くノ一忍者、SF的飛行物体、電子通信マジック、義理人情をみんな絡めた国際陰謀テロ小説を用意しつつあって、その端切れを『ヴァインランド』に利用したのだろうか。だが、DLの生い立ちや修行の話まで含めれば小説全体の二割近くにも達するこの日本ネタは、タケシとDLのカルマ調整ビジネスを通して、一九八〇年代にあってなお、文学的想像力を通して〈アメリカ〉の本質を射貫こうとするポストモダン左翼作家ピンチョン本来の営みを支えている。

カリフォルニアのニンジェット館

ラルフ邸からフリーウェイ101を南下、シリコンヴァレーからサンノゼ、サリナスを通過して、海岸山脈を東側から登っていくと、くノ一求道会（Sisterhood of Kunoichi Attentives）の館に近づく。太平洋を見下ろすビッグ・サーには六〇年代以来のニューエイジ・カルチャーの総本山「エサレン研究所《インスティテュート》」が実在するが、それを、かなり漫画的に捻った感じの場所である。ここで読者は何重にも風刺の効いた八〇年型カリフォルニア文化の記述を笑いながら、プレーリーと一緒にDLとタケシの物語に耳を傾ける。その物語は、バークレーでのDLとフレネシの出会い（一九六七?）、タケシとDLの「なれそめ」（一九七八）以外にも、カンザス州でのDLの生い立ち（五〇年代）、トーキョーでの少女時代（一九六〇年前後）や、オハイオへの逃走（七〇年代初め）、さらにテキサス州のメキシコ国境の町でならした父ムーディ・チェイスティンのギャング時代（三〇〜四〇年代）、ヴァートとブラッドのヴェトナム体験（七〇年代）など、時空いっぱいに駆け巡る。

ヴェンチュラ郡からサンフェルナンド・ヴァレーへ

三人して館を出たプレーリーは、ヴォンドの差し向けた連邦の追っ手をかわすため、（ラルフが用意したのだろう）DLの運転する漆黒のトランザム、ほとんど不可視の「忍者モービル」に乗って、モンタレー郡、サン・ルイス・オビスポ郡、サンタバーバラ郡、ヴェンチュラ郡を四〇〇キロ近く、ハリウッドのタケシの事務所まで疾走する。途中通過するヴェンチュラ郡のオックスナードは、ヘクタの親戚が住む場所だ。

南カリフォルニアには「国境の南」からの住人が多い。スペイン語のアクセントの抜けないメキシコ系の連邦麻薬捜査官ヘクタは、ゾイドに負けないほどの「やられキャラ」なのであって、ゾイドがポップなヒッピー思想から抜け出せないのと同様、アメリカのテレビが流す、理想の家族、理想の正義のイメージに嵌っている。違いはゾイドの「カウンター・カルチャー」に対して「メイン・ストリーム」を信じるところで、マッドなレベルにあってなお読者の共感の笑いをとるキャラクター造形もまた、ピンチョンの腕の見せどころだ。

おばさんになったディッツァが住んでいたサンフェルナンド・ヴァレーは、ヴェンチュラ郡からロサンジェルス郡に入ってすぐ、大都市圏の北西の、山に囲まれた平地だ。この豊かな住宅街は八〇年アメリカの消費文化（モール化）を牽引してきた。「シャーマン・オークス・ガレリア」[463]という大々的なモールがここにオープンしたのが一九八〇年。そこまでチェと二人で探検に来たというプレーリーはまだ小学四年生くらいだったはず。ハリウッドの、サーシャの家があった界隈からヴェンチュラ道で西へ一〇キロか一五キロくらいの距離だと思われる。

フレネシの物語

このディッツァ宅で、プレーリーの目の前に、フレネシの撮ったフィルムが映写され、六〇年代の夢の崩壊の物語が読者の前にも開示される。フレネシを視点とする映像は、カリフォルニアの各地から北のオレゴン州まで巡り、ずっと南の〝トラセロ郡〟は〈サーフ大学〉の「闘争」も映し出すが、語りは映像から幽体離脱したかのように自由に進み、たとえばオクラホマ州のホテルでヴォンドの計画に屈するフレネシのようすも、そのまま自然に描写される。

オクラホマ州は、DLが生まれたカンザス州とヴォンドの出身地テキサス州に挟まれた、いわゆる南部バイブル地帯。ローカルなラジオやテレビも、キリスト教系の諸団体や〝信仰起業家〟の影響下にある。ここでピンチョンが創作した風刺は、竜巻の至高体験を、聖書風の言説へ回収しようとする天気予報番組。説教師まがいの田舎くささが、フレネシにはたまらないのだが、ヴォンドのような男を育み、権力に押し上げるのはこういう地域に生きる人たちだ。ヴォンドは「白き母なる町（the white mother city）」［393］で、「敬虔なブラスバンド隊員」として育ったが、そこは白人支配層による束縛の強い地域共同体。これらの地域の特異な心情がアメリカ政治にどれだけ大きな力を揮うかは、近年も特に息子のブッシュ大統領を通して世界のテレビ視聴者に知れわたった。

［315］から語りはさらに屈曲して、ヴァインランドから山を登ったところにあるゴシックなホテルを会場とした、サナトイドの年次大会のパーティのようすから入って、ウィード・アートマンの薄ぼんやりした死者の記憶を通して、彼に施された洗脳のようすが語られる。

映像を起点に拡散するこれら六〇年代の物語は、小説全体の三分の一ほどを占める（『ヴァインランド』は、プレーリー、フレネシ、DLの三人の物語を行き来しつつ、たまに往年のサーシャやユーラの物語も混ぜ込んだ、「女たちの小説」だともいえる）。フレネシの物語の行きつく先は、PREPという収容所。冷戦下の権力が、原爆の恐怖を煽りつつ、北カリフォルニア山中の広大な政府保有地に造り上げた避難所だが、それがニクソンとレーガンの時代にどのように転用され得たのか――はさておき、DLに救出されたフレネシは、メキシコへ逃れる。だがすでに〈六〇年代〉の時の流れから彼女は奪い取られていた。ノガレス（アリゾナ州のメキシコ国境の山中の町）からUSAに再入国してしばらくフリーウェイを走り、カリフォルニアの中央に広がる架空の農園の町〝ラス・スエグラス〟でゾイドに出会った、そこまでが一九六九年の夏のこと。

そのゾイドは、先述の〝ゴルディータ・ビーチ〟に住んでいた（『インヒアレント・ヴァイス』の主要舞台となるこのサウス・ベイ地区には、当時ピンチョン自身が住んで『重力の虹』を書いていたことが知られている)。プレーリーの誕生とともに破局を迎えた結婚は、ハワイへのゾイドの押しかけエピソードなどを挟んで、フレネシ自身にある決意をもたらした。小説の冒頭に出てくる「密約」が、法的な夫から妻を取り上げるために、このとき結ばれる。

ヴォンドに堕《お》ち、リアルな時間の流れないゲームの国の住人になったフレネシは、彼女が言うところの、生理痛剤のような〝マイドール・アメリカ〟[505]を転々とする。ウェイコ(テキサス中部)、フォートスミス(アーカンソー)、マスコーギ(オクラホマ)。どれも人口四万から十万ほどの田舎の都市だ。コーパス・クリスティはメキシコ湾の港。南西部とは限らない。ロックスプリングス(ワイオミング)やビュート(モンタナ)があるのは北部のロッキー山脈沿い。一九八四年にはまた南西部に戻っていたようで、レーガン大統領の「小さな政府」政策によって〝仕事〟を切られてからは、職を求めてラスヴェガスに来ていた。

ロサンジェルスとサンディエゴの中間付近は、ニクソン邸のあるサンクレメンテに象徴されるように、カリフォルニアの富=軍事=権力の中心である。[296]の、海岸を走るフリーウェイは三十キロほどにわたってキャンプ・ペンドルトンと接するが、その背後に、日本の小さな県ほどの広さの海兵隊基地がある。ピンチョンはこの南カリフォルニアの海岸線を想像の中で縮尺し、その一角に、ニクソン像の建つ〝サーフ大学〟を置いた。

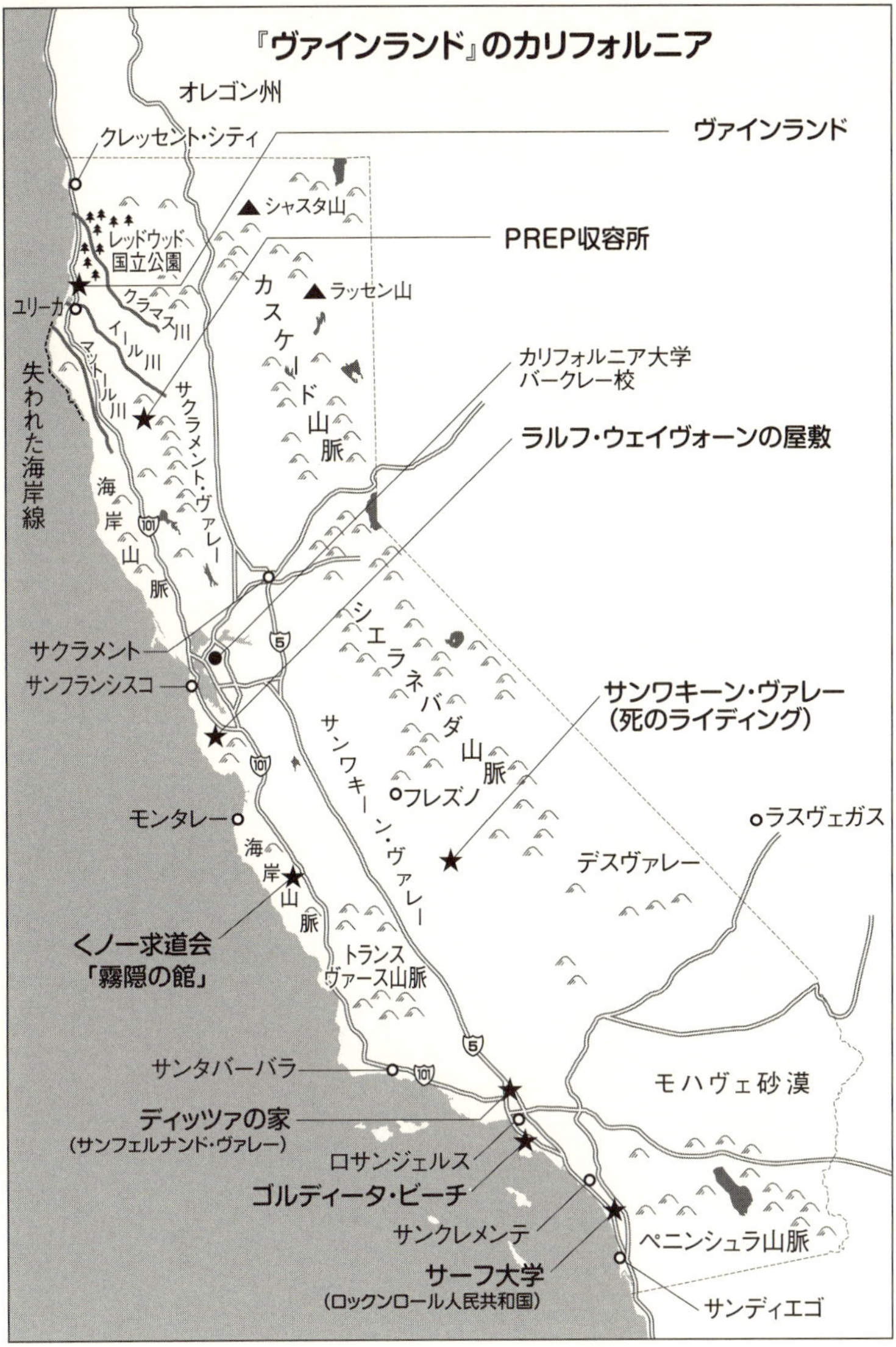
『ヴァインランド』のカリフォルニア
オレゴン州
クレッセント・シティ
ヴァインランド
シャスタ山
レッドウッド国立公園
PREP収容所
カスケード山脈
ラッセン山
ユリーカ
クラマス川
イール川
マットール川
失われた海岸線
サクラメント・ヴァレー
カリフォルニア大学バークレー校
ラルフ・ウェイヴォーンの屋敷
海岸山脈
101
サクラメント
5
シエラネバダ山脈
サンフランシスコ
サンワキーン・ヴァレー（死のライディング）
サンワキーン・ヴァレー
フレズノ
モンタレー
ラスヴェガス
デスヴァレー
くノ一求道会「霧隠の館」
トランスヴァース山脈
サンタバーバラ
モハヴェ砂漠
ディッツァの家（サンフェルナンド・ヴァレー）
ロサンジェルス
ゴルディータ・ビーチ
サンクレメンテ
ペニンシュラ山脈
サーフ大学（ロックンロール人民共和国）
サンディエゴ

『ヴァインランド』という小説

三作目の超大作『重力の虹』（一九七三）で国際的な名声を得たあと、ピンチョンは本作まで十七年に及ぶ沈黙期に入った。その間、折しもこの小説の現在である一九八四年に、主にデビュー前に書いた短篇をまとめ、『スロー・ラーナー』の題で出した。『スロー・ラーナー』には楽しい序文がついていて、駆けだし時代の自分自身に小説の正しい書き方を数えている。たとえば一作目の「スモール・レイン」に対するアドヴァイスはこうだ――①伝統的な文学的意匠になどかまわずにどんどんストーリーを転がせ、②アメリカ人がどうしゃべっているか、ちゃんとよく聴け、③死にきちんと正対せよ。

加えてもう一つ、ピンチョンについてそれまでしばしば言われてきた、④登場人物に丸み（ひとりの人間として記憶に残る現実味）が欠けているという批判をも加えて言うと、『ヴァインランド』は、まるでピンチョンがこれらの〝欠点〟を強く意識し、逆の方向へ邁進したかのような小説になっている。①ストーリーの回り方は、まるで傘回しの芸でも見ているかのようだし、②現代のアメリカの群像がしゃべる特徴的な発音、たとえば、didn't が didt'n に転ぶ様子を拾い上げる「耳の芸」も大変なもんだ（主要登場人物が一ダース以上、多彩な訛りや階級的・地域的・時代的な背景を持ち、その上イメージ社会特有の「いかにも」な、またメディアのセレブにかぶれたようなしゃべりも披露するわけだから、なんとも翻訳者泣かせである）。

③死に関していえば、これが一番、物議をかもすところだろう。僕らの普通の思考では、死と生とは、対語としてペアをなす。死んでいれば、生きていない。Aならば、非Aであるはずはない。その論理がこの小説では成り立たないのだ。『競売ナンバー49の叫び』でも触れられていた「排中律」について、それ自体を排除する試みが、かなり大胆に推し進められている。

現実のカリフォルニアの上に想像上の地名を乗せ、現実のアメリカ史を背景に、司法省の悪の首領、心優しきマフィアのドン、赤毛にソバカスの女忍者をはじめとするポップなキャラを転がしていく。アメリカ史全体を貫く由々しき事態をテーマにしながら、権力を撃つ構えを見せて、タケシのウクレレや、空から降りてくるゴジラの足の悪戯で笑わせる。そして、そんなふうに「ぶっとんでいる」と同時に、とても「まとも」で落ち着いてもいる。

これらの相反する印象は物語にどのようにたたみ込まれているのか、小説の進行をなぞってみよう。ここまでヴァインランドの歴史と地理について概観した。カリフォルニアを北から南へ、再び北へと動きながら、物語はするりと過去へも移行する。地理的・歴史的な運動の組み合わせが、ある種の幾何学模様を描いて進む。

鬱蒼とした言葉の森であるこの小説全体の構造を、ここで大きく俯瞰してみたい。以下の部分に分けることが、一応可能だ。

〜101　一九八四年夏のゾイドの数日＋彼の回想（一九七一年の北カリフォルニア、六六〜六九年の南のビーチと内陸、七〇年のハワイ）

102〜134 ほぼ同じ夏の日のフレネシとその家族（プラス記憶の中の五〇年代、母サーシャの物語る三〇年代と一〇年代の祖母ユーラ）。

135〜295 ［100］に引き続くひと夏の日々。プレーリーを一応の視点人物として、過去に深く潜っていく。

167〜188 コンピュータの画像ファイルをきっかけに過去の母を思い描きながら眠りについたプレーリーの傍らで、過去の母とDLの物語が始まり、最後にそれが、二週間分のDLの話を語り手が再構成したものだったとわかる。

189〜207 DLが語り出し、語り手が引き継いだ、一九七八年のトーキョーに至るまでの物語。

206〜275 三人称の語りが続くが、読者の知らぬ間にタケシが来て、影で語り手を交代していたのだということが、途中［216］で判明する。［222］からは明らかにDLも情報源として参加している。物語はヴァインランドで二人が聞いた、オーソ・ボブやヴァートとブラッドの話を含む。

282〜295 ディッツァ宅の映写スクリーンの中にプレーリーが見る、過激派映像集団〈秒速24コマ〉時代のフレネシ。

途中ながら、ここまで頻繁に起こったトリックは、単なるフラッシュバック（記憶された過去への移行）のようなものではない。誰の（あるいはどんなメディア装置の）記憶が再生しているのか、それを明確にする枠組み自体が、あったりなかったり、消えたり現れたりする。その結果「DLが話しているのではないのだが、やはりDLが話していた」、「これをプレーリーは映像として見ているわけではないが、やはり見ている」というような、脱排中律（Aであると同時にAでない）的雰囲気が小説を包むことになる。一種の特殊効果技術（話の枠づけ《フレーミング》における非整合性の許容）によって、この『ヴァインランド』は、たくさんの時の断層を、器用につなぎ合わせるのだ。

296〜314　〈現在〉の枠を外し、スクリーンの外で語られる六〇年代崩壊の物語。

315〜383　死後のウィードが視点人物としてふらりと登場したりもするが、全体は三人称の語りのように語り継がれ、［357］でその映写像を見ているディッツァ、DL、プレーリーの三人に一旦戻してから、〈PR3乗〉の崩壊とPREPへのフレネシの収監、そこからの脱走（DLの大活劇）とフレネシ喪失の物語が矢継ぎ早に語られ、［375］でDLがディッツァ宅でプレーリーに語っていたというフレームが現れる。

384〜459　ヴォンドがフレネシを奪還し、ヘクタを使ってゾイドとの取引も完了し、ゾイドが幼いプレーリーとともに、ヴァインランドへ出かけるまで。ヴォンドを視点に始まった物語は、ゾイドとフレネシの出会いに至ったところでほんの一瞬［403］フラッシュフォワードして、ヴァインランドでのゾイドとプレーリーの会話を挟むが、まもなくプレーリー出産時に訪れたフレネシの父ハブの戦後まもない時代の回想［411-417］を包摂し、その後視点はゾイドに戻り、ハリウッドのサーシャ宅から、順を追って（途中［446-449］ムーチョとゾイドのシックスティーズ回想談など挟みながら）、ヴァインランドまで北上する。

460〜552　こうして一九八四年のプレーリーとともに北から南へ移動してきた語りの枠《フレーム》は、これまたトリッキーなことに、一九七一年のゾイドとともに北上して〈現在〉へと到達する。そこでは、ベッカー＝トラヴァース一族恒例の夏のリユニオンが始まっている。ここへ、ロサンジェルスからプレーリーが［474-477］〈解毒院〉を脱走して、ラスヴェガスを経由したヘクタと、ヘクタに映画出演交渉を受けたフレネシとその一家が［488-507］、みなそれぞれのエピソードを披露しながら集まってくる。そこでは、まるでかつてのヴェトナムのようにヘリが飛び、ヴォンド一味の攻撃が進行中だ。プレーリーの曾祖父ジェスと曾祖母ユーラを中心とする一族と、タケシとDLが帰属するシェード・クリークの（ウィードを含む）サナトイドたちは、その攻撃に対抗しないし、ゾイドも戦闘を空想するだけ。死者も生者も（犬のデズモンドも？）一緒になって、何の因果か自滅に終わるヴォンドの攻撃の失敗を祝福する、というのが円環を描いて終わるこの小説のフィナーレだ。

さて、最初から見えてはいけない小説の見取り図を示してしまったが、この作品の優美さは、そんなくらいの介入で減じるものでもないだろう。構造が単純な最初の百ページにしても、ゾイドの記述と彼の追想の、何というか、接続の綾は、「実験的」というよりも「プロの妙味」という方が当たっている。タケシにもらったデジタル名刺をプレーリーに渡す一瞬に、丸々十八ページ、一九七〇年のハワイと飛行機中を舞台にした、二曲の歌付きの、あまりにもピンチョン的《ピンチョネスク》なエピソードが挟み込まれ、それが（間にフレネシの切実きわまるセクションを挟んで）、同じくドタバタトーンの（中にプレーリーの切なる気持ちを込めた）ウェイヴォーン邸の結婚披露宴に接続する。そんなふうに、小説『ヴァインランド』は、時代的な奥行きの深い全体の輪郭を少しずつ明かし、彩り豊かな人物を一人ひとり紹介しながら、段差の衝撃を滅多に読者に与えることなく、まるでふつうのポップな物語のように進行する。

でも、実際には仕掛けが満載だ。どのページにも全体とのバランスを考慮して慎重にレイアウトされた文とパラグラフが繋がっている。たとえば［107］ページからのフレネシの回想は、夫フレッチャー（〝フラッシュ〟）の過去を紹介する機能を担いながら、四ページ後には、自分の誕生からそれ以前へ、母サーシャとの昔の会話を再生する形で進み、その勢いでさらに一世代溯って祖母ユーラが若かった一九一〇年代の闘争に触れてから、焦点をサーシャに戻し、そのまま戦時のサンフランシスコを舞台にしたクラーク・ゲーブル主演の粋な映画のようなものを語り出す。そこに父ハブが登場する［119］と、今度はアカ狩り時代の五〇年代の挿話がちょっとだけ挿し込まれる。

現在と過去、語り手と語り手を自在に繋ぐ、この小説の語りの運動を、小説全体にわたって図示してみた（次ページ）。何か割れ目の走った老木の断面を見るようだが、これが自然の図形に見えるとしたら、作家の意図は果たせたということになるのではないだろうか。ヴァインランドでは排中律と共に、直線が排される。敵対すべきは人間の反自然・反生態学的な論理が頭の中にめぐらす、単純化された論理の思考だ。死と生の二分、聖と俗、天国と地獄、エリートと大衆の二分法は棄却される。求められるのは、細やかな因果の巡りだ。生と死を貫いて連綿と続くカルマの思想もその一部。単にマジメな文学に終わらない、本当は「もう死んでいる」タケシみたいな、日本人コンピュータ・オタク・オヤジとか、これまたヴェトナムで死んでいない保証はないヴァートとブラッドとか、自由自在に形取られたキャラクターの曲芸を交えて語る。七〇年代の壮大な実験小説『重力の虹』を書き終えたピンチョンが、滅裂覚悟の壮大さより、自然《ナチュラル》な伝達をめざして組み上げたヴァインランドの物語は、トマス・ピンチョン全小説の中心軸をなしているかに見えるのである。

時を縫う語りの図

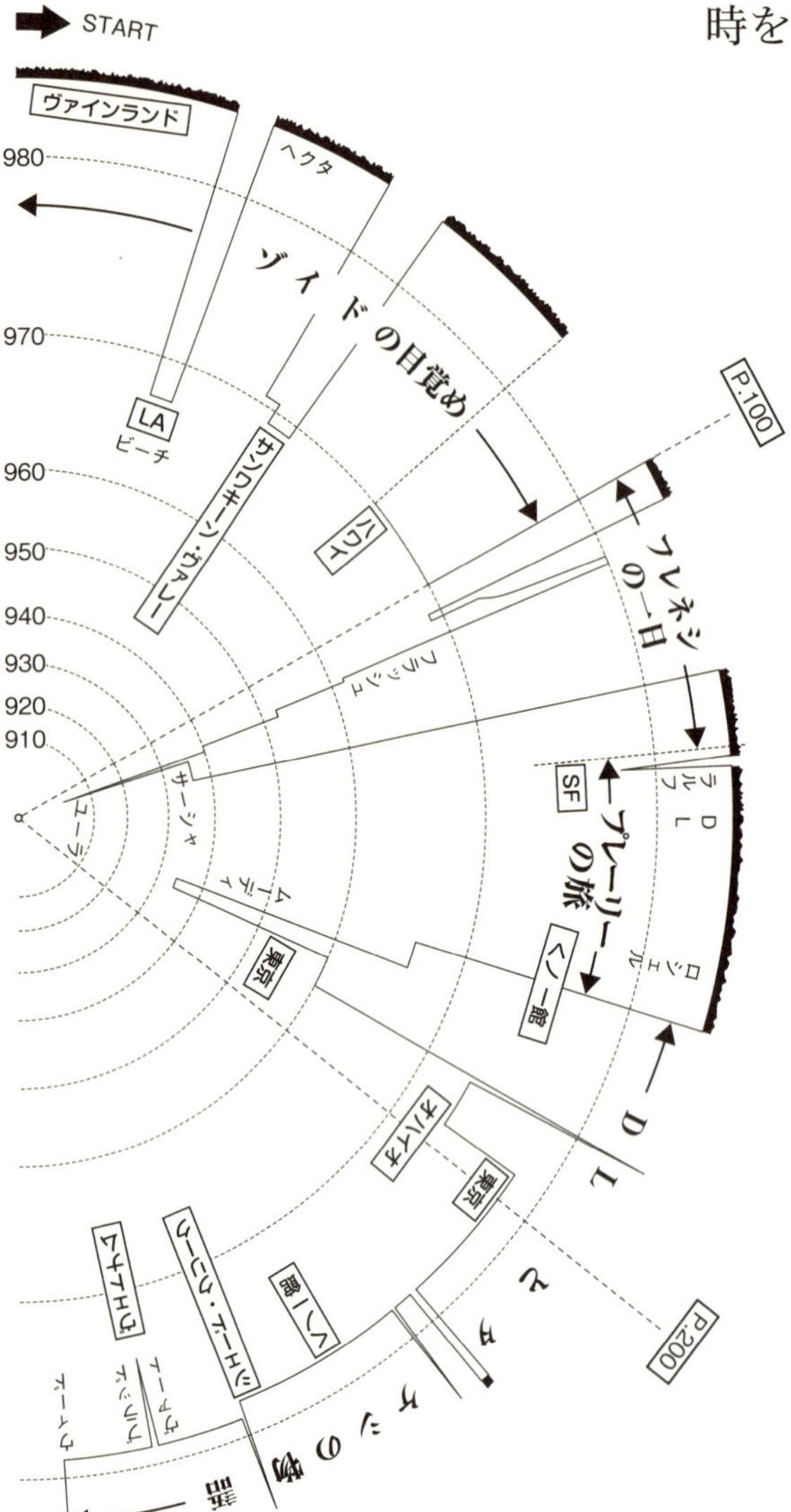
START
ヴァインランド
ヘクタ
ゾイドの目覚め
LA
ビーチ
サンワキーン・ヴァレー
ハワイ
P.100
フレネシの一日
フラッシュ
サーシャ
ユーラ
ムーディ
東京
SF
ラルフ
DL
プレーリーの旅
ロシェル
くノ一館
DL
オハイオ
東京
武道館
ヘクタ
タケシとDL
ベトナム
ベトナム・ヴァレー
P.200
ヴァインランド
ゾイドとプレーリー
ヒルズ
1980
1970
1960
1950
1940
1930
1920
1910

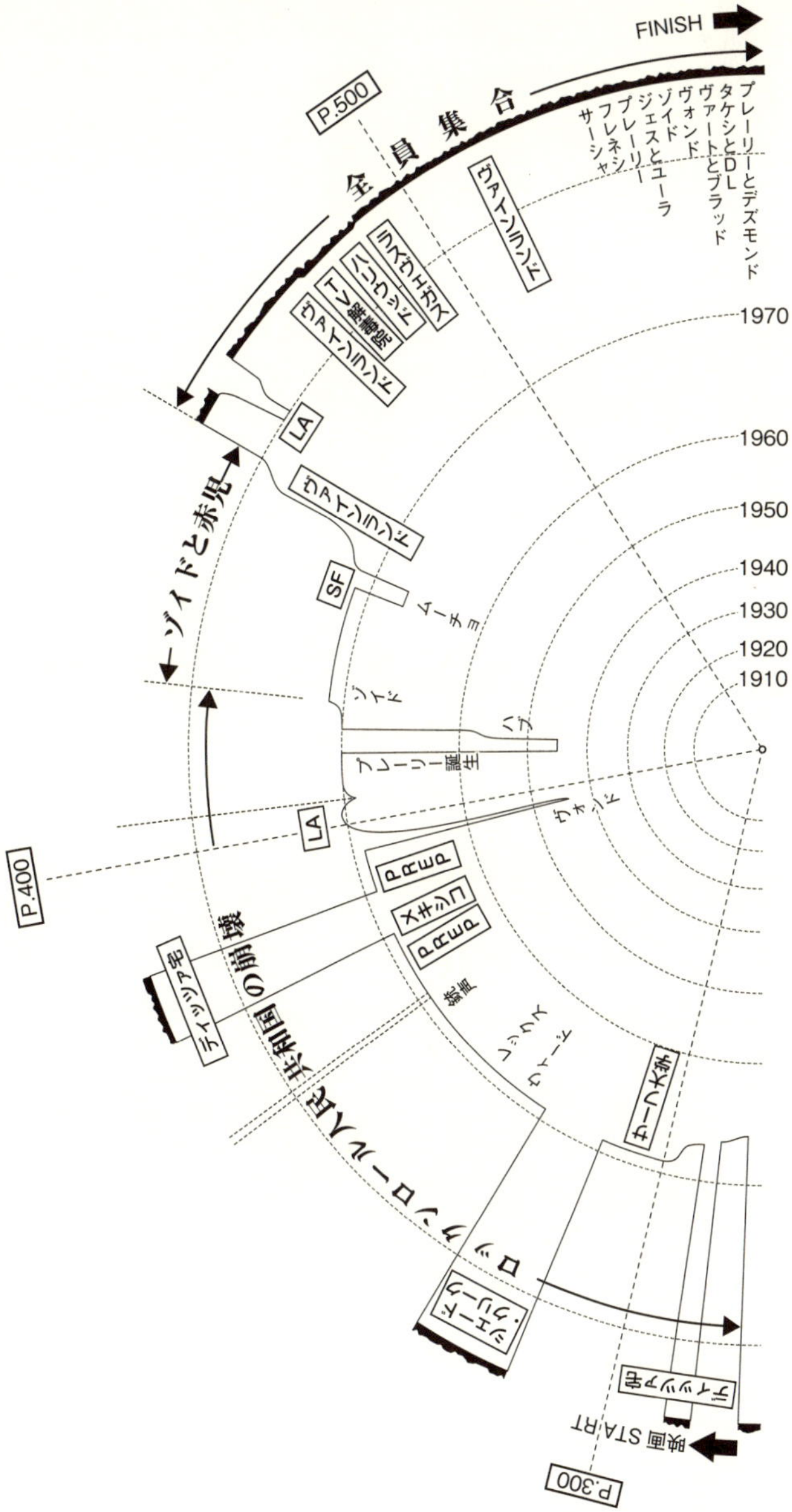
FINISH
全員集合
P.500
プレーリーとデズモンド
タケシとDL
ヴァートとブラッド
ヴォンド
ゾイド
ジェスとユーラ
プレーリー
フレネシ
サーシャ
ヴァインランド
ラスヴェガス
ハリウッド
エイレン解毒院
ヴァインランド
1970
1960
1950
1940
1930
1920
1910
LA
ゾイドと赤児
ヴァインランド
SF
ムーチョ
ゾイド
ハブ
プレーリー誕生
ヴォンド
LA
P.400
PREP
メキシコ
PREP
ティッツァ宅
人民共和国の崩壊
銃声
ウィード・アトマン
カーリカ大学
ロックンロール
ジャスティン
ティッツァ宅
映画 START
P.300

ヴァインランドのポップ音楽

エピグラフ〔008〕の引用元、Johnny Copelandは、ピンチョンと同じ一九三七年生まれの黒人ブルースマンだ。"Every dog has his day," (どんなヤツにも一度は幸運が巡ってくる)というごくふつうの言い回しの後に、"and a good dog just might have two days." (善い犬なら、ひょっとして二日ラッキーな日があるかも)と加えて、運に左右される庶民の暮らしのペーソスの味を出している。六〇年代以来泣かず飛ばずで、八〇年代にカムバックしたコープランドのこんな〝犬ゼリフ〟に、長年世界が待っていた自らの復帰の思いを重ねるなんてニクイじゃないか、と言いたくなる巻頭文だ。

この小説で触れられているアメリカのポピュラー音楽は多ジャンルにわたる。音源検索が容易なように、原語綴りも示しながら見ていこう。

ザ・コルヴェアーズと六〇年代音楽

まず、サーファデリック(サーフィン+サイケデリック)サウンドを標榜するバンド、ザ・コルヴェアーズに在籍したゾイドの音楽性だが、若い時分は、ミッキーとシルヴィアの"Love is Strange"〔027〕(一九五六年発売、翌年ヒットのピーク)で、微笑ましいギターのラインを練習したのだろう。ボー・ディドリーが先にレコーディングしたこの歌、ソニーとシェールやポールとリンダ・マッカートニーのヴァージョンもある。

サーフ・ロックの代表として名が挙がっているのが、"Misalou"などでおなじみのディック・デイル（とデル・トーンズ）〔058〕と、サーファリスの"Wipe Out"〔一九六三446〕。後者は、インドレント・レコードからデビューするとき、ヘクタから白人らしくないと批判されるが、たしかにブルースのコード進行でドラムスが強烈だった。同じ単純さを持った六〇年代ガレージバンドの定番曲としては、DLも口にする〔278〕"Louie Louie"（キングスメン盤は一九六三）、"Wooly Bully"〔一九六五403〕などがある。

そこにサイケデリックの波がやってきたのが一九六七年のこと。若者市場は、ジミ・ヘンドリクスなどで盛り上がり、それを知る一九八四年のヘヴィメタ青年イザヤは、「紫のけむり Purple Haze」〔一九六七〕の真似をするし〔030〕、ヘクタまでも、アイアン・バタフライの"In-A-Gadda-Da-Vida"〔045〕に言及して、六〇年代ヒッピーの頑固さを皮肉る。

六〇年代末、「ザ・サーファデリックス」時代のゾイドはザッパ髭をたくわえていた。サイケデリックな「パイプライン」（ベンチャーズでおなじみ059）をやった、というところが笑わせるが、フレネシとの結婚式の懐古シーンは美しい。マザーズ・オブ・インヴェンションを率い、『Freak Out』〔一九六六〕『Absolutely Free』〔一九六七〕などの、極端に「自由」で、風刺の効いたアルバムで前衛ロックの雄となったザッパには、ゾイドも傾倒していたのだろう。ルネという子のミニドレス一面に描かれたザッパの顔が、ラシュモア山の岩壁に彫られた歴代大統領の顔のように見えたというのは、レーガンを大統領にした国では、まともな幻想と言うべきか。

ハワイに逃げたフレネシを追うようにして、カフーナ航空のキーボーディストの職を得たゾイドは、機内で働くグレッチェンに、ラヴィン・スプーンフルの"Do You Believe in Magic?"〔一九六五096〕

のワン・フレーズを歌ってきかせる。「ワッキー・ココナッツ」は、ピンチョンがファンを自認しているスパイク・ジョーンズ&ワッキー・ワッカティアーズの音楽が意識されているのだろう。牧伸二の「やんなっちゃった」は彼らの"Hawaiian War Chant"にもインスパイアされた可能性があり、その牧伸二にピンチョンが、タケシの造形において、インスパイアされた可能性もある。

このように、ロック一筋というわけでもないゾイドは、フレネシに去られて失恋ソングのアンソロジー・アルバムを出すことを夢想する［056］。収録曲に挙がっているのは、プレスリーの"Are You Lonesome Tonight"〔一九六〇〕の他二曲。——"One for My Baby"は映画『青空に踊る Sky's the Limit』〔一九四三〕でフレッド・アステアが歌って以来のスタンダード曲。ゾイドの思春期に〔一九五七—五八〕、テレビ探偵ドラマの主題歌になっていた。"Since I Fell for You"ももともと四〇年代のジャズナンバーで、一九六三年にレニー・ウェルチのヴァージョンがヒット。

サイケデリック・サウンド（アシッド・ロック）大隆盛の時代に、ザ・コルヴェアーズが契約にまでこぎつけたインドレント・レコード（名前の由来は、LSDなど向精神性ドラッグの分子が共通して持つ「インドレント基」だろう）。この会社は、チャールズ・マンソンが最初にオーディションを受けたとある［442］（すでにカルト教団を抱えていた彼は実際、ビーチ・ボーイズのデニス・ウィルソンと関係して、レコーディングもしている）。この会社はまた、長身長髪のおかしな裏声ウクレレ・シンガーのタイニー・ティムと、精神病院を出て路上で歌っていたところをフランク・ザッパに発見されたというワイルド・マン・フィッシャーを取り逃したのだそうだ［442］。

ザ・コルヴェアーズは結局レコード発売にこぎつけなかったようだが、プロデューサーとして「ドラッギュラ伯爵」——『競売ナンバー49の叫び』に登場したエディパの夫ムーチョ・マースの約二年後の姿——の知遇を得た。ゾイドが一歳のプレーリーを連れて北に流れていく途中、サンフランシスコの一等地に屋敷を構えたムーチョと一緒に、サム・クックのベスト盤で昔を懐かしむ。クックは一九五七年に“You Send Me”でデビューし、ソウル音楽の市場形成に開拓者的な役割を果たした甘い声の黒人男性シンガー（六四年の暮れにロスのモテルで射殺された）。ベスト盤の第二集は死後の刊行。

さて、山の子連れ生活者となったゾイドは、バンド活動どころではなかったようだ。そんな彼が、蚤の市で、その海賊テープを売ることになったのが、ジ・オズモンズ［**456**］。モルモン教徒ファミリーの人気ポップバンド（しかも当時「ロック」に走っていた）を売るというのは、さぞかしメゲただろう。家を差し押さえられたゾイドが「トコトンいってやろうじゃねえか」とヴォンドとの対決を夢想するとき、バックで守り立てるＢＧＭがハードロックではなくイーグルスの“Take It to the Limit”［**536**］だったというのも、心優しきダメ男ゾイドらしい。

闘争とロック

学園闘争などお呼びでなかった〈サーフ大学〉の昼休みに流れていたマイク・カーブ・コングリゲーション［**298**］。この音楽企画をヒットさせた「産業ポップ」の雄マイク・カーブは一九六九年、弱冠二十四歳でＭＧＭの社長となった。その種の保守性に対抗する大音量の衝動的な表現へ、六〇年代末のロックは向かったわけである。

バイクでバークレーに入ってきたＤＬがフレネシを掠ってやってきた湾《ベイ》沿いの店のジュークボックスからは、ドアーズ、ジミ・ヘンドリクス、ジェファーソン・エアプレインも鳴っていたが、特記すべきは、カントリー・ジョー&ザ・フィッシュか［**172**］。バークレーの学生として知り合ったジョー・マクドナルドとバリー・メルトンは、ともに左翼系運動家の家系に育ち、政治的な風刺ソングを歌うことから出発した。グループのヴェトナム反戦歌 "I-Feel-Like-I'm-Fixin'-To-Die" のライヴ映像は広く出回っている。

一九六九年のロックシーンに関して、この年世界にブレイクしたレッド・ツェッペリン〔303〕に加えて、〈サーフ大学〉から学生が排除される夜に、遠くからブルー・チアーのコンサートの音が流れてきていたという記述がある〔357〕。彼らはサンフランシスコをベースに活躍、大音量のアンプを使ってヘヴィメタルへの流れを築いた。

ラルフにスカウトされたDLがロスから内陸へ逃げ出すシーン〔193〕では、変装をした彼女のカーラジオからドアーズの "People Are Strange (When You're A Stranger)" が流れる。人知れず生きる決心をしたDLにこの歌はぴたりだが、同時に、この六七年のドアーズの曲には、出会った頃のフレネシへの思慕が重なるかもしれない。

ラルフ・ウェイヴォーン邸で証明されるように、実はロックンロールを歌わせても一流というDLが、トランザムのハンドルを握って歌う歌は「ドア枠壊して Kick out the jambs」というフレーズで始まる。パンクの源流バンドMC5に(「演奏」という意味の jam の秩序破壊を歌った)"Kick Out the Jams"〔一九六九〕というナンバーがあり、おそらくそれをもじっているのだろう。天才空手少女として大会をまわっていたころを思い出しているのだろうか。

サーシャとハブの青春時代

「フレネシ」は、もともとメキシコのポピュラーソングだったが、アメリカのバンド・マスター、アーティ・ショーがスイング化したバージョンは一九四〇年から四一年にかけて十三週間、ビルボードのトップにすわった。英語の frenzy に相当するスペイン語の frenesí は、「狂乱」「熱烈」の意味で、英語の歌詞には"I knew Frenes? meant' Please love me"とあり、"She stopped and raised her eyes to mine"と、眼の魅力も歌われる。一方で、Frenesí は Free（自由）と Sin（罪）のアルファベットを混ぜ合わせて作った名前と見る指摘も示唆的だ。

母サーシャは、一九三〇年代の〈トップ・オブ・ザ・マーク〉で、アンソン・ウィークス（Anson Weeks）楽団を見たと自慢している［116］。このバーは、サンフランシスコのノブ・ヒルの頂上に建つホテル・マーク・ホプキンスの屋上にあり、アンソン・ウィークスの演奏はラジオのレギュラー番組になった。

学生時代のサーシャは、音楽の先生からケイト・スミスを模範にするように言われた。ケイトが一九三八年に吹き込んだ"God Bless America"（国家に神の祝福あれ）は、「第二の国歌」と呼ばれるほどの歌。彼女の澄んだ、音程のしっかりした、「体制的」歌声と対照的に、ビリー・ホリデーは、声と息と五線譜に収まらない音程で絶望や苦痛を表現した。一九三九年には、黒人リンチをテーマにした「奇妙な果実 Strange Fruit」を歌って左翼シンパのファンも獲得。サーシャがオーディションで歌ったという"I'll Remember April"と"Them There Eyes"は、たしかにとびきり難しい歌で、後者はビリー・ホリデー〔一九三九〕の持ち歌でもあった。映画「ビリー・ホリデー物語 奇妙な果実 Lady Sings the Blues」では主演のダイアナ・ロスが歌っている。

一九三八年十月三十日の晩、ラジオ番組「オーソン・ウェルズのマーキュリー劇場」で、H・G・ウェルズ原作の『火星人襲来』のドラマをやっていたところ、本当の話と勘違いしたアメリカ各地の住民がパニックを起こしたという、ラジオ史上有名なエピソードがある。その番組で、「ラ・クンパルシータ」の演奏を中断された「ラモーン・ラケーリョ楽団」［117］は架空のバンド。

一方、照明屋の父ハブは、初孫プレーリーの誕生を知ったとき、新装開店祝いの仕事に出ていたが、その時バンドが歌った"Of Thee, I Sing"（『君がために歌わん』）は、ガーシュイン兄弟による同名の政治風刺ミュージカルの劇中歌。歌詞は「君を歌う、ベイビー／夏も秋も冬も春も、ベイビー／君はぼくの銀の縁取り／君はぼくの青い空／愛の光が輝いている……」と、光を祝福する（「銀の縁取り」とは、雲の縁に現れた日光のこと）。

ハブはウクレレを弾き、サーシャの運転する車にアロハ・シャツの袖をオムツにしたこともある赤ん坊のフレネシを乗せ、"Down Among the Sheltering Palms"（訳文では「椰子の木陰で」という邦題を創作した）を歌ったとある。この歌は、一九一〇年代に生まれた古いポップ・ナンバーで、ジャズ・アレンジの版も多いが、しだいにウクレレ曲として定着した。

ハブの自慢の中には、バード（チャーリー・パーカー）、マイルズ（・デイヴィス）、ディジー（・ガレスピー）らを見に、リトル・トーキョー地区のフィナーレ・クラブに通った［416］ことも含まれる。東一番ストリートにあったフィナーレ・クラブのショーはラジオ局KXLAのレギュラー番組になっていた。チャーリー・パーカーのここでの演奏はレコードにもなっている。「クレイジオロジー」「クラクトヴィーセッズテーン」は、どちらもパーカーの曲。当時「バッパー」（バップ・スタイルで演奏するジャズメン）とその聴衆の間では、「リーファー」と呼ばれた大麻を吸い、ゴーティ（やぎ髭）を生やし、ポークパイ（てっぺんが平らなフェルト帽）を被るのがファッションだった。

アメリカの田舎歌

先端的なジャズやロックが都会のヒップな音楽なら、その対極に庶民の嘆きや強がりを歌にしたアメリカの演歌がある。

アパラチア山脈、特にバージニア・西バージニアから南の地域は、アイルランド、スコットランド、イングランドの古謡が素朴な形で保存され、一九一〇年代以降、アメリカの民衆の歌のルーツを探る民族音楽学者らの〝発掘〟が進んだ。一九二〇年代から全米に広まっていったカントリー音楽はその伝統に基づいたポップ音楽。カントリーの情感の形式を完成させたハンク・ウィリアムズ〔一九二三―五三〕の楽曲の中でも、素朴で暗い三拍子曲〝I'm So Lonesome I Could Cry〟〔一九四九 013〕は格別の味わいを持つ。彼の死後、メインの音楽市場でもヒットした〝Your Cheatin' Heart〟〔545〕を、ブロック・ヴォンドの死を祝すサナトイドの祝賀会で、オーソ・ボブが歌う。これは、「自分を騙した女のハートが彼女自身も騙して、いつしか彼女はふたたび僕を求めるだろう」という因果応報ソング。

　カントリーの本流とは別に、ルイジアナのフランス系の混血であるクレオールたちの間で演奏されるようになった「ザイデコ」という、黒人的要素も採り入れた民衆音楽の流れがあり、アコーディオンやフィドルを使っての演奏がいまも人気を呼んでいる。官憲の攻勢に対抗して、ピンチョン作の「ライク・ア・ミートローフ」〔518-520〕を歌って気勢を上げるホロコースト・ピクセルズも楽器編成からして、ザイデコとは言い切れないが、ルーツ音楽をベースにしたロックをやるバンドと思われる。

　ミシシッピー州の貧農出身のエルヴィスは今日も田舎人の英雄だ。チェの継父ラッキーが自慢のバーボンを、「キング」エルヴィスを象ったデカンターに入れていた〔470〕というのも、眼に浮かぶ光景だ。そのデカンターが落ちて割れたことを、チェは「〝I Fall to Pieces〟、あの曲、キングがカバーした」と表現する。邦題「ひどい仕打ちに」というこの歌は、恋の哀しみを切々と歌わせたら彼女の右に出る者はないと評されたカントリー歌手パッツィ・クライン〔一九三二―六三〕のナンバー。

　プレスリーのデビュー期に、同じくメンフィスのサン・レコーズから売り出されたカール・パーキンスは、ビートルズもカバーしているロカビリー歌手で、その名曲〝Blue Suede Shoes〟は、青いスエードの靴に「ホンモノ」の輝きを与えた。小説冒頭でバスターの店に集まったおしゃれな木こりたちが、こだわってそれを履いている［013］。

DLが、田舎の副保安官を軽蔑するときに引き合いに出すウィリー・ネルソン［381］は、テキサス男の憂鬱を、ウィスキーに浸ったようなしゃがれ声で切々と聞かせてきた、カントリー・シンガー（七〇年代、ロック感覚に染まって賑やかになっていく主流に反抗して、独自のレーベルから放った、古き西部を舞台にしたコンセプト・アルバム『赤毛のよそもの』は、カントリー界を超えてヒットした"Blue Eyes Crying in the Rain"を含む）。

同じく泥臭い路線を守った「ド演歌」ならぬ「ド・カントリー」のスターに、刑務所暮らしの長かったマール・ハガードがいる。この小説に彼の名は出てこないが、ブロック・ヴォンドがオクラホマでフレネシにふるまうのが、オクラホマ州マスコーギ産の葡萄酒だったこと［310］には、ハガードの一九六九年のヒット曲、"Okie from Muskogee"の連想が絡むだろう。ヒッピーを揶揄した詞で、ブロック・ヴォンドを権力に押し上げる人々の気勢が上がる歌だ。

低音の美声を響かせた「黒衣の男」ジョニー・キャッシュ（一九三二―二〇〇三）は、刑務所のコンサート開催にこだわる社会派的スタンスでも、ボブ・ディランとの共演等でも、広く米国国民の敬意を集めた歌手だった。その声の真似を、フレッチャーがするという記述にも注目［126］。

ラルフ、タケシ、ヘクタの音楽趣味

東京の帝国ホテルで踊るラルフとDL、その背後で鳴っている「夢破れし並木道 The Boulevard of Broken Dreams」は、トニー・ベネット（イタリア系）が一九五〇年にデビューをかざった熱唱型タンゴ曲（一九三四年の映画『ムーラン・ルージュ』以来のスタンダード曲）。ベネットは後にス

ティングとのデュエット版も吹き込んでいる。（アントニオ古賀が歌った昭和歌謡「ワン・レイニー・ナイト・イン・トーキョー」がこのメロディを剽窃したという裁判判決によっても知られる）。イザヤたちのザ・ヴォミトーンズがラルフ邸の結婚パーティで演奏し「めちゃウケてた」［144］という"Volare ヴォラーレ"［一九五八］は、原題"Nel Blu di Pinto di Blu"（"In the Blue Painted Blue"）といい、このフレーズでゾイドはフレネシの眼を形容する［088］。

他にイタリアの歌で、アメリカのメディアに溶け込んだ歌というと、アンディ・ウィリアムスの歌声で日本でも有名な"More"（映画『世界残酷物語《モンド・カルネ》』［一九六二］の主題歌）に、ジャンニ・モランディの「恋に終わりなく Senza Fine」、「アル・ディ・ラ」（映画『恋愛専科』［一九六二］の主題歌）を加えた三曲。アメリカで大衆的に知られている数少ないイタリアン・ポップス／カンツォーネのうちの三曲をザ・ヴォミトーンズは練習してきたわけだが、主催者側からリクエストがかかった［140］のは、以下のレパートリーだった――「チェ・ラ・ルナ」：正しくは"C'e la Luna Mezz'o Mare"という題の軽快なダンスナンバー。「マリア・マリ Maria Mari」：おなじみの歌曲。「空と海 Cielo e Mar」：ポンキエッティ作曲、歌劇『ラ・ジョコンダ』より。

タケシはなかなかの音楽通で、ロサンジェルスの彼のオフィスの冷蔵ロボ君は"Winter Wonderland"や"Let It Snow"などクリスマスのスタンダード曲に加えて、ハンク・ウィリアムズの（近年ではノラ・ジョーンズ版もよく知られる）"Cold, Cold Heart"もかかる。どれもオリジナルは一九四六年から五一年に出たナンバー。

このオフィスで、彼が実際何をやっているのかはわからない。国際的な陰謀が絡む保険関係の仕事――ではあるようだが、タケシ自身は企業を離れた自営のローニン（浪人）であって、名刺によればajustments（種々の調整）をやるそうで、具体的？には「カルマの調整」に関わる。「義理」の貸借に関しても、電子的なアプローチをしているようで、プレーリーがDLに出会うことができたのは、バッグに携帯していた何らかのスキャナーが、命を助けられたタケシがゾイドに渡した名刺（何らかの「義理チップ」入り）に反応して、「ハワイ５－Ｏ《ファイヴ・オー》」のテーマを鳴らしたため［146］だった。また、自身「もう死んでいる」からだろうか、タケシには「音声通信のマジシャン」のような面があり、サナトイドの町の住人たちを、バッハの「目覚めよと叫ぶ声あり」の音声チップで目覚めさせたりもする［462］。

　ハワイからの飛行機でのゾイドとのセッション「ワッキー・ココナッツ」が、スパイク・ジョーンズの影響だという点には触れたが、くノ一館に到着し、DLたちの前で披露する「ジャスト・ライク・ア・ウィリアム・パウエル」には、一九四〇年代の映画によく登場し、卓抜な音楽ギャグで観衆をうならせたスリム・ゲイラードの引用を含む。彼のヒット曲に“Flatfoot Floogie with the Floy, Floy”というナンセンスなラインを繰り返すだけの歌があるが、これは「フローイ・フローイ」でワンセット。ところがタケシの歌詞には、“Flatfoot Floogie, with only one Floy”というラインが出てくる。探偵コメディの傑作『影なき男』〔一九三四〕のウィリアム・パウエルとマーナ・ロイ（アスタは二人の飼い犬）、コリーの名犬ラッシーと飼い主の少年ロディ、名馬トリッガと（彼が活躍した無数のウェスタン映画の主人公）ロイ・ロジャースとデイル・エヴァンズ夫妻、それにご存じターザンとジェーンと、一方が欠けては成り立たないペアの中に、この“Floy Floy”を加える感覚がさすがだ。

　それだけの（谷啓的？）ハイセンスを備えたタケシにとって、ニューエイジなニンジェット館の、上品な装いと売れ筋追究とが微妙に配合された疑似ニューエイジ風音楽趣味はキツかったことだろう。［239］で彼が選択するアッカー・ビルクは「白い渚のブルース Stranger on the Shore」〔一九六二〕

のヒットがあるイギリスのクラリネット奏者。マーヴィン・ハムリッシュは、バーブラ・ストライザンドの歌で大ヒットした「追憶 The Way We Were」など、多くのメロディアスな映画音楽を手がけた。それを歌うとされているザ・チップマンクスは、一九五八年に"The Chipmunks Song"という全米第一位のヒット曲を飛ばした三人組の「歌うシマリス」。山を下りる車中でDLとやりあう「ブロードウェイ千曲の試練」、これに出てくる「アンドルー・ロイド・ウェッバー室内楽」というのは、音楽にクールでヒップなものを求めてきた層には、かなりの拷問である。ウェッバーはこの時代（七〇年代末）何よりも『ジーザス・クライスト・スーパースター』で知られていた。この後『キャッツ』『オペラ座の怪人』『エビータ』等を放つ。

対照的に、まさにその「ウェッバー室内楽」を愛しそうに見えるのがヘクタ。彼が誇りとするアグスティン・ララ（一八九七―一九七〇）［433］は音楽の詩人と呼ばれ、スペイン語圏に広く名声を馳《は》せたメキシコの音楽家。［446］ではサーフィン音楽が、黒人R&Bへ接近していることを批判して、ミュージカル映画『サウンド・オブ・ミュージック』（一九六五）のようにやれ、と注文を出している。だがもちろん、ラテン男の血も誇りにしているから、フレネシと待ち合わせたラスヴェガスの〈クラブ・ラ・ハバネラ〉でマンボの王様ペレス・プラードのナンバーが鳴り出せば、踊り出したくなるのだろう。とはいえ彼を心底動かすのはテレビだ。ラウンジのラテン音楽にしても、「アイ・ラヴ・ルーシー」絡みの「リッキー・リカルド賛歌」に強く反応する。この辺の音源は、Desi Arnez および Babalu の検索で確認できる。

110 **ひょいと出てくるジングルや言及**
非行時代のフレッチャーに関して、ウィルソン・ピケットの歌"In the Midnight Hour"（一九六五〕からの引用がある。全文を引くと“I'm gonna wait till the midnight hour, when there's no one else around”（まわりに誰もいなくなる、夜中の時まで俺は待つ）。

169 くノ一求道会のコンピュータは一九八四年の時点にしては素晴らしくデータベースへの接続がいい。その前でウトウト始めるプレーリーを目覚めさせた音楽は、エヴァリー・ブラザーズ二枚目のシングル・ヒット“Wake Up, Little Susie”〔一九五七〕。

276 プレーリーが、みんなを率いて気味悪い館のフリーザーに入っていくときラジオで鳴っていた『ゴーストバスターズ』のテーマは、レイ・パーカー・ジュニアの歌うテーマソングが、ちょうどこの夏のビルボード一位だった。

263 ヴァートとブラッドが掛け合いで歌う「ぼくの名前はヴァート……」の歌は、「ヤン坊マー坊天気予報」のように聞こえるが、原作がもじっているのは、ディズニーのアニメ・キャラの「チップとデール」〔一九四三―〕。この歌は“Chip N Dale opening”で検索ヒットする。

323 ゾイドのバンド仲間ヴァン・ミータが傾倒したベーシストの“Jaco” Pastorius〔一九五一―八七〕は、ウェザー・リポートのアルバム『ヘビー・ウェザー』〔一九七七〕でフレットのないエレキベースを披露、カルト的な存在となり、ジャズ界のグレイツと多くの共演をし、アル中と躁鬱病に陥り、喧嘩によって三十五歳の命を落とした。

325 サナトイドの夜会でよく演奏されるらしき曲目。“Who's Sorry Now”〔コニー・フランシス、一九五八〕は「ほら、今度は君が後悔してる」ということで、これを化けて出た幽霊に言われたくない。“I Got a Right to Sing the Blues”は、文字通り、恨みつらみを述べる権利を主張する歌（ビリー・ホリデーの版が有名）。“Don't Get Around Much Anymore”（このごろ私はこもり気味）はもともと“Never No Lament”というデューク・エリントン楽団の曲で、一九四二年

387

にボブ・ラッセルの歌詞がついた。ナット・キング・コールもロッド・スチュアートも、ポール・マッカートニーも吹き込んでいる。有名な「時の過ぎゆくままに As Time Goes By」は、映画『カサブランカ』〔一九四二〕のテーマ曲。

ヴォンドの腹心のロスコが職務違反で捕まるときに "I know I'm bad, but I'm not evil" と言いたかった、とある。引用元の白人ガール・グループ、シャングリラスの歌詞は（前訳書では誤解していたが）"Give Him a Great Big Kiss"〔一九六五〕中の会話のやりとり——"He's good bad, but he's not evil."

ヴァインランドのテレビと映画

みんな観ていたSF、ホラー

ジョージ・オーウェルの『一九八四年』では、大衆の意識を全体主義的コントロールがスクリーンを通して行われる。ピンチョンの描く現実の一九八四年アメリカでも、大量の人々が「耽溺」していた番組を通して、何かしらの統治が行われていた——という雰囲気が漂っている。

まず随所で言及される「スター・トレック」は、一九六六年から三年間放映された「オリジナル・シリーズ」（邦題「宇宙大作戦」）のこと。放送終了後に全米各地の独立局で再放映が続き、信奉者を増やした。八〇年代にビデオ・レンタルが始まると人気はさらに上昇した。

カーク船長とともに重要な、耳のとがったミスター・スポックは、地球人とヴァルカン星人の混血。その敬礼［021］は、手のひらを向け、人差し指と中指を離してV字をつくる。スポック役を演じたのがレナード・ニモイで、彼が案内役をつとめた「イン・サーチ・オブ……」（勝手に『ミステリーゾーンを探る』［318］と訳しました）は、怪奇現象を追う三十分番組（一九七六—八二）。

エンタープライズ号の主任パイロットは日系で、ジョージ・タケイ演じるミスター・スールー［061］（日本語吹き替え版では「ミスター・カトー」と呼ばれる）。

この番組から生まれた流行語の一つが「転送 beam up」で、フレネシがヘクタに「この場から消えてよ」という意味で使っている［491］。もともと番組では「物質＝エネルギー転送装置」によって空間移送することを指した。

映画『スター・ウォーズ』の方も、第三作『ジェダイの帰還』［015］のロケ撮影に使われた〝ヴァインランド〟一帯に「恒久的変化」をもたらした、とある。

また、地球人に変身した侵略者が登場する「インベーダー」の再放映をハウイが見ていたのは、ウィードの裏切りを告げられる直前のこと［337］だから、フレネシの嘘が、本当っぽく聞こえる枠組を、テレビ番組がセットしたとも考えられる。

SFと共に、八〇年代はホラーの連作が栄えた。アイスホッケーのマスクを被った殺人鬼が湖畔のキャンプ場の少年少女を惨殺していく『13日の金曜日』［027］シリーズは、プレーリーが小学校三年くらいのときに第一作が公開、この年八四年には「完結編《ファイナル・チャプター》」と銘打った第四作が公開されている。

ホラーの歴史を辿れば、ドラキュラや狼男に行きつく。ハリウッドのコカイン耽溺プロデューサーのシド・リフトフは、狼男に変身するラリー・タルボットに喩えられる［485］。ムーチョ・マースは drug と Dracula を掛け合わせた「ドラッギュラ伯爵」というキャラクターになっていた。

警察物も大人気

ヘクタ・スニーガの頭の中には、マス・メディアから流れる正義の英雄のイメージが詰まっている。かつて、しゃべり方を真似ていたというのがメキシコ系のリカルド・モンタルバン［038］。一九七八年からは人気テレビドラマ「ファンタジー・アイランド」の起業家（南太平洋の島に住み、幻想ツアーを提供する）役で誰にも知られていた。

ヘクタの喋りは、スペイン語訛りが強い上に、さまざまな口まねが乗る。［045］では、いきなりクリント・イーストウッド調になって『ダーティー・ハリー』（映画第一作は一九七一）の荒くれ刑事のセリフをしゃべり出した。ハリウッドのプロデューサー、アーニーとシドには、彼が「八〇年代のポパイ・ドイル」[482]を目指しているように聞こえる。『フレンチ・コネクション』（一九七一）でジーン・ハックマンが演じた刑事の名だ。また、フレネシをラスヴェガスのクラブに呼び出したとき[492]は、「ヒル・ストリート・ブルース」（荒廃した八〇年代の都市の警察を舞台にした人間ドラマ）や、古手の「鬼警部アイアンサイド」（車椅子に乗ったレイモンド・バー主演）、「モッズ特捜隊」（ロス警察の秘密捜査員三人が活躍する）などＴＶのあらゆる警察物のセリフ回しを、歌付きで真似た。

　サーシャの家系の女たちは、左翼ラディカルでありながら、官憲イメージに性的に反応する遺伝子を持っているかのように描かれる。フレネシが見ていた「白バイ野郎ジョン&パンチ」[123]は、原題が「カリフォルニア・ハイウェイ・パトロール」の略語“CHiPs”。カワサキのバイクに乗ったラリー・ウィルコックス（ジョン）と、並走するエリック・エストラダ（パンチ）の制服姿の「キュート感」が受けた。

　ベンチャーズのテーマソングでもお馴染みの「ハワイ5-O《ファイヴ・オー》」は、一九六八年にＣＢＳで始まって以来、刑事物として最長不倒の十二年間連続放映を記録した。ゾイドにとって、ハワイはすっかりこのドラマの世界。ジャック・ロード演じるスティーヴ・マクギャレット警部[088]が、若い相棒ダノに言うセリフ“Book him, Danno”（こいつを逮捕しろ）をもじったりしている[091]。

　幼ない日のプレーリーが、祖父母の間借り先の孫娘チェと一緒に遊んだのは、男を蹴り倒すヒロインの「ごっこ」だった[466]。ロス市警の私服の美女ペパー・アンダースンが活躍する「ポリス・ウーマン」も、往年の漫画のＴＶドラマ化「ワンダー・ウーマン」も、両足・片腕・片耳がサイボーグ化した「バイオニック・ジェミー」も、小学校に上がる前後の数年間、本放映していた。「バイオニック・ジェミー」は、くノ一館で治療中のタケシが見ている。ロシェル姉は、タケシのサングラスを見て、ジェミーの上官オスカー・ゴールドマン［240］を思う。

家族コメディ

刑事・警官ものと並んで『ヴァインランド』には、シチュエーション・コメディ（sitcom）と呼ばれる家族ドラマが目白押しだ。タケシも同乗するDLのトランザムでヴォンド軍団から逃げる途中、プレーリーは、マイカーで週末のビーチに向かうテレビの家族に変身できたらと夢想する［278］。ベッカー＝トラヴァース家の大リユニオンを終章とする『ヴァインランド』は、「家族の小説」としての面を持つが、それとテレビ番組とはどのように絡んでいるのか、またはいないのか。

ヘクタは「TV解毒」の専門家筋から「ゆかいなブレディ家 The Brady Bunch」に因んで「ザ・ブレディ・バンチャー」と呼ばれる［053］。七〇年代初頭の日本でも放映していたこの家族コメディは、三人の男の子とペット犬を連れたマイクと、三人の女の子と猫を連れたキャロルが再婚したところから始まる。レンタル・ビデオでも高人気が続いた。

太平洋上の地図のない島に漂着した七人が繰り広げるTVコメディ「ギリガン君SOS Gilligan's Island」のテーマソングを、再会したサーシャの前でプレーリーが歌う［526］。ヘクタは、大柄のスキッパーが小柄のギリガンに対して使う「リル・バディ Li'l Buddy」という呼びかけをゾイドに対して使っていた［053］。

溯って、一九五〇年代を代表する家族コメディの「アイ・ラヴ・ルーシー」。ルーシーの亭主役（リッキー・リカルド）を演じたデジ・アルナスはキューバ出身のミュージシャンで、「ババルー」を始めとするラテン・リズムのナンバーをお茶の間に浸透させた。ラスヴェガスの〈クラブ・ラ・ハバネラ〉で、ヘクタが讃える「リトル・リッキー」〔494〕は実の夫婦だったルーシーとデジの実子。ルーシーの妊娠・出産はドラマに組み込まれ、五三年一月、男児の誕生の回は空前の視聴率を記録した。タケシは日本の戦中世代ながらこの番組のファンらしく、「ルーシーはルーシーで、エセルはエセル。そしてぼくはタケシです」〔101〕とゾイドに対して変な自己紹介をする。エセルはルーシーの隣人マーツ家の奥さん。

サーフィン文化と一緒に盛りあがった「ビーチ・パーティ映画」も家族コメディの一変形と考えていいかもしれない。その皮切りが「ギジェット」〔初作、一九五九〕。Gidget とは Girl Midget（チビ子ちゃん）のこと。サンドラ・ディーの演じるフランシーと、夏の浜辺で知り合ったムーンドギーは、実は、父親自身がデートの相手に考えていたお得意さんのご子息だった——という筋立てを、プレーリーの彼氏を見て、お人好しのゾイドは思い出す〔027〕。「ギジェット」は、六五年からの一シーズン、テレビ・シリーズとして流れていた。

ゾイドはトレントから借りたオンボロ・キャンパーを、「スマーフの住み処」〔081〕に喩える。元来ベルギーで「シュトロンフ」という漫画として始まった青い肌の小人たちの物語が、土曜朝のアニメ「スマーフ The Smurfs」として大ヒットしたのが一九八一年。アーニーとシドをいびりながらヘクタが「ラ、ラ、ララッラ、ラ」と歌う主題歌も、よく知られている〔486〕。一緒に言及される「ケア・ベアーズ」の一家は、家族のそれぞれが一つの感情を表していて、人間の感情を殺そうとするダークハートというキャラクターと戦う。

他にも「農園天国 Green Acres」など、アメリカ人の意識下にしみ込んだ番組がいくつか出てくる。テレビ化の試みは定着しなかったが、四コマ漫画として、「サザエさん」以上の不滅の展開を見せたケースが『ブロンディ』〔一九三〇— 〕。夫のダグウッドが巨大なサンドイッチをほおばるシーンは、アメリカの国民的記憶の一部を形成する［130］。

ドタバタ、チェイス、スーパーマン

ハモーサ・ビーチ時代のゾイドとヘクタのオッカケごっこは、土曜の朝の漫画から、「シルベスターとトゥイーティ」に喩えられた［036］。一方、タケシを身代わりに送り込むことでDLの一年殺しの技を逃れたヴォンドを、ラルフは「おぬしはロード・ランナーか」と評する［221］。ワイル・E・コヨーテのしかけるあらゆるワナを打ち砕いて決して捕まらない、バッグス・バニーと並ぶアニメ・ヒーローのロードランナーは、実はアメリカ南西部に実在するカッコウ科の鳥で、和名をミチバシリというのだそうだ。

DLがタケシの髪を坊ちゃん刈りに揃えたら、プレーリーは「モウだ！」と叫んだ［216］。日本の団塊世代に懐かしい『三バカ大将』の中でも前髪を切りそろえたモウは、カーリーやラリーに比べ一段と印象深い。やたらに頭を叩き合うこのドタバタは、一九三四年から五八年にかけて約二百話、映画として作られ、その後、半永久的にブラウン管に留まり続けた。

バークレーのデモ鎮圧シーンで、取り残されたフレネシを救い出すオートバイのDLは「スーパーマン」であって、後年ラルフから逃げ出してオハイオ州にいくと、まるで「デイリー・プラネット」（クラーク・ケントも女友達ロイス・レーンも勤めた新聞社）の社員であるかのような記述になる［194］。彼女の忍法が、マンガのように冴えわたるPREPからの救出シーンでは、「怪傑ゾロ」のような描写もあった［366］。

独力で正義を守るアメリカン・ヒーローの系譜としてさらに古いのは、一九三〇年代以降の少年たちを夢中にした「ローン・レンジャー」。手下のロスコにとって、ヴォンドとの関係は、ローン・レンジャーとトントに重なる。愛馬スカウトに乗り、覆面のローン・レンジャーにお供して荒野を駆けるインディアンのトントは、白人の英雄を支える賢い有色人種というパターンの典型。「アメリカの正義」を申し立てる西部劇「ローン・レンジャー」が、ラジオを通し、漫画を通し、どれほどのイデオロギー教育を（現在の老人世代の）アメリカ大衆に対して果たしたかは計り知れない。

実話の西部劇が伝説化した「OK牧場の決斗」［327］は、日本の「忠臣蔵」に匹敵する人気を保つ。保安官ワイアット・アープの盟友で、肺病病みのドク・ホリデー（歯科医のギャンブラー）はアープに劣らぬ人気があって、現代のCM社会でその名にあやかった歯医者の家族割引キャンペーンがあったとしても不思議はない。だが、歯科医（を装う？）ラリー・エラズモが、ブロック・ヴォンドの指示のもと、どんな「治療」をウィード・アートマン教授に施したのか。このあたりの記述は、ウィードの死後の影多き回想の中にあって「事実」はつまびらかにならない［326-329］。

アメリカのTVピープル

023 記録的長寿番組「ホイール・オブ・フォーチュン」は、一九七五年に昼間の番組として始まり、一九八三年からプライムタイムの全米ネット放送に、司会者もパット・セイジャックとヴァナ・ホワイトのまま現在〔二〇一一〕に至る。なお、この番組で「財産」と「運」の両方を含意するfortuneという語は、「運命の女神」フォルトゥーナを語源とし、その女神が回す「車輪《ホイール》」は、古来、人生に作用する不可抗力のシンボル。

025 朝のニュース・ショーとして、ゾイド・ホイーラーの窓破りアクションの全米放映を検討したというABCの「グッドモーニング・アメリカ」も言及される。この時間帯では、PREPの早朝視察に来たブロック・ヴォンドも車の中でチラチラ見ているNBC「トゥデイ」［386］が古株。

079

〈菩提達磨ピザ寺院 The Bodhi Dharma pizza Temple〉のバーバ・ハヴァバナンダに映画作りへの転向を批判されたヘクタは、「ハワード・コーセルみたいなやっちゃ」と反応する。コーセルは有名なスポーツ・キャスター。頑強なモラリストの姿勢を保ってモハメッド・アリの徴兵拒否を支持するなど話題を撒いた。

131

民放の金銭論理ですべてが進みやすいアメリカで、企業や試聴者の寄付により質にこだわった番組づくりを進める「公共」放送PBSでは、現在も夜の時間帯に「ニュース解説」スタイルの「PBSニュースアワー」を放映している。一九七〇年代後半から、この番組の顔だったのが、ロバート・マクニールとジム・レーラー。ジャスティンも「マクニールとレーラー The Macneil-Lehrer Report」を見ていて、レーガン政権の「予算カット」について知った。

152

日本でも奥様番組が栄えた午後の時間のトーク・ショーとして、オハイオ州デイトンの地方局で始まった「フィル・ドナヒュー・ショー」は一九七〇年に全米の人気番組になって、九六年まで続いた。「肉親との再会ものをよくやっている」とプレーリーが評するように、感情的／感傷的なテーマを積極的に取り入れた。［**534**］のイザヤの報告によると、この番組に、ハーレー・ダヴィッドソンを信奉する修道会の「シスターズ」が出演したらしい。

318

本文で「あなたは信じますか」と訳した“Believe It or Not”は、もともと世界を旅して回った漫画家ロバート・リプリーによる新聞コラムの題だったが、一九四九～五〇年にテレビ化。一九八二年に“Riply’s Believe It or Not”という名でリメイク番組が作られた。その司会がジャック・パランスで、四年間続いたが、最後のシーズンの相手役が（ヘクタが熱をあげたらしい［**496**］）マリー・オズモンド。彼女は七〇年代の人気ファミリー・バンド、ジ・オズモンズの一員で、現在も歌に司会に活躍中。

319 TV界でも大御所のジェリー・ルイスは一九六六年から毎年九月の労働祝日の週末に、長時間チャリティ番組を催している（二〇一一年をもって終了とのこと）。

466 どんな〝スポーツ・パースン〟になりたいかと聞かれてプレーリーが選んだのは、男性スポーツ・キャスターのブレント・マスバーガー。プレーリーが子供のころ、CBSの『スポーツ・サタデー』と『スポーツ・サンデー』のホストをやっていたほか、フットボールやゴルフ中継のレギュラーでもあった。

491 監督気取りのヘクタに「ヴォンドとのツーショットを」と言われたフレネシが「とんでもない。『ジス・イズ・ユア・ライフ』やってるんじゃないの」というが、これはもともと、プロデューサーのラルフ・エドワーズが司会をしていた一九五〇年代の番組。ゲストの大昔の友人がいきなりスタジオに登場するというフォーマットだった。

499 クララ・ペラーは身長一四〇センチのおばあちゃん。彼女が“Where's the beef?”と言うコマーシャルが当たって、ウェンディーズは一九八四年にマクドナルド、バーガーキングに迫る勢いで売り上げを伸ばし、彼女の顔はコーヒー・マグやTシャツにも現れた。

今時の売れっ子が主演する、往年のスター物語

この小説には、演じる役者とその役柄の取り合わせがきわめてビミョーな、想像上のテレビ映画が数多く登場する。実在の映画は公開年が示してあるので、区別できる。

024 プレーリーが見ていたのは、（一九二〇年代を代表するセクシー女優）クララ・ボウの物語。演じるのはピア・ザドラ（映画『バタフライ』〔一九八二〕の色香が当時話題になった）

074 「芝土《サッド》侯爵」ミラド宅での会話に出てくる八時の映画は、（『バットマン』のなぞなぞ男リドラー

や『スター・トレック』の復讐者ペレを演じた）フランク・ゴーシン。演じるのは「ホイール・オブ・フォーチュン」の司会者パット・セイジャック。

442 ムーチョ宅でゾイドが見る（元国務長官の若き日の物語）『ヤング・キッシンジャー』を演じるのは、（同じユダヤ系のコメディアン兼作家の）ウディ・アレン。

483 G・ゴードン・リディーは、「ホワイトハウス鉛管工《プラマーズ》」の実行長としてウォーターゲート事件での盗聴に関わった。出獄後、一九八〇年に自伝を出版して講演をこなし、八〇年代後半には「マイアミ・ヴァイス」にも出演。それを演じるのが、ショーン・コネリー。

496 これはヘクタの夢想だが、彼の自伝映画で、ヘクタ自身を演じるのが、先述のリカルド・モンタルバン。妻のデビ役は、これも先述のマリー・オズモンド。助演のローマ法王役を演じるのは『ローマの休日』のグレゴリー・ペックの同僚カメラマン役以来、名脇役で知られるエディ・アルバート。

507 ジャスティンがヴァインランドのホテルでヘクタと見たテレビ映画では、米ネットワーク史上初の黒人ニュース・キャスターとなったブライアント・ガンブルを、当時TVコメディ「スリーズ・カンパニー」で人気だった白人のジョン・リッターが演じる。

531 深遠で無口なドイツの文学者ロベルト・ムージルを、喋る家具や喋るロボットの芸を得意とした裏声の興行師〝ピーウィー・ハーマン〟（ポール・ルーベンス）が演じる。

544 ヴァートとブラッドがヴォンドを葬る晩に見ていた「九時のTV映画劇場」の正義のLA・レイカーズの物語。スター選手カリーム・アブドゥル＝ジャバーを演じるのが、『愛と青春の旅だち』の厳格な教官役でアカデミー助演男優賞を取ったルー・ゴセット・ジュニア。悪漢役のボストン・セルティックスでは、いくら善人イメージを持つからと言ってK・C・ジョーンズを演じるシドニー・ポワティエは四十七歳で、白人プレーヤー、ラリー・バードを演じるショーン・ペンがまだ二十四歳だったのとは大違い。同じ白人でも身長二〇九センチのケヴィン・マッケールと、ポール・マッカートニーが似ているかどうか、評価はかなり分かれるだろう。

往年のハリウッド映画

085 ハワイに逃げたフレネシに会ったら何と言おうか考えて、ゾイドは「ミルドレッド・ピアスの亭主になった気分だぜ」という台詞を用意する。ハリウッド製メロドラマの代表作『ミルドレッド・ピアス』〔一九四五〕のヒロインは、夫バートと別れてから、過酷な仕事に耐えぬきつつ、さらなる不幸に翻弄される人物で、ジョーン・クロフォードが演じた。

119 ヴェロニカ・レイクは、一九四〇年代随一の刺激的グラマー女優。といっても、クールで決然としていて、女性ファンが多かった。長い金髪を片眼の上に垂らすスタイル（サーシャも真似た）は「ピーカブー」の名で流行。

206 イノシロー師がDLに言う「ラン・ラン・ラン・ショウ映画」とは、ブルース・リー登場以前のカンフー映画のこと。香港で、大物プロデューサー、ラン・ラン・ショウの経営するショウ・ブラザーズ（邵氏兄弟有限公司）が作っていた。

382 DLがヴォンドとフレネシの関係をプレーリーに説明するのに、反例として引き合いに出すのがフレッド・アステアとジンジャー・ロジャーズ。タップを踏み、ワルツを踊りながら恋を演じる優美なダンスはハリウッド史上最高級の「マジカル」な時間を一九三〇年代の観衆に与えた。

420 大麻所持容疑でのゾイド逮捕を命じられたヘクタが持ち込んだ巨大な大麻の畳状物体を見て、ゾイドが、『２００１年宇宙の旅』〔一九六八〕と言うのは、映画で印象的に出てくる「モノリス」

（人類文明化のシンボル）に見立ててのこと。それを聞いてヘクタが言い返す映画名が『春なき二万年』〔一九三三〕。これはスペンサー・トレイシー、ベティ・デイヴィス主演の刑務所ドラマ。原題は“20000 Years in Sing Sing”で、「シン・シン」とはニューヨーク州の有名な刑務所の名である。

471

ロサンジェルスのダウンタウンにある「ブラッドベリー・ビル」は、十九世紀に建てられた名物建築で、建物内部の鉄製の階段やエレベーターの雰囲気から、数々の犯罪映画のロケ地となった。『ブレードランナー』〔一九八二〕もここでロケをやっている。そのビルに似せた雰囲気でショッピングを愉しむ〈ノワール・センター〉では、いずれの店名もフィルム・ノワールの名作をもじっている。Bubble Indemnity（泡の保証）は“Double Indemnity”（ジェイムズ・ケイン原作、ビリー・ワイルダー監督、バーバラ・スタンウィック主演『深夜の告白』、一九四四）を、The Lounge Good Buy（ラウンジお買い得）は“The Long Goodbye”（レイモンド・チャンドラー原作、ロバート・アルトマン監督、エリオット・グールド主演『ロング・グッドバイ』、一九七三）を、The Mall Tease Flacon（モールをくすぐる香水瓶）は、“The Maltese Falcon”（ダシール・ハメット原作、ジョン・ヒューストン監督、ハンフリー・ボガート主演『マルタの鷹』、一九四一）を、The Lady’n’ the Lox（淑女と薫製鮭）は“The Lady in the Lake”（チャンドラー原作、ロバート・モンゴメリー監督＝主演『湖中の女』、一九四七）を。

映画撮影装置

映画は、トーキーの始まりから現在に至るまで、一秒間に24コマの静止写真を投射する。六〇年代のアメリカでは、ナレーションを入れず、機動性の高い小型カメラで動き回り、現場の事実・真実を

「そのまま」伝えようとする「ダイレクト・シネマ」の方法を採るドキュメンタリーが現れた。過激派撮影集団〈秒速24コマ24fps〉は、この直接性の信奉と、「現実をshootする（撮る＝撃つ）」という言葉の綾を文字通り信じる感覚を兼ね備えていた。

フレネシ愛用の16ミリのキヤノン・スクーピック［291］は、NHKのニュース番組制作用として開発されたもので、自動露出、オートローディング（フィルムの装填がきわめて簡単）、ビルトイン・ズームレンズ（レンズの交換や脱落の心配がない）の機能を持つ。このカメラで一回に撮影できるのは一〇〇フィートで、三分弱で再装填が必要になる。デモ隊の衝突シーンで彼女が使っているECO［170］とは、コダックの業務用フィルム「エクタクローム」のこと。高性能なうえ、個人のスタジオでも現像が比較的安あがりだった。これを編集するのにディッツァが使ったムヴィオラ［287］は、映画編集機の代名詞。かなり小さなスクリーンを見ながら止めたり逆回転したりが自由にできる。

六〇年代末、ヘリからの監視用としては、一般的な業務用16ミリカメラ「アリフレックスM」（通称「アリ16M」）を、振動防止機能付の小型カメラ台「タイラーのミニ・マウント」にのせて使うのが最新鋭の技術だった［303］。

照明のフィルターも意味深く使われている。フレネシの目について、「幼い少女を感じさせる、四八〇〇度のデイライト・ブルーの瞳」［310］という表現が使われるが、戸外用のフィルムを室内で使うとき、白熱光の黄ばみを除去するための青色フィルター（その青光の「色温度」が華氏四八〇〇度ということ）。

フレネシがレンズの代わりにサングラスに使った「ND-1」［345］。「ニュートラル」（光量を一様に減らす）な、密度（デンシティ）が1の（光量の七〇パーセントをカットする）フィルター。

ウィード殺害シーンの撮影には、フレネシのスクーピックをハウイが担当し、古いオリコンをディッツアが回している［**354**］。オリコンは音声同時収録用で、時間もスクーピックより長く回せる。スクーピックで音を録《と》ろうとするなら、別にオープンリールの録音機を回す必要があった。

〈サーフ大学〉で彼らが見つけたエクレールのカメラ［**357**］はフランスのエクレール・デブリ社のきわめてユニークな同時録音用の小型軽量カメラ。このカメラの登場でドキュメンタリーの質が変化し、〝真実〟をそのまま切り取ろうとする「シネマ・ヴェリテ」の運動の引き金となった。また「７２４２」のフィルム［**357**］はコダック社の16ミリ・カラーフィルムで、感光が速く、夜間撮影向き。

ヴァインランドの麻薬、車、その他の耽溺

マリワナと法規制

一概に麻薬といっても、それぞれに性格がある。その人物が何を吸飲するかということも、キャラクター造形の一部となる。

まず「麻薬」と一括せずに「麻」と「薬」を分ける必要がある。北カリフォルニアの、ヒッピー農民が育てているのは「大麻」だ。学名「カナビス」と呼ばれるこの草は、俗語で「草《ウィード》」と呼ばれ、紙巻きにして回しのみをするときは「ジョイント」「ローチ」その他の数多くの名前で呼ばれる。「ポット」という呼称も非常に一般的。「ハシッシ」は、同じ植物の樹脂を固めたもので、大麻有効成分THCが高濃度で得られる。

同じ「草」でも、コロンビア産の〝黄金のコロンビア《ゴールド・コロンビアン》〟［288］や、ヴェトナム産のすぐれもの［298］は効果が絶大だった。カリフォルニアで品種改良された「シンセミーヤ」［535］をはじめとする草を、ハンボルト郡、メンドシーノ郡、トリニティ郡（この三つの郡を合わせて「エメラルド三角地帯《トライアングル》」［320］という）に移り住んだヒッピーたちが育てていた。シンセミーヤとは「種なし」の意味。雌花だけ開花させる技術によって種子を防ぎTHCの濃度を上げた種。

アメリカでカナビス非合法化の動きが始まったのは、一九三〇年代のこと。ハリー・J・アンスリ

ンガーを長官とするＦＢＮ（連邦麻薬局 Federal Bureau of Narcotics）が、（ゾイドによれば、禁酒法撤廃で用済みになった取締官の雇用を守るために）反マリワナ・キャンペーンを行なった。ＦＢＮは、一九六八年に、当時の厚生教育福祉省に属する薬物濫用規制局と合体して、ＢＮＤＤ（Bureau of Narcotics and Dangerous Drugs）へと成長（ゴルディータ・ビーチを訪れるヘクタはここに所属していた）。これが母体となって、一九七三年、第二期ニクソン政権下で、司法省直属の法執行機関としてＤＥＡ（麻薬取締局 Drug Enforcement Administration）が誕生した。

リベラルな市民の間でマリワナの許容度が高いアメリカでは、規制の強化と緩和の動きがシーソーのようになって続いてきた。保守的なレーガン政権の下で、本書で描かれたような「マリワナ狩り」が断行されたのも事実。マリワナ違法化キャンペーンは、産出国中南米諸国への軍事介入とも微妙に絡む。ピンチョンの創作した“Campaign Against Marijuana Production”［073］と同じＣＡＭＰのイニシャルを持つ“Campaign Against Marijuana Planting”という大掛かりな法執行のタスクフォースが一九八三年に形成されて現在に至っている。

ＬＳＤとカウンター・カルチャー

六〇年代には、ゾイドもＬＳＤもやっていた。ＬＳＤは、一九三〇年代にスイスで開発された向精神性ドラッグで、『競売ナンバー49の叫び』と『重力の虹』では、かなり重要なトピックだが、本作では、ゾイドやムーチョの「追憶の六〇年代」（プレーリーが生まれた七〇年まで［414］）に属する。サンワキーン・ヴァレーで行われたフレネシとの結婚式に、やってきた保安官が「パンチ」を調べなかった、とある。パンチにＬＳＤを入れるのは、サイケデリック・カルチャーの起点と言われる、小説家ケン・ケージー主催の「アシッド・テスト」以来の伝統。

「アシッド（酸）」とは、LSD＝リゼルギン酸《アシッド》ジエチルアミドの俗称だが、ドラッグのように宇宙とのコズミックな合一感覚に誘い込むようなサウンドをもつ「アシッド・ロック」をサーファデリックスも目指したのだろうか。因みにゾイドがホノルルで入ったアシッド・ロックの店名は〈コズミック・パイナップル〉［092］。

「闘争」に走った学生たちも、ドラッグに関する傾向は、サーファーたちと変わらなかった。DLとの亀裂が最終的になった晩、フレネシは罪だらけの過去を振り返り、「アウズリーの紫でも」やっていればよかったと言う［372］。アウズリー（・スタンリー）は、良質LSD（一九六六年まで違法化されていなかった）を、自宅のラボで大量生産し、サンフランシスコ湾岸一帯に廉価で供給していた男。錠剤は染色されていて「紫」は特上品とされた。またディッツアとズィピはDMT漬けのマリワナについて回顧する［285］。これは「ジメチルトリプタミン」のことで、即効性の強力幻覚剤。

ザ・コルヴェアーズにレコード試作を許可したインドレント・レコード［405］は、直訳すると「怠惰レコード」という意味だが、化学で「インドール環」といえば、LSDやシロサイビンなど向精神性ドラッグに共通する「基」の名前。この会社の若き「部長」は「ヘッド」という語でダジャレているが、「ヘッド」とは、ヒッピーみずからによるヒッピーの呼称で、もともとは「ドラッグ的リアリティに通じているもの」という、彼らにとって好ましいイメージがあった。ゾイドとプレーリーが乗り込んだ車に描かれた図像［451］も、サイケデリック・アートの典型。ジャニス・ジョップリンのジャケットにも使われたロバート・クラムの漫画は当時アングラ誌 *Zap Comix* に掲載されていた。

その他のドラッグ・非ドラッグ

『競売ナンバー49の叫び』ではLSDに陶酔していたムーチョが、コカインにハマッている。高価なコカインはマリワナなどとは意味合いの異なるドラッグで、ハリウッドのプロデューサーはこちらに走るが、ゾイドは手を出さないだろう。

カリフォルニアのライダーたちも、権力との非妥協の道を進んでいる。内陸で育ったゾイドの高校の仲間は、「モーターヘッド・ヴァレー・ルーレット」［057］なる生死の賭けに走った。「モーターヘッド」の「ヘッド」は前述のヒッピー・カルチャーのそれと同義。この層の人たちは、安価な覚醒が得られるアンフェタミンに走る。日本で「シャブ」、英米で「スピード」と呼ばれるものがこれで、ドラッグストアでメセドリンを買ったり［242］ヤクが切れて鶏小屋を襲わずにはいられないタケシとDLも、同じ層の人間といえる。DLは不良のライダーたちから「ダブルクロス」——表面に十字の溝が切ってあって四つに割れるようになっている、巨大なアンフェタミンの錠剤——をせしめた［170］。「ハーレー修道会」のライダーは、鎮静剤バルビツールを安物のテキーラで服用している［512］。

しかし『ヴァインランド』の世界では、何がドラッグで何がドラッグでないか、結局全然わからない。ヘクタにとってTVは明らかに中毒性の光を発しているようだが、それなら車は、拳銃《ガン》は、どうなのか。宗教は、政治イデオロギーは、ヴォンドを抱き込んだ「権力」は、どうなのか。

生死の混淆

近代合理主義に背を向けるカウンター・カルチャーは、神秘主義のブームを呼んだが、そのうちから占星術と、『バルド・ソドル（チベットの死者の書）』について触れられている。後者は死から再生までの四十九日間の心構えの指南書で、死の瞬間に起こること、死後訪れる「夢の状態」と「カルマの幻影」のこと、再び現世に巡り戻ってくる過程について述べ、輪廻のしくみを説明し、転生を断ち切って涅槃《ニルヴァーナ》に至るためのヒントをさずける。

ウィード・アートマンは「マリワナの宇宙我」とも「異様な標的男《ウィアード アット・マン》」とも解釈できる名前だが、ともかく彼は死後の旅の様子をプレーリーに告げる。「あとひとがんばりで、私は君になれた」［521］という冗談も、きっと本気なのだろう。

もう一つ重要な「東洋的」超生死の論理が「カルマ」の考え方だ。輪廻を通して因果が巡り、恨み辛みの貸借をイーブンにしていくという思想――これを半分シリアスなモチーフとして小説世界に取り入れた『ヴァインランド』は、生と死のインターフェイスというべき「シェード・クリーク」の町を用意し、サナトイドという半生半死の人間たちを登場させる。

前作『重力の虹』には、権力に対抗する「カウンターフォース」が貧弱だという批判があった。こちらの物語では、読みようによって、復讐は盛りあがる。ヴェトナムの犠牲者や消えていった先住民ユーロク族の恨みまでも加わって、最後にヴォンドを死者の国に送り込んだということなのだろうか。最後のシーン、ヴァートとブラッドのかっこいいこと。

衣食のファッション

一九八〇年代のアメリカは、日本に先駆け、生産効率ゆえの生活の「ジャンク」化が進展、にもかかわらずイメージ的に「おしゃれ」なものが蔓延した。それを皮肉るピンチョンのユーモアに若干の補足説明を加えておこう。

009-010 プレーリーが犬のデズモンドに与えた朝食が、ドラキュラ伯爵の漫画を描いたチョコフレーク「チョキューラ伯爵 Count Chocula」。おかげでゾイドは、これまた子供向け、原色の輪っかのシリアル「フルーツ・ループス Fruit Loops」を食べるハメになった。

010 ヴァインランド・モールの婦人特大サイズ安売店の店名が「モア・イズ・レス」(もっとは安い)。簡素な美を追究したモダニスト建築のスローガン「レス・イズ・モア」をもじっている。

055 RCは「ローヤル・クラウン・コーラ」の愛称。「ムーンパイMoon Pie」は、もともとテネシー州で売り出された、マシュマロを挟んだクッキーで、「RCとムーンパイ」といえば、むかしの南部労働者の、典型的なランチがイメージされる。

055 ケイジャン料理といえば、ルイジアナ州のフランス風田舎料理のことだが、その辺の小川で取れたザリガニが「カリフォルニア・ケイジャン」に変身、あるいはフランス語で「当店風ザリガニ料理」を意味する「エクレヴィス・ア・ラ・メゾン」などと呼ばれる。

065 そのカリフォルニア風ケイジャンの店名である「ハンボラヤ」は「ハンボルト郡」と「ジャンバラヤ」の合成語。「エトゥフェ」も有名なルイジアナ料理だが、この店では、カリフォルニア的におしゃれな食材である「豆腐」をぐしゃっと混ぜ込むのだろう。「ル・ビュシロン・アファメ」という店名は「飢えた木こり」の意味。

163 女権運動に東洋武道を組み入れ、東洋医学と電子工学を合体させ、しかし現実には不適応者のセラピーの場になっている「くノ一求道会」。その最高位のシスターが、どこか田舎出のおばさんらしいところも現実味があって笑わせる。その食料庫といえば、キャンベルのスープ缶や、大衆向けプロセス・チーズ(“Velveeta”)、チーズ・スプレッド(“Cheez Whiz”)が詰め込まれているというジャンクぶり。どんな料理にも注ぎ込み、あらゆる食材を繋ぐからだろう、ここのポタージュ・スープは、「普遍的なつなぎ成分《ユニヴァーサル・バインディング・イングリディエント》」と呼ばれる。ピンチョンのテキストはしかし「食の弱者」にやさしい。(サンノゼ市近くの)ミルピータスから来たボーイスカウト指導員は、マシュマロをクラッカーにはさんで焚き火でとろけさせた、懐かしの「スモア」(S' more)

244 を食べたがっているし、「施設」にいたという男は、コンビーフを野菜と煮込んだニュー・イングランド伝統の「おふくろの味」であるポトフに挑戦しようとした。

同じカリフォルニアでも、田舎道の風景は、また違う。山の館から下りたタケシとDLがサナトイド居住区近くで見つけたバーベキュー専門の〈ユア・ママ・イーツ〉は、「おまえのかあさん」という主語に、隠語で「フェラをする」の意味になる動詞を付けたヒドい店名。

266 ヴァートとブラッドがティ・アン・チャンの誕生日にご馳走しようという「ソウルフード」とは、民族意識の強い黒人による伝統的な食べ物の呼び名。「チトリン」とは、豚や子牛などのはらわたを使った、いわばホルモン料理だが、黒人たちの抑圧された歴史が滲むこの「民族料理」の高級店。しかもその名前が、同年のマフィア映画の大作に因んだ〈ワンス・アポン・ア・チトリン〉というのも興味深い。

292 ファッションに話題を転じると、〝ミスター検察官〟ブロック・ヴォンドは、愛国的な少年《オールアメリカン・ボーイ》として一般のアメリカ人の誰からも愛されるタイプ。フレネシの撮った映像の中に、「テカテカに磨かれた広い額、ファッショナブルな八角形の眼鏡フレーム、ロバート・ケネディ風の髪型、ちょっとアウトドア・タイプの肌」で現れる。

332 黒人たちの戦闘的自衛集団BAADの制服のうち、靴の黒さとベレー帽はブラックパンサー党員の恰好と一致する。また彼らの聖人、故マルコムXは同じ有色人種として中国共産革命を見習えと訴えたから、ベレー帽に人民帽風の星の模様がついていても不思議はない。

351 いかにもファッションと無縁そうなウィード・アートマン教授。人格が崩壊していくころには、アーガイル柄のソックスにサンダル履きという姿で、「ナイト・トレイン」や「アニー・グリーン・スプリングズ」など最低の銘柄のワインを飲んでいた。どちらも一瓶一ドル、しばしば半ガロンや一リットルの大瓶で売られ、アルコール度数も人工的に高くしてあって、「ヒッピーの葡萄酒」として記憶されている。

442 〝ドラッギュラ伯爵〟に変貌したムーチョ・マースは、黒いビロードのマントをZ&Z（ゼイダー&ゼイター）で買い求めた。そこはハリウッドの男物の洋品・小間物店で、当時の基準でも「エキセントリック」だったらしい。

454 同じ六〇年代末、メキシコ系のヘクタは、パチューコ（一九三〇〜四〇年代にかけて、ロス周辺で鳴らしたメキシコ系の不良青年）を気取って、ダボダボのズートスーツを着込み、靴は当時〝バッド〟な男のファッション筋で知られたメーカー、ステイシー・アダムズを履いていた。そのヘクタに対し、ハリウッドのプロデューサー、シドとアーニーは、〈フローシャム〉[481]（八〇年代の全米のモールのほとんどにあった靴のチェーン店）の名を出して、野暮はやめるよう訴える。

494 超一流の店名として出てくる〈ポロ・ラウンジ〉は、サンセット通りにあるビヴァリー・ヒルズ・ホテル内のレストラン兼ラウンジ。

車

『ヴァインランド』には記憶に残る車がいくつか登場する。まず、ゴシックというのかデス・カルトというのか、楽しげな原爆の破壊図をボディに描いた、ザ・ヴォミトーンズのヴァン。これに乗って到着したラルフ邸のパーティから出ていくとき、プレーリーが乗るのは特殊塗料を塗ったDLの〝忍者モービル〟。迫力マフラーの代名詞である「グラスパック」つきの（84年型トランザムの改造車）だ。

アメリカそのものをテーマとした『ヴァインランド』は、車と車文化の描写にも手を緩めない。ヴアインランドの夏の集いにやってくるベッカー家のは、「ポンコツながらよく磨かれた」エアストリーム［461］。そのアルミボディは三〇年代の流線形美学を守ったアルミの曲線型で、同じキャンパーでも、のろのろ運転で101号線を塞ぐ大型ウィネベーゴ［012］とは格調が違う。

いかがわしい車の「牽引」ビジネスをしているヴァートとブラッド［067］は、それらの「再生《ボーン・アゲン》」を手がけているリックと、伝説の「エスコンディード」なる車を眺めている。その「悪名高きグリル」とは、五〇年代末にフォード社が立ち上げたエドセルの、フロントグリル・デザインが「女性器」のようだったことを指す。だがエドセル（英語音は「エッゼル」に近い）からは「エスコンディード」という車は出ていない。Escondidoは「隠れた」という意味のスペイン語だとすると、「あの世」の車を牽引してきたという解釈にもなりえよう。ヴァートとブラッドは、生死の界面の仕事人で、死んだウィードの車も回収するし［272］、ヴォンドをあの世に送り届ける働きもする。その彼らが主力の牽引トラックF350（フォード）につけた名前は「千の愛」を意味する「エル・ミル・アモレス」（往年のメキシコ映画のタイトル）。見つけた車を違法に愛して引っぱってきてしまう車としてはピタリの名前だ。

一方で、政府側の車は、フレネシ一家に与えられたオールズモビールのカトラス・シュープリームとか、ヴォンドが視察に使っている車とか、「ゲルマン的」［392］に愛想のない車が並ぶ。

カリフォルニアの平らな陸地（東西の山脈に挟まれたヴァレー）で育ったゾイドはもともと、サーフィン・ボーイだったのではなく、同級生は改造車《ホットロッド》に狂っていた。初期ビーチボーイズのシングル曲のタイトルにもなった「409」［057］とは、GMのシボレーのある車種に搭載されたV字型8気筒エンジンの名前。一九六一年に409搭載のシボレー・インパラが、レーシングカーとしてラップの記録を樹立して、有名になった。そのシボレーから六〇年代を通して発売されていたコンパクトな後部エンジン車に「コルヴェア」があり、消費者運動の立役者ラルフ・ネーダーが一九六五年の著書でこの車の危険性を指摘しているが、その車の名前が、ゾイドたちのバンド名だ。[407]で「(ギアが)パークのつもりがドライブに入った」欠陥車がコルヴェアだったかどうかは分からないが。

〈秒速24コマ〉の仲間が、パトロール用に使っていたのは、シボレーのスポーツ・カー「コルヴェット」の第二世代〔一九六三―六七〕で、通称「スティングレイ」。これもきっとDLが運転したのだろう。フレネシの奪還のため、大石がゴロゴロしている山腹を駆け上がるのは、四輪駆動のオプションを付けた57年型シボレー・ノマドだった[360]。そのDLが、ラルフのスカウトを躱して逃げるときに買ったのが、プリマスの66年型「フューリー」。この角々しい大型車はV8エンジン搭載で、ボタン式のギアシフト[194]だけでなく、Fury(怒り)の名も含め、DLの伴侶にふさわしい。

冒頭シーンでゾイドは、ダットサンのピックアップ・トラック「リル・ハスラー」を借りたり、アニメに出てくるような三角屋根の木製フレーム車を借りたりしている。ヴァインランドに移住してきてヴァン・ミータに再会したとき、どちらも同じサイケ模様の64年型ダッジ・ダートに乗っていた[451]らしいが、この車はダッジの中で最廉価。一九七一年には製造八年目のポンコツ車だったことになる。

銃

ゾイドが借り出したおしゃれなチェーン・ソーは、大きさが「ミニ・マック」[011]ほどだという。これは通称「MAC11」という、「ミリタリー・アーマメント・コーポレーション(略称MAC)」製のオートマチック・ピストルのことだと思われる。一九七〇年代前半、米軍特殊部隊がヴェトナム戦争で用いていた軽機関銃にMAC10があって、それをさらに小型化したもの。なお、ヴァートは〝ヴェトナムおばちゃん〟が中共製のMAC10を持っていたという冗談を飛ばしていた［266］。

［533］で第三世界のゲリラの多くが使用したライフル銃がAK47。そもそもソ連が歩兵の突撃用に開発した。対抗する米軍の有名なライフル小銃がM16。フレッチャーの腕には二つのライフルが「死の兄弟」の文字と共にクロスする刺青が彫られている。ヴォンドに対するゾイドの蜂起に相応しいのはもちろんAKの方で、イザヤが用立てようとしているのが、AKを模造したフィンランド製の小型ライフル。

［153］ラルフ邸の結婚パーティで、DLはウージィ銃――戦後の中東で、ずっと悪名を轟かせてきたイスラエルの優れもの小型ライフル――を手に取って、クレイジィな砂漠の戦闘娘の歌を歌う。

ヴォンドの指令でプレーリーを追い回すヒューイのコブラ［538］は、ヴェトナム戦争に使われたヘリをさらに攻撃用に専門化させた対地攻撃用ヘリ。機首下に機関砲を装備。胴体の両側にFFAR(Forward Firing Aircraft Rocket)というロケット弾が装着できた。最後のシーンでヴォンド自身が乗っていたのも、同じヘリ。

キリスト教的「超越」

ヴァインランドの歴史年表に、実は、一六三〇年の清教徒入植は外せない。ジョン・ウィンスロップをリーダーとする清教徒団がマサチューセッツ湾の植民を始めた年で、その中にはピンチョン家のアメリカでの始祖ウィリアム・ピンチョンもいた。緑あふれる〝善なるヴァインランド〟［459］を思い描くとき、この大陸にキリスト教的な超越の思考、特にカルヴァン派の預定説に基づく選民思想行動様式が導入されたことは、決定的な事件だったからだ。

永遠不変の〈天〉を目指すか、豚や石炭のように〈地〉にへばりついて生死を循環するのか――その対照は『重力の虹』で糞便学的なもの凄さで描かれたのに比して、『ヴァインランド』では、ほんのりと象徴的に出てくるだけだ。それでも、純粋で、透明で、時間のない世界へ耽溺していくフレネシの姿が、禍々しく（といって悪ければ「悲劇的に」）描かれているところは重要なポイントだし、それを操るブロック・ヴォンドの言葉遣いが、アメリカで「キリスト教根本主義《ファンダメンタリズム》」の心性を反映しているところも要注意だ。たとえば、〈ロックンロール人民共和国〉の鎮圧のさい、行方不明になった学生の行方を説明するのに、ヴォンドは「携挙 rapture」という、降臨したキリストとの中空での一体化を意味する語を皮肉混じりに用いているし、プレーリーの誘拐手順をロスコに説明するときも、「キーワードは空中携挙《ラプチャー》だ」［538］と、この rapture という語を繰り返す。

　バークレーのデモからDLに救われたフレネシに関しても、ピンチョンは「biker rapture」という表現を使った［171］。ここも聖書的ニュアンスが補われないとうまくない。また、オクラホマの竜巻シーンで「空中携挙《ラプチャー》の主」［307］と訳したところも、降臨するキリストを指している。

　日常語として「恍惚」を意味する rapture 及び形容詞 rapt の語源は、ラテン語の raptus であり、元来「(聖なる霊に) 取り押さえられた」という意味。この世の終わる日に、地上の真のキリスト者が雲の中に一挙に引き上げられ、神と合体することを文字通り信じる人々がむしろ増える傾向にあるレーガン以降のアメリカに向けて、ピンチョンは対抗の一矢を放った。カルヴィニズムの最悪の末裔である原理主義への耽溺を撃つという側面も、この小説は持っている。義理人情と因果応報を信じつつ、ファシスト化しつつあった〈一九八四年のアメリカ〉と対峙する選ばれざる人々を描き出した『ヴァインランド』は、僕たち読者をいささか異なる恍惚《ラプチャー》へ誘《いざな》ってくれる読み物である。

訳者あとがき

世間一般に、『重力の虹』は重厚・難解・破滅的、『ヴァインランド』は軽妙でポップ、というイメージがあるかもしれません。私自身がそういうイメージを振りまいてきたわけですが、実はそうでもないんだなと、『重力の虹』の翻訳の仕事を進めるうち、思い至るようになりました。その理解を、今回与えられた――オリジナル新潮社版（一九九八）、河出書房新社「世界文学全集」版（二〇〇九）に続く――三度目のチャンスに生かそうと思いました。

手直しの繰り返しを恥じてはいません。ピンチョン文学の優美さは、常識を超えた作業時間の賜ですから、三度目くらいで「訳せた」なんて思い上がってもいません。天才の閃きは瞬時に伝わるものであっても、長い時間をかけて熟した芸と術の味わいは、こう言っては甘えて聞こえますが、訳文自体の熟成と、その根本的な欠落を補ってくださる読者の、高感度の理解に依存するものです。ピンチョンという作家は、天才というよりむしろ、自らを途轍もなく大きな器にしていくための努力の持続がすごい人。ピンチョンばかり翻訳する毎日を過ごすうちに、訳者も少しずつ謙虚さを教えられてきたような気がします。

今回、東大文学部（現代文芸論）の学部学生としてピンチョンに取り組んでいる阿部幸大さんの申し出を受け、既訳と原文の突き合わせをお願いしました。これが効きました。既訳に紛れ込ませてあった訳者の声が、阿部君の当を得た数々の指摘で抑えられた分、原文に埋め込まれたイメージとテーマの連結が見えやすくなったと思います。以前の版では訳註を参照しながら読む構成にしていたのを、本文だけで読めるよう、サポート情報は巻末に独立させたのも、同じ目的のためです。

『ヴァインランド』という作品は、エピソードを際限なく連ねる手法をとる作家が、湧き上がる無数の物語を、『重力の虹』のように実験的《シュール》にでなく、愛すべき（あるいは憎らしい）キャラクターの、因果な人生の絡みとして描き上げた点に特徴があります。ふつうの小説の、作為的な「プロット」とはレベルの異なる、東洋古来のカルマの思想を取り入れた因果の蔓《ヴァイン》。「ヴァインランド案内」で図解した通りの、時空をじりじりと這う複合的な物語。西洋近代の合理の原則に対抗するピンチョン文学は、本作に至って、その思想と形態《ボディ》とを一致させたと見ることができるでしょう。

〈全小説〉シリーズのなかでも『競売ナンバー49の叫び』『インヒアレント・ヴァイス』（邦題思案中）とともに取っつき易い「カリフォルニアもの」のこの小説は、三作のうちでは一番大きく、ピンチョン文学全体の星座のなかでも、中心軸のような位置を占めます。一九六〇年代と一九八〇年のアメリカを結びつけたという意味で、これからは「時代もの」としても読まれ、アメリカという存在、二〇世紀後半の歴史の理解に資していくのかもしれません。

ともあれ、ここにまた、新たな形で出版できる幸運に恵まれました。過去の版を含め、一緒に働いてくださった編集・校閲を始めとする勇敢な乗組員《ホール・ブレイヴ・クルー》全員に、改めてお礼申し上げます。

二〇一一年一〇月一日

訳者

本書は平成十年十二月、新潮社より刊行されたのち、
平成二十一年十二月、訳文改訂の上で河出書房新社の
「世界文学全集」に収録された作品『ヴァインランド』に、
改めて大幅な訳文の修正を加えて改訂したものである。

VL

Thomas Pynchon Complete Collection
1990

Vineland
Thomas Pynchon

ヴァインランド

著者　トマス・ピンチョン
訳者　佐《さ》藤《とう》良《よし》明《あき》

発行　2011年10月30日
3刷　2024年12月10日

発行者　佐藤隆信
発行所　株式会社新潮社　〒162-8711 東京都新宿区矢来町71
電話　編集部 03-3266-5411　読者係 03-3266-5111　http://www.shinchosha.co.jp
印刷所　大日本印刷株式会社
製本所　大口製本印刷株式会社

乱丁・落丁本は、ご面倒ですが小社読者係宛お送り下さい。
送料小社負担にてお取替えいたします。
価格はカバーに表示してあります。

ISBN978-4-10-537210-1 C0097

Thomas Pynchon Complete Collection
トマス・ピンチョン全小説

1963 V.
新訳『V.』［上・下］ 小山太一＋佐藤良明 訳

1966 The Crying of Lot 49
新訳『競売ナンバー49の叫び』 佐藤良明 訳

1973 Gravity's Rainbow
新訳『重力の虹』［上・下］ 佐藤良明 訳

1984 Slow Learner
新訳『スロー・ラーナー』 佐藤良明 訳

1990 Vineland
決定版改訳『ヴァインランド』 佐藤良明 訳

1997 Mason & Dixon
訳し下ろし『メイスン＆ディクスン』［上・下］ 柴田元幸 訳

2006 Against the Day
訳し下ろし『逆光』［上・下］ 木原善彦 訳

2009 Inherent Vice
訳し下ろし『LAヴァイス』 栩木玲子＋佐藤良明 訳

2013 Bleeding Edge
訳し下ろし『ブリーディング・エッジ』 佐藤良明＋栩木玲子 訳